中国大学MOOC配套教材

郭丹　涂秀虹　陈节　编著

JIANMING ZHONGGUO GUDAI WENXUESHI

简明中国古代文学史

（第三版）

中国教育出版传媒集团

高等教育出版社·北京

图书在版编目(CIP)数据

简明中国古代文学史/郭丹,涂秀虹,陈节编著
.—3版.—北京:高等教育出版社,2023.7
ISBN 978 - 7 - 04 - 059716 - 5

Ⅰ.①简…　Ⅱ.①郭…　②涂…　③陈…　Ⅲ.①中国文
学-古代文学史-高等学校-教材　Ⅳ.①I209.2

中国国家版本馆 CIP 数据核字(2023)第 022602 号

策划编辑　朱争争　**责任编辑**　朱争争　**封面设计**　张文豪　**责任印制**　高忠富

出版发行	高等教育出版社	网　　址	http://www.hep.edu.cn
社　　址	北京市西城区德外大街 4 号		http://www.hep.com.cn
邮政编码	100120	网上订购	http://www.hepmall.com.cn
印　　刷	上海当纳利印刷有限公司		http://www.hepmall.com
开　　本	787 mm×1092 mm　1/16		http://www.hepmall.cn
印　　张	22.25	版　　次	2010 年 4 月第 1 版
字　　数	565 千字		2023 年 7 月第 3 版
购书热线	010 - 58581118	印　　次	2023 年 7 月第 1 次印刷
咨询电话	400 - 810 - 0598	定　　价	46.00 元

第三版前言

本书 2010 年由高等教育出版社出版，2014 年修订了第二版。至今，又过了九年。本书几乎每年重印，发行总数已达 10 余万册。在此期间，以本书为教材的中国古代文学课程获得了国家级精品课程、第二批国家级精品资源共享课立项、首批国家级一流课程等称号。本书作为教材，也得到充分的肯定。如今，根据党的二十大精神，以及使用院校和出版社的意见，我们再次进行修订。本次修订，各个章节都有一些调整修订和扩充，主要包括三个方面：

一是增加和调整了一些章节，如第二章两汉文学增加了第二节两汉论说文，第六章元代文学增加了第四节白朴与马致远，第七章将《三国志演义》和《水浒传》独立成节，《西游记》与《金瓶梅》合为一节，第八章将《儒林外史》和《红楼梦》独立成节。二是增加了一些作品，如第二章两汉文学增加了新出土的文献《神乌赋》，《古诗十九首》中的作品；唐宋部分增加了一些诗歌散文作品，元明清部分增加了戏剧的引文等。三是修订和改写了部分内容。这包括两个方面，一是根据使用情况，改写充实了部分章节的内容，二是尽量地吸收这几年的新的科研成果加入，如 20 世纪以来的出土简帛文献材料，赵敏俐对汉代歌诗的考察，张大可对《史记》的评价等。四是对一些章节的次序做了一些调整。第三版虽然做了上述修订，但是总体的篇幅并未增加多少，教学时数也不会增加多少，这是要加以说明的。

唐宋元明清部分的内容请福建师范大学文学院涂秀虹教授参与修订。涂秀虹教授不但对这一大部分进行了详细的修订，还调整和重写了许多章节。

虽然经过再次修订，必然还会有疏漏和错误，敬请专家、读者批评指正。

编著者

2023 年 5 月

第一版前言

中华民族很早就已被列入世界文明民族之林。我们的祖先创造了灿烂的文化,古代文学便是其中最光辉的一部分。要了解我国古代文化的起源、发生、发展,继承优秀的文化遗产,必须学习古代文学。

我国古代文学遗产丰富多彩,品类繁多,源远流长。从上古神话、《诗经》开始,一直到近代的小说、戏曲,几千年来,一脉相承。我国是一个多民族的国家,对于古代文学,各民族都作出了不可磨灭的贡献。由于幅员辽阔,地域的不同,以及其他种种社会原因,各民族所保存下来的文学作品自然有所不同。我们这里讲的主要是汉文学。她,是全国各民族共同的宝贵财富。

研究文学史,应该注意几个层面的问题。第一个层面是文学创作的社会政治、经济背景,这是深入阐释文学创作和文学发展的必不可少的钥匙。古人说要"知人论世",就是这个意思。但是这不能成为文学史的核心内容。第二个层面是文学创作的主体即作家,包括作家的生平、思想、心灵心态研究,但文学史不是简单的作家评传集。第三个层面是文学作品,这才是文学史的核心内容。文学作品是文学创作的体现,没有作品就没有文学,也就没有文学史。但是,文学史又不是简单的作品评介和鉴赏。除此之外,文学理论、文学批评和文学鉴赏,甚至文学传媒,也都应该进入文学史研究的视野之中。

随着研究视野的开阔,文学史的研究,还要注意到文学史与其他相关学科的交叉关系,尤其是从广阔的文化学的角度去考察文学。任何时代的文学现象都不是孤立的,而是整个社会文化的一个有机组成部分,它和总体的文化之间存在着互动的关系。文学史成为文化建构的一个方面,它受文化建构过程中的整合作用所驱动,又以自身的变革参与了文化建构。所以,文学的运动、变革和文化的建构,不是单向的,而是互动的。文学的演进和整个文化的演进息息相关。古代的文学家往往又是史学家、哲学家、书法家、画家,他们的作品里常常渗透着深刻的文化内涵。因此,文学史研究不但可以而且应该借助哲学、考古学、社会学、宗教学、艺术学、心理学等学科的成果,参考这些学科的方法,在与不同学科的交叉点上,取得新的突破。例如,研究先秦诗歌时应该关注到原始巫术、原始宗教和歌舞,包括出土简帛文献;研究两汉文学应该重视它与儒学、经学的密切关系;研究魏晋南北朝文学应关注玄学、佛学;研究唐诗则应该了解唐代的音乐和绘画;研究宋诗要关注理学和禅学;研究金元戏剧,保存在山西的反映金元戏剧演出实况的戏台、戏俑、壁画等,都是可供参考的资料;明代中叶社会经济的变化所带来的新的社会环境和文化氛围,是研究明代文学的重要背景资料。这些都说明广阔的文化背景和文化学视角对于文学史的研究是非常重要的。

本书名为"简明中国古代文学史",所谓"简明",是希望避开过于全面、过于厚重的古代文学发展的全过程的描述——已有不少文学史著作在这方面取得了成功,通过古代文学史中一系列重要的专题的讲授,让学生了解和掌握中国古代文学的发展史。这种模式可能更适合于一些特定的学习对象,如现在已经进行了多年的远程教育、函授教育,以及理工科专业学生学习中国文学史的需要。

关于中国古代文学史的分期,我们仍按照一般中国文学史以朝代为纲的分法,把从先秦到清代的文学史,大体上按朝代分为八章,每一章以这一时代的主要文学样式、重要作家和作品组成专题,尽量突出这一时期的文学特征。同时,将文学史和作品结合起来进行讲述,在每一个专题的后面还开列出拓展阅读作品篇目、参考书目,并设置思考练习题和相关链接,以便大家学习和复习时参考。

作为本书编写基础的"中国古代文学史专题"课程,曾在网络教育中文专业使用,建有网络教学平台,该课程于 2008 年被评为国家级网络教育精品课程,读者可以进入福建师范大学网络教育学院课程平台查看,网址为:

http://www.fjtu.com.cn/fjnu/courseware/0615/course/_source/index.htm

我们将尽量吸收新的科研成果,使内容更为丰富,更能体现学科的前沿性。

编　者

2010 年 3 月

目 录 Contents

第一章　先秦文学

按照我国文学历史的发生发展过程来划分，从上古到秦统一前的先秦时期，是我国古代文学发展的第一阶段，即发轫期。这一时期贯穿了我国的原始社会、奴隶社会和秦以前的封建社会。

上古到夏商时期，是文学的孕育与发生期，有人称之为前艺术期，辗转流传下来的只有古代歌谣和神话传说等口头文学创作。从五帝（太昊、炎帝、黄帝、少昊、颛顼）到三王（夏禹、商汤、周文），是中国历史上神权统治的时代，对神灵的崇拜、祭祀的频繁，产生了巫史艺术。这是一个宗教狂热的时代，是中华民族最稚气、最顽皮、最富于幻想的时代，与这种精神意识相适应，在文学史上形成了一个神话传说的时代。

殷商甲骨卜辞是至今发现的最早的文字材料，文辞简单，反映了商代的社会生活，有的卜辞已具有文学意味。《周易》是商周之际的一部巫书，大约编成于战国初期，《周易》中的某些卦爻辞，采用了谣谚的形式，是简短古朴的诗歌。

《诗经》是我国最早的诗歌总集，汇集了周初至春秋中叶的诗歌，这些诗歌中所运用的赋、比、兴手法，已具有很高的表现技巧。

巫史文化的昌盛，也促进了散文的发展。《尚书》就是一部古代历史文献汇编，其中《商书》中的《盘庚》是可信的殷人作品，记录盘庚迁都于殷时发表的训词，文字古奥，是殷商时期的重要文献。《尚书》中的《周书》保存了周代的历史文献，周代敬礼重德的理性精神，在《周书》中有充分的反映，也显示出"史官文化"的成熟。

春秋战国时期，是文化学术大兴盛的时期，散文以其崭新的面貌崛起，主要有历史散文和说理散文两部分。春秋时期各国都有史书，而以鲁国的《春秋》为代表。现流传的《春秋》是经孔子修订而成的。而后出现的《左传》《国语》《战国策》等著作，形成了古代历史散文的第一个高峰。春秋战国时期士阶层的兴起，产生了一批杰出的文化巨匠，他们将目光投向现实社会和人生，各自构建出不同的社会理想，因此，说理散文也得到长足的发展。《论语》《老子》《墨子》《孟子》《庄子》《荀子》《韩非子》都是说理散文的代表。战国后期，在南方，楚国吸收了中原地区的学术文化，为伟大诗人屈原的创作创造了条件，产生了以屈原为代表而创作的伟大著作《楚辞》。

再者，自 20 世纪初以来，出土文物已非常丰富，为我们更清晰地研究先秦文学提供了新的材料，为先秦文学史研究提供了新的载体。甚至可以说，这些出土文物中的简帛文献资料，更接近于文学史的原生态。如 1977 年出土的安徽阜阳汉简，有《诗经》和《仓颉篇》，二者是现存最早的古本。其中的《诗经》属“毛诗”，就有“诗序”。而阜阳汉墓乃西汉第二代汝阴侯夏侯灶的葬墓，时代当在西汉初，那么，后汉卫宏作诗序的说法便不攻自破了（参看沈颂今著《二十世纪简帛学研究》）。近年上海博物馆的战国楚简，其中记载的关于《诗经》风、雅、颂的排序，“孔子诗论”，都为我们的《诗经》研究提供了新的材料。还有，近几年发现整理的清华大学战国竹简，提供了丰富的先秦文学材料，其中的《系年》，与《左传》有密切关系。安徽大学整理的战国早中期竹简，有大量的与《诗经》有关的材料。这些简帛文献的整理，尽管结论可能各有不同，但都应该进入我们先秦文学研究的视野，它们无疑是文学史研究不可多得的材料。其他可以举出的例子还有不少。总之，整个 20 世纪出土的文物包括简帛文献已相当丰富，其时代大部分是先秦两汉时期，它们不仅提供了文学史的新的可贵资料，甚至提供了散佚失传的作品，是传统的纸本文献材料的重要补充，应该进入文学史研究的视野之中，进入文学史的叙述之中。

可以说，在我国古代文学发轫的先秦时期，就已有众多的文学作品彪炳于文学史册。

第一节　《诗经》

《诗经》是我国第一部诗歌总集，对后代诗歌创作一直产生着深远的影响。《诗经》中的作品，反映了各方面的生活，具有深厚丰富的文化积淀，显示了我国古代诗歌发轫时期的伟大成就。

● 一、《诗经》概况

《诗经》在先秦时期称为《诗》，或举其整数称为“诗三百”。到汉代，《诗经》被正式尊奉为儒家经典之一，才出现《诗经》的名称，并沿用至今。

《诗经》中的作品共有 305 篇，按风、雅、颂三部分来编排，其中风 160 篇，雅 105 篇，颂 40 篇。除了这 305 篇既有篇名又有文辞的诗歌之外，另有“笙诗”6 篇，只存篇名，无词，一般认为它们只是有声无词的笙曲。

《诗经》
概况

《诗经》所收作品的时间，一般认为是从西周初年到春秋中叶这五百多年间。从时间上看，《周颂》和《大雅》的大部分作品产生于西周前期，《小雅》的大部分和《大雅》的一部分产生于西周后期和周室东迁之初，《国风》中有一些西周初年的作品，多数篇章以及《鲁颂》《商颂》中的作品，都产生于春秋时期。其中年代最晚的是《国风·陈风》中的《株林》，内容是讽刺陈灵公的，当作于鲁宣公十年也就是公元前 599 年之前。关于《诗经》中作品的时代，特别要提到的是《商颂》。《商颂》究竟产生于何时，历来有争议。关键是对《国语·鲁语》中一段话的理解：

　　昔正考父校商之名颂十二篇于周太师，以《那》为首。

这段话关系到《商颂》的产生年代。正考父是孔子七世祖。按照《国语》所说,究竟正考父是拿原来商代的颂歌到周朝太师那里去校正音律呢,还是他本人进行整理修订或加工?抑或他本人作诗献之?自汉代今、古文经学之争以来,今文经学家认为《商颂》为春秋时期宋国人所作,古文经学家认为《商颂》为殷商人所作。清代的魏源以及皮锡瑞、王先谦等学者认为《商颂》乃是春秋时宋国诗,近代学者王国维撰《说商颂》一文,以殷墟卜辞证明《商颂》非商代作品,现代学者郭沫若、顾颉刚等也赞成王说。但是,随着古史研究的深入和地下文物的发掘,《商颂》为商诗之说,又渐渐为人们所接受。当代学者杨公骥、公木(张松如)等分别撰文,认为《商颂》系殷商时期作品(参看杨公骥的《商颂考》和公木的《商颂研究》等论著)。《商颂》若是商代的作品,那么,《诗经》的起始年代就应往前推到商代了。

《诗经》分为风、雅、颂三类,以什么为划分标准呢?主要有音和义两种说法。以义划分,可以汉代的《毛诗序》为代表,所谓"是以一国之事,系一人之本,谓之风;言天下之事,形四方之风,谓之雅……;颂者,美盛德之形容,以其成功告于神明者也"。这是从内容上划分的。不过更多的学者赞成以音乐来划分,如宋代的郑樵,是重声不重义的。古代诗、乐、舞一体,《诗经》最初都是乐歌,只是古乐失传,后人已无法了解风、雅、颂各自在音乐上的特色。从音乐上说,风即音乐曲调,国风即各地区的乐调。国本指诸侯国,是地区、方域之意。十五国风就是十五个地方的土风歌谣。余冠英先生说:"古人说秦风、魏风、郑风,如同今人说'陕西调''山西调''河南调'。'风'字的意思就是声调。"(《诗经选·前言》)这是很确切的。"雅"有正的意思,是西周王畿(王朝直接统治的地区)的正声雅乐。《雅》分《小雅》《大雅》,有人认为,"雅"所谓大小,犹如后世之"大曲""小曲"。"颂"是宗庙祭祀之乐,许多都是舞曲,音乐可能比较舒缓。"颂"字可以释为容貌的"容"字,"容"即"样子";"颂"乐是连歌带舞的,颂诗多无韵,配合舞步,声音缓慢,多不分章,是其特点。

关于《诗经》的编辑,有"采诗"和"删诗"的说法。汉代学者的"采诗说",可见于《汉书·食货志》:"孟春之月,群居者将散,行人振木铎徇于路以采诗,献之太师,比其音律,以闻于天子。"汉代人认为周代设采诗之官到民间采诗,献于朝廷以了解民情。按何休《公羊传·宣公十五年》注所说,国家为了采集歌谣还养了大批的人。这种说法是否确切,颇有争议。后世有人认为,"诗三百"的最初编辑者可能就是周王廷的乐师。乐师本是掌管音乐的官员和专家,他们以歌诗颂诗为职业,不但熟悉本国的歌谣,还可能是本国采诗工作的负责人或参加者,这些人除了被送去别国之外,也能够自由到别国去,来往于列国之间,这样就促进了各国乐章的传播。他们聚集到王廷,也就使得各国的歌诗汇集于王廷。因此,诗主要来自民间,反映了人民的疾苦和愿望。

所谓"删诗说",指汉人认为《诗经》305篇系经过孔子删定的。但事实上,早在孔子的时代,已有与今本《诗经》相近的"诗三百篇"的存在。最重要的证据是《左传·襄公二十九年》记载吴国公子季札聘问鲁国,"请观周乐"时依次欣赏的诗乐,正是与今传《诗经》一书分类相同的"十五国风""二雅""周颂",而当时孔子才八岁,所以孔子删诗说是不可信的。不过《论语·子罕》中说孔子晚年"自卫返鲁,然后乐正,雅、颂各得其所",说明孔子曾做过一番整理诗乐的工作。当然,孔子是强调学《诗》的,他甚至说"不学《诗》,无以言",谈论道理也常常引《诗》为证,说:"《诗》可以兴,可以观,可以群,可以怨。迩之事父,远之事君。"(《论语·阳货》)孔子非常重视《诗经》的学习,并曾以《诗经》作为教育弟子的读本。《诗经》的编定本是经多人长时间的收集整理,大约在公元前6世纪中叶最后编定成书。

孔子退修
诗书图

二、《诗经》的内容

《诗经》的内容十分广泛,深刻反映了西周初年至春秋中叶社会生活的各个方面。《诗经》可以说是一轴巨幅的时代画卷,为我们展示了当时社会的政治、经济、军事、文化遗迹、世态人情、民俗风习等非常丰富的内容。

（一）周民族史诗

在《诗经》的《大雅》里,保存了五首古老的周民族史诗。它们是《生民》《公刘》《緜》《皇矣》《大明》。

以黑格尔为代表的一些西方人士认为中国人没有民族史诗(《美学》第三卷下册),其实,不但中国少数民族有长篇史诗,汉民族也有自己的民族史诗。一般认为,属于反映具有重大意义的历史事件或古代传说,结构与篇幅较为宏大,塑造著名英雄的形象,并富有幻想或神话色彩的,即为史诗。按这个界定标准来说,上述五篇作品是可以列入史诗范围的,只是篇幅上相较荷马史诗短一些。

在周民族历史上,后稷、公刘、太王、王季、武王都是周代开国的伟大人物。上述五篇作品,分别记叙了这五位英雄。

在这五篇作品中,《生民》记述了周始祖后稷的诞生和发明农业、定居邰(tái)地的史实;《公刘》记述了周民族酋长公刘率领周人自邰地迁往豳(bīn)地发展农业,开始了定居生活的历史;《緜》写古公亶(dǎn)父率领周人从豳地迁至岐之周原,创业立国,设置官司、宗庙,建立了政治机构;《皇矣》歌颂文王之祖太王、王季的美德,并描写文王伐崇伐密的胜利;《大明》先叙述王季娶太任生文王,文王娶太姒生武王,然后写武王在牧野大战,伐纣灭商。这五篇诗,记录了周人自先公先王壮大部落到武王灭商建国的整个历史,给后人留下了周民族早期开创基业、发展壮大的史实历程,其间杂糅了传说与神话,完全是周民族的史诗。

我们且来看看《生民》中写后稷出生时的神奇经历:

> 厥初生民,时维姜嫄。生民如何?克禋克祀,以弗无子。履帝武敏歆,攸介攸止。载震载夙,载生载育,时维后稷。
>
> 诞弥厥月,先生如达。不坼不副,无菑无害,以赫厥灵。上帝不宁,不康禋祀,居然生子。
>
> 诞寘之隘巷,牛羊腓字之;诞寘之平林,会伐平林;诞寘之寒冰,鸟覆翼之。鸟乃去矣,后稷呱矣。实覃实訏,厥声载路。

这里第一节写有邰氏之女姜嫄在野外踏上了上帝的脚拇趾迹,怀孕生下了周民族始祖后稷。诗中的情节,显然是母系社会感生神话的产物,有浓厚的原始宗教色彩。第二节写后稷诞生的神异,后稷诞生,连胞衣而下,像个肉球,但却无灾无害。第三节写后稷被丢弃在小巷里、树林里、冰天雪地里,都能化险为夷,可见其生命力的强盛。在《史记·周本纪》里也有类似的记载。当然,司马迁可能主要是参照了《生民》来写的。我们可以感受到,后稷的诞生,充满神话色彩和人类童年的纯真气质,也多少具有古希腊神话中的英雄的品格。《生民》的后五节写后稷懂得耕作,会栽培五谷,在农业上取得很大成就,还创立了祀典。全诗反映了由母系社会进入父系社会这一阶段的历史背景。再如《緜》,写古公亶父率领周人来到岐山脚下,周原之上,选择居住地并建筑宫室。其中写建筑宫室的情景:

捄之陾陾，度之薨薨。筑之登登，削屡冯冯。百堵皆兴，鼛鼓弗胜！

众人在挖土装篓，土倒在夹板之中发出"薨薨"的声音。筑墙的声音是"登登登"，削墙的声音是"冯冯冯"，鼓劲的大鼓擂个不停，百堵高墙筑起来。这一章着意渲染建宫室的情景，连夯土的动作、削墙的声音都描绘得如闻如见，真可谓历历详备、紧凑细密。

把这五首诗当作周民族史诗的五个篇章（其实还可以包括《大雅·文王》一篇），正反映了周民族诞生发展的历史，具有史诗的意义与价值。

（二）民歌中的精华：动人的婚恋诗

《国风》中的作品都是民歌，其精华尤在那些以恋爱、婚姻为主题的诗篇中。爱情这一主题，几乎贯穿了历代文学的创作，是文学创作的永恒主题。这一优良传统，正是从《诗经》发源的。《诗经》中的婚恋诗，不仅数量多，而且质量高，其中有的写情人间的幽期密约，有的写恋人间的同歌共舞，有的写热恋中的互赠信物，有的写野外邂逅而相爱，有的写别后重逢，也有的反映礼教的束缚和婚姻不幸的痛苦。

《国风》开首第一篇《关雎》就是一首非常健康的爱情诗。诗中描述一个青年男子在水边见到一位采荇菜的女子，产生了爱慕之情，但是又无由自达，"求之不得"，于是产生了痛苦，以至于"寤寐思服""辗转反侧"。但是，这位男子又是一位充满美好愿望的乐观主义者，在热烈的情感追求中又有着清醒的理智，只是想象着若能和自己爱慕的女子在一起，他将"琴瑟友之""钟鼓乐之"。孔子说："《关雎》乐而不淫，哀而不伤。"（《论语·八佾》）就是说，诗人写相思，虽有悲哀，却并不悲痛欲绝以至伤感；理想实现之后，洋溢着欢乐之情但并不过分。这样的评价还是很中肯的。

《邶风·静女》则写的是男女的幽会：

静女其姝，俟我于城隅。爱而不见，搔首踟蹰。

静女其娈，贻我彤管。彤管有炜，说怿女美。

自牧归荑，洵美且异。匪女之为美，美人之贻。

一个男子在城的一角等待情人的到来，心情急躁而不安，所以在那里搔首徘徊。其实女子早已到来，只是故意躲起来而已。情人既来，而且以彤管相赠，使男子大喜过望，于是他珍惜玩摩，爱不释手，因为在他眼里，这不啻为定情之物。礼物并非有何特别，只不过是一株从牧场上带回来的花草，但它是心爱的姑娘所赠的啊！诗中主人公的神态和感情表现得非常细腻真实。与此相类的还有《郑风·狡童》：

彼狡童兮，不与我言兮；维子之故，使我不能餐兮！

彼狡童兮，不与我食兮；维子之故，使我不能息兮！

狡即姣，姣好、美好。童是对少年男子的昵称。此诗可以感受到热恋少女的那种娇嗔和焦躁的心态，感情炽热而又带有点撒娇。诗的结构简单却很有感染力。

《郑风·溱洧》则描写情侣游春的欢快：

溱与洧，方涣涣兮。士与女，方秉蕑兮。女曰："观乎！"士曰："既且，且往观乎？"洧之外，洵𬶠且乐。维士与女，伊其相谑，赠之以勺药。

溱水洧水，是郑国的两条河。阳春三月，春水涣涣，春光融融，郊外水滨，游客如云。这一对情侣相约而行，哪怕去过了也要再去一次。两人一问一答，嘻嘻哈哈，而且要折花相送，可谓情深意长。据《周礼·媒氏》记载："仲春之月，令会男女。于是时也，奔者不禁。"说明三月阳春，当时有一个自由恋爱的时期，此诗即反映郑国青年无拘无束的自由恋爱生活。

有自由热烈的欢快恋爱的，然而也有爱情遭到干涉的，如《鄘风·柏舟》《郑风·将仲子》等。看《鄘风·柏舟》：

> 泛彼柏舟，在彼中河。髧彼两髦，实维我仪。之死矢靡它！母也天只，不谅人只！

那个刘海前分、垂着两髦的年轻人是女子的心上人，但是母亲却不察其心，横加干涉，所以女子提出强烈抗议，表示将爱他爱到死，非他不嫁。相比之下，《郑风·将仲子》中的女子要软弱一些。《将仲子》诗写道：

> 将仲子兮，无逾我里，无折我树杞。岂敢爱之？畏我父母。仲可怀也，父母之言，亦可畏也。

女子劝她心中的"仲子"（即小二哥），不要翻过墙头到她家里来，不要折断她家的树，只怕父母兄弟和别人说闲话。看来女子因客观外界的逼迫——这个逼迫，主要来自礼教的束缚——只能将爱深深地埋藏于心中，然而又不能不加以表白，以免对方误解，反映了姑娘在爱情和礼教的冲突中进退两难的境况。

以《邶风·谷风》和《卫风·氓》为代表的所谓"弃妇诗"，则以哀伤的情调，描述了沉痛的婚恋悲剧，深刻揭露了在私有制下夫权制的不合理，倾诉了女主人公的悲哀和痛苦。

《谷风》的主人公是一位勤劳善良的劳动妇女，因丈夫变心而遭受欺凌和抛弃：

> 习习谷风，以阴以雨。黾勉同心，不宜有怒。采葑采菲，无以下体？德音莫违，及尔同死。

这位妻子在被弃的时候，心中充满了怨恨。夫妻之间本应勉结同心，哪能恩爱轻绝呢？"采葑采菲"两句，暗示着丈夫抛弃她的根本原因在于容颜的衰老。"色衰爱弛"，是古代弃妇的一个重要原因，所以初婚的甜言蜜语，看来都是谎言：

> 行道迟迟，中心有违。不远伊迩，薄送我畿。谁谓荼苦？其甘如荠。宴尔新昏，如兄如弟。

妻子被弃离家，丈夫连送都不肯送一步，甚至连门槛都不肯出，所以妻子满腹苦水。人们都说荼菜苦，与她的苦相比，已是甜如荠菜了。而此时，那负心汉还正与新婚妻子亲热呢。尽管如此，妻子还是充满着留恋和幻想：

> 泾以渭浊，湜湜其沚。宴尔新昏，不我屑以。毋逝我梁，毋发我笱。我躬不阅，遑恤我后。

就像泾水因渭水变浊一样，旧人因新人而变丑。丈夫因喜欢新人的美丽抛弃了旧人，但新人能像旧人那样操持家务吗？于是她不由得想起了捕鱼的鱼梁、捉鱼的鱼笼，担心新人随意乱动，说明妻子多少还存有一点幻想，盼望或许还有回来的机会。但她又转念一想，自身都保不住了，还管这些干嘛？在后面的三节里，妻子深情地回忆当初她在这个家里是如何黾勉操持的：过日子缺东少西，她千方百计补足它；邻居家有了困难，她想方设法去帮助。谁料丈夫反而以怨报德，反目为仇，将妻子的美德视为破烂。家境穷时，丈夫把她视为过冬的腌菜；家境好了，便一脚踹开。女主人公以自己的穷苦贤淑和丈夫的薄情寡义作对比，指责了丈夫喜新厌旧的恶劣行为，客观地反映了夫权社会中妇女的悲惨命运。《毛诗序》说："《谷风》，刺夫妇失道也。卫人化其上，淫于新昏而弃其旧室，夫妇离绝，国俗伤败焉。"一针见血地道出了诗旨。

与《谷风》中的女主人公相比，《卫风·氓》中的弃妇遭遇似更为悲惨。《氓》中的婚姻，是在男子的追求下女子才以身相许的。"氓之蚩蚩,抱布贸丝,匪来贸丝,来即我谋",男子换丝的目的是要追求这个姑娘。在这样的追求下,女方坠入情网,许以终生。"蚩蚩"二字,可解为戏笑貌。联系后面男子的行径,似给人一种虚情假意的感觉。但女子的确付以真情:"乘彼垝垣,以望复关。不见复关,泣涕涟涟。既见复关,载笑载言。"完全是一往情深。但是,当女子与男子过完"三岁食贫"的生活之后,男子的面目暴露出来了:"言既遂矣,至于暴矣。"丈夫抛弃妻子的主要原因,也是"色衰爱弛",这从"桑之未落,其叶沃若""桑之落矣,其黄而陨"两个比兴上可知。丈夫的这种背信弃义是极不道德的,他不顾自己当初是怎样的"言笑晏晏""信誓旦旦",一旦变心,便无情地将妻子休弃。妻子反思自己的行事,深感自己没有过错,所以她提高到理性认识的高度,对少女们发出告诫:

> 于嗟女兮,无与士耽。士之耽兮,犹可说也。女之耽兮,不可说也。

> 女也不爽,士贰其行。士也罔极,二三其德。

女子最后痛下决心,表示了一刀两断的坚决态度:"反是不思,亦已焉哉!"这是一个刚强女子的形象:热情奔放,敢爱敢恨,勤劳善良,忠于爱情。而与《谷风》中的女主人公相比,在不幸面前,她又有更为可贵的一面,即能进行深入的反思,认识到产生悲剧的原因,并表现出刚强不阿的性格。这是一个值得歌颂的妇女形象。

(三)文明与野蛮的冲突:农事诗、征役诗、爱国诗

《诗经》中反映的社会生活的层面是非常多的,除了上述几个方面外,还有描述农事活动和劳动生活的农事诗,抒写兵役之苦与征夫、思妇之情的征役诗,以及表现爱国情感与英雄气概的爱国主义诗篇。这些诗,既让我们看到已经进入文明社会的上古时期人们文明的劳作,但也有野蛮的战争带来的痛苦和由此激发出来的爱国热情。

《周南·芣苢》是一首妇女采摘芣苢(车前子)时唱的劳动歌曲,全诗洋溢着欢快的情调。诗中并没有详细描绘劳动者的神态与情绪,而是在复沓式的三节中用采、有、掇、捋、袺、襭六个不同的采摘动作,构成整个劳动过程,体现了劳动者的欢快与勤劳。方玉润《诗经原始》中有一段话解读这首诗,很有艺术感受力和情趣:"读者试平心静气,涵泳此诗,恍听田家妇女,三三五五,于平原旷野、风和日丽中群歌互答,余音袅袅,若远若近,忽断忽续,不知其情之何以移,而神之何以旷,则此诗可不必细绎而自得其妙焉。"与《芣苢》有异曲同工之妙的还有《魏风·十亩之间》《召南·采蘋》,诗都不长,但都反映了当时人们野外采摘劳动的情景。

最能表现劳动者一年四季不停忙碌而生活依然贫困的农事诗,是《豳风·七月》。《七月》全诗共 8 节 88 句,383 字,是《国风》中最长的诗,也是《国风》中描写农奴劳动和农田农事最详尽、最切实的诗。全诗按季节和时令的转移,记叙农奴从正月到十二月一年四季的劳动。农奴们从春忙到夏,从秋忙到冬,耕田、采桑、养蚕、织布、染帛、裁衣、收割、打猎、筑场、盖屋、凿冰、造酒,永无休止地劳动,自己的生活却是"无衣无褐""穹窒熏鼠""塞向墐户""采荼薪樗,食我农夫",没有一件粗布衣服御寒,用泥巴糊起破旧的门窗,没一口像样的饭菜果腹,只能采那苦菜叶充饥。女农奴更是没有一点人身保障,野外采桑,还提心吊胆地生怕遭受贵族公子的凌辱。年终岁末,还要向农奴主献酒拜寿。这一切,给读者展示了一幅幅从西周到春秋间的真实的农事图。透过这一幅幅图画,读者看到的不只是农夫们辛苦劳作的情景,更能体会到当时社会中的阶级差别和社会的不平等。

西周晚期,王室衰微,戎狄交侵,征战不休。平王东迁之后,诸侯兼并,大国争霸,战争连

年不断。征役繁重、民不聊生,苛酷的兵役、徭役给广大民众带来了深重的灾难。"王事靡盬",人民终年行役,父母失养,夫妻离散,人间悲剧一幕接一幕,人民的痛苦无穷无尽。因此,描写兵役、徭役之苦和思妇之情的征役诗在《诗经》中有不少。像《小雅》中的《北山》《渐渐之石》《何草不黄》,《国风》中的《魏风·陟岵》《唐风·鸨羽》《王风·君子于役》《邶风·式微》《卫风·伯兮》《豳风·东山》等,都是这一方面的代表作。

且看《豳风·东山》这一首。按《毛诗序》的说法,全诗写周公东征,以一个退役归家士兵口吻唱出。它以悲喜交集的心情、忧伤的想象和美好的回忆,描写了征役带来的创伤。第一节:

> 我徂东山,慆慆不归。我来自东,零雨其濛。我东曰归,我心西悲。制彼裳衣,勿士行枚。蜎蜎者蠋,烝在桑野。敦彼独宿,亦在车下。

"慆慆不归",哀叹离家远征,旷日持久。"零雨其濛",记沐雨赶路,归家心切。"我心西悲",思家中境况未卜,忐忑不安。后四句想到不用再衔枚行军,蜷缩车底,心中不免产生战后余生的庆幸。第二节:

> 我徂东山,慆慆不归。我来自东,零雨其濛。果臝之实,亦施于宇。伊威在室,蟏蛸在户。町畽鹿场,熠耀宵行。不可畏也,伊可怀也。

主人公想象家园一定已荒废,野葫芦挂满了屋檐,土鳖虫爬满堂屋,蛛网满门窗,野鹿在田地奔跑,鬼火在户外闪烁,完全是一片破败景象。第三节:

> 我徂东山,慆慆不归。我来自东,零雨其濛。鹳鸣于垤,妇叹于室。洒扫穹窒,我征聿至。有敦瓜苦,烝在栗薪。自我不见,于今三年。

这一节想到死生阔别,妻子独守空房,凄凉寂寞,天天等候征人归返,日子过得实在凄苦。第四节:

> 我徂东山,慆慆不归。我来自东,零雨其濛。仓庚于飞,熠耀其羽。之子于归,皇驳其马。亲结其缡,九十其仪。其新孔嘉,其旧如之何?

这最后一节,主人公回忆三年前新婚时的光景,黄莺儿拍打着漂亮的翅膀,新娘子仪态万方,光彩照人。如今,新娘子又是什么模样呢? 作者由征役士兵的思家之殷切,反衬了他们内心中的厌战反战心理。

《小雅·何草不黄》更是一首闻之令人伤感的充满悲哀情调的诗作,字里行间透出的是征人的辛酸和悲苦。诗中写道:

> 何草不黄? 何日不行? 何人不将? 经营四方。
> 何草不玄? 何人不矜? 哀我征夫,独为匪民!
> 匪兕匪虎,率彼旷野。哀我征夫,朝夕不暇!
> 有芃者狐,率彼幽草。有栈之车,行彼周道。

征夫奔走四方,不得休息,夫妇离居,不得团聚。诗中吟唱的语气、情感,使人感觉十分辛酸,十分悲凉。方玉润在《诗经原始》中说:"周衰至此,其亡岂能久待?"又说:"(此诗)纯是一种阴幽荒凉景象,写来可畏,所谓'亡国之音哀以思'也。"评论得相当深刻。

《国风》中《邶风·击鼓》和《卫风·伯兮》,是两首专写因战争离别而夫妻相思的诗。这也是征役诗中的一个类别。《击鼓》诗中出征的战士满腹牢骚,不愿从军南征:"土国城漕,我独南行。"打完仗后,又不让回国:"不我以归,忧心有忡。"征战居无定处,马儿又丢失:"爰居爰处? 爰丧其马?"想起当初和妻子山盟海誓,而今团聚之日遥遥无期:"死生契阔,与子成说。""于嗟阔兮,不我活兮。"令人不由得深深叹息。正是战争拆散了恩爱的夫妻、和睦的家庭。《卫风·伯兮》写一个女子因丈夫出征,思念心切,竟不施膏沐,诗中写道:"自伯之东,首如飞蓬。岂无膏沐? 谁适为容!"这个女子的丈夫英武强壮,为王前驱,女子本来颇有骄傲之感,但丈夫一去征战,刻骨的相思就盖过了那一份骄傲感,首如飞蓬、不施粉黛的形象,恰是对战争的最好回答。

《小雅》中的《采薇》,既是征役诗,也是充满了爱国热情的诗篇。中华民族自古以来就有爱国主义的优良传统。特别是每当外敌入侵、国有危难时,人民总是奋起抗敌,保家卫国,以鲜血和生命谱写出动人的爱国主义诗篇。《采薇》一诗,可能作于周宣王时。史载周朝自厉王以后,王室力量逐渐削弱,北方的猃狁便乘机不断骚扰中原地区。周宣王时,周朝屡与猃狁作战。这首诗,反映的就是这样的战争背景。全诗是用士兵的口吻,在战后归家的途中,追述戍边作战的苦况,用一连串的回忆镜头,再现从军生活的勤苦悲伤。

诗的前三节,以"采薇"起兴,用一唱三叹的形式,反复吟咏。一个久戍在外的士卒,连饭也吃不饱,渴望与家人团聚,岁暮年终,有家归不得,难免引起感情上的波动,产生嗟怨之情。但他知道这都是因为猃狁的缘故,所以心中的怨忧,也表达得委婉含蓄:"靡室靡家,猃狁之故。不遑启居,猃狁之故。"戍边士兵无法与家人通音讯,彼此死生难卜,痛苦更加强烈,感情波澜也更大。但想到"王事靡盬","不遑启处"似是一种慰藉。古时把从军出塞戍边、忠于职守、忠于君王与爱国是联系在一起的,对于军人来说更是天职。想到这一点,主人公似乎是有了一点精神支柱:"忧心烈烈,载饥载渴。我戍未定,靡使归聘。""王事靡盬,不遑启处。忧心孔疚,我行不来。"诗的第四、第五节还展示了从军作战的险恶战斗生活:

彼尔维何? 维常之华。彼路斯何? 君子之车。戎车既驾,四牡业业。岂敢定居,一月三捷。

驾彼四牡,四牡骙骙。君子所依,小人所腓。四牡翼翼,象弭鱼服。岂不日戒,猃狁孔棘。

主帅乘坐戎车,坐在车上指挥,步兵跟随在后面借以掩蔽,随时准备出击。当军情紧急的时候,他们又日夜警戒着敌人。这些诗句真实生动地表现了士兵们积极作战、保家卫国的精神。诗的最后一节,借助景物,对比今昔,写得情景交融,意味蕴藉。"昔我往矣,杨柳依依。今我来思,雨雪霏霏。"前两句借春风杨柳衬托出征前的美好生活和依依惜别之情;后两句借寒冬雨雪,暗寓征战生还的不易和离乡数年家国未卜的忧虑。"行道迟迟,载渴载饥。我心伤悲,莫知我哀。"但乡关遥远,风餐露宿,跋涉艰难,士兵终于生还了,可是家人还健在吗? 自己的劳苦和忧伤,又有谁能知道呢? 全诗交织着士兵诉说战争生活的劳苦悲伤又不乏爱国热情的复杂情绪。《采薇》一诗在题材上可称为边塞诗的鼻祖,从此,征人思乡和爱国情愫成为后代边塞诗的重要主题,拨动着千百万读者的心弦。

相传为许穆夫人所作的《鄘风·载驰》一诗,也是有名的爱国诗篇。公元前 660 年,狄人侵卫,卫懿公战死,由于宋国的帮助,遗民在漕邑安顿下来,并立了新君,也就是许穆夫人的哥哥卫戴公。许穆夫人从许国到漕邑吊唁,并准备为娘家卫国向大国求援,许国人不支持她的这些行动,甚至在抱怨她,反对她,阻拦她。许穆夫人于是写下此诗,歌以言志(《左传·闵公二年》)。诗中写许穆夫人归心如焚,面对许国人的阻拦,心里忧愤,同时表示自己的决心,以示决不回头:"女子善怀,亦各有行。许人尤之,众稚且狂。"最后表明将不辞劳苦,游说大邦,联手抗狄,拯救祖国。诗中的爱国情感,坚定激越。此外,像《秦风·无衣》,是一支气势磅礴的爱国战歌。它表现了秦国人民同仇敌忾、勇抗外侮的大无畏英雄气概。这些作品,或细腻委婉,或激昂慷慨,全都充满了爱国热情。

（四）美刺传统:颂歌与怨刺诗

中国古代诗歌有所谓"美刺"的传统。汉儒说诗,最重视"美刺"。"美刺",也就是颂美和怨刺。借助于诗歌,作者可以颂美人物,可以颂美时政;借助诗歌,可以怨刺君王,批评时政。这些内容,使诗歌表现出鲜明的倾向和立场,《诗经》可谓开其端。

在《大雅》与"三颂"中,有相当部分诗篇是讴歌和赞颂先公先王的,大都篇幅较长,语言典雅,语气庄重。如《大雅·文王》,诗中对文王的歌颂几乎达到"至高无上"的地步:开篇说"文王在上,於昭于天",接下来是"周虽旧邦,其命维新。有周不显,帝命不时。文王陟降,在帝左右","亹亹文王,令闻不已"。称赞文王德昭天下,为民领袖,使得岐周旧邦呈现新气象,前途无比光明,而且文王不论进退升降,都在天帝的左右两旁,文王勤勉不倦,声名远扬。这样的赞颂,体现了周人对文王这一贤明君主的忠心拥戴与顶礼膜拜。再如《大明》写周武王的牧野大战:

> 殷商之旅,其会如林,矢于牧野,维予侯兴。上帝临女,无二尔心。

> 牧野洋洋,檀车煌煌,驷𬴂彭彭。维师尚父,时维鹰扬。凉彼武王,肆伐大商,会朝清明。

在辽阔的牧野之上,殷商的军队像森林一样稠密,然而武王的将士不畏惧,阵前宣誓:兴我周邦,以应天命,无有二心。茫茫牧野摆战场,高大铮亮的战车滚滚向前,雄壮的战马冲锋陷阵,太师尚父(即吕望,姜太公)如雄鹰展翅,辅佐武王,讨伐商王,大获全胜。这两节的描写,可与《尚书》中的《牧誓》篇相对照。《牧誓》也有一小部分对周武王英勇形象的描写,二者交相辉映:"时甲子昧爽,王朝至于商郊牧野,乃誓。王左杖黄钺,右秉白旄以麾,曰:'逖矣,西土之人!'"《大明》中则以生龙活虎的笔调,叱咤风云的气势,展示了牧野大战的壮阔画卷。再如《周颂》中的《丰年》,写丰年谷多,积粮满仓,人们兴高采烈地祭祀先人,祈求赐给更多的福祐。《噫嘻》则歌颂在广阔的田野上,成千上万的农夫在劳动,场面非常壮观。此外,还有一些歌颂帝王、天命的,如《周颂》中的《清庙》《维天之命》《昊天有成命》《武》等;歌颂战功、颂扬王威的,如《鲁颂·泮水》《商颂·殷武》《大雅·江汉》等。这些作品,大多只有赞誉之词而无具体史实,以颂德代替了咏史,以抒情代替了叙事,显得较为单调。

"二雅"和《国风》中保存了不少的尖锐辛辣的怨刺诗,它与歌功颂德的颂诗形成了鲜明的对立。在西周中晚期及东周初期,出现了礼崩乐坏的局面,政治衰退,君王腐败残暴,佞臣弄权,人民怨声载道,于是,怨刺诗产生了。怨刺诗是乱世的产物,它们是生活于乱世之中的人们怨愤的倾诉、不平的心声。

怨刺诗有一些出自民间,也有一些出自公卿列士之手,是贵族士大夫们悯时伤乱、讽喻劝诫之作。它们或借鉴历史经验,或揭露现实矛盾,或针砭昏君,或斥责佞臣,真切地揭露了社会的痼疾,呼唤人们从善去恶,拯救衰世,读来有切肤之感,令人震撼。

《国风》中的《魏风·伐檀》《魏风·硕鼠》《邶风·新台》《鄘风·墙有茨》《鄘风·相鼠》《齐风·南山》《陈风·株林》,《小雅》中的《节南山》《正月》《十月之交》《雨无正》《小旻》《巧言》《巷伯》,以及《大雅》中的《民劳》《板》《荡》《桑柔》《瞻卬》等,都是出色的怨刺诗。

《魏风·伐檀》对不劳而获者提出质问:"不稼不穑,胡取禾三百廛兮?不狩不猎,胡瞻尔庭有县貆兮?"揭露统治者的寄生生活。《魏风·硕鼠》则把统治者比作大老鼠,贪婪、掠夺,使人民陷入绝境,四处逃散。《陈风·株林》则讽刺陈灵公与陈国大夫夏御叔之妻夏姬通奸淫乱之事,诗中以陈灵公急于驾车去株林,在株林吃早饭这样的隐语,讽刺陈灵公的可耻丑行。《左传》《史记》对此事都有详细记载("朝食于株"一句,据余冠英先生解释,就是当时指代私通淫乱的隐语,意思是很明确的)。这些怨刺诗,都是当时社会现实的反映。

《小雅》的《节南山》,是周大夫家父斥责执政者尹氏的诗。诗中讽刺周王重用太师尹氏,太师执掌国柄,却为政不善,做事不公,不亲临国事,重用裙带关系,欺君罔民,肆无忌惮,以至于天怒人怨,天下大乱。诗中专刺尹氏,但末章说:"家父作诵,以究王讻。式讹尔心,以畜万邦。"这里"王讻"指王朝凶恶的根源。"尔心",指周王任用尹氏之心。讹,指改变。可见其讽怨所向,又在周王身上。周代幽、厉二王当政之时,朝政败坏,奸臣当政,民怨鼎沸,国家命运几乎倾垮。清代魏源在《诗序集义》中说:"幽、厉之恶莫大于用小人。幽王所用皆佞幸、柔恶之人;厉王所用皆强御掊克、刚恶之人……厉恶类纣,故屡托殷商以陈刺。"这话是很切中要害的。此外,《正月》这首诗也揭露当时政治的腐朽、统治者的残暴,小人充斥朝廷,人民处于危难绝境之中,作者怨恨上天的昏聩,悲悼周王朝的沦亡。《十月之交》则以发生日食、地震警告统治者,谴责周王任用小人,滥用民力,嬖幸艳妻,政失常轨。《雨无正》刺幽王昏暴,小人误国。这些诗歌多直抒胸臆,言辞激烈,令人感到痛快淋漓。

《大雅》的《桑柔》也是一篇怨刺诗。作者是周厉王的卿士芮良夫。《左传·文公元年》秦穆公引这首诗的第十三章,称为"芮良夫之诗"。诗一开始,作者用桑树的荣枯比喻周王朝的盛衰:"菀彼桑柔,其下侯旬。捋采其刘,瘼此下民。"周朝旺盛时,犹如枝繁叶茂的桑树,而今衰落了,像掉光了叶子的秃树,人民也得不到荫庇。而社会现实是"乱生不夷,靡国不泯。民靡有黎,具祸以烬"。到处是动乱,到处是横祸,到处是死亡。"国步蔑资,天不我将",国家已到了天人共弃的地步。对于这样的局面,作者厉声责问:"谁生厉阶,至今为梗?"其针对的正是朝廷上那些为非作歹的奸臣。作者在叹息生此乱世的同时,仍严肃地告诫周厉王要慎重谋划,举贤授能:"为谋为毖,乱况斯削。告尔忧恤,诲尔序爵。"意为要为国谨慎善谋,减少祸乱,体恤国家,任用贤人。作者指责朝廷权贵是"为民不利"的"贪人败类",是"民之贪乱,宁为荼毒""进退维谷""职盗为寇"的祸根。《桑柔》一诗揭露了周厉王统治下人民处于水深火热的情景。

《诗经》305篇作品所包含的内容当然远不止上述这些方面,但仅所举这些,已足以说明《诗经》所包含的广阔的社会内容。

三、《诗经》的艺术特色和深远影响

《诗经》不但包含了深厚广博的内容,而且在艺术上也取得了杰出的成就,并对后世文学的发展产生了巨大而深远的影响。

(一)《诗经》的艺术特色

1. 面向现实,朴实、自然的风格特征

《诗经》作品主要产生于我国古代中原和北方地区。作为文学作品,它的艺术形式体现了殷商和周代那一特定历史时期的理性精神,表现出重人事、重实际、重现实的特征。在艺术风格上,《诗经》呈现出多样化的风格,但从总体上看,其基调为朴实自然的艺术风格。

这一艺术风格直接表现为真实地反映现实生活,直率地表达感情。《诗经》中的作品,紧贴现实生活,感情真挚自然,不作无病呻吟,毫无矫揉造作之态。不论是民族史诗,还是怨刺诗、征役诗,就连那些开放活泼的爱情诗也是如此。这些作品富有强烈的生活气息和浓郁的乡土情调,面向现实生活。可以说,《诗经》是我国最早的富于现实精神的诗歌,奠定了我国诗歌面向现实的传统。《诗经》的作者善于运用写实的手法,描写现实生活中的种种矛盾,刻画那些颇富特征的细节或生活侧面,抒发淳朴真挚的内心感情。如《卫风·氓》《邶风·静女》《豳风·七月》《豳风·东山》《小雅·采薇》《王风·黍离》《王风·君子于役》《魏风·伐檀》《魏风·硕鼠》《小雅·北山》《小雅·十月之交》等。这些诗中的朴实自然的风格,近人称之为"写实"的创作方法,或称为"现实主义"的创作方法,成为我国古代诗歌创作的优良传统之一。

2. 赋、比、兴的表现手法

《诗经》的表现手法,前人概括为赋、比、兴,这在一定程度上说明了《诗经》以至中国诗歌艺术手法的基本特征。最早提出赋、比、兴概念的是《周礼·春官·大师》,其中说道:"大师……教六诗:曰风,曰赋,曰比,曰兴,曰雅,曰颂。"《毛诗序》把"六诗"叫作"六义"。汉代的郑众、郑玄,六朝的刘勰,宋代的朱熹等人,对赋、比、兴都进行了阐释。历代的解释,不尽相同,现多取朱熹说:

赋、比、兴的表现手法

赋:"敷陈其事而直言之者也。"

比:"以彼物比此物也。"

兴:"先言他物以引起所咏之词也。"

按照朱熹的说法,赋即直接抒写或铺叙,直陈描述;比即比喻,对事物进行形象具体的比况;兴即起兴或发端,借用其他事物以引出所歌咏的对象。

宋代李仲蒙对赋、比、兴提出的一种解释,也应引起我们的注意,他说:"叙物以言情谓之赋,情尽物者也;索物以托情谓之比,情附物者也;触物以起情谓之兴,物动情者也。"(清刘熙载《艺概·赋概》引)李仲蒙解说的特点是将赋、比、兴与情紧密结合起来。诗歌是言情的,在赋、比、兴手法的运用上,李仲蒙注意到情的作用,可以说是独具慧眼的。

赋,是文学创作的最基本的方法。明谢榛《四溟诗话》说:"予尝考之《三百篇》:赋,七百二十;兴,三百七十;比,一百一十。"统计或有出入,然大体可信。《诗经》用赋,既可铺叙,又可抒情;既可用于对话,也可用于描绘;既可写全景,也可写一个场面。如《七月》,八节全用赋笔,其艺术效果深刻、真实而感人。《静女》写一个场面,表现了人物的心理感情。此外如《君子于役》《茉苢》《十亩之间》,皆属纯用赋法之例(关于赋,可参见《文史知识》1989年第10期褚斌杰《论诗经"赋比兴"之"赋"》)。

比,即比喻。《诗经》中之比,有的比况具体事物,有的用以说理,有的用以写人,如《卫风·硕人》写庄姜之美:

手如柔荑,肤如凝脂,领如蝤蛴,齿如瓠犀,螓首蛾眉。

用一连串的比喻写庄姜美丽,可谓穷形尽相,淋漓尽致。如《魏风·硕鼠》,通篇用比。再如《卫风·淇奥》:"有匪君子,如切如磋,如琢如磨。"以象牙的切磋、美玉的琢磨,形容君子高雅的仪表。《郑风·出其东门》:"出其东门,有女如云。"以云彩之喻女子的众多。《大雅·常武》:"如雷如霆,徐方震惊。"以雷霆比喻周宣王的军威。其余像《卫风·氓》《邶风·柏舟》等,用比之处不胜枚举。

"兴者,起也",即借用其他事物以引起所歌咏的对象。因此,兴一般用于一首诗或一节诗的开端,起到一种发端定韵、舒缓语气、齐足诗句的作用;如果不是这样,作者一上来便直言本意,会显得唐突兀然,若有所缺,甚至失却诗味。《诗经》中的兴法,基本上有两种形式:借句起兴与借物起兴。借句起兴,如《王风》《郑风》《唐风》各有一首《扬之水》,但三诗内容截然不同,"扬之水"一句与所咏本意并无多大联系,可能当时流传的诗歌中有这样的句子,故诗人借用之。借句起兴,一般与正意联系不大,只起一个开头或起定韵的作用。借物起兴,诗人"因其所见",或"因其所事"而"触物以起情"。这是最常用的一种兴法。如《周南》之《关雎》《桃夭》《汉广》,《邶风》之《谷风》《燕燕》,《秦风》之《黄鸟》《晨风》《蒹葭》等。借物(景)起兴时,许多景物与所引出的诗句在意义上有一定的联系。如《关雎》,起兴句可能是诗人看见河洲上成双成对的雎鸠鸟在互相鸣叫,触动情思,联想到人间的爱情,所以这类兴句,往往有比的意思。朱自清说是"一是起兴,一是譬喻"。它在艺术上,或寄寓,或象征,或渲染,或起韵,或引发联想,极大地丰富了诗歌的艺术表现力。再如《周南·桃夭》,兴句"桃之夭夭,灼灼其华",不仅渲染烘托了新婚的喜庆气氛,而且象征新婚女子也如艳丽的初开桃花。《采薇》看到薇菜的生长,联想到时间的流逝,引发久戍不归的苦痛。因此,兴是一种富有表现力的艺术手法,可以在极短的篇幅里造成极有情致的意境和鲜明的形象。诗歌作为一种独特的文学样式,除了音韵、节奏等形式要素之外,诗歌还特别要求把主观思想感情客观化、物象化,使主观思想感情与想象、理解相融合,从而塑造出主客观统一、物我相谐、情景相生的诗歌艺术形象。兴正是从诗歌艺术的这种内在规律上体现了我国诗歌艺术的本质要求,集中了我国诗歌艺术的重要美学特征。

《诗经》中赋、比、兴手法运用得好的作品,可以达到情景交融、物我相谐的艺术境界。如《秦风·蒹葭》就是这样的一首诗:

蒹葭苍苍,白露为霜。所谓伊人,在水一方。溯洄从之,道阻且长。溯游从之,宛在水中央。

蒹葭凄凄,白露未晞。所谓伊人,在水之湄。溯洄从之,道阻且跻。溯游从之,宛在水中坻。

蒹葭采采,白露未已。所谓伊人,在水之涘。溯洄从之,道阻且右。溯游从之,宛在水中沚。

全诗可说是起兴而后再用赋法,以"蒹葭苍苍,白露为霜"的写景来发端,描绘出一幅秋苇青苍、露重霜浓的清秋景色,这样的景色,触动了诗人思念"伊人"之情,三节起兴之句以景物的细微变化,即"为霜""未晞""未已",点出了诗人追求"伊人"的时间地点,渲染出三幅深秋清晨河滨的图景,由此烘托了诗人由于时间的推移(时间的推移以"白露"的"为霜""未晞""未已"来体现),越来越迫切地怀想对方("伊人")的心情。在铺叙之中,诗人反复咏叹由于河水的阻隔,意中人可望而不可即、可求而不可得的凄凉伤感的心情。"宛在"二字,说明只是想象中的情景,也说明前面的跋涉同样是想象之词,这正好说明怀想之切。诗中凄清的秋景与感伤的情绪浑然一体,构成了凄迷恍惚、耐人寻味的艺术境界。

3. 优美和谐的语言艺术

《诗经》的语言简洁朴素、精练准确、绘声绘色。《诗经》用字非常丰富,使用的单字近三千个。所用花草树木、鸟兽虫鱼等生物名词非常之多。用词精练准确方面,仅举描写手的动作来说,就用了采、掇、捋、襭、按、握、拾、抽、折、授、携、执、拔、招、捣等各式各样的动词。《诗经》的语言还富有音乐美,运用了大量的重言叠字、双声叠韵词。重言叠字如:依依、迟迟、萧萧、悠悠、凄凄、丁丁、嘤嘤;双声的如:参差、玄黄、踌躇、黾勉;叠韵的如:崔嵬、窈窕、沃若、经营、辗转、逍遥。刘勰在《文心雕龙·物色》篇中说:"……故'灼灼'状桃花之鲜,'依依'尽杨柳之貌,'杲杲'为日出之容,'瀌瀌'拟雨雪之状,'喈喈'逐黄鸟之声,'喓喓'学草虫之韵。'皎'日、'嘒'星,一言穷理;'参差''沃若',两字连形:并以少总多,情貌无遗矣!"所谓"以少总多,情貌无遗",就是指用少数字来概括复杂的情状,把情思和意象毫无遗漏地描绘出来。这就是《诗经》的语言艺术魅力。

《诗经》的句法、章法也很有特色。《诗经》的句式以二节拍的四言句为主,形成一种自然的音乐美。当然,除为主的四言句外,也出现二言、三言、五言、六言乃至七言等句式。多节拍的变奏,增添了诗歌的韵律美。

《诗经》的章法特点是回环复沓。《诗经》中的诗是可以合乐歌唱的,每一篇被分为若干节,就如今天的歌词的分段。每节词句基本相同,仅换少数几个词,反复咏唱,这是民歌常用的形式,如《周南·芣苢》:

采采芣苢,薄言采之。采采芣苢,薄言有之。

采采芣苢,薄言掇之。采采芣苢,薄言捋之。

采采芣苢,薄言袺之。采采芣苢,薄言襭之。

全诗只是更换了几个动词:采、有、掇、捋、袺、襭,从采摘的动作上可以看出采摘的芣苢不断地增多,以此来体现劳动的丰收和愉快。因此,它看似简单的重复,在艺术上却有强化作用,使所描写的事物,思想感情更加突出、更加鲜明。

再如《王风·采葛》:

彼采葛兮,一日不见,如三月兮。

彼采萧兮,一日不见,如三秋兮。

彼采艾兮,一日不见,如三岁兮。

此诗着重换了"月""秋""岁",正是这三个字的更换,体现了相思的递进、相见的迫切。在艺术上也收到了回旋跌宕的效果,增加了诗歌的音乐感。

(二)《诗经》的深远影响

《诗经》对后世的影响是非常深远的。《诗经》作者所表现出的关注现实、面向现实的热情,强烈的政治和道德意识,真诚积极的人生态度,成为中国文学的一个优良传统。后代文人倡导的"风雅""比兴"精神,其实质也就是《诗经》的面向现实的精神。屈原《离骚》《九章》中忧愤深广的感情,汉乐府缘事而发的特点,建安诗人的慷慨之音,唐代陈子昂提倡"兴寄",标举"汉魏风骨",杜甫的"别裁伪体亲风雅",白居易的新乐府等等,都是《诗经》精神的继承。《诗经》的赋、比、兴手法,为后代作家提供了学习的典范。赋的手法不但成为后世诗文的一种基本表现手法,到汉代还发展成为一种文体,彪炳一代。比、兴之法,其影响尤为深远,它开辟了后世文学所谓"寄情于物""托物以讽"的艺术表现手法。自屈原吸收、发展了比兴手法之后,比兴手法经后人的不断发展创造,已不单纯是简单地以某物作比或触物起兴了,而是诗人进行艺术构思和形象思维的重要艺术手段。后代许多优秀诗人用它创造出无数兴寄幽深、比类切至的艺术形象,形成了我国古代诗歌含蓄蕴藉、韵味深长的民族艺术风格和美学特征。

● 拓展阅读作品篇目

《国风》:《汉广》《黍离》《将仲子》《溱洧》《七月》《鸱鸮》《东山》

《小雅》:《采薇》《节南山》

《大雅》:《緜》

《周颂》:《丰年》

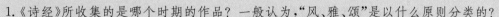
● 思考练习题

1.《诗经》所收集的是哪个时期的作品？一般认为,"风、雅、颂"是以什么原则分类的？

2.朱熹是如何解释"赋、比、兴"的？请结合作品进行说明。

3.《诗经》中的爱情婚恋诗有何特色？

4.《诗经》的艺术特色表现在哪些方面？请举例加以分析。

5.王夫之评《小雅·采薇》中的"昔我往矣,杨柳依依。今我来思,雨雪霏霏"是"以乐景写哀,以哀景写乐",请结合全诗谈谈你的理解。

6.试比较分析《邶风·谷风》和《卫风·氓》两首诗中女主人公的形象。

7.《秦风·蒹葭》一诗是如何达到情景交融的境界的？试加以分析。

第二节 史传文学

春秋战国时期,社会发生了激烈的变化。这个时期,产生了全新的思想观念,也出现了一大批崭新的散文著作,这就是诸子散文和历史散文。它们构成了中华民族文化中最精华的部分之一。

历史散文,也称为史传散文。史传散文的载体,主要是史书。而其中具有鲜明的文学特征的,我们称之为史传文学。史传文学从一开始,就开创了一种宏大叙事的特征,不论是其叙事的体例,还是叙事的内容,都体现出宏大的气魄、广阔的视野和包容古今的胸襟。从发轫期的《尚书》和《春秋》奠定基础,经由《左传》《国语》《战国策》,到标志着史传文学成熟的《史记》,形成了中国史传文学宏大叙事的优良传统。

我国古代史官文化十分发达,记载历史事件的叙事散文很早就出现。甲骨卜辞和殷商铜器铭文是我国最早的记事文字,也是史传文学的萌芽。从殷商到战国时期,史传文学由萌芽而走向成熟。在先秦史传文学中,《尚书》和《春秋》提供了记史文中记言记事的不同体例。它们可以说是史传文学的雏形。到了春秋战国时期,史传文学已摆脱了发轫期的稚嫩形态,摒弃了像《尚书》《春秋》那种言事分纪的方式,向着更加文学化的方向迈进,产生了鸿篇巨制、奠基之作《左传》。

一、《尚书》和《春秋》

（一）记言为主的《尚书》

1."上古之书"

《汉书·艺文志》说："古之王者世有史官。君举必书，所以慎言行，昭法式也。左史记言，右史记事，事为《春秋》，言为《尚书》。帝王靡不同之。"《尚书》原本称《书》，汉代被列入儒家经典"五经"，故又称《书经》。据伪托孔安国《尚书·序》及孔颖达疏：尚者，上也；《尚书》即"上古之书"。今本《尚书》包括所谓的虞、夏、商、周之书。原有100篇，据说经过孔子编定。此说实不可信。《尚书》实际上是我国最早的政事史料汇编，作者可能是各个时代的史官，在流传的过程中经过后人的整理和增益删改而成。

2.《尚书》中的思想

《尚书》中的思想，反映了从殷商到西周时代思想观念的演变，其核心是"敬天""明德""慎罚""保民"。"敬天"，因为天高高在上，时刻注意民间，能赏善惩恶，尤其是重视统治者的行为，"天讨有罪"（《皋陶谟》），所以天是宇宙最高主宰。"德"即上天的意志，"天命有德"（《皋陶谟》），"明德"即是"敬天"。天又是怜悯四方之民的，上天辅助诚信的人，民情由此可见，"民为邦本，本固邦宁"（《五子之歌》），所以要"保民"。保民则要"慎罚"，"克明德慎罚，不敢侮鳏寡"（《康诰》），要实行宽大政策，谨慎地依法行事。这些思想，对《左传》《国语》和孔子、孟子都有很大的影响。

3.《尚书》的文学特点

第一，记言的特点。《尚书》为记言之史，主要为典、谟、训、诰、誓、命之文。典是典制，内容包括帝王政绩，如《尧典》；谟是谋议、谋略，如《皋陶谟》；训诰是训诫、诰令，如《盘庚》《大诰》等，有上对下的告诫、训导，也有下对上的劝谏，有君臣间的对话，也有臣僚间的商谈；誓是誓词，如《甘誓》《汤誓》《牧誓》，都是战前的誓师词；命是册命、命令，如《文侯之命》，是周平王表彰晋文侯功绩和赏赐的命辞。

《尚书》的这些典、谟、训、诰之文，有的已经具有相当的文采，如《皋陶谟》，作者用了一连串的连类、排比句式："慎厥身，修思永""惇叙九族，庶明励翼""在知人，在安民""宽而栗，柔而立，愿而恭，乱而敬，扰而毅，直而温，简而廉，刚而塞，强而义"。这些句子，使文章显出整饬和谐之美。

《尚书》记言的另一特点是鲜明的口语化。文中采用了大量的语气词、感叹词，"嗟""都""俞""吁""呜呼"等语气词反复出现，如《甘誓》："嗟！六事之人，予誓告汝。"《无逸》："呜呼！嗣王其监于兹。"《金縢》："噫！公命我勿敢言。"这些语气词的使用，在当时是非常通俗的，增添了生活气息。

第二，简略的人物形象。《尚书》虽是记言，但已经有了简略的人物形象。如《尚书》中的一个重要人物形象周公，其事迹主要在《金縢》《大诰》《多士》《康诰》《无逸》《君奭》等篇中。《牧誓》是周武王与纣王牧野决战前的誓师词，有一小部分叙事文字。文中有对周武王英勇形象的描写，有对全军将士的庄严的号召，有对商纣王义正词严的声讨。全文如一篇战争檄文，理直气壮，慷慨激昂。

第三，文中洋溢着充沛的感情。《尚书》的语言质直拙朴，但却洋溢着充沛的感情。《无逸》篇中周公告诫成王,以正反事例反复申说,反复叮咛,语重心长,殷殷情切。尤其是"呜呼"这一感叹词的反复使用,更加重了感情色彩。《秦誓》篇,则更多的是悔恨、沉痛的感情,写出崤之战失败后,秦穆公主动承担责任,真诚向国人检讨的心情,表现出深深的自责。

第四,恰当地运用修辞手法。《尚书》中修辞手法运用最多的是比喻。如《盘庚》篇中盘庚用"若网在纲,有条不紊"的比喻,劝告臣下听从君王的指挥;用"若火之燎于原,不可向迩,其犹可扑灭"比喻浮言惑众。

排比的手法在《尚书》中也被多次运用。如《皋陶谟》的论"九德";还有如《洪范》篇:"无偏无陂,遵王之义;无有作好,遵王之道;无有作恶,遵王之路。无偏无党,王道荡荡;无党无偏,王道平平;无反无侧,王道正直。会其有极,归其有极。"结构整齐而错落有致,一气呵成,增强了语言的气势,增强了文句的韵律和美感。

(二)专于记事的《春秋》

1.《春秋》的开创意义

《春秋》是一部专于记事的史书,它是孔子根据鲁国《春秋》修订而成。一方面,《春秋》以鲁国十二国君的次序来建构整个历史面貌,从鲁隐公开始,经桓、庄、闵、僖、文、宣、成、襄、昭、定、哀共十二公,构成了一个记史的时间框架。就各个细部来说,则将历史事件和年、时、月、日的具体时间相结合,所谓"以事系日,以日系月,以月系时,以时系年"(杜预《春秋左传集解序》),用这样的方式来记载具体事件。如《春秋·桓公二年》记载:"二年春,王正月,戊申,宋督弑其君与夷及其大夫孔父。"记载的是宋国华父督发动的一场政变。戊申,即戊申日,指事件发生的日子,这就是"以事系日";"戊申"又是指"正月戊申",这是"以日系月";正月属春天,是时序,这是"以月系时";《春秋》用周正,所以称"王正月";"二年",指桓公二年,又是"以时系年"。《春秋》就是用这样的方式,开创了编年体记史的方式。另一方面,《春秋》记事,以鲁国为中心,兼及周王朝及其他诸侯国的事件,这样就构成了一个覆盖整个中原地带的记史空间。

2.《春秋》叙事的特点

《春秋》属辞比事的一大特色是所谓"春秋笔法""微言大义"。"春秋笔法""微言大义"就是在看似平常的记事之中蕴含着深刻的褒贬劝惩之"大义"。如隐公元年的《郑伯克段于鄢》,无一字不含深意。《左传·昭公三十一年》所称"书齐豹曰'盗',三叛人名,以惩不义,数恶无礼,其善志也",也是"春秋笔法"的典型例子。因此,孔子修订的《春秋》,不但是一部史书,而且是一部遵周礼、明王道、善善恶恶、拨乱反正的劝惩鉴戒之书。

《春秋》的叙事,"简而有法",主要体现在两个方面:一是简洁严谨,二是凝练含蓄。《春秋》记事,极其简要,无论多么复杂的事件,作者仅用几个字加以记载。如《僖公十六年》所记:"春,王正月,戊申,朔,陨石于宋五。是月,六鹢退飞,过宋都。"对这一条经文,《公羊传》的解释极其恰当:

> 曷为先言陨而后言石?陨石记闻,闻其磌然,视之则石,察之则五……曷为先言六而后言鹢?六鹢退飞,记见也。视之则六,察之则鹢,徐而察之则退飞。

"春秋笔法""微言大义"在文学上产生的效果就是凝练含蓄。《春秋》"以一字为褒贬",就必须对语言进行锤炼,在简洁的字句中包含深刻的内容。《春秋》简洁严谨、凝练含蓄的风格,对后代史传作品产生了良好的影响。后代史传作品基本上继承了这种风格,形成史传文学的一大特色。

二、《左传》

（一）《左传》的产生

1.《左传》的作者及其与《春秋》的关系

《左传》，西汉人称为《左氏春秋》，或称《春秋左氏传》。司马迁《史记·十二诸侯年表序》云："是以孔子明王道，干七十余君，莫能用，故西观周室，论史记旧闻，兴于鲁而次《春秋》……鲁君子左丘明，惧弟子人人异端，各安其意，失其真，故因孔子史记具论其语，成《左氏春秋》。"

班固赞同司马迁的说法，在《汉书·艺文志》中援用了此说。唐代以后开始有人怀疑左丘明作《左传》之说，清代刘逢禄和康有为等人甚至认为《左传》是汉代刘歆据《国语》伪造，其说殊为无据。正如许多先秦典籍一样，由于时代的变迁，聚散无常，加之古代长期转写流传及印刷条件之不备，以手抄写，难免后人增损窜入，甚至发现与原书抵牾之处。因此持怀疑论者虽提出了一些证据，然终因文献不足征，难以使人信服。

《左传》与《春秋》的关系，是聚讼多年的问题。集中到一点，即《左传》是否为《春秋》作"传"（传：解说经义的文字），即是否为解释《春秋》而作。司马迁、杜预、孔颖达等人都认为《左传》为解释《春秋》而作。但是，因为又存在许多"有经无传"和"有传无经"，以及经、传思想观点对立的现象，遂使许多学者反对《左传》为"传"经之作，认为《左传》为一部独立的史书，与《春秋》不存在依附的关系。杨伯峻先生曾从五个方面说明《左传》与《春秋》的关系（杨伯峻《春秋左传注·前言》），可以帮助我们了解《左传》与《春秋》之间存在的差异与内在关系。应该说，《左传》与《春秋》是存在密切联系的。正因为如此，有的学者取折中之说，认为《左传》是一部以《春秋》为纲，并仿照它的体例编成的编年史（参见徐中舒著《左传的作者及其成书年代》，郑天挺主编《左传选·前言》）。

2.《左传》的时代特征

一部《左传》，是风雷激荡的春秋时代生动的历史记录。《左传》记事，也仿照《春秋》按鲁国十二公时间次第编年，自鲁隐公元年（前722）始，延续到鲁哀公二十七年（前468）止，其后还附记鲁悼公四年（前464）三家灭智伯之事。《左传》一书，鲜明地体现出春秋这一大变革时代的激烈澎湃的时代精神。

春秋时期，上承夏、商、西周王朝，下启列国并立、群雄争霸的局面。它既宣告了一个旧的社会制度的消逝，又预示着一个新的社会制度的诞生。这一时期，大批农奴摆脱了原有的井田制的束缚，获得了人身自由而成为自耕农。经济基础的急剧变化带来了上层建筑的剧烈动荡。随着各诸侯国经济实力的增强，原为天下共主的周天子地位遭到了挑战，丧失了对诸侯列国的控制能力。《左传》记载的郑庄公，是第一个发难者，他不但敢于胁迫周平王，用王子狐与郑太子忽交质，而且还在繻葛与周王军队打了一仗，"射王中肩"，完全撕下了周天子的尊严。后来晋文公当上霸主，也不可一世地召周王赴践土之盟，此时周王的地位，已等同诸侯了。对于这种王纲解纽、礼崩乐坏的局面，孔子曾慨叹说："天下有道，则礼乐征伐自天子出；天下无道，则礼乐征伐自诸侯出。自诸侯出，盖十世希不失矣；自大夫出，五世希不失矣；陪臣执国命，三世希不失矣。"（《论语·季氏》）从"礼乐征伐自天子出"到"自诸侯出"，再到"陪臣执国命"，是旧政权结构改变的三个阶段。《左传》真实地记载了这个变化。以《左传》的记载来划分,从隐、桓二公到庄、闵时期,是王权衰落、诸侯雄起、礼乐征伐自诸侯出的时代;从僖公到襄公时期,新的政治制度逐渐确定,世卿执政的情况在各诸侯国已非常普遍,是所谓"礼乐征伐自大夫出"的时期;昭公以降,"陪臣执国命",有才干有心计的家臣支配了各诸侯国的政事。此时,权力的下移已成为不可逆转的一股潮流。礼乐征伐制度的变更、君臣礼数的僭越,宣告了一个生机盎然的新时代的来临。

与王权衰落同时而兴的,是各诸侯国之间为争夺霸主地位而展开的激烈斗争。《左传》生动地展现了这一壮阔的历史画卷。自春秋初期郑庄公叱咤于诸侯之间以后,争霸战争狼烟四起,烽火连天。齐桓公九合诸侯,晋文公策命为侯伯,秦霸西戎,楚霸诸蛮,争霸战争,旷日持久。《左传》对争霸战争的描写,最为出色,诸侯虎争,霸权迭兴,纷纭复杂,波谲云诡,堪称一部波澜壮阔的战争风云录。

春秋时期,又是一个思想大解放的时代。百家争鸣的出现宣告了一个冲破传统思维定式的思想解放运动的兴起。由于生产力的发展,人们征服和控制自然的能力增强,人的创造精神和独立意识也获得进一步的发展。当时一些进步思想家依据现实生活经验,已经意识到宗教迷信思想的虚幻,要求人们摆脱宗教迷信束缚。他们指出"天命"观念对人的价值的抹杀,反对以"天命"观念来解释自然现象和社会秩序。《左传》详细地反映了这一时期人们对天、神、人关系的新认识,反映了在思想观念大变革的背景之中,反对天道、重视人道、要求提高人的地位和价值的新思潮的出现。

《左传》成书于战国中前期。这个时期,既保留了春秋时代的社会特征,又是社会矛盾更加激化、社会生活更为复杂、讨伐争霸更加剧烈的时代。一系列政治问题、社会问题、人生问题摆到人们面前需要解答。哲学家、政治家、史学家各自用理智的评判的态度来阐述和解答这些问题,总结发展的经验与教训,探索社会的发展方向,思考人生的真谛,了解人与人之间的复杂关系。在这样的文化背景下,《左传》作者特别重视人事的总结,探索治乱兴衰之道,这对于群雄虎争的各诸侯国,都有极大的现实意义。《左传》一书反映的民本思想、爱国思想、战争思想、天人观念、伦理观念,是对春秋时代急剧变革的社会历史的总结。作者对宗法制度逐渐解体的描绘,对统治阶级内部矛盾的揭露,又为后世统治者提供了深刻的鉴戒。作者通过对历史的观察,来重新探索人的价值和人的本质,表现了作者对人在历史运动中的地位和作用的认识。

(二)《左传》的思想倾向

《左传》一书反映的思想倾向比较复杂,最主要的是民本思想、崇礼思想和崇霸思想。这三种思想,具有春秋这一特定时期的时代特征。

1. 民本思想

《左传》中的民本思想,来源于春秋时期产生的进步哲学思想。当主宰殷商、西周时代的天道观已经动摇,人们对天人关系作出新的解释,从重视天道转而重视人事的时候,民本思想也随之而生,并且越来越鲜明。桓公六年,季梁说的"夫民,神之主也,是以圣王先成民而后致力于神"一段话,就很有代表性。季梁提倡"道""忠""信",所谓道,是忠于民而信于神;所谓忠,是上思利民;所谓信,是祝史真实地报告民的情况。这三条的中心都是一个"民"字。季梁提出"敬神保民",其实质是借"敬神"来宣扬他的"保民"理论。敬神告神,都离不开民力、民心、民和;只有民力普存、民和年丰、民心无违,才能取信于神,也才能取得神的福佑。季梁谏止随侯与楚国交锋,不是从双方的军事力量的对比上来做随侯的工作,而是从"成民保国""成民取胜"的理论出发,站在哲学观念的高度进行阐述,这很像庄公十年的"曹刿论战",说明这种思想具有普遍性。

从《左传》的记载中我们可以看到,当时的统治者已认识到民心向背的重要性。郑国共叔段不断扩张自己的势力,公子吕请郑庄公早日除之,"无生民心"(《隐公元年》)。晋公子重耳流亡过五鹿,"野人与之块",重耳"怒,欲鞭之",大夫子犯却说,此乃"天赐也"。由此可说明这些统治者对民心的重视。反之,梁国的梁伯好土功,疲民以逞,导致亡国;楚灵王"汰侈",不知"众怒不可犯也",终至自缢身亡;此外像晋灵公、卫懿公、宋殇公等,皆因失民而丧国亡身。正因为民对于夺取政权和维持君位已经产生举足轻重的作用,所以统治者对于"民不堪命""民弗堪也"的惨重剥削采取了一些宽缓政策,通过"抚民""利民""息民"等政策来获取民心,这在《左传》中不乏其例。民心的向背、得民与否,也是战争胜败的决定因素,关系到霸业的兴衰。"曹刿论战"的中心,归结到一点,就是爱民、利民。晋文公"入而教其民""入务利民",结果"一战而霸";楚庄王安顿国内,"民不疲劳,君无怨讟",所以邲之战打败晋国,当上霸主;吴王阖闾"亲其民,视民如子,辛苦同之",敢于与楚争锋而大胜。这些都显示了"民"在争霸斗争中的重要性。

民本思想是春秋时期思想大解放中的一个重要组成部分,反映了由殷周奴隶制向封建制过渡时期人的价值观念的更新。孟子响亮地提出"民为贵,社稷次之,君为轻"的口号,更将民本思想推向一个新的高峰。

2. 崇礼思想

《左传》另一重要的思想倾向是对"礼"的崇重。春秋之时,礼崩乐坏,各种"非礼"的思想盛行一时。《左传》对各种思想的反应是非常敏感的,但是在"礼"的思想上,却表现出强烈的保守与复古倾向。

礼的最早的表现形式是祭祀——对天地自然的祭祀和对鬼神祖先的祭祀。《左传》认为"国之大事,在祀与戎",所以对祭祀及祭祀中的繁文缛节记载得特别详细,对天子诸侯之间的嫁娶丧葬等礼仪记载不厌其详。主祭者,也就是政权的拥有者。卫献公为求返国,宁可让宁氏执政,也不肯放弃主祭权,所谓"政由宁氏,祭则寡人"(《襄公二十六年》),可见对祭祀权的重视。春秋时期,对于"礼"与"仪"有明确的区分。《昭公二十五年》记载了子大叔对"礼"与"仪"的区分的论述,代表了这一时期人们的"礼""仪"观念。人们认为,"礼"不应只是一套人所遵循的"揖让周旋"的外在仪节形式,即"仪",还应有其内在的本质,即要有自觉的明确的社会规范,尤其应包括经国济世的有助于建立统治秩序的内容。因此昭公五年鲁昭公赴晋国,"自郊劳至于赠贿,无失礼",女叔齐仍然批评他只知"仪"而不知"礼",因为"礼,所以守其国,行其政令,无失其民者也"。鲁国此时政在三家,公室不守,所以鲁昭公不能算"知礼"。

因为礼有"经国家,定社稷,序民人,利后嗣者"(《隐公十一年》)的重大作用,所以《左传》对于礼一再强化,多次记载了春秋时期诸侯国君或大夫违礼而遭受惩罚的事件,如晋惠公、成肃公、陈五父大夫等。《左传》对"礼"的强化,把它上升到维护宗法制度、维护国家存亡、社稷安定和个人安身立命、死生存亡的高度,不但如此,还想把礼变成一种人们内心自觉的追求。《左传》中对许多违礼的人和事的预言大都应验,这绝不是一种偶然的巧合,正反映了作者欲强化这种已遭到冲击和破坏的礼制和礼文化的态度。

礼作为"国之干"和"身之干",还体现在外交往来、朝聘盟会与战争之中。如不按礼而行,就被斥为"非礼"。诸侯国内政淫乱"无礼",他国可以讨伐。战争中也要讲求礼。宣公二年,宋人狂狡倒戟而救出落井的郑人,自己反为郑人所俘,这是"失礼违命,宜其为禽"。鞌之战,晋国的韩厥和齐顷公两人皆优游有礼,一个不愿射死对方,一个执礼有加,放走了手到擒来的俘虏。这种描绘,完全是出于《左传》作者对礼的强化。

3. 崇霸思想

春秋时期,王权衰落,霸权迭兴。面对这样一个霸权争夺异常激烈的局面,《左传》表现出鲜明的崇霸思想。

首先,体现在对争霸战争的大量描写和对战胜者的态度上。《左传》写了众多的战争,大部分为争霸战争或是与争霸有关的战争。这些战争篇章,细节非常丰富,叙述十分详细,描绘异常生动,是作者用心最著、写得最为出色的部分。作者对战争思想的阐述,对战争气氛的渲染,对战争双方的褒贬,都使人明显地感受到作者对以武力攻伐征服的霸道与霸权的肯定。

其次,作者对齐、晋、秦、楚等霸主持十分欣赏和赞美的态度。几次争霸大战,如城濮之战、邲之战,作者总是站在获胜的霸主立场,阐述这些霸主取胜的原因,给予支持和赞美。再如对于"九合诸侯,一匡天下"的齐桓公,作者是以国君之楷模的形象来描写他的。尽管齐桓公的人物形象塑造在全书中并不见得丰满,但作者总不忘加以极力称赞。齐桓公兼并他国,是因为他国无礼;他"存亡国","以让饰争",是所谓的"惠施"。齐桓公死后,诸侯仍"无忘齐桓之德""盟于齐,修桓公之好"。直到昭公十三年,叔向仍称赞齐桓公"从善如流,下善齐肃,不藏贿,不从欲,施舍不倦,求善不厌"。这些对霸主的颂扬,与作者的崇霸思想有密切的关系。

最后,还表现在对武力的态度上。作者认为,天下纷争,战争无法避免,只有用武力才能阻止战争、消弭战争。楚庄王认为:"夫文,止戈为武。""夫武,禁暴、戢兵、保大、定功、安民、和众、丰财者也。"(《宣公十二年》)战争应该停止,但只有靠战争去消灭战争,所以战争又是必需的。宋国的子罕说:"天生五材,民并用之,废一不可,谁能去兵?"(《襄公二十七年》)兵威的作用在于安定国家,保护小国的生存。战争是威慑不法行为、伸张正义、安靖国家的工具,无兵威,天下终将出乱子,所以兵不可弃。这说明大国为维护其霸主的地位,并不完全放弃以武力相征伐的做法,反映了作者在崇霸思想的指导下所表现出的尚武尚战倾向。

《左传》的思想倾向比较复杂。它具有鲜明的民本思想,代表着当时的进步思想潮流;它崇尚礼制,把礼制作为衡量事物的标准,与儒家的传统思想同质。而左氏崇尚霸主,称赞齐桓、晋文之事,与"仲尼之徒无道桓、文之事者"(《孟子·梁惠王上》)的态度又不吻合。因此,对《左传》的思想倾向,不要机械地划归于哪一个学派,采取具体分析的态度才是正确的。

(三)《左传》的人物形象

《左传》全书出现的人物,上至天子诸侯、王公卿相,下至行人商贾、皂隶仆役,共有三千多个。不少人物以鲜明的个性、独特的面貌,活现在读者的面前。对于这众多的人物,本节拟归纳为几个系列来谈,以彰显《左传》人物形象的特色。

1. 在历史舞台上叱咤风云、建立功业的人物形象

这一类人物,最突出的有春秋五霸和郑庄公、晋悼公、吴王阖闾以及子产、赵盾、叔向、晏婴等人。

《左传》开篇的第一个人物郑庄公,就写得有声有色。在春秋初期的历史舞台上,郑庄公确是一个有才干的政治家,又是一个雄鸷阴险、虚伪毒辣的统治者。冯李骅说"春秋初年,郑

庄枭雄，为诸侯之冠"(《左绣》)，仅从郑庄公对待其弟共叔段及其母姜氏的态度，便可见一斑。共叔段长大之后，在其母姜氏的纵容下，不断扩张势力。郑庄公知道兄弟之间的一场权力之争是不可避免的，消灭共叔段势在必行，但他却要摆出一副"仁慈"的面孔。不给共叔段制地，看似爱护共叔段，实际上是惧其居险难制，防患于未然。共叔段依恃母宠，野心勃勃，聚敛兼并，扩张领土，终于利令智昏，发展到企图袭郑夺位的地步。郑庄公早洞察其奸，非但不早加剪除，反而欲擒故纵，麻痹对方，诱使共叔段陷入泥沼，连手下的臣子都为之迷惑，可见其阴谋诡谲，手段老辣。消灭了共叔段，他对母亲姜氏恨之入骨，发誓永不相见，过后又演出了一场和好的闹剧，足见他的奸诈与虚伪。就是这样一个阴鸷老辣的人物，当安定国内之后，他便开始了对外的扩张攻伐。周平王欲让虢公与郑庄公同为左右卿士共掌王事，郑庄公心怀不满，竟胁迫周平王，用王子狐与郑太子忽交质以钳制周室。周平王竟成了与他平起平坐的诸侯了。春秋初期，郑庄公是第一个敢于与周王对抗的人。随后，他侵卫、伐宋、入许，打着王命的旗号东征西讨，俨然一副霸主的模样。郑庄公与周王的矛盾，也终于愈演愈烈，最后兵戎相见，在繻葛与周王打了一仗，甚至"射王中肩"。虽然如此咄咄逼人，但郑庄公又知适可而止，射王中肩之后即鸣金收兵，夜里又派人去慰劳周王。

"君臣交质"，郑庄公已经完全不把周王当天子看待；"射王中肩"，则简直是犯上作乱。但是郑庄公全然不顾忌这些，的确是一个敢于冲决旧传统观念的新兴势力的代表。当然，这个新兴势力的代表仍然还留着旧传统观念的尾巴，那就是还要保持着"尊王"的虚假幌子，以"不欲多上人"与"苟自救也"来为自己掩饰，甚至假惺惺地连夜派人慰劳周王。这其中虽然有时代的原因，即在春秋初年的诸侯还不可能彻底抛弃周王朝而独立，也可以看出郑庄公手段的老辣。在春秋初年，郑庄公实在是对传统的旧制度的首发难者。从政治才干上来说，郑庄公并不亚于后来的齐桓、晋文。

五霸之中，以对晋文公的描写最为出色。晋文公重耳本非太子，在骊姬之难后逃亡国外，在列国流亡了十九年。作者集中笔墨叙述了重耳如何从一个胸无大志的贵族公子磨炼成为一代雄主。逃亡之初，重耳只是被动地逃难，并没有回国争位的念头，他身上奔流的依然是平庸的贵族公子哥的血。处狄十二年，安于齐国，都未能使他有所作为。后来经历了曹、宋、郑、楚等国的流亡生活，深刻了解了诸侯国之间的复杂关系；又在各国经历了不同的遭遇，世态的炎凉，人情的冷暖，使他备尝艰辛，身上的旧习气也一荡而尽。在楚国，面对楚王提出的回报要求时，重耳针锋相对不卑不亢地拒绝了楚王割地为报的要挟，显示出他的机智与成熟。晋惠公韩原战败之后，重耳对君位的野心也膨胀起来，于是极力争取秦国的欢心，依借秦国的势力回国夺取了君位。等他安定了国内，巩固了君位，又平定了周室的内乱，他已不安分于当一国之君，而是要出来做霸主了。艰难复杂的环境，把重耳磨炼成一个成熟老练的政治家。作者以相当细腻的笔法，写出社会的环境、时代的趋势如何造就了一个功业显赫的霸主。

春秋后期的一位雄主是吴王阖闾。阖闾(公子光)也是一个像郑庄公那样的枭雄，有勇有谋。昭公十七年夺回"馀皇舟"一战，可以看出他的善谋与机变；昭公二十三年指挥鸡父之战，又显示了他军事上的才干。他是一个野心家，用专诸杀死吴王僚夺取了君位。但他又能爱民恤民，用贤善谋，使国力很快强盛起来，并在定公四年攻入郢都，在诸侯中称霸一时。《左传》中描写的这些雄主，大都能清醒地把握形势，善于抓住时机，在争夺中谋崛起，在分裂中图霸权。同时他们又能顺应时代潮流，如重视养民爱民；还能够择善使能，重用贤才，最终建立了一番功业。

《左传》中贤臣的代表人物是子产。子产是《左传》全书写得非常成功的人物之一。子产当政之时，郑国内外交困。外部，处于晋霸强楚之间，左右为难；内部，"国小而逼，族大宠多"，面临困境。子产执政之后，进行大胆的改革，"作丘赋"，"铸刑书"。尽管遭到反对，他仍然坚持到底，终于取得积极的效果，得到国人支持。子产有较清醒的民本思想，坚持"不毁乡校"，同时又知人善任，因人而用，冯简子、子太叔、公孙挥、裨谌等人，都成为他施政的股肱。子产的外交才能也非常出色。他虽然依附晋国，但又进行有理有节的斗争，并采取灵活的策略，表现出既归服又不屈从媚事的态度。子产执政期间，郑国得到了相对的安定。同样在《左传》中以贤臣著称的叔向，与子产则有所不同。叔向处于范、赵等权门执政时期的晋国，不可能完全掌权。他在晋国很有影响，以才干卓绝受到重视，他对晋国的危机，尽管表现出很深的忧虑，且敏锐地预见到晋国的前途，却无法挽狂澜于既倒。相比之下，子产仍然是作者笔下最理想的人物。

贤臣还有赵盾和晏子等人。赵盾的特点是忠于社稷、忠于国君。晏子则是刚正不阿、疾恶如仇、爱护人民。在《左传》作者笔下，他们的形象也相当生动。

2. 政治上暴虐无道、生活上荒淫奢侈，导致亡国灭族的人物形象

这一类人物，无非是昏君奸臣。所谓昏君，指政治上暴虐无道、生活上荒淫奢侈，因而导致亡国灭族的国君。《左传》称"晋灵公不君"。"不君"二字，很精当地概括出昏君的特点。所谓"不君"，首先是残民害民，无视"民为邦本"。如晋灵公，"厚敛以彫墙，从台上弹人"，"宰夫胹熊蹯不熟，杀之"，还要"使妇人载以过朝"。这是滥杀无辜，弃民残民。再如莒共公，"虐而好剑，苟铸剑，必试诸人"，更是暴虐无道、弃民残民的典型。卫懿公"使鹤乘轩"，其荒淫无道，不亚于晋灵公。"不君"的另一个表现就是淫乱。尤其是逾越君臣关系、等级制度与纲理伦常关系的乱伦。如卫宣公夺媳为妾，遭到国人的唾弃。陈灵公与孔宁、仪行父君臣三人一同私通夏姬，还要相戏于朝，寡廉鲜耻，为人所不齿。

在这些"昏君"人物中，楚灵王也是一个典型人物。时人谓楚灵王"汰侈"，即骄淫奢侈。他做令尹时，已有国君之仪，不久便杀了郏敖自立为王。为了满足"汰侈"的欲望，他会诸侯伐吴，要诸侯拥护自己做霸主。其后，又一再伐吴，作章华宫，灭陈，俨然是一个不可一世的霸主。鲁昭公十二年（前530），楚灵王畋于州来，"汰侈"之气可谓达到顶峰。他到州来打猎，并借此向吴国示威，还流露出夺得郑田和求取周鼎的贪欲与野心，近乎狂妄。子革对楚灵王的贪欲给予深刻的讽刺，使他有所醒悟，但始终无法抑制野心，最终搞得众叛亲离，自缢而死。楚灵王成了春秋后期一个有名的昏君、暴君。

这些"不君"之君残民害民、淫乱奢侈的结果，不是爆发内乱，就是招致外来侵略。"弑君三十六，亡国五十二"（《春秋繁露》），有不少是他们自己导演的悲剧。

《左传》中所写的奸臣的代表有齐国的崔杼与庆封。崔杼迎立太子光（齐庄公），使他掌握了齐国的政权，但齐庄公只是崔杼手里的一个傀儡。庄公即位之后，崔杼就杀了齐大夫高厚且兼并其家财。专权嗜杀是崔杼的本性。崔杼夺取已死的棠公的妻子棠姜为妾，齐庄公又和棠姜淫乱，崔杼怨恨在心，竟公然杀了齐庄公，而且接连杀了三个敢于秉笔直书的太史，凶残嗜杀，令人发指。与崔杼的特权专横、凶残暴戾相比，庆封则多了一点老辣狡猾。他与崔杼勾结专权，又时时准备消灭对方。鲁襄公二十七年（前546）崔氏发生家乱，给庆封可乘之机。庆封伪言为崔杼平乱，却乘机荡尽崔氏，竟使崔氏无家可归，最后上吊自杀。庆封当

权之后,专权、聚敛、嗜田、纵酒,却又愚蠢无知,以至族人庆嗣告诫他祸将作,他还"弗听,亦无悛志"。最后,膨胀了的权势欲造成了他的灭顶之灾。崔、庆两人作祟,酿成齐国一场内乱。崔、庆之乱,从本质上说是大夫专权以弱公室的一场斗争,但作者的目的却止于揭露崔、庆两人恃权专横、凶暴奸猾的面目。

一批阴险狡诈、奸邪不轨的篡弑者,也是《左传》作者塑造得非常成功的形象。如楚国的商臣,鲁国的叔孙竖牛,齐国的商人,宋国的公子鲍。春秋时期,随着社会生产力的发展,意识形态里传统的宗法思想和君臣观念遭到了普遍的冲击,氏族等级制度也发生了动摇。小宗在财富、实力上的增强,必然要在政治上崛起乃至取代大宗。于是,少长之间、嫡庶之间的篡弑争夺频繁发生,愈演愈烈。那些非少即庶的人,本无继嗣的可能,由于国君或宗主的宠爱而膨胀了他们的权势欲。这些人聚敛搜刮,积累了大量的财富。经济上的强大使他们产生了夺权的要求。这些人物本性残暴,阴险狡诈,心狠手辣,野心勃勃,父子之情、手足之爱均不足以束缚他们。他们弑父杀兄,在所不惜;淫靡乱伦,毫无顾忌。作者站在维护宗法制度的立场,旨在揭示这种道德堕落对等级礼制的破坏及对传统伦理关系的背叛,因此对他们的刻画,往往入木三分。

3. 两类典型的贵族妇女形象

《左传》作者塑造了一批贵族妇女形象,也十分有风采。首先是一批敢于追求人格独立、争取自身地位的妇女。如卫国的庄姜、齐灵公之妾仲子、赵衰之妻赵姬,在宗法制度占统治地位的春秋时代,面对激烈的争嗣斗争,表现出与众不同的态度。卫庄姜身无子息,却真心拥戴他人之子即位;齐仲子、赵姬,本有子息可得承嗣,却不恃宠专位,反以国家利益为重,虚己为公,以才让人。这些妇女,保持了正直无私、不争一己私利的美德。还有一批妇女则具有政治家的素质和眼光,如僖负羁之妻分析形势的深刻犀利和对事态发展的高瞻远瞩;卫定姜对晋国霸主的威胁保持高度的警惕,不失时机地劝告卫定公顾全大局接纳孙林父;楚国的邓曼,对屈瑕战败的预见准确无误,对楚武王之死表现出重社稷、轻君王的思想。这些妇女,足智多谋,洞察幽微,能从错综复杂的社会矛盾中,掌握事物的发展规律,作出准确的判断,颇有政治家的风采。

妇女形象中也有一批"恶"的典型,如以淫乱行为导致家国之乱的女性。像鲁桓公夫人文姜,鲁庄公夫人哀姜,齐顷公夫人声孟子等。她们皆由淫乱始,继而参与或导演出一场场内乱。鲁宣公夫人穆姜与宣伯通奸,目的在于威逼鲁成公除掉季、孟;宋襄夫人"欲通公子鲍",其意在杀死宋昭公。在这样的勾结利用中,她们虽带有某些私利,但更多的是被当作政治斗争的工具。再如宋襄夫人与晋国的骊姬,本身则表现出强烈的权力欲和觊觎君位的野心。作者着重在暴露和谴责她们心地的凶残与手段的毒辣。晋国的骊姬,是妇人篡乱的典型。旧论骊姬狐媚工谗,奸刻辣毒,千古无两(转引自韩席筹《左传分国集注》),就是对她的性格的精当概括。

《左传》中的人物形象非常丰满,有的人物的描写已相当成功。可以看出,作为一部"言事相兼"的历史著作,《左传》作者已经开始有意识地刻画和塑造人物形象了。

(四)《左传》的叙事写人与语言的艺术

朱自清先生说:"《左传》不但是史学的权威,也是文学的权威。"(《经典常谈·〈春秋〉三传第六》)"文学的权威",说明其文学价值之高,成就之大。《左传》对人物形象的塑造、叙事写人艺术、语言艺术,构成其文学价值之所在,奠定了史传文学的基石。

1.《左传》的叙事写人

《左传》的文章,为历代古文家所称道,尤其是它的叙事,被奉为规范。杜预称美左氏叙事之美,谓:"其文缓,其旨远,将令学者原始要终,寻其枝叶,究其所穷。"(《春秋序》)意思是《左传》的文章,徐迂舒缓,旨意深远,读者可以从中探究事情的起源和归宿,寻其源流,探知原委。刘知几的总结则更为全面精当:"左氏之叙事也,述行师,则簿领盈视,咙唔沸腾;论备火,则区分在目,修饰峻整;言胜捷,则收获都尽;记奔败,则披靡横前;申盟誓,则慷慨有余;称谲诈,则欺诬可见;谈恩惠,则煦如春日;纪严切,则凛若秋霜;叙兴邦,则滋味无量;陈亡国,则凄凉可悯;或腴辞润简牍,或美句入咏歌,跌宕而不群,纵横而自得。若斯才者,殆将工侔造化,思涉鬼神,著述罕闻,古今卓绝。"(《史通·杂说上》)章学诚论其叙事之法是"离合变化,奇正相生,如孙吴用兵,扁仓用药,神妙不测,几于化工,其法莫备于左传"。(《论课蒙学文法》)刘熙载则曰:"左氏叙事,纷者整之,孤者辅之,板者活之,直者婉之,俗者雅之,枯者腴之。翦裁运化之方,斯为大备。"(《艺概·文概》)这些论述,或微观或宏观,都对《左传》的叙事进行了总结。这些论述,归结到一点,即说明《左传》已大量运用文学手法来进行叙事,由此产生"离合变化、奇正相生"的叙事特点。

《左传》叙事写人的另一特点是小说化的"属辞比事"。《礼记·经解》云:"属辞比事,《春秋》教也……属辞比事而不乱,则深于《春秋》者也。"《左传》之"深于《春秋》者",就是用详尽、生动的情节与细节,用小说化的手法来叙事写人,这奠定了将历史著作文学化、小说化的基础。如鲁襄公二十五年(前548)崔杼弑君一事,《春秋》上仅有"夏五月乙亥,齐崔杼弑其君光"一句话,《左传》则增加了大量的情节,将事件叙述得极为生动。作者先由孟公绰之口指出崔杼"将有大志",预言崔杼作乱;接下来,是崔杼娶棠姜,齐庄公通棠姜,以崔子之冠赐人等一系列情节的展开,深化崔、庄矛盾,揭示两人矛盾冲突爆发的必然性。其间,又插入齐庄公鞭贾举一事,看似闲笔,其意却在说明齐庄公暴戾无道,必多处树敌,加速走向灭亡。此时情节发展进入高潮:崔杼称病不朝,引诱齐庄公入崔府探视,贾举勾结崔杼伏兵包围齐庄公。齐庄公欲登台逃走,伏兵不答应;请求和谈,也不答应。崔杼手下人甚至声称,主人病了,不能接受君王的命令,他们只知道来捉奸夫,不知其他。齐庄公要爬墙逃走,终被乱箭射中,跌入墙内而死。"崔杼弑君"这一事件,情节安排有序不乱,扣人心弦。崔杼虽未露面,可是读者始终可以感觉到躲在幕后直接导演这一场弑君闹剧的崔杼其人。随着情节的展开,齐庄公的荒淫和可悲,也跃然纸上。整个故事情节曲折起伏,宛然一篇小说的雏形。

再如昭公元年"徐吾犯之妹择婿"一事,也写得极为精彩:

> 郑徐吾犯之妹美,公孙楚聘之矣,公孙黑又使强委禽焉。犯惧,告子产。子产曰:"是国无政,非子之患也。唯所欲与。"犯请于二子,请使女择焉。皆许之。子皙(公孙黑)盛饰入,布币而出;子南(公孙楚)戎服入,左右射,超乘而出。女自房观之,曰:"子皙信美矣,抑子南夫也。夫夫妇妇,所谓顺也。"适子南氏。子皙怒,既而橐甲以见子南,欲杀之而取其妻。子南知之,执戈逐之,及冲,击之以戈。子皙伤而归,告大夫曰:"我好见之,不知其有异志也,故伤。"

子皙精心打扮,是奶油小生,子南却是一身戎服。徐吾犯之妹爱的是赳赳武夫,于是嫁给子南。子皙不甘心,想以武力抢夺人妻,失败之后还要自我掩饰一番。全篇的叙事妙趣横生,颇有戏剧性,钱锺书先生说它是古代的三角恋爱小说,很有道理。

从以上的例子,可以看出《左传》叙事文学化、小说化的明显倾向。至于一些具体的手法，如细节描写、心理描写、白描手法、对比、烘托等，《左传》中更是比比皆是。

2.《左传》的语言艺术

《左传》的叙事富于故事性、戏剧性，和它的语言艺术有很大关系。《左传》的叙事语言，简洁、传神、辞约义丰、意蕴深厚，前面已有论及，这里着重谈谈颇具特色的外交辞令。作者记载了不少委婉动听的外交辞令，反映了当时的社会风貌，也写出了历史人物的风采。出色的外交辞令，可以消弭兵燹之灾，使敌国退师，使国家转危为安，最著名的要数鲁僖公三十年（前630）的烛之武退秦师的例子。城濮之战后，晋国要惩罚一些离心离德之国，便联合秦国围郑。在秦晋两国强兵压境的危急关头，烛之武凭着三寸不烂之舌，说退了秦兵：

> （烛之武）夜缒而出。见秦伯曰："秦、晋围郑，郑既知亡矣！若亡郑而有益于君，敢以烦执事。越国以鄙远，君知其难也；焉用亡郑以陪邻？邻之厚，君之薄也。若舍郑以为东道主，行李之往来，共其乏困，君亦无所害。且君尝为晋君赐矣；许君焦、瑕，朝济而夕设版焉，君之所知也！夫晋，何厌之有？既东封郑，又欲肆其西封，若不阙秦，将焉取之？阙秦以利晋，唯君图之！"秦伯说，与郑人盟。

烛之武游说秦伯，先从亡郑说起，指出亡郑无益于秦。无益的原因，一是"越国以鄙远"，难以实现。二是即使亡郑，得利的不是秦国而是晋国，"焉用亡郑以陪邻"。三是"邻之厚，君之薄也"，晋国强大，秦国必然削弱。这层层剥笋似的剖析，必然引起秦穆公对围郑后果的深思。接下来，烛之武再从不亡郑这一角度发挥：不亡郑，于秦不但无害，反可坐享其利。这样，两相比较，孰优孰劣，显而易见。弦外之音，还有讥秦受晋役使之意。为了瓦解秦晋联盟，加深两国的矛盾，烛之武旧怨重提，指出晋国背信食言，历来如此。最后归结到晋之野心，不独在郑，还将侵秦。这样的层层深入，晓以利害，终使秦穆公深思再三，幡然醒悟，毅然退兵，使郑国转危为安，免除了一场兵燹之灾。类似的例子还有僖公四年的《屈完如齐师》，僖公二十六年的《展喜犒师》，鲁宣公三年（前606）的《王孙满对楚王问》。外交辞令的成功，常能起到武力和军队所无法替代的作用。

春秋时期的列国大夫，大多善于应对之辞，其中最为出色的，要推子产。子产与列国尤其是晋楚两国交往的时候，表现出极高的才辩。襄公二十二年，晋平公以郑国久不朝见为借口，"征朝于郑"，子产面对晋侯的责难，一方面表示郑不"忘职"，要服侍晋国，另一方面又指责晋"政令无常"，使郑国"无日不惕"；如果晋仍不恤郑国，郑国只好与晋为敌。一番义正词严的辩驳，使晋霸只好收敛了它的淫威。襄公二十五年，郑伐陈后，子产献捷于晋。晋人三问，子产三答。针对晋国"何故侵小"的责难，子产答以大国"若无侵小，何以至焉"，可谓以其人之道，还治其人之身。昭公元年，楚公子围聘于郑，子产看出楚人心怀叵测，故拒之于城外。子产面对楚伯州犁的指责，大胆地揭露了楚人的阴谋。襄公三十一年，"子产相郑伯以如晋"，晋却以鲁有丧为借口，拒不见郑伯。这是晋国故意摆出的一副霸主的傲慢无礼之态。子产忍无可忍，只好强行拆除晋宾馆围墙而入。面对晋国的责备，子产以晋文公的所作所为来驳斥对方的无理。子产指出，晋文公做霸主，自己"宫室卑庳"，而"崇大诸侯之馆"；宾客未到，先做好一切准备工作，诸侯使节一来，有"宾至如归"之感。如今晋平公"铜鞮之宫数里"，极尽奢华，而诸侯却"舍于隶人"之馆，盗贼公行，宾客连安全都无保障。相形之下，晋平公何尝有一点"盟主"的仪态？小国又如何臣服？子产在言辞之中，对晋霸因鲁丧不接见，"高其闬闳，厚其墙垣"，"无忧客使"的谎言一一予以驳斥，最后使晋人不得不向郑伯赔礼道歉。子产的辞令，既有义正词严的反驳，也有委婉有力的陈述，有礼有节，显示出子产的智慧。

《左传》中的辞令,有的善于利用矛盾,分析利害,诱之以利,晓之以害,以说服对方,如《烛之武退秦师》;有的善于揣摩对方心理,有意投合、因势利导,以达到自己的目的,如僖公十五年的《阴饴甥对秦伯》,鲁宣公三年的《王孙满对楚王问》;有的曲折尽致,委婉有力,如鲁僖公三十二年《郑皇武子之辞杞子》;而《吕相绝秦》,则高谈雄辩,驰骋捭阖,夸张铺陈,酣畅淋漓。正如刘知几所说:"寻左氏载诸大夫辞令,行人应答,其文典而美,其语博而奥。述远古,则委曲如存;征近代,则循环可覆。必料其功用厚薄,指意深浅,谅非经营草创,出自一时,琢磨润色,独成一手。"(《史通·申左》)这些外交辞令,足以体现出《左传》高超的语言艺术。

(五)《左传》的战争描写

《左传》的战争描写也是一大特色,展现了惊心动魄的战斗场面,具有凝重雄浑的史诗般的风格。

(1)《左传》中写战争,并不是把它当作单纯的战争史记载,也不是站在某一国的立场做简单的是非曲直的评论,而是以总揽全局的宏伟气魄与历史眼光,将战争放到整个社会与历史大背景中审视,当成春秋时期争霸政治的一个重要部分来表现。作者写某一个战役,总是先详细地写出当时的政治形势,各国的错综复杂的关系,以及交战国双方的思想动态、精神面貌,从一次战争可以反映出战争前后一段广阔复杂的社会历史面貌。

如晋楚邲之战的导火线,本由郑国引起。郑国是晋楚两国争夺的对象。作者在邲之战前,就不厌其烦地记述晋楚两国多次伐郑、平郑、弃郑,展示了诸侯国之间你争我夺的复杂的政治关系和斗争形势,最终爆发了邲之战。齐晋鞌之战,起因是齐国首先入侵鲁国,鲁求救于晋。晋国主帅郤克因出使齐国,受了齐顷公之母萧同叔子的嘲笑,报仇心切,加速了这场战争的爆发。但是,从中原争霸的大背景来看,实质是邲之战后,晋新败于楚,晋霸的力量削弱,引发了齐国复霸的野心。齐不能与鳌头刚露的楚国争锋,只好转向晋国挑衅,企图从晋国手中求得一杯霸主的残羹。这就是鞌之战的真正原因。读者读《左传》中的战争篇章,切不可只盯住战争爆发那一两年的内容,而应该"溯洄从之",全面地了解诸侯国之间斗争形势的发展过程,这样才能准确把握住书中战争描写的精髓。作者写战争,也正是以此立意、剪裁和组织篇章,让读者感受到更为深广的历史氛围。

(2)《左传》的战争叙事重在写人,写出人在战争中的活动,这就使战争描写更具小说意味。在战争篇章中,作者描绘了众多栩栩如生的人物,突破了史书专记历史事件的局限,增强了作品的文学性。

作者在描绘人物时,始终把握着人物性格同战争的关系。以韩原之战、城濮之战、邲之战、鞌之战、鄢陵之战这五次大战为例,出现的人物有一百多人,作者常常用精练之笔,勾画出他们的性格。如重义戒慎的晋文公,用心深邃的秦穆公,深谋远虑的先轸、子犯,刚而无礼的子玉,忠心耿耿的庆郑,轻脱浮率的子反,审时度势的申叔时,自私偏激而又英勇顽强的郤克,儒雅而有君子风度的韩厥,机智而有心计的逢丑父,昏庸误国的子常,逞能冒进又肤浅短见的先縠,胸怀雄才大略的阖闾,等等,皆跃然纸上,千载如生。如韩原之战写晋惠公:

　　三败及韩,晋侯谓庆郑曰:"寇深矣,若之何?"对曰:"君实深之,可若何!"公曰:"不孙。"卜右,庆郑吉;弗使。步扬御戎,家仆徒为右。乘小驷,郑入也。庆郑曰:"古者大事,必乘其产;生其水土而知其人心,安其教训而服习其道,唯所纳之,无不如志。今乘异产以从戎事,及惧而变,将与人易。乱气狡愤,阴血周作,张脉偾兴,外强中干;进退不可,周旋不能。君必悔之。"弗听。

……

壬戌,战于韩原。晋戎马还泞而止。公号庆郑,庆郑曰:"愎谏违卜,固败是求,又何逃焉?"遂去之。梁由靡御韩简,虢射为右,辂秦伯,将止之;郑以救公误之,遂失秦伯。秦获晋侯以归。(《僖公十五年》)

韩原之战本来就是因为晋惠公的背信弃义引发的。战斗中,其个人性格中猜忌、固执、好胜、恩将仇报的劣根性又恶性膨胀起来,终于导致了战争的失败,自己也做了俘虏。作者就是这样通过战争中的人物表现以体现人物性格。

(3)《左传》的战争叙事既有整体性的大场面的概述,又常通过一系列的细节描绘来加以补充,把对历史的整体勾勒与细节的工笔描绘结合起来。如齐晋鞌之战,作者写了这样一些情节:晋三军部署就绪,韩厥斩人,郤克分谤,齐高固挑战且贾其余勇,齐侯"灭此而朝食"。战斗开始后,晋将郤克等人伤重仍战斗不息,追逐齐师。韩厥追齐顷公,齐顷公取饮而逃,等等。其中最为精彩的,是下面这一段:

六月,壬申,师至于靡笄之下。齐侯使请战,曰:"子以君师辱于敝邑,不腆敝赋,诘朝请见。"对曰:"晋与鲁、卫,兄弟也;来告曰:'大国朝夕释憾于敝邑之地。'寡君不忍,使群臣请于大国,无令舆师淹于君地;能进不能退,君无所辱命!"齐侯曰:"大夫之许,寡人之愿也。若其不许,亦将见也。"齐高固入晋师,桀石以投人;禽之而乘其车,系桑本焉,以徇齐垒,曰:"欲勇者贾余余勇!"

癸酉,师陈于鞌。邴夏御齐侯,逢丑父为右。晋解张御郤克,郑丘缓为右。齐侯曰:"余姑翦灭此而朝食!"不介马而驰之。郤克伤于矢,流血及屦,未绝鼓音,曰:"余病矣!"张侯曰:"自始合,而矢贯余手及肘;余折以御,左轮朱殷,岂敢言病?吾子忍之!"缓曰:"自始合,苟有险,余必下推车。子岂识之?然子病矣!"张侯曰:"师之耳目,在吾旗鼓,进退从之。此车,一人殿之,可以集事,若之何其以病败君之大事也?擐甲执兵,固即死也;病未及死,吾子勉之!"左并辔,右援枹而鼓,马逸不能止,师从之。齐师败绩。逐之,三周华不注。(《成公二年》)

残酷激烈的战争气氛通过情节的推进,使人如见刀光剑影;而"流血及屦,未绝鼓音""左并辔,右援枹而鼓"等一系列细节,又加重了战斗的紧张气氛。"贾余余勇""灭此而朝食"和郤克三人相互鼓励的细节描写,映照出人物的性格。这都是作者的神来妙笔。这些细节描写与大情节的叙述互相配合,相得益彰。

(4)《左传》写战争具有简练紧凑、虚实相生、浓淡有致、疏而不漏、张弛结合的特点,产生生动传神、波澜壮阔又惊心动魄的效果。韩原之战和城濮之战,战斗过程都写得简略,但人们并不难由此想象出战斗的激烈。如城濮之战:

己巳,晋师陈于莘北。胥臣以下军之佐当陈、蔡。子玉以若敖之六卒将中军,曰:"今日必无晋矣!"子西将左,子上将右。胥臣蒙马以虎皮,先犯陈、蔡,陈、蔡奔;楚右师溃。狐毛设二旆而退之。栾枝使舆曳柴而伪遁,楚师驰之。原轸、郤溱以中军公族横击之。狐毛、狐偃以上军夹攻子西,楚左师溃。楚师败绩。子玉收其卒而止,故不败。晋师三日馆,谷,及癸酉而还。(《僖公二十八年》)

这里分三层写晋楚双方三军的出击与狙击。第一层是胥臣先犯陈、蔡,击溃楚之右师;第二层写狐毛与栾枝诱敌深入,原轸、郤溱横击楚军,楚左师败;第三层写子玉不败,晋军进占营垒。三层各只用二十几个字,便完成了从战斗开始到结束的全过程。

鞌之战中,作者写郤克伤于矢,流血及屦而未绝鼓音,然后由张侯和郑丘缓的对话中侧叙战斗的紧张激烈。这是写得翔实处,渲染了战斗的气氛。接下来写张侯"左并辔,右援枹而鼓","马逸不能止","齐师败绩。逐之,三周华不注",这是写得疏略处。虚实结合,相辅相成。通过虚实相间和全文的渲染,仍不难想象晋军以排山倒海之势压倒齐师之壮观。邲之战写楚军出击是"疾进师,车驰卒乘,乘晋军",写晋军败绩而渡是"舟中之指可掬",都只是一句话,言简意赅,恰到好处,惊心动魄。作者还时常在刀光剑影的紧张之中透出一点轻松活泼之气,如鞌之战中高固挑战,桀石以投人,气氛紧张,而"欲勇者贾余余勇"一句,便产生了喜剧效果。作者的笔触,在波谲云诡之中,变幻无穷。如写韩厥中御从齐侯,因其有君子风度而免于齐侯之箭;韩俯定车右之尸,逢丑父乘机得以与齐侯易位;韩厥执絷马前,齐侯本可手到擒来,却又因修君臣之礼让齐侯取饮而逃。逢丑父即将被戮,又因代君任患感动郤克而免于一死。这些描写,忽而紧张,忽而从容,忽而山穷水尽,忽而柳暗花明,读者之心亦随之弛张起伏,跟着作者的笔端进入胜境。

《左传》中的各个战争描写,都可以独立成章,成为一个完整的故事。这对后来的中国古典小说尤其是战争题材小说,产生了巨大的影响。

三、《国语》与《战国策》

(一)"深闳杰异"的《国语》

1.《国语》其书

先秦史传文学中另一部重要著作是《国语》。《国语》一书,与《左传》有一定关系,但又是分而有别的不同著作。

《国语》与《左传》之间缠夹不清的问题,首先是它的作者。司马迁在《报任安书》中有"左丘失明,厥有《国语》"之说,又《史记·五帝本纪》中说:"余观《春秋》《国语》。"《十二诸侯年表序》中说:"于是谱十二诸侯,自共和讫孔子,表见《春秋》《国语》。"于是后人有认为《左传》与《国语》同为左丘明所作,且都是为解释《春秋》的。《汉书·艺文志》"春秋类"著录《国语》二十一篇,左丘明著",大概即本之于司马迁。《左传》与《国语》又有"《春秋》内传、外传"之说。《汉书·律历志下》有"《春秋外传》曰",是以《国语》为《春秋》外传之始。王充《论衡》也认为《国语》为"左氏之外传"。至三国吴韦昭作《国语》解序,以《左传》为"内传",《国语》为"外传",又是本之于班、王两人。后世更有人发挥说,《国语》是左丘明作《春秋传》的稿本,"时人共传习之,号曰《国语》"(《文献通考·经籍考》引巽岩李氏说)。因此,《国语》长期被目录学家列入"经部春秋类"中,以"准经典"的身份流传后世。

《国语》并非一部有系统的史著,而是一部古人言论的汇编。不过它与《左传》确有许多相同之处。《国语》记史时间始于西周穆王,终于鲁悼公(约前967—前453),在时间上与《左传》大体相吻合,而且许多历史事件与《左传》相同。一般认为《国语》的成书时间还稍早于《左传》,《左传》作者可能参考过《国语》。《国语》的思想倾向,也与《左传》有相同之处,主要是"重民""崇礼""尚德",这是因为二书所记载的历史时代大体相同,共同反映了这一时代的思想特征。

《国语》首创分国记史的体例,分别记周、鲁、齐、晋、郑、楚、吴、越八国事迹。八国史事详略不同。《周语》历时最长,大部分是记言论政之文,《鲁语》多一事一议的小故事,《齐语》只记管仲与齐桓公论政的几次谈话,《晋语》最为详细,起自武王,止于智伯之亡,《郑语》则只是一篇谈话。可见各国史事,差别很大,也说明作者大抵依照各国史书(即"百国春秋")底本编撰而成。不过它创立国别体的功绩和意义,却是不可抹杀的。

2.《国语》的文学成就

《国语》的文学成就虽不如《左传》,但也有自己的特色。《国语》全书有243个小节,等于是由243个大小不同的故事组成。它以记言为主,但在记言中展开故事情节,描绘人物形象,展现了春秋时代错综复杂的斗争风云和形形色色的人物风貌。

有一些历史事件,《国语》记载得相当详细,甚至详于《左传》。如晋骊姬之乱,《晋语》一、二用了八九节文字加以记载,结构也更为合理清晰。《晋语一·史苏论骊姬必乱晋》先由史苏之口预言骊姬将乱晋国,情节逐步展开:晋献公不参与祭祀武宫,有意让骊姬儿子奚齐主持祭事;优施教骊姬疏远太子申生,并向献公进谗言;又设计使申生处曲沃,远离晋献公,并派他伐霍、伐狄,功成而谗言弥兴;这样,还不能致申生于死地,优施又教骊姬夜泣,告枕头状以谗害申生;接着骊姬干脆亲手制造投毒的假案,陷害申生,逼申生自杀,以实现黜太子申生而立奚齐的目的。把这几节文字组合起来,可以组成一篇"骊姬害太子申生"的完整故事。这个事件,《国语》写得比《左传》详细。而且《国语》记载了大量的人物语言,如优施如何教唆骊姬,骊姬如何在献公面前说太子申生的坏话等,使读者更清楚地了解这些人物是如何设计害人的,如何心狠手辣,如何颠倒黑白、蛊惑人心、处心积虑。于是,不但情节更加细腻可信,人物形象也十分清晰。骊姬的狐媚工谗、心狠手辣,优施的心怀叵测、阴险无耻,申生的逆来顺受、仁慈怯懦,都给人留下深刻印象。此外,一些细节描写,也极为生动,如:

> 骊姬告优施曰:"君既许我杀太子而立奚齐矣,吾难里克,奈何!"优施曰:"吾来里克,一日而已。子为我具特羊之飨,吾以从之饮酒。我,优也,言无邮。"骊姬许诺,乃具,使优施饮里克酒,中饮,优施起舞,谓里克妻曰:"主孟啖我,我教兹暇豫事君。"乃歌曰:"暇豫之吾吾,不如鸟乌。人皆集于苑,己独集于枯。"里克笑曰:"何谓苑,何谓枯?"优施曰:"其母为夫人,其子为君,可不谓苑乎? 其母既死,其子又有谤,可不谓枯乎? 枯且有伤。"

这一节,写出优施的工于心计、善于蛊惑,既有对话,又有叙述,显然采用了文学的手法。而且像这样细腻的描绘,应该是出于作者的悬想和艺术加工。

在刻画人物方面,《国语》也有自己的特色。晋文公重耳是《国语》中着墨较多的一个人物。《左传》中的重耳也是塑造得相当成功的一个人物,但相比之下,《国语》更加详细。《国语·晋语四》详细记述了重耳流亡各国的情况,把重耳在所到之国得到的待遇,以及所到之国君臣的反应包括争论,一一详细记述下来,这不但丰富了事件情节,也丰满了人物形象。如重耳在齐,安于现状,准备老死于齐,作者记其言曰:"民生安乐,谁知其他?"姜氏引经据典教导他一番之后,他仍然说:"吾不动矣,必死于此。"人物的思想状态,写得相当真实。到了宋国,则借公孙固的口夸赞重耳"好善不厌,父事狐偃,师事赵衰,而长事贾佗",对这三位随从"居则下之,动则谘焉,成幼而不倦,殆有礼矣"。比起当初"以戈逐子犯"的重耳来,显然成熟了许多。随后,他巧答楚成王的回报、婚媾怀嬴,更显示出他的成熟。回国即位之后,晋文公重耳能接纳过去反对过自己的人,不念旧恶,粉碎了少数人的作乱阴谋。不但如此,晋文公还知道以德义胜人,在伐阳樊、伐原的战斗中示人以德、信,树立了威信,终于在城濮一战而称霸。作者还写了重耳不杀叔詹、向箕郑问信以及学读书于臼季等情节。这些都是《左传》所没有的。可以说，《国语》对于重耳这一人物成长以至称霸的各个细节描写，比《左传》丰富得多，再加上详细记载了重耳身边众随从的言论，把重耳的形象衬托得更加丰满。

吴王夫差也是《国语》中描写得较成功的人物形象。夫差是个争霸野心勃勃的君王，作者写他与晋国争盟主，以"带甲三万"人为阵，中军万人，"皆白裳、白旗、素甲、白羽之矰，望之如荼"，左军"皆赤裳、赤旗、丹甲、朱羽之矰，望之如火"，右军"皆玄裳、玄旗、黑甲、乌羽之矰，望之如墨"，"王亲秉钺，载百旗以中阵而立"（《吴语·吴欲与晋战得为盟主》），俨然不可一世。但是他又刚愎自用，一意孤行，不听从伍子胥的诤言，同意与越国讲和，贸然去攻打齐国，并且责迫伍子胥自杀。短暂的胜利使夫差昏了头，放弃了对越国的戒备，让越国恢复了国力。夫差终于由盛而衰，自取灭亡。作者在记述吴越之争的历史事件时，特别留意揭示夫差这一人物性格上的特点，所以人物刻画相当成功。

《国语》重在记言，其语言艺术很有特色。《国语》的记言继承了《尚书》的特点，但是又有很大的发展。首先，《国语》的人物语言大都长于说理，重于教训。如姜氏劝告重耳不可安于齐国，就不仅仅是如《左传》中的短短几句话，而是生出一大段文字来：

公子曰："吾不动矣，必死于此。"

姜曰："不然。《周诗》曰：'莘莘征夫，每怀靡及。'夙夜征行，不遑启处，犹惧无及。况其顺身纵欲怀安，将何及矣！人不求及，其能及乎？日月不处，人谁获安？西方之书有之曰：'怀与安，实疚大事。'《郑诗》云：'仲可怀也，人之多言。亦可畏也。'昔管敬仲有言，小妾闻之，曰：'畏威如疾，民之上也。从怀如流，民之下也。见怀思威，民之中也。畏威如疾，乃能威民。威在民上，弗畏有刑。从怀如流，去威远矣，故谓之下。其在辟也，吾从中也。《郑诗》之言，吾其从之。'此大夫管仲之所以纪纲齐国，裨辅先君而成霸者也。子而弃之，不亦难乎？齐国之政败矣，晋之无道久矣，从者之谋忠矣，时日及矣，公子几矣。君国可以济百姓，而释之者，非人也。败不可处，时不可失，忠不可弃，怀不可从，子必速行。吾闻晋之始封也，岁在大火，阏伯之星也，实纪商人。商之飨国三十一王。瞽史之纪曰：'唐叔之世，将如商数。'今未半也。乱不长世，公子唯子，子必有晋。若何怀安？"

公子弗听。

在这段论述中，姜氏不但多次征引《诗经》中的诗句来劝告重耳不可贪图安逸，而且举了武王、管仲的例子来晓以大义，希望重耳能效法他们建立功业，又精确地分析齐国霸业衰弱的形势，告喻重耳机不可失。姜氏的话，广征博引，从多方面来说明事理，予重耳以教训。姜氏能说出如此缜密渊深的道理，其言辞显然经过了作者有意识的加工。再如《周语上》邵公谏厉王弭谤，《晋语八》叔向论忧德不忧贫，《楚语下》王孙圉论国之宝，都是分析精辟，说理严密，并且寓教训于说理之中，足以看出《国语》记言的特色。

《国语》记言的另一个特点是平实畅达。《国语》记言与《尚书》的"佶屈聱牙"不同，已显示出通俗自然、明白流畅的特点。它所用的词汇大都明白易懂，贴近口语，不显得古奥晦涩。如《周语下》单穆公谏景王铸大钟，就是用平实自然的语言讲述出一番道理来："夫钟声以为耳也，耳所不及，非钟声也。犹目所不见，不可以为目也。夫目之察度也，不过步武尺寸之间；其察色也，不过墨丈寻常之间。耳之察和也，在清浊之间；其察清浊也，不过一人之所胜。"又说:"夫乐不过以听耳,而美不过以观目。若听乐而震,观美而眩,患莫甚焉。夫耳目,心之枢机也,故必听和而视正。听和则聪,视正则明。聪则言听,明则德昭。听言昭德,则能思虑纯固。"这是用日常生活的经验来阐述平实浅易的道理。说明的语言是如此,记述的语言也是如此。请看"单穆公谏景王铸大钟"这一篇:

> 王不听,卒铸大钟。二十四年,钟成,伶人告和。王谓伶州鸠曰:"钟果和矣。"对曰:"未可知。"王曰:"何故?"对曰:"上作器,民备乐之,则为和。今财亡民罢,莫不怨恨,臣不知其和也……故谚曰:'众心成城,众口铄金。'三年之中而害金再兴焉,惧一之废也。"王曰:"尔老耄矣,何知?"二十五年,王崩,钟不和。

君臣间的对话,基本上用口语,并引用民谚,读起来给人自然流畅之感。

《国语》的记言,也有的显得风趣而幽默,风姿摇曳,引人入胜。如《晋语四》:

> 姜与子犯谋,醉而载之以行。醒,以戈逐子犯,曰:"若无所济,吾食舅氏之肉,其知餍乎!"舅犯走,且对曰:"若无所济,余未知死所,谁能与豺狼争食?若克有成,公子亦无晋之柔嘉,是以甘食。偃之肉腥臊,将焉用之?"遂行。

对话生动活泼,幽默有趣,且富于戏剧性。比之《左传》对这一细节的记载,要生动活泼得多。再如《晋语九》:

> 董叔将娶于范氏,叔向曰:"范氏富,盍已乎!"曰:"欲为系援焉。"他日,董祁诉于范献子曰:"不吾敬也。"献子执而纺于庭之槐,叔向过之,曰:"子盍为我请乎?"叔向曰:"求系,既系矣;求援,既援矣。欲而得之,又何请焉?"

董叔想攀附范氏,范氏为富不仁。董叔得罪范献子之妹董祁(即范氏之妹范祁,嫁于董叔,故称董祁),范献子不分青红皂白,将他悬于庭槐。叔向借用"系援"二字的双关语,嘲笑董叔的自作自受,十分辛辣。

《国语》分八国记事,非出一人之手,语言风格并不一致。陶望龄说:"《国语》一书,深厚浑朴,周、鲁尚矣。《周语》辞胜事,《晋语》事胜辞。《齐语》单记桓公霸业,大略与《管子》同。如其妙理玮辞,骤读之而心惊,潜玩之而味永,还须以《越语》压卷。"(朱彝尊《经义考》卷二百九引)点出各卷的特点,颇为准确。柳宗元曾经批评《国语》说:"尝读《国语》,病其文胜而言尨,好诡以反伦……"(《与吕道州温论非国语书》)这主要是就其中的一些思想而论的。同时,他也不得不赞叹《国语》的文学成就,谓:"左氏《国语》,其文深闳杰异,固世之所耽嗜而不已也。"(《非国语序》)甚至自己为文,也学《国语》,刘熙载说:"余谓柳文从《国语》入,不从《国语》出。"(《艺概·文概》)可见《国语》对后世的影响。

(二)"敷张扬厉"的《战国策》

如果说《左传》这一巨著为我们真实地展现了春秋时期 240 多年的历史面貌,那么,《战国策》这部奇书则为我们描绘出战国时代纵横捭阖的时代风貌与瑰丽恣肆的人文精神。

1.《战国策》概述

《战国策》,又称《国策》。策,本义为竹简,意同"册"。刘向认为《战国策》的"策"乃"策谋"之意。刘向在《战国策序录》中说:

> 臣向以为,战国时游士辅所用之国,为之策谋,宜为《战国策》。其事继春秋以后,讫楚、汉之起,二百四十五年间之事,皆定以杀青,书可缮写。

"为之策谋,宜为《战国策》",这主要从书的内容而言。由刘向《战国策序录》还可知《战国策》在未经整理校定之前,有《国策》《国事》《短长》《事语》《长书》《修书》等名称,说明《战国策》的母本繁多。杨宽先生认为："所谓《国策》《国事》,该是以国别分类编辑的,所谓《短长》《长书》《修书》,就是记载纵横家言的。《短长》就是'权变'的意思。"(《马王堆帛书〈战国纵横家书〉的史料价值》,《战国纵横家书》第156页。)此外,在整理校定之前,《战国策》卷帙颇为混乱,文字错讹甚多。刘向就中秘所藏之书,以国分别,以时相次,去其重复,校成定本,分东周、西周、秦、楚、齐、赵、魏、韩、燕、宋、卫、中山十二国,合为三十三篇,定名为《战国策》。

关于《战国策》的作者,《旧唐书·经籍志》著为刘向撰,这显然不妥。罗根泽先生认为其作者是秦汉间辩士蒯通,也证据不足。《战国策》非一人一时所为,但基本上为战国时期的作品,这一点,还是为大家所公认的。

《汉书·艺文志》将《战国策》列于《史记》之前,归入春秋类而不入纵横家类,后代的史志也多归入"史"部,说明它被作为史书看待。但是,作为史书,它的史料确实存在着真伪参半和年代不详等问题,掺入不少"增饰非实"之辞,因此为后代考史者所诟病。自宋代晁公武《郡斋读书志》把它归入子部纵横家之后,许多志书也将它归入纵横家类,而不当作一部信史看待。我们就现存的《战国策》内容来说,与其说它是　部国别史,毋宁说它是一部战国时代纵横家游说各国的活动和说辞及其权谋智变斗争的故事汇编。其史料的真实性虽不完全可靠,掺杂着不少夸大其词的虚构,但它真实地反映了战国纵横策士的时代风貌和时代精神。《战国策》一改《左传》那雍容徐迂的贵族风度,抛弃那种恪守礼义的一本正经,把历史的视野,从天子公卿诸侯君臣转换到新兴的知识阶层——"士"身上来,把战国策士赤裸裸的反叛传统、追求功名富贵和朝气蓬勃却又谲诈机变的精神个性淋漓尽致地表现出来。它那敷张扬厉、气吞江海、挟霜裹电的说辞与文风,恰恰体现了战国时代万马奔腾、纵横捭阖的人文精神。它是先秦史传文学的另一座高峰,也是中国古代散文作品中最杰出的著作之一。

2. 充满时代气息的全新思想观念

历史视角的转换,显示出作者思想倾向的变化。在《战国策》里,民本思想虽然仍然存在,却非全书的主流,代之而起的是全新的"独创的"纵横策士的思想,它洋溢着鲜明的时代气息。

首先是重士贵士的思想。整个战国时代,是"士"纵横驰骋于政治舞台的时代。刘向说,战国之时,"孟子、孙卿儒术之士弃捐于世,而游说权谋之徒见贵于俗"(《战国策序录》)。《孟子·滕文公下》记载,景春曰:"公孙衍、张仪岂不诚大丈夫哉! 一怒而诸侯惧,安居而天下熄。"谋臣策士的作用如此,以至于他们的喜怒哀乐、用藏行止,直接牵涉天下的安宁。因此,士人焉能不被重视?

最能表现出《战国策》重士、贵士思想的,莫过于《齐策四·齐宣王见颜斶》章:

> 齐宣王见颜斶,曰:"斶前!"斶亦曰:"王前!"宣王不悦。左右曰:"王,人君也。斶,人臣也。王曰'斶前',亦曰'王前',可乎?"斶对曰:"夫斶前为慕势,王前为趋士。与使斶为慕势,不如使王为趋士。"王忿然作色曰:"王者贵乎? 士贵乎?"对曰:"士贵耳,王者不贵。"王曰:"有说乎?"斶曰:"有。昔者秦攻齐,令曰'有敢去柳下季垄五十步而樵采者,死不赦。'令曰'有能得齐王头者,封万户侯,赐金千镒。'由是观之,生王之头,曾不若死士之垄也。"宣王默然不悦。

颜斶在这里公开亮出了"士贵王者不贵"的口号,对于传统的"王者贵而士人贱"的观念给予极大的冲击,表现出强烈的反传统精神。另一位士人王斗也同样表现出了这样的精神(《齐策四》)。在这种思潮的影响下,一些思想敏锐的国君也改变了态度,如秦昭王对范雎的态度,又是"跪而请",又是"屏左右",又是"虚无人",一副虚心纳士的样子(《秦策三》)。燕昭王则更是筑宫求贤,广招士人(《燕策一》)。

其次是重利轻义、鄙视传统的价值观与行为准则。《战国策》赤裸裸地宣扬对个人功利的追求,并以欣赏的笔调来描写名利场上的竞争。以至于后人惊呼:"《战国策》,离经叛道之书也。"(李梦阳《刻战国策序》)

以最负盛名的纵横家苏秦、张仪来说,无论合纵也好,连横也好,都不是他们信守如一的政治主张。纵横之术,不过是他们猎取功名富贵的工具而已。苏秦说的两句话,颇能揭示当时士人的心态:"安有说人主,不能出其金玉锦绣,取卿相之尊者乎?""人生世上,势位富贵,盖可忽乎哉?"这是毫无掩饰的内心自白。这些士人的最高理想,就是追求"势位富贵"而已。这使人想起孟子所写的"齐人乞墦"的故事。苏秦与齐人乞墦,何其相似乃尔,然而在孟子笔下,齐人是被评判的对象。由此可以看出《战国策》与儒家思想的不同。

战国时期赤裸裸地追求功利的思潮,渗入了非常浓厚的商人意识。《秦策五》记吕不韦时写道:

> 濮阳人吕不韦贾于邯郸,见秦质子异人,归而谓父曰:"耕田之利几倍?"曰:"十倍。""珠玉之赢几倍?"曰:"百倍。""立国家之主赢几倍?"曰:"无数。"曰:"今力田疾作,不得暖衣余食;今建国立君,泽可以遗世。愿往事之。"

吕不韦是个"往来贩贱卖贵,家累千金"的大商人,当他介入政治投机活动时,自然带上了唯利是图的意识。王世贞说:"自古及今取富秉权势者,无如不韦之秽且卑,然亦未有如不韦之巧者。"(引自张高瑗《读〈战国策〉随笔》)吕不韦的思想很有代表性。"争名者于朝,争利者于市",已是士人们公开亮出的旗帜。

与追逐功利思想紧密相连的,是对礼义的否定和对传统的价值观与行为准则的鄙视。苏秦已公开扬言:"且夫信行者,所以自为也,非所以为人也。皆自覆之术,非进取之道也。"(《燕策一》)苏代也宣称:"臣以为廉不与身俱达,义不与生俱立。仁、义者,自完之道也,非进取之术也。"(《燕策一》)这种对忠信、礼义的看法,与传统观念完全背道而驰。战国策士否定礼义,崇尚的是"权籍"和"时势",是对背信弃义的毫无所谓。刘向说他们是"捐礼让而贵战争,弃仁义而用诈谲"(《战国策序录》),这的确是一种"全新的"思想倾向,反映了战国时代精神。

3.《战国策》的文学成就

(1) 高才秀士的风采。纵横策士,是战国舞台上最为活跃的一个阶层。《战国策》作为一部记录纵横家活动的故事汇编,全面展现了这些高才秀士的风采。

在这一大批纵横家中,最著名的莫过于煊赫一时、声震六国的苏秦。苏秦的出身并不高贵,"特穷巷掘门,桑户棬枢之士耳",他也自称为"东周之鄙人"。苏秦的理想,不过是"功名富贵"四个字。苏秦始以连横之术说秦惠王,虽引古论今、滔滔不绝说了一大通,却没有说动秦惠王,结果是失败而归:"说秦王书十上而说不行,黑貂之裘弊,黄金百斤尽,资用乏绝,去秦而归。嬴滕履屩,负书担橐,形容枯槁,面目犁黑,状有归色。归至家,妻不下纴,嫂不为炊,父母不与言。"(《秦策一》)然而这失败的刺激,似乎更激发了他顽强进取的精神:"乃夜发书,陈箧数十,得太公《阴符》之谋,伏而诵之,简练以为揣摩。读书欲睡,引锥自刺其股,血流至足。曰'安有说人主不能出其金玉锦绣、取卿相之尊者乎?'期年,揣摩成,曰'此真可以说当世之君矣。"(《秦策一》)苏秦终于取得了成功。苏秦关于合纵的主张,集中体现在他游说赵王的说辞中(《赵策二·苏秦从燕之赵》)。从这篇说辞可以看出,苏秦并不是一个只知追逐利禄的庸俗之辈,而是一个通晓各国政治历史、具有战略眼光的政治家和军事家。作者写苏秦成功后,"故苏秦相于赵而关不通。当此之时,天下之大,万民之众,王侯之威,谋臣之权,皆欲决苏秦之策……"(《秦策一》)虽未免有虚构和夸张之辞,但苏秦的作用确实不可低估。这是一个由失败走向成功的纵横家英雄。

与苏秦相辉映的是张仪。与苏秦相同的是,张仪也经历过失败的痛苦。据《史记·张仪列传》,张仪游楚,被"掠笞数百",其妻劝之,答以"舌在足矣"。说明张仪也是一个坚韧不拔顽强进取之人。这正是人物的时代特征。张仪连横的主张,主要见于《秦策一·张仪说秦王》章。在这篇洋洋洒洒的长文中,张仪综论了六国合纵抗秦的形势,以及秦国成就霸业统一中国的条件,并提出了自己散纵连横的方略,显示了张仪作为一个纵横家的政治才干。不过在《战国策》里,我们更多看到的是张仪是个善使诡计的"诈伪反复"之人。他谗害樗里疾,在秦王面前造樗里疾的谣言,终于使樗里疾逃秦而去。他又在秦王面前攻击、诋毁陈轸。这些都暴露出张仪的奸邪小人嘴脸。张仪为秦入楚拆散齐楚联盟,利用楚怀王贪婪的弱点,投其所好,甜言蜜语,出尔反尔,耍弄两面派手法,更是一副奸诈无赖的政客嘴脸。除了苏秦、张仪,《战国策》中还描绘了陈轸、公孙衍、冯谖、荆轲、聂政等一大批人物,作者对于这些纵横策士,不但写他们的聪明才智,同时还写出他们的性格,写出他们的内心世界,人物形象塑造得十分成功。

战国时期的高才秀士,常被称为"智士""谋士",所以《战国策》特别注重写出战国策士的智慧与谋略。如范雎向秦昭王献"远交近攻"之策,强调要"毋独攻其地,而攻其人",可见智高一筹。冯谖为孟尝君市义,为孟尝君经营三窟,深谋远虑,巧用心计,表现出一位智者的谋略。邹忌劝齐威王纳谏,则巧妙地借与城北徐公比美发端,现身说法,得出私我者、畏我者、有求于我者,皆有可能"蔽于己"的道理,由此隐喻联想,指出"王之蔽甚矣"的严重性。其方式实在巧妙,体现了邹忌的智慧。触龙说赵威后,却不从本意说起,先言老病饮食,从老人的日常生活聊起,以解除赵威后的戒备,接着从爱子切入,陈以利害,终于说服了赵威后让长安君赴齐做人质。他运用智慧劝谏君王,堪称高手。

智谋策略是策士的资本,反映了知识阶层的智慧与价值。《战国策》作者崇尚智慧与谋略,描绘了众多的奇策异智,写出了高才秀士们的风采。

(2) 敷张扬厉的说辞。《战国策》一书,有大量纵横家的说辞。策士的成功,主要靠"说"。他们蛊动王侯,左右局势,以致一言可以兴邦、一语足以丧国。因此,说辞的内容、游说的技巧,都是十分讲究的。

纵横家的说辞,首先具有敷张扬厉、气势奔放的特点,所谓"其辞敷张而扬厉,变其本而加恢奇焉"(章学诚《文史通义·诗教上》),因此有极大的感染力和煽动力。请看《苏秦为赵合从说齐宣王》中苏秦的一段说辞:

> 苏秦为赵合从,说齐宣王曰:"齐南有太山,东有琅邪,西有清河,北有渤海,此所谓四塞之国也。齐地方二千里,带甲数十万,粟如丘山。齐车之良,五家之兵,疾如锥矢,战如雷电,解如风雨。即有军役,未尝倍太山,绝清河,涉渤海也。临淄之中七万户,臣窃度之,下户三男子,三七二十一万,不待发于远县,而临淄之卒,固以二十一万矣。临

淄甚富而实,其民无不吹竽、鼓瑟、击筑、弹琴、斗鸡、走犬、六博、蹹鞠者;临淄之途,车毂击,人肩摩,连衽成帷,举袂成幕,挥汗成雨;家敦而富,志高而扬。夫以大王之贤与齐之强,天下不能当。今乃西面事秦,窃为大王羞之……"(《齐策一》)

苏秦的这一段说辞,目的要说动齐宣王同意合纵之策,联合六国对付强秦。他首先极力描述齐国疆土广大、地势险要、人口众多、资源充足、经济繁荣、国家殷富,还有文化发达、士气高昂、君主贤明,综论齐国各方面的强大与优势,提高齐宣王抗秦的信心。此外,还将齐与韩、魏作对比,说明韩、魏对于秦国,无论胜败都处境艰难,而齐国则有条件与秦抗衡。因此,归结到一点,齐国只有走合纵抗秦之路。这一段说辞,极尽夸张、渲染之能事,具有很强的感染力。作者用了许多形象的比喻和生动的描写、夸张的成分,在句式上,则用了一系列的排比句,以造出强大的气势。这就是典型的敷张扬厉的特征。苏秦游说六国之辞,大都有这样的特征,其辞"沉而快,雄而隽",夸张铺陈,气势充沛,如江河直下,文笔流利酣畅,美妙动人,具有很强的文学色彩。

与苏秦的说辞不同,张仪之辞,在夸陈之中更多的是危言耸听、以势吓人。如《张仪为秦连横说齐王》:

臣闻之,齐与鲁三战而鲁三胜,国以危,亡随其后,虽有胜名而有亡之实,是何故也?齐大而鲁小。今赵之与秦也,犹齐之于鲁也。秦、赵战于河、漳之上,再战而再胜秦;战于番吾之下,再战而再胜秦。四战之后,赵亡卒数十万,邯郸仅存。虽有胜秦之名,而国破矣!是何故也?秦强而赵弱也。今秦、楚嫁子娶妇,为昆弟之国;韩献宜阳,魏效河外,赵入朝渑池,割河间以事秦。大王不事秦,秦驱韩、魏攻齐之南地,悉赵涉河关,指博关、临淄、即墨非王之有也。国一日被攻,虽欲事秦,不可得也。是故愿大王熟计之。(《齐策一》)

张仪的说辞,没有侈陈齐国如何的强大,而是极力夸说秦国之威势及其对六国造成的威胁,力斥合纵之徒为害之甚,并从六国破亡之后的惨状来威吓对方,实在是危言耸听。今本《战国策》的编者,有意识地将苏、张二人的说辞编排在一起,读者更容易进行比较。对照起来看,二人的说辞,有如两兵交战,一守一攻,都能依其本意,尽情发挥,诚如刘熙载所说:"战国说士之言,其用意类能先立地步,故得如善攻者使人不能守,善守者使人不得攻也。不然,专于措辞求奇,虽复可惊可喜,不免脆而易败。"(《艺概·文概》)"先立地步",高屋建瓴,抵掌揣摩,侈陈利害,因此能气势恢弘,笔酣意尽。

还有一类说辞,虽不像苏秦、张仪那样词锋逼人,但也同样代表了战国说辞敷张扬厉的作风,如大家所熟悉的《楚策四·庄辛谓楚襄王》即是。楚襄王"专淫逸侈靡,不顾国政",几亡楚国。于是庄辛劝诫楚襄王应当居安思危,防患于未然。庄辛的说辞,由小事说起,层层设喻,以蜻蛉、黄雀、黄鹄等寓言说明逸乐丧生的道理,然后再由物及人,以蔡灵侯淫逸失国的历史教训,使楚襄王惊醒和戒惕。亦如林云铭所说:"是篇只追论楚襄王既往之失在'不以天下国家为事'一句。又嫌其涉于突,故缓缓从他物他人引起,见得世界中不论是物是人,无小无大,俱在危机中过日,好不惊悚。绎四个'因是',及五个'不知'字面,分明是生于忧患、死于安乐注脚。其意直欲楚襄王自怨自艾,从今日始,以前车为鉴,庶几失之东隅,收之桑榆。所谓知有病,即为药也。"(《古文析义》卷五)《古文观止》的编者也评论道:"只起结点缀正意,中间纯用引喻,自小至大,从物自人,宽宽说来,渐渐逼人,及一点破题面,令人毛骨俱竦。《国策》多以比喻劝君,而此篇辞旨更危,格韵尤隽。"像这样的说辞,辞采丰富,形象鲜明,语言恣肆,气势充沛,已如后来的赋体。清人姚鼐《古文辞类纂》将此篇编入"辞赋类"中,不无道理。

（3）别开生面的寓言文学。《战国策》与其他史传文学所不同的一点,就是创作了大量的寓言故事,成为其文学成就中别开生面的一个独特景观。

《战国策》中的寓言故事,是纵横策士们作为政治斗争的工具,作为纵横捭阖的一种思想武器来运用的,所以与战国时代的风云际会紧密相连。刘知几说:"战国虎争,驰说云涌,人持弄丸之辩,家挟飞钳之术。剧谈者以谲诳为宗,利口者以寓言为主。"（《史通·言语》）运用寓言故事,使深刻的道理形象化。如陈轸用"一举而兼两虎"的故事奉劝秦王在齐楚相争中坐收渔利（《秦策二》）,郭隗以"五百金买马首"的寓言建议燕昭王纳士（《燕策三》）,汗明以"骥服盐车"的比喻希望春申君能当个发现人才的伯乐（《楚策四》）,等等。

《战国策》寓言故事流传不衰,为后人所喜爱,说明它们具有永恒的动人艺术魅力。首先,《战国策》中的寓言故事,大多取材于现实生活,充满生活气息。像《楚人有两妻者》《江上之处女》《群狗争骨》《邹忌窥镜》《画蛇添足》等,都是运用身边的事例,取材于生活中的常见事,它们虽出于策士之口,但仍使人感到亲切可信,有说服力和感染力。其次,形象与寓意的和谐统一。如《狐假虎威》的寓言,江乙把"虎"比作荆宣王,"狐"比作昭奚恤仗着荆宣王的势力耀武扬威,就像狐狸借老虎的威势一样,荆宣王之受蒙蔽,跟老虎受蒙蔽也是一样的。这里,虎和狐的形象,与荆宣王、昭奚恤这两个人物,"狐假虎威"与昭奚恤依仗楚王威势的现象,是如此的相似。喻体（即形象）与寓意总是非常协调地互相呼应,作者的讽谏意义与动物的形象关系非常吻合,寓言形象与所要表达的寓意达到了高度的和谐统一。最后,《战国策》中的寓言,形象鲜明、情节生动、描写细腻、多彩多姿。像《邹忌窥镜》《海大鱼》《画蛇添足》《郑袖劓美人鼻》《卫人迎新妇》等,都有较为完整的故事情节,其中邹忌的敏锐、添足舍人的得意、郑袖的阴毒、新妇的心直口快,都刻画得非常生动。有的寓言,在短小的篇幅中安排了矛盾冲突的情节（如《鹬蚌相争》）,有的有简洁传神的对话（如《南辕北辙》）;形式上,有夹叙夹议式、问答式、拟人式等;风格上,有的典雅严肃,有的委婉含蓄,有的尖刻泼辣,有的风趣幽默,呈现出瑰丽多姿的风貌。

就某些篇章说,《战国策》可与《左传》媲美,而它的说辞,具有自己鲜明的特色。因此,史传文学从《左传》到《战国策》,有了一定的发展变化。《战国策》给司马迁创作《史记》提供了大量的史料。司马迁所见的《战国策》,应是《战国策》的母本即《国策》《国事》《短长》之类,《史记》中记述战国史事的传记共有三十篇,除《屈原贾生列传》《孟子荀卿列传》之外,其余二十八篇都和《战国策》有关（参见韩兆琦主编《史记通论》）。据今人统计,《史记》采自《战国策》者,实有 149 处（见郑良树《竹帛书简论文集》）,而不止宋代姚宽所说的"采九十三事"。《战国策》中不少文字被基本不加改动地移入《史记》,被引史料之多,可见《战国策》对《史记》影响之大。

先秦史传文学对后代的文学产生了深远的影响。史传文学的体例、叙事原则、写作艺术等对后代传记文学有直接的启发。《史记》的体例即是在先秦编年史、国别史的基础上创新和发展起来的。在叙事方面,《春秋》《左传》的直书其事、褒贬鲜明的特点,注重写人的意识,文学化的著史手法和叙事手法,为后代史书的写作、传记文学的创作提供了典范,对于中国古代小说创作,不但提供了大量的题材,也提供了可资借鉴的艺术手法。

● 拓展阅读作品篇目

　　《左传》:《郑伯克段于鄢》《晋公子重耳之亡》《郑败宋师获华元》《城濮之战》《晋灵公不君》《吕相绝秦》

　　《国语》:《召公谏厉王弭谤》《勾践灭吴》

　　《战国策》:《苏秦始将连横》《赵威后问齐使》《庄辛谓楚襄王》《鲁仲连义不帝秦》

● 思考练习题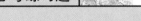

　　1.《左传》的叙事写人有何特点?

　　2. 以《烛之武退秦师》和《吕相绝秦》为例,简述《左传》外交辞令的特色。

　　3. 举例说明《国语》"平易畅达"的语言特色。

　　4. 试比较《左传》《战国策》二书辞令语言的特色。

　　5.《战国策》的寓言有何特点?请举例加以分析。

　　6. 请以苏秦或张仪为例分析纵横策士的形象。

第三节　诸子文学

　　春秋战国时期,是中国文化史上最灿烂的时代。这是一个社会大转型、社会剧烈变化的时代。此时王室衰微,礼崩乐坏,诸侯蜂起,列国兼并,国人暴动,奴隶起义,社会处于激烈动荡之中。社会的变革促进了文化突飞猛进地发展,先秦诸子散文就是在这一社会背景下孕育出来的。

　　所谓"诸子",就是指先秦诸多的思想家。"诸子散文"从性质上看大多属于论辩性的哲理散文。诸子散文繁荣的原因,大致可归纳为以下几个方面。第一,奴隶制的衰落打破了"学在王官"的文化垄断局面,从而使文化由贵族扩充到"士"的手中。春秋以前,学在官府,没有私家著作,没有个人的文章。春秋战国之际,"士"阶层兴起,出现了私家著述和私人讲学,私人著述及文章日益增多。第二,春秋战国又是一个思想上大解放的时代。这个时期百家驰说,诸子争鸣,在这样一个可以自由辩论的时代环境中,诸子各派为了宣传自己的主张,纷纷著书立说,于是产生了丰富多彩的诸子散文作品。第三,各诸侯国之间频繁交往,经济繁荣、交通便利,使各种思想文化能够广泛传播,促进了散文的繁荣。此外,文字的趋于简化,书写工具的发展,记载的便利,也都是诸子散文繁荣的原因。清代学者章学诚曾说:"盖至战国而文章之变尽,至战国而著述之事专,至战国而后世之文体备。故论文于战国,而升降盛衰之故可知也。"(《文史通义·诗教上》)

　　先秦诸子包括不同的学术派别和政治观点。据《汉书·艺文志》载,诸子各家,包括儒、道、阴阳、法、名、墨、纵横、农、杂、小说十家,可观者九家。先秦诸子散文的发展,从时序上常概括为三个阶段:第一阶段是《论语》和《墨子》,第二阶段是《孟子》和《庄子》,第三阶段是《荀子》和《韩非子》。

一、《论语》和《孟子》

(一)《论语》

《论语》是记录孔子及其弟子言行的书,是孔子与弟子言论的结集。孔子名丘,字仲尼,生于公元前551年,卒于公元前479年。祖先是西周宋国贵族,后来流亡到鲁国。孔子青年时代做过管理仓库和牲畜的小官,后来聚徒讲学,受业门人先后多达三千人,特出者七十二人。孔子五十岁以后做过鲁国中都宰,后升任司空、大司寇,并在短期内行摄相事。因为和当权的季氏发生矛盾,不得不去职。然后周游列国,到处奔波,直至六十八岁才回到故乡。晚年主要从事文化典籍整理工作,据说曾删《诗》《书》,定《礼》《乐》,编《春秋》,尤喜读《易》。孔子在传播古代文化方面有不可磨灭的贡献。

《论语》一书是孔子弟子和再传弟子所记。关于《论语》的体例和名称,班固《汉书·艺文志》中说:"《论语》者,孔子应答弟子、时人及弟子相与言而接闻于夫子之语也。当时弟子各有所记,夫子既卒,门人相与辑而论纂,故谓之《论语》。""论"字有"整理""撰次"等含义,"语"字谓"二人相与而说",有"论难""答述"等义(参见陆德明《经典释文》卷二四,《论语音义》)。就字面直译,"论语"就是经过整理、撰次的对话,也就是"对话集"。原始记录杂出众手,最后的编定约在春秋末战国初。

春秋末期,出现了"士"即知识分子阶层,孔子可谓这个新兴阶层的最大代表。孔子不仅是个政治家、哲学家、教育家,而且是一个爱好诗歌和音乐、精研文学和语言的知识渊博的人,可以说是中国历史上第一位大文化人。

孔子思想的核心是"仁"。他对"仁"有多次多种解释,如在《论语·颜渊》里,有一次学生樊迟问:什么叫仁?孔子回答说:"仁者,爱人也。"爱人,就是从家庭出发的尊卑长幼、贵贱亲疏的有差别的爱。因此就要讲究等级名分,要讲孝、悌、忠、信的道德礼教以及"君君臣臣、父父子子"的等级秩序。《礼记·中庸》记录孔子的解释,说:"仁者,人也。"就是说人要讲做人的道理,要同情人,要爱护人。因此他主张在人与人之间的关系上,"己所不欲,勿施于人",即我自己不愿意别人怎样来对待我,我也不以此待人。孔子主张"节用而爱人,使民以时",即统治者应节约用度,爱惜民力,不要在农忙时去役使百姓。孔子还反对横征暴敛,认为"苛政猛于虎"。

孔子除了"仁"的思想外,还提倡"礼"。"礼"的基本作用就是要维护旧有的等级制度,要讲名分。所谓"克己复礼为仁",即要把不合于礼制的言行纳入礼的规范。因此他的"仁者爱人"也不是讲人人平等,而是在维护等级制度的大前提下,要统治者行一点"仁政"。孔子的这种思想在当时却行不通,因为其思想目的是想缓和当时的阶级矛盾,他周游列国,结果到处碰壁。孔子还首次提出"有教无类"的思想,要打破社会等级界限,使教育在一定程度上向群众开放。在教学中,他强调"诲人不倦""循循善诱",善于进行启发式教学,注意发挥学生的主观能动性,在学生有问题时加以指点。教育学生要触类旁通,由此及彼,"举一反三","告诸往而知来者"。孔子很注意因材施教,常常针对学生的不同情况,给以不同的解答。他教育弟子:"知之为知之,不知为不知,是知也。"(《为政》)提倡勤学多问。孔子自己是"学而不厌""发愤忘食,乐以忘忧""多闻阙疑,慎言其余""敏而好学,不耻下问"。只要善于学习,到处都有老师:"三人行,必有我师焉,择其善者而从之,其不善者而改之。"(《述而》)学习要与思考相结合,思又以学为基础。孔子关于教育的许多见解,至今仍然十分有益。

孔子十分重视审美和艺术的作用,认为审美和艺术在人们为达到"仁"的精神境界而进行的主观修养中能起到一种特殊的作用,即审美和艺术对于人的精神的影响特别深刻有力。因此仅认识到什么是"仁"是不够的,还必须对"仁"产生情感的愉悦,得到一种审美的享受。正因如此,他强调"美"与"善"的统一,提倡"尽善尽美"。如《八佾》,子谓《韶》:"尽美矣,又尽善也。"谓《武》:"尽美矣,未尽善也。"孔子强调艺术要包含道德内容,如《论语·阳货》,子曰:"礼云礼云,玉帛云乎哉!乐云乐云,钟鼓云乎哉!""乐"作为一种审美的艺术,不只是悦耳的钟鼓之声,它还要符合"仁"的要求。美与善的统一,在一定意义上也就是形式与内容的统一,即"文"与"质"的统一,艺术的形式应该是"美"的而内容则应该是"善"的。因此孔子讲:"质胜文则野,文胜质则史。文质彬彬,然后君子。"(《论语·雍也》)根据美善统一的观点,孔子提出的审美标准是"乐而不淫,哀而不伤"(《八佾》),就是说,艺术包含的情感必须是一种有节制的、有限度的情感,这样的情感符合"礼"的规范,是审美的情感。郑声的情感过分强烈,超过了一定的限度("郑声淫"),不符合"礼"的规范,所以不是审美的情感。这个标准,概括为一个字,就是"和"。

孔子还提出一系列的美学范畴和美学命题,如"兴、观、群、怨"说,谓《诗》可以兴,可以观,可以群,可以怨;迩之事父,远之事君;多识于鸟兽草木之名"(《阳货》)。兴,是"感发志意",即诗可以使欣赏者的精神感动奋发;观,即"观风俗之盛衰","考见得失",了解社会生活、政治风俗的情况;群,是"群居相切磋",在人群中交流思想情感;怨,是"怨刺上政",即对现实生活表达一种否定性的情感。对于自然美的欣赏,孔子提出"知者乐水,仁者乐山"的观点,意指审美主体在欣赏自然美时带有选择性,自然美能否成为现实的审美对象取决于它是否符合审美主体的道德观念。山水所以成为"君子"观照的对象,是因为"君子"以山水比德,也就是说,山水的自然形象的某些特征可以象征人的高尚的道德品质。这一命题,已涉及自然美的本质问题。这样,自然美就不是纯客观的东西,它包含有审美主体的思想、联想、想象的成分,也就是含有意识形态的成分。这种理论,影响十分深远。人们习惯于用这种"比德"的审美观来欣赏自然物,也习惯于按照这种"比德"的审美观来塑造自然物的艺术形象。屈原的《橘颂》,几乎句句是比德。中国画中的松、柏、梅、兰、菊、竹等,也都是比德。

《论语》多以三言两语为章,言简意赅,用意深远,发人深省。论为政,说"足食,足兵,民信之矣"(《颜渊》);论教育,说"学而不厌,诲人不倦","三人行,必有我师焉"(《述而》),"学而不思则罔,思而不学则殆"(《为政》);论为人,则说"当仁不让于师"(《卫灵公》),"三军可夺帅也,匹夫不可夺志也"(《子罕》),等等。《论语》词汇丰富、新鲜、生动活泼,虚词特别是语气词大量使用。句式灵活多变,舒展自如,长短不拘,有很强的表现力。尤其善于把深邃的哲理凝聚于具体的形象之中,使抽象的说理文字具有某种诗意。如"岁寒,然后知松柏之后凋也"(《子罕》),作者通过赞扬松柏的耐寒,来歌颂坚贞不屈的人格,形象鲜明,意境高远,启迪了后世文人无尽的诗情画意。再如"子在川上曰:逝者如斯夫,不舍昼夜"(《子罕》),感慨时光的流逝,勉励自强不息,内涵极深,然而毫无雕饰,经得起反复咀嚼。"饭疏食,饮水,曲肱而枕之,乐亦在其中矣。不义而富且贵,于我如浮云。"(《述而》)则用朴素的笔调,刻画出一个安贫乐道者的心境,平凡而又高雅。

《论语》虽重在记言,但也展现了孔子及其弟子们的鲜明形象。写孔子,俨然一位"仁者"的代表,富有感情,富有同情心,富有正义感,博学而又谦虚,谨慎而又倔强,端庄而又迂谨。而孔子的弟子,各人的性情神态,也极为传神。如《先进》中的《子路、曾皙、冉有、公西华侍坐》章:

子路、曾皙、冉有、公西华侍坐。

子曰:"以吾一日长乎尔,毋吾以也。居则曰:'不吾知也!'如或知尔,则何以哉?"

子路率尔而对曰:"千乘之国,摄乎大国之间,加之以师旅,因之以饥馑;由也为之,比及三年,可使有勇,且知方也。"

夫子哂之。

"求,尔何如?"

对曰:"方六七十,如五六十,求也为之,比及三年,可使足民;如其礼乐,以俟君子。"

"赤,尔何如?"

对曰:"非曰能之,愿学焉。宗庙之事,如会同,端章甫,愿为小相焉。"

"点,尔何如?"

鼓瑟希,铿尔,舍瑟而作。对曰:"异乎三子者之撰。"

子曰:"何伤乎,亦各言其志也。"

曰:"莫春者,春服既成,冠者五六人,童子六七人,浴乎沂,风乎舞雩,咏而归。"

夫子喟然叹曰:"吾与点也!"

三子者出,曾皙后。曾皙曰:"夫三子者之言何如?"

子曰:"亦各言其志也已矣。"

曰:"夫子何哂由也?"

曰:"为国以礼,其言不让,是故哂之。唯求则非邦也与?安见方六七十、如五六十而非邦也者!唯赤则非邦也与?宗庙、会同,非诸侯而何?赤也为之小,孰能为之大?"

这一篇对于人物的音容、笑貌、情态、性格的表现,极为成功。对孔子的发问,子路不待师问已,便"率尔而对",俨然一副当仁不让的架势。寥寥数语,把他那种自信、好胜、鲁莽、刚直的性格暴露无遗。冉有则不同,谦虚、谨慎,略表示了他有一点经济才能。公西华同样是谦虚,但却善于言辞,语言委婉而有礼貌,言谈中表现了他擅长礼仪的外交才能。曾皙则显得倜傥、洒脱、狂放不羁。他在这里用诗一般的语言描述出自己的理想:"莫春者,春服既成,冠者五六人,童子六七人,浴乎沂,风乎舞雩,咏而归。"寥寥数语,勾勒出一幅色泽明丽的春游图,和煦的春风吹拂,人们在沂水边自由自在地游玩歌唱的欢快景象,呈现在众人面前。这种境界,引起孔子由衷的赞赏。作为中心人物的孔子,也表现得非常生动。这位历尽艰辛、备尝世味的"救世之士",本是想了解门徒们在政治上得到任用时施展何种抱负,以实现自己的政治理想,而曾皙描绘的春游图背后,隐藏着他的政治理想:如有机会去治理一个地方,就要使它呈现一片升平景象。这正是孔子所赞赏的,所以他发出深深的感叹:"吾与点也。"这就写出孔子内心的情感波动与思想内涵。此章因此被后人认为是《论语》中最富文学色彩的篇章。

（二）《孟子》

《孟子》是记叙战国时代思想家孟子言行的书。孟子名轲,字子舆,邹人,约生于公元前372年前后,卒于公元前289年前后,祖先是鲁国贵族孟孙氏。孟子年轻时曾受业于孔子的孙子孔伋的门人,是继孔子之后儒家学派的一位大师。后世常把他与孔子并称,谓之"孔孟"。孟子曾带着学生周游列国,先后到过宋、薛、滕、鲁、魏、齐等国,一度做过齐宣王的客卿,齐宣王很尊敬他,但其学说未被采用。因为时值战国激烈攻战之时,各国都在讲攻伐,孟子却一味坚持"王道""仁政"。"王道"即指以仁义治天下,这样当然不合时宜了。《史记》载:"是以所如者不合,退而与万章之徒序《诗》《书》,述仲尼之意,作《孟子》七篇。"由此可知,《孟子》一书是孟轲晚年与其弟子一起编撰的。

孟子哲学思想的中心是"性善论"。他认为人性本来就是善的,"人性之善也,犹水之就下,人无有不善,水无有不下","仁、义、礼、智"是"我固有之也"(《告子上》)。有的人未能成为善人,不是人性本质有什么差别,而是由于不去培养扩充这些善的好开端,以至逐渐失去本性。孟子的政治思想核心是"施仁政"。"施仁政"的具体内容是"省刑罚,薄税敛",使民有"恒产"。因此统治者应当有"恻隐之心",要有同情心,要推恩爱民。孟子的思想当中,有较强烈的民本主义思想,说过"民为贵,社稷次之,君为轻"(《尽心下》)的话,这是十分卓越的民本思想。当时有人说汤放桀、武王伐纣是"以臣弑君",孟子反驳说:"贼仁者谓之贼,贼义者谓之残,残贼之人,谓之一夫。闻诛一夫纣矣,未闻弑君也。"(《梁惠王下》)其实质,是说君王治国,如果不照顾老百姓的利益,就很难维持自己的统治,甚至可能会被推翻。孟子的思想要比孔子激烈得多,特别是表现在对待君王的态度上,绝没有孔子那样恭顺。《孟子》记载,孟子是"说大人则藐之,勿视其巍巍然"。即在大人面前宣传自己的主张的时候,藐视他们,不把他们看得有什么了不起,所以他在国君面前总是非常傲然不逊,认为只有"富贵不能淫,贫贱不能移,威武不能屈,此之谓大丈夫"。有一次,他对齐宣王说:"君之视臣如手足,则臣视君如腹心;君之视臣如犬马,则臣视君如国人;君之视臣如土芥,则臣视君如寇仇。"(《离娄下》)十足表现了孟子刚正不阿的态度。据传明太祖朱元璋读《孟子》,见如此之多对君王不敬之语,大动肝火,骂道:"使此老在今日,宁得免耶?"(全祖望《鲒埼亭集·辩钱尚书争孟子事》引《典故辑遗》)

《孟子》的艺术特点首先是感情充沛,气势极盛。有纵横家、雄辩家的气概。在论辩时,孟子特别善于因势利导,掌握对方心理,从容陈辞,引人入彀,先纵后擒,使人无法回避。如《梁惠王下》:

> 孟子谓齐宣王曰:"王之臣有托其妻子于其友而之楚游者,比其反也,则冻馁其妻子,则如之何?"王曰:"弃之。"曰:"士师不能治士,则如之何?"王曰:"已之。"曰:"(王)四境之内不治,则如之何?"王顾左右而言他。

孟子先用两个设问,使齐宣王顺着自己的思路,得出两个不言而喻的结论,尔后类推下去,使齐宣王陷入自我否定的结论中而无言以对,只好"顾左右而言他"。再如《齐桓晋文之事》章,齐王问孟子怎样才可以王天下,孟子答曰:"保民而王,莫之能御也。"齐王又问:像我这样可以保民吗?孟子说:可以。于是孟子举齐王不忍以牛衅钟为例说明之。一席话说得齐宣王十分高兴。但是,紧接着孟子又责怪齐王为何"恩足以及禽兽而功不至于百姓",并指出这是"不为也,非不能也"。接着,孟子反问齐王,为什么不行王道;不待齐王回答,又进一步诘问:"抑王兴甲兵,危士臣,构怨于诸侯,然后快于心与?"这样,逼使齐王不得不说出:"吾何快于是,将以求吾所大欲也。"孟子用这种层层逼紧的方法进行论战,常常使得齐王只好"顾左右而言他"。孟子在进行巧设机关以引人入彀的论辩时,还常不直接说出自己的中心论点,而是把论点变为比喻,说出喻体让对方发表看法,而对方一旦同意了喻体包含的道理,就不能不同意他的论点。同是《齐桓晋文之事》章,孟子在摆出齐国以武力平天下绝对不能取胜的观点时,先说出"邹与楚战"这一喻体,让宣王判断谁能得胜,然后才说出齐国以武力争霸是"以一胜八"的论题,齐宣王既然承认了邹与楚战没有取胜的可能,也就不得不承认齐国与天下为敌必然失败的道理,毫无回旋的余地。又如《寡人之于国也》章(《梁惠王上》)也是这样。孟子对梁惠王"民不加多"的疑问并不直接加以辩答,而是打了个"五十步笑百步"的比喻,让梁惠王明白行霸道的君主即便有些惠民措施也无济于事,因为他们与暴君相比"直不百步耳"。从而说明国民不增多的根本原因就在于不行"王道"。

《孟子》文章的另一个特点是善用比喻。据不完全统计,《孟子》全书 260 章,共使用了160 多个比喻。这些比喻生动活泼、准确贴切,如"挟泰山以超北海""缘木求鱼""为长者折枝""五十步笑百步"等。《孟子》中还有一些寓言,非常精彩,如"揠苗助长""齐人乞墦"等,它们多取材于社会生活,寄寓着深切的讽喻教诲意味。

二、《庄子》

庄子,名周,战国时宋国蒙(今河南商丘东北)人。与梁惠王、齐宣王同时,约于公元前369 年至前 283 年在世,比孟子稍晚而略早于屈原。庄子曾做过漆园吏,后来一直隐居,一生贫困,"穷闾厄巷,困窘织屦,槁项黄馘"(《庄子·列御寇》),即住在狭窄的小巷里,以织草鞋为生,饿得面黄肌瘦,有时还要靠借贷为生。楚威王听说他是贤才,曾派人以重金请他去做国相,但他不愿受到官场上的玷污和束缚,拒绝做官,表示"宁游戏污渎之中自快,无为有国者所羁,终生不仕,以快吾志焉"(《史记·老子韩非列传》)。

《庄子》一书,据《汉书·艺文志》记载,有 53 篇,今传本仅 33 篇,是西晋郭象的整理注释本,其中分为内篇 7 篇,外篇 15 篇,杂篇 11 篇。一般认为内篇思想相连贯,风格一致,构成比较完整的思想体系,为庄子所作;外篇、杂篇思想存在一定差异,为庄子门人、后学之作。

(一)庄子的思想和美学观

庄子的哲学思想源于老子,而又发展了老子的思想。其核心是"道"。他与老子一样,也认为"道"是宇宙万物的本体,又是宇宙万物发展变化的根源。《大宗师》中说:"夫道有情有信,无为无形,可传而不可受,可得而不可见,自本自根,未有天地,自古以固存,神鬼神帝,生天生地。"这段话的意思是,"道"是真实地存在的,它没有作为也没有痕迹,可以心传而不能口授,可以体会得到而无法看见,它有自己的本原和根基,没有天地之前,它已经有了,是它产生了鬼神上帝,产生了天地。庄子的"道"是类似于宇宙精神的东西,是唯心主义的"道",有点像柏拉图所说的"理式"。庄子认为这种类似宇宙精神的"道",可以和人的主观精神融而为一。人要获得"道",在精神上达到与"道"合一的境界,只能通过"心斋"和"坐忘"的方法来实现。"心斋"就是一种虚静养心、绝思绝虑的精神状态。"坐忘",要做到忘记形骸的存在、抛弃一切知识的混沌的状态,要"形同槁木,心如死灰",这样,也就是要顺应自然,自然无为。

庄子及其门人认为当时的社会太黑暗了,而且是网罗密布,简直使人"无可逃于天地之间",躲也躲不了。于是他们带着极大的憎恶感情,对社会进行揭露。在《德充符》中,庄子将当时的社会形容成人们都"游于羿之彀中。中央者,中地也;然而不中者,命也"。意为生活在当时社会的人,如在彀中(彀:张满弓弩。彀中,射程之内),都在必死之列,而不被残杀者,只不过命好而已。统治阶级之间、诸侯国之间的争夺战争,不过是在蜗角上进行的拼杀争夺。而且他认为"有国者"都是无耻的"大盗","圣人不死,大盗不止","窃钩者诛,窃国者为诸侯,诸侯之门,而仁义存焉"(《胠箧》),这是非常深刻的揭露。庄子揭露儒家的仁义道德犹如加在马上的横轭,是束缚人性的(《马蹄》);并且嘲笑儒者口中念着"诗、书",却干着掘墓盗宝的勾当(《外物》)。但是,庄子既不满现实,又无法反抗它,只好走隐居遗世的道路。有的研究者说他的"处世态度是玩世不恭,随俗浮沉",应该说他是以此作为一种反抗的方式。他崇尚的是远古的"民结绳而用之,甘其食、美其服、乐其俗、安其居,邻国相望,鸡狗之音相闻,民至老死而不相往来"(《胠箧》),人民"含哺而熙,鼓腹而游"(《马蹄》)的社会。因此,楚威王去请正垂钓于濮水的庄子出山:

> 庄子持竿不顾,曰:"吾闻楚有神龟,死已三千岁矣,王巾笥而藏之庙堂之上。此龟者,宁其死为留骨而贵乎? 宁其生而曳尾于涂中乎?"二大夫曰:"宁生而曳尾于涂中。"庄子曰:"往矣! 吾将曳尾于涂中。"(《秋水》)

他就是如此采取不合作的态度。另一方面,庄子又采取超脱的态度,否定一切,齐万物,一死生,泯灭是非得失,以求内心的调和、精神的胜利而自我麻醉。如庄子妻死,惠施往吊之,"庄子则方箕踞鼓盆而歌"(《至乐》),认为生与死是齐一的,死了"是相与为春秋冬夏四时行也"。甚至设想髑髅也不愿复活(《至乐》)。因此有人认为在人生观上,他是悲观厌世以至消极颓废的虚无主义者。在政治上他主张顺其自然,效法"道",达到与"道"合一的境界。

庄子对现实尽管是悲观的,但是他还试图引导人们在他看来是极端痛苦的、令人窒息的、极不自由的社会现实中生存下去,不仅能够生存下去,还要做到"自适"(自己得到自己的快乐)。但是,在黑暗痛苦的现实当中,如果不是面对现实从积极的反抗中求得出路,求得生存,求得快乐,那就只能向内心发展了,而且向内心发展的结果,只能是生存在主观的幻想当中。因此,庄子的思想、世界观,决定了庄子的作品必然是一种超现实的、纯然以想象为基调的艺术。

在先秦哲学家中,庄子的性格最富于美学的意味。闻一多说,庄子是"最真实的诗人","他的思想本身就是一首绝妙的诗"。庄子的性格,其厌倦人世的生活态度,使他亲近自然,"钓于濮水","与惠子游于濠梁之上","行于山中"。庄子不仅是大思想家,而且是诗人。庄子不仅善于抒情,而且善于写生。《庄子》书中充满着瑰丽的想象,充满着隽永的谐趣,也充满对于世界万物的细致入微的描绘。

庄子首先认为天地的"大美"就是"道"。能实现对于"道"的观照,就能得到"至乐至美"。为了实现对"道"的观照,观照者胸中必须排除一切生死得失祸福荣辱的考虑。简单说,即要"无己"。但只有"至人、神人、圣人"才能游心于"道",因为"至人无己,神人无功,圣人无名"。"道"的化身,就是"真人",就是"藐姑射之山上的神人",他们是"大美"的人。庄子认为,作为宇宙本体的"道"是最高的、绝对的美,而现实世界的"美"和"丑"则不仅是相对的,而且在本质上是没有差别的。庄子在《人间世》和《德充符》中写了一大批残缺、畸形、外貌丑陋的人,如支离疏、兀者王骀、兀者申徒嘉、兀者叔山无趾、哀骀它、歧支离无唇、瓮盎大瘿等,他们有的是驼背,有的是双腿弯曲,有的被砍了脚,有的脖子上长着瓮盎粗大瘤,有的缺嘴唇,有的相貌奇丑,反正都是一些奇形怪状的、极其丑陋的人。可是这些人却都受到时人的喜爱和尊重。庄子甚至认为外貌的奇丑可以更有力地表现人的内在精神的崇高和力量。这与孔子的"文质彬彬"的主张很不相同。庄子以自然无为为美,所以肯定美与真的一致性,认为凡美的东西都是真实无伪的东西,不能是虚假做作的。如果说以孔子为代表的儒家美学着重强调美与善的一致性,那么庄子美学强调的是美与真的一致性。

（二）《庄子》的散文艺术

庄子散文的创作方法，可以用《庄子·寓言》篇中的一段话来概括："寓言十九，重言十七，卮言日出，和以天倪。"寓言，即编造一些故事，以虚拟的寄寓于他人他物的语言，来宣传自己的主张。王先谦即注为"意在此而言寄于彼"（王先谦《庄子集解》卷七《寓言第二十七》）。重言，即假借受尊重的人、有影响的人说的话（为使别人容易接受）。卮言，出于无心、随口说出的话。和以天倪，即抹掉天地间一切差别之意。总之，不管现实情况如何，随意编造，信口说出，一切随随便便。这就是庄子自认为的文章特点。

庄子散文的风格历来被认为具有"汪洋恣肆"和"恢诡谲怪"的特点。司马迁在《史记·老子韩非列传》中说："（庄子）其学无所不窥……故其著书十余万言，大抵率寓言也……然善属书擿辞，指事类情……其言汪洋自恣以适己。"清人刘熙载《艺概·文概》评论庄子之文是"意出尘外，怪生笔端""缥缈奇变"。鲁迅说庄子"其文汪洋辟阖，仪态万方，晚周诸子之作，莫能先也"（《汉文学史纲要》）。这些特点，可以概括为以下几个方面：

第一是奇幻的想象，极富浪漫主义色彩。庄子散文想象丰富，构思奇特，善于以神奇之笔，创造出雄奇开阔的境界。如第　篇《逍遥游》：

> 北冥有鱼，其名为鲲。鲲之大，不知其几千里也。化而为鸟，其名为鹏。鹏之背，不知其几千里也。怒而飞，其翼若垂天之云。是鸟也，海运则将徙于南冥。南冥者，天池也。《齐谐》者，志怪者也，《谐》之言曰："鹏之徙于南冥也，水击三千里，抟扶摇而上者九万里，去以六月息者也。"
>
> …………
>
> 藐姑射之山，有神人居焉。肌肤若冰雪，淖约若处子；不食五谷，吸风饮露；乘云气，御飞龙，而游乎四海之外；其神凝，使物不疵疠而年谷熟。

文章写得非常雄放奇幻，尤其是大鹏的形象、藐姑射山上的神人。作者极尽夸张描绘之能事，把自己的哲学思想和心灵追求寄寓于极生动的文学形象中。其想象，往往是气势恢宏，意境开阔，云烟吞吐，幻化无端。不仅鲲鹏、藐姑射山上的神人如此，就是文中"天之苍苍，其正色耶？其远而无所至极邪？其视下也，亦若是则已矣"这几句对苍天的描绘，同样显示出庄子极其丰富的想象力。再如《秋水》篇描写秋水浩荡奔腾、气象万千的景象，也有很雄阔的意境：

> 秋水时至，百川灌河。泾流之大，两涘渚崖之间，不辨牛马。于是焉河伯欣然自喜，以天下之美为尽在己。顺流而东行，至于北海，东面而视，不见水端。于是焉河伯始旋其面目，望洋向若而叹。

淡淡几笔就把秋天河水浩荡无涯、汹涌澎湃、苍茫磅礴的气势和水天相接的开阔境界写得酣畅淋漓。此外，在《养生主》中把庖丁解牛描绘成如一首音乐、一场舞蹈，也是非常大胆而奇特的。再如《徐无鬼》写匠石运斤成风，《至乐》写与空髑髅对话，《秋水》写与惠子观鱼于濠梁之上，《外物》写任公子钓鱼，都是想落天外、奇幻无比。

第二是描写精工，形神毕肖。庄子刻画物态的技巧是非常高明的。摹物叙事，意到笔随，异趣横生。如《齐物论》中对"地籁"的描写：

> 夫大块噫气，其名为风。是唯无作，作则万窍怒号，而独不闻之翏翏乎？山林之畏佳，大木百围之窍穴，似鼻、似口、似耳、似枅、似圈、似臼，似洼者，似污者。

洼者，水洼；污者，下陷的坑。这是形容古树上大小斑驳的树孔。下面就形容风吹这些树孔发出的各种声音：

> 激者，谪者，叱者，吸者，叫者，谯者，宎者，咬者，前者唱于而随者唱喁，泠风则小和，飘风则大和，厉风济则众窍为虚，而独不见之调调之刁刁乎？

激者是激水声，谪者是箭飞行时之声，叱者是叱人之声，吸者为吸气声，叫者为叫喊声，谯者为哭泣哀号声，宎者为深沉之声，咬者是清亮之声。这种对众窍和风声的千差万别的描绘，可以说是声形毕肖，给人以极其鲜明的印象。《秋水》篇写秋天大水的情景，把秋雨的到来，沟满河平，百川奔流，浩荡无垠的空阔景象，写得气势磅礴，十分形象。

第三是寓言丛集，喻中设喻。庄子自己说"寓言十九"，即以寓言和比喻来说明道理，是《庄子》的最大特色。寓言的运用，说明其思维方式仍不脱离具体的感性形象，作者在思维及其表达过程中，不是运用概念、判断、推理的逻辑方法，而是通过具有直观特征的具体形象、类化表象和集体表象以及它们的组合来表达。这虽然具有原始思维的特征，但却使作品具有强烈的形象性，而且能起到"寓真于诞，寓实于玄"的作用，"于此见寓言之妙"（刘熙载《艺概·文概》），更富于浪漫主义色彩。在《庄子》一书中，庄子哲学与中国古代寓言艺术达到水乳交融的地步。例如，庄子主张纯任自然、返璞归真，主张绝圣弃智，甚至把知识看成罪孽，于是用了一则"浑沌"的寓言进行巧妙的比喻和暗示：

> 南海之帝为倏，北海之帝为忽，中央之帝为浑沌。倏与忽时相与遇于浑沌之地，浑沌待之甚善。倏与忽谋报浑沌之德，曰："人皆有七窍，以视、听、食、息，此独无有。尝试凿之。"日凿一窍，七日而浑沌死。

倏与忽出于好心，为报答浑沌的恩德，为他每天凿出一窍，七天过去，七窍是凿开了，浑沌却死去了。浑沌之死，就是"有为"的恶果。这一则寓言，把庄子"无为"的哲学思想演绎得再明白不过了。《庄子》中的寓言是很多的，如"庄周梦蝶"（《齐物论》）、"庖丁解牛"（《养生主》）、"轮扁斲（斫）轮"（《天道》）、"蜗角触蛮"（《则阳》）等等。庄子寓言意境开阔，雄浑奔放，常给人以"壮美"的感觉，如"鲲鹏展翅""任公子钓鱼""运斤成风"等。再一个是奇异诡谲，神妙莫测，如"舐痔得车""大冶铸金""儒以诗礼发冢"等，在谲怪之中，含有更多的辛辣讽刺和严峻的剖析。庄子运用比喻，层见叠出，给人应接不暇之妙。如《逍遥游》，本来文中的所谓鲲鹏、蜩、学鸠都已经是比喻，在这之中，又插入了一系列的精妙比喻，即水与舟、朝菌和蟪蛄、冥灵和大椿等，用这些比喻来说明蜩、学鸠不知小大之辨，这是比中之比。其他如《胠箧》《马蹄》等篇中的比喻，也都是绝妙而深刻的。

三、《韩非子》

韩非出身韩国的贵族，约生于公元前280年，卒于公元前233年。韩非是战国末年法家的集大成者（历史上所谓法家，有前期后期之分。春秋末期，郑子产作《刑书》，魏李悝作《法经》，是最早反映地主阶级法权的著作，战国中期出现了商鞅、慎到、申不害等法家政治思想家，一般称这些为前期法家，而韩非则被称为后期法家）。韩非曾上书韩王，主张修明法度、富国强兵，而韩王不信用他。其书后来传到秦国，秦始皇读后非常赏识。《史记·老子韩非列传》载："人或传其书至秦，秦王见《孤愤》《五蠹》之书，曰：'嗟乎！寡人得见此人与之游，死不恨矣！'李斯曰：'此韩非之所著书也。'秦因急攻韩。韩王始不用非，及急，乃遣非使秦。秦王悦之，未信用。"李斯嫉妒韩非的才能，诽谤他，在秦王面前说："韩非，韩之诸公子也。今王

《庄子》中的
寓言

欲并诸侯,非终为韩不为秦,此人之情也。今王不用,久留而归之,此自遗患也,不如以过法诛之。""秦王以为然,下吏治非。李斯使人遗非药,使自杀。韩非欲自陈,不得见。秦王后悔之,使人赦之,非已死矣。"可见韩非本人的结局是相当悲惨的。

在政治上,韩非主张严刑峻法。他把新兴地主阶级统治工具的法宣布为全社会必须遵守的标准,谁违反了就当诛而勿赦。他认为儒家的那一套"仁义"学说,在当时是行不通的,现在需要的是"力"。要统一天下,只有用武力,要使国家有力,必须实行"法治"。要行法治,还必须有一套控制官吏的手腕,就是"术"。术,即驾驭群臣的手段,暗自运用的一种权势。同时还须有权威,即"势"(威势)。所谓"重势",即牢牢地把政权掌握在自己的手中。韩非的学说,是一种极端的专制主义。他本人虽不见用于秦,但实际上秦始皇却成了他的路线的推行者。可以说秦的统一,是韩非思想的最大成功,秦朝的灭亡,是韩非思想的最大悲剧。马克思说过:君主专制"就是轻视人,蔑视人,使人不成其为人"。韩非的政治主张正是为君主专制提供了依据。

《韩非子》一共55篇,包括两类作品,一类是政论文,一类是寓言故事集。政论文的特点是锋芒毕露、语气专断,有一种严峻峭拔的风格。此类文章篇幅都较长,如《五蠹》《说难》《显学》《孤愤》等。在《五蠹》中,韩非认为一个国家有五种蛀虫,即五种危害国家的人:一是所谓儒者,即儒家学者;二是带剑者,即游侠剑客;三是言谈者,当时到各地去游说的游说之徒;四是患御者,法家是主张农战的,主张把老百姓束缚在土地上耕种,但又必须去当兵,保卫国家,凡是逃避农战的人,是"患御者";五是工商之民。这五种人是社会的蠹虫。这篇文章是韩非的代表作,文章有立论,有驳论,破立结合,同时又善于分析事物、剖析事理,揭露矛盾。如"儒以文乱法"一段:

> 儒以文乱法,侠以武犯禁;而人主兼礼之,此所以乱也。夫离法者罪,而诸先生以文学取;犯禁者诛,而群侠以私剑养。故法之所非,君之所取;吏之所诛,上之所养也。法、取、上、下,四相反也,而无所定,虽有十黄帝,不能治也。故行仁义者非所誉,誉之则害功;工文学者非所用,用之则乱法。楚之有直躬,其父窃羊,而谒之吏;令尹曰:"杀之。"以为直于君而曲于父,报而罪之。以是观之,夫君之直臣,父之暴子也。鲁人从君战,三战三北。仲尼问其故,对曰:"吾有老父,身死莫之养也。"仲尼以为孝,举而上之。以是观之,夫父之孝子,君之背臣也。故令尹诛而楚奸不上闻,仲尼赏而鲁民易降北,上下之利若是其异也。而人主兼举匹夫之行,而求致社稷之福,必不几矣。

《五蠹》全文洋洋洒洒近七千言,不愧是一篇波澜壮阔的文章。

《韩非子》中的寓言故事主要汇集在《内储说》《外储说》《说林》等篇。在韩非之前,寓言故事大都是零散地存在于诸子散文或历史散文中,充当说理论辩的一种手段或叙事的一部分。到了韩非手里,他开始有系统地收集整理,尔后分门别类编辑成各种形式的寓言故事集。《韩非子》中的寓言故事,共有380多则(参见公木著《先秦寓言概论》)。韩非所作寓言,常蕴含着深刻的哲理。如著名的"鬻矛与盾",说明两个相互否定的命题是不能同时成立的。"守株待兔"则阐述了必然与偶然的辩证关系。韩非常利用寓言故事对当时社会的种种丑恶愚昧现象进行揭露和批判,入木三分,淋漓痛快。如"夫妻祷者",写在金钱的驱使下夫妻各怀异心;"卫人嫁子"写卫人千方百计聚敛财富,连女儿的爱情幸福也成了牺牲品。这都是当时社会的弊病。韩非所作寓言形象生动,性格鲜明,细节丰富,显示出高超的文学技巧。如著名的"和氏献璧",故事曲折,感人至深。"郑袖劓美人鼻",写郑袖工于心计,巧言令色,手段毒辣,故事情节曲折,宛如一篇短篇小说,人物形象鲜明。

韩非所作寓言的另一个重要特点是创立了"寓言群"的形式,用群体集结的寓言来说明事理。《韩非子》一书中《内储说》《外储说》和《说林》是韩非创作的寓言故事集。如《内储说上》的论述中心是"七术",即国君用严刑峻法和各种权术来驾驭群臣的七种手段,为此韩非用了 49 个寓言故事晓谕"七术"的内容。《内储说下》的中心是"六微",即国君统治国家必须了解洞察的六种隐微难见的事端,也用了 50 个寓言故事。这些寓言故事集的出现,说明寓言作为一种艺术形式,已开始脱离散文母体,取得了独立存在的地位。

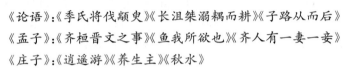

● **拓展阅读作品篇目**

《论语》:《季氏将伐颛臾》《长沮桀溺耦而耕》《子路从而后》

《孟子》:《齐桓晋文之事》《鱼我所欲也》《齐人有一妻一妾》

《庄子》:《逍遥游》《养生主》《秋水》

《韩非子》:《五蠹》《外储说》

● **思考练习题**

1. 以《子路、曾皙、冉有、公西华侍坐》为例,说明《论语》的叙事与写人有何特点。

2.《孟子》的论辩技巧有何特色?请举例说明。

3. 庄子的美学思想有何特点?

4.《庄子》文章的想象有何特色?结合具体作品进行分析。

5.《韩非子》的政论文有何特色?举具体作品说明。

6. 试比较《庄子》和《韩非子》中的寓言在艺术上的异同。

第四节 屈原与楚辞

战国时期出现的楚辞,在中国文学史上有着重大而特殊的意义,它和《诗经》共同构成了中国诗歌史的源头。楚国的灿烂文化,造就了光辉灿烂的楚辞文学,楚辞的代表作家屈原成为中国文学史上第一位知名的伟大诗人。

● **一、楚文化的特点与楚辞的产生**

（一）楚文化的特点

战国时期,楚国在长江、汉水流域,史书上常称之为"荆蛮""荆楚"或"楚蛮"。楚人本是祝融的后代,夏商之前,祝融氏多在中原地区活动,夏商开始,楚国的芈姓先人被挤入南方。西周初年,芈姓氏族兴起,周成王封芈氏后人熊绎于楚蛮,居于丹阳(今湖北秭归东南),始立为国。因此,荆楚的历史极为悠久,它从一个古老的氏族,逐渐发展成为强盛的封建王国。春秋之世,楚地千里,已成为独霸南方的大国。此后历经成王、庄王、灵王等而进入战国之世,楚国已成为席卷南土、问鼎中原的极强盛的国家。

春秋战国时期,楚文化已形成自己鲜明的特色,特别是进入战国时期以后,楚文化已发展到很高水平。楚文化有着不同于中原地区的特点,首先有其地理和民俗方面的原因。楚国的山川形胜,《汉书·地理志》有一段论述,可以参看:

> 楚有江、汉川泽山林之饶;江南地广,或火耕水耨。民食鱼稻,以渔猎山伐为业,果蓏嬴蛤,食物常足……信巫鬼,重淫祀。而汉中淫失(佚)枝柱,与巴、蜀同俗。

陈钟凡先生《中国韵文通论》中的一段话说得更精彩:"荆楚为西南之泽国,实神州之奥区,东接庐泗,西通巫巴,南极潇湘,北带汉沔,仰眺衡岳、九嶷、荆、岘、大别之峻,俯窥湘、沅、资、澧、洞庭、彭蠡之浸,山林蓊郁,江湖澹阔,溪流湍激,崖谷嵚崎,山川之美,超乎南朔,缘此风俗人情,蒙其影响,遂以下列诸事,特著于载籍焉:民丰土闲,无上山,无浊水,人秉是气,往往清慧而文;山川奇丽,人民俯仰其间,浣濯清远,爱美之情特著;民狃于山泽之饶,无饥寒冻馁之虑,人间实际生活,非所顾虑,如骋怀闳伟窈眇之理想境界焉。"楚国的山川形胜如此,否则,屈原在作品中难以引用众多的草木花卉之名,难以引入众多的山水景致,使人如临其境,如观其景。

楚文化中,风俗因素特别是宗教方面的影响,是不可忽视的重要原因。战国时代的楚国盛行巫风,"信巫鬼,重淫祀",它使得楚文化和楚辞作品深深印上了"巫迹"。古代人们的宗教观念和信仰,对于民俗和文化艺术有巨大影响。楚人的宗教是一种泛神论的多神教,是以所谓的巫觋降神,"民神杂糅""民神同位"的方式来进行宗教活动。王逸《楚辞章句·九歌序》云:"昔楚国南郢之邑,沅湘之间,其俗信鬼而好祠,其祠必作歌乐鼓舞以乐诸神。"朱熹在《楚辞集注·九歌序》中也说:"其俗信鬼而好祀,其祀必使巫觋作乐,歌舞以娱神,蛮荆陋俗,词既鄙俚,而其阴阳人鬼之间,又或不能无亵慢淫荒之杂。"楚人常把山川薮泽、日月星辰神灵化,而且使神具有人性,人也可以有神性,人神可以往来,可以恋爱。在这种原始宗教性质的巫风影响下,产生了许多想象丰富而奇特的神话,极大地丰富了楚国的绘画、音乐、歌舞和文学创作。如 20 世纪 70 年代出土的楚帛画中,有一幅被命名为《人物龙凤帛画》,据考证,画面所表现的是楚人信巫神及灵魂登天飞仙情况,画面极富动感和想象力。楚文化的民俗宗教特点,使得楚辞作品具有与中原文化完全不同的风貌。在《离骚》中,作者上天入地,驱策风云,驾驭龙凤,望舒前导,风伯后卫,驰天津,入昆仑,漫游神国,人间神界合为一体,就是受神话巫术的影响。在《九歌》中,写人神恋爱,祭祀国殇,表现人神间美好的感情。这些都是巫楚文化的产物。

(二)楚辞的产生

楚辞是战国时期以屈原为代表的楚国人创作的诗歌,是《诗经》以后的一种新诗体。如前所述,楚辞的产生与瑰丽的楚文化有密切关系。楚国的秀丽山川,宗教民俗,都给楚辞作者提供了丰富的营养。此外,楚国的地方音乐、方言,也对楚辞产生影响。在春秋战国时代,楚国的音乐和民歌被称为"南音"或"南风"。《左传》记载楚人钟仪在晋鼓琴而"操南音",被誉为"乐操土风,不忘旧也"。战国时,楚国地方音乐极为发达,其歌曲如《涉江》《采菱》《劳商《薤露》《阳春》《白雪》等,楚辞作者都曾提及。而楚辞作品中的"乱"辞,都是乐曲的组成部分。楚辞中保存这些乐曲的形式,说明它与音乐的关系非常密切。再一方面,就是浓厚的地方色彩和方言。宋代研究楚辞的学者黄伯思曾说:"盖屈、宋诸骚('骚'指楚辞体作品),皆书楚语,作楚声,纪楚地,名楚物,故可谓之'楚辞'。若些、只、羌、谇、蹇、纷、侘傺者,楚语也。"(《校定楚辞序》)楚语、楚物,这些都是楚地特色。而《楚辞》中的方言就更多了,实际上远不止黄伯思所举的那些例子。

楚辞这一名称不知起于何时,从文献资料看,在《史记·酷吏列传》中已经提到它。《汉书·朱买臣传》提到汉武帝召朱买臣"说《春秋》,言楚辞",说明汉武帝时楚辞已成为一种专门的学问。西汉末年,刘向把战国时楚国屈原、宋玉的作品,加上汉人和他模仿楚人的作品,编辑成书,定名为《楚辞》。东汉时,王逸根据刘向的本子加以注释,又加上自己模仿楚辞的作品,编成《楚辞章句》。因此,楚辞的名称有三个意思:一是指以屈原、宋玉为代表的楚人创作的特殊的新诗体,二是指刘向、王逸所编成的书,三是指楚人以及汉人用这种诗体所写的这类诗。

楚辞的代表作家是屈原,屈原的代表作品是《离骚》。

● 二、屈原的生平、思想与作品

(一)屈原的生平和思想

屈原生活的时代,正值战国七雄纷争。其时,西部的秦国经过商鞅变法,国势日益强盛,并且凭着自己的强大,企图吞并六国;而以楚国为首的六国则不甘被侵灭,欲以合纵之势,联合起来对抗强秦,"合纵""连横"两种主张两种势力激烈斗争。对于楚国来说,局势十分严峻。

其实,在秦国商鞅变法之前,楚国也曾进行过一场变法,即吴起变法。可惜吴起变法失败了。于是楚国又重新陷入变法前的旧局面中,逐渐失去了与强秦抗衡的国力和兵力。到了屈原时代,执政的楚怀王没有楚庄王、楚悼王那样的胸怀和才干,他虽然一度成为齐、楚、燕、韩、赵、魏六国的合纵长,但却不能凭借楚国的有利条件,联合其他五国与秦国抗衡,反而听信张仪的花言巧语,认敌为友,贪小利而失大利,加上手下一批奸臣佞人谗言离间,他疏远了像屈原这样的忠臣,放弃了改革的主张,终于将楚国引上了灭亡的绝路。

屈原生活的楚怀王、顷襄王时期,正是这样一个令人焦灼、忧虑的时代。

屈原,名平,是与楚王同姓(芈姓)的贵族。屈原的先人屈瑕是楚武王(熊通)的儿子,封于屈地,因以为氏。战国时,楚公族中以屈、景、昭三姓最为荣显。早年,屈原曾任三闾大夫之职,执掌王族三姓事务,后被楚怀王任命为左徒(仅次于令尹,相当于副宰相)。据《史记》记载,此时屈原"入则与王图议国事,以出号令;出则接遇宾客,应对诸侯"。屈原对内主张举贤授能,对外主张联齐抗秦,深得楚怀王的信任。屈原曾东使于齐,力主收复祖国失地。可是他的政治主张和政治才能,却遭到旧贵族势力的忌恨和反对。上官大夫靳尚出于妒忌,趁屈原为楚怀王制定宪令时,在怀王面前诬陷屈原,怀王于是"怒而疏屈平"。此后,楚国的形势发生很大变化。上官大夫等群小包围了楚怀王,楚国一再见欺于秦,又受秦国使臣张仪的欺骗。屈原曾劝楚怀王杀张仪,又劝谏楚怀王不要前往秦国和秦王相会,都没有被采纳。结果楚怀王赴秦被扣留,最终客死于秦国。楚怀王死后,楚顷襄王即位,屈原再次受到令尹子兰和上官大夫的谗害,被楚顷襄王放逐,最终投长沙附近的汨罗江而死。

关于屈原的出生日,郭沫若先生推算在公元前 340 年正月初七日,浦江清先生推算为公元前 339 年正月十四或十五日;卒年据郭沫若先生推算为公元前 278 年即楚顷襄王二十一年,具体时间据传说是五月五日,而游国恩先生则推算为公元前 277 年,即楚顷襄王二十二年。

屈原的思想和政治主张,在当时是有进步意义的。在外交上,屈原主张与强秦对抗,具有远大的目光。在战国七雄中,齐国最富,楚国最大,秦国最强,"横则秦帝,纵则楚王",楚并非完全不可能战胜秦国。只可惜楚怀王贪利受骗,楚顷襄王畏怯妥协,不但不能接受屈原的正确主张,反而对他一再加以惩罚,楚国内政腐败,外交失策,连年为秦所败。在内政方面,屈原主张"修明法度""举贤授能",希望实行使国家富强的"美政"。屈原仰慕儒家传说中的圣君贤臣,对政治抱有某种理想主义的态度。他蔑视那些旧贵族,主张改革内政,甚至不惜以身殉自己的理想。在性格上,屈原是一个感情激烈、刚直不阿又非常自信的人,对保守的旧势力,他表现出坚决不妥协的态度。他对自己的祖国有非常深挚的感情。可以说,屈原不但是一位伟大的诗人,也是一位伟大的思想家。

（二）屈原的作品

屈原的作品,在《史记·屈原贾生列传》中提到的有《离骚》《天问》《招魂》《哀郢》《怀沙》5 篇。《汉书·艺文志》载屈原赋 25 篇,未列篇名。东汉王逸《楚辞章句》所载也是 25 篇,计为《离骚》《九歌》（共计 11 篇）、《天问》《九章》（9 篇）、《远游》《卜居》《渔父》,而把《招魂》列于宋玉名下。所以对这 25 篇中的部分作品的归属和真伪,汉代就有争议。现代研究者多认为《招魂》仍应遵从《史记》的说法,归为屈原之作;《远游》《卜居》《渔父》三篇,则伪托的可能性较大。

三、《离骚》

《离骚》是屈原的代表作品,是古今卓绝的一篇宏伟壮丽的长篇抒情诗。全诗 373 句,2 400 多字。《离骚》的写作年代,按照《史记·屈原贾生列传》的记载,是在上官大夫夺稿,怀王"怒而疏屈平"之后,"屈平疾王听之不聪也,谗谄之蔽明也,邪曲之害公也,方正之不容也,故忧愁忧思而作《离骚》"。因此,现今大多数学者认为《离骚》创作于楚怀王疏远屈原之时。

《离骚》的篇名与主题

关于"离骚"二字的含义,司马迁在《史记·屈原贾生列传》中阐解为:"《离骚》者,犹离忧也。"汉代班固在《离骚赞序》里也说:"离,犹遭也;骚,忧。明己遭忧作辞也。"《离骚》是一首规模宏伟的长篇抒情诗,既有诗人自传的性质,又有很强的带幻想性的浪漫主义色彩。司马迁在解释屈原写作《离骚》的原因时说:

> 屈平正道直行,竭忠尽智,以事其君,谗人间之,可谓穷矣。信而见疑,忠而被谤,能无怨乎? 屈平之作《离骚》,盖自怨生也。

"怨"是诗人写作《离骚》的缘由,也是《离骚》的感情基调。"怨"是什么呢? 这就是屈原为了振兴邦国,实行"美政",报效君王,但却"信而见疑,忠而被谤";满怀"存君兴国"之志,却遭谗被疏而产生的"怨"。因此,屈原的"怨",是对楚国命运的深沉忧虑,是对宗国的热爱。《离骚》正是诗人蕴含着满腔爱国热情,饱含着血泪写成的一首忧伤怨愤之歌。

《离骚》全诗可以分成两大部分。从诗的开篇到"岂余心之可惩",是诗篇的前半部分,这一部分写自己的出身、矢志报国的志向、高洁自守所遇到的矛盾和不公正的待遇,充分表现了抒情主人公与楚国黑暗现实的冲突；从"女嬃之婵媛兮，申申其詈予"至篇末，写主人公遭谗被疏之后，继续求索和内心的冲突，以及最后的抉择。

我们先看诗的前半部分。诗一开头写道：

> 帝高阳之苗裔兮，朕皇考曰伯庸。摄提贞于孟陬兮，惟庚寅吾以降。皇览揆余初度兮，肇锡余以嘉名。名余曰正则兮，字余曰灵均。

诗人以自矜的口吻追述自己的先祖、家世、生辰和美名。"高阳"是古颛顼的称号，传说中楚国的先祖即是五帝中的颛顼。这说明诗人与楚王本属同宗之亲，出身高贵。而自己又降生在一个祥瑞的时辰（寅年寅月寅日），并被赐以美好的名字。这些，都说明诗人自己有先天的内在美质，同时又表示自己对楚国的兴亡有义不容辞的责任。因此，诗人进一步叙述自己及时修身，培养高尚品德和出众的才干。有这样的"内美"和"修能"，使他迫切地希望献身君国让楚国振兴，并希望楚王成为"三后"和尧舜一样的明君。他劝告楚王珍惜年华，丢弃秽恶的行为，改变因循守旧的态度：

> 不抚壮而弃秽兮，何不改乎此度？乘骐骥以驰骋兮，来吾道夫先路。

他愿为楚王领路，并表示决不怕艰难险阻，要帮助楚王做一个中兴之主：

> 岂余身之惮殃兮，恐皇舆之败绩。忽奔走以先后兮，及前王之踵武。

但是诗人这一片为国的忠心，并没有得到应有的理解和支持，却触犯了旧贵族的利益，遭到迫害和打击。贵族群小嫉妒他围攻他，"众女嫉余之蛾眉兮，谣诼谓余以善淫"；楚王也不再信任他，"荃（喻楚怀王）不察余之中情兮，反信谗而齌怒"；尤其令他痛心的是他为实现理想而苦心培养的人才也变质，"冀枝叶之峻茂兮，愿俟乎时吾将刈；虽萎绝其亦何伤兮，哀众芳之芜秽。"每想到这些，诗人便抑制不住满腔愤怒，他痛斥群小："众皆竞进以贪婪兮，凭不厌乎求索，羌内恕己以量人兮，各兴心而嫉妒。"他指责怀王反复无常，不可依靠："初既与余成言兮，后悔遁而有他；余既不难夫离别兮，伤灵修之数化！"但是，他绝不向恶势力屈服，宁可承受迫害，也不变志从俗："宁溘死以流亡兮，余不忍为此态也！"他要永远坚持自己的道路，忠于自己的理想：

> 民生各有所乐兮，余独好修以为常；虽体解吾犹未变兮，岂余心之可惩！

坚持走自己的路，忠于理想，哪怕遭遇不幸，也绝不改变初衷，誓死保持自己清白的人格。

《离骚》的后一部分写诗人对未来道路的求索："路漫漫其修远兮，吾将上下而求索。"诗人苦闷彷徨地面对未来，希望得到理解和帮助。首先，女嬃劝他不要"博謇好修"，要明哲保身，并以"鲧婞直以亡身"的历史悲剧来规劝他，劝他放弃执守，与世浮沉。这与诗人坚持真理的态度相矛盾。诗人向重华陈辞，分析了夏、商、周的兴亡史，证明了自己态度的正确，否定了消极逃避的道路。追求实现理想的强烈愿望，使他满怀激情地进行了新的"求索"，他升腾到了天上。他上叩帝阍，阍者（守门人）却闭门不理，他又下求有娀之佚女，也终无所遇。这说明他要唤醒楚王、争取楚王的信任是不可能的了。于是诗人接着去找灵氛占卜，巫咸降神，请求他们指点出路。灵氛告诉他在楚国已无出路，劝他离开是非颠倒的楚国，另寻找施展抱负的地方；巫咸又劝他暂留楚国，等待时机，以求遇合。女嬃的忠告，灵氛的劝说，巫咸的挽留，既代表了当时的世俗人情之见，也是诗人在极度彷徨苦闷中内心冲突的外现，形象地表现了诗人或坚定或动摇的思想斗争。诗人感到时不待人，留在楚国已不会有什么希望了，于是决心出走，"吾将远逝以自疏"，去国远游。可是，正当他驾飞龙，乘瑶车，奏"九歌"，舞"韶"舞，在天空中翱翔的时候，忽然看到了自己的故乡楚国："陟升皇之赫戏兮，忽临睨夫旧乡。仆夫悲余马怀兮,蜷局顾而不行"。诗人最终还是留了下来。尽管楚国的现实那么黑暗,政治风浪是那么险恶,但他离不开灾难深重的祖国,哪怕是在幻想中也不能离开。他热爱楚国,但楚王不能用他,群小迫害他;他想离开楚国,又与他的深厚的爱国感情不相容。最后只能以死来殉他的理想了:"既莫足与为美政兮,吾将从彭咸之所居。"

《离骚》是一部闪耀着理想主义光辉的长诗。诗人以炽热的情感、坚定的意志,追求真理,追求完美的政治,追求崇高的人格,至死不渝,产生了巨大的艺术感染力。

《离骚》的艺术特色和艺术成就主要有以下几方面:

(1)感情澎湃激越。《离骚》就是诗人用沸腾的热血飞溅抛洒而成的。诗人往往采取直接而强烈的抒情方式,把自己的感受、要求、态度,赤裸裸地、尽情地倾泻出来,不一定借助客观事物这个中介。《离骚》的第一部分,几乎都是直抒胸臆,其中申明至死不变的态度就有五次之多:"虽不周于今之人兮,愿依彭咸之遗则","亦余心之所善兮,虽九死其犹未悔","宁溘死以流亡兮,余不忍为此态也","伏清白以死直兮,固前圣之所厚","虽体解吾犹未变兮,岂余心之可惩"。这些诗句,犹如火山爆发,一发而不可止,产生了强烈的震撼人心的力量。

(2)意象的运用。《离骚》中最重要的意象有两类:美人、香草。美人意象常常被解释成象征君王,或是自喻。前者如"惟草木之零落兮,恐美人之迟暮",后者如"众女嫉余之蛾眉兮,谣诼谓余以善淫"。这些用"美人"为喻的手法不仅形象生动,契合当时的情景,同时也符合中国的传统思维习惯。《离骚》中充满了各种各样的香草。这些香草既作为装饰,又象征君子。作为装饰,它丰富了美人意象。香草意象作为一种独立的象征物,它一方面指品德和人格的高洁;另一方面,香草和恶草相对,象征政治斗争的双方。美人、香草意象的运用,也是《诗经》中比兴手法的延伸。王逸在《楚辞章句·序》中说:

《离骚》之文,依《诗》取兴,引类譬喻,故善鸟香草,以配忠贞;恶禽臭物,以比谗佞;灵修美人,以媲于君;宓妃佚女,以譬贤臣;虬龙鸾凤,以托君子;飘风云霓,以为小人。

尽管王逸对《离骚》的评价是以是否符合儒家经典为标准,但他的分析是正确的。在《离骚》中,以芳草比君子,以美人喻贤君,以男女、夫妇关系喻君臣关系,以古代喻当朝,以天上喻人间,以及后半部分上天入地的幻想,这些都是比兴手法的运用和扩展。与《诗经》相比,《离骚》中的比兴,已不止于一声鸟叫(如《关雎》),一阵鹿鸣(如《鹿鸣》),一带芦苇(如《蒹葭》),一片庄稼(如《黍离》)之类比较简单的自然景物,而是延展至更为复杂的社会现实。《离骚》对比兴的运用,不是对《诗经》中这两种手法的简单继承,而是创造性的发展,使比兴从它的朴素状态发展到它的高级状态。假如说,比兴的朴素状态(如《诗经》)只不过是感物而发、由此及彼,那么,它的高级状态则是兴寄深远、意在言外。前者是自发的联想,后者则是有意的寄托。前者是比兴的天籁,后者是比兴的华章。比兴的手法经屈原的发展,对后代产生了巨大影响,比如曹植、李白等作家,都继承了屈原的手法。

(3)《离骚》中对上下求索的描写,具有强烈的浪漫主义特征。诗的后半部完全采用幻想的形式、虚构的境界,表现诗人的内心世界和理想追求。诗人写了几次远逝:第一次远逝经历了多处神界,最后受阻于帝阍;第二次远逝由于眷恋故国而不忍离去。在这两次的远逝中,诗人写到三次飞行,即"发轫于苍梧""朝济于白水"和"发轫于天津",场景都十分壮观。试看下面的描写:

朝发轫于苍梧兮,夕余至乎县圃。欲少留此灵琐兮,日忽忽其将暮。吾令羲和弭节兮,望崦嵫而勿迫。路漫漫其修远兮,吾将上下而求索。饮余马于咸池兮,总余辔乎扶桑。折若木以拂日兮,聊逍遥以相羊。前望舒使先驱兮,后飞廉使奔属。鸾皇为余先戒兮,雷师告余以未具。吾令凤鸟飞腾兮,继之以日夜。飘风屯其相离兮,帅云霓而来御。纷总总其离合兮,斑陆离其上下。吾令帝阍开关兮,倚阊阖而望予。时暧暧其将罢兮,结幽兰而延伫。世溷浊而不分兮,好蔽美而嫉妒。

在诗人的笔端,羲和(日神)、望舒(月神)、飞廉(风伯)、丰隆(雷师)以至凤凰、飞龙都供他自由驱使;县圃、崦嵫、咸池、天津、不周(都是神话中的地名),都成了诗人遨游之地。其想象之大胆、丰富,古今罕见。诗人大量运用神话故事,但又不为神话故事所约束,而是将神话故事当作表达自己理想和感情的工具,结撰成新的情节,使表达理想和幻想时更加自由。

(4)《离骚》在语言和形式上也有很大的创造。全诗语言十分精练,并大量吸收楚国方言。这正如宋人黄伯思所说"屈宋诸骚,皆书楚语,作楚声"。屈原在学习南方楚地民歌的基础上创造了"骚体",它打破了《诗经》的四言句式,把诗句加长,体制扩大,而且错落变化,非常灵活,成为一种更富于表现力的新诗体。屈原采用了大量的方言口语入诗,用得最普遍的是"兮"字。"兮"字的用法也极其灵活,有的放在句末,有的放在句中;有的隔句一用,有的每句都用。这样可以造成各种不同的语气,适合于表达各种不同的情绪和气氛,既增强了抒情性,又极大地增强了诗句的节奏感和音乐美。《离骚》的"兮"字多放在句末且隔句一用,句子吟诵起来必然会长短相间,这就适合于感叹抒情的语气。《九歌》的"兮"字放在句中而且每句都用,因此各句的语气缓慢而均平,完全适合于祭祀仪典隆重庄严的气氛。

● 四、《九歌》

《九歌》是屈原在楚国民间祭神乐歌的基础上加工改写而成的一组体制独特风格清新优美的抒情诗。

《九歌》的名称非常古老,最早来源于神话传说。据说它是由夏后启从天上偷来人间的。屈原的《九歌》之题乃是袭用古曲之名。在《离骚》中我们已见到《九歌》这个名称,说明它与神话传说有关。"九"非实指,是表示多数。《九歌》是指由多篇乐章组成的诗歌。

《九歌》共包括十一篇作品,即《东皇太一》《云中君》《湘君》《湘夫人》《大司命》《少司命》《东君》《河伯》《山鬼》《国殇》《礼魂》。关于屈原《九歌》的创作,东汉王逸认为是诗人根据南楚沅、湘之间的"俗人祭祀之礼,歌舞之乐"(《楚辞章句》)重新创作。朱熹则认为是在民间祭歌的基础上加以修改加工,所谓"蛮荆陋俗,词既鄙俚","故颇为更定其词,去其泰甚"(《楚辞集注》)而作。根据闻一多的观点,《九歌》首尾两章(即《东皇太一》和《礼魂》)分别为迎送神曲,中间的九章为娱神曲,《九歌》因中间九章而得名。他又认为,《九歌》所祭之神只有东皇太一,中间九章所写的诸神、鬼都是陪衬,是"按照各自的身份,分班表演着程度不同的哀艳的,或悲壮的小故事",以取悦东皇太一。总的来说,屈原《九歌》中或写祭神的场面,或写诸神的故事,确实与楚地的宗教有关。楚国风俗迷信鬼神,宗教祭祀活动在民间十分流行,《汉书·地理志》说,楚人"信巫鬼,重淫祀"。从楚国的风俗来看,楚人祭祀的神灵众多,带有泛神论的色彩;而且祭祀时场面、规模都比较大,不是简单的行礼、祈祷就完结,而是用巫觋来主祭和滥祭鬼神。巫觋是专门扮演神的,每当祭祀时,他们就穿上专门的礼服,拿上专门的道具,唱歌跳舞以"娱神",替人们祈福、禳灾,求神保佑。屈原的《九歌》各篇,描写的正是这些巫觋歌舞的场面,当然,屈原不是为祭祀而作,而只是汲取了其中的神话故事的成分,和巫觋歌舞的辞采特点,采用了祭祀的某些形式来表达自己的情感。经屈原再创作的《九歌》,仍然保留了歌、舞、乐三者结合的特点。

关于屈原写作《九歌》的年代,大体上有作于早期和作于晚期两种说法。从《九歌》的内容来看,它的写作应有一个搜集、整理的较长过程,不可能作于一时一地,但最后的写定应在屈原晚年放逐江南流浪沅、湘之时,所以作于晚年之说较为可信。

《九歌》的思想内容,有一部分是写人们对天神的热烈礼赞。如《东皇太一》《东君》《云中君》等。《九歌》中最多最动人的还是对人神情感的描写。屈原根据民间神话传说进行艺术加工,使它们成为一首首优美动人的爱情歌曲。《湘君》《湘夫人》是《九歌》中写得非常优美而又富于故事情节的诗。湘水是楚国的一条大河,风景秀丽,必然有许多美丽的神话传说。湘君和湘夫人作为一对配偶神,也是其中的故事主人公之一。《湘君》《湘夫人》现一般分为两篇,也有的学者认为实为一篇。《湘君》写湘水女神湘夫人思念湘君,驾舟浮于沅湘,希望在洞庭湖畔相会,但湘君久久未到。她准备驾起桂舟去迎接湘君,吹起排箫来召唤他,并想象着湘君大约已经驾着飞龙来了。其实这只是湘夫人痴情太深而产生的幻想,湘君并没有来。她在江边徘徊不忍离去,痴痴地等候湘君的到来。缠绵悱恻、欲罢还休之情,跃然纸上。《湘夫人》则写湘君思念湘夫人。湘夫人不降临祭祀现场,湘君恍惚之间只见神灵在远处飘然而至,转眼间却又消逝得无影无踪,心中不禁充满了愁思。湘君开始了苦苦地寻觅:一会儿踏上长满草的湖岸四处张望,一会儿又飘然出现在沅水、澧浦,他甚至兴奋地为湘夫人的到来构筑美丽的"水室"。但是,美丽的湘夫人终究未能降临。湘君望而不见,惆怅无比。因此,它也不过是一片痴情所产生的幻影而已。据文献资料考证,《湘君》在演唱时是由女巫扮湘夫人来思念湘君的,《湘夫人》则由男巫扮湘君来思念湘夫人。

《九歌》中的《山鬼》,写的是一位山中女神的爱情故事,是一首更为美丽的失恋之歌。诗中的主人公虽然是神,所具有的却完全是人间少女的情感。古今都有人认为山鬼或许就是传说中的巫山神女瑶姬。全诗写山鬼等待所爱的人不来,忧思悲哀而独自归去的情景。诗按照山鬼赴约、等待、久候不至而痛苦失望三个层次来写。先看女神出场的描写:

> 若有人兮山之阿,被薜荔兮带女罗。既含睇兮又宜笑,子慕予兮善窈窕。乘赤豹兮从文狸,辛夷车兮结桂旗。被石兰兮带杜衡,折芳馨兮遗所思。

这个开场写在幽静的山谷里,仿佛有人出现了。"若有人"三个字把读者带进了一个空灵缥缈的神话境界。女神的打扮是身披薜荔衫,腰系女罗带,既美丽又芳洁。她面目含情,喜笑盈盈,体态窈窕,光彩照人,乘着赤豹所驾的辛夷木之车,前去幽会情人。诗中的香花香草,既是具体的物,又象征女神的芳洁情操。再来看第二段:

> 余处幽篁兮终不见天,路险难兮独后来。表独立兮山之上,云容容兮而在下。杳冥冥兮羌昼晦,东风飘兮神灵雨。留灵修兮憺忘归,岁既晏兮孰华予!

第二段写女神到了幽会地点,却未见心爱之人来到,心中充满了焦虑。她以为自己身处幽深的竹林之中,终日不见天日,而且路途艰险,因此误了幽会时间。于是她登上山巅,居高远望,急切地盼望情人的到来。"表独立"两句,写她伫立山巅,脚下是一片翻滚的云海。但是,这时的天气却逐渐阴沉起来。弥漫的浓云遮住天光,白天如黑夜;阵阵东风,夹着雨点飘洒下来。"杳冥冥"两句,写天气景色,实际上也就暗寓了她的心情。她满怀希望,又感到韶华易逝,青春难再,反映出她对青春的留念和对爱情的真诚向往。再看第三段:

> 采三秀兮于山间,石磊磊兮葛蔓蔓。怨公子兮怅忘归,君思我兮不得闲。山中人兮

芳杜若，饮石泉兮荫松柏，君思我兮然疑作。雷填填兮雨冥冥，猨啾啾兮狖夜鸣。风飒飒兮木萧萧，思公子兮徒离忧。

第三段写女神因恋人久候不至而陷入了失望痛苦之中。她徘徊于山石磊磊、葛藤蔓蔓的山间，一边采摘高洁的灵芝（三秀），一边耐心地等待。而他始终未来，这使她感到失望怅惘，"憺忘归"变成了"怅忘归"。她不由得埋怨起公子来，可又不愿离去。因为她相信公子是爱她的，也同样思念她，只是"不得闲"，无暇来相会。正是在这样的自我宽慰之下，她仍然苦苦等待。她采芳草，饮洁净的泉水，孤独地栖息在松柏之下，但公子始终没来。这时，夜幕降临了，雷声隆隆，大雨滂沱，落木萧萧，凄风飒飒，极度悲凉极度凄惨的景象衬托着女神极度的悲哀之情，这种深深的愁怨，使人寄予深切的同情。山鬼这个形象，美丽纯洁，温柔善良，痴情专一，对爱情充满希望和热烈的追求，是一个有着丰富内涵的浪漫主义的艺术形象。

《九歌》中的《国殇》是一篇具有特殊风格的诗，它以激越的感情、壮烈的战斗场面描写，歌颂了为国牺牲的将士们，充满爱国主义精神。

《九歌》具有非常鲜明的艺术特色。它是一组题材特殊、风格独异、美妙奇崛的抒情诗。它在精神实质上与《离骚》是一脉相承的，但是在艺术上又独具特色。诗人以流传于楚国民间的神话故事为背景，通过神灵形象的塑造，借其口而抒情。它不同于《离骚》的直抒胸臆。《九歌》中所塑造的神灵形象，既闪烁着神的灵光，又具有人的性格特征，神奇而亲切。经过诗人的艺术创造，神被人格化了。这些神灵有华美雅洁的容饰，馨香远播的居室，超尘脱俗的器物，缥缈绰约的风姿；虽然弥漫着神秘灵异的气息，但他们纯洁美丽的心灵，忠贞不渝的品格，缠绵悱恻的情思，以及对理想百折不挠的追求，又无一不是人格特征的显现。这些神灵，都具有鲜明的人格。

在《九歌》中，屈原善于把景物的描绘、环境的烘托、气氛的渲染和抒情主人公的情感有机地融合起来，创造出优美的意境，产生感人的艺术魅力。如《湘夫人》的开头，"帝子降兮北渚，目眇眇兮愁予。嫋嫋兮秋风，洞庭波兮木叶下"，孤寂冷落的哀怨之情和凄迷苍茫的悲凉之景，互相融合，格调清丽，形成了优美的意境。清代林云铭认为"开篇'嫋嫋兮秋风'二句，是写景之妙，'沅有芷'二句是写情之妙，其中皆有情景相生，意中会得，口中说不得之妙。"（《楚辞灯》）《九歌》中的感情是非常热烈的，但表达时却是委婉含蓄，主要通过寓情于景，从写景转入抒情。因此王夫之说是"婉娩缠绵"，是很对的。《九歌》的语言华美雅丽，令人赏心悦目，而且音调铿锵，韵味悠长，引发人的无限情思。《九歌》的"兮"字是用于句中，几乎代替了所有虚字的功能，体现了炼句技巧的进步。

● 五、屈原的其他作品

屈原的作品还有《九章》《天问》等。《九章》是屈原所作的一组抒情诗歌的总称，包括《惜颂》《涉江》《哀郢》《抽思》《怀沙》《思美人》《惜往日》《橘颂》《悲回风》等9篇作品。"九章"之名大约是西汉末年刘向编订屈原作品时加上去的。《九章》并非一时一地之作，正如朱熹所说："屈原既放，思君念国，随事感触，辄形于声。后人辑之，得其九章，合为一卷，非必出于一时之言也。"（《楚辞集注》卷四）其中《橘颂》的写作年代最早，可能作于屈原被疏之前。《九章》的内容与《离骚》基本上接近，主要是叙述自己的身世和遭遇，而感情的抒发有时比《离骚》更激烈。艺术上则主要采取直接铺叙的手法，因此感情更为直接奔放，浪漫色彩则不如

《离骚》。

《天问》是一篇规模宏大、体制瑰奇的长诗。全诗三百五十多句，一千五百多字，它以一个"曰"字领起，几乎全由问句写成，这在中国文学史上是罕见的。《天问》全篇由一百七十多个问题组成，涵盖自然现象、神话传说、历史人物等方面，反映了诗人对传统哲学、政治、伦理观念深刻的怀疑和批判，表现出大胆的探索精神。

屈原是我国文学史上第一位伟大诗人，他的诗歌，不但创造了一种崭新的文学体裁——骚体诗，而且开创了诗歌史上一个全新的时代。屈原作为一个伟大的爱国者、爱国诗人，他那执着的爱国热情，坚持真理、宁死不屈的精神，给后世作家作出典范。从汉代开始，人们对屈原的人格精神和品质，给予高度的赞扬。每当国家民族陷入存亡危机的时候，屈原的人格和作品对人们的精神感召就更加明显。在艺术上，屈原以积极浪漫的创作方法，开辟了另一影响深远、迥异于《诗经》现实主义风格的浪漫主义传统，丰富了文学艺术的表现力。屈原发展了《诗经》的比兴手法，拓展了比兴的象征意义，把物我、情景交融起来，扩大了诗歌的境界和表现力。在诗歌的形式上，"楚辞体"打破了四言的句式，出现了五言、七言句和散体化的句子，给后人以形式上的无穷启发。屈原的作品对辞赋的发展有直接的影响。汉代的辞赋家把骚体赋发展到大赋，楚辞的影响是明显的，而汉赋中铺张扬厉的作风，在楚辞中也已见端倪。

 拓展阅读作品篇目

《离骚》《湘君》《湘夫人》《国殇》《涉江》《哀郢》《天问》

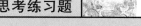 **思考练习题**

1. 试结合《离骚》的内容，谈谈其中的楚文化特色。
2. 屈原说"路漫漫其修远兮，吾将上下而求索"，屈原求索找了哪些人和神，结果如何？《离骚》的后半部分，主人公有三次飞行，请说出其起点和飞行的路线，有何寓意？
3. 请以《离骚》为例，谈谈屈原对《诗经》比兴的发展。
4.《湘君》《湘夫人》在艺术上有什么特征？作者是如何在神话传说中融入人间和现实的情感的？
5. 简要分析《九歌》中的《山鬼》的浪漫主义表现手法。

第二章　两汉文学

公元前 202 年,项羽乌江自刎,结束了楚汉之争。同年二月,刘邦即皇帝位,是为汉高祖,真正开始了有汉一代的封建统治。汉王朝建立之后,陆贾、贾谊等人探讨了秦王朝失败的原因,统治者吸取了秦王朝覆灭的教训,转而采取了新的方针。这个方针,从思想上说,即"持以道德,辅以仁义"。"持以道德",即实行"无为"政治。"无为",是指顺应自然规律去行动,这是一种积极意义上的"无为",在现实社会政治生活中,是要对人民的生产和生活的发展尽可能采取不加干扰的方针,废除秦王朝苛刻的刑法,减免赋税,保护和鼓励生产的发展。"辅以仁义",即抛弃法家那种否定仁义,一切诉诸功利、刑法的思想,恢复和提倡在自然经济基础上的亲族血缘的道德观念,以维系协调人与人之间的社会关系。

在思想文化上,汉代统治者结束了秦代统治者蔑视历史文化、实行思想禁锢的方针,采取了相当宽容的自由政策,并开始对古代文化典籍进行搜集、整理、研究。汉文化发展中一个很值得注意的现象,就是南方楚文化传入北方。汉王朝的主要领导人和基本队伍是从楚国来的,这就把楚文化带到了北方,给北方文化注入了还保存在楚文化中的那种和原始巫术、神话相联系的热烈的浪漫精神,从而使北方文化发生了深刻的变化,产生了把深沉的理性精神和大胆的浪漫幻想结合在一起的生气勃勃的恢宏伟美的汉文化。这种时代特征对汉代审美意识和艺术发展产生了极为深刻的影响。在汉代艺术中,运动、力量、气势就是它的本质。汉代艺术给我们展示了一个五彩缤纷的浪漫艺术世界(参看李泽厚《美的历程》第四章)。这样的艺术世界,展现了汉代真实丰富的生活场景。这种艺术特征形成了铺张扬厉的文风。最能体现这种艺术特征和文风的,便是汉赋。汉赋尽管有所谓"讽喻劝诫"的目的,但其作品的主要内容仍在极力夸扬、尽量铺陈天上人间的各类事物,特别是对现实生活中的各种环境事物和物质对象,充满了铺张扬厉的夸张描述。它那种"苞括宇宙,总揽人物"的宏大气魄,是后世所难以企及的。它第一次鲜明强烈地突出了艺术作为一种自觉的美的创造的特征,不再只是政治伦理道德的附庸。

两汉也是经学昌明的时代,自汉武帝罢黜百家、独尊儒术之后,经学博士相继设立,经学大师层出不穷,宗经成为有汉一代的风气。经学烦琐的解经习气,与铺张扬厉的文风相映成趣。汉代经学的固守师法家法,对汉代文学重模拟的风气有很大影响,二者互为表里。因此汉代文人不但模拟前代人的作品,就是同时代的人也互相模拟。这又是两汉文学一个很重要的特征。

汉武帝时代是一个经济文化高度繁荣的时代,又是一个社会关系空前复杂化、充满着各种剧烈矛盾冲突的时代。中国文学在此时可以说是第一次在一个广大的范围内直接面对现实社会中各种激烈的矛盾冲突,并毫不避讳地反映它。汉代文学在保持"诗""骚"传统的抒情性的同时,极大地发展了叙事性、情节性、戏剧性,其杰出的代表有《史记》与汉乐府民歌。尤其是《史记》,既高扬儒家古代人道主义精神,又在不少地方突破了儒家思想局限,创造了可以和荷马史诗相媲美的中国古代无韵的英雄史诗。汉乐府民歌继承了《诗经》的传统。受乐府民歌的影响,到了东汉,文人五言诗开始大量出现,班固、张衡、秦嘉、蔡邕等对五言诗的发展起了积极的推动作用。东汉末,五言诗已经成熟,出现了《孔雀东南飞》这样的长篇叙事诗,《古诗十九首》则成为五言抒情诗的典范。

第一节　汉代辞赋

赋是汉代最有代表性的文学样式,它介于诗歌和散文之间,韵散结合,可以说是诗的散文化、散文的诗化。汉赋是在对诸种文体兼收并蓄的基础上形成的新体制。

● 一、赋体的形成、兴盛及变化

赋是汉代最流行的文体,在两汉四百年间,盛极一时。后世常把赋看成汉代文学的代表,专称为"汉赋"。

作为一种文学样式,赋早在战国时代的后期就产生了。从现存资料看,最早写作赋体作品并以赋名篇的是荀子。《汉书·艺文志》记有荀子赋十篇,现流传下来的有五篇,即在今本《荀子》中《赋篇》里的《礼》《知》《云》《蚕》《针》。此五篇赋以通俗的"隐语"铺写五种事物,以咏物为说理,实成为汉赋的直接渊源。旧传宋玉也有赋作,但今之流传者,疑是后人伪托。1993年连云港出土的尹湾汉墓竹简,有一篇重要的俗赋作品《神乌傅(赋)》,此赋的发现,为赋起源于民间说提供了重要的证据。

赋体的主要特点是所谓的铺陈写物。刘勰在《文心雕龙·诠赋》篇中说:"赋者,铺也,铺采摛文,体物写志也。"这是对"诗六义"中赋的表现手法的解释。赋、敷、铺可通假。《诗经》中的"赋",指不假比兴、直接表现事物的时空状态的艺术手法。《诠赋》篇又说:"然赋也者,受命于诗人,拓宇于楚辞也。"班固《两都赋序》说:"赋者,古诗之流也。"这两段话说明两点。①赋,溯其渊源,是诗歌的衍变。"受命于诗人",因"诗六义"中有赋,一般认为,赋在《诗经》中并不是文体,是一种表现手法,但赋体与"六义"之"赋"有关,由"赋"转化而来。②赋又与楚辞有关,受楚辞的影响很大。从楚辞开始,以较长的篇幅和优美的辞藻来发挥想象倾诉感情,成为战国后期人们所欢迎的形式。赋作者正是利用这种文体来表达自己对当时现实的态度。我们看西汉初年的"骚体赋",的确与楚辞相当接近。赋在后来的发展中,也吸收了楚辞的某些特点,如华丽的辞藻、夸张的手法等,丰富了自己的体制。刘勰正是看到了赋与楚辞的这种关系。《汉书·艺文志》又说:"不歌而诵谓之赋。"这是说明它与乐诗的区别,它不像先秦的《诗经》那样可以入乐。它不入乐,可以朗诵,所以它又接近于散文。可以说赋是一种介于诗歌与散文之间的独立的文学体裁。

赋的形成和发展,可以分为三个时期。

第一个时期是高祖初年到武帝初年,这时流行的是"骚体赋",形式上模拟楚辞,追随楚辞传统,内容多是抒发作者的政治见解和身世之感慨。代表作家作品有贾谊《吊屈原赋》《鹏鸟赋》,淮南小山《招隐士》等。

第二个时期是武帝初年到东汉中叶,约二百多年,是所谓散体大赋时期,汉代散体大赋达于鼎盛。《汉书·艺文志》著录汉赋一共有九百多篇,作者六十余人,大多是这一时期的。这一时期,随着西汉进入鼎盛时期,统治阶级好大喜功,奢侈腐化,为了适应统治者的需要,在"兴废继绝,润色鸿业"的借口下,以铺张扬厉、歌功颂德为主的大赋作品大量产生。这一方面是政治上的需要,借以宣传汉帝国的强大;另一方面也加上帝王的赏玩和鼓励,如《汉书·王褒传》载:"上令褒与张子侨等并待诏,数从褒等放猎,所幸宫馆,辄为歌颂,第其高下,以差赐帛。"王褒是西汉著名赋家,王褒等人侍从汉宣帝游猎,所到宫馆,都要作赋歌颂一番。还有的文士,更以作赋献赋当作求官的门径(如司马相如),因此也推动了大赋的形成。枚乘《七发》是标志散体大赋正式形成的第一篇作品。其后有司马相如、枚皋、东方朔、刘安、扬雄,东汉有班固、张衡等。散体大赋的特点是:离开了社会现实生活,以铺写宫廷建筑、宫殿苑囿、田猎巡狩、声色犬马为主,粉饰太平,点缀贵族生活;内容上在辞赋末尾常加上一些所谓讽喻劝诫的话,其作用往往是"劝百而讽一"。在形式上进一步散体化,改变了楚辞中多用虚词、句末多用语气词的句式,成为一种专事铺叙的用韵散文。大赋由于其内容的复杂性,文字堆砌,以铺张为能事,词句华丽艰深,过去对它的评价颇多争议。其实汉代大赋自有其独特的美学价值,已为众多赋学研究者所公认。

第三个时期是东汉中叶以后,由于政治腐败,内外矛盾,部分文人从歌颂升平转而为讥时讽世。同时,散体大赋的僵化的写作形式,也逐渐为人所厌倦,因此,以反映社会黑暗、讥讽时事、抒情咏物的短篇小赋开始兴起,其特点是篇章短小,语言较精练,思想感情较充实。代表作家有张衡、蔡邕、赵壹、祢衡等人。

● 二、西汉著名赋家及其作品

(一) 贾谊

贾谊(前200—前168)是西汉初著名的政治家、文学家,洛阳人,少以博学能文闻名于郡中。文帝时贾谊被荐为博士,掌文献典籍,年仅二十余岁。不到一年,又擢为太中大夫。因才高遭忌,被贬为长沙王太傅,文帝七年被召回长安,任梁怀王太傅。后因怀王坠马而死,悲悼自责,不久去世。

贾谊的赋现存仅《吊屈原赋》与《鹏鸟赋》两篇,是骚体赋的代表作品。作者赴任长沙王太傅途中,路过屈原投江所在,自伤一生遭遇与屈原相似,遂作《吊屈原赋》。司马迁作《屈原贾生列传》,把屈原和贾谊合为一传,正是有感于二人的生平遭际有共同之处。《吊屈原赋》中对屈原的处境和遭遇表示愤慨和悼惜,用许多比喻来比拟被谗害者的命运以及对出路的追寻,譬喻说完,文章就戛然而止,具有很强的感染力。

《吊屈原赋》名为哀吊屈原,实为吊自己,抒发自己的情怀,倾吐内心的郁闷。赋的开头说:

> 恭承嘉惠兮,俟罪长沙。侧闻屈原兮,自沉汨罗。造托湘流兮,敬吊先生,遭世罔极兮,乃殒厥身。

接下来,作者对社会黑白颠倒、是非不分,贤者居下位、小人得志猖狂的现状作了尽情的描述:

> 鸾凤伏窜兮,鸱枭翱翔。阘茸尊显兮,谗谀得志;贤圣逆曳兮,方正倒植。世谓随夷为溷兮,谓跖、蹻为廉;莫邪为钝兮,铅刀为铦。吁嗟默默,生之无故兮。斡弃周鼎,宝康瓠兮。腾驾罢牛,骖蹇驴兮;骥垂两耳,服盐车兮。章甫荐履,渐不可久兮。嗟苦先生,独离此咎兮。

面对一个善恶颠倒、是非混淆的黑暗世界,作者在对屈原表示深深的同情时,字里行间,也流露出对自己无辜遭遇的愤慨。他认为,节操高洁,才能超凡,不为社会所容,是造成屈原悲剧的根本原因。但他不赞成屈原以身殉国,认为屈原未能"自引远去",才终遭不幸。贾谊主张"远浊世而自藏",以此保全自己,这才符合"圣人之神德"。在这篇赋中,贾谊的情绪是哀怨、激切和愤慨的。《吊屈原赋》堪称汉初骚体赋的代表作。

《鵩鸟赋》写于他寄居长沙的三年之后。《史记·屈原贾生列传》说:"贾生为长沙王太傅,三年,有鵩飞入贾生舍,止于坐隅。楚人命鵩曰鵩(猫头鹰)。贾生既已适(谪)居长沙,长沙卑湿,自以为寿不得长,伤悼之,乃为赋以自广。"文中假托与鸟的问答,抒发自己怀才不遇的抑郁不平情绪,并以老庄齐死生、等祸福的思想来自我排遣。如"祸兮福所倚,福兮祸所伏,忧喜聚门,吉凶同域","且夫天地为炉,造化为工,阴阳为炭,万物为铜","忽然为人,何足控揣? 化为异物,又何足患"。因此,《鵩鸟赋》是一篇愤郁不平的咏怀之作。《鵩鸟赋》在构思上颇为别致。它采用了人禽问答体,借鸟回答的方式,抒写了贾谊心中的积愫,表述了一种所谓人生祸福无常,应该"知命不忧"的思想。从他的自命"达观"的思想来看,显然是受老庄消极思想的影响。但也不难看出其中也包蕴着对当时黑暗现实的不满和对自己不幸遭遇的牢骚不平。《诗经·国风·豳风》中有一首禽言体诗《鸱鸮》,全诗以母鸟的口气,诉说被猫头鹰抓走小鸟,自己仍艰苦筑巢,抵御外侮。《鵩鸟赋》的构思,或许受到《鸱鸮》的启发。

《吊屈原赋》是典型的骚体赋,由此可以了解汉初骚体赋的体制。《鵩鸟赋》不同,采用问答体。从两方面来一问一答,其语句比较散体化,更接近汉代辞赋体的形式。这个变化要注意。艺术上也有值得注意的地方。作品的内容不是铺陈写物而主要是发议论、述哲理,但用一些巧妙的比喻使他所发的议论、哲理形象化,又用反问、感叹的语气来增加作品的感情色彩,可以说是语凝字炼,音节鲜明。

(二) 枚乘

枚乘(? —前140),字叔,活动时期在文、景时代,初为吴王濞郎中,上书谏阻吴王谋反,不听,遂投奔梁孝王。汉武帝即位,欲以安车蒲轮征召,因年老卒于道中。《汉书·艺文志》载枚乘赋9篇,现只存《七发》《忘忧馆柳赋》《梁王菟园赋》三篇,后两篇疑为伪作,只《七发》较可靠。

《七发》假托吴客与太子的问答。通过对楚太子病症的叙述和分析,吴客认为太子的病是由贪欲过度、享乐无时、荒淫糜烂的生活所造成的;认为不是一般的"药石"所能医治,要靠

"博见强识"的人,经常给太子以有益的启发和提醒,使太子改变原来的生活和欲望,才有治好的希望。文中借吴客之口,叙说了启发太子的七件事:音乐、饮食、车马、游乐、狩猎、观涛和听有学识的人讲论天下是非之理。讲到最后一件事,太子"据几而起",出了一身透汗,豁然病除。赋表面上是为楚太子治病,实际上要指出太子患的是精神病。赋不直说,而采取步步深入、层层说开的笔法,因此很含蓄。这篇赋,据《文选》李善注,一说是为谏梁孝王而作,一说是为谏吴王濞而作。其实作品的用意,是在劝说封建上层统治阶级摆脱腐朽糜烂的生活,振作精神,关心一些与维护封建统治利益有关的事情。

《七发》在艺术上的特色是铺张,但又不像后来的大赋那样堆叠奇僻词汇,读起来比较平易,有不少片段有较高的技巧,如写音乐,写狩猎和观涛等,都很生动。且看写观涛的一段:

似神而非者三:疾雷闻百里,江水逆流,海水上潮;山出内云,日夜不止。衍溢漂疾,波涌而涛起。其始起也,洪淋淋焉,若白鹭之下翔;其少进也,浩浩溰溰,如素车白马帷盖之张;其波涌而云乱,扰扰焉如三军之腾装;其旁作而奔起也,飘飘焉如轻车之勒兵。六驾蛟龙,附从太白;纯驰浩蜿,前后络绎。颙颙卬卬,椐椐强强,莘莘将将;壁垒重坚,沓杂似军行。

这一段,用各种比况描写浪涛之状,的确是奇观满目,音声盈耳,使人精神震荡,如临其境。

《七发》在辞赋的发展史上有重要地位,是两汉大赋形成的标志。《七发》全篇韵散结合,还有虚构夸张,以及细致的叙事和精细的描绘。这在文学发展史上,是一大进步。它在内容上已呈现出叙事写物、铺张扬厉的特征,在形式上改变楚辞句式中多用虚词的样式,在美学上体现了对崇高壮美的追求。此外,还应注意:一是"述客主以首引"此后遂成汉大赋之定式,即主客答问形式成为汉大赋一种定型;二是以"七"立题,成为一个专体,称为"七""七体""七林",后世仿作者层出不穷,如傅毅的《七激》、张衡的《七辩》、曹植的《七启》等。

(三) 司马相如

司马相如(约前179—前118),字长卿,成都人,青少年时,好读书,又学击剑。他初入仕途时,在景帝周围任武骑常侍,随从天子狩猎,但这并不符合他的志向。后客游梁,成为梁孝王梁园文学群体中的一员。在梁孝王那里时,司马相如与邹阳、枚乘同游,写了《子虚赋》。汉武帝读了《子虚赋》后,叹赏曰:"朕独不得与此人同时哉!"其同乡杨得意任狗监,将司马相如推荐给汉武帝。司马相如又上《上林赋》,汉武帝读后大为赏识,拜为郎,又除中郎将。曾奉汉武帝之命略定西夷,安抚蜀郡百姓。后迁为孝文园令,不久病卒。《西京杂记》称司马相如"为人风流放诞"。司马相如与卓文君的爱情故事流传很广,成为文坛佳话。有《司马文园集》传世。时人亦将司马迁与司马相如并称为"二马"。《史记》《汉书》有传。

《汉书·艺文志》著录司马相如赋29篇,现存有《子虚》《上林》《大人》《长门》《美人》《哀二世》六篇。

《子虚赋》《上林赋》虽不是同一时间写成,但内容前后是衔接的,《史记》把它们当作一篇,《文选》分为二。作者假托子虚、乌有、亡是公三人评论国王打猎之事。作者先让子虚夸耀楚地的云梦泽广大丰饶,楚王畋猎的声势浩大,然后让乌有先生给以否定,夸耀齐国的广大,接下去让亡是公对齐楚二国的行为都加以否定,明确提出"明君臣之义,正诸侯之礼"的问题。作品的主旨,意在讽谏封建统治者不可过于奢侈和淫靡,但由于作品以大量篇幅来描写和渲染贵族的宫苑之华丽和设置之繁奢,反而迎合了最高统治者夸耀尊贵和好大喜功的心理。因此,扬雄说大赋是"劝百讽一",是有道理的。文章字句铺张雕琢,极尽夸张铺排之能事,罗列事物,堆砌辞藻。我们看《子虚赋》中写云梦七泽的一段,就可以了解:

> 臣闻楚有七泽,尝见其一,未睹其余也。臣之所见,盖特其小小者耳,名曰云梦。云梦者,方九百里,其中有山焉。其山则盘纡岪郁,隆崇律崒;岑崟参差,日月蔽亏;交错纠纷,上干青云;罢池陂陀,下属江河。其土则丹青赭垩,雌黄白坿,锡碧金银,众色炫耀,照烂龙鳞。其石则赤玉玫瑰,琳珉昆吾,瑊玏玄厉,礝石碔砆。其东则有蕙圃衡兰,芷若射干,穹藭菖蒲,江蓠蘼芜,诸柘巴且。其南则有平原广泽,登降陁靡,案衍坛曼,缘以大江,限以巫山。其高燥则生葴菥苞荔,薛莎青薠。其卑湿则生藏莨蒹葭,东蔷雕胡,莲藕菰芦,菴闾轩芋,众物居之,不可胜图。其西则有涌泉清池,激水推移;外发芙蓉菱华,内隐钜石白沙。其中则有神龟蛟鼍,玳瑁鳖鼋。其北则有阴林其树,楩楠豫章,桂椒木兰,檗离朱杨,樝梨梬栗,橘柚芬芳。其上则有赤猿蠷蝚,鹓雏孔鸾,腾远射干。其下则有白虎玄豹,蟃蜒䝙犴,兕象野犀,穷奇獌狿。

司马相如罗列了众多的自然事物,包括山水和动植物,都被安排在巨大的背景上,给人丰富而又神奇、广阔而又博大的感觉。同时,这篇赋词汇非常丰富,文采华茂,表现出作者很高的驾驭文字的能力。汉赋一个很大特点,就是叙事写物铺排夸张。在作赋时,作者已开始注意大量地观察描写周围的事物,可看出作者的创作态度是非常严肃认真的,这也是文学艺术的一个发展,一个进步。再如写上林苑的河流:

> 左苍梧,右西极,丹水更其南,紫渊径其北;终始霸浐出入泾渭;酆镐潦潏,纡余委蛇,经营乎其内。荡荡兮八川分流,相背而异态,东西南北,驰骛往来,出乎椒丘之阙,行乎洲淤之浦,经乎桂林之中,过乎泱漭之野。汩乎混流,顺阿而下,赴隘陕之口,触穹石,激堆埼,沸乎暴怒,汹涌澎湃……

其文句华丽,辞藻堆砌,但又有波澜壮阔、气势磅礴的文势,有如急云之翻滚、波涛汹涌的辩论,又有如潜龙出水、天马行空般的描述,体现了汉人对壮美的审美追求。

司马相如是汉大赋的奠基者。他的赋作标志着汉赋的基本定型与成熟,影响了两汉整个赋坛,成为人们仿效的对象。但后人的拟作,很难超过他。鲁迅《汉文学史纲要》说:"明王世贞评《子虚》《上林》,以为材极富,辞极丽,运笔极古雅,精神极流动,长沙有其意而无其材,班、张、潘有其材而无其笔,子云有其笔而不得其精神流动之处云云,其为历代评骘家所倾倒,可谓至矣。"

(四)扬雄

西汉末年,最著名的赋家为扬雄(前53—18),作品有《甘泉赋》《羽猎赋》(《汉书》题作《校猎赋》,《文选》作《羽猎赋》)《长杨赋》《河东赋》等。又模仿东方朔《答客难》作《解嘲》。汉成帝为了显示自己的阔气威风,竟不顾农民的死活,驱民入南山为其捕捉野兽,扬雄对此深为不满,于是写了《长杨赋》,借墨客卿的口,直截了当地批评汉成帝。在《长杨赋》中也有对汉文帝的赞颂(文中说"逮至圣文"),但也可以看出他反对帝王淫逸的态度。再如《羽猎赋》,扬雄在序里就明白地说出自己的意图,就是要反对汉成帝那种不留遗类地"刮野扫地""囊括雌雄"的"羽猎",赋里那些极度夸张的描绘不言而喻是对汉成帝的批评,作者的批判态度就隐晦而又明白地隐藏在那些夸张之中。扬雄的赋比较广泛而深刻地写出了生活的真实、时代的弊端。在扬雄的赋作里,像司马相如那种对大汉帝国所唱的激昂慷慨的壮歌,已经不多见了,他的赋抒发的大都是怨调,一方面是鼓励统治者弃恶从善,另一方面是对黑暗的现实进行曲折的揭露。扬雄的赋是比较注意讽谏的，比之司马相如，讽谏的成分大大加强。这从赋的内容和序言里都可以看出。在艺术上，扬雄的赋和汉赋作家一样，着力于对客观事物做细致、夸张、传神的描绘；另一方面，扬雄的赋不但有司马相如的宏伟气魄，而且更注重锤炼语言，有短促强劲的句子，又杂以气势遒劲的长句，显示出瑰丽奇谲的风格（参看龚克昌《汉赋研究》之《扬雄赋论》）。

（五）《神乌傅（赋）》

1993年连云港出土的尹湾汉墓竹简，有一篇重要作品《神乌傅（赋）》，这是西汉时期的一篇俗赋。《神乌傅（赋）》作者不详，共664字，为叙事体，大致整齐的四言句式，押了大致整齐的韵，文字浅近，全篇以对话为主，用拟人的手法描绘了神乌的性格和悲惨故事。乌在汉代是一种孝鸟、神鸟。赋里写的是，阳春三月，一雄一雌两只乌艰辛筑巢，有一天，雌乌外出取材，回到家中，发现一只盗鸟在偷盗她的材料，于是雌乌和盗鸟吵了起来，而且大打出手。结果，雌乌力气不够，被盗鸟打得遍体鳞伤。雌乌将死之际招来雄乌，告诉雄乌一定要找只好的雌乌，过下半辈子，同时还要把两个孩子带大。这篇赋，虽然写的是鸟之间的争斗，实际上隐喻了社会矛盾，与古代民歌特别是汉乐府民歌有很多相似之处。作为俗赋，其叙事性、拟人化手法和朴实的风格表现出了与文人赋截然不同的、鲜明的艺术特征。《神乌傅（赋）》的发现，对研究汉赋及汉代文学的发展，有着重大的价值，为赋的起源提供了重要的证据（参看裘锡圭《〈神乌赋〉初探》）。

西汉还有一些赋家，如枚皋、东方朔、刘安等人，都曾以赋作名世。

三、东汉著名赋家及其作品

（一）班固

东汉前期辞赋家有班固（32—92）。班固，字孟坚，东汉扶风安陵（今陕西咸阳东）人，父班彪为汉代著名学者。班固大赋的作品有《两都赋》（两都：西都长安，东都洛阳）《答宾戏》等。

《两都赋》传本分《西都赋》《东都赋》两篇。据自序，自东汉建都洛阳，“西土耆老”仍希望复都长安，作者因作此赋以为驳议。《西都赋》假设西都宾客向东都主人夸耀长安形势险要，物产丰富，宫廷华丽。在作者的笔下，西京的城市、宫殿特别壮美，尤其是写昭阳殿的一段：

> 昭阳特盛，隆乎孝成，屋不呈材，墙不露形，裛以藻绣，络以纶连，随侯明月，错落其间，金釭衔璧，是为列钱、翡翠火齐，流耀含英，悬黎垂棘，夜光在焉。于是玄墀釦砌，玉阶彤庭，碝磩彩致，琳珉青荧，珊瑚碧树，周阿而生。红罗飒纚，绮组缤纷，精曜华烛，俯仰如神。

这些描写，达到了空前绝后的程度，集中展现了西都的豪华、丰腴，表现出华阙崇殿的壮丽之美。《东都赋》则借东都主人之口称说洛阳之盛况，否定了“西都宾”所代表的旧的京都美理想和京都意识。在《东都赋》中，作者极力描绘了洛阳的法度，赞扬了后汉的制度之美。同时盛赞汉光武帝重造纲纪的赫赫功勋，颂扬汉光武帝迁都改邑的重要决策。

在这两篇赋中，《西都赋》的体制、描绘、词采、夸饰，多效法《子虚》《上林》；《东都赋》则温润典雅而少有铺陈，可以看出明显受到扬雄《长杨赋》的影响。《两都赋》是鸿篇巨制，但作者能围绕着主题来作文章，又能做到繁简得当，层次分明，结构严谨，脉络清晰。《两都赋》运笔有很强的概括力，使作品收到强烈的艺术效果。总的来说，《两都赋》以征实与夸张相结合的手法,描绘长安的城市布局、建筑风貌、各色人物,在赋史上尤其是在都邑赋方面有开创的意义。

（二）张衡

张衡(78—139),字平子,南阳西鄂人,少时善文章,17岁游学三辅,至洛阳,"通五经,贯六艺",但淡于名利,不愿出仕。33岁时应召为郎中,安帝时迁为太史令,后出为河间献王相,卒时年62,是东汉中期著名的科学家和文学家。张衡拟班固《两都赋》作《二京赋》。《二京赋》在结构谋篇方面完全模仿《两都赋》,以《西京赋》《东京赋》构成上下篇,但在描写世俗生活方面比班固更加广阔和细密,赋中所写都市的街道、市场、商人、富民、游侠、辩士、杂技、歌舞、马戏、魔术,林林总总,无不笼挫笔端。可以看出,作者把兴趣转向了现实生活,这是对司马相如、扬雄以来赋体文风的一个转变。此外,《二京赋》长达7 696言,以规模宏大被称为京都赋之极致,推动了以京都、都会为题材的文学创作的发展。

张衡赋的作品应该注意的是他后期所作的仅有211字的抒情小赋《归田赋》:

　　游都邑以永久,无明略以佐时;徒临川以羡鱼,俟河清乎未期。感蔡子之慷慨,从唐生以决疑。谅天道之微昧,追渔父以同嬉。超埃尘以遐逝,与世事乎长辞。

　　于是仲春令月,时和气清,原隰郁茂,百草滋荣。王雎鼓翼,鸧鹒哀鸣。交颈颉颃,关关嘤嘤。于焉逍遥,聊以娱情。

　　尔乃龙吟方泽,虎啸山丘。仰飞纤缴,俯钓长流。触矢而毙,贪饵吞钩。落云间之逸禽,悬渊沈之鲨鲔。

　　于时曜灵俄景,系以望舒。极般游之至乐,虽日夕而忘劬。感老氏之遗诫,将回驾乎蓬庐。弹五弦之妙指,咏周孔之图书。挥翰墨以奋藻,陈三皇之轨模。苟纵心于物外,安知荣辱之所如。

作者以平浅清新的语言,抒写自己不满黑暗现实、情愿归返田园从事著述的心情,反映出抱负无法伸展但又不愿同流合污的思想矛盾。《归田赋》在体制上和在艺术上,都有独创性的变革。它篇幅短小,开门见山,直接建言,不用繁词铺叙,只以精练的语言,借典型的物象,发挥深隐的情志。其中写仲春令月的一段,尤为令人称赞。这一段田园景象的描写,的确清丽可喜,在赋中兼具有诗艺、诗境,令人耳目一新。可以说,张衡的《归田赋》,标志着辞赋抒情化和小品化的到来。

（三）赵壹

赵壹,字元叔,东汉末汉阳郡西县(今天水)人,生卒年不详,大约和蔡邕同时,生活在汉灵帝、献帝时代。赵壹是东汉末年最重要的赋家。龚克昌先生评述赵壹的赋"揭露社会问题之深入,感情之激烈,笔势之凌厉,措辞之尖刻,在赋作家中是绝无仅有的"(《汉赋研究》之《抒情小赋作家赵壹》)。东汉后期,随着社会政治的黑暗愈来愈深,以歌功颂德为主要内容的大赋已为赋家所不为,揭露社会的黑暗、抒发内心的愤懑也就必然反映到赋作中。而这样的以抒情写怀为主的赋,是不可能像大赋那样写得洋洋洒洒的,这就是到东汉后期抒情小赋产生的原因。《刺世疾邪赋》是赵壹的代表作,也是东汉末抒情小赋的代表作。赋中以激愤的感情揭露了东汉末年的政治黑暗,也揭露了官场上的黑暗。在赋中可看到他已洞察到当时的社会危机,感觉到汉代实际上已沦为末世。且看其中的一段:

　　于兹迄今,情伪万方。佞谄日炽,刚克消亡。舐痔结驷,正色徒行。妪煦名势,抚拍豪强。偃蹇反俗,立致咎殃。捷慑逐物,日富月昌。浑然同惑,孰温孰凉。邪夫显进,直士幽藏。

"舐痔结驷，正色徒行"，"邪夫显进，直士幽藏"，揭示的是黑白颠倒的现实，作者只几句话就把当时污浊的社会勾勒出来。更可贵的是他不但揭露现实，而且一针见血地挖出病根："宁计生民之命，唯利己而自足。"即统治者只知道满足自己的欲望，哪里会想到百姓的利益？对于这样的社会，作者强烈地表示了自己愤世嫉俗的反抗精神和坚持操守的坚定信念，表示了彻底的否定和决裂的态度，他宣称：

> 宁饥寒于尧舜之荒岁兮，不饱暖于当今之丰年。乘理虽死而非亡，违义虽生而匪存。

这篇赋语言犀利，感情激烈，颇有深度。从风格上说，它变汉赋的板滞为疏荡，变华丽为通俗，对汉赋的变化和发展，是有贡献的。

● 四、汉赋的地位和影响

在汉末文人五言诗出现以前，汉赋是两汉四百年间文人创作的主要文学样式，是"一代文学"的代表。新中国成立后一段时期，对汉大赋曾采取了基本否定的态度，认为其内容大部分是歌功颂德，踵事增华，没有实际内容，只是供封建统治者赏玩的作品。即使其中有时含有一点讽喻意味，实际上还是迎合统治者的爱好，只是"劝百讽一"。西汉扬雄曾认为："往时武帝好神仙，相如上《大人赋》欲以风，帝反飘飘有凌云之志。由是言之，赋劝而不止，明矣。又颇似俳优淳于髡、优孟之徒，非法度所存，贤人君子诗赋之正也，于是辍不复为。"（《汉书·扬雄传》）扬雄还认为赋是"童子雕虫篆刻""壮夫不为"（《法言·吾子》）。实际上对汉赋不能简单地随意否定。尽管汉赋（大赋）有其缺点，但是它也有值得肯定的地方。

首先，它有着鲜明的时代色彩。汉代自文景之后到汉武帝前后，一个空前繁荣的大汉帝国屹立在东方。这一时期，呈现了心胸开阔、气派沉雄、虎虎有生气的时代精神面貌。汉大赋也正体现了这样一个时代精神的特征。大赋状物写景，铺陈百事，尽管是那样堆砌、重复，但是，江山的宏伟，城市的繁盛，商业的发达，物产的丰饶，宫殿的巍峨，服饰的奢侈，鸟兽的奇异，人物的气派，狩猎的惊险，歌舞的欢乐，等等，汉赋都有所记载，表现了汉代那种伟大的创造气魄，赋中所展现的是一个繁荣富强、充满活力、对现实充满自信的大帝国的声威。所以，汉赋实际上是处于上升时期的积极有为的统治者创造世界的伟大业绩的产物，是对汉帝国的繁荣的再现和歌颂，洋溢着宏阔明朗的信心和力量。赋的末尾对统治者的讽谏，表现了作者对统治阶级过分奢侈的行为的不满，也有其积极意义。

其次，从美学的角度来说，它表现出一种符合时代精神的"雄浑之美""巨丽之美"，是一种壮美。这与汉代整个时代的美学特征所表现出来的蓬勃旺盛的生命、整体的力量和气势是一致的。另一方面，先秦的"诗""乐"，受汉代经学的影响，在很长一段时期内不被当作纯粹的文学作品来看待，而是强调它作为政教伦理宣传工具的价值。汉赋与"诗""乐"不同，它不被看作一种具有极为严肃意义的政治文献。它虽源于楚辞，又和原始的巫术祭神的歌舞分离了。从汉武帝将枚皋与东方朔等辞赋家当作俳优来看，以及有意叫枚皋作赋的情况来看，汉大赋一开始就以供人以艺术美的欣赏为其重要特色，所以它极大地发展了在楚辞中已表现出来的那种对于辞藻描写的追求。它自觉地讲求文辞的华丽富美，以穷极文词之美为其重要特征，能给人充分的艺术美的享受。

最后,大赋虽堆砌辞藻,好用生词僻字,但它在丰富文学作品的词汇、锻炼语言辞句、增进文学表现技巧上,取得了一定成就。而且,大赋对文学观念的形成也起到过促进作用。我国文学从《诗》《骚》以来,经过西汉的辞赋发展,东汉时开始初步把文学与一般学术区分开来。《汉书·艺文志》除《诸子略》外,还有《诗赋略》。除了儒术经学以外,汉代出现了"文章"的概念。汉代的"文章",多指文学作品,"文学"仍指儒学或其他纯学术著作。《汉书·公孙弘传赞》说:"文章则司马迁、相如。"又说:"刘向、王褒以文章显。"清人刘天惠在其《文笔考》中说:"则西京以经与子为艺,诗赋为文矣。"这些都是大赋的积极作用。

● **拓展阅读作品篇目**

贾谊:《吊屈原赋》《鹏鸟赋》

枚乘:《七发》

司马相如:《子虚赋》

班固:《两都赋》

张衡:《归田赋》

赵壹:《刺世疾邪赋》

● **思考练习题**

1. 从西汉到东汉,赋的发展变化经历了怎样的过程?
2. 简述枚乘《七发》在汉赋发展中的意义。
3. 汉代散体大赋的美学特征是什么?请结合作品进行阐述。
4. 简析赵壹《刺世疾邪赋》的思想艺术特色。

第二节 两汉论说文

汉王朝建立之后,陆贾、贾谊等人探讨了秦王朝失败的原因,统治者吸取了秦王朝覆灭的教训,转而采取了新的方针。这个方针,从思想上说,即"持以道德,辅以仁义"。可以说,汉初的政论散文,是围绕着这样的现实需要而产生的。

● **一、贾谊、晁错、刘安之文**

贾谊的散文主要是议论文,包括两个方面的内容,一是对秦王朝兴覆的历史总结,二是具体的施政主张。前者的代表作是《过秦论》，后者以《论积贮疏》和《治安策》为代表。

《过秦论》是为适应汉初统治者"试为我著秦所以失天下，吾所以得之者"（《史记·陆贾列传》刘邦语）而产生的史论文章。其著书目的明确，是要从秦王朝的兴亡中总结出历史的经验教训。《过秦论》上篇写秦王朝之兴，极写秦自孝公以来的兴盛，大有天下无敌之概，然而百余年的兴盛，却于几个月之内败亡，王朝土崩瓦解。其原因，即"仁义不施而攻守之势异也"。中篇批判胡亥之失，秦王"先诈力而后仁义"，所以亡国。针对"马上得天下"是否仍可以"马上治天下"的质问，作者再次提醒统治者"取与守不同术也"。下篇分析子婴之亡，"二十余君，常为诸侯雄"的秦帝国，终亡于陈涉的九百戍卒。这个教训多么深刻！于是贾谊总结道："是以君子为国，观之上古，验之当世，参以人事，察盛衰之理，审权势之宜，去就有序，变化有时，故旷日长久而社稷安矣。"为了达到振聋发聩的效果，贾谊在三篇中都采用了落差巨大的前后对比手法来突出"其兴也暴、其亡也忽"的历史教训，给人大起大落的感觉。贾谊颇有战国纵横策士的风格和气质，他用排比、对偶的手法，夸饰铺陈，使《过秦论》在艺术上形成雄骏闳肆的气势。

《论积贮疏》是贾谊写给汉文帝的奏疏，论述农业生产对国家的重要。发展农业，储存粮食，对治国安民具有重大的政治意义。为了说明这个道理，作者进行反复的论证。先借用管子的话："仓廪实而知礼节。"这是他立论的基本点。贾谊从正面论述"积贮"的重要性和紧迫性，可是当今"背本而趋末"的现状，令人触目惊心。于是贾谊又从反面说明不"积贮"的危害。"世之有饥穰"，不可避免。若不"积贮"，后果不堪设想。作者慷慨陈词，剀切分析利害得失，言语激切，有的话说得犀利而警策，洋溢着雄健的气势。

《治安策》又名《陈政事疏》。内容乃是为统治者提出长治久安的治国大计。文章一开始，作者"窃唯事势，可为痛哭者一，可为流涕者二，可为长太息者六"，说明是面对现实，有感而发。贾谊面对汉王朝内有同姓诸侯僭越谋逆，外有匈奴强敌压境，深感到危机深重。贾谊以史为鉴，列举高祖"七年之间，反者九起"的往事，以及文帝亲历过的兄弟叛离的事实，强调"强者必反""亲者必反"的道理，由此提出"众建诸侯而少其力"的策略。此文篇幅甚长，洋洋洒洒六千言，贾谊痛陈其忧，出言大胆，直陈不讳，甚至词锋凌厉、气势逼人。这种"慷慨论天下事"的风气，还是具有纵横家的特征。

稍后于贾谊的晁错，其政论文也有很大影响。晁错（前200—前154），颍川人，少学申、商刑名之学，文帝时为太常掌故，曾从济南伏生受《尚书》，迁博士，拜太子家令。晁错博古通今，有辩才，景帝即位，以内史迁御史大夫。曾上书言重农贵粟，削诸侯封地。吴楚七国反，请"清君侧"，晁错被斩于东市。

晁错的文章，多是上书言事，与现实政治密切相关。其为大家所熟悉的首推《论贵粟疏》，论述使民务农和实行贵粟政策的重要。文章一开始，先从正面说明贵粟和积蓄多的重要性，又从反面指出如今"积蓄未及"产生的严重后果。由是进一步论述在上者贵粟之重要。最后，作者以农夫五口之家的苦难和商贾无农夫之苦却有仟佰之得的对比，大声疾呼抑商重农的迫切。文章层层推理，组织严密，分析问题极为透辟。且看其中精彩的一段：

> 今农夫五口之家，其服役者不下二人，其能耕者不过百亩，百亩之收不过百石。春耕、夏耘，秋获、冬藏，伐薪樵，治官府，给徭役；春不得避风尘，夏不得避暑热，秋不得避阴雨，冬不得避寒冻，四时之间亡日休息；又私自送往迎来，吊死问疾，养孤长幼在其中。勤苦如此，尚复被水旱之灾，急政暴赋，赋敛不时，朝令而暮改。当具，有者半贾而卖，亡

者取倍称之息,于是有卖田宅、鬻子孙以偿责者矣。而商贾大者积贮倍息,小者坐列贩卖,操其奇赢,日游都市,乘上之急,所卖必倍。故其男不耕耘,女不蚕织,衣必文采,食必粱肉;亡农夫之苦,有仟佰之得。因其富厚,交通王侯,力过吏势,以利相倾;千里游敖,冠盖相望,乘坚策肥,履丝曳缟。此商人所以兼并农人,农人所以流亡者也。

这一段的描述,体现晁错对于农夫、商贾不同阶层生活状况的熟悉,整段文字用对比、排比、推论手法来写,文笔矫健流畅,明快通达,同样富有气势。

晁错的政论名篇还有《贤良对策》《言兵事疏》《论守边备塞疏》等。《贤良对策》列举古代圣王成功的事迹和秦王朝失败的教训以对答策问。其中说到"五帝神圣"时写到:"阴阳调,四时节,日月光,风雨时,膏露降,五谷熟,妖孽灭,贼气息,民不疾疫;河出图,洛出书,神龙至,凤鸟翔,德泽满天下,灵光施四海。此谓配天地,治国大体之功也。"说到秦之富强在于"地形便,山川利,财用足,民利战"。说到秦"末涂之衰"时是"宫室过度,奢欲亡极,民力罢尽,赋敛不节;矜奋自贤,群臣恐谀,骄溢纵恣,不顾患祸;妄赏以随喜意,妄诛以快怒心,法令烦憯,刑罚暴酷,轻绝人命,身自射杀;天下寒心,莫安其处。奸邪之吏,乘其乱法,以成其威,狱官主断,生杀自恣。上下瓦解,各自为制"。这样的文字,与《论贵粟疏》的风格一样,斩截沉雄,细密恢宏。

鲁迅认为,贾谊晁错之文,"为文皆疏直激切,尽所欲言","唯谊尤有文采,而沉实则稍逊,如其《治安策》《过秦论》,与晁错之《贤良对策》《言兵事疏》《守边劝农疏》,皆为西汉鸿文,沾溉后人,其泽甚远;然以二人之论匈奴者相较,则可见贾生之言,乃颇疏阔,不能与晁错之深识为伦比矣"。(鲁迅:《汉文学史纲要》)贾谊文章纵横恣肆,晁错之文则更显平实之风,鲁迅之论,可谓的评。

刘安(前179?—前122),是汉朝宗室,汉高帝子淮南王刘长子,汉文帝十六年(前164)封淮南王。为人好书鼓琴,召集宾客作《淮南子》。《淮南子》是一部杂家著作(《汉书·艺文志》著录《淮南子》,列为杂家),但是,作为秦以后一部特色鲜明的"子书",具有丰富的文学特征。有学者认为,《淮南子》"上承先秦诸子的宏辩遗风,下开汉魏辞赋的华章先声,具有其独特的文章风格与可取的艺术成就"(张啸虎《论〈淮南子〉的文采》)。

刘安善辞赋,曾作《离骚传》。其身边的文士有不少人是辞赋作家,《淮南子》又出自众手,因此《淮南子》的文章具有辞赋化的倾向。如《原道训》论"道"的一节:

> 夫太上之道,生万物而不有,成化像而弗宰,跂行喙息,蠉飞蝡动,待而后生,莫之知德,待之后死,莫之能怨。得以利者不能誉,用而败者不能非,收聚畜积而不加富,布施禀授而不益贫,旋县而不可究,纤微而不可勤,累之而不高,堕之而不下,益之而不众,损之而不寡,斫之而不薄,杀之而不残,凿之而不深,填之而不浅。忽兮怳兮,不可为象兮;怳兮忽兮,用不屈兮;幽兮冥兮,应无形兮;遂兮洞兮,不虚动兮;与刚柔卷舒兮,与阴阳俯仰兮。

此节从所论来看,确有庄子的风格,但行文对仗整齐,文字绮丽华美,后面还夹进"兮"字,读起来有韵律之美。就此段文字,似可发现其既有庄子的风神,又有楚辞的华丽,又开汉代辞人铺叙之风。

而《览冥训》中的一节,又是另一番风味:

> 凤凰之翔至德也,雷霆不作,风雨不兴,川谷不澹,草木不摇,而燕雀佼之,以为不能与之争于宇宙之间。还至其曾逝万仞之上,翱翔四海之外,过昆仑之疏圃,饮砥柱之湍

瀨,邅回蒙汜之渚,尚佯冀州之际,径蹑都广,入日抑节,羽翼弱水,暮宿风穴,当此之时,鸿鹄鹔鹴,莫不惮惊伏窜,注喙江裔,又况直燕雀之类乎!

这些句子整饬,语言讲究修饰,语气一气呵成,颇有纵横捭阖、铺张扬厉之美。此外,《淮南子》中还有大量的神话、传说、寓言、故事,行文极尽夸张、渲染之能事,为文章增加色彩斑斓的浪漫成分。

● 二、邹阳、枚乘之文

邹阳(前 206?—前 129),汉初齐人,初仕吴王,吴王欲造反,上书谏吴王,不纳,去而为梁王客,又被谗入狱,上书得免。代表作有《谏吴王书》和《狱中上梁王书》。

梁王求立为汉嗣,遭权臣爰盎反对,乃与羊胜等密谋刺杀爰盎。邹阳极力劝阻,羊胜等人乘机进谗,梁王怒而下邹阳狱。邹阳"恐死而负累",于是在狱中作《狱中上梁王书》,慷慨陈词,极力为自己辩解。文章主要讲了四层意思,一是论述君臣关系的忠和信;二是论述君王能否做到"知",决定了士的态度,即士能否献出忠信和尽心为君王服务;三是君王应该有自己的主见,不应为谗言所惑;最后表明自己绝不屈节隐忍的态度。但是,邹阳在此信的开头,并不是直截了当为自己的蒙冤辩曲,而是大量地征引历史人物的事迹来讨论君臣关系的问题,他举了荆轲、卫先生、玉人、李斯、比干、伍子胥等人的故事,从反面以历史事实来暗示自己"尽忠竭诚"反遭谗害,由此呼应文章一开始的"忠无不报,信不见疑"的立论。他举了樊於期、王奢、苏秦、司马喜、范雎甚至殷周时的申徒狄、徐衍等人的典故,说明君臣遇合不在于交往时间的长短,而在于相知与否。谚语所谓"白头如新,倾盖如故",正是如此。于是,邹阳进一步论述君王治理国家,应该有自己的主见,"不牵乎卑辞之语,不夺乎众多之口",要有自己权衡利害的标准,秦受蒙嘉之词而受荆轲之害,周文王信任吕尚而统一天下,用反正两方面的例子希望梁王警醒。最后说"士有伏死崛穴岩薮之中耳,安有尽忠信而趋阙下者哉",表明自己的态度。《狱中上梁王书》本是一篇含冤申辩的书信,但是文章的中心却是围绕"忠信"二字做文章,作者并没有直接表白自己的忠信态度以此为自己辩冤,而是列举了大量的历史典故来论述君臣关系。即使最后表明自己的态度,也还是使用典故。因此,此文最大的特点在于用典,有正面用的,有反面用的,但都围绕中心而用。作者还喜欢引用熟语谚语来引出他的论点,然后层层推进,透辟有力。从文章的整体风格来看,仍然有纵横遗风。

《上吴王书》篇幅没有《狱中上梁王书》长,是劝吴王不要有异谋,因其时叛乱尚未发动,所以话说得隐晦曲折。可惜吴王刘濞刚愎自用,利令智昏,一意孤行,不听邹阳之劝,最终发动"七王之乱"。

枚乘,除了辞赋之外,散文代表作有《上书谏吴王》和《上书重谏吴王》(后一篇或认为可能是后人伪托)。二文是为劝阻吴王作乱而写的。文章殷殷劝阻,语重心长:"忠臣不避重诛以直谏,则事无遗策,功流万世。臣乘愿披腹心而效愚忠,唯大王少加意念恻怛之心于臣乘言。"(班固《汉书》卷五一《贾邹枚路传》)除了与邹阳的文章一样有许多用典之外,枚乘的文章还用了一些比喻来阐述吴王决策之危险,如说"以一缕之任系千钧之重,上县无极之高,下垂不测之渊,虽甚愚之人犹知哀其将绝也。马方骇鼓而惊之,系方绝又重镇之;系绝于天不可复结,坠入深渊难以复出";"人性有畏其影而恶其迹者,却背而走,迹愈多,影愈疾,不知就阴而止,影灭迹绝;欲人勿闻,莫若勿言;欲人勿知,莫若勿为。欲汤之沧,一人炊之,百人扬之,无益也,不如绝薪止火而已。不绝之于彼,而救之于此,譬犹抱薪而救火也"。这些比喻很是确当。枚乘的文章,还是可以看出战国遗风。可惜与邹阳一样,枚乘的劝谏吴王也拒不接纳。这说明时代变了,单靠滔滔不绝的说辞,虽洋洋洒洒,已不能说动人主了。

● 三、刘向刘歆父子、扬雄之文

西汉后期的散文,可以刘向、刘歆父子和扬雄为代表。

刘向(约前77—前6),初名更生,字子政,是汉高祖刘邦同父异母弟刘交的四世孙。刘向是西汉著名文献学家、目录学家,曾在中秘即朝廷图书馆整理图书文献,并为所整理的古代典籍写下叙录,成《别录》一书,可惜大多散佚,今存的《战国策叙录》是其中的一篇,也是一篇出色的学理性论说文。

《战国策叙录》首先叙述校理《战国策》一书的经过,交代整理时所用底本、时间断限以及书名的确定等。文章的精华在于其中的两个部分。一是交代《战国策》的背景,二是介绍《战国策》的内容。这两个内容通常极容易写得平铺直述而呆滞无味,但是在刘向的笔下,却显得从容浑厚。其中写西周文武始兴,是"崇道德,隆礼义,设辟雍、泮宫、庠序之教,陈礼乐弦歌移风之化,叙人伦,正夫妇。天下莫不晓然"。到了春秋时期,是"其余业遗烈,流而未灭。五伯之起,尊事周室。五伯之后,时君虽无德,人臣辅其君"。而至战国时期,则完全是另一景象:

> 仲尼既没之后,田氏取齐,六卿分晋,道德大废,上下失序。至秦孝公,捐礼让而贵战争,弃仁义而用诈谲,苟以取强而已矣。夫篡盗之人,列为侯王;诈谲之国,兴立为强。是以传相仿效,后生师之,遂相吞灭,并大兼小,暴师经岁,流血满野;父子不相亲,兄弟不相亲,夫妇离散,莫保其命,湣然道德绝矣。晚世益甚,万乘之国七,千乘之国五,敌侔争权,盖为战国。贪饕无耻,竞进无厌;国异政教,各自制断;上无天子,下无方伯;力功争强,胜者为右;兵革不休,诈伪并起。当此之时,虽有道德,不得施谋;有设之强,负阻而恃固;连与交质,重约结誓,以守其国。故孟子、孙卿儒术之士,弃捐于世,而游说权谋之徒,见贵于俗。是以苏秦、张仪、公孙衍、陈轸、代、厉之属,生从横短长之说,左右倾侧。苏秦为从,张仪为横;横则秦帝,从则楚王;所在国重,所去国轻。……(《战国策·刘向书录》)

周文之治与春秋战国之乱,前后产生强烈的对比。这样的叙述,简略有序,条理井然,腾挪变化而有气势。最后说为何定名为《战国策》,也就是概括全书的内容:

> 战国之时,君德浅薄,为之谋策者,不得不因势而为资,据时而为。故其谋,扶急持倾,为一切之权,虽不可以临国教化,兵革救急之势也。皆高才秀士,度时君之所能行,出奇策异智,转危为安,运亡为存,亦可喜,皆可观。(《战国策·刘向书录》)

仅仅数语,就把《战国策》的内容要言不烦地说清楚了。姚鼐《古文辞类纂》卷六评论说:"此文固不若《过秦论》之雄骏,然冲溶浑厚,无意为文,而自能尽意,若庄子所谓木鸡者。此境亦贾生所无也。"

刘歆(前53?—23)继父业,校秘书,领五经,治经则与乃父不同,专推古文经学的《左传》。刘歆提倡古文经学,"欲建立《左氏春秋》及《毛诗》《逸礼》《古文尚书》皆列于学官",

遭到了今文经学家强烈的反对和攻击,于是刘歆写下了著名的《移让太常博士书》进行反驳。文章首先历数孔子之后儒学道术之兴废,再论汉兴之后古文经学的复兴,特别是《逸礼》《古文尚书》《春秋左氏传》等古文经典发于秘府,今立于学官之重要。刘歆此文也是学理性的论文,因要批驳今文经学家的意见,文章写得很有针对性,尖锐地指出今文经学家的弊病:

> 往者缀学之士不思废绝之阙,苟因陋就寡,分文析字,烦言碎辞,学者罢老且不能究其一艺。信口说而背传记,是末师而非往古,至于国家将有大事,若立辟雍封禅巡狩之仪,则幽冥而莫知其原。犹欲保残守缺,挟恐见破之私意,而无从善服义之公心,或怀妒嫉,不考情实,雷同相从,随声是非,抑此三学,以《尚书》为备,谓左氏为不传《春秋》,岂不哀哉!
>
> 今则不然,深闭固距,而不肯试,猥以不诵绝之,欲以杜塞余道,绝灭微学。夫可与乐成,难与虑始,此乃众庶之所为耳,非所望士君子也。
>
> 传曰:"文武之道未坠于地,在人;贤者志其大者,不贤者志其小者。"今此数家之言,所以兼包大小之义,岂可偏绝哉!若必专己守残,党同门,妒道真,违明诏,失圣意,以陷于文史之议,甚为二三君子不取也。

《汉书》本传说"其言甚切",《文心雕龙·檄移》评曰"刘歆之移太常,辞刚而义辨",都准确地揭示了此文的特点。从刘向的《战国策叙录》和刘歆的《移让太常博士书》可以看到,即使是与学理、学术有关的论证文章,也一样可以写得感情充沛,起伏变化,甚至奇矫凌厉。这种风格,对于后代如唐代的李翱、宋代的曾巩,都有影响。

扬雄,字子云,成都人,成帝时为郎,王莽时任太中大夫,校书天禄阁。对于扬雄的评价,从汉代开始就有很大的不同,如刘歆批评扬雄书"可覆酱瓿",桓谭则认为扬雄超越诸子;宋司马光称许扬雄,而朱熹则骂"莽大夫扬雄死"。

评论家历来批评扬雄的文章好模拟,其《太玄》模拟《周易》,《法言》模拟《论语》。《汉书》本传"论赞"说扬雄"实好古而乐道,其意欲求文章成名于后世,以为经莫大于《易》,故作《太玄》;传莫大于《论语》,作《法言》;史篇莫善于《仓颉》,作《训纂》;箴莫善于《虞箴》,作《州箴》;赋莫深于《离骚》,反而广之;辞莫丽于相如,作四赋;皆斟酌其本,相与放依而驰骋云"。(《汉书》卷八十七下)这说明扬雄是希望超越前人,于是以这种旧的形式表达自己的观点,也可以说以模仿为革新。

苏轼批评扬雄是"好为艰深之辞,以文浅易之说"(《答谢民师书》)。扬雄艰深之辞是有的,文章中有不少奇字怪字,古奥难懂。但说他全是"浅易之说"则过于绝对。如在《法言》中,强调治国需要教化,要用仁义礼乐,揭露和攻击当时社会的许多弊病,对古今人物的品评,大家所熟知的对汉赋的评价,甚至对隐士的激赏,都不能说是"浅易之说"。至于"艰深之辞",也并非全部,如他的《自叙传》,其中写自己:"雄少而好学,不为章句,训诂通而已,博览无所不见。为人简易佚荡,口吃不能剧谈,默而好深湛之思。清静亡为,少耆欲,不汲汲于富贵,不戚戚于贫贱,不修廉隅,以徼名当世。家产不过十金,乏无儋石之储,晏如也。"又写自己作《反离骚》的缘由:"自有大度,非圣哲之书,不好也;非其意,虽富贵,不事也;顾尝好辞赋。先是时,蜀有司马相如,作赋甚弘丽温雅,雄心壮之,每作赋,常拟之以为式。又怪屈原文过相如,至不容,自投江而死。悲其文,读之未尝不流涕也。以为君子得时则大行,不得时则龙蛇,过不遇,命也,何必湛身哉!乃作书,往往摭《离骚》文而反之,自岷山投诸江流以吊屈原,名曰《反离骚》。"这样明白易懂的文字,在《自叙传》中还有许多,所以也并不都是"艰深之辞"。

● 四、王充、王符、仲长统之文

王充(27—97?),字仲壬,会稽上虞(今浙江绍兴上虞)人。出身"细族孤门",曾师从著名学者班彪。王充传世的著作是《论衡》。《论衡》全书85篇,其中《招致》一篇有目无文,现存84篇。王充作《论衡》的目的,主要是针对当时的学风而发,特别是当时盛行的谶纬之学,"疾虚妄"是其旨归。王充的思想表现出与主流经学观念明显不一致的倾向。到了东汉,经学已经夹杂着谶纬、阴阳学说,有关天命、神道的观念,越来越在经学阐发中占据主导地位,特别是王莽篡权,许多人以符命称颂,光武称帝犹信谶。这种习气自然影响到学风的转变。王充作《论衡》,批驳"天人感应""五德终始",尤见出其学术与人格的独立性。因此,王充的文章特别追求"实",并显示出强烈的理性批判精神。

且看他在《自纪》篇里的一段文字:

> 鸟无世凤皇,兽无种麒麟,人无祖圣贤,物无常嘉珍。才高见屈,遭时而然。士贵故孤兴;物贵故独产。文敦常在有以放贤,是则醴泉有故源,而嘉禾有旧根也。屈奇之士见,倜傥之辞生,度不与俗协,庸角不能程。是故罕发之迹,记于牒籍;希出之物,勒于鼎铭。五帝不一世而起,伊、望不同家而出。千里殊迹,百载异发。士贵雅材而慎兴,不因高据以显达。母骊犊骍,无害牺牲;祖浊裔清,不榜奇人。鲧恶禹圣,叟顽舜神。伯牛寝疾,仲弓洁全;颜路庸固,回杰超伦;孔、墨祖愚,丘、翟圣贤;杨家不通,卓有子云;桓氏稽可,适出君山。更禀于元,故能著文。

《自纪》篇是王充晚年写成的自传,可以说是文学史上第一篇自传。王充出身"细族孤门",因此有人嘲笑他祖辈没有根基,文章没有师承,著作乃是"无类而妄生"的"妖变"。作者进行了辩驳。他认为才高受到压抑,这是时运造成的。杰出的人才和不凡的文章一样,并非一般标准所能衡量。文中以牛马和历史上的圣贤为例,进行了有力的反驳,最后归结到"更禀于元,故能著文"的结论上。这样的辩驳不但有力,也充分体现了他的战斗精神。

大家熟悉的《订鬼》篇,是一篇语言通俗、说理透彻的议论文。文章观点鲜明,一开始便提出"鬼"产生于人的畏惧心理,非人死后精神变成鬼,并以实例分析。这种思想是很超前的。接着,具体例述了常人因病见鬼的情况,人在发病时不同程度的疼痛而引发的思虑、表情、状态的差异特点,证明"鬼现"的原因乃是心理思虑的结果。最后从人的"精念存想"的种种幻觉中概括出鬼不是客观存在的,而是病态的精神现象。文章既有理论分析,又有事实依据,正面论述,从旁譬喻,其中把人因病见鬼的幻景描摹得非常生动。

王符(约85—162),字节信,安定临泾(今甘肃镇原)人,为东汉后期思想家。王符"耿介不同于俗,以此遂不得升进;志意蓄愤,乃隐居著书三十余篇,以讥当时得失"(《后汉书·王充王符仲长统列传》),成为世俗的批判者。今存作品《潜夫论》。《潜夫论》主要是讨论治国安民之术,涉及政治、经济、哲学、社会风俗各个方面。他与王充一样,对当时的社会政治持较为激烈的批判态度。其文章喜欢引经据典,又常以对比的手法表达批判之意。总体来看,仍然是保持比较平实的风格。

仲长统(180—220),字公理,山阳高平(今山东微山西北)人,曾为尚书郎。仲长统"每论说古今及时俗行事,恒发愤叹息。因著论名曰《昌言》,凡三十四篇,十余万言"(《后汉书·王充王符仲长统列传》)。《后汉书》把他和王充、王符并列一传,说明他们在思想上有相同之处。《昌言》中的《理乱篇》猛烈抨击东汉末世风气:"夫乱世长而化世短,乱世则小人贵宠,君子困贱。当君子困贱之时,蹋高天,蹐厚地,犹恐有镇压之祸也。逮至清世,则复入于矫枉过正之检。"世风日下,已不可救药了。这样的揭露,是相当深刻的。

从贾谊、晁错、刘安到王充、王符、仲长统,大体上可以看出两汉政论散文变化的轨迹。

● **拓展阅读作品篇目**

贾谊:《过秦论》《论积贮疏》
晁错:《论贵粟疏》《贤良对策》
刘安:《淮南子·原道训》
邹阳:《狱中上梁王书》
枚乘:《上书谏吴王》
刘向:《战国策叙录》
刘歆:《移让太常博士书》
扬雄:《法言》
王充:《论衡·订鬼》

● **思考练习题**

1. 两汉论说文有何总体特征?
2. 贾谊《过秦论》在艺术上有何特点?
3. 扬雄的文章有何特点?
4. 简要论述王充《论衡》一书的内容。

第三节　史传文学的高峰——《史记》

● **一、司马迁伟大的人格**

两汉时期,史传文学发展到了高峰,其标志,就是司马迁的《史记》。《史记》不但在史传文学发展史上,就是在中国文学史上,都堪称"是一部波澜壮阔、包罗万象、雄伟无比的史诗"(刘大杰《中国文学发展史》)。一部《史记》,表现了史家强烈的主体意识,体现出司马迁杰异的个性风采和伟大人格。

司马迁出身于一个"世典周史"的史官家庭。司马迁在《太史公自序》中追述其家世说：

> 昔在颛顼，命南正重以司天，北正黎以司地。唐虞之际，绍重、黎之后，使复典之，至于夏、商，故重、黎氏世序天地。其在周，程伯休甫其后也。当周宣王时，失其守而为司马氏。司马氏世典周史。惠襄之间，司马氏去周适晋……自司马氏去周适晋，分散，或在卫，或在赵，或在秦……在秦者名错，与张仪争论……错孙靳，事武安君白起……靳孙昌，昌为秦主铁官……昌生无泽，无泽为汉市长。无泽生喜，喜为五大夫，卒，皆葬高门。喜生谈，谈为太史公。

就像屈原称述自己为"帝高阳之苗裔"一样，司马迁将自己的家世一直追溯到颛顼的重、黎时代，而且充满着自豪感。这样的家世，使司马迁自觉地继承了古代史官的诸多优良传统，也成为一个优秀的史官。

古代史官的级别并不高，但却是学识渊博的知识分子。因此司马迁虽非"簪缨世族"，却身受世代充满着文化气息与知识传家的史家氛围浸染。在这样的家世之中，对司马迁影响最大的是其父司马谈。司马谈曾学天官于方上唐都，受《易》于杨何，习道论于黄子，是个学问渊博的人。不但如此，司马谈又是一个在学术上有理想、有建树的人。司马谈对于先秦诸子有精深的研究，写下了著名的《论六家要旨》，把上古学术分为阴阳、儒、墨、名、法、道六家，并公正地评论各家之优劣得失，一一加以证明。这不但见出他的学术造诣，而且可以看出他的方法的科学性，"已经见出有科学头脑"（李长之《司马迁之人格与风格》）。有这样一位父亲，司马迁所受的影响是不言而喻的。司马迁十岁能诵读《左传》《国语》《世本》等古代史籍，又向今文经学大师董仲舒学习《公羊春秋》，向古文经学大师孔安国学习古文《尚书》，无疑都是在其父司马谈的督促和培养下进行的。家庭的影响和早年的教育造就了司马迁丰厚的文化底蕴。

在司马迁家族中，起码有两代人身上非常强烈地存在着一种自觉的文化承担精神与历史使命感。这种伟大的人格精神首先在于司马谈。司马谈认为："夫天下称颂周公，言其能论歌文、武之德，宣周、召之风，达太王、王季之思虑，爰及公刘，以尊后稷也。幽、厉之后，王道缺，礼乐衰，孔子修旧起废，论《诗》《书》，作《春秋》，则学者至今则之。"（《太史公自序》）周公和孔子两人都是文化伟人，承担着王道文化建设的伟任。尤其是孔子，起于东周衰世，面对礼崩乐坏的局面，他是以著《春秋》来复兴王道文化传统，所以更是有着不可估量的意义。但是，"自获麟以来四百余岁，而诸侯相兼，史记放绝"，孔子的事业面临中断的危险。自己身为太史令，本该承担起这样的文化重任，然而自己是不行的了，于是他怀着深深的忧虑："自周公卒五百岁而有孔子。孔子卒后至于今五百岁，有能绍明世，正《易传》，继《春秋》，本《诗》《书》《礼》《乐》之际？"所以他反复地表明自己的心曲："今汉兴，海内一统，明主贤君忠臣死义之士，余为太史而弗论载，废天下之史文，余甚惧焉，汝其念哉！"并一再叮嘱司马迁："余先，周室之太史也。自上世尝显功名于虞夏，典天官事。后世中衰，绝于予乎？汝复为太史，则续吾祖矣。……余死，汝必为太史；为太史，无忘吾所欲论著矣。"（均见《太史公自序》）司马谈正是以自觉的历史使命感和文化承担精神，将这一宏伟的遗愿交付给了司马迁，希望司马迁成为孔子第二。司马迁也正是这样，从其父身上接受了继承孔子事业的文化精神与人格力量，这成了司马迁的一个崇高的精神支柱。

肩负着这样伟大的文化使命，司马迁也认为自己可以继承孔子而完成这一使命。"仲尼悼礼废乐崩，追修经术，以达王道，匡乱世，反之于正，见其文辞，为天下制仪法，垂六艺之统纪于后世"（《太史公自序》），"孔子布衣传十余世，学者宗之，自天子王侯，中国言六艺者，折中于夫子，可谓至圣矣"（《孔子世家赞》），司马迁对孔子表现出由衷的敬仰之情。由于这种伟大的人格精神的支持，司马迁对于《史记》的创作，一开始就不是把它当作一般的史书来写的，而是作为一项上承周公孔子、总结历代兴亡、复兴文化的宏伟事业来对待。于是他的胸襟和视野变得无比的广阔，他要"厥协《六经》异传，整齐百家杂语"（《太史公自序》），要"网罗天下放失旧闻，考其事，稽其成败兴坏之理"，要"究天人之际，通古今之变，成一家之言"（《报任安书》）。他所作的《史记》，"网罗天下放失旧闻，王迹所兴，原始察终，见盛观衰，论考之行事，略推三代，录秦汉，上记轩辕，下至于兹，著十二本纪，既科条之矣。并时异世，年差不明，作十表。礼乐损益，律历改易，兵权山川鬼神，天人之际，承敝通变，作八书。二十八宿环北辰，三十辐共一毂，运行无穷，辅拂股肱之臣配焉，忠信行道，以奉主上，作三十世家"，这已不是一般的史书，而是对汉以前历史、文化的全方位的总结。因此，就这一点来说，司马迁早期的对古代典籍的学习，年轻时的漫游，"二十而南游江、淮，上会稽，探禹穴，窥九疑，浮于沅、湘，北涉汶、泗，讲业齐、鲁之都，观孔子之遗风，乡射邹、峄，厄困鄱、薛、彭城，过梁、楚以归"（《太史公自序》），是对历史的探寻，对文化的积累。苏辙说："太史公行天下，周览四海名山大川，与燕赵间豪俊交游，故其文疏荡，颇有奇气，岂尝执笔学为如此之文哉？其气充乎其中，而溢乎其貌，动乎其言，见乎其文，而不自知也。"（《上枢密韩太尉书》）对四海山川的壮游，化成了激越的生命体验，无疑铸就了他的文化品格。

当然，这种伟大人格的形成，也同时代精神有关。司马迁的时代，是一个伟大的时代。汉代经过"文景之治"，社会经济日趋繁荣，到汉武帝时，已达到空前的地步。司马迁自己曾描述说："至今上（武帝）即位数岁，汉兴七十余年之间，国家无事，非遇水旱之灾，民则人给家足，都鄙廪庾皆满，而府库余货财，京师之钱累巨万，贯朽而不可校。太仓之粟，陈陈相因，充溢露积于外，至腐败不可食。众庶街巷有马，阡陌之间成群，而乘字牝者，傧而不得聚会。"（《平准书》）在政治上，西汉王朝在汉武帝时代也达到极盛。诸侯势力被削弱，汉王朝空前统一，各种政治制度、等级制度逐步完善，中央集权大大加强。汉武帝以其雄才大略，连年用兵，开边拓土，大大扩展了西汉王朝的疆域。汉武帝造就了一个雄视阔步、包括宇宙的时代。

政治经济的繁荣，带来了文化学术方面的繁荣。汉初废除"挟书律"之后，"大收篇籍，广开献书之路"，"建藏书之策，置写书之官，下及诸子传说，皆充秘府"，"天下遗闻古事，靡不毕集太史公"。文化事业的恢复，带来了著述的繁荣，《淮南子》《春秋繁露》《论六家要旨》，都是这一时期的产物，再加上"兴废继绝、润色鸿业"的汉大赋的繁盛，确实反映了一个意气风发而又开放时代的文化成就。刘勰曾描述这一时代的文化盛况说："逮孝武崇儒，润色鸿业，礼乐争辉，辞藻竞骛：柏梁展朝燕之诗，金堤制恤民之咏，征枚乘以蒲轮，申主父以鼎食，擢公孙之对策，叹倪宽之拟奏，买臣负薪而衣锦，相如涤器而被绣；于是史迁寿王之徒，严终枚皋之属，应对固无方，篇章亦不匮，遗风余采，莫与比盛。"（《文心雕龙·时序》）经济、政治、文化的繁荣盛况，展示了汉武帝时代强大、宏放、雄姿勃发的气势，人们尤其是士人们心胸开阔、积极进取，充满着自豪感和自信心。在这样的时代气息之中，司马迁无疑也感受到了一种蓬勃向上的生命力，充满着完成自己名山事业、实现父子两代人理想的信心。

优良的家世传统，丰厚的文化营养，风发的时代精神，铸就了司马迁的伟大人格。这种人格力量,支持着他战胜一切困难,去完成伟大的文化事业——《史记》的写作。这困难包括司马迁所遭受的李陵之祸。李陵之祸对司马迁无疑是个极大的打击,尤其是遭受宫刑,使他陷入极度痛苦之中,甚至想到过"引决自裁",了此残生。但是,对于伟大理想的坚定信念使他改变了态度。首先他想到不能随便地就此死去。"假令仆伏法受诛,若九牛亡一毛,与蝼蚁何异!而世又不与能死节者比,特以为智穷罪极,不能自免,卒就死耳。"(《报任安书》)这样的死,不但毫无意义,而且遭世人的误解。"人固有一死,或重于太山,或轻于鸿毛,用之所趋异也。"要死就必须死得有价值,"且壮士不死即已,死即举大名耳!"(《陈涉世家》)"知死必勇,非死者难也,处死者难"(《廉颇蔺相如列传》)。这些,都表明了司马迁对死亡的态度。死是容易的,而隐忍苟活才是最难的,况且伟大的历史使命尚未完成。"勇者不必死节,怯夫慕义,何处不勉焉……所以隐忍苟活,函于粪土之中而不辞者,恨私心有所不尽,鄙陋没世而文采不表于后也。"(《报任安书》)想到父亲的临终托命,司马迁更坚定了忍辱负重、发愤著书的意志。另一方面,谙熟古代历史的司马迁认识到,历来伟大的文化事业,都是产生于危难之中。历史上的榜样历历在目,李陵之祸的惨遇,无疑也是对自己命运和意志的一种挑战:

> 古者富贵而名磨灭,不可胜记,唯倜傥非常之人称焉。盖文王拘而演《周易》;仲尼厄而作《春秋》;屈原放逐,乃赋《离骚》;左丘失明,厥有《国语》;孙子膑脚,《兵法》修列;不韦迁蜀,世传《吕览》;韩非囚秦,《说难》《孤愤》;《诗》三百篇,大抵圣贤发愤之所为作也。此人皆意有郁结,不得通其道,故述往事、思来者。乃如左丘无目,孙子断足,终不可用,退论书策以舒其愤,思垂空文以自见。

在这样强烈的信念的支持下,在强烈的历史使命感的驱使下,司马迁以巨大的毅力战胜了切肤刻髓的人生痛苦,"是以就极刑而无愠色"。并且他以一种不达目的决不罢休的力量宣称:"仆诚已著此书,藏之名山,传之其人,通邑大都。则仆偿前辱之责,虽万被戮,岂有悔哉!"(《报任安书》)李陵之祸对于司马迁是一个残忍的摧残,但又为司马迁的人生际遇谱写了一段壮烈的慷慨悲歌。可以说,李陵之祸对于司马迁伟大人格的形成,又是一次升华,使我们看到司马迁人格光辉的一面。正是这种伟大的人格,最终造就了伟大不朽的著作《史记》。

二、宝贵的思想财富

在《史记》之前,无论是《春秋》《左传》,还是《国语》《战国策》,都带有一定的资料汇编的性质。这些史传作品虽然都具有各自的思想倾向,但未免有驳杂的现象。《史记》是第一部由史家个人独立撰著的史书,所以它带着史家鲜明个性的独立思考。司马迁要"究天人之际,通古今之变,成一家之言",这已表现出史家鲜明的思想个性。这在史学的发展思想上本身就是一次质的飞跃。

《史记》为我们留下了一笔非常丰厚的思想财富。这些丰厚深邃的思想,直到今天来看还有其巨大的价值。

(一)以人为中心的历史意识

《史记》首创了以"纪传"为体例的史学体裁,其根本特点就是以人为研究对象的历史方法,把人作为本位,以人为中心来记载历史。以人为中心的历史意识,在司马迁身上体现得最为明确。这表现出司马迁对于人自身的价值和作用的超乎前人的认识,也表现出司马迁对历史的新认识。历史运动过程是由人的活动构成的，以人为研究对象，突出人的主体作用，这无疑是抓住了历史的本质。要说司马迁的历史观，这是最重要的。司马迁的《史记》突出人的作用、以人为中心的历史观，可归纳为两个层次。一是本纪、世家、列传三种层次的构成，从不同层面全方位地反映了历史人物的作用。多层面、全方位，也就包括社会各阶层的人物，不但是上层政治人物，也包括社会中下层人物和非政治人物。这样的结构，说明司马迁认识到社会构成的复杂，历史运动的各种不同的力量的作用。二是司马迁十分注意写出人物的代表性，"古者富贵而名磨灭，不可胜记，唯倜傥非常之人称焉"。"倜傥非常之人"，即指那些在历史上起过一定作用、特立独行的人。各阶层的人物林林总总，抓住代表性的人物，就能反映各阶层的风貌。这两方面，无论是在历史观上还是在方法论上，都表明了司马迁的远见卓识。

尤其难能可贵的是，司马迁已初步认识到经济与物质利益在历史发展中的作用。人的历史活动，靠的是经济这根杠杆。"'天下熙熙，皆为利来；天下攘攘，皆为利往。'夫千乘之王，万家之侯，百室之君，尚犹患贫，而况匹夫编户之民乎！"（《货殖列传》）好利是人与生俱来的自然天性。从千乘王侯到细民百姓，皆为物质利益所驱动。社会发展与人的物质欲求有密切关系。在《货殖列传》中司马迁还说：

> 由此观之，贤人深谋于廊庙，论议朝廷，守信死节隐居岩穴之士设为名高者安归乎？归于富厚也。是以廉吏久，久更富，廉贾归富。富者，人之情性，所不学而俱欲者也。故壮士在军，攻城先登，陷阵却敌，斩将搴旗，前蒙矢石，不避汤火之难者，为重赏使也。其在闾巷少年，攻剽椎埋，劫人作奸，掘冢铸币，任侠并兼，借交报仇，篡逐幽隐，不避法禁，走死地如鹜者，其实皆为财用耳。今夫赵女郑姬，设形容，揳鸣琴，揄长袂，蹑利屣，目挑心招，出不远千里，不择老少者，奔富厚也。游闲公子，饰冠剑，连车骑，亦为富贵容也。弋射渔猎，犯晨夜，冒霜雪，驰阬谷，不避猛兽之害，为得味也。博戏驰逐，斗鸡走狗，作色相矜，必争胜者，重失负也。医方诸食技术之人，焦神极能，为重糈也。吏士舞文弄法，刻章伪书，不避刀锯之诛者，没于赂遗也。农工商贾畜长，固求富益货也。此有知尽能索耳，终不余力而让财矣。

在司马迁看来，贤人庙算、高士死节、壮士勇敢、恶少劫人，以至赵女郑姬，游闲公子，斗鸡走狗之徒、舞文弄墨之吏，所作所为，皆为了物质利益的追求。这虽然有点过于绝对，完全排除了精神道德的作用，但联系《货殖列传》的其他论述（如"仓廪实而知礼节，衣食足而知荣辱。礼生于有而废于无"等），其意却在说明各个阶层的人的社会活动（也就是历史活动）与物质利益的关系，揭示了人的活动、社会发展的潜在动机，这确是难能可贵的。

关于历史发展变化的法则，司马迁提出了"物盛则衰，时极而转"的论断。在《平准书》中，司马迁侈陈了汉兴七十余年的繁荣之后，就敏锐地指出："物盛而衰，固其变也。"在这一篇的论赞中，更进一步论述道：

> 故《书》道唐虞之际，《诗》述殷周之世，安宁则长庠序，先本绌末，以礼义防于利；事变多故而亦反是。是以物盛则衰，时极而转，一质一文，终始之变也。禹贡九州，各因其土地所宜，人民所多少而纳职焉。汤武承弊易变，使民不倦，各兢兢所以为治，而稍陵迟衰微。齐桓公用管仲之谋，通轻重之权，徼山海之业，以朝诸侯，用区区之齐显成霸名。魏用李克，尽地力，为强君。自是之后，天下争于战国，贵诈力而贱仁义，先富有而后推让。故庶人之富者或累巨万，而贫者或不厌糟糠；有国强者或并群小以臣诸侯，而弱国

或绝祀而灭世。以至于秦,卒并海内。

这里把上古三代以至于秦的历史发展变化给予简要的概括。三代安宁而重于礼义;汤武勤于治世,然而世道衰微陵迟,已不可逆转。齐桓公用管仲,因山海之利以霸;魏用李克(即李悝),尽地力而强;至战国,更是兼并蜂起,强吞弱小;至秦始皇而统一中国,这就是历史发展变化的实际状况。而这种变化,又是与经济的发展紧密联系的。中国古代历史意识中"通"与"变"的特征,在司马迁身上体现得最为鲜明,而且已经具有朴素的历史唯物主义的性质。

(二) 朴素的唯物思想

对于天、人关系的探究,是司马迁著史的一个重要目的。"天人之际"是董仲舒在《天人三策》中提出的命题。董仲舒对天人之际关系的认识是"天人感应说",是"谴告说"。针对这种理论,司马迁要"究天人之际",即要探究一下天、人之间到底是怎样的关系。在《太史公自序》中司马迁引用其父《论六家要旨》的话说:"夫阴阳四时、八位、十二度、二十四节各有教令,顺之者昌,逆之者不死则亡,未必然也。故曰'使人拘而多畏。'夫春生夏长,秋收冬藏,此天道之大经也,弗顺则无以为天下纲纪,故曰'四时之大顺,不可失也。'"既肯定了阴阳家对自然规律的认识的积极的一面,又批评了他们"大祥而众忌讳,使人拘而多所畏"的缺点。在《天官书》中,司马迁对宇宙星球等天象及其运行规律进行了详细的探索和研究,这本身就是对天象迷信、神秘莫测意识的一种否定。在《封禅书》中,司马迁更是以辛辣的手法,对秦始皇、汉武帝的迷信思想给予讽刺和嘲笑,对李少君、文成、五利、公孙卿等神仙方术的欺骗进行揭露,尖锐地指出:"今上封禅,其后十二岁而还,遍于五岳、四渎矣。而方士之候祠神人,入海求蓬莱,终无有验。而公孙卿之候神者,犹以大人之迹为解,无有效。天子益怠厌方士之怪迂语矣,然羁縻不绝,冀遇其真。自此之后,方士言神祠者弥众,然其效可睹矣。"方士的骗术终不可信,汉武帝对这些谎言虽已厌倦,但已是陷入泥潭不能自拔了。这些都体现出司马迁朴素的唯物主义思想。

司马迁在对历史变化动因进行探索的时候,针对一些史实提出了对天道的质疑。在《项羽本纪》中就对项羽兵败垓下、乌江自刎前所说的"此天之亡我,非战之罪"的糊涂思想提出了尖锐的批评,指出项羽的失败并非"天意",而是自身的错误:"自矜功伐,奋其私智而不师古,谓霸王之业,欲以力征,经营天下,五年卒亡其国。身死东城,尚不觉寤,而不自责,过矣。乃引'天亡我,非用兵之罪也',岂不谬哉!"与项羽相类似的还有一个蒙恬。蒙恬因赵高陷害,被秦二世赐死,死时自叹曰:"恬罪固当死矣。起临洮,属之辽东,城堑万余里,此其中不能无绝脉哉?此乃恬之罪也。"把自己的死因归结到"堑山堙谷"而绝地脉所得的报应。对此,司马迁批评说:"夫秦之初灭诸侯,天下之心未定,痍伤者未瘳,而恬为名将,不以此时强谏,振百姓之急,养老存孤,务修众庶之和,而阿意兴功,此其兄弟遇诛,不亦宜乎?何乃罪地脉哉?"蒙恬、蒙毅兄弟的被诛杀,在于他们曲从秦始皇,阿意兴功,乃罪有应得。而归之于"地脉"之说,实在是荒谬得很。

如果说对于项羽、蒙恬,只是就历史上的某一个人的特例批评天命之不可信的话,在《伯夷列传》中,就是对传统的天命观进行了否定。司马迁在《伯夷列传》中说:

或曰:"天道无亲,常与善人。"若伯夷、叔齐,可谓善人者非邪?积仁洁行如此而饿死!且七十子之徒,仲尼独荐颜渊为好学。然回也屡空,糟糠不厌,而卒蚤夭。天之报施善人,其何如哉?盗跖日杀不辜,肝人之肉,暴戾恣睢,聚党数千人横行天下,竟以寿终。是遵何德哉？此其尤大彰明较著者也。若至近世，操行不轨，专犯忌讳，而终身逸乐，厚富贵累世不绝。或择地而蹈之，时然后出言，行不由径，非公正不发愤，而遇祸灾者，不可胜数也。余甚惑焉，傥所谓天道，是邪非邪？

过去说"天道无亲，常与善人"，事实并非如此。古代伯夷、叔齐积仁行洁而饿死，颜渊好学，穷饿而亡。而盗跖杀人越货，反而长寿以终。到了近代，这种祸福颠倒、赏罚不公的事情更是数不胜数。这样的"天道"，难道还是可信的吗？这也是对当时统治者宣扬的天道观的有力评判。

（三）实事求是的实录精神

首先，司马迁对于史料，历来采取考而后信的求实态度。其中一个重要的方法就是实地考查，掌握可靠的第一手资料。他在二十岁时的壮游，"南游江、淮，上会稽，探禹穴……过梁、楚以归"，不只是作为一种文化积累，同时也是对历史材料的一次实地考察。他后来在《史记》的许多篇章中曾加以记载。《五帝本纪》说："余尝西至崆峒，北过涿鹿，东渐于海，南浮江淮矣，至长老皆各往往称黄帝、尧、舜之处，风教固殊焉。"《河渠书》说："余南登庐山，观禹疏九江，遂至于会稽太湟，上姑苏，望五湖，东窥洛汭、大邳，迎河，行淮、泗、济、漯、洛渠；西瞻蜀之岷山及离碓，北自龙门至于朔方。"《魏世家》还说："吾适故大梁之墟，墟中人曰：'秦之破梁，引河沟而灌大梁，三月城坏，王请降，遂灭魏。"《孟尝君列传》说："吾尝过薛，其俗闾里率多暴桀子弟，与邹鲁殊。"《魏公子列传》说："吾过大梁之墟，求问其所谓夷门。夷门者，城之东门。"《屈原贾生列传》说："（余）适长沙，观屈原所自沉渊，未尝不垂涕，想见其为人。"《樊郦滕灌列传》说："吾适丰沛，问其遗老，观故萧、曹、樊哙、滕公之家，及其素，异哉所闻。"这些篇章中所述之地，有许多就是他壮游时的所到之地，再加上他又曾"奉使西征巴蜀以南，南略邛笮昆明"，扈从武帝之游，足迹几遍大江南北、黄河上下，有意识地调查核实了大量的历史资料，纠正了不少传闻之误。

司马迁在《伯夷列传》中曾说："学者载籍极博，犹考信于六艺。""考信于六艺"，也是司马迁取材的一个重要依据。"六艺"，指儒家经典。据统计，《史记》中所征引的典籍，达一百零四种之多，其中不少是儒家经典。"六艺"并不都是历史著作，但其中有一些零碎片段的历史记载。这些记载有的却是相当可靠的历史资料。如《殷本纪》记载殷始祖契之诞生：

> 殷契，母曰简狄，有娀氏之女，为帝喾次妃。三人行浴，见玄鸟堕其卵，简狄取吞之，因孕生契。契长而佐禹治水有功。帝舜乃命契曰："百姓不亲，五品不训，汝为司徒而敬敷五教，五教在宽。"封于商，赐姓子氏。契兴于唐、虞、大禹之际，功业著于百姓，百姓以平。

这一段材料，取材于《诗经·商颂》中的《玄鸟》《长发》等诗。司马迁自己也说："余以《颂》次契之事，自成汤以来，采于《书》《诗》。"再如《周本纪》：

> 周后稷，名弃。其母有邰氏女，曰姜原。姜原为帝喾元妃。姜原出野，见巨人迹，心忻然说，欲践之，践之而身动如孕者。居期而生子，以为不祥，弃之隘巷，马牛过者皆辟不践；徙置之林中，适会山林多人，迁之；而弃渠中冰上，飞鸟以其翼覆荐之。姜原以为神，遂收养长之。初欲弃之，因名曰弃。

关于弃的诞生，《诗经·大雅·生民》记载得非常详细，司马迁基本上化用了《生民》的材料。可以发现，《史记》中先秦史部分取材于"六艺"的内容不少，《五帝本纪》取于《尚书》《左传》和《礼记》，《夏本纪》取于《诗经》《尚书》，至于取材考信于《春秋》《左传》《国语》者，更是不胜枚举。"考信于六艺",丰富了司马迁的史料,也体现了他对史料实事求是的精神。司马迁继承并发扬了先秦以来史家实录的精神。一部《史记》,虽然贯注着司马迁的感情,但他并不因个人的爱憎而随心所欲地改变对历史人物的评价。司马迁对于刘邦和项羽的态度及对其功过、人格的评价,已为大家所熟悉,兹不赘述。再如商鞅,就个人感情来说,并不是司马迁所欣赏的人物。《商君列传》中太史公曰:"商君,其天资刻薄人也。迹其欲干孝公以帝王术,挟持浮说,非其质矣。且所因由嬖臣,及得用,刑公子虔,欺魏将卬,不师赵良之言,亦足发明商君之少恩矣。余尝读商君《开塞》《耕战》书,与其人行事相类。卒受恶名于秦,有以也夫!"这个评价,显然带有司马迁个人的好恶情绪在里头。但在记载商鞅变法的功绩上,司马迁却给予极高的肯定:"(令)行之十年,秦民大说,道不拾遗,山无盗贼,家给人足。民勇于公战,怯于私斗,乡邑大治。""居五年,秦人富强,天子致胙于孝公,诸侯毕贺。"司马迁并不因个人的好恶而抹杀了商鞅的功绩。这种实事求是的精神,不仅体现在商鞅身上,也体现在其他人物身上。明人何乔远说:"伯夷古之贤人,则冠之于卷首;晏婴善与人交,则愿为之执鞭,其不虚美可知。陈平之谋略,而不讳其盗嫂受金之奸;张汤之荐贤,而不略其文深意忌之酷,其不隐恶可见。"(《何文肃公文集》卷二《诸史》)这就是"不虚美,不隐恶"的实录精神。

最能够体现司马迁秉笔直书的勇气与伟大人格的,是他在《史记》中的"微文刺讥,贬损当世"(班固《典引》),也就是对汉武帝的评判。《三国志·王肃传》记载魏明帝说:"司马迁以受刑之故,内怀隐切,著《史记》非贬孝武,令人切齿。"王肃答曰:"汉武帝闻其述《史记》,取孝景及己本纪览之,于是大怒,削而投之。于今此两纪有录无书。后遭李陵事,遂下迁蚕室。此为隐切在孝武,而不在于史迁也。"可知司马迁对于汉武帝的贬损评判的确非常深刻。不过魏明帝因此把它看成司马迁在泄私愤,这就有如王允骂《史记》为"谤书"一样的了。今本《史记》中的《孝武帝本纪》已非原来的《今上本纪》,而是后人抄录《封禅书》补缀而成。但我们从《史记》的其他篇章中仍可以看出司马迁的揭露与批评。《封禅书》讥讽汉武帝的痴妄迷信,劳民伤财。《平准书》评判了经济上的横征暴敛,指出汉武帝外伐四夷造成的国库空虚。《大宛列传》记载汉武帝为了获得大宛汗血马,不惜征发大批军队徒役,耗费大量资财。《匈奴列传》批评汉武帝征战匈奴使成千上万的百姓战死疆场。司马迁在《佞幸列传》《酷吏列传》等篇中揭露了黑暗残酷的官僚政治。

司马迁总是用冷峻的目光注视着汉代统治者的统治,哪怕是在汉武帝时代的繁荣昌盛时期,也清醒地洞察繁荣盛世背后的种种潜在危机与弊病。这样的秉笔直书,恐怕不能仅仅用司马迁对汉武帝的个人感情来解释,而是出于司马迁对社会现实的深刻忧患意识和一个史家的历史责任感。正因为如此,才使我们深感到司马迁思想的伟大。

● 三、宏伟的历史人物画卷

无疑,《史记》是我国有史以来最宏伟的历史画卷。它展示了中华民族三千年的社会历史。无论是时间之绵长,还是空间之广阔,场景之壮观,还没有哪一部史传文学作品能超过它的。《史记》中的人物更是林林总总,令人叹为观止。有中华民族的始祖轩辕黄帝,有一代雄主秦皇汉武,有裂土封国的诸侯君王,有形形色色的贤臣佞幸,有久经沙场的将军,有揭竿而起的农民,有市井屠夫,有行侠刺客。就人物之众多,代表性之广泛,《史记》堪称绝唱。

在这众多的人物形象之中,有四类人物写得最为出色,一是建功立业或在历史上产生过巨大作用的人物,二是特立独行的"奇人",三是出身低微的下层人士,四是为司马迁所憎恶的丑恶人物。

(一)建立功业或在历史上起过重大作用的人物

秦汉之际,有三个人物产生过巨大的历史作用,那就是刘邦、项羽、陈涉。司马迁在《秦楚之际月表》中说:"初作难,发于陈涉;虐戾灭秦,自项氏;拨乱诛暴,平定海内,卒践帝祚,成于汉家。五年之间,号令三嬗,自生民以来,未始有受命若斯之亟也。"陈涉首难反秦,彻底动摇了暴秦的统治。项羽入咸阳,楚人一炬,终灭秦族。刘邦击败项羽,平定海内,建立汉朝。数年之间,历史的进程风云变幻,政治舞台三易其帜,与这三位人物有极密切的关系。而这三人,也是《史记》塑造得最出色的几个人物。

司马迁写刘邦,首先是把他当作一位具有雄才大略的英雄来写。刘邦与项羽争天下,项羽何以败?刘邦何以胜?我们仅从司马迁所记二人入咸阳之后的不同表现,便可一目了然。刘邦入咸阳:

> 欲止宫休舍,樊哙、张良谏,乃封秦重宝财物府库,还军霸上。召诸县父老豪杰曰:"父老苦秦苛法久矣,诽谤者族,偶语者弃市。吾与诸侯约,先入关者王之,吾当王关中。与父老约,法三章耳:杀人者死,伤人及盗抵罪。余悉除去秦法。诸吏人皆案堵如故。凡吾所以来,为父老除害,非有所侵暴,无恐!且吾所以还军霸上,待诸侯至而定约束耳。"乃使人与秦吏行县乡邑,告谕之。秦人大喜,争持牛羊酒食献飨军士。沛公又让不受,曰:"仓粟多,非乏,不欲费人。"人又益喜,唯恐沛公不为秦王。(《高祖本纪》)

项羽入咸阳:

> 居数日,项羽引兵西屠咸阳,杀秦降王子婴,烧秦宫室,火三月不灭,收其货宝妇女而东。(《项羽本纪》)

司马迁说:"子羽暴虐,汉行功德。"(《太史公自序》),仅此一点,可见一斑,也见出刘邦的智谋和远见。

刘邦的另一个特点是能用人、善用人。韩信、陈平、黥布等人原来都是项羽的部下,归附刘邦之后,都被重用,所以韩信说他"善将将"。刘邦自己也说:"夫运筹策帷帐之中,决胜于千里之外,吾不如子房;镇国家,抚百姓,给馈饷,不绝粮道,吾不如萧何;连百万之军,战必胜,攻必取,吾不如韩信。此三者,皆人杰也,吾能用之,此吾所以取天下也。项羽有一范增而不能用,此其所以为我擒也。"善于用人且善于驾驭所用之人,这也是刘邦能够取胜的重要原因之一。当然,司马迁也写出了刘邦的狡黠多诈、贪财好色以及种种痞子流氓习气,写出他的卑怯自私和贪羡尊荣,这些剔去了所谓赤帝子的光环,还给刘邦一个真实的活生生的人物形象。

项羽是一个失败的英雄,但是却不能低估了他的历史作用。"然羽非有尺寸,乘势起陇亩之中,三年,遂将五诸侯灭秦,分裂天下,而封王侯,政由羽出,号为'霸王',位虽不终,近古以来,未尝有也。"(《项羽本纪》)如果说司马迁在《项羽本纪》中把项羽塑造成一位力可拔山气盖世的英雄,多少含有个人喜好的因素的话,司马迁对项羽的功过的评价,基本上是恰如其分的。司马迁热情歌颂了项羽在反秦斗争中的丰功伟绩,肯定了他的历史作用,同时批评了他的战略失误以及个人性格等方面的严重缺陷。用司马迁的话说,是"杀庆救赵,诸侯立之;诛婴背怀,天下非之"(《太史公自序》)。"杀庆救赵",指的是项羽杀掉卿子冠军宋义,率军赴钜鹿与秦军决战。项羽当机立断杀掉宋义,才有可能在钜鹿与秦军决一死战。钜鹿一战,打败秦军主力,扭转了反秦义军的被动劣势,加速了秦王朝的灭亡,其意义是巨大的。明人茅坤说,钜鹿之战是"项羽最得意之战,太史公最得意之文"(《史记钞》)。茅坤可谓既深知项羽又深知司马迁之人。然而项羽的弱点及错误也是显见的。"诛婴背怀",即杀了义帝,背关怀楚,这是战略上的错误。残暴嗜杀、不善用人,以至优柔寡断,这些性格上的缺点,也加速了他的败亡。一个在历史上发挥了巨大作用的人,又遭到了历史的汰弃,司马迁揭示的问题多么令人深思!

陈涉是反秦的首发难者,司马迁将他列入《世家》,本身就是对他的历史作用的肯定。不唯如此,司马迁还多次肯定陈涉的历史作用,除上举《秦楚之际月表》外,《项羽本纪》云:"夫秦失其政,陈涉首难,豪杰蜂起,相与并争,不可胜数。"《陈涉世家》云:"陈胜虽已死,其所置遣侯王将相竟亡秦,由涉首事也。"《太史公自序》云:"桀纣失其道而汤武作,周失其道而《春秋》作,秦失其道而陈胜发迹,诸侯作难,风起云蒸,卒亡秦族。"这是将陈胜与汤武、孔子相提并论了。司马迁不但热情肯定陈涉的历史作用,而且把陈涉当作一位了不起的英雄来看待。司马迁写他"辍耕之垄上,怅恨久之,曰:'苟富贵,勿相忘。'",写他与吴广谋曰:"今亡亦死,举大计亦死,等死,死国可乎?"写他号召徒属曰:"且壮士不死即已,死即举大名耳,王侯将相宁有种乎!"都揭示了陈涉作为一个超出常人的时代英雄的思想和气概。司马迁还详细描述了陈涉起义的经过,从与吴广合谋、动员发动戍卒,到置鱼腹中书、假狐鸣而呼,一直到举事成功,都可以看出陈涉绝非一般草莽英雄,而是一个善于抓住时机、有远见有抱负而且机智勇敢的起义领袖。陈涉虽然仅六月而亡,然而他的首难之功,因此造成的摧枯拉朽之力量,足可永垂千古,彪炳史册。

自轩辕黄帝到汉武帝,历史长河绵延几千年,建立功业或在历史上产生作用的人物当然不止这三个,但已经透露出司马迁探寻历史发展动因的最基本信息。

(二) 扶义倜傥、特立独行的"奇人"

在《史记》里,司马迁表现出鲜明的"爱奇"的美学原则。因此,在《史记》这幅宏伟的历史画卷中,众多的扶义倜傥、特立独行的"奇人",成为司马迁所刻意塑造的人物。如项羽、李广、张良、韩信、廉颇、蔺相如、吴起、伍子胥、商鞅、田横、苏秦、张仪,以及刺客、游侠、滑稽列传中的众多人物,一大批"奇人"为《史记》人物画卷增添了绚丽光彩。

李广就是司马迁深深感喟的人物。李广是汉初的名将,威震遐迩,匈奴人敬畏而称之为"飞将军"。李广居右北平,匈奴人避畏数岁,不敢南下而牧马。李广的赫赫战功,几乎全部是抵御匈奴入侵而建立的。他善射、机智,勇于当敌,仁爱士卒,深得部下拥护。他身经七十余战,到头来却得不到封侯,甚至还受到诬陷,被迫自刎。李广的一生遭遇,深刻揭露了汉代统治集团内部排挤人才、摧残人才、迫害人才和用人唯私的黑暗。茅坤说:"李将军于汉,为最名将,而卒无功,故太史公极意摹写淋漓,悲咽可涕。"(《史记钞》)

《伍子胥列传》则塑造了一个"隐忍而就功名"的"烈丈夫"伍子胥的形象。楚平王听信谗言,逮捕了伍子胥父亲伍奢,又诳骗其兄归楚。伍尚归死于楚,以成孝道;伍员出奔于吴,伺机报仇。伍子胥逃到吴国,先是荐专诸于公子光,帮助公子光夺得君位,又帮助阖闾伐楚,攻入郢都。报仇的时候到了,伍子胥"乃掘楚平王墓,出其尸,鞭之三百,然后已",实现了他"借力以雪父之耻"的目的。伍子胥的性格特征是"刚戾忍垢"。当他受太宰嚭馋害被迫自杀时,还要人"抉吾眼悬吴东门之上,以观越寇之入灭吴也",完全是一个烈丈夫的形象。司马迁极其推崇伍子胥这种顽强卓绝、忍辱复仇的精神，称赞说："向令伍子胥从奢俱死，何异蝼蚁？弃小义，雪大耻，名垂于后世，悲夫！方子胥窘于江上，道乞食，志岂须臾忘郢邪？故隐忍就功名，非烈丈夫孰能致此哉？"像这样的"烈丈夫"何止伍子胥一人，项羽、季布、勾践都是这一类人。

司马迁自己就是一位"奇人"，所以容易从这些有特异性的历史人物身上找到共鸣。有的论者指出，在《史记》当中，凡是作者写来感情激越、笔墨酣畅、气势雄健，读者读来心动神摇、回肠荡气、一唱三叹的优秀篇章，所传述的都是那些在功业品节、精神气质方面有着为常人所不备、或为一般正统历史学家所不取的突出特异表现的人物（参见刘振东《论司马迁之"爱奇"》，载《文学评论》1984 年第 4 期）。这大抵反映了读过《史记》的人的共同感受。

（三）中下层社会人物

与《史记》之前的史传文学作品相比，《史记》中所记载的下层社会人物，在人数和社会层面上都要广阔得多。而且许多人都是独立成传，并显示出鲜明的个性。如《刺客列传》《游侠列传》《滑稽列传》中的众多人物，他们有的坚定沉着、机智勇敢、富于自我牺牲精神，有的急公好义、舍己为人，有的不流于世俗、不争势利、仗义执言、幽默机智，总之，都具有崇高的品格和闪光的智慧。

《史记》中所写的一些下层人物，虽然依附于贵族阶层，但是其聪明才智，却是贵族阶层之人所不可比拟的。如《平原君虞卿列传》中的毛遂。毛遂是平原君门下的食客，平时没有表现才能的机会。赵国危在旦夕之时，他挺身而出，愿为赵国解救危难。在楚王朝廷上，他"按剑历阶而上"，机智大胆进逼楚王，以大无畏的勇气慑服了楚王，迫使楚国与赵国合纵抗秦。与毛遂相似的还有一个李同，在"秦急围邯郸"的情况下，挺身说服平原君破家纾难，并大胆批评平原君的淫侈误国。随后，又自己组织了三千敢死队与秦军作战，使得秦军退却三十里。在楚、魏两国的救援下，终于打退了秦军，保住了邯郸。李同自己却战死沙场。这些人物，与他们的主人往往形成鲜明的对照。

有一些看似不起眼的小人物，却能放射出异彩。如《田单列传》中的王蠋：

燕之初入齐，闻画邑人王蠋贤，令军中曰："环画邑三十里无入！"以王蠋之故。已而使人谓蠋曰："齐人多高子之义，吾以子为将，封子万家。"蠋固谢。燕人曰："子不听，吾引三军而屠画邑！"王蠋曰："忠臣不事二君，贞女不更二夫，齐王不听吾谏，故退而耕于野。国既破亡，吾不能存，今又劫之以兵为君将，是助桀为暴也。与其生而无义，固不如烹！"遂经其颈于树枝，自奋绝脰而死。齐亡大夫闻之，曰："王蠋，布衣也，义不北面于燕，况在位食禄者乎！"乃相聚如莒，求诸子，立为襄王。

一介布衣，面对敌人的入侵，不受利诱，不屈而死，而且死得如此壮烈。下层人物的作用不可小视，历史的长河在他们面前，也可能打个转折，改变方向。

（四）丑恶卑鄙、阴险暴戾的人物

这一类人物，有许多是统治者的走狗、帮凶，或是骄横跋扈的宠臣。对这一类人物，司马迁深恶痛绝。这不仅是因为司马迁自身蒙受酷刑而产生的憎恶心理，更是司马迁用冷峻的眼光发现了这些人物对国家的危害和对人民的酷虐。

《酷吏列传》中写了十个酷吏。这些酷吏严刑峻法，甚至草菅人命、嗜杀成性。例如：周阳由"居二千石中，最为暴酷骄恣。所爱者，挠法活之；所憎者，曲法诛灭之。所居郡，必夷其豪。为守，视都尉如令。为都尉，必陵太守，夺之治"；义纵"为定襄太守……掩定襄狱中重罪轻系二百余人,及宾客昆弟私入相视亦二百余人。纵一捕鞠,曰:'为死罪解脱。'是日皆报杀四百余人";王温舒为河内太守时,"捕郡中豪猾,郡中豪猾相连坐千余家。上书请,大者至族,小者乃死,家尽没入偿臧……论报,至流血十余里";杜周为人"善候伺,上所欲挤者,因而陷之;上所欲释者,久系待问而微见其冤状",完全看皇帝的脸色行事。有人责问他说:"君为天子决平,不循三尺法,专以人主意指为狱,狱者固如是乎?"杜周竟然说:"三尺安出哉?前主所是著为律,后主所是疏为令,当时为是,何古之法乎?"主上的意志就是法律,这就是杜周执法的准则,等等。像王温舒、杜周那样的舞权弄法、狂捕滥杀,不仅仅在武帝一朝有,文、景以来已经如此。司马迁说:"自温舒等以恶为治,而郡守、都尉、诸侯二千石欲为治者,其治大抵效温舒,而吏民益轻犯法,盗贼滋起……大群至数千人,擅自号,攻城邑,取库兵,释死罪,缚辱郡太守、都尉,杀二千石,为檄告县趣具食;小群以百数,掠卤乡里者,不可胜数也。"(《酷吏列传》)看来这已经成为汉代政治的一个痼疾。这样的残酷政治,必然会再酿成陈涉起义那样的揭竿而起!

《佞幸列传》中则有一个下流无耻的邓通。佞幸的共同特征,是"事人君能说主耳目,和主颜色,而获亲近"。当然,各人情况不同,也略有差别,"非独色爱,能亦各有所长"(《太史公自序》)。即如邓通,"无他能",仅因偶然的原因为文帝宠幸,"文帝时时如邓通家游戏。然邓通无他能,不能有所荐士,独自谨其身以媚上而已"。邓通不过是一个男宠。然汉文帝却宠爱有加,"上使善相者相通,曰:'当贫饿死。'文帝曰:'能富通者在我也。何谓贫乎?'于是赐邓通蜀严道铜山,得自铸钱,'邓氏钱'布天下。其富如此"。邓通的卑劣委琐,竟至为文帝喈痈,令人恶心。"明君"如汉文帝对于这些谀臣尚且如此,其他的统治者就可想而知了,司马迁颇有感慨地说:"甚哉爱憎之时!弥子瑕之行,足以观后人佞幸矣。虽百世可知也。"其用心,何其深邃也。

● 四、"史家之绝唱"

司马迁在先秦史传文学著作《左传》《国语》《战国策》等的基础上创立了"纪传体"的体式,并以宏大的五体结构支撑全书。张大可先生指出:《史记》由五体构成,《本纪》十二篇,《表》十篇,《书》八篇,《世家》三十篇,《列传》七十篇。《史记》的这一五体结构,记述从黄帝到汉武帝三千年历史,创造了纪传体通史,在史学史上建立了一座巍峨的丰碑。宋代史学家郑樵评论说:"《史记》使百代而下,史官不能易其法,学者不能舍其书,六经之后,唯有此作。"(《通志·总序》)清代史学家赵翼更进一步评论说:"司马迁参酌古今,发凡起例,创为全史,……自此例一定,历代作史者遂不能出其范围"(《廿二史劄记》卷一)。自班固《汉书》以下至《明史》,以及后来的《清史稿》,都承袭了《史记》的体例,历朝历代接续不断的著述,极大地丰富了中华民族的历史。《史记》所起的开创与启后的作用是巨大的,无论怎样评价都不过分,"史家之绝唱"的评价当之无愧(张大可《〈史记〉解读》)。

● 五、"无韵之《离骚》"

一部《史记》,贯注着司马迁强烈的感情,这是《史记》以前的史传作品所没有的,也是《史记》以后的史著所无法比拟的。单就这一点来说,也是可称为"绝唱"的了。

把《史记》与《离骚》相类比，前人已多有论述。明人杨慎说："太史公《屈原传》，其文便似《离骚》。"（凌稚隆《史记评林》引）李晚芳说："司马迁作《屈原传》，是自抒其一肚皮愤懑牢骚之气，满纸俱是怨辞。"（《读史管见》卷二）刘熙载说："学《离骚》得其情者为太史公。"（《艺概》卷一《文概》）刘鹗说："《离骚》为屈大夫之哭泣，《史记》为太史公之哭泣。"（《老残游记序》）而鲁迅总括前人的论述，称《史记》为"无韵之《离骚》"，最为简省精当。

"无韵之《离骚》"，就是指《史记》具有深厚的怨愤之情，具有浓郁的抒情性，司马迁笔端常带着感情。司马迁在《太史公自序》中说："《诗》三百篇，大抵贤圣发愤之所为作也。此人皆意有所郁结，不得通其道也，故述往事，思来者。"司马迁充分认识到情感的因素在创作中所起的重大作用，而且认为这种情感，不是无病呻吟，而是"意有所郁结，不得通其道"的怨愤。历代圣贤之作，皆发愤抒情所得。这就为《史记》成为一部充满感情的作品、成为一部像《离骚》那样的伟大史诗找到了创作主体的思想理论依据。

司马迁曾在《报任安书》中袒露自己的情感历程：

> 乃如左丘无目，孙子断足，终不可用，退而论书策，以舒其愤，思垂空文以自见。仆窃不逊，近自托于无能之辞，网罗天下放失旧闻，略考其行事，综其终始，稽其成败兴坏之纪……凡百三十篇。亦欲以究天人之际，通古今之变，成一家之言。草创未就，会遭此祸，惜其不成，是以就极刑而无愠色。仆诚已著此书，藏之名山，传之其人，通邑大都，则仆偿前辱之责，虽万被戮，岂有悔哉？

效法左丘、孔子以著书，这样的伟业本来就使司马迁处于一种澎湃的激情之中。李陵之祸的打击，不但没有熄灭他的激情之火，反而使他在屈辱中得到激励，在悲痛中奋起，把胸中的一腔郁结，倾泻于笔端。"恨为弄臣，寄心楮墨，感身世之戮辱，传畸人于千秋。"（鲁迅《汉文学史纲要》第十篇《司马相如与司马迁》）司马迁是发愤以著史，著史以寄情。司马迁"发愤以著书"的理论和写作心态，无疑注定了《史记》将成为一部充满作者感情的文学著作。

司马迁首先对屈原产生了思想的共鸣。司马迁的人品、遭际，与屈原极其相似。《屈原贾生列传》写道："屈平正道直行，竭忠尽智以事其君，谗人间之，可谓穷矣。信而见疑，忠而被谤，能无怨乎？"屈原对于君王和楚国是一片忠心，结果是见疑被谤，行吟泽畔，自沉汨罗。司马迁是"绝宾客之知，忘室家之业，日夜思竭其不肖之才力，务一心营职，以求亲媚于主上"。然而"拳拳之忠，终不能自列"，终至于招致宫刑，蒙受羞辱。屈原是"疾王听之不聪也，谗谄之蔽明也，邪曲之害公也，方正之不容也，故忧愁幽思而作《离骚》"，"屈平之作《离骚》，盖自怨生也"。这与司马迁"惜其不成，是以就极刑而无愠色""则仆偿前辱之责，虽万被戮，岂有悔哉"的心情又是何其相似。

这种心灵上的共振，决定了司马迁写《屈原贾生列传》并不注重于屈原一生的详细事迹，而重在为屈原，也为自己一抒满腔的怨愤与不平。请看《屈原贾生列传》中的这些文字：

> 国风好色而不淫，小雅怨诽而不乱，若《离骚》者，可谓兼之矣。上称帝喾，下道齐桓，中述汤武，以刺世事。明道德之广崇，治乱之条贯，靡不毕见。其文约，其辞微，其志洁，其行廉，其称文小，而其指极大，举类迩而见义远。其志洁，故其称物芳；其行廉，故死而不容自疏。濯淖污泥之中，蝉蜕于浊秽，以浮游尘埃之外，不获世之滋垢，皭然泥而不滓者也。推此志也，虽与日月争光可也。
>
> ············
>
> 人君无愚智贤不肖，莫不欲求忠以自为，举贤以自佐，然亡国破家相随属，而圣君治

国累世而不见者，其所谓忠者不忠，而所谓贤者不贤也。

……

屈原至于江滨，被发行吟泽畔，颜色憔悴，形容枯槁。渔父见而问之，曰："子非三闾大夫欤？何故而至此？"屈原曰："举世浑浊而我独清，众人皆醉而我独醒，是以见放。"渔父曰："夫圣人者，不凝滞于物，而能与世推移。举世浑浊，何不随其流而扬其波？众人皆醉，何不铺其糟而歠其醨？何故怀瑾握瑜，而自令见放为？"屈原曰："吾闻之，新沐者必弹冠，新浴者必振衣。人又谁能以身之察察，受物之汶汶者乎！宁赴常流而葬于江鱼腹中耳，又安能以皓皓之白而蒙世俗之温蠖乎！"

这些文字，既是对屈原人格的赞颂，也是司马迁自己心灵的写照；既是对《离骚》的赞美，也是自己的创作理想与追求。司马迁与屈原，《史记》与《离骚》，的确是完全达到了神合韵谐。难怪后人陶必铨曰："《屈贾传》顿挫悲壮，读之如见其人，《史记》合传之最佳者也。虽然，史公亦借以自写牢骚耳。"（《萸江古文存》卷三）李景星曰："以抑郁难遇之气，写怀才不遇之感，岂独屈贾二人合传，直作屈、贾、司马三人合传读可也。"（《史记评议·屈原贾生列传》）这样的文字，也的确不同一般史书，而是抒情文字，是饱含激情的"诗"。

还有一篇可为"无韵之《离骚》"典型佐证的作品是《伯夷列传》。伯夷、叔齐是孤竹君之二子，兄弟让位而出逃，又反对武王以暴力伐纣，隐居首阳山，不食周粟而饿死。和《屈原贾生列传》一样，司马迁一反史书的常规，而以议论为主，借为伯夷立传提出了一系列的质问。尧让于舜，舜让于禹这样的禅让为人交口称赞，而许由气节至高，则不见记载，这是为什么？孔子说："求仁得仁，又何怨乎？"以为伯夷"无怨"。但是读他的《采薇歌》，是无怨吗？伯夷、叔齐积仁洁行而饿死，颜回好学而早夭；盗跖杀不辜，肝人肉，竟以寿终，这就是天道吗？至于近世，操行不轨的人终身逸乐富厚、小心谨慎之人却屡遇祸殃之事，更是不可胜数，这又是天道吗？这是对天道不公、社会不平的愤怒的质问。司马迁从伯夷、叔齐的高风亮节联想到自古以来仁人志士的遭遇，联想到自己遭受的屈辱与痛苦，对天道赏善罚恶的传统观念产生了强烈的怀疑，于是也像屈原《天问》一样，发出愤怒的呼喊。这是一篇怨情勃发的抒情文字。司马迁纵横议论，出入古今，悲叹、感慨洋溢其间。黄震评此篇曰："太史公疑许由非夫子所称，不述，而首述伯夷，且悲其饿死，为举颜子、盗跖反复嗟叹。卒归之各从其志，幸伯夷得夫子而名益彰。其旨远，其文逸，意在言外，咏味无穷。"又曰："太史公载伯夷《采薇》之歌，为之反复嗟伤，遗音余韵，把挹莫尽，君子谓此太史公托以自伤其不遇，故其情到而词切。"（《黄氏日钞》）钱锺书曰："此篇记夷齐行事甚少，感慨议论居其泰半，反论赞之宾，为传记之主。马迁牢愁孤愤，如喉鲠之快于一吐，有欲罢而不能者……"（《管锥编》第一册）都深得司马迁之旨。

当然，所谓"无韵之《牢骚》"，并非仅指《史记》中的某几篇作品，而是指整部《史记》的意旨与神韵。我们在许多篇章中都可以看到司马迁个人感情的流露。如《孔子世家》："余读孔氏书，想见其为人。适鲁，观仲尼庙堂车服礼器，诸生以时习礼其家，余祗回留之不能去云。"《孟子荀卿列传》："余读孟子书，至梁惠王问'何以利吾国'，未尝不废书而叹也。"表示对孔、孟的敬仰之情。《管晏列传》："假令晏子而在，余虽为之执鞭，所忻慕焉。"流露出对晏子的向往之情。《刺客列传》："自曹沫到荆轲五人，此其义或成或不成，然其立意皎然，不欺其志，名垂后世，岂妄也哉！"可以看出司马迁被侠义精神感染所产生的激情。《游侠列传》序："今游侠，其行虽不轨于正义，然其言必信，其行必果，已诺必诚，不爱其躯，赴士之厄困，既已存亡死生矣，而不矜其能，羞伐其德，盖亦有足多者焉。"又说："今拘学或抱咫尺之义，久孤于世，岂若卑论侪俗，与世沈浮而取荣名哉！而布衣之徒，设取予然诺，千里诵义，为死不顾世，此亦有所长，非苟而已也。故士穷窘而得委命，此岂非人之所谓贤豪间者耶？诚使乡曲之侠，予季次、原宪比权量力，效功于当世，不同日而论矣。要以功见言信，侠客之义又曷可少哉！"基于这样的认识，司马迁贯注于《游侠列传》中的感情就可想而知了。至于司马迁在叙事过程中流露出来的或褒美、或贬恶、或赞颂、或悲慨的感情，更是比比皆是，不胜枚举。

韩兆琦先生曾总结《史记》的抒情性，言极准确精当，可助于我们理解"无韵之《牢骚》"的旨义，其言曰："《史记》写的是历史，但它不是客观地叙述事实，而是饱含着作者的强烈爱憎。它通过对历史人物、历史事件的描述，表现了作者的社会理想和对黑暗现实的愤怒评判。同时，由于作者自身的悲惨遭遇，因而他的笔端时常流露着一种愤疾之情，一种沉郁之气。有的通篇是借古人行事来抒发自己的愤世之志；有的是夹叙夹议，火花四射，喷泻着慷慨之音；有的是没有什么必然联系的飞来之笔，凭空插入一段淋漓尽致的悲悼怅叹。那种对佞儒、酷吏们的尖刻讽讥，那种对刺客、游侠们的倾心赞颂，那种对失路英雄、含愤志士们的无限同情，等等，这些地方都明显地带着司马迁强烈的主观色彩，从而使整部《史记》成为一首爱的颂歌，恨的组曲，成为一首用整个生命谱写成的饱含着司马迁全部血泪的悲愤诗。鲁迅先生曾说《史记》是'史家之绝唱，无韵之《离骚》'，我想大概就是这个意思吧！"（韩兆琦《史记·选注集说》前言）

六、写人艺术的新成就

史传文学从记言记事，到注重写人，到以人为中心；从写一群人，到写单个"某人"，已逐渐走向成熟。《史记》的出现，标志着史传文学的写人艺术迈向新的高峰。

（一）塑造了一批典型人物形象

司马迁创立了以人为中心的纪传体史书，这同文学以写人为对象是相通的。体例的创立，标志着司马迁写人的自觉意识的形成。《史记》写人，虽有专传、合传、类传之分，但大抵上是以一个人物为中心来写的，它要写出这个人物的全部经历，要对人物进行细致的刻画，要对人物进行全面的评价。因此，司马迁以人为中心来记载历史，已不是简单地罗列人在历史运动过程中的事件和活动，而是通过人物的生平事迹，人物的历史活动，反映人物的思想、道德，同时表现人物的习惯爱好、喜怒哀乐、心理气质，甚至眉目神态、一颦一笑，一句话，写出人物的性格特征。从这点上，可以说司马迁已经是有意识地在塑造人物形象了。

和先秦史传文学相比，《史记》的写人范围扩大了，人物画廊更加五彩缤纷。在这众多的人物形象中，有不少人物已经具有典型意义。正如韩兆琦先生所论述的，一部《史记》，记录了四千多个人物，其中给人以深刻印象的有一百多人。这些个性鲜明的人物，往往代表了社会上的某一类人，反映了一种社会现象，有的则达到了一定的典型化的程度。如杜周、张汤是酷吏的典型，郭解、朱家是游侠的典型，聂政、荆轲是刺客的典型，邓通、李延年是佞幸的典型，淳于髡、优孟是滑稽家的典型，石奋是恭敬小心的官僚典型，叔孙通、公孙弘是阿谀逢迎的典型，张释之、汲黯是刚直官僚的典型，廉颇、韩信是良将的典型，樊哙是勇猛的典型，张良是权谋的典型，苏秦、张仪是纵横家的典型。就人物性格来说，项羽的直率、豪爽，刘邦的狡诈、无赖，吕后的嫉妒、残忍，屈原的耿介孤高，勾践的卧薪尝胆，伍子胥的忍辱报仇，范蠡的功成身退，魏公子的礼贤下士，鲁仲连的见义勇为，李斯的自私自利，等等，也都是很典型的（韩兆琦《史记通论》）。正因为这些人物具有典型性，所以给读者留下了不可磨灭的印象。

（二）取材与互见法

为了塑造好人物形象，司马迁很注意材料的取舍，以突出人物性格。许多论者都注意到司马迁在《留侯世家》里说的一段话："留侯从上击代，出奇计马邑下，及立萧何相国，所与上从容言天下事甚众，非天下所以存亡，故不著。"这一段话，说明司马迁著史取材的严肃态度，即与天下兴亡有关、意义重大者，则取。否则舍而不录。这一段话也可以用来说明他在塑造人物形象时的取材原则，即能反映人物性格的材料则取，否则舍而去之。这样我们就不难理解为什么司马迁常常用几个故事来构成人物的传记，如《廉颇蔺相如列传》仅用完璧归赵、渑池会、将相和三个典型事例来写蔺相如，《李将军列传》以三次战斗为主要材料构成李广的一生，《孙子吴起列传》以吴宫教战塑造孙武其人，《张释之冯唐列传》也只用几个生活片段，就写活了两人。因为作者要表现的是蔺相如的大智大勇与无私为国，李广的善战与过人的胆略，孙武的执法如山、不畏权贵，张释之、冯唐的犯颜直谏与大公无私。也不难理解为什么司马迁对一些琐屑之事特别感兴趣，如张良为圯上老人讲履，李斯见仓鼠、厕鼠而叹，韩信胯下受辱，以及刘邦"大丈夫当如此"的感叹，项羽"彼可取而代"的壮语，陈涉"燕雀安知鸿鹄之志"的嗟叹。这些材料的选择，堪称用典型事件、典型细节来表现人物性格，塑造了典型形象。

司马迁在塑造人物形象时，创造了"互见法"。"互见法"，本指司马迁所创造的一种述史方法，靳德俊先生总结为："一事所系数人，一人有关数事，若为详载，则繁复不堪，详此略彼，详彼略此，则互文相足尚焉。"（《史记释例》）对于塑造人物形象来说，互见法其实起到了典型化的作用。张大可先生认为，互见法"最基本的形式是本传着意刻画人物形象，集中描写和叙述矛盾最尖锐、斗争最激烈的事件，突出人物的主要精神面貌，而将人物的侧面载于他传"（张大可《史记研究》中《论史记互见法》一文）。这样，司马迁必须更加讲究选材，筛选出传主最有典型意义的事迹写成本传，而将其他枝蔓和有损人物形象的材料放于他传之中，既突出了人物的典型形象，又不失历史的真实。

司马迁运用互见法塑造人物最成功的例子是《高祖本纪》和《项羽本纪》。《高祖本纪》刻画了刘邦的适应时势、知人善任、宽厚为怀、机智有谋的一面，突出了刘邦政治家、战略家的形象，对于刘邦的缺点，只是轻轻提点而已。然而在《项羽本纪》中，则毫不留情地记载了刘邦的许多流氓无赖本性。同此，在《项羽本纪》中，司马迁则塑造了一个才气过人的盖世英雄的完美形象，对于项羽的缺点，也仅是轻描淡写，一笔带过。而在《高祖本纪》中，则补叙项羽的"所过无不残灭"等暴行；刘邦列数项羽十罪，代表了司马迁对项羽缺点的集中批评。因此，《高祖本纪》与《项羽本纪》二传完全应该合起来读，才能见出刘邦与项羽之完人。这也是互见法的作用。当然，了解刘邦，还应参见《留侯世家》《张丞相列传》《佞幸列传》等传记；认识项羽，还应参照《陈丞相世家》《淮阴侯列传》《黥布列传》等篇，多传互见，相得益彰。总之，有了互见法的运用，司马迁可以在人物传记中集中笔墨把人物塑造得更完美，性格更鲜明，这对于叙事文学塑造人物形象提供了新的艺术法则。

（三）情节更加完整，更加故事化

以形象和情节解绎历史，在司马迁的《史记》中更加突出。司马迁写人，总是用一些具体的故事情节来表现人物形象。与先秦史传文学作品相比，《史记》的情节更加完整，往往可以独立成篇,成为一个完整的故事。如《项羽本纪》《吕后本纪》《孙子吴起列传》《田单列传》等。就是一些轶闻逸事,司马迁也写得首尾完整,自成一章。请看《司马相如列传》中"琴挑文君"一节:

> 是时,卓王孙有女文君新寡,好音,故相如缪与令相重,而以琴心挑之。相如之临邛,从车骑,雍容闲雅甚都。及饮卓氏,弄琴,文君窃从户窥之,心悦而好之,恐不得当也。既罢,相如乃使人重赐文君侍者通殷勤。文君夜亡奔相如,相如乃与驰归成都。家居徒四壁立。卓王孙大怒曰:"女至不材,我不忍杀,不分一钱也。"人或谓王孙,王孙终不听。文君久之不乐,曰:"长卿第俱之临邛,从昆弟假贷犹足为生,何至自苦如此!"相如与俱之临邛,尽卖其车骑,买一酒舍酤酒,而令文君当垆。相如身自著犊鼻裈,与保庸杂作,涤器于市中。卓王孙闻而耻之,为杜门不出。昆弟诸公更谓王孙曰:"有一男两女,所不足者非财也。今文君已失身于司马长卿,长卿故倦游,虽贫,其人材足依也,且又令客,独奈何相辱如此!"卓王孙不得已,分予文君僮百人,钱百万,及其嫁时衣被财物。文君乃与相如归成都。买田宅,为富人。

这一个故事,从相如琴挑写起,经文君夜奔,王孙发怒,文君当垆,相如酤酒,翁婿和好几个情节,最后是大团圆的结局。这个故事情节完整,简直就是一篇小说。再请看《滑稽列传》中优旃的故事:

> 优旃者,秦倡侏儒也。善为笑言,然合于大道。秦始皇时,置酒而天雨,陛楯者皆沾寒。优旃见而哀之,谓之曰:"汝欲休乎?"陛楯者皆曰:"幸甚。"优旃曰:"我即呼汝,汝疾应曰诺。"居有顷,殿上上寿呼万岁。优旃临槛大呼,曰:"陛楯郎!"郎曰:"诺。"优旃曰:"汝虽长,何益,幸雨立。我虽短也,幸休居。"于是始皇使陛楯者得半相代。

这一情节比较简单,只写一件事,但事情的起因、经过、结局同样交代得分明有序,作者写来,人物逼肖,情态宛然,故事性极强。

从先秦到两汉,史传文学从对人物的粗略勾勒变为对形象的细致刻画,从按时间顺序"随举一事"叙述发展到"包举一生"之行事,司马迁已经把人物一生的言行故事化了,历史的运动也就溶化在这些故事情节之中。一部《史记》,就是几千年历史人物的故事集。可以说,司马迁的《史记》强化了中国古代史学上以形象和情节解绎历史的这一特征。

(四)细节描写更加性格化

史传文学中用细节来塑造人物形象,在先秦作品中已大量运用。司马迁运用细节塑造人物的一个新成就,就是使细节更加符合人物性格,更能体现人物性格。由此可以看出,司马迁已基本上做到以性格描绘为基调来塑造人物形象。

应该注意到《史记》中的一个现象,即司马迁喜欢在人物传记的一开头,就用一两个细节来刻画人物。如《陈涉世家》开头写陈涉太息曰:"嗟乎,燕雀安知鸿鹄之志哉!"《留侯世家》写张良为圯上老人进履,《李斯列传》开头写李斯观仓鼠厕鼠之别而叹,《酷吏列传》写张汤劾鼠掠治如老狱吏,《陈丞相世家》写陈平为里中社分社肉甚均,《淮阴侯列传》写韩信得食于漂母及甘受胯下之辱,等等。这些细节实无关史事之大体,然而却富于代表性,具有典型意义,它们常准确地表现出人物的性格、好尚、志趣、抱负,由此勾勒出人物性格的基调,或由此透露出人物性格的逻辑走向。章学诚说:"陈平佐汉,志见社肉;李斯亡秦,兆端厕鼠。推微知著,固相士之玄机;搜间传神,亦文家之妙用也。"(章学诚《文史通义》)这一点,的确见出司马迁巧运之匠心。

在《高祖本纪》和《项羽本纪》里，司马迁用了许多细节来刻画刘邦的性格。其实刘邦的性格细节，在其他人物传记里也常可见到。《张丞相列传》中写周昌曾有事求刘邦，刘邦"方拥戚姬，昌还走，高帝逐得，骑周昌项，问曰：'我何如主也？'昌仰曰：'陛下即桀纣之主也。'于是上笑之，然尤惮周昌"。这样的行事，的确只有在刘邦身上才会出现；这样的细节，活画出刘邦哪怕当了皇帝，也无法改变其流氓习气的个性。《萧相国世家》写刘邦以萧何功最盛，封为侯，众人不服。此时：

> 高帝曰："诸君知猎乎？"曰："知之。""知猎狗乎？"曰："知之。"高帝曰："夫猎，追杀兽兔者，狗也；而发踪指示兽处者，人也。今诸君徒能得走兽耳，功狗也。至如萧何，发踪指示，功人也。且诸君独以身随我，多者两三人。今萧何举宗数十人皆随我，功不可忘也。"群臣皆莫敢言。

刘邦的"功人""功狗"之说，语言粗俗，透露出一股乡野无赖之气，仍然是刘邦的性格特征。而用这样通俗易懂的比喻来说明萧何与众人的区别，又非常形象准确，显示出刘邦在粗俗之中所具有的才智，善于用巧妙的方式折服众人。这又是刘邦的本质特征。这一细节，深刻表现了人物性格。

生动、真实而又能表现人物性格的细节描写，在《史记》中的确俯拾即是，再举几例。《韩长孺列传》：

> 其后（韩）安国坐法抵罪，蒙狱吏田甲辱安国。安国曰："死灰独不复然乎？"田甲曰："然即溺之。"居无何，梁内史缺，汉使使者拜安国为梁内史，起徒中为二千石。田甲亡走。安国曰："甲不就官，我灭而宗。"甲因肉袒谢。安国笑曰："可溺矣！公等足与治乎？"卒善遇之。

事件本身颇具戏剧性，而其中的细节就很合乎人物性格。田吏之言，显示出下层吏卒的粗野和小人得势一时的张狂。韩安国之行事，又表现出忠厚长者的个性。《万石张叔列传》写万石君父子：

> 万石君以上大夫禄归老于家，以岁时为朝臣。过宫门阙，万石君必下车趋，见路马必式焉。
>
> ⋯⋯⋯⋯⋯⋯
>
> 建为郎中令，书奏事，事下，建读之，曰："误书！'马'者与尾当五，今乃四，不足一。上谴死矣！"甚惶恐。其为谨慎，虽他皆如是。
>
> 万石君少子庆为太仆，御出，上问车中几马，庆以策数马毕，举手曰："六马。"庆于诸子中最为简易矣，然犹如此。

万石君父子是谨小慎微的典型，司马迁给他们的评价是"无他大略"，唯"恭敬无与比""文深审谨"，上举几个细节，便将他们的性格刻画得惟妙惟肖。

高尔基说："创造——这就是把许许多多细小的东西结合成为形式完美的或大或小的整体。"《史记》的人物传记，正是这样的创造。《史记》中的众多细节描写，都是真实的，它体现了司马迁的实录精神。《史记》的细节描写又是性格化的，真正做到了为表现人物性格服务，所以《史记》中的人物形象个性鲜明、栩栩如生。这两点，标志着《史记》的写人艺术达到了前所未有的高峰。

《史记》的影响是极其深远的，它为后代文学的发展提供了丰富的营养。作为伟大的史学家和文学家，司马迁的历史观、著史原则、实录精神和勇于探索真理的精神，给后世史学家树立了典范。他百折不挠、自强不息的进取精神,批判暴政、呼唤人间真情的人道主义精神,立志高远、义不受辱的高尚人格,成为后世人们景仰和学习的楷模。

《史记》是史传文学作品的典范,也是古代散文的楷模。《史记》中一系列血肉丰满的人物形象,不少传记中的曲折情节,为后代小说创作积累了宝贵的经验。小说中塑造人物形象的许多基本手法,在《史记》中已开始运用。《史记》中的许多故事,广为流传,成为后代小说戏剧取材的对象。如明代出现的《列国志传》以及后来的《东周列国志》,人物故事有相当一部分取自《史记》;戏剧方面,据傅惜华《元代杂剧全目》所载,取材于《史记》的剧目就有一百八十多种。在散文方面,《史记》的文章风格、写作技巧,尤其是平易简洁又富于表现力的语言,无不令后代散文家倾倒,从唐宋八大家,到明代前后七子、清代桐城派,都对《史记》推崇备至,文风深受司马迁的影响。历史上的古文家在纠正形式主义倾向、批评骈俪文风的时候,常常标举《史记》,把它视为古文的典范。

● **拓展阅读作品篇目**

《项羽本纪》《陈涉世家》《魏公子列传》《屈原贾生列传》《李将军列传》《淮阴侯列传》《魏其武安侯列传》《刺客列传》《太史公自序》《报任安书》

● **思考练习题**

1. 鲁迅先生说《史记》是"史家之绝唱,无韵之《离骚》",如何理解这句话?
2. 比起《左传》和《战国策》,《史记》在人物塑造艺术上有何发展?
3. 举例说明《史记》"互见法"手法对人物塑造所起的作用。
4. 司马迁所写"奇人"形象的性格特征是什么? 举例加以说明。
5. 司马迁"笔端常带着感情",试举例说明。

第四节 汉代诗歌

汉代诗歌处于承前启后的重要位置。可以说,没有两汉诗歌的开拓,就没有六朝诗歌的蓬勃发展,也就没有唐诗繁荣的出现。汉代的诗歌,主要是汉乐府民歌和文人五言诗。以汉武帝新建乐府机构为标志,结束了自春秋战国以来所谓雅、郑、新、旧之间的诗乐之争。自汉武帝开始,乐府成为一个完全适应了新时代的音乐机关。它不但创造了新的宗庙祭祀之乐,而且开始了新诗歌的搜集。它使汉乐府诗成为一个以杂言和五七言诗为主的新的诗歌形式。汉乐府中的民歌继承了《诗经》的传统,以"感于哀乐,缘事而发"的特色反映现实,具有丰富的社会内容,广泛地表现了汉人丰富的生活与丰富的情感。东汉的乐府继承了西汉的传统,也采集民间声乐与歌谣,深刻地反映了东汉的社会生活。伟大的长篇叙事诗《孔雀东南飞》就是东汉末年的产物。

东汉之后,文人在诗歌创作中注重向民歌学习,五言诗逐步完善,并且逐渐形成了不同于其他诗歌的特殊风格。东汉的文人五言诗是在乐府民歌的影响下产生和发展的。今存无名氏《古诗十九首》是东汉文人五言诗的代表作。五言诗这一在汉代还属于诗歌之一种的新诗体,将成为汉以后最主要的诗歌形式之一。

一、汉乐府民歌

(一)乐府的设立

乐府本是古代音乐机构的名称。"乐"是音乐,"府"是官府,乐府即官设的音乐机构。过去认为此机构是从汉武帝时设立的,但 1977 年在秦始皇陵墓附近出土的编钟上面就有用秦篆刻记的"乐府"二字。说明其时已有乐府,只是具体情况未见文字记载。《汉书·礼乐志》载:"《房中祠乐》,高祖唐山夫人所作也。高祖乐楚声,故房中乐楚声也。孝惠二年使乐府令夏侯宽备其箫管,更名曰《安世乐》。"可见汉初也有乐府。这时期的乐府,大约只掌管郊庙朝会乐章(郊,祭天地;庙,祭祖庙;朝会为朝廷典礼),规模不会很大,而且与民间歌词还未发生什么关系。

汉武帝时,社会安定,经济得到恢复和发展,文化制度和设施也得到恢复,加上汉武帝好大喜功,喜欢歌功颂德之制,于是扩大乐府的规模与职能。《汉书·礼乐志》说:"至武帝定郊祀之礼……乃立乐府,采诗夜诵,有赵、代、秦、楚之讴(歌)。以李延年为协律都尉。"《汉书·佞幸传》又载:"李延年,中山人,身及父母兄弟皆故倡也。延年坐法腐刑,给事狗监中。女弟得幸于上,号李夫人……延年善歌,为新变声。是时,上方兴天地诸祠,欲造乐,令司马相如等作诗颂,延年辄承意弦歌所造诗,为之新声曲。"以上记载可说明乐府诗的主要内容:一是大量采集民歌,作为乐篇内容,二是由宫廷文人乐师自作新词新曲。

关于采诗的目的,《汉书·艺文志》说:"自孝武立乐府而采歌谣,于是有代、赵之讴,秦、楚之风,皆感于哀乐,缘事而发,亦可以观风俗,知薄厚云。"说明采风是为了考察民情(周代已有采风以观民情的记载)。这时采诗的主要目的是丰富乐府的乐章,供宫廷各种典礼以至娱乐时使用。不管其目的如何,重要的是它收集和保存了民歌,使当时四散于民间的、仅靠口耳相传的民间作品得以保存下来,这是有极大意义的。据《汉书·艺文志》记载,当时采集的各地民歌总计有 138 篇,东汉作品尚不包括在内。只是后来多数亡佚,现存只三四十首。

(二)"乐府"含义的演变

乐府的原义是指音乐机构官署。后由此转义指相关的诗体。一般情况,汉人把从民间采来的诗篇叫"歌诗",如"吴楚汝南歌诗",而把贵族文人之作叫作歌,如刘邦的《楚歌》,司马相如的《郊祀歌》。后来为区分入乐与否,便把在乐府机关里编采和演唱的诗叫"乐府",把未曾入乐的诗叫"诗"或"徒诗"。到了六朝,六朝人把合过乐曲,或能够合乐的,具有音乐特色的诗篇,统称为"乐府"。由于诗之唱法与乐谱的散失亡佚,入乐演唱的歌诗变为只可吟诵的案头诗歌。唐人用乐府旧题作诗,把这类诗称为"古乐府"或"古题乐府"。此外,还有一些"即事名篇,无复依傍"之作(如杜甫、白居易),即不仅不依旧谱,而且连乐府旧题也取消不用,只重于内容。当然诗中又顾及音乐的特点,多能为人口耳相传,唐人谓之"新乐府"或"新题乐府"。宋代,人们把"词"叫作乐府,如《东坡乐府》,元以后,又称散曲为乐府,含义大变,只因它们还跟音乐有一定关系而名之。

（三）乐府诗的结集

宋代人郭茂倩所编的《乐府诗集》是搜集乐府诗最完备的一部总集。所收作品上起陶唐（古歌辞）,下迄五代。它把唐以前的乐府诗分为十二类加以著录,即郊庙歌辞、燕射歌辞、鼓吹曲辞、横吹曲辞、相和歌辞、清商曲辞、舞曲歌辞、琴曲歌辞、杂曲歌辞、近代曲辞、杂歌谣辞、新乐府辞。其中相和歌辞、鼓吹曲辞、杂曲歌辞三类包含了汉代的民歌。

（四）汉乐府民歌的思想内容

《汉书·艺文志》说,乐府诗"皆感于哀乐,缘事而发",概括地归纳出汉乐府民歌的思想内容特色。"感于哀乐,缘事而发",即出于真实的哀乐感情,由自身的生活和遭遇而发出来的声音。从现存的作品来看,主要反映了劳动人民的苦难生活与不幸遭遇,共有四类。

第一类是反映劳动人民穷困生活,遭受压迫、迫害的作品。汉代由于统治阶级的荒淫腐化,对人民施以日益严重的剥削压迫,对外用兵,消耗大量财力物力;兴建宫苑,加重人民负担;土地兼并,加速农民的破产。汉武帝晚年以后,动荡不安的景象越来越严重。这些,在汉乐府民歌中都得到反映。如《妇病行》写一个农民家庭的悲剧。妻子连年生病,弥留之际,她放心不下自己的两三个孩子,含泪嘱咐其丈夫要好好照顾她的孤儿;但丈夫在贫寒交迫之际,却难以承担起抚养子女的责任,无奈只能去街上乞讨。诗写得极为凄怆。《孤儿行》写一孤儿,父母死后备受兄嫂的虐待,痛不欲生的故事。《平陵东》揭露了官吏贪暴,压榨良民,甚至以劫持手段残害人民的罪行。这些残酷压迫,终于激起人民的强烈反抗。《东门行》便描写了一个丈夫因为家庭生活濒临绝境而奋起反抗的情景。诗中写道:

> 出东门,不顾归;来入门,怅欲悲。盎中无斗米储,还视架上无悬衣。拔剑东门去,舍中儿母牵衣啼:"他家但愿富贵,贱妾与君共餔糜。上用仓浪天故,下当用此黄口儿。今非!""咄,行!吾去为迟!白发时下难久居。"

瓮中无米,架上无衣,忍无可忍,丈夫只好拔剑而起、铤而走险——到东门外去干"为非"的事情。胆小敦厚的妻子哀声涕泣,希望丈夫看在老天和孩子的分上,不要蛮干,宁可一家人过吃汤喝粥的清贫的生活。但丈夫已经决计前行,绝不愿再这样忍受下去了,所以义无反顾地望东门而去。这样的揭露是很深刻的。

第二类是揭露战争和徭役带给人民的灾难和痛苦。"武皇开边意未已"（杜甫诗）。自汉武帝开始,大量用兵,造成百姓大批死亡,许多家庭遭到毁坏。如《战城南》,通过对凄怆荒凉的战场的描写,揭露了战争的残酷和穷兵黩武的罪行。《十五从军征》通过一个老兵的自述,反映了战争破坏人民生活的残酷,揭露不合理的兵役制度对人民的残害。这个老兵"十五从军征,八十始得归",回到家中,亲人都已不在了,只见到一个个高高的坟墓。家园也荒芜了:"兔从狗窦入,雉从梁上飞,中庭生旅谷,井上生旅葵。"八十老兵,孤身一人,站在门外东向看,只有"泪落沾我衣"了。这首诗所写的状况,可以跟东汉的一首童谣相映衬,即桓帝初的《小麦童谣》:"小麦青青大麦枯,谁当获者妇与姑。丈夫何在西击胡。"这些都反映了战争给人民带来的痛苦。

第三类是反映男女爱情和被压迫妇女的诗篇。《江南》一诗写男女相悦的纯洁的爱情。《上邪》与《有所思》,表现了妇女对爱情的忠贞。尤其是《上邪》:"上邪!我欲与君相知,长命无绝衰。山无陵，江水为竭，冬雷震震，夏雨雪，天地合，乃敢与君绝。"女主人公表示要与自己的意中人结为终身伴侣，她不但指天为誓，而且连举五种千载不遇、极其反常的自然现象，用以表达自己对爱情的矢志不渝，可谓用语奇警、别开生面。两汉乐府诗的爱情诗中，女子对于所爱之人都是爱得真挚、热烈，可是，一旦发现对方用心不专、移情别恋，就会由爱变恨，果断地分手，绝不犹豫徘徊，如铙歌《有所思》，描写的就是一位未婚女子这种由爱到恨的变化。女主人公思念的情人远在大海南，她准备了珍贵的"双珠玳瑁簪，用玉绍缭之"，要送给对方；可一听到对方有二心，就毅然决然地毁掉这个礼物，"拉杂摧烧之"，还要"当风扬其灰"，并果断表示："从今以往，勿复相思。"可以说是爱得热烈，恨得痛切。《陌上桑》则热情歌颂了一个敢于反抗强暴的妇女形象。此外，乐府诗中还有不少反映妇女在爱情婚姻上不幸的诗，如《上山采蘼芜》《白头吟》《塘上行》等，都是反映弃妇的作品。《孔雀东南飞》更是一出催人泪下的婚姻悲剧故事。这一类题材的作品在汉乐府民歌中占大量比例。

这里特别介绍一下《孔雀东南飞》。《孔雀东南飞》最早见于陈朝时徐陵编的《玉台新咏》，题作《古诗无名人为焦仲卿妻作》，后人常取其首句，称为《孔雀东南飞》。这是一首杰出的长篇叙事诗。诗中的男女主人公焦仲卿和刘兰芝是一对恩爱夫妻。但是，焦母不喜欢刘兰芝，尽管刘兰芝贤惠、能干，仍然被遣回娘家。回到娘家，刘兄逼她改嫁，太守家又逼她成婚，而焦、刘两人的爱情随着分手后彼此的加深了解，更加炽热，最后双双自杀，以死反抗封建包办婚姻。鲁迅先生说："悲剧将人生的有价值的东西毁灭给人看。"（《再论雷峰塔的倒掉》）焦、刘爱情悲剧的实质也就是封建社会现实本身对自己所肯定的东西的毁灭。

第四类是揭露上层社会残暴和腐朽的作品。当时的一些民谣，篇幅短小，讥讽却十分尖锐。如顺帝时《京都童谣》："直如弦，死道边；曲如钩，反封侯。"说人品行事正直如弓弦，却死于非命；心地邪曲，人品圆滑低下，反而做高官。又如桓、灵时童谣："举秀才，不知书；举孝廉，父别居。寒素清白浊如泥，高第良将怯如黾（蛙的一种）。"意思是推荐出来的秀才，却没读过书，举出的孝廉（品德好的人）却与父亲相仇；标榜寒素清白的人，却无恶不作，肮脏不堪；住高门大第号为良将，却胆小畏缩如青蛙。把上层社会的营私舞弊、沽名钓誉、腐朽无能揭露得淋漓尽致。"鼓吹曲辞"中的《雉子斑》，"相和歌辞"中的《乌生》《枯鱼过河泣》，都是用动物寓言诗揭露豪强官家对无辜人民的残害。

（五）乐府民歌的艺术成就

1. "感于哀乐，缘事而发"

《汉书·艺文志》说："自孝武立乐府而采歌谣，于是有代、赵之讴，秦、楚之风。皆感于哀乐，缘事而发。""感于哀乐，缘事而发"，指的是两汉乐府民歌的作者都是有感而发，真实地反映了当时的现实生活。他们的诗歌，具有很强的针对性，而且多是发自社会最底层的声音，直接表达广大人民的爱憎。拿它与汉赋相比较，差别极大。乐府民歌题材广泛，真实而深刻地反映了广阔的社会生活，有浓厚的生活气息，是对《诗经》开创的现实主义精神的继承和发扬。

2. 两汉乐府民歌的叙事性特色

《诗经》基本上是抒情诗，其中有的作品如《氓》《谷风》《七月》《大雅·生民》等虽有某些叙事成分，但只是一些客观铺写，是带有某些叙事成分的抒情诗。汉乐府民歌中，已出现比较完整的情节，讲述一个有头有尾的故事。如《孤儿行》，通过行贾、行汲、收瓜、运瓜等诸多劳役,突出孤儿的悲苦命运。有的撷取一两个生活片段,如《东门行》,只写丈夫拔剑东门去时与妻子告别的一幕。也出现了由第三者叙述的故事作品,出现人物对话和有一定性格的人物形象,如《陌上桑》,秦罗敷反抗强暴的形象相当鲜明,而且有生动的对话,幽默而有戏剧性。《孔雀东南飞》的故事情节更是波澜起伏、扣人心弦。诗中的矛盾冲突不是单线式的,而是两条线索同时展开。一条是刘兰芝和焦母、兄长之间的矛盾冲突,由被遣归、兄长逼嫁、太守求婚、决计自杀等情节组成;另一条是刘兰芝和焦仲卿之间的爱情发展,包括卧室话别、路口分别、结下盟誓、共约同死、赴水悬树等,爱情升华到顶点,故事也就结束了。情节跌宕起伏,人物形象和性格在情节展开中越来越鲜明。刘兰芝的刚强、焦仲卿的忠厚、焦母的蛮横、刘兄的势利,都刻画得惟妙惟肖、入木三分。汉乐府民歌标志着我国叙事诗的一个新的更趋成熟的发展阶段。需要指出的是,赵敏俐通过对汉代歌诗的考察,认为"如果仔细分析全部的汉代歌诗,我们就会发现,'叙事诗'在其中所占的比例远没有抒情诗大,汉代歌诗的主体并不是'叙事'而是抒情的歌唱。""就是那些所谓的'叙事诗',其叙事的特征也不典型,它们大多数都没有完整的叙事形态,而只是采取了'片段叙事'的方式"。(参看赵敏俐《汉代乐府制度与歌诗研究》第 6 页)

3. 语言艺术

两汉乐府民歌语言朴素生动,常用烘托、侧面描写、比喻、夸张和拟人的手法,如《上邪》的一连串假设。《陌上桑》写秦罗敷形象时有这样一段:"行者见罗敷,下担捋髭须。少年见罗敷,脱帽著帩头。耕者忘其犁,锄者忘其锄。来归相怨怒,但坐观罗敷。"用的是侧面烘托的手法。

4. 形式多样

两汉乐府民歌形式不囿于四言格式,而以杂言为主,并逐渐趋向五言。汉乐府的杂言体,到唐代则发展为自由奔放的歌行体。乐府民歌中也有不少完整的五言诗,如《陌上桑》《上山采蘼芜》《十五从军征》等。

(六)乐府民歌的影响

一是"感于哀乐,缘事而发"的面向现实的精神对后世文学的影响。后代作家如曹氏父子、鲍照、李白、杜甫、白居易等,都创作了大量的乐府诗和拟乐府诗,把现实主义的诗歌创作推向一个更新的高度。

二是对五言诗发展的影响。除了杂言之外,汉乐府民歌中出现了不少完整的五言诗,如《江南》《陌上桑》《上山采蘼芜》《十五从军征》等。五言诗虽比四言诗仅仅多一个字,但它却便于把单音词和双音词组合起来,寓变化于整齐之中,又适应了当时社会语言的发展。当时双音节词语已经逐步地增加起来,而动词又多保持着单音的形式,因此双音词和单音词的搭配是一个很重要的问题,而五言诗就是适应了当时社会语言的发展而产生的一种新的形式。五言诗可以扩大诗歌的容量。五言诗的产生和兴起是由乐府民歌开其先河,然后才扩大到整个文坛。文人五言诗从东汉开始兴盛,到建安时代,出现了一个"五言腾踊"的盛况,使五言诗成为我国古代最重要的诗歌形式之一。

● 二、五言诗的起源与文人五言诗的产生

(一)五言诗的起源

中国的诗歌,在其原始阶段,是二言形式的诗歌。因为汉语语言特点,是单音词占多数,

每个诗句至少要由两个词组成才能表达一个完整的意思，因此，原始诗歌是一种二言的形式。随着社会生活的丰富和语言的发展，如双音词、联绵词的增多，二言体已不能满足需要。二言诗最自然的发展趋势，是把两句重叠成句，形成四言体。四言体是个大进步，既适应了当时语言的发展，又可以比二言体更自由地抒发感情和描写事物。四言体是《诗经》最基本的形式。后来楚辞的出现，对《诗经》的四言体，是一个很大的突破，是一次诗体的解放，冲破了四言体的格局，但其形式地方性很强，后人难以为继，虽有模仿之作，终不能成为一种固定的诗体形式。汉初文人的诗歌形式，一是沿袭四言体，一是模拟骚体，在形式上，都未能取得很大的突破与成就。而在此时的民间文学诗歌创作中，却出现了崭新的形式，这就是乐府民歌中的五言诗。

五言诗产生于民间，《诗经》里面已有一些半章或全章的五言诗，如《召南·行露》《小雅·北山》。刘勰说："召南行露，始肇半章。"但是，大量的五言体出现，是在两汉的民歌民谣中。五言一经出现和形成，很快就代替了四言诗的地位，风行于整个文坛而历久不衰。其原因如下：

钟嵘在《诗品·序》中说，四言诗"每苦文繁而意少，故世罕习焉。五言居文词之要，是众作之有滋味者也"。意即四言虽用词用句多，表达的意思却有限，令人苦恼，所以世人很少习作；而五言占据文坛创作的主要地位，是众人创作中最有感染力而耐人寻味的（有滋味），并指出五言诗"指事造形，穷情写物，最为详切"。五言诗在形象地叙事方面，在深刻透彻地写出人情、物理方面，是最为周详、细致、深切有力的。这些都说明了五言诗的优越性。实际上，四言体主要由两字一拍四字一句来构成，节奏虽鲜明，但句式短，节拍太单调，特别是使单音词和双音词的配合受到了很大的限制。它既限制了内容的容量，在节奏上也过于呆板，不能较多地表现出诗歌所需要的那种抑扬顿挫之美。而五言诗虽也由两个节拍构成，但它上一节拍是两个字，下一拍是三个字，这样既方便容纳双音词，又方便容纳单音词或三音词。它的上二下三的结构，出现了三字尾，在一句的节拍上起到了奇偶相配、有变化、不呆板、不单调的作用，读起来也朗朗上口，接近于口语。这样，民歌民谣开风气之先，展现了五言诗的优越性，引起了文人的注意，文人开始学习和模仿，五言诗被引进文坛，逐渐发展流行起来。

五言诗的产生，其社会原因是社会繁荣、社会生活日益丰富，四言诗一般已不能充分表达这样的内容了，于是新诗体必然出现，这是文学形式与内容的矛盾统一运动的必然结果。另一方面，中国与西域沟通，西域的物质进来，也带来了西方的音乐，这就难保没有新声雅乐、文艺诗歌之类的东西产生，也促进了五言诗的发展。

（二）文人五言诗的产生

文人创作的五言诗起于何时，前人看法颇不一致。有人认为枚乘、卓文君、班婕妤、李陵等人是文人五言诗的创始者，但从诗歌发展情况来看，这一说法并不可靠。托名西汉苏武、李陵赠答的几首五言古诗，多为赠答留别、怀人思归、感伤人生之作，情调凄怨，是一些艺术上相当成熟、形式相当完整的作品，与《古诗十九首》"同一风味"（《渔洋诗话》语）。现在一般认为文人五言诗最早的作品是班固的《咏史》，写汉文帝时孝女缇萦为赎免其父之刑罚而请求没身为婢的故事："三王德弥薄，唯后用肉刑。太仓令有罪，就逮长安城。……百男何愦愦，不如一缇萦。"全诗共十六句。钟嵘评此诗为"质木无文"，即写得枯燥，没有文采，只简单叙事，没有形象性。这是雏形时的质朴幼稚，在所难免，但已是典型的五言诗了。以后这种新体诗便逐渐多起来，如张衡的《同声歌》、秦嘉的《赠妇诗》、赵壹的《疾邪诗》（见《刺世疾邪赋》后附诗），比较出色的有辛延年的《羽林郎》和宋子侯的《董娇娆》。《羽林郎》写一个酒家女子不畏强暴，勇敢拒绝霍家豪奴冯子都的调戏，在描写手法等方面可以看出明显的模仿乐府民歌《陌上桑》的痕迹。

● 三、《古诗十九首》

　　文人创作的五言诗，还有一些无名氏的作品，这就是收在《文选》中的《古诗十九首》。《古诗十九首》最早著录于梁昭明太子萧统所编的《文选》，因作者失其姓名，萧统题为"古诗"。有人认为作者是西汉枚乘。李善认为非枚乘所作，在注中说："或云枚乘，疑不能明也。诗云'驱马上东门'，又云'游戏宛与洛'，此则辞兼东都，非尽是乘明矣。"十九首诗产生的时间，马茂元的《古诗十九首初探》认为是在建安以前东汉末期的作品，从诗的内容上看，作者多是一些中小地主阶级的文人。文学史上多赞同此说。

　　过去有的论者认为"十九首"的思想内容比较复杂，批评"十九首"是感伤主义没落情调集中表现的文学作品。实际上，《古诗十九首》是时代的真实生活的反映。东汉末期，社会极端混乱，政治极端黑暗，给广大人民以及一切被压抑阶层的现实生活带来的愁苦和骚动、愤怒与感伤，常通过一些在政治上受到排斥、在经济上陷入困顿的知识分子们反映在文学作品里，因此作者常面对生活现实，抒发他们对现实的感受。当时一些中小地主文人，为了寻求出路，不得不远离家乡，外出游宦或游学，生活颠沛流离，这就是所谓游子。但是政治上的腐化和堕落已达到顶点，一般士人难以找到出路。因此，生活上的牢骚和不平，时代的哀愁与苦闷，都发泄在他们的诗作中。尽管它表现的内容比较复杂，但篇篇都是咏叹人生的抒情之作。这就是我们读《古诗十九首》所应掌握的时代背景与作者的生活遭遇。就其内容的表现方式来说，其中游子之歌与思妇之叹，构成了《古诗十九首》的主要内容。

　　李泽厚先生认为，从东汉末年到魏晋，在意识形态领域内的新思潮，反映在文艺美学上的基本特征，就是人的觉醒。而《古诗十九首》以及风格与之极为接近的苏李诗，从形式到内容，都开一代先声。它们常在对日常时世、人事、节候、名利、享乐等的咏叹中，直抒胸臆，深发感喟。其中突出的是一种生命短促、人生无常的悲哀，如"生年不满百，常怀千岁忧"（《生年不满百》），"人生寄一世，奄忽若飙尘"（《今日良宴会》），"人生非金石，岂能长寿考"（《回车驾言迈》），"人生忽如寄，寿无金石固"（《驱车上东门》），"出郭门直视，但见丘与坟"（《去者日以疏》）。这种生命短促、人生坎坷、欢乐少有、悲伤长多的感喟，沉郁悲凉，成为当时时代的典型音调，而且一直影响到魏晋时期。这种表面看来似乎是颓废、悲观、消极的感叹背后，深藏着的是对人生、生命、命运、生活的强烈的欲求和留恋，是对当时黑暗统治、使人窒息的政治空气的压抑和禁锢的反抗，是对外在权威的怀疑和否定。以前所宣传的那套伦理道德、鬼神迷信、长生不老、谶纬宿命，都是假的，只有人必然要死才是真的，只有短促的人生中总是充满着那么多的生离死别、哀伤不幸才是真的。既然如此，就要抓紧生活、尽情享受。因此，表面上看来似乎是无耻地在贪图享乐、腐败、堕落，其实，这正是在当时特定历史条件下表现了他们对人生、生活的极力追求。在整个社会日渐动荡、战祸不已、死亡枕藉的现实之中，如何有意义地自觉地充分把握住这短促而多苦难的人生，使之更为丰富满足，成为人们的一种追求。这实际上标志着一种人的觉醒。所以"十九首"公开宣扬"人生行乐"的内容，不可随意等同于后世的腐朽之作，它在人生感叹中抒发着、蕴藏着一种向上的、激励人心的意绪情感。正如曹操等人所表现的对人生的感叹（如"对酒当歌,人生几何"）,也包含着"烈士暮年,壮心不已"的强烈追求的慷慨之气。

我们且来看几首作品。先看《今日良宴会》：

> 今日良宴会,欢乐难具陈。弹筝奋逸响,新声妙入神。令德唱高言,识曲听其真。齐心同所愿,含意俱未伸。人生寄一世,奄忽若飙尘。何不策高足,先据要路津?无为守贫贱,轗轲长苦辛。

这是一首愤世嫉俗、感慨自讽的诗。诗的前后两部分是鲜明的对比。前面写宴会,是写富贵,后面写贫贱苦辛。前面是虚写,后面是实写。从一虚一实的对比中把问题归结到最后一句：为什么富贵只能成为不可实现的愿望?贫贱的苦辛为何是如此长久?所以诗中表现的情感,正反映了东汉末年出身中下层社会的一般知识分子的共同遭遇。东汉末年,外戚和宦官交相干政,政治黑暗,一般中下层知识分子穷愁潦倒,很难找到出路。因此,这些人内心的痛苦,便通过诗表现出来。诗中感叹人生如寄,世态炎凉,同时表达对社会的强烈不满。赵壹《刺世疾邪赋》后的诗"河清不可俟,人命不可延。顺风激靡草,富贵者称贤。文籍虽满腹,不如一囊钱"与"人生寄一世"六句所发出的不平,在精神实质上是一致的。只是一个从正面揭露,一个重在抒写主观感受罢了。因此钟嵘《诗品》说这一类诗"惊心动魄,可谓几乎一字千金",的确如此。

这首诗中"人生寄一世"六句,从表面上看,似乎是诗人感慨于人生的短暂与空虚,急于谋求功名富贵,好像很庸俗——在《古诗十九首》的其他诗里,也有许多由此而产生的及时行乐、悲观厌世等伤感情调。但应该看到,这只是表面现象。从诗人的主观思想来说,它是对不合理的黑暗现实所表达的激切的不平与强烈的讽刺。就诗的客观意义来说,它是处在封建社会里任何一个时代的失意人们在经济生活和政治生活中所能感受到的最切身的苦痛,也是他们想说而又不敢把它正面表现出来的心情,而这些诗往往通过抒情的手法,表现得痛快淋漓,毫无掩饰,产生了巨大的震动力和深切的真实感。因此不要因诗中感伤情调的流露而否定诗歌的现实意义。

再来看另一首诗《行行重行行》：

> 行行重行行,与君生别离。相去万余里,各在天一涯。道路阻且长,会面安可知?胡马依北风,越鸟巢南枝。相去日已远,衣带日已缓。浮云蔽白日,游子不顾反。思君令人老,岁月忽已晚。弃捐勿复道,努力加餐饭。

这首诗,有的人认为表现的是女子思念远行异乡的情人,是思妇之词。实际上这也是文人所作,出于游子的虚拟。游子借此以表达自己的思乡之情与羁旅愁怀。

作为一首思妇之词,这首诗写思妇对丈夫久别不归的思念和怨情。诗的前六句写丈夫在外面行行不已,越离越远,相隔遥远,会面无期。这六句写离别,但在别离的后面,却有一个隐隐约约的动乱时代的影子。生离死别的悲惨,在动乱不宁的社会里,是一种带有特征性的普遍生活现象。接下来六句写自己的相思之苦,并写出自己的猜疑,不但具体刻画出缠绵悱恻的相思之情,而且表现出在这种痛苦之中细腻的心理活动与心理变化。结尾哀叹年华易逝,并转而勉强安慰自己。全诗措辞明白浅显,但内涵却异常丰富而深厚,委婉曲折而淋漓尽致地表达了一个思妇的心曲。

写游子思妇的,还有《青青河畔草》《去者日以疏》《凛凛岁云暮》《孟冬寒气至》《客从远方来》等。此外还有一首《迢迢牵牛星》,写织女隔着银河遥望牵牛苦苦思念的心情：

迢迢牵牛星,皎皎河汉女。

纤纤擢素手,札札弄机杼。

终日不成章,泣涕零如雨。

河汉清且浅,相去复几许。

盈盈一水间,脉脉不得语。

作者借牛郎织女的故事,抒发民间男女相互爱慕的真挚感情,以及对现实中爱情婚姻不合理的愤懑。《迢迢牵牛星》也是一首非常美的诗。牛郎织女的故事在先秦时代已见传说,《诗经·小雅·大东》就有"跂彼织女""睆彼牵牛"的诗句,班固《西都赋》也有"左牵牛而右织女"的句子。可见牛郎织女的故事早为人们所熟悉。后来宋代的词人秦观写的《鹊桥仙》也化用了牛郎织女的故事。

《古诗十九首》是古代抒情诗的典范。它的艺术特色是:

(1)长于抒情。它善于运用优美而单纯的语言,通过回环复沓、反复咏叹等表现手法来制造气氛,所谓"从容涵泳,自然生其气象"。如前面所举的《行行重行行》,从开头就体现了这一特色。其中一些复沓的句子,如"行行重行行""相去万余里""道路阻且长""相去日已远"等,通过反复抒发一个相近似的意思来逐层加深其所表现的情感,起到一唱三叹之功效。而且善于用融情入景、寓情于景的手法构成浑然圆融的艺术境界。如《迢迢牵牛星》抒写男女离别之情,通篇写景,而情在其中,诗中"终日不成章,泣涕零如雨"和"盈盈一水间,脉脉不得语"几句,把织女的形象和景物结合起来,虽只觉得好像是泛泛写景,而织女的愁思却不知不觉地点了出来。

(2)善用客观习见的事物,用比兴的手法,来表现深刻而曲折的主观心情。如《行行重行行》中"胡马""越鸟""白日""浮云""衣带日已缓"等,这些事物的运用,增强了作品的形象性,把深厚的感情,用精当的比喻和形象来表达,具体而深刻。

(3)语言简括而自然,明白晓畅,不刻意求工求深,而意蕴自然丰厚,韵味各有特色,可以看出民歌的传统影响。《古诗十九首》中的诗,不作艰深之语,无冷僻之词,而是用最明白晓畅的语言道出真情至理。像"胡马依北风,越鸟巢南枝"(《行行重行行》)、"不惜歌者苦,但伤知音稀"(《西北有高楼》)、"人生非金石,岂能长寿考"(《回车驾言迈》)、"客行虽云乐,不如早旋归"(《明月何皎皎》)等,都是平淡无奇之语,却内涵深刻。还有许多叠字的巧妙连用,双关语的自然融入,都可以说明《古诗十九首》的语言达到了炉火纯青的程度。

还有一点要提及的是,《古诗十九首》是文人创作,是抒情诗,但又是文人学习乐府民歌的产物。如何看待这二者的继承性?乐府民歌的特点是叙事性。乐府民歌是"感于哀乐,缘事而发",事是客观现象,"哀乐"是主观感受,是情感,二者本不可分割。由于文化素养的不同,民间创作只是把社会生活经历、事件叙述出来,便成了叙事诗。文人虽向乐府民歌学习,但并不止步于简单地记录生活事件与经历,而是重在抒发自己心中的感受,把生活中的愁苦骚动、人世间的悲欢离合、际遇中的忧思悲愤,经过个人情感过滤的升华,贯注在诗歌之中,因此产生了抒情佳作。当然,文人创作也吸收了乐府民歌的某些抒情技巧,保持了民歌朴素自然、平易流畅的特色。文人创作,把语言锤炼得更为精粹。融事于情,概括凝结为人生的咏叹,于是出现了"惊心动魄,一字千金"的抒情短诗。

《古诗十九首》的出现,标志着五言诗在发展中达到成熟的阶段,它对于建安时期五言诗的兴盛,起了很重要的作用。刘勰甚至认为它堪称"五言之冠冕",可见其地位之高。

拓展阅读作品篇目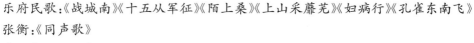

乐府民歌:《战城南》《十五从军征》《陌上桑》《上山采蘼芜》《妇病行》《孔雀东南飞》

张衡:《同声歌》

辛延年:《羽林郎》

《古诗十九首》:《涉江采芙蓉》《青青河畔草》《孟冬寒气至》《明月何皎皎》

思考练习题

1. 汉乐府民歌的叙事性特征表现在哪里?

2. 试分析《孔雀东南飞》中刘兰芝、焦仲卿等人物形象。

3. 举例论述《古诗十九首》的抒情特征及其对后代诗歌的影响。

4. 从《诗经·小雅·大东》到《迢迢牵牛星》,牛郎织女传说在诗歌中有什么变化?

第三章　魏晋南北朝文学

　　魏晋南北朝文学,通常指的是汉献帝建安年间(建安元年为公元196年)到隋文帝开皇九年(589)一段时期的文学,中间经历建安时期,魏(三国)、西晋、东晋、南北朝等几个历史时期。

　　东汉末年,爆发了张角兄弟领导的黄巾起义。黄巾起义瓦解了东汉政权。在镇压黄巾起义的过程中,出现了不少割据一方的军事集团,黄河中下游的袁绍和曹操成为北方两个强大的军事集团。公元196年,在军阀混战中逐渐强大起来的曹操,带兵把汉献帝劫持到许昌,"挟天子以令诸侯",取得政治上的优势。公元200年,曹操在与袁绍的官渡一战中,取得大胜,曹操因此获得河北并以此作为根据地,奠定了统一北方的基础。公元208年的赤壁之战后,三国鼎立的局面基本形成。公元220年,曹丕废掉汉献帝自称皇帝,国号魏,定都洛阳。第二年,刘备在成都称帝,建立蜀汉。公元222年,孙权封吴王,建元黄武,后来在公元229年即帝位。这就是三国鼎立时期。

　　随着北方社会经济的恢复发展,魏国的力量日益强大,公元263年,魏灭了蜀国。但是,魏国政权从齐王芳(正始年代开始)始,被司马氏掌握,公元265年,司马懿之孙司马炎逼魏主禅位,夺取曹魏政权,自称皇帝(即晋武帝),建立晋朝,历史上叫作西晋。公元280年,西晋灭吴,中国又得到暂时的统一。但是,西晋政权对人民残酷压迫剥削,又对内迁的各少数民族也实行残酷压迫,农民起义频繁爆发。公元311年,匈奴贵族刘曜等攻陷洛阳,掳走晋怀帝。晋人立司马邺为皇帝(愍帝),在长安即位。公元316年刘曜再次攻陷长安,掳走愍帝,西晋灭亡。

　　公元317年三月,逃亡到江南的贵族官僚和大地主,同江南的大地主一起,拥戴晋朝皇族司马睿(琅琊王)在建康重建晋廷,为晋元帝,史称东晋。此时南方是东晋政权。北方黄河流域各族统治者互相混战,先后出现了15个主要国家,连同西南地区的成国,总称为十六国。4世纪下半叶,氏族贵族建立的前秦逐渐强大,统一了黄河流域。公元382年,前秦王苻坚召群臣商议进攻东晋。公元383年,秦晋在淝水决战,秦军大败,一路上听到风声鹤唳,以为晋兵,大败逃亡。这样,淝水之战后,出现了南北对峙的局面。

　　公元420年,东晋大将刘裕废掉东晋皇帝(晋恭帝),自己做了皇帝,是为宋武帝。此后一百六十多年里,南方经历了宋、齐、梁、陈四个朝代,历史上总称为南朝。淝水之战后,前秦削弱,北方鲜卑族拓跋部则强盛起来,拓跋首领建立北魏。公元 439 年,北魏统一了黄河流域。后来,北魏又分裂为东魏和西魏,后又分别为北齐与北周所取代。公元 581 年,北周的外戚杨坚夺取政权,建立隋朝。从三国时的东吴开始,共有东吴,东晋,南朝的宋、齐、梁、陈六个朝代建都在建康(今南京),故史称"六朝"。

这一时期,从阶级关系来看,豪门世族大地主是这个时期的统治阶级,他们以血缘关系结成的一些望族、大姓,世世代代把持着政权,成为统治阶级的上层当权派。像曹操,本属于中小地主阶级,但由于曹魏政权的建立,也上升为世族大地主。东晋和南朝有王家、谢家,北朝有崔、卢、郑、王四姓,都是豪门世族大地主,累世公卿,把持政权。这些人占有大量的土地,占有大量农民,形成自给自足的庄园经济。在地主阶级中,除豪门世族之外,还有一部分寒门庶族的中小地主,其门第比较低。当时的社会是个门阀制度的社会,所谓"上品无寒门,下品无世族"。在这样的门阀制度下,中下层地主阶级在仕途上的发展就受到了限制,不能做高官、得厚禄,因此对门阀制度产生不满,寒门和世族之间存在着激烈的斗争。这种斗争,直接影响着这一时期文学的发展。

这一时期,又是个思想活跃时期。经过黄巾起义,儒学的地位动摇了。这时,名家、法家、道家等各家的思想都得到发展,思想界呈现出一片活跃景象。曹操提倡法治,用人唯才,这对打破汉代以来思想界保守沉闷的气氛起了一定的作用。在没有过多的统治束缚、没有皇家钦定的标准下,当时文化思想领域比较自由开放,议论争辩的风气相当盛行。于是,一种真正思辨的、理性的"纯"哲学产生了,在这种思想的影响下,一种真正抒情的、感性的"纯"文艺也产生了。

魏晋时期,由于儒学经术的衰弱,随着世族大地主统治的加强,玄学占据了统治地位。谈玄析理,放荡不羁,形成了有名的"正始之音"。东晋、南北朝时期,由于社会动乱,战争频繁,佛教得以广泛流传,佛经也被大量翻译过来。齐、梁及北魏时期,佛教大盛,对这一时期的文学也产生很大影响。

魏晋南北朝主要的文学形式是诗歌。此外,赋、散文、骈文、小说等体裁,都各有所发展,文学批评也出现了一个繁荣时期。这些构成了魏晋南北朝文学的内容。

第一节　建安文学与正始文学

● 一、建安文学

建安(196—220)是东汉献帝的年号。这个时期,政权实际上掌握在曹操手中,汉朝已名存实亡。因此,无论是从历史政治状况还是从作家创作状况来说,都可以看作魏晋南北朝时期的开端,所以一般的文学史论著都把它列入魏晋南北朝文学阶段。

建安时期是中国中古文学史上一个光辉灿烂的时期。东汉末年,随着黄巾大起义而来的是董卓之乱和以后的军阀大混战。经过这样长期的战乱,中原社会残破不堪,人民的死亡和生产的破坏都到了非常严重的地步：正如曹操诗中所说的，"千里无鸡鸣，生民百遗一"（《蒿里行》）。这种现实生活的惨景和生活于其中的惨痛经历，为当时的诗人提供了极为真实生动的创作题材，激起诗人不能自已的创作情绪，开创了一个创作的繁盛时期。纵观建安文学的总体情况，建安文学反映了建安时期那个动荡不安的社会现实和广大人民不满国家残破、热烈追求统一的理想和愿望，它真实地反映了动荡社会的惨景，发出了怜悯人民苦难的呼声，并为建立统一局面，实现自己的建功立业的理想而引吭高歌，形成了刚健有力的"建安风骨"。《文心雕龙·时序篇》说："观其时文，雅好慷慨，良由世积乱离，风衰俗怨，并志深而笔长，故梗概而多气也。"这就是对"建安风骨"的概括。具体地说，就是反映社会动乱和民生疾苦，追求"建功立业"的内容，歌唱自己的政治理想和积极进取精神，形成一种悲凉慷慨、刚健有力的风格，使内容和形式有谐美的统一性，这就是所谓"建安风骨"或"汉魏风骨"。

建安作家主要有"三曹""建安七子"、蔡琰等人。

（一）"三曹"

1. 曹操

曹操（155—220），字孟德，小名阿瞒。沛国谯（今安徽亳州）人。生前官至汉丞相，封魏王。曹丕称帝后，追尊为魏武帝。曹操是一个具有宏才大略的政治家和军事家，在汉献帝迁都许昌之后，他"挟天子以令诸侯"，成为北方的实际统治者。在当时的纷乱社会中，曹操有着过人的政治识见。他在《让县自明本志令》中说："设使国家无有孤，不知当几人称帝，几人称王。"他用自己不做皇帝来反对其他竞争者做皇帝，这是一个非常聪明的办法，其目的是维护国家的安定和统一。

鲁迅先生指出，汉末魏初的文章特色是"清峻""通脱"。曹操的散文、诗歌都具有这样的特色。所谓"清峻"，就是文章简约严明的意思；"通脱"，即随便之意，亦即想说什么便说什么，文章不受传统思想和形式体制的制约，下笔无所顾忌。曹操一生行事，重实际，讲效用，尚通脱，慕豁达，不追求浮华，不讲究形式。他选用人才，唯才是举，不拘一格，只要有真正的才干，"盗嫂受金"者也可用之。曹操死时，其遗令也不依当时人的格式，言身后当葬于何处，而是自成一格，内容中甚至有遗下的衣服和伎人怎样处置等问题。如《遗令》中说："天下尚未安定，未得遵古也。……敛以时服，……无藏金玉珍宝。吾婢妾与伎人皆勤苦，使著铜雀台，善待之。"可见他的与众不同。

正因为曹操重实际、尚通脱、求朴实，他的诗歌也富有创新精神。他自觉地向汉乐府民歌学习，运用乐府古题来写时事，写新时代的内容。如《蒿里行》《薤露行》，这两首乐府古题原来都是挽歌，是旧时出殡时挽灵柩人所唱的，曹操却用《薤露行》这个古题写时事，对东汉末何进的误国、董卓的殃民作了真实的描写："唯汉二十世，所任诚不良。沐猴而冠带，知小而谋强。犹豫不敢断，因狩执君王。……贼臣持国柄，杀主灭宇京。"《蒿里行》则揭露了初平元年袁绍等人兴兵讨伐董卓、内部混战，由军阀混战而造成的社会残破的惨状："军合力不齐，踌躇而雁行。势利使人争，嗣还自相戕。……铠甲生虮虱，万姓以死亡。白骨露于野，千里无鸡鸣。生民百遗一，念之断人肠。"这些诗歌，由于真实地反映了汉末动乱的现实，被后人称为"汉末实录"（钟惺《古诗归》卷七）。

再来看看曹操乐府诗歌中的名篇《短歌行》（其一）：

对酒当歌，人生几何？譬如朝露，去日苦多。慨当以慷，忧思难忘。何以解忧，唯有杜康。青青子衿，悠悠我心。但为君故，沉吟至今。呦呦鹿鸣，食野之苹。我有嘉宾，鼓瑟吹笙。明明如月，何时可掇？忧从中来，不可断绝。越陌度阡，枉用相存。契阔谈宴，心念旧恩。月明星稀，乌鹊南飞。绕树三匝，何枝可依？山不厌高，海不厌深。周公吐哺，天下归心。

《短歌行》是汉乐府曲调名。此诗的主题是表达作者思贤若渴的心情和对人才的尊重。作者先从眼前的酒宴和歌舞场面说开去，慨叹人生的短促和年华的易逝。表面看，似乎是在宣扬"人生当及时行乐"，实际上正相反，全诗洋溢着高昂的情绪，蕴藏着及时努力的思想。它通过微吟低唱的形式，倾吐慷慨激烈的心曲。魏源说："对酒当歌，有风云之气。"陈沆说："此诗即汉高祖《大风歌》思猛士之旨也。"(《诗比兴笺》)两人所说很是中肯。对着美酒，对着歌舞，作者却不去写觥筹交错和轻歌曼舞的宴会场面，而是转入对时间的思考，由对酒当歌转为惜往日，既给人以放浪恣肆之感，又给人展示出一个紧逼迫促的境界，引导读者从现实生活中去探索人生哲理，从朴素的形式中去寻求深长的意绪。所谓"志深而笔长，梗概而多气"的特点，就蕴含在开篇中。接着，作者引用《诗经》中的成句，以女子热烈期待所喜欢男子的到来比喻自己对贤才的日夜思慕，和既得贤才之后的竭诚欢迎与深挚的情意。"明明如月"两句，是作者的奇想，是作者以比兴的手法暗寓贤才何时可得、理想何时实现的愿望，内涵是十分丰富的。求贤不得，未免"忧从中来"；而贤才远道来归，又喜不自胜。一喜一忧，完满地表达了作者思贤若渴的主题。最后，作者融情入景，以"月明星稀，乌鹊南飞"之景，想象贤才来归，并以周公吐哺的典故表示自己的赤诚。全诗立意深远，风格别致。

曹操组诗《步出夏门行》中的《观沧海》与《龟虽寿》，也是历代传诵的名篇。先看《观沧海》：

东临碣石，以观沧海。水何澹澹，山岛竦峙。树木丛生，百草丰茂。秋风萧瑟，洪波涌起。日月之行，若出其中。星汉灿烂，若出其里。幸甚至哉，歌以咏志。

此诗通过对沧海的描绘和歌咏，表现出壮阔的胸怀。作者站在山上，俯瞰大海的全景，他从大处落墨，着力渲染大海苍茫浑然的气势。特别是诗的末尾，作者以丰富的想象把读者带进一个十分宏伟的境界："日月之行，若出其中。星汉灿烂，若出其里。"这几句是想象的境界，十六个字写出了沧海之大，写出了一幅吞吐日月、含孕群星的气派。作者描绘沧海的形象，单纯而又饱满，丰富而不琐细，好像一幅粗线条的图画。尤其可贵的是，这首诗不仅反映了沧海的形象，同时也写出了它的那种孕大含深、动荡不安的特性，体现了作者自己的胸怀。曹操是在北征乌桓途中登碣石山，乌桓是当时东北的大患。其时，袁绍的儿子袁尚和袁熙又勾结乌桓，屡次骚扰边境，以致曹操不得不在建安十二年(207)北征乌桓，并于这年八月，取得决定性胜利。这次胜利巩固了曹操的后方，第二年他便挥戈南下，力图实现统一中国的愿望。大战之前，作为主帅的曹操，登上了当年秦皇汉武也曾登过的碣石山，又当秋风萧瑟之际，作者借大海的形象，把自己昂扬奋发的精神融会到诗里，使这首诗具有一种雄浑苍劲的风格。

再看《龟虽寿》：

神龟虽寿，犹有竟时。腾蛇乘雾，终为土灰。老骥伏枥，志在千里。烈士暮年，壮心不已。盈缩之期，不但在天。养怡之福，可得永年。幸甚至哉，歌以咏志！

这一首，开头连用三个比喻，头两句用"神龟"作比，第三、四句用"腾蛇"作比，这四句都是反面比喻。第五、六句是正面作喻，到第七句才揭出主题，是中心思想之所在。最后四句作进一步的发挥，说明一个人寿命长短的期限，不完全是由上天决定的，精神乐观，也可以延年益寿。《龟虽寿》抒发的情感就是一个人不必为寿命担忧，也不应因暮年而消沉，有了凌云壮志,虽到老年也不显老,表现了一种昂扬奋发的精神。

曹操诗的显著特点是用质朴的语言表达他的胸怀,用旧的形式写新的内容。由于他的开创,建安诗人多运用乐府古题写时事。在艺术形式上,曹操写了许多四言体诗。四言体从《诗经》之后逐渐衰落,而曹操却写出了许多四言名篇。正是由于他给旧形式以新内容,在诗中充满了慷慨激昂的调子,形成了豪放的风格、积极奋发的乐观精神。钟嵘《诗品》评论曹操诗说:"曹公古直,颇有悲凉之句。"宋代敖陶孙《诗评》说:"魏武帝如幽燕老将,气韵沉雄。"

2. 曹丕

曹丕(187—226),字子桓,曹操次子,长子曹昂早死,曹操立曹丕为太子。汉献帝延康元年(220)正月曹操病死,十月曹丕代汉自立,是为魏文帝,做了七年皇帝。曹丕有颇深广的文学修养,他爱好文学,对当时的文学之士能重爱和友好之,团结了一大批文人。实际上曹操父子都是如此。曹操攻占邺城之后,邺城成为曹氏"霸府",许多文人都集中于此。曹操父子对这些文人不是倡优蓄之,而是在政治上相信他们,发挥其特长加以重用,所以"建安七子"中的一些人,都乐为曹氏效力。"七子"中的徐干、陈琳、应玚、刘桢等死后,曹丕把他们的遗文编成集子。据说王粲死后,曹丕曾率众文士祭王粲墓,他对大家说,王粲身前就喜欢听驴叫,我们就学驴叫而祭其亡灵吧。于是王粲墓前响起一片驴叫声。可见其与文士的关系。

曹丕的文学成就,主要还是诗歌。他的诗歌形式多样化,有四言、五言、六言、七言。他的诗歌的内容题材比较狭隘,最多的是以歌咏男女爱情和离愁别绪为主题。其留传下来的《燕歌行》是我国现存第一首成熟完整的七言诗:

> 秋风萧瑟天气凉,草木摇落露为霜,群燕辞归鹄南翔。念君客游多思肠,慊慊思归恋故乡,君何淹留寄他方?贱妾茕茕守空房,忧来思君不敢忘,不觉泪下沾衣裳。援琴鸣弦发清商,短歌微吟不能长。明月皎皎照我床,星汉西流夜未央。牵牛织女遥相望,尔独何辜限河梁?

此诗描写一个女子在凉秋月夜,遥望一河相隔的牵牛织女,怀念远出不归的丈夫,感情委婉真挚,语言秀丽简洁,而且使用了汉乐府民歌中常见的语词及意象如"秋风""草木""霜露""燕归""琴声"等,营造出一片浓郁的清凄悲凉气氛,在写法上把抒情与写景交融在一起,是一首有很高艺术成就的诗篇。

鲁迅说:"曹丕的一个时代可说是文学的自觉时代,或如近代所说,是为艺术而艺术的一派。"曹丕在他的《典论·论文》里谈道,文章乃"经国之大业,不朽之盛事"。他认为"年寿有时而尽,荣乐止乎其身,二者必至之常期,未若文章之无穷"。显赫一时的帝王可以湮没无闻,而华丽优美的词章却并不依赖什么而被人们长久传闻。这样,他就把文学提到与事功并立的地位,并鼓励作家去努力从事文学活动。文章的不朽也就是人的不朽,所以曹丕又提倡和讲求文章的华美。曹丕的文学主张,对于文学自觉时代的出现,对于魏晋及以后的文学发展,产生了推动作用。

3. 曹植

曹植(192—232),字子建,曹操第四子(或谓第三子),生前曾封陈王,死后谥"思",后人称为陈思王。曹植是建安时代最杰出、最有代表性、对后代影响最大的一位作家。

以公元220年曹操死、曹丕称帝为界,曹植的生活和创作可分为前后两个时期。曹植说自己是"生乎乱、长乎军",幼年是在汉末军阀混战中度过的,长大后多次跟随曹操出征。曹植前期主要生活在邺城(今河北临漳西南),在时代的熏陶和曹操的影响下,自幼受到很好的文学教养。幼年时大概是一位"神童",故"年十岁余,诵读诗论及辞赋数十万言",十九岁便能作《铜雀台赋》,才思敏捷。曹植年轻时抱有建功立业的雄心,用他自己的话说是"勠力上国,流惠下民,建永世之业,流金石之功"(《与杨德祖书》)。曹操也几次打算立其为太子,但终因曹植自己"任性而行,不自雕励,饮酒不节",失去宠爱和信任。据说有一次曹操离邺城外出,曹植在一个随从怂恿下,违反制度,私开王宫的大门——司马门,乘车到只允许王公本人行走的"驰道"上跑了一趟,引得曹操大怒,杀了他的随从,并为此一而再发布命令,曰:"始者谓子建,儿中最可定大事。……自临淄侯植私出,开司马门至金门,令吾异目视此儿矣。"又"(建安)二十四年,曹仁为关羽所围,太祖以植为南中郎将,行征虏将军,欲遣救仁,呼有所敕戒。植醉不能受命,于是悔而罢之。"(《魏氏春秋》谓此乃太子曹丕逼饮而醉之。)另一方面,因曹丕是长子,又善弄权术,善走内廷路线,最终使曹植争嗣失败。

曹植诗歌前期主要内容是歌唱他的理想和抱负。他在《薤露行》里说,"人居一世间,忽若风吹尘",人生虽然短促,但是他希望"愿得展功勤,输力于明君。怀此王佐才,慷慨独不群",即积极进取,努力建功立业。由于前期生活境遇比较顺适,他所写的这类诗歌基调是开朗、豪迈的,充满着昂扬的精神。如《白马篇》:

　　　白马饰金羁,连翩西北驰。借问谁家子,幽并游侠儿。少小去乡邑,扬声沙漠垂。宿昔秉良弓,楛矢何参差。控弦破左的,右发摧月支。仰手接飞猱,俯身散马蹄。狡捷过猴猿,勇剽若豹螭。边城多警急,虏骑数迁移。羽檄从北来,厉马登高堤。长驱蹈匈奴,左顾凌鲜卑。弃身锋刃端,性命安可怀?父母且不顾,何言子与妻!名编壮士籍,不得中顾私。捐躯赴国难,视死忽如归。

诗中的"幽并游侠儿",是曹植理想中的英雄,这位英雄武艺精湛,气势不凡,箭术尤其高超;每当边塞军情紧急、匈奴入侵时,他总是策马登上高堤,直捣敌人军营;更重要的是他具有高尚的品德,为了国家,投身在锋利的刀丛中,根本就不把自己的性命放在心上,更不用说妻子儿女了。他要建功立业,要奔赴国难,这就是曹植理想中的英雄,也是他的自许。整首诗表现出一种慷慨激昂的热情。

在曹植前期的诗歌里,也有一些反映了当时的社会现实情景,如《送应氏》:"洛阳何寂寞,宫室尽烧焚……中野何萧条,千里无人烟。"《泰山梁父行》:"剧哉边海民,寄身于草野。妻子像禽兽,行止依林阻。柴门何萧条,狐兔翔我宇。"说明即使在前期比较顺适的处境下,曹植也仍然关心着社会现实。

曹植后期的生活发生很大变化。曹丕即位之后,以及后来的魏明帝曹叡,对曹植倍加猜疑和迫害。曹丕一上台,便杀了支持曹植的丁仪、丁廙兄弟,让曹植及诸王回封地。此后曹植的封地又多次迁徙,"号则六易,居实三迁"(《迁都赋序》),所以曹植过着名为王侯,实为囚徒的生活。因此后期生活一直"抑郁不得志",最终在愤懑与苦闷中死去,死时才41岁。在后期生活中,追求理想和生活现实之间存在着极大的矛盾,因此他的诗歌中充满了因这矛盾所激起的悲愤。作者以充满激愤的情调,不加掩饰地倾吐了内心郁积的曲折复杂的情感。如《杂诗》其五:"愿欲一轻济,惜哉无方舟。闲居非吾志,甘心赴国忧。"《美女篇》写思妇怀恋游子的哀怨,写美女盛年不得出嫁,写女子在封建社会被遗弃的遭遇,实是作者自己壮志难酬,在政治上被遗弃的哀怨心情的曲折吐露。《吁嗟篇》用蓬草表现自己漂泊不定的生活和痛苦心情。《野田黄雀行》借一侠义少年斩断罗网拯救一只黄雀的故事,表现自己对朋友遇害而无法解救的悲愤。这些诗,都可以看出曹植后期的心情和诗歌风格。

曹植后期诗作中，还有一首很重要的诗歌，就是《赠白马王彪》。诗中写曹植和白马王曹彪在归国途中被迫分手的悲愤心情。诗前有序，序云："黄初四年，白马王、任城王与余俱朝京师，会节气。到洛阳，任城王薨。至七月，与白马王还国。后有司以二王归藩，道路宜异宿止，意毒恨之。盖以大别在数日，是用自剖，与王辞焉。愤而成篇。"从序言中可以了解作诗时的背景和作者的心情。据《三国志·任城王传》，曹彰"少善射御，臂力过人，手格猛兽，不避险阻。数从征伐。志意慷慨"。史载曹操临终时，曾驿召曹彰，彰自长安驰洛阳，未至操已崩。后彰谓植曰："先王召我者，欲立汝也。"（《魏志·任城王传》裴注引《魏略》）说明曹彰与曹植的关系非同一般。据《世说新语·尤悔篇》说，曹丕忌惮曹彰骁勇，暗中将毒放在枣里，让曹彰吃后丧命。因此，在《赠白马王彪》诗中，曹植以极其复杂的心情，对曹丕的迫害提出抗议。全诗共七章：

谒帝承明庐，逝将归旧疆。清晨发皇邑，日夕过首阳。伊洛广且深，欲济川无梁。泛舟越洪涛，怨彼东路长。顾瞻恋城阙，引领情内伤。

太谷何寥廓，山树郁苍苍。霖雨泥我途，流潦浩纵横。中逵绝无轨，改辙登高冈。修坂造云日，我马玄以黄。

玄黄犹能进，我思郁以纡。郁纡将难进，亲爱在离居。本图相与偕，中更不克俱。鸱枭鸣衡扼，豺狼当路衢。苍蝇间白黑，谗巧令亲疏。欲还绝无蹊，揽辔止踟蹰。

踟蹰亦何留？相思无终极。秋风发微凉，寒蝉鸣我侧。原野何萧条，白日忽西匿。归鸟赴乔林，翩翩厉羽翼。孤兽走索群，衔草不遑食。感物伤我怀，抚心常太息。

太息将何为？天命与我违。奈何念同生，一往形不归。孤魂翔故域，灵柩寄京师。存者忽复过，亡殁身自衰。人生处一世，去若朝露晞。年在桑榆间，影响不能追。自顾非金石，咄唶令心悲。

心悲动我神，弃置莫复陈。丈夫志四海，万里犹比邻。恩爱苟不亏，在远分日亲。何必同衾帱，然后展殷勤？忧思成疾疢，无乃儿女仁。仓猝骨肉情，能不怀苦辛？

苦辛何虑思？天命信可疑。虚无求列仙，松子久吾欺。变故在斯须，百年谁能持？离别永无会，执手将何时？王其爱玉体，俱享黄发期。收泪即长路，援笔从此辞。

作者从离开京师写起，表达自己对京师的怀恋，第二章写旅途跋涉登降，路途艰难；第三章进一步想到谗佞小人的离间挑拨，内心充满悲愤；第四章感物伤怀，从萧瑟凄凉的景色中感受到前途未卜；第五章由感物伤怀转到对曹彰暴死京城的伤悼；第六章在对命运无可奈何的极度悲愤中故作豪言壮语，同时也勉励曹彪；最后以复杂悲愤的心情作结。全诗以辘轳体的方式通过叙事、写景、哀悼、劝勉等一一写开去，把十分复杂的感情表现得丰富深厚。因此，曹植后期的诗歌是"忧生之嗟"更浓，悲愤之音充肆其间。曹植后期诗歌也有一些游仙诗。但他并非真的相信神仙，只不过借以排遣自己的心情而已。

曹植的诗歌在艺术上有很大的独创性。第一，他是第一个大力写五言诗的人。曹植诗共存九十多首，其中五言诗六十多首。曹植五言诗脱胎于汉乐府民歌，但在艺术上又加以创造和发展。如《美女篇》，显然脱胎于乐府民歌《陌上桑》，但在技巧上比之有明显提高。《陌上桑》写罗敷重于衣饰，对其容色之美只用侧面烘托。而《美女篇》在写衣饰的同时，生动光辉地描绘出她的各种姿态神情："罗衣何飘飘，轻裾随风还。顾盼遗光彩，长啸气若兰。"形象更为具体鲜明。第二，辞藻华美丰富。《诗品》说曹植诗是"骨气奇高，词采华茂"。前句指其"慷慨而多气"，后句便指藻饰丰赡。胡应麟在《诗薮》里说："子建《名都》《白马》《美女》诸篇，辞极赡丽,然句颇尚工,语多致饰,视东西京乐府天然古质,殊自不同。"如《美女篇》中的描写。第三,善用比兴、象征等手法。如《赠白马王彪》中对群小的斥骂:"鸱枭鸣衡扼,豺狼当路衢。苍蝇间白黑,谗巧令亲疏。"《野田黄雀行》中"高树多悲风,海水扬其波"比喻环境的险恶,"利剑"以比权力。《吁嗟篇》以转蓬自比,等等。

曹植的辞赋也写得很好。最著名的是《洛神赋》,假托与洛神恋爱的故事,寄寓作者被迫害离开朝廷,无法效忠国事的痛苦的心情。它在艺术上达到了相当的高度,其中最为人们称道的是对洛神的描写:

> 其形也,翩若惊鸿,婉若游龙。荣曜秋菊,华茂春松。仿佛兮若轻云之蔽月,飘飖兮若流风之回雪。远而望之,皎若太阳升朝霞;迫而察之,灼若芙蕖出渌波。秾纤得衷,修短合度。肩若削成,腰如约素。延颈秀项,皓质呈露。芳泽无加,铅华弗御。云髻峨峨,修眉联娟。丹唇外朗,皓齿内鲜。明眸善睐,靥辅承权。瑰姿艳逸,仪静体闲。柔情绰态,媚于语言。奇服旷世,骨像应图。披罗衣之璀粲兮,珥瑶碧之华琚。戴金翠之首饰,缀明珠以耀躯。践远游之文履,曳雾绡之轻裾。微幽兰之芳蔼兮,步踟蹰于山隅。于是忽焉纵体,以遨以嬉。左倚采旄,右荫桂旗。攘皓腕于神浒兮,采湍濑之玄芝。

洛神的美貌、绰约的风姿,被淋漓尽致地表现出来。

曹植的辞赋大多是咏物小赋,但名为咏物,实为抒情,多是借以抒发心中的愤懑。曹植曾说"辞赋"是小道,但正如鲁迅所说:"他的文章已经做得好,于是便敢说文章是小道。"另一方面,最主要的是他并非刻意成为文学家,其志在于成为政治上有所建树的人。

曹植在文学史上有重要的地位。钟嵘《诗品》把曹植列为上品,可见对其十分赞赏。南朝山水诗人谢灵运尝云:"天下才共有一石,曹子建独得八斗,我得一斗,自古及今同用一斗。奇才敏捷,安有继之。"(《蒙求集注》李瀚曰)"才高八斗",典出于此。当可由此想见曹植的文学成就及其对后人的影响。

(二)"建安七子"

"七子"之称,始见于曹丕《典论·论文》:"今之文人,鲁国孔融文举、广陵陈琳孔璋、山阳王粲仲宣、北海徐干伟长、陈留阮瑀元瑜、汝南应玚德琏、东平刘桢公干,斯七子者,于学无所遗,于辞无所假,咸以自骋骥騄于千里,仰齐足而并驰。"这七人就是孔融、王粲、陈琳、徐干、刘桢、应玚、阮瑀。"七子"之中孔融年辈较长(年纪长曹操两岁),文学成就最高的是王粲。"七子"中孔融是曹操的反对派,为曹操所杀,其余六人都是依附于曹氏集团的文人。

1. 孔融

孔融(153—208),字文举,曾做过北海相,人称孔北海,为孔子二十世孙,是东汉末年三大名士之一。他为人刚直,不阿附权贵,也不畏避权势,政治上还是比较正直的世族的代表人物。他对曹操的政治主张多所讥讽。曹操要杀太尉杨彪,他为杨彪辩护。曹操北征乌桓,他又写信加以嘲弄。曹丕纳袁熙妻甄氏,"融乃与操书,称武王伐纣,以妲己赐周公。操不悟,后问出何经典,对曰:'以今度之,想当然耳。'"曹操为了节约粮食,下令禁酒,说酒可以亡国,非禁不可。孔融反对,说也有以女人亡国的,何不禁止婚姻?孔融性嗜酒,常说"坐上客常满,樽中酒不空,吾无忧矣"。就这样,他最终为曹操所杀。孔融今存诗数首,以所存作品来说,主要成就是散文,其文辞藻华丽。著名的有《论盛孝章书》和《荐祢衡表》。盛孝章为孔融好友,时为孙策所因,融作此书给曹操,请曹操致书孙策,搭救盛孝章。此书写得恳切流畅有豪迈之气。苏东坡有诗云:"遥知鲁国真男子,犹忆平生盛孝章。"

2. 王粲

王粲(177—217),字仲宣。天资聪颖,博闻强记,才华出众,自视甚高。原先依荆州刘表,因身材短小,其貌不扬不被重用,后来依附曹操得到重用。魏建国后,拜为侍中。建安二十二年(217),病死于征吴途中。王粲今存诗二十三首,五言的代表作有《七哀诗》三首,第一首最为有名:

> 西京乱无象,豺虎方遘患。复弃中国去,委身适荆蛮。亲戚对我悲,朋友相追攀。出门无所见,白骨蔽平原。路有饥妇人,抱子弃草间。顾闻号泣声,挥涕独不还。未知身死处,何能两相完?驱马弃之去,不忍听此言。南登灞陵岸,回首望长安。悟彼下泉人,喟然伤心肝。

初平三年(192),董卓部将李傕、郭汜作乱长安,此诗就是诗人写自关中避乱荆州途中的所见所闻,作者用沉痛的笔触描述了"出门无所见,白骨蔽平原"的社会现实。其中关于饥妇弃子的情景尤为感人。清代沈德潜认为此诗是"杜少陵《无家别》《垂老别》诸篇之祖"(《古诗源》卷五)。

王粲今存赋二十多篇,多为抒情小赋。其中在荆州时作的《登楼赋》广为传诵,是建安时期最优秀的抒情小赋之一。此赋抒写自己流落异乡、怀才不遇的抑郁心情,也抒发了自己的政治理想。

> 登兹楼以四望兮,聊暇日以销忧。览斯宇之所处兮,实显敞而寡仇。挟清漳之通浦兮,倚曲沮之长洲。背坟衍之广陆兮,临皋隰之沃流。北弥陶牧,西接昭丘。华实蔽野,黍稷盈畴。虽信美而非吾土兮,曾何足以少留。遭纷浊而迁逝兮,漫逾纪以迄今。情眷眷而怀归兮,孰忧思之可任。凭轩槛以遥望兮,向北风而开襟。平原远而极目兮,蔽荆山之高岑。路逶迤而修回兮,川既漾而济深。悲旧乡之壅隔兮,涕横坠而弗禁。昔尼父之在陈兮,有归欤之叹音。钟仪幽而楚奏兮,庄舄显而越吟。人情同于怀土兮,岂穷达而异心?惟日月之逾迈兮,俟河清其未极。冀王道之一平兮,假高衢而骋力。惧匏瓜之徒悬兮,畏井渫之莫食。

此赋在艺术上短小清新,全篇用写景与抒情相结合的手法,突出了抒情气氛,情调哀婉深沉。

3. 陈琳

陈琳(?—217),字孔璋,广陵射阳(今江苏宝应东北)人。他与阮瑀皆以擅写檄文著称。陈琳曾为袁绍写《为袁绍檄豫州文》,历数曹操罪状,而且连曹操父祖都骂了。归附曹操后,曹操说:"卿昔为本初移书,但可罪状孤而已。恶恶止其身,何乃上及父祖邪?"琳谢罪(据说琳答曰:"我是箭在弦上,不得不发也。")曹操不加罪,让其掌管书记(《三国志·魏志·王粲传》)。据传"琳作诸书及檄,草成呈太祖。太祖先苦头风,是日疾发,卧读琳所作,翕然而起曰:'此愈我病。'"。可见陈琳之才。陈琳诗歌代表作为《饮马长城窟行》,诗中借秦代筑长城的史实,揭露苛重的徭役给人民带来的苦难。全诗通过筑城役夫和其妻子的对话写成,具有浓厚的乐府民歌风味。

4. 阮瑀

阮瑀(约165—212),字元瑜,陈留尉氏(今属河南)人。当时曹操的军国檄文都出自陈、阮两人之手。史载他曾在马上为曹操草拟致关西军阀韩遂书,书成呈曹操,操竟不能增减一字。今存诗十余首,代表作有《驾出郭北门行》,写一孤儿受后母虐待的痛苦。其题材和手法明显受汉乐府中《孤儿行》《妇病行》的影响,继承了"感于哀乐,缘事而发"的精神。

5. 刘桢

刘桢(?—217),字公干,东平(今属山东)人。他擅长诗歌,当时和王粲齐名。诗歌意境峭拔,气格高古。集中体现其风格的是《赠从弟三首》。其中第二首最为人称道:

> 亭亭山上松,瑟瑟谷中风。风声一何盛,松枝一何劲。冰霜正惨凄,终岁常端正。岂不罹凝寒,松柏有本性。

诗中以不畏霜寒的松树来象征刚正高洁的操守,豪迈凌厉,钟嵘称他为"贞骨凌霄,高风跨俗"(《诗品》上)。刘桢的诗名,曾有很长的时期与曹植齐名,如苏轼《东坡诗话》云:"渊明作诗不多,然其诗质而实绮,癯而实腴,自曹、刘、鲍、谢、李、杜诸人皆莫及也。"这里的刘指刘桢,苏轼把他和曹植、李白、杜甫并列。金代元好问云"曹刘坐啸虎生风,可惜无人角两雄"(《论诗绝句三十首》),把刘桢和曹植并称。但现在刘桢存留下来的诗不多,有不少是残篇,所以影响到后人对他的评价。

6. 徐干

徐干(?—217),字伟长,今存诗四首,代表作为《室思诗》,写丈夫远行后妻子的郁闷情怀,写得缠绵悱恻,一往情深。又有《中论》22篇,是一部关于伦理、政治的论集。

7. 应玚

应玚(?—217),字德琏,少与王粲友善,后与刘桢一起被召为丞相掾属。其作品流传下来的很少,今存诗四首,如《公燕诗》《别诗二首》。

鲁迅先生说:"七子的文章,大概都不外是'慷慨''华丽'罢。华丽即曹丕所主张,慷慨就因为当天下大乱之际,亲戚朋友死于乱者特多,于是为文就不免带着悲凉、激昂和慷慨了。"(《魏晋风度及文章与药及酒之关系》)概括地说,七子的文章都能真实地反映建安那一时期的社会生活和士人的心理状态。

(三)蔡琰

蔡琰是建安时期杰出的女诗人,字文姬,东汉末年著名学者蔡邕之女。董卓之乱中,她被掳至南匈奴,嫁左贤王,生二子,后被曹操用金璧赎归,重嫁陈留董祀。现存题名蔡琰所作诗三首,两首见于《后汉书·列女传》,其中一首是五言体,另一首是楚辞体;第三首见录于朱熹《楚辞后语》,题为《胡笳十八拍》,是用楚辞体和七言体合流的形式写的。一般认为五言体的《悲愤诗》较可靠。此诗长达540字,分为三段。第一段写董卓作乱,自己被俘,以及俘虏们所受的虐待;第二段写胡地生活及被赎返归时与儿子分别时的苦况;第三段写回乡后的生活。其中第二段写得最为沉痛:

> 边荒与华异,人俗少义理。处所多霜雪,胡风春夏起。翩翩吹我衣,肃肃入我耳。感时念父母,哀叹无穷已。有客从外来,闻之常欢喜。迎问其消息,辄复非乡里。邂逅徼时愿,骨肉来迎己。己得自解免,当复弃儿子。天属缀人愿,念别无会期。存亡永乖隔,不忍与之辞。儿前抱我颈,问母欲何之?人言母当去,岂复有还时!阿母常仁恻,今何更不慈?我尚未成人,奈何不顾思!见此崩五内,恍惚生狂痴。号泣手抚摩,当发复回疑。兼有同时辈,相送告离别。慕我独得归,哀叫声摧裂。马为立踟蹰,车为不转辙。观者皆歔欷,行路亦呜咽。

《悲愤诗》虽然叙写的是作者个人的悲痛经历,但在意义上却远超出了个人范围,而具有深刻的社会意义。作者把汉末那场军阀混战所造成的动乱历史事实,浓缩在这篇108句共540字的诗篇中,所表现的内容是十分深刻的。在艺术上,作者采用叙事和抒情相结合的手法,在叙写自己的悲惨经历的过程中,处处注入自己强烈的感情,把叙事和抒情交织在一起,如诗中"别子归汉"和"还乡再嫁"两个场面,更是一字一句饱蘸着血和泪写成的。《悲愤诗》深受汉乐府民歌的影响,可以和《孔雀东南飞》相媲美。

二、正始文学

正始(240—249)是曹魏少帝齐王曹芳的年号,前后实际上只不到十年的时间,不过人们习惯以此来泛指整个魏末时期的文学。在文学成就上,这一时期虽不及建安,但有自己的独特风貌。

曹魏王朝末期,统治阶级内部出现了激烈的争夺权力的斗争。魏明帝曹叡死时,继承者曹芳年仅八岁,不得不把政权委托给大将军曹爽和太尉司马懿两人。正始十年(249),司马懿乘曹爽跟魏帝曹芳在洛阳城外祭扫高平陵(明帝陵墓)时发动政变,结果曹爽及其党羽全部束手就擒,这就是"高平陵之变"。此后,曹魏政权实际上掌握在司马氏手中。司马懿死后,其子司马师、司马昭继续掌握政权,到公元265年,司马昭儿子司马炎终于废掉魏帝,建立西晋。

正始时期,司马氏当权,而且正准备篡夺帝位,所以不断大肆屠杀异己分子,政治上非常黑暗。司马氏集团标榜"名教"(伦理纲常,以正名定分为主的封建礼教),要"以孝治天下",因此"名教"便成为司马氏篡夺政权的工具,成为掩盖其政治阴谋的一块招牌。在这种政治高压下,魏晋正始时期有两种社会文化现象应引起我们的注意,一是魏晋玄学,一是魏晋风度。

魏晋时期,随着司马氏世族大地主统治的加强,玄学占据了统治地位。魏晋玄学,就其主流来说,是儒学衰微以后世族大地主为维护其统治而建立的一种新的唯心主义哲学。东汉末年,对儒家经术的不满,是玄学产生的直接衍导。玄学是道家思想的一种衍变,其特征即崇尚虚无。他们以道家玄虚观点来解释儒家经典,把老庄思想同《周易》结合,作为其学说之核心。正始年间,出了两位大玄学家何晏、王弼。何晏作《道德论》等,王弼有《周易注》《老子注》等。这些著作集中体现了他们的玄学思想。当时王、何学说风靡一时,士流中莫不以谈玄为风尚。士人"尤好老庄"者甚多。王、何两人,开创了玄学清谈的风气。当时清谈玄理,有两点作用,一是玄学标举"虚胜""玄运"(虚无),使之从根本上具有一种超脱现实的性质。崇尚清谈、崇尚抽象的论辩析理,一方面适应了统治集团粉饰现实矛盾、纵情声色物欲的需要,另一方面也可以起到给一些对现状不满的人物以掩护自身、躲避迫害的作用。二是道家一向批判和否定"仁义""礼教"等儒学伦理观念,玄学以道家思想为主干,就使它有可能成为一种批判的武器。司马氏集团为擅政的需要,大倡"名教""礼法",标榜"以孝治天下",因此玄学正可作为进一步揭露司马氏集团"礼法"的虚伪本质的手段。

当时一些"名士",不但谈玄析理,而且任性恣情,放荡不羁,以此来对待现实。例如在东汉末有个叫范丹的,因与其姐夫不和,有次到他姐姐那里吃饭之后,便要将饭钱付给姐姐,她不肯要,范丹便在出门后,把那些钱扔在街上,算是付过了。当时崇尚避讳,拜访某人,须避开对方父母及祖父母的名讳,否则,谈话时若出现对方父母名讳,主人便会大哭起来。其间还有一个风气便是吃药与饮酒。吃药便是吃"五石散"。据说吃此药能使身体转弱为强,也有人认为可长生不老而成仙。始倡此风者是何晏,因何晏是正始年间最大的名士,是汉末大将军何进之孙,他一带头,自然有许多人仿效。服药不仅给人带来成仙的希望,而且其本身就很高雅,无形中能提高人的社会地位和身份,因此到后来,它竟似乎成了上流士人的一种标志。但此药很毒,性热,吃了人烦躁,因此要"散发",吃了之后不能休息,非走路不可,名曰"行散"。且吃药后须冷食(唯酒要温),衣服要脱掉,以冷水浇身,要穿宽衣并带着屐,否则擦伤皮肤。又因为不能常洗澡,所以身脏而多虱,竟至"扪虱而谈"。这些都是吃药的缘故,但时人以为高逸的表现,尊称这些人为"名士派"。因提倡的何晏、王弼等人都生于正始年间,故称"正始名士"。当时风尚,竟有不少人仿效。再一就是饮酒。饮酒一是为了享乐,以求生命之密度;二是远祸全身;三是自我超越,取得一个物我两忘的自然的境界。饮酒是酣饮、痛饮、狂饮。借着酒力,他们放达飘逸的作风能得到更彻底的表现。阮籍、嵇康及"竹林七贤"中诸人都是擅饮的。《世说新语·任诞》篇云:"刘伶恒纵酒放达,或脱衣裸形在屋中,人见讥之。伶曰:'我以天地为栋宇,屋室为裈衣,诸君何为入我裈中?'"饮酒也和当时政治黑暗有关。他们借酒以回避现实、解消矛盾。如阮籍以大醉六十日使司马昭无法为司马炎向他求女求婚,以此表现出与司马氏政权不合作的态度。以上这些风尚,后被人称为"正始之音"或"魏晋风度",深刻地影响了当时的文坛(以上内容可参看鲁迅《魏晋风度及文章与药及酒之关系》)。

从当时社会背景来看,当时社会上层争夺砍杀,政治斗争异常残酷,门阀世族的头面人物总要被卷进上层政治漩涡。门阀世族的名士们一批又一批被送上刑场,如何晏、嵇康,以及后来的"二陆"、张华、潘岳、刘琨、谢灵运等。这些当时第一流的著名诗人、作家、哲学家,都是被杀戮而死的。因此当时的门阀贵族也是经常生活在一种既富贵安乐又满怀忧患的境地之中,处于身不由己的政治争夺之中。残酷的政治清洗和身家毁灭,使他们的人生慨叹中夹杂着无边的忧惧和深重的哀伤,并经常流露于他们的作品中。他们的"忧生之嗟"由于上述现实政治内容而更为严肃。无论是顺应环境、保全性命,还是寻求山水、安息精神,由于其中总藏存人生的忧恐、惊惧,情感实际是处在一种异常矛盾复杂的状态中。如正始名士表面上很放达,其实极端复杂矛盾。据说阮籍曾独自驾牛车,让牛随便往哪里拉,直拉到荒野无路径之处,才大哭一顿回来(《晋书·阮籍传》),可见其内心的不平与感慨而又无由发泄的痛苦。因此外表上尽管装饰得如何轻视世事,洒脱不凡,内心实更强烈地执着人生,非常矛盾。这构成了魏晋风度内在深刻的社会心理内容。

魏晋这一时期的文化心理环境,不仅存在于正始时期,而且一直影响到两晋至南北朝。

(一)阮籍

阮籍(210—263),字嗣宗,阮瑀之子,据说曾羡慕步兵营厨中有美酒而一度做过步兵校尉,后人称为阮步兵。他曾登上广武山观楚汉相争战场,叹息说:"时无英雄,遂使竖子成名!"把刘邦、项羽及当时众多谋臣猛将都说成侥幸得名的"竖子",可以窥见其襟怀的宏放阔大,"英雄"之志非同小可。但是在当时的政治高压下,他的政治热情逐渐冷却衰退,而代之以一种狂放、奇特的表现来对待现实。如他或闭门读书,整月不出门一步,或登山临水,终日忘归。他嗜酒,醉了不拣何处,倒身就睡。邻里有酒店,店女主人年少貌美,阮籍去喝酒,醉了就神色自若睡于女主人旁,其丈夫知他并无坏心,也不以为意。有一当兵人家的女子,颇有姿色,未嫁而卒。阮籍与她本无关系,亦不识其父兄,却径往灵前哭丧,尽哀而还。这些表现,实质上就是以土木形骸的方式,来表示他们超脱俗情、藐视功名的心志以及对当时礼法之士推崇名教的讥刺。当时司马氏已想篡位,阮籍名气很大,所以他的酣饮,便是为了避祸,逃离当时的政治危险。他还从不在口头上批评人物的是非,使政敌无法从中找到陷害他的借口。但是阮籍常以青白眼来分别对待人,以表明其爱憎态度。对礼俗之士(投靠司马氏者),以白眼待之。青眼(正视,黑眼)则表示赞赏、尊重。阮籍的这种好恶及政治态度,常以曲折、含蓄的手法,表现在自己的诗文中。

阮籍的诗有《咏怀》八十二首,是其整个人生思想感情的总汇。刘宋诗人颜延之说:"嗣宗身仕乱朝,常恐罹谤遇祸,因兹发咏,故每有忧生之嗟。虽志在刺讥,而文多隐避,百代之下,难以情测。"(《文选》李善注引)所以"忧生之嗟"和"志在讥刺"在《咏怀》诗中占有很大分量。此外,《咏怀》还有一些自述身世、尚志念友、隐逸神仙等内容。《咏怀》的第一首,是整部诗的序曲,有人认为是"纲":

> 夜中不能寐,起坐弹鸣琴。薄帷鉴明月,清风吹我衿。孤鸿号外野,翔鸟鸣北林。
> 徘徊将何见,忧思独伤心。

作者借万籁无声的沉寂的黑夜,象征现实的黑暗和压抑,以及自己百感交集、满怀情衷无以倾吐的幽独孤愤心境。其中"孤鸿号外野,翔鸟鸣北林",很含蓄而形象地表现社会的压抑,个人与现实的矛盾,思想与现实的冲突,以及由此引起的对时局、对个人命运的忧虑。阮籍诗的特点是自然飘逸、含蓄隽永,作者常用象征、暗示等手法,往往言在此而意在彼,隐晦曲折,所以鲁迅先生也说其诗"很难看得懂"。自然飘逸,即自然之中又见生动,含意隽永。阮籍诗语言平易朴素,但命意多在若即若离之间,力避凿实描写,而且大量用比兴,有的全诗用比兴,如第七十九首《林中有奇鸟》,几乎是一首寓言诗。

阮籍另有《大人先生传》,是一篇很有价值的散文。文中假托老庄之音,反对名教,批评"礼法",对封建礼法的虚伪和罪恶,作了彻底地揭露和尽情地鞭挞。

(二)嵇康

嵇康(224—263,一说223—262),字叔夜,是曹操儿子沛王曹林的女婿,与曹魏宗室有姻亲关系,曾为魏中散大夫,故后人称之为"嵇中散"。嵇康有渊博的学问,且有卓越的音乐天才,所著《声无哀乐论》,论述了心声关系问题,虽是从哲学上加以探讨,但可见其对音乐的精通,而且他自己善弹琴,能弹名曲《广陵散》。嵇康也喝酒,并且吃药。他思想新颖,锋芒毕露。阮籍对司马氏集团虽采取不合作态度,但终是妥协求全。而嵇康则采取针锋相对的态度。当时司马氏对嵇康想采取拉拢的手法,于是让嵇康之友尚书吏部郎山涛出面,推荐嵇康替代自己担任此职。但嵇康对司马氏的残暴和虚伪了解得太透彻了,他蔑视司马氏集团,更蔑视司马氏的官职,于是写了《与山巨源绝交书》作为答复。这封信中有"非汤、武而薄周、孔"的话,司马昭认为,这不仅仅是离经叛道、讪谤圣王的问题,而且是对自己的影射攻击。司马氏认为嵇康是自己实现野心的一大障碍,加上又是曹魏宗亲,此时又发生吕氏兄弟事件,嵇康朋友吕安之妻为其兄吕巽所奸污,吕安本拟告发,吕巽反先下手,以不孝之名告了吕安。而吕巽是当时司马昭手下的红人,于是吕安被判刑。这事引起了嵇康的愤怒,挺身为吕安辩护,因此也被下狱。此时,嵇康的政敌钟会等乘机加以陷害诽谤,于是嵇康、吕安两人被杀。据传嵇康死时,临刑前弹奏一曲《广陵散》,并哀叹"《广陵散》于今绝矣"。当宣布嵇康死刑后,太学生三千人联名上书要求赦免嵇康,并请他去太学当老师,这样更使司马昭下决心杀嵇康。

　　嵇康今存诗 53 首，其中四言 33 首，五言 9 首，六言 10 首。嵇康的诗较著名的有《幽愤诗》，四言体，九章。从回忆幼时生活写起，写了自己青年时的好尚，以及自己受邪恶之人陷害的情形。诗中包含了对司马氏陷害无辜的愤怒和抗议。《文心雕龙·明诗》云："嵇志清峻，阮旨遥深。"嵇诗多慷慨疾世之激情，他要超脱尘世，是对现实环境的反抗，便形成"清峻"的风格；阮诗词义隐晦，情志却极能感人，但此情的表达非许直显露，而是隐晦曲折，因而不仅情趣高朗，而且艺术手法极妙，此即"阮旨遥深"之缘由。

　　嵇康诗歌成就不如阮籍，但就散文成就而论，又在阮籍之上。《与山巨源绝交书》是散文史上的名作。全文用辛辣尖锐的语言，拒绝司马氏的拉拢，其中"七不堪""甚不可二"一段，为全文的核心内容：

　　　　自惟至熟，有必不堪者七，甚不可者二：卧喜晚起，而当关呼之不置，一不堪也。抱琴行吟，弋钓草野，而吏卒守之，不得妄动，二不堪也。危坐一时，痹不得摇，性复多虱，把搔无已，而当裹以章服，揖拜上官，三不堪也。素不便书，又不喜作书，而人间多事，堆案盈机，不相酬答，则犯教伤义，欲自勉强，则不能久，四不堪也。不喜吊丧，而人道以此为重，已为未见恕者所怨，至欲见中伤者；虽瞿然自责，然性不可化，欲降心顺俗，则诡故不情，亦终不能获无咎无誉如此，五不堪也。不喜俗人，而当与之共事，或宾客盈坐，鸣声聒耳，嚣尘臭处，千变百伎，在人目前，六不堪也。心不耐烦，而官事鞅掌，机务缠其心，世故烦其虑，七不堪也。又每非汤、武而薄周、孔，在人间不止，此事会显，世教所不容，此甚不可一也。刚肠疾恶，轻肆直言，遇事便发，此甚不可二也。

文章写得态度严峻，语言深长，它不像阮籍的文章那样隐晦，而是锋芒毕露。全文词气雄放，自然流畅，为魏晋散文杰作。

　　正始时，有一文人团体，叫作"竹林七贤"。嵇康寓居河南山阳时，与阮籍、山涛、向秀、阮咸（阮籍兄子）、王戎、刘伶等相友善，游于竹林，号为"七贤"。这些人都饮酒，放纵，蔑视礼法。"七贤"当以阮籍、嵇康为代表。他们的作品以隐蔽的手法表现苦闷的心情，表露对现实的不满情绪，但虚无成分仍很重，这种诗风，后人称为正始体。其中如向秀的《思旧赋》、刘伶的《酒德颂》，历来为人传诵。向秀的《思旧赋》为思念故友嵇康、吕安。向秀曾与嵇康锻铁，又曾与吕安灌园。嵇、吕被杀，向秀慑于司马氏威势，被迫赴洛阳应郡举，应举归来，过山阳嵇康旧居，有感而作此赋。鲁迅说，此赋几乎是刚开始便结束了，原因是当时政治的极端黑暗和恐怖。

● **拓展阅读作品篇目**

　　曹操：《蒿里行》《薤露行》

　　曹植：《野田黄雀行》《杂诗》其一（高台多悲风）、《洛神赋并序》

　　王粲：《七哀诗》《登楼赋》

　　蔡琰：《悲愤诗》

　　嵇康：《与山巨源绝交书》

　　向秀：《思旧赋》

● **思考练习题**

1. 理解"建安风骨"的含意,并举例说明。
2. 比较曹氏父子诗风的不同。
3. 曹植诗歌前后期有何变化? 结合具体作品加以分析。
4. 简述《悲愤诗》的内容,并论述诗中叙事与抒情是如何紧密结合的。
5. 了解"魏晋风度"的特点及其文化意义。
6. 从时代特征论述阮、嵇两人性格及其文学成就的异同。
7. 试分析阮籍《咏怀诗》第一首。

第二节　西晋文学

　　公元 265 年 12 月,司马炎逼魏主禅让,代魏自立,是为晋武帝。西晋自公元 265 年至公元 316 年司马睿在建康即位,共历四帝 52 年。

　　西晋初的作家有傅玄、张华等人。傅玄以乐府诗见长,有一部分乐府诗继承了汉乐府民歌的传统,与曹操的乐府诗一样,以乐府古题写时事,反映了当时的社会现实,如《豫章行·苦相篇》。还有一些描写爱情的小诗有较高的艺术成就,如《杂言》诗:"雷隐隐,感妾心;倾耳听,非车音。"全诗用 12 个字,写思妇的思念的情态,它巧用比兴,构思新颖,给人一种新鲜感。张华的一些情诗,写夫妇相互赠答之词,语浅情深,也不失为佳作。

　　从晋武帝司马炎的太康年间起,约有 20 多年时间,是紧承建安至魏末的又一个文学创作繁荣的时期。这一时期出现的作家较多。钟嵘《诗品序》说:"太康中三张、二陆、两潘、一左,勃尔复兴,踔武前王,风流未沫,亦文章之中兴也。"这句话概说了当时诗坛的盛况,其中"三张"指张载、张协、张亢兄弟,"二陆"指陆机、陆云,"两潘"指潘岳、潘尼叔侄,"一左"指左思。过去一般认为这一时期的文学创作有两种倾向:一是模拟古人的风气很盛,二是追求辞藻华美和对偶工整。作家对艺术形式的加工不遗余力,在语言上追求声色之美,在句法上讲求对偶整齐,由此逐渐发展了文学创作上的骈俪之风。因此有论者把这些视为形式主义的创作倾向,加以贬斥。实际上,这一时期的创作,一些作家注重在形式上的追求,是文学艺术内部规律发展的必然趋势。从魏晋到南朝,在文学创作中讲求文辞的华美,注意到文体的划分、文笔的区别,探索文思的过程,探求文理,以及后来对作家文集进行汇纂,出现了前所未有的现象,这正是所谓"文学的自觉时代"的表现。这种艺术上的追求,无疑促进了文学本身的进步与发展,因此不能片面地一概以形式主义加以批判。

● 一、陆机和潘岳

（一）陆机

陆机(261—303),字士衡,吴郡华亭(今上海松江)人。祖父是东吴名相陆逊,父亲是名将陆抗。据说晋灭东吴后,陆机曾闭门读书十年,后与弟陆云入洛阳,因得到当时名臣张华的赏识和提携而为官。在太康作家中,陆机的创作,数量上最为丰富,在艺术技巧上,无论是诗、赋、论还是其他杂体文,都达到较完善的艺术境地,所以钟嵘称他为"太康之英"(《诗品序》)。过去认为陆机的诗歌内容贫乏。从作品实际来看,他的作品当然不如建安文学及阮籍《咏怀诗》那样具有深刻感人的力量。但也应该看到,他经历过吴国灭亡的亡国之痛,入洛阳后虽得到了张华的赏识,但也同时受到北方世族的歧视。他有"匡世救难"之志,也有人生无常的哀痛之感,因此他的一部分诗、赋,仍然具有较深的感人力量。我们看《赴洛道中作》其二:

> 远游越山川,山川修且广。振策陟崇丘,案辔遵平莽。夕息抱影寐,朝徂衔思往。顿辔倚嵩岩,侧听悲风响。清露坠素辉,明月一何朗。抚枕不能寐,振衣独长想。

这是一首赴洛阳途中借景抒怀之作。作者在赴洛道中,思怀离别的亲人,忧念莫测的前途,纷纭交织的情思通过触景而生的感受和反应,真切地再现出来,给人感同身受的感觉。

陆机摹拟之作的代表作《拟古诗》十二首,都是摹拟《古诗十九首》的。这些摹拟之作,虽失去了前人原作的质朴、深沉,但也具有自己的清丽、朗朗上口的特点。陆机注重语言的修炼、文词的华美、对偶的工巧,对于五言诗的艺术技巧的提高,甚至对于以后格律诗的形成,都是一个有力的促进。陆机的赋更有成就,有《述先赋》《怀土赋》《思归赋》等。文如《吊魏武帝文》写得凄婉动人。他的《文赋》是文学批评理论专著,历来为人们所重视。

(二)潘岳

潘岳(247—300),字安仁,时与陆机齐名,并称为"潘陆"。据传潘岳貌美,"少时常挟弹出洛阳道,妇人遇之者,皆连手萦绕,投之以果,遂满载以归"(《晋书·潘岳传》)。后来宋代话本及小说中常有"貌似潘安"之语,即典出于此。

潘岳的诗歌名作有《悼亡诗》三首,是为哀悼亡妻杨氏而作。三首并非一时之作。第一首,是写为亡妻送葬归来时的感受:

> 荏苒冬春谢,寒暑忽流易。之子归穷泉,重壤永幽隔。私怀谁克从?淹留亦何益?僶俛恭朝命,回心反初役。望庐思其人,入室想所历。帏屏无仿佛,翰墨有余迹。流芳未及歇,遗挂犹在壁。怅恍如或存,回惶忡惊惕。如彼翰林鸟,双栖一朝只;如彼游川鱼,比目中路析。春风缘隙来,晨霤承檐滴。寝息何时忘,沉忧日盈积。庶几有时衰,庄缶犹可击。

作者对亡妻的哀念,主要从时节变易的感觉及日常生活事物的接触中抒发出来。其中"望庐思其人,入室想所历。帏屏无仿佛,翰墨有余迹。流芳未及歇,遗挂犹在壁。怅恍如或存,回惶忡惊惕"八句,深刻地表现出物是人非、物在人亡的悲痛,历来被认为是语淡情浓的佳作。从诗中可以看出潘岳悼念亡妻的感情是很真挚的。杨氏是在289年初冬去世,"三月而葬",所以翌年初春,他在送葬后写了此诗。初秋时写了第二首,初冬一周年时写了第三首。潘岳在写此诗的同时,还写了《哀永逝文》和《悼亡赋》。因为潘岳这三首《悼亡诗》的成功,此后"悼亡"不再是悼念死者的泛称而成了悼念亡妻的特指。

关于潘岳,《晋书·潘岳传》说他"性轻躁,趋世利,与石崇等谄事贾谧,每候其出,与崇辄望尘而拜"。因此后人多认为其人品不佳。潘岳也曾因"仕宦不达,乃作《闲居赋》"。后来金人元好问《论诗绝句三十首》中曾有一首对此加以议论:"心画心声总非真,文章宁复见为人。

高情千古《闲居赋》，争信安仁拜路尘。"扬雄《法言·问神》说："故言，心声也；书，心画也。"扬雄认为"言""书"是人们思想感情的表现，可以从中看出人们的内心世界与精神面貌。由此元好问认为"心声""心画"之说不可靠，不仅要看其文，还要看其为人，应"知人论世"，全面了解作家，才能正确理解和评价作品。

● 二、左思、刘琨、郭璞

这一时期，能继承和发扬"建安风骨"的传统，作品内容较充实的作家有左思，以及稍后一些的刘琨、郭璞等。

（一）左思

左思（约250—305），字太冲，齐国临淄（今山东淄博东北）人，出身寒微，在晋武帝太始年间，因其妹左棻被选入宫，才移家洛阳，求得一个秘书郎的小官。他曾用十年时间，写成《三都赋》，但因地位低微，其赋未被重视，后来求得诸名士作序和注解（"贾谧称善，为其赋序，张载为注《魏都》，刘逵注《吴》《蜀》"），"于是豪贵之家，竞相传写，洛阳为之纸贵"。左思现存诗十四首，《咏史》八首为其代表作，也是这一时期最能保持建安诗风的代表作品。

以《咏史》为题，最早起于班固，后来曹操、曹植等人，也有一些咏叹古事之作（曹操《短歌行》第二首及《善哉行》第一首，曹植《三良诗》等）。到了左思，则是把咏史、咏怀二者水乳交融地结合起来，写成规模宏大的组诗，开拓了"咏史"的艺术领域。概括起来说，八首诗的主要思想内容是借历史人物作为比拟，以抒发怀才不遇和憎恶丑恶现实的郁勃之感。其中，第一首可说是这组诗的序诗，突出揭示诗人的壮志和抱负：

> 弱冠弄柔翰，卓荦观群书。著论准《过秦》，作赋拟《子虚》。边城苦鸣镝，羽檄飞京
> 都。虽非甲胄士，畴昔览穰苴。长啸激清风，志若无东吴。铅刀贵一割，梦想骋良图。
> 左眄澄江湘，右盼定羌胡。功成不受爵，长揖归田庐。

"弱冠"四句，写自己的才学，二十岁时就能写文章，而且博览群书，才学出众。"卓荦"一词，说明自己的识见特达不凡。"准《过秦》"两句，实乃以贾谊和司马相如的才华自诩。前面是写文韬。"边城"四句，写自己对武略的通晓。自己虽不是行伍出身，却学过战国时代司马穰苴的兵法，可见自己是文武兼备的通才。既然是抒发怀才不遇之情，自己有怎样的才华，就必须写透。有此之才，因此国家有难，报效君国，便成为他的愿望，所以从"长啸"句开始，便很自然地过渡到抒发自己的雄心壮志。从"左眄澄江湘"两句推测，此诗可能作于晋灭吴以前，所以南灭东吴、北定胡羌成为他的政治理想，最后两句笔锋一转，点出自己只求抱负得以舒展，并不希望功成受赏、贪图爵禄，宁愿归隐田园。这首诗表现了作者襟怀的放达开阔，艺术上也有一种"崇高"的风格。

第二首，针对当时门阀制度的不合理和社会风气的腐朽，进行了讽刺：

> 郁郁涧底松，离离山上苗。以彼径寸茎，荫此百尺条。世胄蹑高位，英俊沉下僚。
> 地势使之然，由来非一朝。金张藉旧业，七叶珥汉貂。冯公岂不伟，白首不见招。

作者以比兴的手法，揭示门阀制度的不合理。在"上品无寒门，下品无世族"的门阀制度下，无才者因门阀之高而异常显赫，有才者因门阀之低而终生坎坷，就像一边是显赫的金日磾、张安世及其后代，一边是年老官微的冯唐。这首诗对于人才受压抑的揭露和愤懑，表现得非常饱满。这八首诗，名为"咏史"，实为咏怀。作者在运用历史材料以抒发怀抱方面表现

得尤为复杂,气调亦雄健高远,故能卓然超越前人。读者从诗中可充分感觉到作者卓越的情操及建安时代的慷慨之气。钟嵘标举"左思风力",意指左思再现了建安风骨。后人评他的咏史诗是笔力矫健,情调高亢,气势充沛,开创了咏史诗借咏史以咏怀的新路,成为后世诗人仿效的范例。

左思的另一首《娇女诗》,也是一篇杰作。作者对自己的两个小女儿(纨素、蕙芳)天真稚气、顽皮而又活泼可爱的种种情态作了精心的描绘。当时社会贵男贱女,正如傅玄《豫章行·苦相篇》所说的"女育无欣爱,不为家所珍"。因此这首诗不但艺术上很成功,在题材的创新、反对重男轻女的传统观念上也有其普遍意义。

(二)刘琨

刘琨(270—318),字越石,中山魏昌(今河北无极东北)人。刘琨早年生活浮华、豪纵,虽有诗名,但所作不传。中年以后,他先后被任为并州刺史、大将军、司空等职,在胡、羯等族入侵的情况下,在北方辗转抗敌,成为西晋末一位重要的抵抗外族侵略的将领。据《晋书·刘琨传》记载,琨"与范阳祖逖为友,闻逖被用,与亲故书曰:'吾枕戈待旦,志枭逆虏,常恐祖生先吾著鞭。'其意气相期如此"。刘琨"枕戈待旦"与祖逖"闻鸡起舞"的故事,比喻志士及时奋发,历来为人称道。

刘琨现存诗三首:《扶风歌》《答卢谌》《重赠卢谌》。《扶风歌》写于晋惠帝光熙元年(306)九月赴任并州刺史途中,作者在诗中表现出对于京城的悲恋、旅途的艰困及对事业前途的忧虑:

> 朝发广莫门,暮宿丹水山。左手弯繁弱,右手挥龙渊。顾瞻望宫阙,俯仰御飞轩。据鞍长叹息,泪下如流泉。系马长松下,发鞍高岳头。烈烈悲风起,泠泠涧水流。挥手长相谢,哽咽不能言。浮云为我结,归鸟为我旋。去家日已远,安知存与亡!慷慨穷林中,抱膝独摧藏。麋鹿游我前,猿猴戏我侧。资粮既乏尽,薇蕨安可食?揽辔命徒侣,吟啸绝岩中。君子道微矣,夫子故有穷。惟昔李骞期,寄在匈奴庭;忠信反获罪,汉武不见明。我欲竟此曲,此曲悲且长;弃置勿重陈,重陈令心伤。

诗歌在叙事与抒情的交融之中,表现出一种清拔悲壮的风格,具有清新刚健、豪迈奔放之美。王渔洋说"越石清刚,……不减于左(思)"。刘琨后因军事上的失利,投奔幽州刺史鲜卑族的段匹磾,后被段缢死(琨儿子得罪段,琨亦被囚)。《重赠卢谌》可说是刘琨被害前的一首绝笔诗,诗中用许多典故说明了自己的报国壮志,激励好友卢谌为国立功,同时回顾自己艰难曲折的战斗历程,未免有一种英雄末路的悲怆情绪。这些诗充分体现出这位爱国志士在艰危处境中的慷慨悲凉情绪,同时透露出深厚的爱国主义精神。因此元好问说:"曹刘坐啸虎生风,四海无人角两雄。可惜并州刘越石,不教横槊建安中。"前两句喻曹植、刘桢等建安诗人的气概和力量,后两句指刘琨诗也写得梗概多气,悲壮激越,可与建安诗人并驾齐驱。可惜生不同时,名不能与他们同列。实际上这是认为刘琨与建安风骨一脉相承,将刘琨与建安作家并列。

(三)郭璞

在西晋至东晋初,还有一位重要作家是郭璞(276—324)。郭璞,字景纯,河东闻喜(今属山西)人,博学有高才,并善五行天文卜筮之术。晋明帝时,郭璞为大将军王敦的记室参军。王敦阴谋反叛,使郭璞卜筮,郭璞要借此阻止王敦,即告王敦得凶卦,起事必无成,且身将有祸,因此触怒王敦而被杀。

郭璞的代表作是《游仙诗》十四首。这些诗虽题名为《游仙》，多数实质仍是咏怀之作。这种假托神仙以抒写怀抱的方法，屈原早已采用。如《离骚》的末尾表示将远逝西海："路不周以左转兮，指西海以为期。"即抒发其现实生活中的抑郁之怀。《远游》也有这样的内容。后来曹植写了一些游仙之作，可算是最早的游仙诗，其实质仍是托志于神仙以抒发人生的抑郁。李善把游仙诗分为"正格游仙诗"与"变格游仙诗"。正格游仙诗指那些厌弃尘世，企慕神仙，追求列仙之趣的游仙诗。变格游仙诗指曹植、郭璞这一类借游仙以寄托作者情怀的诗歌。

郭璞《游仙诗》十四首从内容上可分为两类：一类是歌咏隐遁，鄙弃世俗，不愿与当时黑暗的政治同流合污，如第一首《京华游侠窟》：

> 京华游侠窟，山林隐遁栖。朱门何足荣，未若托蓬莱。临源抱清波，陵岗掇丹荑。灵溪可潜盘，安事登云梯？漆园有傲吏，莱氏有逸妻。进则保龙见，退为触藩羝。高蹈风尘外，长揖谢夷齐。

此诗并没有涉及神仙的内容，而是表示对朱门仕宦的轻蔑而追求隐逸。第五首《逸翮思拂霄》，用一系列的比喻，表露怀才不遇之感。另一类则是进一步超离现实、企求登仙的。诗人心目中的游仙，其实就是隐逸。他蔑视富贵荣华，流露出对现实的不满，这和阮籍的《咏怀诗》相近。他托志于神仙，仍是在发抒与左思相同的"英俊沉下僚"之愤，这是《游仙诗》的实质。从艺术上看，这些诗抒情成分较浓，形象也较丰富生动。朱自清说："游仙之作以仙比俗，郭璞是创始的人。"（《诗言志辨·比兴·赋比兴通释》）郭璞以游仙咏怀，以游仙写失意之悲，与阮籍、左思有异曲同工之妙。

在学术著作方面，郭璞有《〈尔雅〉注》《〈穆天子传〉注》《〈山海经〉注》等，都是一些对学术有贡献的著作。

在西晋怀帝永嘉年代，以及此前后一段时间，一些大官僚仍然崇尚老庄虚谈，其风一直不衰。在这种风气影响下，遂兴起了玄言诗。这种诗风曾占据了文坛。这些诗抒写玄理，歌咏老庄哲学，使诗歌"理过其辞，淡乎寡味"，"皆平典似《道德论》"（《诗品序》）。这种诗风一直延续到东晋。郭璞的《游仙诗》，表面上仍是歌咏老庄思想，但表现的是个人坎坷不平的情绪，对现实的不满，给人一种新鲜的感觉。其辞采之清美，有助于表现手法上各种情调的渲染。《文心雕龙·才略篇》说："景纯艳逸，足冠中兴。"《诗品》中说："宪章潘岳，文体相辉，彪炳可玩，始变永嘉平淡之体，故称中兴第一。"《南齐书·文学传》说"江左风味，盛道家之言，郭璞举其灵变"。在玄言诗风盛行的情况下，刘琨的诗发其忠愤之慨，郭璞的诗对不合理的现实的抵触情绪，确是在寂寞的诗坛上发出的几声清响。

● 拓展阅读作品篇目

陆机：《猛虎行》《拟明月何皎皎》

左思：《咏史》（其三，其六）

刘琨：《扶风歌》《重赠卢谌》

郭璞：《游仙诗》（其五）

● **思考练习题**

1. 太康时期的代表作家有哪些?
2. 简析陆机的《赴洛道中作》(其二)。
3. 简析左思《咏史诗》的内容与艺术风格。
4. 左思《咏史》(其二)中的"郁郁涧底松,离离山上苗"比喻的是什么?
5. 就元好问对刘琨的评价,请将刘琨与曹、刘作品加以比较分析。

第三节　陶渊明

玄言诗风迷漫的东晋诗坛,似乎让人感到沉闷。但这时却出现了一位与众不同的杰出诗人,尽管他并未名重当时,但以其开创的新鲜的内容与新颖的形式在文学史上留下了一抹清丽的辉光,他就是陶渊明。

● **一、陶渊明的生平与思想**

(一) 陶渊明的生平经历

陶渊明,字元亮,一说名潜,字渊明。浔阳柴桑(今江西九江西南)人。他大约生于东晋哀帝兴宁三年(365),死于宋文帝元嘉四年(427)。陶渊明为西晋名将陶侃的后代,父亲也曾出仕。祖父做过太守,但到他,已是家境没落了。陶渊明在青少年时期也曾有一番抱负,想在仕途上干一番事业。但到 29 岁才出仕,做过几次官,都不过是州祭酒、参军等小官,而且担任的时间都不长,一会儿做官,一会儿回家闲居种田。最后他在 41 岁时,做了 80 多天的彭泽县令。据萧统《陶渊明传》记载:"会郡遣督邮至县,吏请曰:'应束带见之。'渊明叹曰:'我岂能为五斗米,折腰向乡里小儿!'即日解绶去职,赋《归去来》。"从此,他终生不再出仕,一直在农村隐居耕种,过着贫穷、劳累的生活,直到逝世。

(二) 陶渊明的思想与性格

陶渊明所处的时代,在东晋和刘宋之交,这是我国历史上特别黑暗混乱的时代。在这一时期,阶级矛盾、民族矛盾和统治阶级内部矛盾极端尖锐复杂。当时北方是所谓"十六国",各少数民族贵族在中原割据混战,并对苟安于江南的东晋经常进行骚扰。东晋政权是依靠大世族地主建立起来的,政治极为腐败。就在陶渊明开始出仕到辞彭泽令这十几年间,就发生过司马道子、司马元显的专权及孙恩、卢循领导的农民起义,后来又发生王恭和桓玄的内乱。最后刘裕夺取东晋政权建立刘宋。这种腐朽的现实和统治阶级争权夺利的丑恶面目,使他深恶痛绝。而且当时实行严格的门阀制度,陶渊明出身没落的官僚地主家庭,不是豪门世族,在政治上不会受到重用。他既不满于当时的社会污浊,不愿同流合污,又无力加以变革,于是走上了退隐的道路。

陶渊明的思想,既有儒家的思想,也有道家的成分,同时又有一个变化的过程。由于他的家世出身,他少年时期就受到儒家经典的熏陶——"少年罕人事,游好在六经"(《饮酒》),因此不能不受儒家"立德""立功""立言"志向和出仕思想的影响。他在诗文中也大量引用"六经"之典。过去说他是因"畴昔苦长饥,投耒去学仕"(《饮酒》),是为生活、为俸禄而出仕。而从思想根源来说,儒家思想的驱使是根本原因。因此一旦时机成熟,他便欣然出仕。但是,在当时时代风气影响下,谈玄纵酒,追求个性自由和个性独立,爱好自然,这种思想同样也存在于陶渊明的思想中,而且是他性格的重要方面。他在《归园田居》中说"少无适俗韵,性本爱丘山",所以"性本爱丘山""质性自然"和对自由生活的向往与追求在其思想中占了极重要的地位。当陶渊明介入官场以后,官场的黑暗现实,彻底打破了他青少年时期的美好幻想,从正始开始的诸多名士,如何晏、嵇康、"二陆"、张华、潘岳、郭象、刘琨、郭璞等,都是被杀害而死的。这种残酷的政治给了他一剂清醒剂,而严密的礼法又严重地束缚了他追求个性自由的性格。他认识到官场现实是"密网裁而鱼骇,宏罗制而鸟惊"(《感士不遇赋》),在这"密网"和"宏罗"面前,他退却了。此时理想的幻灭与追求自由人格的性格,终于使他结束了仕途生涯,走向田园。

陶渊明的性格特征,与他的美学观是一致的,就是"任真自得",即任其自然,只求适己,适合自己的本性。他的"真率",达到超出一般人所能想象的程度:他直言自己"聊欲弦歌,以为三径之资"。出仕也是为了解决一部分吃饭问题。他喝起酒来,更是抛却了碌碌的尘寰,忘记俗世的一切繁文缛节,据萧统《陶渊明传》记载:"尝九月九日出宅边菊丛中坐,久之,满手把菊,忽值弘(指王弘)送酒至,即便就酌,醉而归。渊明不解音律,而蓄无弦琴一张,每酒适,辄抚弄以寄其意。贵贱造之者,有酒辄设。渊明若先醉,便语客:'我醉欲眠,卿可去。'其真率如此。""郡将尝候之,值其酿熟,取头上葛巾漉酒,漉毕,还复著之。"陶渊明嗜酒,他任彭泽令时,"公田悉令吏种秫,曰:'吾常得醉于酒足矣。'妻子固请种秔(粳稻),乃使二顷五十亩种秫,五十亩种粳。"颜延之赴始安太守,过浔阳访渊明,"延之临去,留二万钱与渊明,渊明悉遣送酒家,稍就取酒"。所以陶渊明无论是待人接物,日常生活的小事,还是有关经世济时、出处进退的大事,皆一任自然,泰然处之。可见,"真"是他做人的准则,也是他做诗的原则,乃至他美学风格的特征,这一点,是受了庄子主张自然的美学观的影响。

陶渊明归隐之后,生活在农村,并亲自参加了劳动,这是很重要的一件事。他归隐后,生活较贫苦,他种的田不断遭受灾害;44岁那年,旧居又被大火烧毁,因此有时甚至要乞食。而更重要的是一方面,他通过劳动,在劳动中认识到自己的存在和作用,求得内心的平衡。另一方面,他通过劳动来使自己与自然界亲近、融洽,沟通自己与自然的密切联系,于是在日常的、看来是平凡的农村田园生活中,保持自己的理想、节操,获得心灵的自由、平静和安乐。

但是应该注意的是,陶渊明归隐一段时间以后,也产生了人生的苦闷。这主要在于他虽弃官归隐,但并未忘怀世事,他是弃官不弃世的。正像鲁迅所说的,他并未忘怀世事,因此他也有"金刚怒目"的诗出现。可是,现实的黑暗,又是他无力加以改变和抗争的,所以便增加了对人生的苦闷,也由此产生了"桃花源"这样的社会理想与"五柳先生"这样超脱的人物。而陶渊明饮酒、嗜酒的目的就是使自己"绝尘想",忘怀世事,借酒进入一种迷狂状态。他采菊,抚无弦琴,都是"寄意"的手段和工具。而写诗,更是他寄托情意、宣泄苦闷的最好方式。

二、陶渊明的诗歌创作

（一）陶渊明诗歌的题材

陶渊明的诗歌，按题材来分，大致可分为田园诗、咏怀诗和哲理诗三大类。现重点谈谈前两类。

1. 田园诗

陶渊明田园诗的主题是对田园生活的赞美和对农业劳动的讴歌，并通过对自身饱尝耕耘的艰难和亲历霜露的辛苦的种种回顾，在不同程度上反映出广大劳动农民的痛苦和他们的希望。如《和郭主簿》其一，写归隐后自给自足的富裕生活："蔼蔼堂前林，中夏贮清阴。凯风因时来，回飙开我襟。息交游闲业，卧起弄书琴。园蔬有余滋，旧谷犹储今。"在他的笔下，田园生活如此美好：林木繁茂，清阴满庭，南风徐来，心旷神怡，给人以无比甜美的阴凉之感。在《癸卯岁始春怀古田舍》二首中，第一首抒写自己躬耕之初的新鲜感受和喜悦心情。作者写自己在春天的田野里，兴致勃勃，情趣盎然。一路上觉得小鸟在为他放声歌唱，春风扑面，好像欢迎他的到来，从而情不自禁地想到古代拄杖而耕的荷蓧丈人（见《论语》），领会到这位先贤的高尚情怀。第二首表示对古代的躬耕隐士长沮、桀溺的怀念，对孔子"忧道不忧贫"的至理名言，表现出不以为然的态度。

《归园田居》五首是陶渊明弃官归田的第二年写的一组诗，是他田园诗的代表作。第一首写去职归田的愉快心情和乡居的乐趣：

> 少无适俗韵，性本爱丘山。误落尘网中，一去三十年。羁鸟恋旧林，池鱼思故渊。开荒南野际，守拙归园田。方宅十余亩，草屋八九间。榆柳荫后檐，桃李罗堂前。暧暧远人村，依依墟里烟。狗吠深巷中，鸡鸣桑树巅。户庭无尘杂，虚室有余闲。久居樊笼里，复得返自然。

此诗开头两句，说自己从少年时代起，就缺少那种适应世俗的风度，本性所爱即山水自然。"误落尘网中"，尘网指官场，整个官场好像一张捕捉鸟兽的罗网，自己入仕，是误落尘网，是"迷途"。《感士不遇赋》说："密网裁而鱼骇，宏罗制而鸟惊。""三十年"一说为"十三年"之误，因其从 29 岁开始出仕，到 41 岁辞彭泽令回家，恰好历 13 个年头。一说即 30 年，是指少年学诗书（"六经"），实际上也等于误坠"尘网"，到 41 岁归隐，也是 30 年。"羁鸟"两句，他把仕途比作"尘网""樊笼"，因此自己即如"羁鸟""池鱼"，这是隐微含蓄而又生动具体的比喻。这种被禁锢的痛苦不断折磨他，而由于"性本爱丘山"的本性，终于使他在看透了官场的黑暗之后，欣然归隐。"开荒"两句说明他归田思想的胜利，实现了躬耕的愿望。以上八句，是用最简练、最含蓄的语言，概括地叙述了他的前半生。诗的后段，正面写他回到田园，重温田园的自然景物和生活气氛，抒发出内心的欣慰之情。"方宅十余亩"到"鸡鸣桑树巅"几句，写归隐所在的农村景色，很自然地写出了乡村中那种和平安宁的生活气氛，与"尘网""樊笼"的官场生活形成鲜明对比。这几句描写，没有任何特别的东西，既没有精雕细琢，也没有雄浑壮伟，却在平淡之中显示出一种自然的美。这也就是陶渊明所追求的哲学境界。"户庭无尘杂，虚室有余闲"，写其家门庭萧寂，室内闲静的气氛，由此来表现自己不慕荣利、淡泊宁静的个性，最后很自然地过渡到回田园后的欣慰心情，落实到全诗的主题所在。

第三首写自己的劳动生活：

> 种豆南山下，草盛豆苗稀。晨兴理荒秽，带月荷锄归。道狭草木长，夕露沾我衣。衣沾不足惜，但使愿无违。

这是从仕途归隐田园从事躬耕生活的真切感受，带月荷锄、夕露沾衣，实景实情，生动逼真。要注意的是，陶渊明参加劳动，并非"消愁解闷的一点小动作"，而是真正作为自己衣食所依的生产劳动。劳动者的甘苦、希望、忧虑，作者都有亲身的体会，因此，他表现出来的感情是真挚的。尤其是到了晚年，经济上遭遇到一系列的挫折之后，陶渊明更是将生产劳动作为生存的主要手段了。贫困的家庭生活和多年的劳动实践使他大大缩短了与普通农民之间的距离，思想感情也和劳动人民打成一片。我们看他 54 岁留下的《怨诗楚调示庞主簿邓治中》一诗，诗中凄切地倾诉了他的悲惨遭遇：

> 弱冠逢世阻，始室丧其偏。炎火屡焚如，螟蜮恣中田。风雨纵横至，收敛不盈廛。夏日长抱饥，寒夜无被眠。造夕思鸡鸣，及晨愿乌迁。在己何怨天，离忧凄目前。

生逢乱世，早丧发妻，风旱虫涝，收成寥寥；夏天挨饿，冬天受冻，五十四个春秋过去，没有一天安宁。诗中辛勤悲苦的气氛和朴素的语言，如果没有半生躬耕生活的切身感受，对劳动和劳动农民没有相当的认识和深厚的感情，是写不出来的。这也可以看出其世界观的深刻变化。

陶渊明的田园诗开创了中国古典诗歌的一个重要流派。他的田园诗，写出了田园生活和田园风光。他所写的农村生活，都具有审美的性质，能够在最平凡的农村生活景象中显示出一种无穷的意味深长的美。他是第一个从农村劳动的田园生活中，从日常平凡的生活中发现了有深刻意义的美，并且创造了一种独特的艺术境界的人。他善于从平凡的景物和日常的生活里捕捉住最具特征的事物加以描绘，并把它和自己的思想情绪结合起来，使自然景物染上浓重的感情色彩，达到浑融深厚的艺术境界。如《归园田居》其一"方宅十余亩"几句，在最普通、最平常的农村景物中充满了诗意，这些景物呈现出不平常的外貌。反复吟咏，我们会发现可爱的不仅是自然景色本身，更是它们渗透着诗人对田园生活无比热爱的感情，从而引起人们强烈的共鸣。

2. 咏怀诗

以往的研究者往往注意到陶渊明的田园诗，对于他的一些抒情写志、讥讽时事的咏怀诗，则不太注意。其实这一部分无论是数量还是思想深度，都是研究陶诗所不能忽视的。

关于陶渊明的咏怀之作，我们重点谈谈他的《饮酒》二十首和《杂诗》组诗。

《饮酒》诗是陶渊明归隐之后，借饮酒来抒写自己的情怀、咏怀寄慨之作。萧统说："吾观其意不在酒，亦寄酒为迹也。"他是领会了陶渊明作诗的真意的。这组诗前有一小序："余闲居寡欢，兼比夜已长，偶有名酒，无夕不饮。顾影独尽，忽焉复醉。既醉之后，辄题数句自娱，纸墨遂多，辞无诠次。聊命故人书之，以为欢笑耳。"序中声明这是醉后题诗，预留退步，以备不测，可看出作者的良苦用心。序中可以反映出作者在写这组诗时的孤寂痛苦的心情，借酒浇愁，用酒来排遣他深切的苦痛与孤独寂寞的心情。因此第一首"衰荣无定在"，便认为人生应该达观。第八首《青松在东园》，则以孤松自况，表现自己高洁坚贞的人格，表示不与世俗同流合污的志向。在陶渊明看来，要做到不同流合污，保持自己高洁的人格，就必须坚持其归隐道路。因此《饮酒》诗中写了大量这样的内容。如第九首《清晨闻叩门》，通过作者与田父的交往，用设为问答的句式，表明自己不愿与世俗同流合污的坚决意志。因此我们说陶渊明的归隐是一个不肯同流合污的正直文人自觉地与腐朽堕落、不可救药的上层统治阶级的彻底决裂，是为坚持自己的政治理想和表达对现实世界的不满作出的激烈反抗。

再看第五首《结庐在人境》，是历来传诵的名篇：

> 结庐在人境，而无车马喧。问君何能尔？心远地自偏。采菊东篱下，悠然见南山。山气日夕佳，飞鸟相与还。此中有真意，欲辩已忘言。

此诗似是写隐居生活的悠游自在，实际上也可从中看到诗人深埋内心的难言的苦闷，当然也包括对官场的厌恶和对自然的喜悦。作者先从自己的隐居写起，当时有所谓"形隐"与"心隐"的区别，"形隐"即身隐居于山林，"心隐"即身居朝市，而神藏林野之中。所谓"心远地自偏"，是"心隐"，即精神超脱法，说明只要能真正鄙夷世俗利禄，抛弃荣名，虽"结庐在人境"，也能做到隐逸。而"采菊东篱下"这两句千古名句，正是在这个前提下反映出的一种悠闲恬静的境界。据说采菊服食可以延年，所以陶渊明采菊可能为了服食。但其实不必坐实此句，采菊仍是为了"寄意"。菊，是高风亮节的象征，而南山又是隐居之所（陶之隐居之地，大体是以庐山为中心的农村），所以采菊而见南山，是借以暗寓其摒弃市朝鄙俗的高趣。此句将田园自然之美的常悦、健身延寿的愿望、励志持节的省悟三者熔于一炉了。苏轼《东坡题跋》云："因采菊而见山，境与意合，此句最有妙处。近岁俗本皆作'望南山'，则此一篇神气都索然矣。"王国维认为此句是"无我之境"，即"以物观物，故不知何者为我，何者为物"，也就是境与意合，情与境融。下面写山气之佳，飞鸟归林，既写景色，又隐喻作者的归隐。因为作者常将官场比作尘网，自己出仕是"误落尘网中"，而归隐是"羁鸟恋旧林""鸟倦飞而知还"，可以说，鸟是诗人的艺术化身，诗人目送归鸟栖山的时刻，也正是诗人自赞结庐隐居的时刻。而最后以"此中有真意，欲辩已忘言"作结，表明自己对归隐的真谛的领会，是无法用语言来表达的。因此此篇虽列"饮酒"之作，却通篇无一酒字，而是记结庐之事，写田园之景，抒隐居之情，以事真、景真、情真而见其意之真，以纯朴自然不假雕琢的艺术风格，表现了作者的耕隐生活及其思想感情。

《杂诗》共有十二首，也非一时之作，其中有不少抒写自己少年青年时的抱负。如第五首："忆我少壮时，无乐自欣豫，猛志逸四海，骞翮思远翥。"跳跃着一个意气风发、斗志昂扬的少年英雄的身影。其二《白日沦西阿》，写归田之后，却没有抛弃自己的崇高理想而消沉颓废，但有志莫伸，又使内心充满着痛苦和煎熬。其四《丈夫志四海》，写自己胸怀壮志不能实现，晚年只能求"乐以忘忧，不知老之将至"，表示对贪利求名的蔑视。

陶渊明的《咏荆轲》，是一首借咏史以咏怀的诗。此诗作于刘裕代晋自立之后，作者热情地歌颂了荆轲刺秦王的英勇事迹，而对当时的暴乱政治和无辜者横遭杀戮的现实表达了极大的愤慨。由这首诗和《述酒》等诗，可以看出陶渊明"并未忘怀世事"（鲁迅语）的一面。像这样"火气"十足的作品，还有《读山海经》组诗十三首，这是鲁迅先生特别推崇的，认为陶渊明并非一味的平淡，还有"金刚怒目式"的，就指这组诗。第一首是总序，写幽居躬耕之暇读《山海经》和《穆天子传》的乐趣，其余各首都是分咏书中所载的奇异事物，而用意皆在借古喻今，借神仙荒怪之论，发其悲愤不平之慨。如《精卫衔微木》一首，借歌颂精卫填海和刑天争神的顽强斗争，寄托诗人的不平之气：

> 精卫衔微木，将以填沧海。刑天舞干戚，猛志固常在。同物既无虑，化去不复悔。徒设在昔心，良辰讵可待。

最后四句说精卫与刑天同为异类，尚且斗志顽强，毫无顾虑，死后也不懊悔，何况人类。

但可惜他们过去只是空有这种雄心壮志而已，而实现这雄心壮志的美好时刻，何曾等到了呢？正如我过去空有雄心，现在年岁已老，实现这壮志的佳期又怎能等到？这就是此诗的主旨。

（二）陶渊明诗歌的艺术

陶诗的最大特点是自然平淡，语言质朴，含义深远。自然平淡，不仅是陶渊明的人生旨趣，也是其诗歌的总体艺术特征。《朱子语类》云："渊明诗平淡出于自然。"《沧浪诗话》云："渊明之诗质而自然。"都指出其自然平淡的特点。元好问《论诗绝句三十首》说："一语天然万古新，豪华落尽见真淳。南窗白日羲皇上，未害渊明是晋人。"（陶渊明《与子俨等疏》云："五六月中，北窗下卧，遇凉风暂至，自谓是羲皇上人。"羲皇上人，伏羲以上时代之人，即淳朴天真、无忧无虑之人。）晋代诗虽有建安遗风，但风云气少，儿女情多，而陶渊明诗以自然平淡见长，和谐优美的意境，独树一帜，与时风迥异，因此并不妨碍他是晋人。这句话也概括出陶诗的风格真髓与时代精神。《东坡诗话》云："渊明作诗不多，然其诗质而实绮，癯而实腴，自曹、刘、鲍、谢、李、杜诸人皆莫及也。""质而实绮"，是说外表质朴而实际却很华丽，"癯而实腴"，是说外表干枯而实际很丰满。内容自然平淡而含意深远，语言平淡自然而精练高洁，"言有尽而意无穷"，在平凡之中见出不平凡，这就是陶诗的艺术境界。从苏轼《东坡诗话》的评价，可更具体感知陶诗的风格。

李泽厚、刘纲纪在《中国美学史》第二卷中说：陶诗艺术境界的特殊地方，就在于它把平凡的生活中所蕴含的美极为自然质朴地写了出来，同时把它与玄学、佛学所要解决的人生解脱问题联系起来，因而使得这种艺术境界具有深刻的哲理意味，这就是陶诗"平淡"的特色所在。这是从审美的角度来揭示陶诗的特色，也揭示了陶诗把景、情、理三者巧妙结合，达到浑融浓厚的艺术境界的特点。

《结庐在人境》，是田园诗、咏怀诗还是哲理诗，都难以确定，三者兼而有之。诗中景、情、理三者水乳交融，互相渗透，互相衬托，无论读者从哪个角度去欣赏，都能领会不同的奇趣，让读者沉浸于无穷的联想和对美的感受中。

三、陶渊明的散文、辞赋

陶渊明的散文有《桃花源记》《五柳先生传》等。《桃花源记》是陶渊明虚构的寄托其社会理想的作品，它描绘了一个没有压迫、没有剥削、平等自由的美好的世外仙境。桃花源的理想虽然只是空想，但在一定程度上反映了人民的美好愿望，还是十分可贵的。《五柳先生传》则以正史纪传体的形式为自己立传，作者在一百多字的篇幅中，用极其简洁传神的笔墨塑造了五柳先生的形象，展现的是一个清高洒脱、怡然自得、安贫乐道的隐士的情操和高风亮节，清楚地划出与世俗的界限。五柳先生成为寄托中国古代士大夫理想的人物形象。

陶渊明的赋有《归去来兮辞》《闲情赋》《感士不遇赋》。《归去来兮辞》是作者辞去彭泽令后初归家时所作，这里且引入两段：

> 舟遥遥以轻飏，风飘飘而吹衣。问征夫以前路，恨晨光之熹微。乃瞻衡宇，载欣载奔。僮仆欢迎，稚子候门。三径就荒，松菊犹存。携幼入室，有酒盈樽。引壶觞以自酌，眄庭柯以怡颜。倚南窗以寄傲，审容膝之易安。园日涉以成趣，门虽设而常关。策扶老以流憩，时矫首而遐观。云无心以出岫，鸟倦飞而知还。景翳翳以将入，抚孤松而盘桓。

归去来兮,请息交以绝游。世与我而相违,复驾言兮焉求? 悦亲戚之情话,乐琴书以消忧。农人告余以春及,将有事于西畴。或命巾车,或棹孤舟。既窈窕以寻壑,亦崎岖而经丘。木欣欣以向荣,泉涓涓而始流。善万物之得时,感吾生之行休。

文中写到归途的情景,回家后与家人团聚以及来年春天耕种的情景,抒发归家时的愉快和隐居的乐趣。文章感情真挚,语言朴素,不假涂饰,而且音节谐美,有跌宕的节奏,舒畅的声响,将作者欣喜欲狂的情状呈现于读者面前。对于此文,宋代欧阳修甚至说:"晋无文章,唯陶渊明《归去来兮辞》一篇而已。"

四、陶渊明的影响

陶渊明名位低微,他的诗,虽然在当时玄言诗盛行的诗风中,高扬起清美的光辉,但是并未产生大的影响。陶渊明的朋友、诗人颜延之虽作《陶徵士诔》,但只赞其人品,对其作品却以"文取指达"四字轻轻带过。到鲍照才开始注意陶渊明的作品。沈约把陶渊明列入《宋书·隐逸传》。钟嵘注意到陶诗,并给予 定评价,但也只列入中品。直到萧统,才开始给陶渊明诗文较高的评价,并为之编集、作序,写了一个比《宋书》更详尽的《陶渊明传》。《陶渊明集》是中国文学史上第一部文人专集,有十分重大的意义。到了唐代,推崇陶渊明的作家陡增,如李白、杜甫。李白效陶渊明不肯摧眉折腰事权贵。陶渊明开创的田园诗,为中国文学增添了一种新的题材,此后更有不少人相沿成风。到宋代,陶渊明的地位就更高了。苏轼是历史上把陶渊明举得最高的一个,而且和陶诗之作最多。苏辙说东坡是"晚喜陶渊明,追和之者几遍"。可见陶诗对东坡产生了很大的影响。

拓展阅读作品篇目

《癸卯岁始春怀古田舍》《饮酒》(清晨闻叩门)、《咏荆轲》《读山海经》(精卫衔微木)、《怨诗楚调示庞主簿邓治中》《和郭主簿》《桃花源记》《归去来兮辞》

思考练习题

1. 从陶渊明的经历与思想论述陶渊明的诗歌创作。
2. 论述陶诗的艺术风格。
3. 简析《饮酒》其五一诗。
4. 关于"采菊东篱下,悠然见南山",苏东坡说:"因采菊而见山,境与意会,此句最有妙处。近岁俗本皆作'望南山',则此一篇神气都索然矣。"你如何理解这句话?
5. 《东坡诗话》云:"渊明作诗不多,然其诗质而实绮,癯而实腴,自曹、刘、鲍、谢、李、杜诸人皆莫及也。"请解释和阐析这句话。
6. 简析《桃花源记》和《归去来兮辞》。

第四节　南北朝乐府民歌

公元 420 年,宋武帝刘裕夺取东晋政权,建立刘宋王朝。从刘宋开始,南方经历了宋、齐、梁、陈四个朝代,史称南朝。刘宋共八帝,首尾 60 年;齐七帝,首尾 24 年;梁四帝,首尾 55 年;陈五帝,首尾 33 年。北方从 439 年起,北魏太武帝拓跋焘统一北方,建立少数民族在北方的统一政权,与偏安江南的汉族政权对峙。北魏后分裂为东魏(534—550)与西魏(535—556),公元 550 年,北齐文宣帝高洋代东魏自立。557 年,宇文氏代西魏称帝,是为北周。南北对峙的局面,直到 589 年隋文帝杨坚灭陈统一中国才告结束,这就是历史上的南北朝时期。

● 一、南朝乐府民歌

南北朝乐府民歌,是继汉乐府之后的又一批民间口头创作。南朝乐府民歌大部分被保存在《乐府诗集》的"清商曲辞"和"杂曲歌辞"中。但当时人们把南方民间歌曲叫"吴声"或"西曲"。关于吴声和西曲产生的地点,《乐府诗集》认为:"吴歌杂曲,并出江南。东晋以来,稍有增广。其始皆徒歌,既而被之管弦。盖自永嘉渡江之后,下及梁陈,咸都建业,吴声歌曲,起于此也。""按西曲歌出于荆(湖北江陵)、郢(湖北宜昌)、樊(湖北襄阳)、邓(河南邓州,皆长江中游及汉水两岸大城市)之间,而其声节送和与吴歌亦异,故(因)其方俗而谓之西曲云。"

吴歌,顾名思义,当为吴人之歌。此说明吴声歌产生于吴地,以当时的京城建业(今南京)为中心地区。西曲歌产生于江汉之间的地域。吴声歌凡 326 首,西曲歌 142 首。现在流传下来的吴声歌,据《乐府诗集》所载,共有 24 曲,其中以《子夜歌》《子夜四时歌》《大子夜歌》《闻欢歌》《华山歌》《读曲歌》等最为著名。如《子夜歌》:

> 始欲识郎时,两心望如一。理丝入残机,何悟不成匹。

写一个女子同一个男子恋爱,山盟海誓,表示忠心,但却以离散告终,表现了女子对"两心如一"的爱情的渴望。再如《读曲歌》:

> 打杀长鸣鸡,弹去乌白鸟,愿得连冥不复曙,一年都一晓。

这是表现得到爱情的欢乐,愿意长久沉浸在爱情的幸福之中。这些诗中所写的男欢女爱,基本上是健康的爱情描写,对于爱情的态度基本上是严肃的。因为这些情歌,多表现了对于美好爱情生活的真诚愿望,只有温柔而无挑逗,只有羞怯与怀念而无过分沉醉与淫荡,并不像贵族文人的色情歌诗那样赤裸裸地描写情欲生活。

西曲歌中充满着水上船边的情调及商人游女的生活况味。其产地主要在湖北中西部和河南南部一带,故又称"荆楚西声"。它多写水边船上旅客商妇的离别之情,反映的生活面比吴歌稍广一些。如《石城乐》:

> 布帆百余幅,环环在江津。执手双泪落,何时见欢还?

又如《莫愁乐》:

闻欢下扬州,相送楚山头。探手抱腰看,江水断不流。

这些诗展示的是一幕幕的离别场景,一曲曲送别哀歌,给读者留下深刻印象。再如《那呵滩》中的两首对唱:

闻欢下扬州,相送江津湾。愿得篙橹折,交郎到头还。

篙折当更觅,橹折当更安。各自是官人,那得到头还。

女子的歌唱,传达出真切的情思和天真的愿望;男子的对答,则表现出为了生活身不由己的遗憾和悲哀。

西曲与吴歌在乐曲方面也有差别。西曲虽也以五言四句居多,但句式不同的歌辞比吴歌多,且又有七言二句、四言四句的形式。时间上,吴歌主要产生于晋、宋,而此时西曲才开始出现,可见西曲比吴歌晚。

吴歌和西曲的内容,都是一色的情歌,是一色的对于男女爱情生活的抒写。之所以会出现这种情况,可从两方面来说明。一方面,这些诗歌产生之地,如建业,为当时历代都城,是政治、经济、文化的中心,荆、郢、樊、邓等地,是西边军事重镇,经济文化也很发达。江南这些地区,自永嘉之乱后,中原人民大量南移,于是沿江许多重要城市空前繁荣。商业繁荣,商人及游民众多,在这些人家的女子中,封建礼教观念较淡薄,在男女爱情生活上坦率放恣。因此这些诗歌,真实地反映了当时江南社会生活的一个方面。另一方面,这类情调也正适合当时追求腐化生活的统治阶级的爱好,因而这类歌辞被收入乐府得以保存下来,其他方面的则被抛弃了。

除吴歌、西曲之外,"杂曲歌辞"中还有一首著名的抒情长诗《西洲曲》:

忆梅下西洲,折梅寄江北。单衫杏子红,双鬓鸦雏色。西洲在何处? 两桨桥头渡。日暮伯劳飞,风吹乌臼树。树下即门前,门中露翠钿。开门郎不至,出门采红莲。采莲南塘秋,莲花过人头。低头弄莲子,莲子清如水。置莲怀袖中,莲心彻底红。忆郎郎不至,仰首望飞鸿。鸿飞满西洲,望郎上青楼。楼高望不见,尽日栏杆头。栏杆十二曲,垂手明如玉。卷帘天自高,海水摇空绿。海水梦悠悠,君愁我亦愁。南风知我意,吹梦到西洲。

在南朝乐府民歌中,这是一首艺术形式最为成熟的作品。此诗最早著录于徐陵的《玉台新咏》,题为江淹作。《乐府诗集》归入"杂曲歌辞",题为《古辞》。《玉台新咏》成书于梁代,《西洲曲》的产生不可能迟于梁代。从诗作的内容看,此诗保留着民歌的特色,非文人创作,但又可看出经文人润饰改定。历来认为此诗较为难解,难解之一是叙事主角,或认为是女子口气,或以为是男人口吻。实际上该诗是以女子的口吻来写的,但也有第三人称叙事的插入。难解之二是字句有所省略,文意时有暗转。总体来说,是写一位江南女子对情郎的执着的思念。"忆梅"两句,写春日女子见梅花盛开,回忆当初与情人于西洲的梅下欢晤。"下西洲",即到西洲去,因如今梅花又开,故欲到西洲折梅,而今情人又在江北,所以到西洲折到梅后,将寄江北。头两句过去众说纷纭,歧义颇多。如西洲地点,唐代温庭筠《西洲曲》有"西洲风色好,遥见武昌楼",故疑西洲即武昌;一说西洲在南昌。中唐诗人耿沣诗《春日洪州即事》有"钟陵春日好,春水满南塘",据此则南塘在南昌,今南昌有莲塘地名。这些,只可供我们参考。"单衫"两句,用第三者的口吻写豆蔻年华女子的美丽可爱。鸦雏,小乌鸦。鸦雏色,极精确地写出豆蔻少女的神态。"西洲在何处",说明西洲离其家不远,而且此二句还透露出女子能划船。从第七句开始,转入采莲怀人的情节。"日暮"是夏日,头两句写女子的家所居环境。"树下"两句写女子的家门口,"门中"两句将镜头推近,写女子的翠钿头饰。"开门郎不至"一句开始,写女子从门中走出,开始了采莲、登楼等一系列表演。采莲弄莲是一系列的动作,女子借此以表达对情人的爱怜与思念。从"开门"到"彻底红",如一幅长轴画卷,展示出真实动人的采莲相思图。然后作者巧妙地利用空间转换的办法,不露痕迹地把描写的笔墨伸向秋天,即"忆郎不至"到"上青楼"。由"望飞鸿"等信到"上青楼"望人,由动作的变换刻画出女子细微的心理活动。登楼亦不见情人,因此接下来写栏杆,写女子之手,既反衬出女子的寂寞孤单,又为过渡到下一景色作自然转接。栏杆望不见,于是卷帘,又是一个动作,但仍无法摆脱思念之苦,最后只能托梦相忆,沉浸在西洲欢晤的幸福忆念之中。作者善于以情为中心来展开全部的描写,诗中的景物,对人的外形描写,皆极简练,重点在女主人公思想感情的抒发。"忆梅""折梅""采莲""弄莲",莫不是为了排遣对情郎的思念之情。"忆"而又"忆","望"而再"望",都是写其深情。作者还善于从动态中表现人物的思想感情。深情的思念推动着她的行动:下西洲,折梅、寄梅,采莲、弄莲、置莲,望飞鸿,上青楼,卷帘,做梦。活动的空间也不断在变换:家中,西洲,南塘,青楼。在动态中表现出女主人公对爱情的执着、矢志不移的追求。诗中多用重字、接字、谐音双关等写法,形成反复回环,有余不尽的情韵,修辞学上的"顶真"手法的运用,显得音韵流美。

南朝乐府民歌的特点是感情真挚,缠绵悱恻,语调婉转清丽。在艺术上,一是体裁短小,多五言四句;二是语言清新自然,如清水出芙蓉;三是多用双关谐音字,如以"藕"谐"偶"、以"丝"谐"思"、以"莲"谐"怜"等。

● 二、北朝乐府民歌

现存的北朝乐府民歌绝大部分保存在《横吹曲辞》的《梁鼓角横吹曲》中。北方自永嘉之乱后,各少数民族入主中原,民族间的斗争极为剧烈。少数民族的粗犷、豪放、强悍的气质,也影响到北方汉族人民,形成雄健武勇之气。因此,北朝乐府民歌的内容多反映战争、尚武、人民疾苦等,其风格显得粗犷、雄健、质朴、豪放。即使是反映爱情的诗歌,也绝没有南朝那样的吴侬软语、婉媚缠绵,而是非常大胆、干脆、坦率、爽直。

表现尚武、征战的诗篇,如《企喻歌辞》:

男儿欲作健,结伴不须多。鹞子经天飞,群雀两向波。

《琅琊王歌辞》:

新买五尺刀,悬著中梁柱。一日三摩挲,剧于十五女。

反映社会问题的,如《琅琊王歌辞》:

东山看西水,水流磐石间。公死姥更嫁,孤儿甚可怜。

《幽州马客吟歌辞》:

快马常苦瘦,勒儿常苦贫。黄禾起羸马,有钱始作人。

反映婚嫁爱情的,如《捉搦歌》:

谁家女子能行步,反著裌襌后裙露。天生男女共一处,愿得两个成翁妪。

又如《地驱乐歌》:

驱羊入谷,白羊在前。老女不嫁,踏地唤天。

还有一首《敕勒歌》，是一首歌咏草原游牧生活的绝唱：

　　敕勒川，阴山下。天似穹庐，笼盖四野。天苍苍，野茫茫，风吹草低见牛羊。

此诗本是北魏时代敕勒族（敕勒族为匈奴后裔，是今维吾尔族的主要族源）斛律部的牧歌，曾为斛律金口唱。此诗历来为人们所称赞，在于其意境之高远，风格之浑朴苍莽，有极强的审美内涵。此诗一开头，突兀而来"敕勒川"，旨在赞美广袤的平川即河川，点出敕勒族的民族色调。第二句，"阴山下"，为敕勒川提供了一个典型的环境——地域、气候及历史背景。阴山山脉位于内蒙古高原的南缘，东西长达一千两百多公里，历史上这里干旱、荒凉、贫瘠，且为古战场。点出"阴山下"，山与川相呼应，开拓了诗的意境。"天似"二句，巧妙地采用了一个生活气息极浓的物象——"穹庐"（蒙古包）与天作比，使人感到浓厚的生活气息，且极言天野恢宏，泰然安居，于雄放之中见其自然。"天苍苍"三句，"天""野"承上而来，人立于山腰，高瞻远瞩，只觉天野茫茫苍苍，气象雄浑，景物阔大。最后一句是全诗最佳处，堪称"诗眼"。忽然阵风吹过，吹伏了莽原茂草，吹出了滚滚牛羊，吹露出天野苍茫的隐秘，呈现出草原一派殷富的景象。"风"起了艺术"杠杆"的作用，使得静态的山川、天野、穹庐、牧草与动态的牛、羊映衬成趣，气象万千，使人领受到更美的思想和艺术境界。因此这首诗虽短小，却自然高妙，浑朴苍茫，艺术地再现了草原风光。诗中对山川风物进行了热烈的歌颂，表现出对草原山川的热爱之情，充溢着一股爱国主义的激情。它在粗犷之中，又杂有豪迈之气，使人百读不厌。

北朝乐府中的《木兰诗》，是北朝乐府民歌的代表作，它和《孔雀东南飞》被称为我国诗歌史上的"双璧"。《木兰诗》成功地塑造了木兰这个不朽的艺术形象。木兰是一个闺中少女，又是一位金戈铁马的巾帼英雄。木兰的形象，是人民理想的化身，集中了中华民族勤劳、善良、机智、勇敢、刚毅和淳朴的优秀品质，是一个令人景仰的英雄。《木兰诗》在艺术表现手法上也很有特色。首先是描写有繁有简，剪裁精当而结构完整。诗中时间长达十多年，地域从家乡到战场、朝廷，又回到家乡，时空变换大，但作者处理得有条不紊。其次是通过人物的行动和气氛的烘托来刻画人物的心理、性格，将叙事和抒情完美地结合起来。此诗为叙事诗，又有很浓的抒情成分。此外，诗中采用复沓、排比、对偶等句式，叠字、比喻、夸张等修辞手法的运用也很出色。《木兰诗》产生于民间，可能经过后世文人加工，但全诗生动活泼，清新刚健，仍不失民歌本色，不愧是千百年来脍炙人口的优秀诗篇。

● **拓展阅读作品篇目**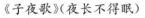

《子夜歌》（夜长不得眠）

《子夜四时歌》

《华山畿》

《捉搦歌》（谁家女子能行步）、《木兰诗》

● 思考练习题

1. 比较南北朝乐府民歌的不同。
2.《西洲曲》是如何描写诗中的豆蔻女子及其思念的?
3. 试分析《敕勒歌》的艺术特色。
4. 试分析《木兰诗》的艺术风格。

第五节 南北朝诗人

● 一、南朝诗人

刘裕在东晋末打垮桓玄,夺取了东晋政权,建立了刘宋王朝。到第三个皇帝宋文帝刘义隆元嘉年间,诗歌的内容和形式,都向新的方向发展并有所开拓,呈现出一番新的气象,使东晋以来由玄言诗所造成的衰颓的诗风振作起来,诗坛为之耳目一新。清沈德潜《说诗晬语》卷上说:"诗至于宋,性情渐隐,声色大开,诗运一转关也。"与魏晋诗人不同,南朝诗人更崇尚声色,追求艺术形式的完善与华美。这一时期诗坛的显著特异之处,就是自然界的山水景物大量进入诗篇,出现从玄言诗向山水诗过渡的局面,山水诗形成具有特色的文学。这一时期的代表有谢灵运、鲍照,以及后来的谢朓等人。他们的作品,描绘了幽秀的山水状貌,改变了玄言诗长期统治诗坛的局面。比谢灵运稍晚一点的鲍照,更涤除了谢灵运诗中残余的玄言成分,学习乐府民歌,坚持了建安以来的汉魏风骨。当时人们将"鲍谢"并称,又将鲍照、谢灵运、颜延之三人,合称"元嘉三大家"。

(一)谢灵运

谢灵运(385—433)是第一个有意识地大量创作山水诗的诗人。山水诗的出现有其社会思潮的背景。当时的玄言诗里也开始出现一些山水诗句。因为玄学家把对自然山水的观赏看作实现自由、超脱生活理想的一个重要方面,所以纵情山水成为名士们的一种风尚,是名士必须有的教养。当时多以自然物的美来比拟人的才情风貌,所以注重山水自然之美,成为士大夫普遍的习尚。刘勰《文心雕龙·明诗》说:"宋初文咏,体有因革,庄老告退,而山水方滋。"此时不但出现了山水诗,山水画也开始受到重视,在过去本来只作为人物背景的山水,也被强调和突出,如顾恺之、宗炳等人的画。因此山水诗的出现,与当时的社会风尚有关。

谢灵运,十八岁袭封康乐公,故人称谢康乐。谢灵运的祖父为东晋名将谢玄,谢玄叔父乃宰相谢安,谢、王二族为晋朝世宗大族。谢灵运入仕时,已是刘宋朝,他不得不屈身侍奉曾是他祖辈属下的"兵"——刘裕,刘裕又采取压抑世族的政策,谢灵运爵位也由公爵降为侯爵,故心情多有不平。刘宋王朝对谢灵运也总有戒备。这样,谢灵运因其出身高第,又负才能,却未能获重要的政治地位,常怀郁愤心情。因此他把政治抱负不能施展的苦闷,外现为对山水的迷恋。而且，谢灵运又信佛，有佛家之超俗精神，这也就引导他去欣赏山水："遗情舍尘物，贞观丘壑美。"只有怀着高超的情致，即超越尘垢的精神，才能领略山水景色之美，透过景物获得精神上的满足。他所任官职如永嘉太守、秘书监及临川内史等皆为闲职，便一味纵情游山玩水，甚至为了游山而役使数百人伐木开路，扰乱社会治安。谢灵运由此多次被朝廷及地方官纠弹制裁。谢灵运后因起兵拒捕而被擒，放逐于广州，最终在广州被杀。

谢灵运因政治欲望未获满足而对刘宋王朝有对立情绪，将其精神寄托于对山水的纵情游赏之中，创作了大量山水诗。其山水诗的特点，是依托他浏览山水时体会的真实情貌，以自己独创的词汇，加以客观的精刻摹绘。如《石壁精舍还湖中作》，以精美的笔法描绘出奇秀的山水景色。诗中写泛舟湖上的景致：

> 出谷日尚早，入舟阳已微。林壑敛暝色，云霞收夕霏。芰荷迭映蔚，蒲稗相因依。

诗人坐在小舟上，看见远处的林壑渐渐隐没在苍茫暮色中，晚霞在愈来愈浓的夜色中迷漫消散；近处湖面上的菱蔓荷叶重重叠叠，在清澈的湖水中投下一片浓重的阴影，蒲稗相互纠缠着，在微风缓流中轻轻摆动。好一派湖山晚景。其写景用词精美而不失其自然，所以鲍照称赞谢诗"如初发芙蓉，自然可爱"，汤惠休也说"谢诗如芙蓉出水"。《登池上楼》一首，也是长期广为传诵的佳作：

> 潜虬媚幽姿，飞鸿响远音。薄霄愧云浮，栖川怍渊沉。进德智所拙，退耕力不任。徇禄反穷海，卧疴对空林。衾枕昧节候，褰开暂窥临。倾耳聆波澜，举目眺岖嵚。初景革绪风，新阳改故阴。池塘生春草，园柳变鸣禽。祁祁伤豳歌，萋萋感楚吟。索居易永久，离群难处心。持操岂独古，无闷征在今。

此诗作于他在永嘉太守任上，几乎全篇对偶，全诗比较艰涩，基调也略显低沉，但诗中所描绘的永嘉这个小城的自然风物，涛声远岘，春草鸣禽，却历历如闻如见。诗中"池塘生春草，园柳变鸣禽"两句，是历来为诗论家交口称赞的千古名句。这两句写临窗远眺的景色。"池塘"上承所见，"园柳"上承所闻，都是近景，然后才是远景。这两句初看似无什么特别之笔，但读起来很美：楼外池岸边春草繁生，小园垂柳丛中禽鸟鸣声也已变换，诗人在病榻上突然感到，原来外面已是一派春意了。宋人叶梦得说："此语之工，正在无所用意，猝然与景遇，借以成章，不假绳削，故非常情所能到。"（《石林诗话》）此一联的妙处，就妙在于自然。"芙蓉出水"，就是指的自然。

在谢灵运笔下呈现出来的自然景物的特点，是具有客观性、独立存在于人境之外的。他与陶渊明有所不同。陶诗能将自己的主观感情融合于所写的景色之中，而与自己的生活结成一片，达到较深的意境而情景交融。如"采菊东篱下"几句，表现了陶渊明从对自然景物的感受中所产生的悠然自得之趣，至于南山是如何之状，山气当日夕时如何佳，都让读者自己依据生活经验去想象补充。因此陶诗意境深远而含蓄，情景交融、浑然一体。谢诗更注重山水景物的描摹刻画，以真切鲜明的形象，给人以真实幽美之感，却较少寓自己之情于诗中。如"白云抱幽石，绿篠媚清涟"（《过始宁墅》）这样的诗句，虽是通过作者主观的美学评价而摹写的，但乃是客观存在于人意识之外的具体明确的物状。因此，谢灵运山水诗虽能描绘出秀美的外界景物，却较少见出内心的思想感情。

谢灵运诗给人印象最深的还是那些散见于各篇中的"名句"，如"野旷沙岸净，天高秋月明"（《初去郡》）、"明月照积雪，朔风劲且哀"（《岁暮》）、"林壑敛暝色，云霞收夕霏"（《石壁精舍还湖中作》）、"春晚绿野秀，岩高白云屯"（《入彭蠡湖口》）等，能把自己所目击的水光山色、朝霞夕霏，用诗句描绘出来，给当时诗坛带来了新鲜气息。谢诗的另一特点，是在字句上过分雕琢，有些用典过多，给人艰涩之感。有的对偶句特多，如《登池上楼》乃通篇属对。这正是当时骈俪诗风在其诗中的体现。谢灵运是扭转玄言诗风、开创山水诗派的第一人，以后的谢朓、何逊，唐代的孟浩然、王维、李白等，都受其影响。杜甫诗说："焉得思如陶谢手，令渠述作与同游。"（《江上值水如海势聊短述》）故后人将"陶谢"并称。同时谢灵运又是一个用全力雕章琢句的诗人，为齐梁以后新体诗打下了一定基础。

（二）鲍照

鲍照（414—466），字明远。因曾任过参军，故被后人称为"鲍参军"。鲍照继谢灵运之后，使刘宋诗坛更为壮观。

鲍照的卓越贡献，首先在于他赋予诗歌以较广阔深刻的社会内容，他将满腔的悲愁苦闷之情与怨愤不平之气发而为诗，因而他的诗歌的突出内容，就是表现其建功立业的愿望和抒发寒门之士备受压抑的痛苦，其中充满着对门阀社会的不满情绪与抗争精神，代表着寒士的强烈呼声。如《拟行路难》十八首，就是鲍照咏叹人生苦闷的抒情组诗。我们且看其四：

> 泻水置平地，各自东西南北流。人生亦有命，安能行叹复坐愁！酌酒以自宽，举杯断绝歌路难。心非木石岂无感？吞声踯躅不敢言。

此诗着重表现诗人在门阀制度压抑下怀才不遇的愤懑与不平。诗中突出一个"愁"字，所叹者愁，酌酒为消愁，悲歌为泻愁，不敢言者更添愁。全诗在平淡的外表下蕴含着深沉而又激越奔放的感情。其六"对案不能食"一首，则是在沉重的压抑下不可复忍的愤慨：

> 对案不能食，拔剑击柱长叹息。丈夫生世会几时，安能蹀躞垂羽翼？弃置罢官去，还家自休息。朝出与亲辞，暮还在亲侧。弄儿床前戏，看妇机中织。自古圣贤尽贫贱，何况我辈孤且直！

在诗开始四句里，即可明切感到一个满怀不可遏抑的愤激的诗人形象。于是他只有以陶醉于甜蜜的家庭生活来反抗不合理的现实，而抒发其人生愤慨，最后借古人自慰，乃是对当时现实的严厉批判，而孤直者不免于贫贱，即深刻地揭示了当时社会的黑暗。诗中以十分亢奋的语调表达自己的心情，感情非常强烈。《拟行路难》十八首，是一组宏大的史诗性的作品。其中不少诗篇表现了贫贱者的悲愤心情。此外，像《代放歌行》《山行见孤桐》等，也都表现了对门阀统治下社会不平的不满和诗人怀才不遇的愤懑之情。

其次，描写边塞战争、反映征夫戍卒的生活，也是鲍照诗歌的一个重要内容。如《代出自蓟北门行》，是一首出色的边塞诗：

> 羽檄起边亭，烽火入咸阳。征师屯广武，分兵救朔方。严秋筋竿劲，虏阵精且强。天子按剑怒，使者遥相望。雁行缘石径，鱼贯度飞梁。箫鼓流汉思，旌甲被胡霜。疾风冲塞起，沙砾自飘扬。马毛缩如猬，角弓不可张。时危见臣节，世乱识忠良。投躯报明主，身死为国殇。

诗中表现了边境报警，天子派兵救援的情景，以及边塞的苦寒，战斗的艰苦，将士们誓死以报明主的决心。诗中有较多的叙事成分，但重点仍在抒情，表达自己忠君报国战死疆场的决心。钟嵘《诗品》称"鲍照戍边"之作为"五言之警策"，是很精当的。鲍照此类题材的作品，成为唐人边塞诗的滥觞，影响所及，源远流长。此外，鲍诗中还有一些描写游子、思妇和弃妇的诗和山水诗。

鲍照注重向乐府民歌学习,创作了大量的乐府诗。鲍照诗现存二百多首,其中乐府诗有八十余首,题前大多冠一"拟"字或"代"字。这些乐府诗,继承和发扬了汉魏乐府的传统,描写了广泛的社会生活,对受压迫的人民表达了深切的同情,可以说同样具有"汉魏风骨"的特征。鲍照也有一些学习江南民歌之作。

鲍照诗歌的艺术风格俊逸豪放,奇矫凌厉,杜甫在评李白诗时说他是"清新庾开府,俊逸鲍参军",说明鲍诗有俊逸的特点。但当时鲍诗的这个特点却被目为"险俗"。所谓"险",大概因为鲍诗多激越慷慨不平之气;所谓"俗",是因为学习民歌,内容又多征夫、思妇和下层人士的感情。这个特点,主要表现在他的乐府诗中,"俊逸"便是形成了一种激昂顿挫、强烈奔放的风格。鲍照的诗以其凌厉之势和"发唱惊挺"的独特魅力,不仅在当时标举独出,征服了同时代的许多人,而且也深得后代诗人和诗论家的赞许。

鲍诗成就的另一方面,是在学习民歌的基础上,把在建安时期仅仅萌芽的七言体诗,从内容到形式加以创造发展,开创了七言体诗发展的新局面。自曹丕以后,一般文人似都轻视七言体,而鲍照大胆采用了这一形式,以丰富的内容充实并改造了这种形式,变逐句用韵为隔句用韵,并可以自由换韵,如《拟行路难》"璇闺玉墀上椒阁"。此外,鲍照还灵活地运用了杂言体诗,使诗歌更富于变化。

（三）"永明体"、谢朓和沈约等诗人

1."永明体"

声律是诗歌艺术形式的重要因素。中国古代诗歌一向讲究声律之美,但它有一个从自然声律到人为总结、规定并施之于创作的发展过程。随着诗歌创作的逐步繁荣,注重语言的形式美和音乐美,是诗歌发展的重要趋势。到晋宋时期,许多人都逐渐认识到文字声音的高下抑扬在创作中的重要作用。又加上当时佛教徒转读佛经的影响,到了齐武帝永明年间,沈约等人总结文学创作实践的经验,继承前人的理论成果,提出诗歌创作的"四声""八病"说。这是我国诗歌从比较自由的"古体"走向格律严整的"近体"的一个重要阶段。这种讲究声律的新体诗,最初形成于永明年间,故又称"永明体"。永明体产生的关键是声律论的提出。《南齐书·陆厥传》载:

> 永明末,盛为文章,吴兴沈约、陈郡谢朓、琅邪王融以气类相推毂;汝南周颙,善识声韵。约等文皆用宫商,以平上去入为四声,以此制韵,不可增减,世呼为"永明体"。

所谓"四声",即是声调上的"平、上、去、入"。所谓"八病",指诗歌声律上的八种毛病,即"平头、上尾、蜂腰、鹤膝、大韵、小韵、旁纽、正纽"。永明体诗人认为做诗应避免这八种毛病。诗歌创作可以根据字词声调的变化组合,按一定的规则排列,以达到铿锵、和谐、富有音乐美的效果。永明体诗要求强调声韵格律、对仗,而且体裁一般比较短小。这种诗体,时人亦称为新变体诗。当时周颙、沈约、王融、谢朓等倡导声律说,并以此进行创作。我们来看王融的《临高台》:

> 游人欲骋望,积步上高台。井莲当夏吐,窗桂逐秋开。花飞低不入,鸟散远时来。
> 还看云栋影,含月共徘徊。

这首诗除了失粘之外,各联平仄协调,中间两联已用对偶,基本上符合五律的规格。在永明体诗人中,以谢朓成就最大。

2.谢朓

谢朓（464—499）,字玄晖,陈郡阳夏（今河南太康）人。家世贵重,少即好学,有美名,曾做过宣城太守，故后人常称他为谢宣城。他与谢灵运为同族，作品以描写山水风景最为出色，故人们称之为"小谢"，以谢灵运为"大谢"。他的游赏山水的诗，整个风格，包括感情的抒写，山水景物的刻绘，语言的运用，显然是有意追随谢灵运的。如《晚登三山还望京邑》：

> 灞涘望长安，河阳视京县。白日丽飞甍，参差皆可见。余霞散成绮，澄江静如练。喧鸟覆春洲，杂英满芳甸。去矣方滞淫，怀哉罢欢宴。佳期怅何许，泪下如流霰。有情知望乡，谁能鬒不变？

此诗大约是齐明帝建武二年(495)谢朓出任宣城太守时所作，主要抒写诗人离开京城之后登上三山遥望京城和大江美景时引起的思乡之情。诗人通过独特的个人感受和高超的艺术手腕，使望中所见傍晚时的自然景物，带上了各自的特色。其中，"余霞散成绮，澄江静如练"成为千古名句。斜照依山，天上彩霞万道，恰似编织成无数匹锦缎；长江清澈如镜，浪静风恬，宛如铺上一幅白绸，望不见尽头。两句诗十个字，词性搭配匀称，上下属对精工。"余""散""澄""静"等字把晚空中和春江上的秀色佳气，表现得恰到好处。"余"是落日衔山的形容，"散"是霞光四射的象征，"澄"状长江明净无尘，"静"貌水面纹丝不动。两个比喻也很有诗味，"余霞散成绮"好比快速拍摄天幕稍纵即逝的美妙镜头，"澄江静如练"无异于细意熨帖大自然精心创制的杰作。两个比喻轮廓突出，立体感强，使人联想到浮雕像。全诗写景色调绚烂纷繁，写情单纯柔和，清馨温婉。李白对此诗佩服备至，曾说"解道澄江静如练，令人长忆谢玄晖"(《金陵城西楼月下吟》)，又说"蓬莱文章建安骨，中间小谢又清发"(《宣州谢朓楼饯别校书叔云》)。谢朓的另一首诗《之宣城郡出新林浦向板桥》，也是有名的杰作：

> 江路西南永，归流东北鹜。天际识归舟，云中辨江树。旅思倦摇摇，孤游昔已屡。
> 既欢怀禄情，复协沧州趣。嚣尘自兹隔，赏心于此遇。虽无玄豹姿，终隐南山雾。

诗中以归流、归舟与旅思、孤游之间的相互映衬与生发，突出地表达了诗人倦于羁旅行役之思和幽居远害之想。似用清淡的水墨画，点染出一幅长江行旅图。其中"天际识归舟，云中辨江树"二句，历来为人所称道。江面上帆影点点，即将从视野中消失，但人们仍可认出那是归去的船只；透过天边云雾看去，那是江畔的树林，而树林的那一边，就是金陵。"辨""识"二字，精当地写出诗人极目回望的专注神情，也就突出了主人公对故乡的无限怀念之情。清人王夫之说："语有全不及情而情自无限者，心目为政，不恃外物故也。'天际识归舟，云中辨江树'，隐然一含情凝眺之人，呼之欲出。从此写景，乃为活景。故人胸中无丘壑，眼底无性情，虽读尽天下书，不能道一句。"(王夫之《古诗评选》卷五)这样的分析是很透彻的。

谢朓诗的思想感情，大致不外是身世的忧惧，故乡的怀念，清静生活的追求，朋友欢会的期望，有时这多种感情同时交织在诗篇中。同谢灵运一样，谢朓也是一位善于熔裁警句的高手。他笔下的警句对仗工整，和谐流畅，清新隽永，体现了新体诗的特点，如"余霞散成绮，澄江静如练""天际识归舟，云中辨江树""大江流日夜，客心悲未央"。谢朓的诗风有清丽的特点，即"长于清怨"而又辞藻"工丽"，他轻妙细腻地写出各种景物，同时又深含着一种动人的怅惘和哀怨。

在谢朓一百三十多首五言诗中，新变体诗占三分之一以上。这些诗篇，都已具有五言律诗的雏形。南宋严羽说他"已有全篇似唐人者"。如《离夜》诗："玉绳隐高树，叙汉耿层台。

离堂华烛尽,别幌清琴哀。翻潮尚知恨,客思渺难裁。山川不可尽,况乃故人杯。"又如《玉阶怨》诗:"夕殿下珠帘,流萤飞复息。长夜缝罗衣,思君此何极。"前首除"高""知"二字应仄而平外,每一联声律几都合格,只是未能粘着。第二首是古绝标准的声律,也只是未粘着。这些创作,为唐代律诗的形成,打下了基础。

谢朓的诗当时就很为人所推重,沈约称赞其五言诗说:"二百年来无此诗也。"梁武帝萧衍甚至说:"三日不读,即觉口臭。"梁简文帝萧纲在《与湘东王书》中称谢朓是"文章之冠冕,述作之楷模"(《梁书·庾肩吾传》)。唐代诗人也大都推崇谢朓的诗,特别是李白。李白在自己的诗中多次提到谢朓,除前面所举的外,还有如"明发新林浦,空吟谢朓诗"(《新林阻风寄友人诗》),甚至有的诗中也化用谢朓的诗句,可见受谢朓影响之深。

3. 沈约等诗人

沈约(441—513),字休文,吴兴武康(今属浙江)人。沈约的创作,内容较贫乏。但他的写景之作,也有一些清新可喜的。有些诗作尽管很讲究对仗,却不显得平板,如《登玄畅楼》,写景清新而又自然,尤其是对于景物变化的捕捉与描摹,使得诗歌境界具有一种动态之势。再如为后人所称道的《别范安成》:

生平少年日,分手易前期。及尔同衰暮,非复别离时。勿言一樽酒,明日难重持。
梦中不识路,何以慰相思?

此诗有一种"清怨"的特点,诗写离别,将少年时的分别同如今暮年时的分别相对比,蕴含着深沉浓郁的感伤之情。沈约在齐梁之际文名极盛,曾历仕宋、齐、梁三朝,年纪又大,政治地位崇高,又是声律说的倡导者,所以为后人所重视。

齐梁之间的较优秀的作家,还有江淹(444—505)。江淹历宋、齐、梁三朝,其少时孤贫,早岁仕途坎坷,中年后官运亨通。其创作数量仅次于沈约。江淹的诗作以善于拟古闻名。其拟古诗主要有《效阮公诗十五首》和《杂体诗三十首》。前者竭力模仿阮籍的《咏怀诗》,后者则模仿从汉乐府到同时代的汤惠休等人的作品。其拟作酷似原作,形神兼备。虽为拟作,亦难能可贵。江淹作品大多成于其早中年时代,晚年创作极少,才思减退,世人称之为"江郎才尽"。

稍晚于沈约的作家何逊(?—约518),出身于世代官僚家庭,曾任梁朝藩王的参军,记室尚书水部等职。其集子叫《何记室集》。其诗风颇与谢朓相近,内容大多是朋友离合及羁旅思归之感,写得婉转切情。如《临行与故游夜别》(一作《从镇江州与游故别诗》):

历稔共追随,一旦辞群匹。复如东注水,未有西归日。夜雨滴空阶,晓灯暗离室。
相悲各罢酒,何时同促膝。

何逊诗自然写景也很精妙,如《与胡兴安夜别》中的"露湿寒塘草,月映清淮流",《酬范记室云》中的"林密户稍阴,草滋阶欲暗。风光蕊上轻,日色花中乱",颇有谢朓写景之妙,历来为人所激赏。《颜氏家训·文章》称赞说:"何逊诗,实为清巧,多形似之言。"杜甫称赞道:"能诗何水部。"(《北邻》)都不是虚言。

齐梁间的吴均(469—520),诗文多描绘山水景物,风格清新挺拔,有一定的艺术成就,但缺乏深刻的思想性,当时文坛上影响颇大,时人效之,号"吴均体"。

(四)梁陈诗人和宫体诗

到了梁陈时代,诗人和作品的数量愈来愈多,但是诗的内容却愈来愈空虚。这一时期的一些贵族文人创作,讲求音律对偶,雕琢词句,绮丽浮艳,追求形式的完美。尤其到了梁陈,走向了"宫体诗"的道路。梁简文帝萧纲为东宫太子时,徐摛及其子徐陵,庾肩吾及其子庾信,四人皆出入东宫,深得萧纲宠信。他们写了不少奉和应制之作,内容轻艳浮靡,缺少真情实感,当时人们称为"徐庾体"。当时宫中文人争相仿效徐庾体,发展为以描写色情为主要内容的"宫体诗"。人们对"宫体诗"有不同的说法。就其内容而言,主要是以宫廷生活为描写对象,多写闺思和闺房生活,有时甚至直接描写酥体横陈的女人,或写女人所用的物品如绣领履袜以至枕席卧具等,以表现贵族的纵欲生活。他们以对器物的审美观照来反映对女性的审美观照。宫体诗人也写过一些女子诗,有的描写妇女的体态,没有色情的成分,写得很美。但在情调上伤于轻艳,风格上比较柔靡缓弱。就形式而言,其主要特征是讲究声律和对偶。曹道衡、沈玉成编著的《南北朝文学史》把宫体诗的特点概括为:"一、声律和格律,在永明体的基础上踵事增华,要求更为精致;二、风格,由永明体的轻绮而变本加厉为秾丽,下者则流入淫靡;三、内容,较之永明体时期更加狭窄,以艳情、咏物为多,也有不少吟风月、狎池苑的作品。"(曹道衡、沈玉成《南北朝文学史》)并认为"凡是梁代普通以后的诗符合以上特点的,就可以归入宫体诗的范围"。这样的概括和认定是比较准确的。总之,宫体诗在创作内容上是不值得提倡的,但它在形式和技巧上的追求,还是值得肯定的。

被视为宫体诗人的人,其所作诗也并不全是宫体诗。徐陵(507—583)是著名的宫体诗人,但也有一些比较清新的写景之作,如《新亭送别应令》:

> 风吹临伊水,时驾出河梁。野燎村田黑,江秋岸荻黄。隔城闻上鼓,回舟隐去樯。
> 神襟爱远别,流睇极清漳。

从秋景的描写中渲染送别的氛围,感情比较真挚。徐陵所编选的《玉台新咏》,是一部重要的诗歌总集,全书十卷,选录自汉迄梁代的诗歌六百六十多首。此书所录之诗,大都是言情艳体之作,题材则主要是与对妇女的描写有关,讲究辞藻的华丽,风格以婉转绮靡、缠绵悱恻为主。其中保留了一些有价值的民歌,如《孔雀东南飞》,即赖其得以保存下来。

梁陈之际还应提到的诗人是阴铿。

阴铿,仕梁陈两代,诗坛上常与何逊并称"阴何",诗风与何逊相似,也是新体诗作家,工于雕琢字句。因此杜甫后来表白自己"颇学阴何苦用心"(《解闷十二首》之七),并说李白"李侯有佳句,往往似阴铿",可见阴铿对后世的影响。

● 二、北朝诗人

自东晋以后,南北政权持续对峙。北方为少数民族所统治。至北魏统一北方,社会逐渐安定,后来孝文帝迁都洛阳,推行汉化政策,重用汉族知识分子,促进了民族文化的融合。在文学上,一方面,南方是清绮的文风极盛,对滞后的北方文学产生较大影响;另一方面,北方文学质朴的气质在南北接触的过程中,也显示了自身的优势。南北朝后期,由于各种原因,许多南方的著名文人流入北方,他们结合南北文风之长,为后代文学开辟了新的道路。在这些作家中,最特出的有庾信、王褒。下面重点介绍庾信。

庾信(513—581),字子山,南阳新野(今河南新野)人。他前期生活于梁朝,是著名的宫体诗人,文风极为轻艳。但是梁元帝萧绎承圣三年(554),庾信奉使到西魏,适值西魏将出兵伐梁,于是被扣留。不久梁亡,庾信遂仕于西魏及北周,官至骠骑大将军开府仪同三司。

当时北周贵族都爱好文学,所以庾信极受他们器重。后北周与陈通和,放还各所拘留之士,但庾信及王褒因被北周重视而不被放回。庾信亲身经历建康及江陵的两次败亡而流落异乡,在北周虽官位高显,但亡国之痛和羁旅之悲随时在其诗赋中迸发出来,使其作一改前期轻艳之风,而具有雄健的风格。据《周书》本传记载,庾信后期"虽位望通显,常有乡关之思"。他以"乡关之思"发为哀怨之辞,蕴含丰富的思想内容,充满深切的情感,笔调劲健苍凉,艺术上也更为成熟。因此杜甫在《戏为六绝句》中称他是"庾信文章老更成,凌云健笔意纵横","庾信平生最萧瑟,暮年诗赋动江关"(《咏怀古迹》),很准确地概括出庾信留滞北方以后诗歌的内容和特色。

庾信晚期的代表作有《拟咏怀》二十七首,这一组诗直承阮籍《咏怀》诗的抒情传统,是他的身世悲痛之情在诗中最集中的表现。诗中表现他固执地怀念故国、不能忘怀故国灭亡的心情,反复地、零乱地发出充溢着血泪的悲诉,这种故国乡关之思,与他的名作《哀江南赋》所表达的感情是一致的。其诗风格多有悲凉之感,形式上骈文化,属对精密,尤其是多用典。其学问丰赡,所以善于用恰当的典故事实和生动的比喻,表达自己的思想感情。如《拟咏怀》第四.

> 楚材称晋用,秦臣即赵冠。离宫延子产,羁旅接陈完。寓卫非所寓,安齐独未安。
> 雪泣悲去鲁,凄然忆相韩。唯彼穷途恸,知余行路难。

此诗叙写自己滞留北朝、流落异域、思念乡国的悲愤感情。诗中用了许多典故,典型地表现了庾信后期诗歌的风格。

庾信晚期诗歌中有一些五言小诗颇为清新可喜,如《重别周尚书二首》之一:

> 阳关万里道,不见一人归。唯有河边雁,秋来南向飞。

又如《秋日诗》:

> 苍茫望落景,羁旅对穷秋。赖有南园菊,残花足解愁。

庾信的辞赋历来为人所称道,如《小园赋》《枯树赋》。前者写长安住宅中小园之景,在看似很美的景色之中却透露出自己羁旅中的孤独和苦闷。后者以枯树自比,树人合一,以寄托身世之慨。《哀江南赋》则以其宏阔的规模和深厚的历史内容,成为庾信最具代表性的赋作。此赋可以看作作者的自叙传,也是梁王朝的兴亡史。作者将个人身世与梁王朝的兴衰结合起来,个人之穷通,家国之存亡,历史事件与历史人物等通过作者的所见、所闻、所历,以赋的形式描述出来。乡关之思、家国之恨,均在其中。在形式上,此赋辞采华茂,音律和谐,讲究对偶,用典绵密,风格沉郁苍茫,的确是赋史上的名篇。

● **拓展阅读作品篇目**

谢灵运:《初去郡》《岁暮》《登江中孤屿》
鲍照:《代出蓟北门行》《拟行路难》(璇闺玉墀上椒阁)、《代放歌行》
谢朓:《入朝曲》《暂使下都夜发新林至京邑赠西府同僚》《玉阶怨》
庾信:《拟咏怀》(榆关断音信)(摇落秋为气)

思考练习题

1. 试分析谢灵运山水诗的特色,并与陶渊明的田园诗加以比较。
2. 简析"池塘生春草,园柳变鸣禽"两句诗的特色。
3. 鲍照的乐府诗在思想内容上有何特征? 在对汉乐府以来的民歌传统的继承方面有什么特点?
4. 试分析谢朓"天际识归舟,云中辨江树"两句诗的特色。
5. 名词解释:永明体、宫体诗。
6. 正确评价永明体诗、宫体诗在中国古代诗歌发展上的作用。
7. 庾信晚期诗歌有何特点?

第六节 魏晋南北朝的骈文、散文、小说

魏晋南北朝时期的诗坛,自建安以来,历经正始、太康、元嘉、永明,以至梁陈,反映现实的精神逐渐淡化,但对于诗歌内在艺术规律的追求却越来越精细。文坛也不寂寞,新的文学样式——骈文在崛起,小说经历了先秦神话、史传文学等的磨炼,此时也有了长足的发展。稳健的文学样式——散文,也不断地涌现出佳作名篇。

一、骈文

骈文是我国文学史上特有的一种文体。由于我国文字为独音体,可以形成骈文的一些重要因素。例如,可构成字数相等的并列偶句,并在偶句中讲求词义的对称等。这种现象,由来已久。如《尚书·大禹谟》:"满招损,谦受益。"《周易·乾卦·文言》有"同声相应,同气相求,水流湿,火就燥,云从龙,风从虎"之句。在单数的文句中,突然插入个别的整齐偶句,更富有警策动人的效果。到汉代时,有的史书上已出现了较整齐的句子,如《史记·酷吏列传赞》。而《汉书》的传赞,可以表明在东汉中叶时期的作家,已改革西汉散文在句法上的参差不齐使句法更加严整,并已大体上从事词义的偶对;《后汉书》的传论,则标志着到了刘宋时期,文章的骈化达到了成熟的阶段。实际上,从汉代的大赋里,我们已可以看到众多的排偶句,辞藻也非常华美。到了魏晋南北朝,文人创作的散文中,句子几乎整个是排偶的,词句属对的成分也加多,而且使用的词语力求从典籍中提取,多用典故,于是骈文的特征逐渐形成。在南北朝时期,一方面,由于声律说的兴起,作家有意识地调节声音,使文章有抑扬错综之美。另一方面,由于作家刻意追求这种形式上的完美,在句法上因力求匀称之美而大体趋于"四六体"。正由于这两方面因素的具备,骈文的形式达到了无以复加的完美境地。

骈文,亦称骈俪文或骈体文,是与古文(散文)相对的一种文体。二马相驾曰骈,成双成

对曰俪。因此骈文全篇以偶句为主。其特点有三。①语句方面,讲究对偶,要有工整的对仗,整齐的节奏,以至于发展到"四六体",如"落霞与孤鹜齐飞,秋水共长天一色。渔舟唱晚,响穷彭蠡之滨;雁阵惊寒,声断衡阳之浦"。②音律方面,讲平仄,有时押韵,增加文章的音韵美;行文方面,讲究用典和藻饰,使文章委婉、典雅、精练和华美。③在创作上,古文讲气势,骈文讲气韵;古文讲通畅,骈文讲含蓄;古文讲古朴,骈文讲典丽,在风格上也有所不同。

南北朝时期的许多诗人都是骈文作家,如鲍照、江淹、丘迟、孔稚圭、庾信等。鲍照的《登大雷岸与妹书》,是写给其妹鲍令晖的信,文中精彩的对句颇多,如"涂登千里,日逾十晨;严霜惨节,悲风断肌"等,虽名为家书,却穷尽山水奇壮的神貌。孔稚圭的《北山移文》是一篇辛辣有力的讽刺杂文。丘迟的《与陈伯之书》堪称六朝骈文的代表。

陈伯之原为南齐大将,降梁后又降北魏。其出身草莽,并不识字,但为人颇为机智。丘迟作《与陈伯之书》,目的是劝陈再度来归。书中责之以义,晓之以理,动之以情,诱之以利,威之以力,气势充沛而委婉曲折。史载陈得此书后率八千众归降,盖非虚妄,足见此书感召之力。

文章一开头,先肯定陈伯之昔日之人功,使其在感情上缩短距离,不至于开卷即生反感:

> 将军勇冠三军,才为世出,弃燕雀之小志,慕鸿鹄以高翔。昔因机变化,遭遇明主,立功立事,开国称孤,朱轮华毂,拥旄万里,何其壮也!

继而又直斥其忘恩负义、背国降敌:"如何一旦为奔亡之虏,闻鸣镝而股战,对穹庐而屈膝,又何劣邪!"辞色虽凌厉,却有利于导向说理,促使对方有心虚理亏之感。第一段双锋并露,气势盛壮。第二段有意将文势抑减,娓娓劝来。先为其开脱罪责,谓其一时糊涂,乃至于此。且以典故为喻,说明梁朝决不怀恨报复。又以其家属、祖坟均受到保护,表明梁朝素有诚意,以示对方若返降梁,必可赦免并可受信用。笔下委曲尽致,诚恳可信。第三段言降与不降之利弊,文势又起。其中一申之以民族大义,二论之以北魏危乱之事实,如此,断绝对方退路,促其狠下决心。第四段,尤见骈文之特点:

> 暮春三月,江南草长,杂花生树,群莺乱飞。见故国之旗鼓,感平生于畴日;抚弦登陴,岂不怆恨!所以廉公之思赵将,吴子之泣西河,人之情也。将军独无情哉!

此段一改急促文笔,继之以咏叹之调,以南方之节令与风景,唤起对方思乡之情。再看最后一段:

> 当今皇帝盛明,天下安乐,白环西献,楛矢东来,夜郎滇池,解辫请职,朝鲜昌海,蹶角受化,唯北狄野心,崛强沙塞之间,欲延岁月之命耳。中军临川殿下,明德茂亲,总兹戎重,吊民洛汭,伐罪秦中。若遂不改,方思仆言,聊布往怀,君其详之。

这些话,看似平平,暗中却蓄势强大,暗示破魏只在旦夕,若不悔改,再无时机。有一种威胁之口气,却只是轻轻点到,不作铺展,重在以情、以理打动对方。此文在气韵、说理、音律、用典、对偶等方面,皆具骈俪之风。

吴均的《与朱元思书》,辞笔工丽,江南山水的清秀之美得到传神写照:

> 风烟俱尽,天山共色,从流飘荡,任意东西。自富阳至桐庐,一百许里,奇山异水,天下独绝。水皆缥碧,千丈见底;游鱼细石,直视无碍。急湍甚箭,猛浪若奔。夹岸高山,皆生寒树,负势竞上,互相轩邈,争高直指,千百成峰。泉水激石,泠泠作响;好鸟相鸣,嘤嘤成韵。蝉则千转不穷,猿则百叫无绝。鸢飞唳天者望峰息心,经纶世务者窥谷忘反。横柯上蔽,在昼犹昏;疏条交映,有时见日。

作者从行船游江的实景出发,着力刻画富春江的山山水水。尤其是开头四句,勾勒出这幅山水画的整个气势。在作者笔下,这些奇山异水仿佛是活动着的生命,并转化为作者的人格。梁代陶弘景的《答谢中书书》,篇幅更短,也是历来传诵的写景名作:

> 山川之美,古来共谈。高峰入云,清流见底。两岸石壁,五色交晖。青林翠竹,四时俱备。晓雾将歇,猿鸟乱鸣;夕日欲颓,沉鳞竞跃。实是欲界之仙都。自康乐以来,未复有能与其奇者。

全文清新自然,毫无堆砌雕琢的弊病,在绚烂而层次分明的色彩中,为我们展示了一种大自然的静谧的永恒的美;在静谧的永恒的美中,又平添了无限的生意。人在自然中得到了净化,自然通过人的审美活动,被赋予了灵性。

庾信的《哀江南赋序》也是一篇有名的骈体文。作者在文中反映了"身堕殊方,恨恨如亡,忽忽自失"的感情,故国之思、身世之慨,在绵密的典故中极其凝练而又深沉地蕴含在这篇骈文中,表现了作者"惊才盖代"的艺术才华。这一时期,还有一些著名的骈赋,虽名曰赋,实则也具有骈文的特色,较著名的有鲍照的《芜城赋》,江淹的《恨赋》《别赋》,庾信的《哀江南赋》《小园赋》等。

魏晋至南北朝,是骈文兴盛的时代,以至一些理论著作也用骈文撰写。陆机的《文赋》与刘勰的《文心雕龙》皆是用骈文写成的。骈体文从此与散体文在文坛并立竞争,分途发展,此起彼伏,争奇斗艳,为散文史增添了文学自觉、艺术竞争的丰富内容和发展动力。

二、散文

在骈文繁盛的魏晋南北朝,也有一些散文佳作。除了前面提到的一些作品如陶渊明的《桃花源记》外,再介绍几位作家的作品。

(一)郦道元的《水经注》

郦道元(?—527),北魏地理学家。《水经》是一部记载水道河流的地理著作,郦道元为之作注。《水经注》征引群书达437种之多。作者采录了汉魏时的不少碑刻,又亲自跋涉郊野,寻访古迹,追其源而溯其流,而且记录了许多民间的歌谣、谚语、方言、传说等,所以其注文往往是一篇绝妙的散文。如《江水注》的"巫峡"一段,最为脍炙人口:

> 自三峡七百里中,两岸连山,略无阙处。重岩叠嶂,隐天蔽日,自非亭午夜分,不见曦月。至于夏水襄陵,沿溯阻绝。或王命急宣,有时朝发白帝,暮到江陵,其间千二百里,虽乘奔御风不以疾也。春冬之时,则素湍绿潭,回清倒影。绝𪩘多生怪柏,悬泉瀑布,飞漱其间,清荣峻茂,良多趣味。每至晴初霜旦,林寒涧肃,常有高猿长啸,属引凄异,空谷传响,哀转久绝。故渔者歌曰:"巴东三峡巫峡长,猿鸣三声泪沾裳。"

这一段文字只有155个字,却写出了三峡七百里的万千气象。山川草木,峡谷深涧,悬泉瀑布,急流绿潭,高猿怪石,古柏寒林,渔歌民谣,应有尽有,各具风姿。像这样的山水景物描写,在全书中比比皆是。读者如果把李白的《朝发白帝城》与《水经注》的"巫峡"这一段对读,必当相映成趣。《水经注》清朗疏朴的文风,对于唐以后古文家的游记散文影响极大。

(二)杨衒之的《洛阳伽蓝记》

杨衒之为北魏著名散文家。北魏统治者尊崇佛教,在定都洛阳以后,便大造僧舍。当时洛阳佛寺之多,称为天下第一。杨衒之于武定五年(547),因事过洛阳,见被尔朱荣(北魏将领,528 年曾进军洛阳,专断朝政)、高欢(北齐神武帝,曾叛降尔朱荣,后期执北魏之政)两次骚扰而破坏的佛寺,抚今追昔,采拾旧闻,写成《洛阳伽蓝记》五卷。伽蓝是梵语,指佛寺。全书以记载佛寺为题,实际重在描述当时的政治、人物、风俗、地理和神话传闻故事等,书中所记人物轶事、神话异闻、民间谣谚以及百戏音乐等,具体生动,形象鲜明,其叙事主要用散文,描写则夹有骈俪体,文笔清绮秀逸,具有较高的文学艺术性。因此,虽为历史文献,又是散文佳作。

(三)其他作家作品

魏晋南北朝时期的一些史家之文,也不乏散文佳作,特别是叙事散文,如陈寿的《三国志》和范晔的《后汉书》,后人将其与《史记》《汉书》合称"前四史"。陈寿(233—297),字承祚,巴西安汉(今四川南充北)人,累官至治书侍御史。《三国志·诸葛亮传》中"隆中对"一节,就写得极有生气,诸葛亮的言谈风采,栩栩如生。刘宋裴松之注陈寿《三国志》,注解采书 140 余种,保存大量史料,注文较正文多出三倍,极大地丰富了《三国志》内容。范晔(385—445),字蔚宗,顺阳(今河南淅川南)人,宋元嘉初年曾为宣城太守。他删削各家《后汉书》之书,写成《后汉书》九十卷。《后汉书》第一次立《文苑列传》,表现出当时重视文学的新风气。此外,像诸葛亮的《出师表》、李密的《陈情表》,也都是历来传诵的散文名篇。

三、小说

古代"小说"一词,非今之文体意义上的"小说"。"小说"一词,最早见于《庄子·外物篇》:"饰小说以干县令,其于大达亦远矣。"此"小说",只是指不合于大道的琐屑之谈,街谈巷议之论,不指文学体裁。东汉桓谭在《新论》中说:"小说家合残丛小语,近取譬喻,以作短书,治身理家,有可观之辞。"这里"小说"只指一种文体,指形式短小的、内容是"街谈巷语,道听途说"而有利于治身理家的文章。《汉书·艺文志》列有小说家,其所定的概念,仍与桓谭一样,是沿用庄子之意,非当今意义的小说。但是,即以现代的小说概念而言,在先秦时期的作品中,有的也包含小说的基本因素,即具有一定的故事性(哪怕是最简单的人物情节),具有一定程度的形象性,要表现出故事的相对完整性和一定的虚构性。例如上古神话传说、寓言故事、诸子中所记述的人物的言行等,都具有小说的胚胎和雏形。而史传文学中的不少记载人物事件的篇章,如《左传》《战国策》等,都已有很强的小说意味。这些,都成为我国古代小说的源头。

魏晋南北朝时期的小说,鲁迅把它分为志怪小说和志人小说两类。志怪小说记载神鬼怪异故事,志人小说记载人物的琐闻逸事。

东汉末期起,道教盛行,而佛教的小乘教也渐在中国流行起来,道徒们常谈说神鬼灵异之事,以加强其宣传力量。于是志怪小说便兴盛起来。较有名的有东晋干宝的《搜神记》。干宝(?—336)是东晋初年的历史学家,著有《晋纪》二十卷。他所著《搜神记》,自言是为了"发明神道之不诬"。其中不少作品讲神仙道术、巫鬼妖怪,但其中也有很多动人的故事。如《韩凭夫妇》,写韩凭夫妇不畏宋康王的暴力,执着于爱情的坚贞品质。《李寄斩蛇》写女孩李寄奋不顾身为民除害,《三王墓》写楚国巧匠干将、莫邪为楚王铸剑被杀,其子为父报仇的故事。鲁迅亦据此改编成《故事新编·铸剑》。

志人小说,较著名的有晋葛洪托名汉刘歆所作的《西京杂记》,记述西汉的人物轶事,涉及宫室制度、风俗习惯等,也带有怪异色彩。南朝宋临江王刘义庆所著的《世说新语》,是魏晋逸事小说的集大成之作。

《世说新语》原称《世说》,大约宋代开始称今名。全书按内容分类系事,分为德行、言语、政事、文学等三十六门。作品每节短小,每门多者数十条,少者数条,主要记载汉末到东晋人物的轶事和言谈,有相当的部分是描写"魏晋风度""名士风度"。这些片段记载,反映出这段历史动荡时期中的社会现实。如《汰侈门》"石崇要客燕集"章写石崇使黄门交斩美人的残忍:

> 石崇每要客燕集,常令美人行酒。客饮酒不尽者,使黄门交斩美人。王丞相与大将军尝共诣崇。丞相素不能饮,辄自勉强,至于沉醉。每至大将军,固不饮,以观其变。已斩三人,颜色如故,尚不肯饮。丞相让之,大将军曰:"自杀伊家人,何预卿事?"

《言语门》的"过江诸人",写王导的忧国忧民:

> 过江诸人,每至美日,辄相邀新亭,藉卉饮宴。周侯中坐而叹曰:"风景不殊,正自有山河之异!"皆相视流泪。唯王丞相愀然变色曰:"当共勠力王室,克复神州,何至作楚囚相对!"

《世说新语》的写人艺术,一是善于抓住典型事件进行概括描写,三言两语,寥寥几笔,就可使人物性格、神态跃然纸上。如《忿狷门》"王蓝田性急":

> 王蓝田性急,尝食鸡子,以箸刺之不得,便大怒,举以掷地。鸡子于地圆转未止,仍下地以屐齿蹍之。又不得,瞋甚,复于地取内(纳)口中,啮破即吐之。王右军闻而大笑曰:"使安期有此性,犹当无一豪可论,况蓝田耶!"

二是记言记行紧密结合,它所记载人物语言,大多是活的口语,使人如闻其声,如"石崇要客燕集";三是记人物语言能传出人物的说话语气和心理活动。《世说新语》的语言精练含蓄,隽永传神,常有一些隽语妙句,为人所传诵。如《言语门》载:"王子敬云:'从山阴道上行,山川自相映发,使人应接不暇。若秋冬之际,尤难为怀。'""桓公北征,经金城,见前为琅琊时种柳,皆已十围,慨然叹曰:'木犹如此,人何以堪。'攀枝执条,泫然流泪。"到梁代,《世说新语》有刘孝标(峻)为之注,引用古书四百余种,使其书内容更加丰富。《世说新语》对后代的笔记小说的发展有很大影响,唐代以后有许多续作与仿作,而《世说新语》的许多故事,成为后代戏剧小说的素材。

● **拓展阅读作品篇目**

陶渊明:《桃花源记》《五柳先生传》

鲍照:《登大雷岸与妹书》

孔稚珪:《北山移文》

陶弘景:《答谢中书书》

《搜神记》:《三王墓》《李寄》

《世说新语》:《刘伶病酒》《石崇王恺斗富》

● 思考练习题

1. 熟读鲍照的《登大雷岸与妹书》和丘迟的《与陈伯之书》，领会骈文的特点。
2. 试分析《水经注》"巫峡"一段的特色。
3. 试举例分析《世说新语》的写人艺术。

第七节　魏晋南北朝的文学批评

魏晋南北朝"文学的自觉"时代的一个重要表现，就是出现了文学理论和文学批评著作的繁荣，出现了文学批评专著。比较重要和著名的有曹丕的《典论·论文》、陆机的《文赋》、刘勰的《文心雕龙》、钟嵘的《诗品》和萧统的《文选序》等。

● 一、曹丕的《典论·论文》

据说曹丕的《典论》原有二十二篇，原书已佚，只存《自叙》《论文》和《论方术》三篇。《典论》本是一部综合性的学术著作，其中有政治性论文，也有记叙性散文。《典论·论文》是我国古代文学批评史上最早的一篇文学理论论著。《论文》的全文只有六百字，但涉及的范围颇为广泛。《论文》首先提出文学批评的方法问题，批评了那种文人相轻的现象（"文人相轻，自古而然"），认为："夫人善于自见，而文非一体，鲜能备善，是以各以所长，相轻所短。"主张公正、客观地批评作品："盖君子审己以度人，故能免于斯累而作论文。"曹丕把品人与评文结合起来，对当时文坛上存在的各种不良倾向进行了批评，如"贵古贱今"的现象："常人贵远贱近，向声背实，又患暗于自见，谓己为贤。"他在《论文》中品评了"建安七子"的风格特点。《论文》还提出了"文以气为主"的理论："文以气为主，气之清浊有体，不可力强而致。"曹丕的所谓"气"，指作家的气质、个性，认为由于作家的气质、个性不同而形成了创作上的不同风格。《论文》还对文体进行了分类，把它分为"奏议""书论""铭诔""诗赋"四科："夫文本同而末异，盖奏议宜雅，书论宜理，铭诔尚实，诗赋欲丽。"曹丕把文学的价值和作用提到很高的高度，认为文章是"经国之大业，不朽之盛事"，也就是说是永垂不朽的、留名千古的事业，这与汉代那种把作家当作"倡优"，把辞赋比为"博弈"的观点是针锋相对的，对文学的发展起了一定的促进作用。

● 二、陆机的《文赋》

《文赋》，陆机所作，全文用赋体写成。《文赋》是中国文学批评史上第一篇系统的创作专论，标志着古代文学理论探索进入了一个新的阶段。作者写作《文赋》的目的，就是要探索"为文之用心"。《文赋》以艺术构思为中心，较为细致地分析了文学的创作过程，包括创作前的准备,创作中的构思及其想象,创作中应注意的问题和五种弊病等,涉及文学与现实关系、文体风格、感兴活动、文学的社会功用等许多重要的文学理论问题。其中对于艺术构思的论述非常生动,对创作中的想象与联想,阐述得非常透彻。对于灵感的描述,更是令人叫绝:

> 若夫应感之会,通塞之纪,来不可遏,去不可止,藏若景灭,行犹响起。方天机之骏利,夫何纷而不理?思风发于胸臆,言泉流于唇齿。纷葳蕤以驳遝,唯毫素之所拟。文徽徽以溢目,音泠泠而盈耳。及其六情底滞,志往神留,兀若枯木,豁若涸流。览营魂以探赜,顿精爽于自求。理翳翳而愈伏,思乙乙其若抽。是以或竭情而多悔,或率意而寡尤。

所谓"灵感",即"感兴"或"应感"。陆机认为灵感来时是无法阻挡的,去时也无法遏止;灵感藏而不发时,如同光息影灭;而灵感喷涌时,则如震响声起。因此,作者必须及时捕捉时机进行创作。

《文赋》提出了"诗缘情而绮靡"的理论,以为诗歌是人的感情的表现,突出了文学的情感因素,这对于儒家传统的"言志"说,是一个很大的冲击,也是对"诗言志"说的一个重要补充。儒家"言志说"虽也讲感情,但是要"发乎情,止乎礼义",而"缘情说"正是要冲破"礼义"的束缚。应该说"缘情说"更符合文学创作的规律,接触到了文学的本质,但过去常错误地把陆机贬斥为唯美主义、形式主义的倡导者,这是片面的。

● 三、刘勰的《文心雕龙》

《文心雕龙》是我国古代一部文学理论和批评的巨著,它以卓越的识见、详审的论述、完整的系统、精美的笔调,构成一部宏伟的文学理论和批评著作。

《文心雕龙》的作者刘勰(约465—约532),字彦和,东莞莒县(今山东莒县)人。《文心雕龙》全书共10卷50篇,37 000余言,大约成书于南齐末年。作者把50篇分为上下两"篇",各25篇。按各篇内容,上"篇"可分为两类:《原道》至《辨骚》5篇,在于探求为文之道,阐明文学的本源,指出文学创作应取法的准则,作者称之为"文之枢纽",是文学的总论。其余二十篇,从《明诗》至《书记》,是论辩文体,为文体论。下篇,最末一篇《序志》为全书的《序言》。其余也可分为两类:其中《才略》至《程器》等4篇是批评论;其他20篇如《神思》《情采》《物色》等,是创作论。全书由此构成一个庞大而周密的系统。

第一,在《文心雕龙》的理论体系中,初步建立了发展的文学史观。作者认为文学是发展的。在《时序》《通变》《才略》诸篇里,他专从上古到两晋的政治、风尚的发展过程,结合时代特点,系统地分析文学盛衰的原因,同时也注意到历代文风先后继承变革的关系。

从《明诗》至《书记》各篇,无疑是各种文体历史发展演变的提纲。如《明诗》篇,不但论述诗的本义,还对历代诗歌进行评析,如对建安诗歌的论析:

> 暨建安之初,五言腾踊,文帝陈思,纵辔以骋节;王徐应刘,望路而争驱;并怜风月,狎池苑,述恩荣,叙酣宴,慷慨以任气,磊落以使才;造怀指事,不求纤密之巧,驱辞逐貌,唯取昭晰之能:此其所同也。

对正始诗歌的评析:

> 及正始明道,诗杂仙心;何晏之徒,率多浮浅。唯嵇志清峻,阮旨遥深,故能标焉。

对西晋诗歌的评析：

> 晋世群才，稍入轻绮。张潘左陆，比肩诗衢，采缛于正始，力柔于建安。或析文以为妙，或流靡以自妍，此其大略也。

这些评析，言简意赅，准确而精彩，为历代诗歌研究者所称引。

第二，在创作论中，刘勰从各个环节总结了创作的经验。如《神思》篇中，提出创作要"积学以储宝，酌理以富才，研阅以穷照，驯致以绎辞"的修养功夫，即要求创作要先注意积累学识，提高认识水平，吸取他人经验，并且不断地实践。此篇中对于构思时的想象，刘勰这样论述：

> 文之思也，其神远矣。故寂然凝虑，思接千载；悄焉动容，视通万里；吟咏之间，吐纳珠玉之声；眉睫之前，卷舒风云之色；其思理之致乎！故思理为妙，神与物游。神居胸臆，而志气统其关键；物沿耳目，而辞令管其枢机。枢机方通，则物无隐貌；关键将塞，则神有遁心。
>
> ……
>
> 夫神思方运，万途竞萌，规矩虚位，刻镂无形。登山则情满于山，观海则意溢于海，我才之多少，将与风云而并驱矣。方其搦翰，气倍辞前，暨乎篇成，半折心始。何则？意翻空而易奇，言征实而难巧也。是以意授于思，言授于意，密则无际，疏则千里。或理在方寸而求之域表，或义在咫尺而思隔山河。是以秉心养术，无务苦虑；含章司契，不必劳情也。

刘勰认为，艺术想象（神思）具有突破时空限制、始终不离感性的特点，它受到志气和辞令的制约：前者"统其关键"，后者"管其机枢"。刘勰继承了陆机《文赋》的观点并加以发挥。在《神思》篇中，他集中论述了心与物、情与景、意与辞即物—情—辞三者的关系。刘勰对艺术想象的阐述很生动，已接触到形象思维的问题。

第三，关于内容与形式的关系，作者也作了阐发。在《情采》篇中，"情"指作品的思想内容，"采"指作品的艺术形式。作者认为内容是文章的根本，内容确立了，才能用艺术形式来表现。抛开内容，只取形式，则无价值可言。内容与形式相互依存，所谓"文附质，质待文"：

> 夫水性虚而沦漪结，木体实而花萼振，文附质也。虎豹无文，则鞟同犬羊；犀兕有皮，而色资丹漆，质待文也。若乃综述性灵，敷写器象，镂心鸟迹之中，织辞鱼网之上，其为彪炳，缛采名矣。

因此他主张"为情而造文"，反对"为文而造情"：

> 昔诗人什篇，为情而造文；辞人赋颂，为文而造情。何以明其然？盖风雅之兴，志思蓄愤，而吟咏情性，以讽其上，此为情而造文也；诸子之徒，心非郁陶，苟驰夸饰，鬻声钓世，此为文而造情也。

第四，《文心雕龙》还初步建立了文学批评的方法论。在《知音》篇里，他批评了贱今贵古、文人相轻的不良风尚，并对批评的态度、修养、方法等作了全面的论述。他认为批评者要提高鉴赏能力，要"博观"："凡操千曲而后晓声，观千剑而后识器。故圆照之象，务先博观。"批评时要客观，避免凭一己之爱憎而看法片面："无私于轻重，不偏于憎爱，然后能平理若衡，照辞如镜矣。"要对作品作深入研究和分析，要有正确的方法，即所谓"六观"："是以将阅文情，先标六观：一观位体，二观置辞，三观通变，四观奇正，五观事义，六观宫商。"具体步骤是"披文以入情，沿波讨源"。还要体察作者的用心，要有较高的修养，才是实事求是的批评。

《文心雕龙》问世以后，在唐宋时期并未受到人们太多的重视，只有唐代史学家刘知几对它倍加推崇。明清开始重视对《文心雕龙》的校勘、研究。清代章学诚盛赞"《文心》体大而虑周""笼罩群言"。20世纪80年代以来，人们对《文心雕龙》的研究热情空前高涨，以至形成一门专门学问"龙学"。

总之，《文心雕龙》一书体大虑周，意义重大，影响深远，它不但在中国文学理论史上，而且在世界文学理论史上也占有重要的地位。

● 四、钟嵘的《诗品》

《诗品》为南朝梁钟嵘撰。《诗品》评论汉至梁代作家的五言诗，按成就分别列为上、中、下三品。上品11人，中品39人，下品72人。各品之中，以世代为先后。对每一作家均有简要评语，探讨其渊源，标举其特色，指陈其短长。言简意赅，极有见地，为后世诗话之祖。

《诗品》各卷前有序，后来出版的版本将其收归于前，称《总论》。序文全面阐述了作者的诗歌理论观点。最主要的有四个方面：第一，对诗歌的本质特征及其产生根源作了论述，指出诗的产生是由于客观的感召和刺激。书中还着重阐述了自然现象特别是社会现象对文学创作的影响。第二是反对模拟，认为文学遗产的继承，在于精神面貌，不在于形式模拟。第三，批判了当时用事用典、繁密巧似和宫商声病，提出使用词语要"自然"，语言运用要"口吻调利"的正确目标。诗是"吟咏性情"的，不必非用典故、掉书袋不可。第四，鼓吹"建安风力"，批判玄言诗，认为玄言诗"平典似道德论"。因此提出诗的"滋味说"，认为四言诗"每苦文繁而意少，故世罕习焉。五言居文词之要，是众作之有滋味者也"。什么是"滋味"？钟嵘的话是"指事造形，穷情写物，最为详切"；要使"味之者无极，闻之者动心"。意即诗歌要有艺术感染力，要形象鲜明，有风力，有藻采，好诗应该是耐人寻味的，因此感染力也最强。"质木无文""淡乎寡味"的诗作，是不合标准的，不是好诗。钟嵘对五言诗的发展及其历史地位进行了深入的论述，充分肯定了五言诗的地位。这些说明钟嵘对诗歌艺术的本质已有一定的认识。

《诗品》中对作家的分品，也有不尽妥帖之处，如把陶渊明、鲍照列入中品，曹操列入下品，古今人都不同意。

● 五、萧统的《文选序》

《文选》是现存最早的诗文总集，选录先秦至梁代作者120人的作品，另有不知作者的古乐府三首和古诗十九首。《文选》由梁昭明太子萧统编选，故又称《昭明文选》。有唐代李善的注本和五臣注本。

《文选序》是一篇重要的文学批评理论文章。序言一是论述了文学的发展观，认为文学有"随时变改"的特点，并以"踵其事而增华，变其本而加厉"来概括它的变化规律。二是总结了文体变化的规律，论及文体三十多种（《文选》正文分文体37类）。三是说明《文选》编撰的目的、选录的标准。萧统提出"文"的审美特征应是"综辑词采""错比文华"，要求"事出于沉思，义归乎翰藻"，即既要有深刻的艺术构思，又要有语言辞藻之美，强调选词、用典、用比、对偶、声律等美学效果，反映了南朝文章审美观的风尚。

● 拓展阅读作品篇目

陆机:《文赋》

刘勰:《文心雕龙》之《明诗》《神思》《情采》《物色》

钟嵘:《诗品序》

● 思考练习题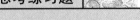

1. 简述《典论·论文》的文学批评思想。

2. 简述《文赋》对灵感的论述。

3. 简述《文心雕龙》对创作和内容与形式关系的论述。

4.《文心雕龙》对于创作中的构思是如何论述的?

5.《诗品》论述的是何种诗体?"滋味说"的含义是什么?

第四章　隋唐五代文学

　　公元589年，隋文帝杨坚灭陈，结束了270余年的南北分裂，实现了全国的统一。但是仅仅27年之后，风起云涌的农民起义就把倒行逆施的隋炀帝杨广推下了帝王宝座。公元618年，在隋朝的废墟上，李渊、李世民父子建立起了唐朝，这是中国封建社会历史中一个高度繁荣、鼎盛的时期。公元907年，唐朝宣告灭亡，从此开始了"五代十国"时期。公元979年，"十国"中的最后一个政权北汉为宋朝所灭，"五代十国"的历史落下了帷幕。

　　隋朝在中国历史上只是个匆匆过客，在文学上也只是通往唐代的过渡时期，但它在南北文风的融合方面，却起了先行的作用。它提供了将"宫商发越"的江左文风和"词义贞刚"的河朔作派结合起来的契机（魏征《隋书·文学传序》），虽然这种融合的完美要到唐代才能实现。隋朝主要的诗人有卢思道、薛道衡、杨素、杨广等人。卢思道有代表作《从军行》等，薛道衡有《人日思归》等，杨素有《出塞》等，杨广有《饮马长城窟》等。可以看出，隋朝的边塞诗成果比较突出。

　　隋唐五代文学的重点，显然是在唐代。

　　唐代是文学全面丰收的时期。无论是传统的体裁——诗歌、散文，还是新生的文体——传奇和词，都取得了辉煌的成就。其中尤其是诗，达到了中国诗歌艺术的巅峰。清康熙年间编纂的《全唐诗》，共收诗歌48 900多首，作者2 200多人。其中既有李白、杜甫这样的艺术巨匠，也有王维、孟浩然、白居易、李贺、李商隐、杜牧等风格各异、独领风骚的优秀诗人。唐诗流派纷呈，既有以平淡恬静见长的山水田园诗派，又有豪情慷慨的边塞诗派。既有元稹、白居易的通俗平易，又有韩愈、孟郊的奇险怪僻。唐诗反映了歌舞升平的盛世景象，也吟唱了秋风残照的衰世之音。总之，唐诗反映生活的深度、广度，及其在艺术上的造诣，都远远超越了以往任何时代的诗歌。

　　唐代散文名家辈出，《全唐文》收作者3 035人。它最繁荣的时期，是在中唐。韩愈和柳宗元鉴于当时的社会政治背景，在前代古文家努力的基础上，进一步倡导古文改革，将文体文风的改革同当时的政治革新联系起来，提倡文以明道，创立了一种自由流畅的文体，改变了数百年来骈文一统天下的局面，标志着古代散文发展史上新阶段的开始。晚唐的陆龟蒙、罗隐、皮日休等小品文作家，以犀利的文笔，抨击时弊，针砭现实，给晚唐文坛添上了一抹亮色。

中唐时期,传奇小说的创作达到了高峰,掀开了中国小说史的新篇章。唐代作家接受了史传、六朝志怪、杂传、俗讲、佛道文学等多方面的影响,开始有意识地创作小说,产生了一大批情节完整、人物形象鲜明的优秀作品,如《霍小玉传》《莺莺传》《枕中记》等。据不完全统计,保存至今的唐人小说,还有两百多种。它们在揭示人性的复杂、展示人物的精神风采、剖析生活的真谛方面,表现出了为其他文体所不能替代的优越性。

当唐代社会逐渐走向式微的时候,文苑中却绽放出一朵娇小而生意盎然的花朵,那就是词。词是一种合乐的新诗体,随着都市经济的繁荣、音乐的发达,词得到迅速的发展。以晚唐的温庭筠、韦庄,五代的李璟、李煜、冯延巳为代表的花间词派和南唐词人,为词坛开风气之先,对宋词的发展起了重要的作用。

唐代文学之所以能取得如此辉煌的成就,主要的原因有以下几点:

建国之初的统治者,以史为鉴,采取了一系列开明措施,改善农民处境,恢复和发展生产,从而缓和社会矛盾,从贞观到开元的一百多年间,社会经济基本上保持上升的态势。杜甫《忆昔》记开元的盛况是"忆昔开元全盛日,小邑犹藏万家室。稻米流脂粟米白,公私仓廪俱丰实……"历史上的"贞观之治""开元盛世",令后人追慕不已。国力的强大,促进了文化的全面繁荣。

作为当时世界上最强大的帝国,唐朝和西域、中亚诸国在经济、文化方面,都有密切的交往。唐代统治者在思想文化上一向采取比较开放的政策,广泛接受外来文化的影响,允许儒、释、道各种思想共存。思想文化的活跃、学术风气的相对自由,对于文学题材领域的拓展、文学风格与流派的创立,对于新的文学样式的孕育和发展,都有积极的意义。

唐代统治者进一步完善隋朝以来的开科取士制度,更大力度地打破了世族把持政权的局面,各阶层知识分子在科举之外,还有接受征辟、参加幕府的机会,所以大部分知识分子都目光远大,意气风发,个性舒张。"会当凌绝顶,一览众山小"(杜甫《望岳》),"孰知不向边庭苦,纵死犹闻侠骨香"(王维《少年行》),这些发自内心的诗句,无不抒发了这个时代士子积极入世、奋发有为的精神意绪。他们有对光明远大理想的憧憬,有改造现实的要求,有因理想和现实的不可调和而产生的深切愤懑。这种激昂慷慨、奋发有为的精神,成为唐代文学的主旋律之一。

唐代文人因为参加科举考试或进入幕府的需要,多有借漫游以扩大眼界、结交名公巨卿的经历,"读万卷书,行万里路"是对他们生活方式极准确的概括。漫游开阔了他们的视野,丰富了他们的阅历,包括对边塞、都市各种生活领域的真实体验,提高了他们的审美能力。因此,唐代社会生活能够在文学作品中得到全方位的深刻反映,而唐代文学也因此具有浓郁、鲜活的生活气息,烙上了深刻的时代印迹。

唐代文学的发达,还有其文学自身的原因。中国文学发展到唐代,已经走过了近两千年的历史,以诗歌来说,《诗经》《楚辞》、汉赋、"古诗十九首"、汉乐府、"三曹""建安七子"、六朝诗歌,都为唐代诗人铺垫了丰厚的基础,提供了可资借鉴的各种经验。就诗歌体裁而言,到唐代,"三、四、五言,六、七杂言,乐府歌行,近体、绝句,靡不备矣"(胡应麟《诗薮·外编》卷三)。唐代作家既有前辈诗人长期积淀的各种经验可供参考,又有全社会从上而下认可鼓励的创作环境,写作诗歌、研讨诗艺,成了全社会的风尚,因此,大唐能够成为泱泱诗国,而唐诗能够成为中国诗歌最美的典型,达到了令后人难以企及的高峰。

唐代文学既是对在它之前的一切文学创作经验的总结、提升，又为以后的文学发展作了准备，所以唐代文学在中国文学史上占有极为重要的地位。

第一节　初唐诗坛

初唐是唐诗繁荣的准备时期，在近一百年的时间里，前 50 年承接陈隋余风，浮靡矜夸，吟咏风月，雕琢辞采，宫廷化倾向日益鲜明。贞观（627—649）后期，上官仪（608？—664）"工于五言诗，好以绮错婉媚为本，仪既贵显，故当时多有效其体者，时人谓为上官体"（《旧唐书》本传），在诗坛上显赫一时。"上官体"重视诗的形式技巧，追求声辞之美，缘情体物，细腻精巧，绮错成文，而且音响清越，如"鹊飞山月曙，蝉噪野风秋"（《入朝洛堤步月》），"晚云含朔气，斜照荡秋光。落叶飘蝉影，平流写雁行"（《奉和秋日即目应制》）等。他的诗表现了升平时代开朗的心态和雍容典雅的气度，在一定程度上冲击了齐梁浮艳雕琢的诗风，但其取材仅囿于宫廷应制诗的范围，缺少阳刚雄杰之气。后 50 年，"四杰"驰骋文坛，这是一个颇有影响的革新诗派。他们突破了宫廷诗的题材范围，表现了新的精神风貌和创作追求。此后有沈佺期、宋之问确立律诗的形式，有陈子昂的提倡"风骨"等。对于唐诗的发展，初唐诗人开辟之功功不可没。本节重点介绍"初唐四杰"及陈子昂。

● 一、"初唐四杰"的创作及其意义

"初唐四杰"是指主要活动在唐高宗和武后初年的四位诗人：王勃（650—676？），杨炯（650—693？），卢照邻（630？—689？），骆宾王（638？—684？），他们以文章齐名天下。以年辈而言，卢、骆比王、杨年长 20 岁左右。以诗体而论，王勃和杨炯比较擅长五言律诗，而卢照邻和骆宾王则更倾向于七言歌行。"四杰"同属于官小而才雄、名高而位卑的寒士阶层。他们年少志大，仕途坎坷，这种人生经历，深刻地影响了他们的思想、性格和文学创作。

王勃，字子安，绛州龙门（今山西河津）人，郡望太原祁县（今属山西），是隋末大儒王通的孙子。王勃早慧好学，15 岁就被作为"神童"推荐到朝廷，16 岁授朝散郎，后为沛王府侍读，曾戏作《檄英王鸡文》，被高宗斥为兄弟之间"交构之渐"之作，被逐出王府。后在虢州任参军，又因匿杀官奴犯死罪，遇赦革职。其父受其牵连，被贬为交趾（今越南境内）令。从此，王勃"弃官沉迹"，再也没有出仕。高宗上元二年（675），往交趾探望父亲，不幸溺海惊悸而死。有《王子安集》。

王勃学问渊博，而且为文"壮而不虚，刚而能润，雕而不碎，按而弥坚"（杨炯《王勃集序》），在一定程度上纠正了当时文坛的积弊。王勃的散文代表作《秋日登洪府滕王阁饯别序》是脍炙人口的不朽名篇，而在诗歌创作上，他锐意改革当时的诗风，很有挑战诗坛积习的勇气。杨炯在《王勃集序》中说：

　　（王勃）尝以龙朔初载，文场变体，争构纤微，竞为雕刻……骨气都尽，刚健不闻。思革其弊，用光志业。

"龙朔"是唐高宗年号。这里是说,高宗龙朔初年,文坛上以上官仪为代表的"绮错婉媚"的诗风盛行,缺乏建安时期感情充沛、内容饱满的作品。王勃对此深为不满,决心改革此种弊端,树立一代新的诗风。王勃欣赏和追求的是诗歌中表现出饱满的情思、壮大的气势。他在《游冀州韩家园序》中说:"高情壮思,有抑扬天地之心;雄笔奇才,有鼓怒风云之气。"他自己的创作,也体现了他的艺术追求。如《送杜少府之任蜀川》:

> 城阙辅三秦,风烟望五津。与君离别意,同是宦游人。
>
> 海内存知己,天涯若比邻。无为在歧路,儿女共沾巾。

诗的首句指明送别的地点在长安,长安以三秦(雍、塞、翟)为辅。次句指杜少府所去之地。五津,是蜀地的五个大渡口。三、四句不直说离别意如何,只用"同是宦游人"一笔带过,避开了对离情别绪的具体描写。"海内存知己,天涯若比邻"两句,可能受到曹植《赠白马王彪》中"丈夫志四海,万里犹比邻。恩爱苟不亏,在远分日亲"的影响。但是王勃只用两句就表达了类似的意思,而且感情色彩更乐观、开朗、豪放。诗中有意安排了几组对照:海内—知己;天涯—比邻。前者是大小的对比,后者是距离的对比,通过反复的对照,突出志同道合的友谊的可贵。有了这两句作铺垫,末联劝慰朋友不要过分悲伤,就显得水到渠成。这首诗一改以往送别诗中的悲愁悱恻,表现了步入新时代的青年文人开阔的心胸、宏大的抱负、昂扬奋发的精神面貌。再如他的《滕王阁》:

> 滕王高阁临江渚,佩玉鸣鸾罢歌舞。画栋朝飞南浦云,珠帘暮卷西山雨。
>
> 闲云潭影日悠悠,物换星移几度秋。阁中帝子今何在?槛外长江空自流。

诗中虽然流露了人生短促的慨叹,但由于这种慨叹是出于时不我待、急于建功立业的焦灼和惆怅,所以感情又是饱满充实的、思想是深刻隽永的。胡应麟说王勃诗"兴象宛然,气骨苍然,实首启盛、中妙境"(《诗薮·内篇》),就其诗的内容和艺术两方面给予了充分的肯定。

杨炯,华州华阴(今陕西华阴)人。自幼聪明博学,善于诗文,10岁举神童,11岁待制弘文馆,27岁应制举及第,补九品校书郎,42岁官盈川令,但不久即去世。有《杨盈川集》。杨炯虽然没有专门的阐述文学见解的文章,但在他所作的《王勃集序》和为别人作的墓志铭等文中,可以发现他的论文主张和王勃是一致的,即标举风雅,反对六朝以来缘情体物的倾向。他和王勃一样,倾心于五言律诗的创作。他的代表作《从军行》就是一篇慷慨昂扬的作品:

> 烽火照西京,心中自不平。牙璋辞凤阙,铁骑绕龙城。
>
> 雪暗凋旗画,风多杂鼓声。宁为百夫长,胜作一书生。

诗首二句交代了整个事件展开的背景。"烽火"这一意象,表现了军情的紧急。一个"照"字渲染了紧张的气氛。"心中自不平"的"自"字,写出了人物的精神境界。第三句"牙璋辞凤阙",描写军队奉命辞京出师的情景。紧接的第四句"铁骑绕龙城"中"铁骑"和"龙城"相对,渲染出龙争虎斗的战争气氛。一个"绕"字,又形象地写出了敌人被包围的态势。"雪暗凋旗画,风多杂鼓声",分别从视觉、听觉描写战士们冲寒冒雪、激烈鏖战的情景。这两句诗,有声有色,各臻其妙。末两句直接抒发投笔从戎、保卫国家的壮志豪情。

杨炯因为没有亲身经历征战生活,所以他虽然多写边塞作品,却不能超出传统的题材。但他毕竟是初唐的青年诗人,他的诗歌所洋溢的豪迈的时代精神是十分突出的,如"宁为百夫长,胜作一书生"两句,驰骋沙场、建功立业的英雄之气充沛而饱满。

如果说在"四杰"中王勃、杨炯更倾向于创作五言律诗的话,那么,卢照邻和骆宾王则擅长歌行体的创作。

卢照邻,字升之,号幽忧子,幽州范阳(今北京附近)人。卢照邻幼龄即师从当时著名学者曹宪、王义方,博学善诗文。但卢照邻一生沉沦下僚,而且身染风疾,终不得愈,最后自沉颍水而死。卢照邻在贫病交加的生活中,依然坚持写作,有《幽忧子集》,存诗九十多首。其中七言歌行的创作尤有成就。《长安古意》是他的代表作,也是唐诗中的名篇:

> 长安大道连狭斜,青牛白马七香车。玉辇纵横过主第,金鞭络绎向侯家。龙衔宝盖承朝日,凤吐流苏带晚霞。百丈游丝争绕树,一群娇鸟共啼花。游蜂戏蝶千门侧,碧树银台万种色。复道交窗作合欢,双阙连甍垂凤翼。梁家画阁中天起,汉帝金茎云外直。楼前相望不相知,陌上相逢讵相识?借问吹箫向紫烟,曾经学舞度芳年。得成比目何辞死,愿作鸳鸯不羡仙……

在他的笔下,帝京长安车如流水马如龙,美女如云,好花长开,豪华富贵气派不凡,而且表现出"生龙活虎般腾绰的节奏"(闻一多《唐诗杂论·宫体诗的自赎》)。但是诗歌的后面却冷峭地指出,极度的奢华享乐之后,必将是幻灭的结局:"自言歌舞长千载,自谓骄奢凌五公。节物风光不相待,桑田碧海须臾改。昔时金阶白玉堂,即今唯见青松在。"这首诗不但形象地描写了唐都长安盛世的繁华,而且对贵族阶级骄奢淫逸的生活作了尽情的描写,对统治集团内部的尔虞我诈作了深入的揭露和讽刺,视野开阔,思想深刻,气魄宏大,韵味深厚,同时辞采富艳,跌宕流畅,有一唱三叹之妙。

骆宾王,婺州义乌(今浙江义乌)人。做过几任小官,曾因正直敢言,得罪朝廷,被捕下狱。武后光宅元年(684)9月,徐敬业起兵反对武则天,骆宾王为他起草了著名的《讨武曌檄》,引起朝野震动。11月,徐敬业军败,骆宾王"不知所之"(《新唐书》本传),或说为僧,或疑被杀。骆宾王擅长歌行体,其代表作为《帝京篇》,和卢照邻的《长安古意》有异曲同工之妙,但骆诗体制更宏伟,感情更激越:

> 古来荣利若浮云,人生倚伏信难分。始见田窦相移夺,俄闻卫霍有功勋。未厌金陵气,先开石椁文。朱门无复张公子,灞亭谁畏李将军。相顾百龄皆有待,居然万化咸应改。桂枝芳气已销亡,柏梁高宴今何在?春去春来苦自驰,争名争利徒尔为……已矣哉,归去来,马卿辞蜀多文藻,扬雄仕汉乏良媒。三冬自矜诚足用,十年不调几遭回。汲黯薪逾积,孙宏阁未开。谁惜长沙傅,独负洛阳才。

诗歌在对历史上一些著名人物的浮沉遇合作深刻思考的过程中,融进了个人的身世之慨、郁勃不平之情,反映了诗人欲在"盛世"有所作为的强烈愿望。诗歌气势昂扬,抒情色彩十分浓郁,故"当时以为绝唱"(《旧唐书·文苑》本传)。卢、骆两人的七言歌行,气势壮大,音节流宕,工丽整练,抒情性强,改变了宫廷诗人以应制颂美为主的创作倾向。

骆宾王的五言律诗也写得很好,如代表作《在狱咏蝉》:

> 西陆蝉声唱,南冠客思侵。那堪玄鬓影,来对白头吟。
> 露重飞难进,风多响易沉。无人信高洁,谁为表予心。

这首诗作于高宗仪凤三年(678),当时作者正银铛入狱。诗用比兴的手法,借咏蝉寄托自己遭谗被冤的心情,因作于患难之际,感情饱满、真实。在手法上以蝉喻人,以物寄情。诗以蝉的"玄鬓"和人的"白头"对比,以蝉所处的"露重""风多"的恶劣环境喻指人所处的险恶的政治环境,咏物亦抒怀,物我一体。这在早期的五律中,实属上品。

初唐"四杰"在六朝诗风充斥文坛的时候,以大无畏的精神,以新人耳目的创作,极力扭转文坛积习。他们把诗歌创作从台阁引向荒漠,由宫廷转向市井,拓展了诗歌表现的空间,为诗歌注入了新鲜的生活气息。杜甫在《戏为六绝句》中说："王杨卢骆当时体，轻薄为文哂未休。尔曹身与名俱灭，不废江河万古流。"他的意思是说，王、杨、卢、骆虽然还不能完全摆脱当时流行的浮靡风气的影响，一些作品还不可避免地带着六朝诗风的痕迹，但是，他们诗歌中那种"有抑扬天地之心"的"高情壮思"，"有鼓怒风云之气"的"雄笔奇才"，对"绮错婉媚"的"上官体"的反拨，促进了诗风的变革。而且，在五言律诗的完成方面，"四杰"也作出了应有的贡献。如王勃留下的约 30 首五言律诗中，就有 11 首是合律的，如《别薛华》；30 多首五言绝句中，有的已经是律绝，如《山中》。其他如杨炯、骆宾王等在五言律诗的建设和完善过程中，都起了不可忽视的作用。因此，杜甫热情地推许"四杰"，认为"四杰"在文学上的贡献，将如江河长存，为人永志难忘。

二、陈子昂的诗歌革新理论和创作

陈子昂（659？—700？），字伯玉，梓州射洪（今属四川）人。陈子昂出生于一个富裕的家庭，年轻时任侠尚气，后折节读书，文明元年（684）中进士，武后朝官至右拾遗。他立朝正直不阿，敢于直陈政事。后随建安王武攸宜出征契丹，因大胆谏言，遭受排斥打击，愤而解职。回乡后，为县令段简所诬陷，死于狱中，年仅 42 岁。

陈子昂是一位对唐诗的发展产生过重要影响的诗人。这首先决定于他的政治理想。陈子昂的思想虽然比较复杂，好佛老、慕神仙，任侠尚气，但占主导地位的，还是兼济天下、匡世济民的儒家理想，所谓"感时思报国，拔剑起蒿莱"（《感遇》其三十五）。他上给朝廷的奏疏以及政论，被《资治通鉴》引用的，达四五处之多。因此王夫之认为陈子昂"非但文士之选"，且是"大臣之才"（《读通鉴论》）。陈子昂虽然是和沈佺期、宋之问等人同属于新进的被朝廷起用的庶族知识分子，但是他具有浓郁的政治色彩，不同于沈、宋等人醉心于初唐时升平的景象，沉湎在应制咏物、探研诗律的技艺之中，所以在诗歌创作方面，他表现出强烈的政治倾向，那就是站在"达则匡救于国"的儒家知识士子的立场上。为了实现政治理想，他极力主张复归风雅兴寄的传统。他在著名的《与东方左史虬修竹篇序》里有一段精彩的言论：

> 文章道弊五百年矣。汉魏风骨，晋宋莫传，然而文献有可征者。仆尝暇时观齐梁间诗，彩丽竞繁，而兴寄都绝，每以永叹。思古人，常恐逶迤颓靡，风雅不作，以耿耿也。一昨于解三处，见明公《咏孤桐篇》，骨气端翔，音情顿挫，光英朗练，有金石声。遂用洗心饰视，发挥幽郁。不图正始之音，复睹于兹，可使建安作者，相视而笑。

陈子昂的这篇诗序，具有极为重要的诗学意义。首先，他在诗歌史上第一次将"汉魏风骨"与"风雅兴寄"联系了起来。"汉魏风骨"，指建安时期那种感情充沛饱满、内容刚健充实、表现了功业理想和人生意气的诗歌。"风雅兴寄"，指的是《诗经》所树立的比兴美刺的传统，也就是批判现实、针砭时弊、不平则鸣的传统。在陈子昂之前，刘勰、钟嵘都反对过南朝形式主义诗风，提倡"风骨""比兴"。王勃也反对过唐初"骨气都尽，刚健不闻"的宫廷诗风。而陈子昂在批判"彩丽竞繁""兴寄都绝"的齐梁诗风的同时，还指出要把"风雅兴寄"和"汉魏风骨"作为创作的榜样。

其次，陈子昂要求诗歌应具有"骨气端翔，音情顿挫，光英朗练"的美学风貌。这就是说，诗歌不但要有高尚壮大的感情，还要有优美的声律和富丽的词采。陈子昂的诗歌理论直指齐梁以来的浮靡习气，他的创作，也实践了自己的理论主张。《感遇》三十八首是其代表作。

如《感遇》第三十五首：

> 本为贵公子，平生实爱才。感时思报国，拔剑起蒿莱。西驰丁零塞，
> 北上单于台。登山见千里，怀古心悠哉。谁言未忘祸，磨灭成尘埃。

这首诗是陈子昂第一次随军北征时期作的，诗歌抒发了他亲临沙场时，慷慨激昂、不甘寂寞而苦于壮志雄图未能实现的激烈情怀。儒家知识分子建功立业的理想色彩以及这种理想、抱负遇到阻碍时迸发出的郁勃悲情，使陈子昂的诗歌具有鲜明的创作个性，这种个性即陈子昂极力提倡的"风骨"。

《感遇》其二则是用比兴寄托的手法，表达他怀才不遇、空负匡时济世理想的痛苦，并努力创造一种寄意深远的艺术效果：

> 兰若生春夏，芊蔚何青青。幽独空林色，朱蕤冒紫茎。
> 迟迟白日晚，袅袅秋风生。岁华尽摇落，芳意竟何成！

诗首二句说春夏季节，兰草和杜若开得非常茂盛。三、四句说这两种花草的孤高美艳，使林中其他植物都黯然逊色。后四句说天气渐凉，秋风已生，香草香花纷纷摇落、凋零，它们美好的心愿终归付之东流。这一首诗显然是借《楚辞》中香草凋零、美人迟暮的比兴手法，含蓄地抒写自己无法实现美好理想的深沉痛苦。《感遇》其二十九则表现了他积极干预社会、干预政治、悲天悯人的儒家文人的情怀：

> 丁亥岁云暮，西山事甲兵。赢粮匝邛道，荷戟争羌城。严冬阴风劲，穷岫泄云生。
> 昏曀无昼夜，羽檄复相惊。拳跼竞万仞，崩危走九冥。籍籍峰壑里，哀哀冰雪行。圣人
> 御宇宙，闻道泰阶平。肉食谋何失，藜藿缅纵横！

"丁亥"，指垂拱三年(687)，武则天于是年准备开凿蜀道，先由雅州进攻羌人，进而袭击吐蕃。陈子昂当时上《谏雅州讨生羌书》，称："臣闻乱生必由怨起。雅之边羌，自国初以来，未尝一日为盗，今一旦无罪受戮，其怨必甚。"这首诗是同时所作。诗前十二句用赋的手法，叙述自发动战争以来，士兵们背着干粮，在冰天雪地、穷山恶水中艰难行军的情景。后四句议论，矛头直接指向当朝的大臣"肉食谋何失，藜藿缅纵横"，意谓执政大臣的错误决策，使被征调来当兵的穷苦百姓，流离四处，无所栖身。诗对统治者穷兵黩武造成普通百姓的痛苦和灾难，表达了强烈的不满，对陷于悲惨境地的士兵，表达了深切的悲悯之情。

他的三十八首《感遇》诗中，虽然也有一些感叹人生祸福无常、追求隐逸成仙的作品，但总体上体现了他积极进取、关怀现实的精神风貌，表现了他对政治、道德、个人命运等一系列根本问题的观照和严肃思考。这些诗大都壮怀激烈，悲歌慷慨。既有风雅兴寄，又有骨鲠之气。此外，《登幽州台歌》也是陈子昂的杰作：

> 前不见古人，后不见来者。念天地之悠悠，独怆然而涕下！

卢藏用《陈氏别传》说：

> 子昂体弱多疾，感激忠义，常欲奋身以答国士。自以官在近侍，又参军谋，不可见危
> 而惜身苟容。他日又进谏，言甚切至，建安(武攸宜)谢绝之，乃署以军曹。子昂知不合，
> 因箝默下列，但兼掌书记而已。因登蓟北楼，感昔乐生、燕昭之事，赋诗数首。乃泫然流
> 涕而歌曰："前不见古人，后不见来者。念天地之悠悠，独怆然而涕下！"时人莫不知也。

卢藏用提供了《登幽州台歌》的创作背景，即陈子昂是在与主帅武攸宜意见不合、受贬抑之后登楼而作此诗，抒发内心积郁的。据说幽州台是战国时期燕昭王为了招纳天下贤才、振兴燕国、筑台拜将的地方，因此成为古代圣明之主礼贤下士的象征。陈子昂登上幽州台，抚

今追昔,感慨万端:像燕昭王那样的贤明之君,我已无缘邂逅;将来纵使还有这样的贤君,我也不及相见。人生是多么短促,通向理想的道路是多么漫长。在这辽阔无垠、无穷无尽的天地面前,我是多么孤独。要想让业绩与天地同久,又是多么的虚幻!缅怀前贤,感时伤己,于是悲从中来,怆然而出涕。一个感觉到新时代的脉搏,急切欲有所作为的青年诗人,深深感到英雄无用武之地和时不我待的巨大悲哀。这首诗正如论者所言,它"突破了一时一事的拘限",表现了一个高蹈者"得风气之先的伟大孤独感"(李泽厚《美的历程》)。这首诗虽然受到屈原《远游》中"惟天地之无穷兮,哀人生之长勤;往者余弗及兮,来者吾不闻"的启发,但由于高度概括了封建社会广大仁人志士崇高而痛苦的感情,所以产生了普遍共鸣,得到广泛流传。

陈子昂是以恢复古诗比兴言志的风雅传统来反对齐梁诗风的,他的作品以五言古体为主,律诗的数量很少。对新的诗歌体式,他似乎有意采取了回避的态度。但是,陈子昂诗歌革新的理论和创作,在唐诗开创时期所产生的作用是不可低估的。他对"风骨"的追求,对健康而瑰丽的理想诗歌的崇尚,对南朝淫靡诗歌和初唐宫廷诗风的扫荡,都对唐诗的变革具有关键性的意义。他不仅在文学上,同时也在精神上,启发了盛唐的诗人,所以他得到了人们的普遍称誉。如杜甫就赞美道:"公生扬马后,名与日月悬⋯⋯终古立忠义,《感遇》有遗篇。"(《陈拾遗故宅》)"扬马"指的是汉代大赋家扬雄和司马相如。韩愈赞美他:"国朝盛文章,子昂始高蹈。"(《荐士》)韩愈把唐诗繁荣的原因,归功于陈子昂的提倡复归风雅比兴、汉魏风骨和他的诗歌创作实践。金代著名的文学批评家、诗人元好问在其《论诗绝句三十首》中也评道:"沈宋横驰翰墨场,风流初不废齐梁。论功若准平吴例,合著黄金铸子昂。"这首诗把陈子昂的诗歌改革放在当时诗歌创作的大环境中来考察,说初唐承继齐梁诗歌的流风余绪,由沈佺期、宋之问这样的诗人主宰诗坛。如果要评价改革旧诗风、振起一代新诗风的功劳,也要像越王纪念范蠡那样,用黄金铸一尊陈子昂的像。这些称赞陈子昂的话,代表了历代诗人的公论。

沈德潜说陈子昂"追建安之风骨,变齐梁之绮靡,寄兴无端,别有天地"(《唐诗别裁》卷一)。他提倡"风雅""兴寄"和"汉魏风骨",希图借此彻底扫荡齐梁余风,建立一种适应新时代精神的诗歌风貌,这一革新主张及其诗歌创作实践,在当时和其后的诗歌创作领域所产生的影响,是广泛而深入的,为后代力图矫正绮靡诗风的革新志士所继承,并在古代文学批评史上形成了一种优良的传统。

● **拓展阅读作品篇目**

　　王勃:《山中》《别薛华》

　　杨炯:《刘生》

　　骆宾王:《帝京篇》《于易水送人一绝》

　　卢照邻:《长安古意》

　　陈子昂:《感遇》(其四)、《送魏大从军》

1."上官体"的产生与当时的社会、文化背景有何关系？其特点是什么？

2."初唐四杰"倡导改革诗风对唐诗的发展产生了怎样的积极影响？

3.骆宾王的《在狱咏蝉》是怎样"托物言志"的？

4.陈子昂的诗歌改革主张见于什么文章？他的主要创作是否体现了诗歌改革的精神？

第二节 盛唐诗坛

唐玄宗开元、天宝时期，是唐代社会高度繁荣昌盛的时期。郑綮《开天传信记》说当时"四方丰稔，百姓殷富，米一斗三四文，路不拾遗，行者不赍粮……人情欣欣然"。当时，日本、东南亚各国及中南半岛的缅甸，欣羡中国的文明和繁荣，都和中国有文化、经济方面的交流，远则西亚、欧洲、非洲也与中国有贸易往来，那时的长安、扬州、广州更是波斯商人集中的地区。经济的富庶、国力的强盛，使各种文学艺术得到了长足的发展，其中诗歌更表现出空前光辉灿烂的局面。

盛唐时代，孕育出了大批极有天赋的诗人。李白《古风》第一首曾用"文质相炳焕，众星罗秋旻"来形容当时诗坛盛况。殷璠的《河岳英灵集序》说，这些诗人"既娴新声，复晓古体；文质半取，风骚两挟；言气骨则建安为传，论宫商则太康不逮"。"新声"，指的是唐代以来的近体诗；"太康"，指西晋以陆机、潘岳为代表的太康诗风。太康诗风总体上表现出堆砌华丽辞藻、描写细腻委婉、大量运用骈偶的特点。殷璠认为盛唐诗人既擅长音情婉美的近体，又擅长朴素质实的古体；既承继了建安以来的"风骨"论，声律辞藻也不亚于太康时期。总之，是声律风骨兼而有之。在盛唐诸多诗人中，我们选取王维、孟浩然为代表的山水田园诗派和高适、岑参为代表的边塞诗派以及伟大的诗人李白、杜甫作专门的讲授。

● 一、盛唐山水田园诗派

盛唐山水田园诗派，以王维、孟浩然为代表。

王维（约701—761），字摩诘，祖籍太原祁（今山西祁县）人。王维母亲崔氏是个虔诚的禅宗弟子，这对王维日后接受禅学思想有着较深的影响。王维多才多艺，于音乐、绘画方面造诣尤深。和当时怀抱建功立业壮志的青年一样，王维15岁就离家赴长安求仕，开元九年（721）登进士第，被授予太乐丞的职务。这是太常寺的属官太乐令的副手，主要负责音乐、舞蹈的教习、排练。但不久，王维就因事被贬为济州司仓参军。这一次被贬，对王维是一个沉重的打击，于是他开始了半官半隐的生活，其间还曾弃官隐居淇上、终南山等处。开元二十二年（734），王维34岁，献诗张九龄，希望得到援引。第二年，王维任右拾遗，但张九龄被罢相、李林甫执掌朝政的事实,使他感到仕途的险恶,产生了退隐的念头。不过当时王维的态度总体上还是入世的,他曾以监察御史的身份出使塞上,并曾在河西节度使崔希逸的幕下任节度判官。天宝十四载(755),"安史之乱"爆发,王维因不及扈从玄宗西幸,被叛军俘获。唐军收复长安和洛阳以后,王维因曾接受伪职而被论罪,但不久就得到赦免,而且官职升迁,最后官至尚书右丞。晚年的王维,更无意于仕途,退朝之后,常以礼佛为事。上元二年(761),卒于蓝田辋川别业,年61。有《王右丞集》。

王维出生在一个世代为官的家庭里,从小就接受了儒家正统思想的教育,而且他前期生活的社会环境,是政治比较清明、国家安定富强的开元、天宝"盛世",所以他主要表现出积极入世的进取精神,意气豪迈,壮志凌云。但是唐代佛、道两教均很发达,王维的家庭和佛教又有较深的渊源,所以他从小也接受了佛、道思想的濡染,成年后同这两教的禅师道士都有来往,所以思想中又表现出对遁世、隐居生活方式的欣羡。王维后期在政治上遭遇挫折以后,禅悦意识更为浓郁,诗歌中常流露出"一生几许伤心事,不向空门何处销"(《叹白发》)的情绪。王维矛盾复杂的思想和经历对他诗歌的影响较深。因此他的诗歌创作,大约可以以开元末年为分界线,分成前后两个时期。前期的王维感染着盛唐时期蓬勃向上的时代精神,积极进取,乐观开朗。如《少年行》:

新丰美酒斗十千,咸阳游侠多少年。相逢意气为君饮,系马高楼垂柳边。

王维《少年行》共四首,此为其中第一首。该诗描写一群少年英雄意气相投、相逢聚饮的情景。新丰,在今陕西西安临潼区西北,为汉置县;咸阳,今陕西咸阳,曾为秦都。唐人习惯借汉朝代本朝,所以用的地名、典故常常是汉朝的。诗的第一句写酒,第二句写少年。用美酒配少侠,犹如宝剑赠英雄,均为突出其精神气质。第三句刻画他们年轻气盛、豪爽飞扬的神态,杯酒之间,便肝胆相照、意气相投。第四句用景物来点缀相逢的场面,"系马""垂柳"的动作又进一步补足了少侠们的不凡气宇、飒爽英姿。

他的另一些诗则表现了对社会现实的大胆批判。如《寓言》其一:

朱绂谁家子,无乃金张孙。骊驹从白马,出入铜龙门。问尔何功德?多承明主恩。

斗鸡平乐馆,射雉上林园。曲陌车骑盛,高堂珠翠繁。奈何轩冕贵,不与布衣言!

"金张孙",指世代为高官之人的子孙。这首诗揭露了权贵们无功受禄、豪奢放荡,而平民百姓无从进入仕途的社会现象。《老将行》刻画了一位"一身转战三千里,一剑曾当百万师"的老将军,不但得不到朝廷封赏,反而被弃置不用,只能"路傍时卖故侯瓜,门前学种先生柳",过着贫困潦倒的生活。在老将坎坷不遇的身世中,寄托了作者对寒俊之士屈居下僚、饱受压抑的不满情绪。但奠定王维在文学史上重要地位的作品,主要是他的山水田园诗。苏轼在《书摩诘蓝田烟雨图》中说:"味摩诘之诗,诗中有画;观摩诘之画,画中有诗。"这个评语也主要是针对王维的山水田园诗而言的。王维山水田园诗最大的价值,在于他对山水艺术美的创造。为了取得"诗中有画"的艺术效果,王维调动了他作为画家、音乐家、诗人的一切艺术手段,善于在诗中构图布局、设辞着色、讲究动静结合。

开元二十五年(737),王维曾奉使出塞,奇异的塞外风光深深吸引了这位富有绘画天才和诗情的作家,他在所作《使至塞上》一诗中,描绘了塞外雄浑壮阔的景物:

单车欲问边,属国过居延。征蓬出汉塞,归雁入胡天。

大漠孤烟直,长河落日圆。萧关逢候骑,都护在燕然。

诗首联叙事,说自己奉使出塞,轻车简行,经过了古属国居延。颔联含蓄地抒发了思乡之情。颈联写塞上风景,很能表现他构图创意的长处:茫茫荒漠中劲挺直上的烽烟,绵长而广阔的黄河上浑圆的落日,组成了塞外奇特壮丽的风光画,画面开阔,意境雄浑,在景物的描写中表现了诗人铁马秋风、豪迈壮伟的情怀。尾联交代前线指挥官的所在,作为全诗的结束。

《汉江临泛》也是描写山水的代表作:

> 楚塞三湘接,荆门九派通。江流天地外,山色有无中。
>
> 郡邑浮前浦,波澜动远空。襄阳好风日,留醉与山翁。

"楚塞"指古代楚国的地界。泛舟江上,极目远望,只见湖南方向汹涌而来的"三湘"之水和古楚之地相接,这是实写;而汉水入荆江与长江九派汇聚,则是想象之辞,这两句把远望和遥想之景有机地结合起来,写出了浩渺壮阔的水势。三、四句说茫茫江水,似乎要流到天地之外;青山迷蒙,只觉得若有若无。着墨极淡的两句,为人的视野创造了广阔的空间,将实景化为空白。五、六句写乘舟江上,感觉到郡邑城郭,若浮于前浦;江上波澜,似晃动了天空,借此衬托出江水的浩浩汤汤,无边无际。王世贞在《艺苑卮言》中评"江流天地外,山色有无中"一联"是诗家俊语,却入画三昧",此诗的确是王维融画入诗的力作。

王维的山水田园诗体现了浓郁的诗情和画意的互相渗透与生发。那些描写自然山水的幽美和隐居生活情趣的诗歌,更是"诗中有画"说的实证。在王维的笔下,自然景物和人情都是那么明秀动人:

> 空山新雨后,天气晚来秋。明月松间照,清泉石上流。
>
> 竹喧归浣女,莲动下渔舟。随意春芳歇,王孙自可留。

这首题为《山居秋暝》的诗,把山村秋天的黄昏描写得空明澄净、清新纯美:一阵秋雨过后,空气格外清爽,月光透过松枝,点点洒落地上,山泉叮咚作响,水底沙石历历可见。竹林里传来笑语声,原来是浣纱的姑娘要回家了;水上莲叶晃动,应该是打鱼的人们晚归了。这样的人情物态深深感动了作者,他由衷地表示愿意留在这个物美情美的山村。这一首诗,首联总体描画背景,构建了一个清新宁静、心爽神旷的环境。颔联主要写山村之静谧宜人,颈联主要写晚归之喧闹喜人。其间动静结合,以动写静,色彩搭配合理,创造了一幅清新而宁静、生机盎然又祥和优美的山居秋暝图。有了前面的铺垫,尾联的抒情便水到渠成。

王维在许多诗里都十分注意设色的技巧。他的一些诗,如《送邢桂州》中"日落江湖白,潮来天地青",上句写日落时江湖上反射出一片白光,下句写潮水涌来时,碧波滚滚,天地似乎要被它染青;《积雨辋川庄作》中"漠漠水田飞白鹭,阴阴夏木啭黄鹂",漠漠水田和阴阴夏木,前者色调光亮,后者色调沉着,白鹭和黄鹂,色彩对比鲜明;《辋川别业》中"雨中草色绿堪染,水上桃花红欲燃",《白石滩》中"清浅白石滩,绿蒲向堪把。家住水东西,浣纱明月下"等诗句敷彩设色更是鲜丽。

王维是一位优秀的音乐家,对音响的感受特别敏锐。因此他的山水诗善于将音响带入画面,使声、色、情融于一体。如《秋夜独坐》中"雨中山果落,灯下草虫鸣";《青溪》中"声喧乱石中,色静深松里";《山居秋暝》中"明月松间照,清泉石上流"等。

王维深受禅宗的影响,他的一些山水诗,"不用禅语,时得禅理"(沈德潜《说诗晬语》卷下)。他的"禅理"是什么呢?就是在凝神观物的过程中,制服心中的烦恼,达到任运无心的自由境界。因此他的山水诗喜欢追求寂静空灵的意境,这在他著名的《辋川集二十首》中表现得特别突出,如《竹里馆》:

> 独坐幽篁里,弹琴复长啸。深林人不知,明月来相照。

这 20 个字,给人以"清幽绝俗"的感受。月夜竹林之中,一片空明澄净,而弹琴长啸之人,何等安闲自在,他的神态、心态和外界的物态融合为一,相合无间。诗中的这个"人",无疑是万虑皆空、俯仰自由的诗人的自我写照。再如《辛夷坞》:

> 木末芙蓉花,山中发红萼。涧户寂无人,纷纷开且落。

诗首两句写长在枝条末端上的辛夷花,是那么美艳动人,春天到来的时候,它争先开放出红色的花朵。它生长在没有人迹的山涧中,所以它的开放既没有引起人们的注意,它的凋零也没有引起人们的悲悯。这是一种娴静空寂而绝不激动的境界,是一种没有寂寞、不觉孤独的心境。难怪明人胡应麟在《诗薮》中说,读此两诗(《竹里馆》和《辛夷坞》)后:"身世两忘,万念俱寂。"王维的这一类诗,虽然常常流露出寂空之感,却并非参禅之作,而是将禅理寓于山水的描写之中,令人咀嚼玩味。我们在欣赏这一类诗时,固然要识别其中消极的成分,却也不能因噎废食,忽视了诗人创造的艺术美和提供的艺术经验。

总之,因为王维有效地将色彩、线条、构图等绘画艺术的表现形式以及音乐家对声音的表现技巧、诗人的情思和禅意全面地运用于诗中,所以他的山水田园诗具有卓然独立的成就。

孟浩然(689—740),襄阳(今湖北襄阳)人。孟浩然一生都没有做过官,但他并不是一个纯粹的隐士。孟浩然的一生,大约以 40 岁为分界线,分成前后两期。40 岁以前,他主要是隐居在汉水之南的襄阳城外、鹿门山附近,闭门读书,为应举做必要的准备,他在诗中说:"惟先自邹鲁,家世重儒风。诗礼袭遗训,趋庭霭末躬。昼夜常自强,词翰颇亦工。"(《书怀贻京邑故人》)"为学三十载,闭门江汉阴"(《秦中苦雨思归赠袁左丞贺侍郎》)。当他经过三十多年刻苦的学习之后,"中年废丘壑,上国旅风尘"(《仲夏归南园寄京邑旧游》),雄心勃勃,自以为能"一飞冲天",但是却出乎意料地名落孙山!这对自视颇高且志在必得的孟浩然,无疑是当头一棒,所以他写了一些诗抒发心中的不满:"北阙休上书,南山归敝庐。不才明主弃,多病故人疏。"(《岁暮归南山》)"当路谁相假?知音世所稀。只应守寂寞,还掩故园扉。"(《留别王维》)从此,孟浩然的思想和人生态度产生了一个重要的转折,从积极入世为主,转为从消极避世的隐逸生活中寻找精神的解脱。因此,他 40 岁以前的隐居,是欲以隐居达到求仕的目的;40 岁以后的隐居,是对求仕失望情绪的消解。李白对孟浩然是十分推崇的,他曾亲往襄阳看望孟浩然,写有《赠孟浩然》一诗:"吾爱孟夫子,风流天下闻。红颜弃轩冕,白首卧松云。醉月频中圣,迷花不事君。高山安可仰,徒此揖清芬。"对孟浩然淡泊名利、自放于山水之中的生活态度,给予由衷的赞美。孟浩然长安求仕失败以后,开始在吴越一带漫游,也曾在荆州任过一段幕职,但不久即回到家乡。开元二十八年(740),因病去世。有《孟浩然集》。

孟浩然一生的经历比较单纯,基本上都是在山水间游历和隐居,他的诗歌虽然不都是写山水田园题材,一部分早年的作品还表现了他的政治抱负、积极进取的精神以及对社会的批判,但孟浩然为人传诵最广的还是描写山水行旅和隐逸生活的作品,他也是唐代第一个大力写作山水田园诗的大诗人。

孟浩然在岳阳的时候,曾经写过一首著名的《临洞庭湖赠张丞相》,从此诗中可以看出孟浩然描写山水的高超造诣以及内心潜藏着的入世愿望:

> 八月湖水平,涵虚混太清。气蒸云梦泽,波撼岳阳城。
>
> 欲济无舟楫,端居耻圣明。坐观垂钓者,徒有羡鱼情。

此诗是赠给张九龄(一说张说)的。诗的首联写八月时节,浩瀚无垠的湖水烟波浩渺,碧水蓝天,上下映带。一个"混"字写尽了海纳百川之感。颔联写湖水的气势声势:"气蒸云梦泽,波撼岳阳城。""蒸"字化静为动,"撼"字笔带千钧。这里的云梦泽是平面的,而岳阳城是立体的,横竖互陈,构图巧妙。这两句气势宏大,境界阔远。颈联转入抒情:"欲济无舟楫,端居耻圣明。"诗人以"无舟楫"喻指自己在仕途上乏人接引,后一句含蓄地表达自己从政的愿望。尾联化用《淮南子·说林训》中"临渊而羡鱼,不若归而结网"的意思,希望对方能加以援手,给予引荐。清人潘德舆称孟浩然的部分作品"精力雄健,俯视一切,正不可徒以清言目之"(《养一斋诗话》),此诗正是如此。诗中"气蒸云梦泽,波撼岳阳城"两句磅礴的气势、壮美的意境,后人认为只有杜甫《登岳阳楼》中"吴楚东南坼,乾坤日夜浮"可与之媲美。但最能代表孟浩然诗歌风格的,是他以白描的手法、素淡的语言,简洁地写出自己直观的感受,看似不经意,但又具有超妙自得之趣的诗歌。如《宿建德江》:

> 移舟泊烟渚,日暮客愁新。野旷天低树,江清月近人。

诗人在孤寂的行旅之中直觉感受到日暮、野旷、江清以及"天低树""月近人"的情景,又通过诗的语言,将一种挥之不去的乡情,挥洒在月夜的旷野之上。又如《宿桐庐江寄广陵旧游》:

> 山暝听猿愁,沧江急夜流。风鸣两岸叶,月照一孤舟。

诗歌形象地描绘出日暮猿啼、江湍水急、风吹叶响、月照孤舟的画面,其中浸透了诗人羁旅他乡、孤独忧愁的情怀。他的这些诗,笔墨轻淡清丽,意象鲜活雅洁。他不像王维那样讲究色彩的鲜丽、构图的虚实,他只是淡淡写来,似乎毫不着力,却自有一种令人咀嚼不已的韵味。

孟浩然的田园诗有意学陶渊明,写自己和农人的交往、写乡村的景色和生活气息,写自己在自然中、在和人交往中怡然自得的心情。其中最广为流传的是《过故人庄》:

> 故人具鸡黍,邀我至田家。绿树村边合,青山郭外斜。
> 开轩面场圃,把酒话桑麻。待到重阳日,还来就菊花。

诗首两句叙事,明白如话,毫无渲染,表现了作者和"故人"之间单纯朴实的关系。"绿树村边合,青山郭外斜"中,"合"和"斜"充满生趣,而且色彩明丽,表达了诗人出城游览的愉悦心情。"开轩面场圃,把酒话桑麻",在这样的环境中,心中只有朴素宁静的乡村生活情景,就如陶渊明《归田园居》所说"相见无杂言,但道桑麻长",尘俗的一切自然都被洗净扬弃。"待到重阳日,还来就菊花",从开头的故人相邀到准备不请自来,诗人的思想感情发生了变化,而变化的原因,就是那些绿树、青山、场圃等山野之景,就是那些"具鸡黍""话桑麻"的淳朴人情。孟浩然的诗给人带来宁静、祥和、优美的感受,一种醇厚的情味,沁人心脾。

闻一多先生在《唐诗杂论·孟浩然》中说:"孟浩然不是将诗紧紧地筑在一联或一句里,而是将它冲淡了,平均分散在全篇中……淡到看不见诗了,才是真正孟浩然的诗。"追求自然淡远,的确是孟浩然山水田园诗鲜明的特色。沈德潜《唐诗别裁》评曰:"孟诗胜人处,每无意求工而清超越俗,正复出人意表。""清浅语诵之自有泉流石上、风来松下之音。"除上述作品,其他如"荷风送香气,竹露滴清响"(《夏日南亭怀辛大》),"微云淡河汉,疏雨滴梧桐"(残句)都是为人传颂的名句。孟浩然的五绝《春晓》也是脍炙人口的佳作,把春天清晨大自然的无限生机作了精妙的体现,寄寓了作者对生活、对美好事物的热爱,语言平易,却朗朗上口,韵味无穷,可谓不求工而自工。孟浩然的诗歌能够独树一帜,自成境界。他在山水田园诗方面的建树,使他对唐宋以后的诗歌创作产生了深远的影响。

在盛唐的山水田园诗人群体中,储光羲、祖咏、裴迪、常建等人也都留下了一些优秀的诗作。如储光羲的《钓鱼湾》,写景清丽,意境完美,可作为储光羲山水诗的代表:

> 垂钓绿湾春,春深杏花乱。潭清疑水浅,荷动知鱼散。日暮待情人,维舟绿杨岸。

此诗写景细腻生动,"疑水浅",借游人的疑惑写出了水潭的清澈;"知鱼散",以荷花的动态暗示游鱼的活动,从景物的动静状态中捕捉它们之间微妙的关系,又侧面表现了观赏者怡悦的心情。

祖咏《终南望余雪》,据说是应试之作。按考试要求,必须五言八句才算完篇,而祖咏仅赋四句就罢笔,以为"意尽"。即此四句,传为佳作:

> 终南阴岭秀,积雪浮云端。林表明霁色,城中增暮寒。

裴迪和王维交往甚密,两人经常在辋川"浮舟往来,弹琴赋诗,啸咏终日"(《旧唐书·王维传》),故其诗歌风格也不免受王维影响,他也有《辋川集二十首》,其中如《华子冈》,以敏锐的观察,摹写景物细微的变化,表现隐者的方外之趣:

> 落日松风起,还家草露晞。云光侵履迹,山翠拂人衣。

常建的代表作是《题破山寺后禅院》:

> 清晨入古寺,初日照高林。竹径通幽处,禅房花木深。
> 山光悦鸟性,潭影空人心。万籁此都寂,但余钟磬音。

此诗颔联写景幽深,引人入胜,颈联理趣值得玩味,尾联余韵悠悠,含而不尽。

盛唐山水田园诗的巨大成就,是盛唐文化熏陶的结晶,也是继承前代诗人如谢灵运、谢朓的山水诗,陶渊明田园诗的创作经验,吸收《诗经》、楚辞、乐府民歌等营养的结果。它作为丰厚的文化遗产,又为后代诗人所继承、发扬,从而产生了更加积极深远的影响。

二、盛唐边塞诗派

盛极一时的边塞诗是构成盛唐之音的一个重要部分,它在古代边塞诗史上的地位,是前无古人的。

初盛唐时期,由于国势强大,军事力量雄厚,经济基础牢固,同域外少数民族政权在政治、军事、经济、文化方面的交往密切,文人们有很多出塞的机会,或是从军、或是游历,遥远陌生的边塞不但不使人们感到荒凉可怕,反而刺激了他们的好奇心。一种为国立功的荣誉感和浪漫主义精神弥漫在初盛唐社会,不少著名的诗人都有过铁马秋风的亲身经历,如陈子昂、高适、岑参、崔颢、戎昱等人。充满英雄传奇色彩的塞外军旅生活、奇丽壮伟的域外风物,足以引起诗人们的创作兴趣。于是从隋代的杨素、卢思道、薛道衡以来逐渐发展成熟的边塞诗,在盛唐又出现了高峰,其中成就最突出的,当推高适、岑参以及王昌龄、李颀、王之涣等。

高适(约700—765),字达夫。《旧唐书》本传称其为"渤海蓨人"(渤海蓨,今河北景县。此以郡望称其籍贯)。高适的祖父、父亲曾经当官,但到高适的时候,家境已经中落。高适20岁时西游长安。"二十解书剑,西游长安城。举头望君门,屈指取公卿……白璧皆言赐近臣,布衣不得干明主!归来洛阳无负郭,东过梁宋非吾土……"(高适《别韦参军》),他原以为凭借才华,可以一举获取功名,结果失望而归。此后他北上蓟门,漫游燕赵,但也是"逢时事多谬,失路心弥折"(《蓟门不遇王之涣郭密之因以留赠》)。因为坎坷不遇,高适大约有十年的时间是在宋州(今河南商丘)过着"混迹渔樵"的落拓流浪生活。天宝八载(749),因人举荐,高适举有道科中第,授封丘县尉,但因这个官职使他"拜迎官长心欲碎,鞭挞黎庶令人悲"(《封丘县作》),所以三年后他便辞职,改入哥舒翰幕府掌书记。安史之乱爆发,朝廷命哥舒翰守潼关,"拜适左拾遗,转监察御史",辅助哥舒翰(《旧唐书》本传)。潼关失守后,高适随玄宗至蜀,拜谏议大夫,这以后官职有升有降,最终官至左散骑常侍,进封渤海县侯。《旧唐书》称:"有唐以来,诗人之达者,唯适而已。"

高适是盛唐重要的诗人之一。因为经历的复杂,他的诗歌内容比较丰富。早年因为政治上的失意,生活上的困顿,他的诗多有自伤不遇之词和急于用世之意。如"飘荡与物永,蹉跎觉年老"(《酬裴秀才》);"暮天摇落伤怀抱,倚剑悲歌对秋草"(《古大梁行》)。高适的性格豪放不羁,杜甫曾称他"高生跨骏马,有似幽并儿"(《送高三十五书记十五韵》),殷璠称他"性拓落,不拘小节"(《河岳英灵集》)。他青年时代就向往立功边塞的生活,"倚剑对风尘,慨然思卫霍"(《淇上酬薛三据兼寄郭少府微》),而且有过边塞生活的亲身体验。因此边塞诗是他早期创作的一个主要内容。高适仕途得意之后,诗歌创作数量不多,总体成就不如未达之前。

高适前期的边塞诗多是来自他亲身的经历,是冷静观察之后的有感而发,因此有较强的针对性,在反映现实方面比其他同时代的边塞诗人远为深刻,既表现了追求功名的昂扬意气,又能够抒发因直视冷峻的现实而产生的悲慨之心,所以在盛唐诗坛被推为边塞诗的代表。其边塞诗中最负盛名的《燕歌行》,作于开元二十六年(738):

> 汉家烟尘在东北,汉将辞家破残贼。男儿本自重横行,天子非常赐颜色。拟金伐鼓下榆关,旌旆逶迤碣石间。校尉羽书飞瀚海,单于猎火照狼山。山川萧条极边土,胡骑凭陵杂风雨。战士军前半死生,美人帐下犹歌舞。大漠穷秋塞草腓,孤城落日斗兵稀。身当恩遇恒轻敌,力尽关山未解围。铁衣远戍辛勤久,玉箸应啼别离后。少妇城南欲断肠,征人蓟北空回首。边庭飘飖那可度,绝域苍茫更何有。杀气三时作阵云,寒声一夜传刁斗。相看白刃血纷纷,死节从来岂顾勋!君不见沙场征战苦,至今犹忆李将军。

这首诗前有作者自序,明确表示此诗是因"感征戍之事"而作。诗的内容十分丰富,既有对守边士兵在敌我力量悬殊、环境十分恶劣的"极边土"上浴血苦斗,"死节不顾勋"的高尚品格和英雄主义精神的歌颂,又有对军中苦乐不均、边将不得其人现象的讽刺;既肯定男儿当建功立业、横行天下,又同情战争造成的"少妇城南欲断肠,征人蓟北空回首"的人间痛苦。作者以高度的艺术技巧概括当时边塞战斗生活的广阔场景以及各种矛盾,尤其是"战士军前半死生,美人帐下犹歌舞"两句,运用对比的手法,批判将帅骄奢荒纵,玩忽职守,不恤士卒,这是全诗的主旨所在。此诗多用七言偶对,而且音节流宕,几乎每四句一转韵,平仄相间,音调铿锵,表达了诗人时而沉郁、时而激昂、时而悲壮的心情,风格沉至、浑厚、质实、雄健。

高适的边塞诗,议论深刻,见解过人。如他的《塞上》诗,指出当时边患的严重和朝廷对外战争的失策:"边尘涨北溟,虏骑正南驱。转斗岂长策,和亲非远图。惟昔李将军,按节临此都。总戎扫大漠,一战擒单于。"他认为汉、唐两朝习用的"和亲"手段已经起不到羁縻强敌的效果,应该像李广将军那样,迅速扫平敌寇,解除边患。他的边塞诗中,还经常出现对士兵英勇无私的爱国精神的赞颂,对他们艰苦生活的同情。除了《燕歌行》,这一类作品还有《蓟门行五首》。其五云:"黯黯长城外,日没更烟尘。胡骑虽凭陵,汉兵不顾身。古树满空塞,黄云愁杀人。"《答侯少府》云:"北使经大寒,关山饶苦辛。边兵若刍狗,战骨成埃尘。行矣勿复言,归欤伤我神。"

　　高适的边塞诗还抒发了自己的壮志雄心以及怀才不遇的悲慨。如《塞下曲》:"万里不惜死,一朝得成功。画图麒麟阁,入朝明光宫。大笑向文士,一经何足穷。古人昧此道,往往成老翁。"他的理想就是塞上立功,身后扬名。但是现实是残酷的,他在《蓟中作》中写道:"岂无安边书?诸将已承恩。惆怅孙吴事,归来独闭门。""孙吴事",指用兵之道。诗中说自己虽然有军事韬略,无奈无人赏识,那些不学无术的将领,早已得到皇帝的封赏。

　　高适一些以边塞生活为题材的绝句也写得境界阔大,风骨凛凛。如《别董大二首》之二:"千里黄云白日曛,北风吹雁雪纷纷。莫愁前路无知己,天下谁人不识君。"荒漠雪景,衬托出了英雄豪杰的不凡襟怀。《塞上听吹笛》云:"雪净胡天牧马还,月明羌笛戍楼间。借问梅花何处落?风吹一夜满关山。"塞外雪夜在诗人笔下是那么明净寥廓,更妙的是,借助一支《梅花落》,交通听觉和视觉,用声色把它点缀得如诗如画,而且情韵深厚。

　　殷璠在《河岳英灵集》中称赞高适:"适诗多胸臆语,兼有气骨,故朝野通赏其文。"高适的诗多从现实出发,写自己的真感情、真怀抱,或抒情,或议论,不是无病呻吟,不是矫揉造作,这是"多胸臆语";而语言的质实有力,情调的豪迈雄壮,便是"兼有气骨"的表现。这二者相结合,形成了高适边塞诗"尚质主理""悲壮沉雄"的风格特色。

　　岑参(约715—770),江陵(今湖北江陵)人。和高适一样,岑参的祖、父辈都曾有过显赫的政治地位:"国家六叶,吾门三相。"(岑参《感旧赋序》)但在岑参幼年时,父亲早死,家道中落。好在他能勤奋读书,在兄长的扶持下,天宝三载(744)应举及第,授右内率府兵曹参军。天宝八载(749)冬天,岑参第一次赴安西边塞(今新疆库车附近),在安西节度使高仙芝幕中任职,两年后回长安。天宝十三载(754)夏秋之际,岑参又赴北庭边塞(今新疆吉木萨尔北破城子),在节度使封常清幕中供职,三年后东归。因杜甫的举荐,岑参入朝任右补阙,又历任起居舍人、虢州长史等职,后转嘉州(今四川乐山)刺史,秩满罢官,流寓蜀中,卒于成都旅舍。有《岑嘉州集》,存诗约400首。

　　岑参一生在政治上颇不得意,晚年还在感叹"功业悲后时,光阴叹虚掷"(《西蜀旅舍春叹寄朝中故人呈狄评事》),所以他诗歌的内容既有对建功立业的渴盼,也有对社会现实的批判,还有对仕途失志的咏叹,不过因为他曾经有过两次出塞的经历,共写了70多首边塞诗,这些诗作使他成为和高适并称于世的边塞诗人代表。岑参边塞诗的内容涵盖面较广,有的抒发为国安边、建立功业的抱负,表现了强烈的入世精神,如"功名只向马上取,真是英雄一丈夫"(《送李副使赴碛西官军》),"丈夫三十未富贵,安能终日守笔砚"(《银山碛西馆》);有的抒写边思乡愁,充满人情味,如《逢入京使》:

　　　　故园东望路漫漫,双袖龙钟泪不干。马上相逢无纸笔,凭君传语报平安。

　　天宝八载(749),岑参第一次远赴西域,充安西节度使高仙芝幕府书记。诗中"故园"指的是长安。"漫漫"突出了西域到长安路途的遥远。这既是写实,又暗示了思家的原因。第二句用神态描写强调自己对家人的无限眷念,为后面的寄家书作了铺垫。三、四句扣题,写路遇入京使者,欲捎家信,又因匆促之间,笔墨不备,只好请使者带个平安口信。这首诗的好处就在于不假雕琢,信口而成,而又感情真挚。清人刘熙载曾说:"诗能于易处见工,便觉亲切有味。"(《艺概·诗概》)岑参这首诗,正是在平易之中显出丰富的韵味。但岑参写得最多最好的,还是那些描写域外奇异风光人情的作品。

　　岑参赴边之时,已是天宝后期,唐王朝内外危机重重,但安西、北庭边塞的兵力一向雄厚,唐帝国的声威依然显赫,所以岑参情绪高昂、豪迈,充满了积极乐观的精神。他的性格又具有好奇的特点,杜甫就曾说"岑参兄弟皆好奇"(《渼陂行》)。他的想象力十分丰富,域外奇伟壮丽的风物,极大地刺激了他的创作欲望。殷璠说"参诗语奇体峻,意亦造奇"(《河岳英灵集》)。殷璠此语虽是针对岑参早期写景之作而言,但似乎更符合他的边塞诗的艺术特点。关于岑参诗"尚奇"的特点,清人也有相同的看法,如沈德潜《唐诗别裁》说:"参诗能作奇语,尤长于边塞。"翁方纲《石洲诗话》称:"嘉州之奇峭,入唐以来所未有。又加以边塞之作,奇气益出。"

岑参边塞诗的"奇",首先表现在以奇特的想象、奇丽的景色抒发立功边塞的慷慨豪情,其次表现在用豪迈高远的语言和声调来表达域外荒寒的奇异风光,给人造成既振奋又新鲜的感觉,如著名的《白雪歌送武判官归京》:

> 北风卷地白草折,胡天八月即飞雪。忽如一夜春风来,千树万树梨花开。散入珠帘湿罗幕,狐裘不暖锦衾薄。将军角弓不得控,都护铁衣冷难着。瀚海阑干百丈冰,愁云惨淡万里凝。中军置酒饮归客,胡琴琵琶与羌笛。纷纷暮雪下辕门,风掣红旗冻不翻。轮台东门送君去,去时雪满天山路。山回路转不见君,雪上空留马行处。

这首诗写雪兼写送别,而以雪贯穿全诗。前八句主要写雪。他把边地的雪写得那么绚丽:"忽如一夜春风来,千树万树梨花开。""一夜",写时间之短,"千树万树",写梨花之盛,一夜之间,千万树梨花绽放的奇妙之景,突出了春天的力量、春光的烂漫,并以此景象,来比喻严冬飞雪,既形象,又使全诗高扬着积极浪漫主义的激情。后段从室外转写室内,通过写严寒给人的感受来侧面写雪。最后过渡到送别。"纷纷暮雪下辕门,风掣红旗冻不翻"两句,在漫天皆白之中,突出了红旗的鲜丽耀眼,画面给人的印象十分深刻。而"山回路转不见君"两句,委婉含蓄地抒发了对友人离去的怅惘之情。陈绎说"岑参诗尚巧主景"(《唐音癸签》引),胡应麟认为岑参诗"清新奇逸"(《诗薮》),都指出了岑参诗善于写奇景造奇语的特点。再如《走马川行奉送封大夫出师西征》:

> 君不见走马川,雪海边,平沙莽莽黄入天。轮台九月风夜吼,一川碎石大如斗,随风满地石乱走。匈奴草黄马正肥,金山西见烟尘飞,汉家大将西出师。将军金甲夜不脱,半夜军行戈相拨,风头如刀面如割。马毛带雪汗气蒸,五花连钱旋作冰,幕中草檄砚水凝。虏骑闻之应胆慑,料知短兵不敢接,车师西门伫献捷。

诗描写的是大漠中恶劣的环境:黄沙入天,夜风怒吼,碎石如斗,但诗人用夸张的笔法描写这些景物的时候,心中却充满了昂扬激动的情绪,因为他是用如此奇伟的景色,衬托奔赴沙场的勇士的英雄气概:看战士们迎风冲寒,夜半行军,将军们戎装在身,幕中草檄,英姿飒爽,虎虎有生气。这首诗给我们美的感受,已不仅仅来自塞外奇景,还由于盛唐诗歌中鼓荡着的慷慨豪迈的激情。岑参写塞外奇景的作品,数量颇多,且多用歌行体。如《火山云歌送别》中:

> 火山突兀赤亭口,火山五月火云厚。火云满山凝未开,飞鸟千里不敢来。

又如《热海行送崔侍御还京》:

> 侧闻阴山胡儿语,西头热海水如煮。海上众鸟不敢飞,中有鲤鱼长且肥。
> 岸旁青草常不歇,空中白雪遥旋灭。蒸沙烁石燃虏云,沸浪炎波煎汉月。

这些景象本身已具有奇异的色彩,而岑参又驰骋想象,给以夸张,更显得奇丽壮伟、震人心魄。

岑参边塞诗的"奇",还表现在声韵上。其七言歌行音节流畅,用韵灵活多变,既借鉴了高适等人纵横跌宕、开合自如的体势，又接受了乐府诗的形式特点，视内容而作音律上的调度安排，所以音节嘹亮，铿锵悦耳。如《走马川行奉送封大夫出师西征》中，句句用韵，三句一转，平、上、入三声互换，以急促劲折的声韵，表现出军情的紧急和士气的高昂，扣人心弦、催人奋发。

在盛唐边塞诗人中，高适、岑参向来并称齐名。如杜甫说："高岑殊缓步，沈鲍得同行。意惬关飞动，篇终接混茫。"（《寄彭州高三十五使君适虢州岑二十七长史参三十韵》）关于两人在诗歌艺术上的造诣，曾有诗论家将他们归在一起品评。如严羽说"高岑之诗悲壮，读之使人感慨"（《沧浪诗话·诗评》），辛元房说"（岑参）诗调尤高……与高适风骨颇同，读之使人慷慨怀感"（《唐才子传》卷三）。但他们两人的风格，并不能简单地以"悲壮"二字归为一类。由于经历、个性、接受的艺术熏陶不同，两个同时代的著名边塞诗人的风格，也是同中有异的。具体地说，高适的边塞诗现实色彩更浓郁一些，议论更多一些，偏于"悲壮"；岑参的边塞诗浪漫的情调强烈一些，写景多一些，偏于"奇壮"。因此说高适诗"悲壮而厚"，岑参诗"奇逸而峭"（《师友诗传续录》），"高适诗尚质主理，岑参诗尚巧主景"（《唐音癸签》引《吟谱》）。

在盛唐边塞诗人群中，王昌龄、李颀、王之涣、崔颢等人，也各有建树。

王昌龄（约698　756），字少伯，京兆万年（今陕西西安）人，早年曾漫游四方，到过塞上，于开元十五年（727），登进士第，开始了仕宦生涯。他先被授秘书省校书郎，七年后应博学宏词科考试中选，被授汜水（今属河南）县尉，因"不护细行，屡见贬斥"（《旧唐书》本传），开元二十七年（739），又获罪被谪岭南。开元二十八年（740），王昌龄自岭南北归，任江宁（今江苏南京）县丞，但几年后又被贬龙标（今湖南黔阳）县尉。安史之乱发生，王昌龄北还，路过亳州郡时，为刺史闾丘晓所杀。

王昌龄早年家境贫寒，"多知危苦之事"，但他又十分渴望建功立业，向往军中生活。他在《九江口作》中说："何当报君恩，却系单于头？"《变行路难》中说："封侯取一战，岂复念闺阁？"这种强烈的事功精神，慕侠尚气、慷慨豪爽的个性和他亲赴塞垣的生活经历，使他在边塞诗的创作方面，能有独特的成就。王昌龄边塞诗的代表作是《出塞》和《从军行》。《出塞》共有两首（均从《全唐诗》）。其一为：

> 秦时明月汉时关，万里长征人未还。但使龙城飞将在，不教胡马度阴山。

这首诗曾被明人评为唐人七绝中的"压卷"之作。诗歌一开始用"秦""汉"两个时间名词，使人从眼前的边关明月想到秦汉以来筑关备胡、万里长征不见人还的人间悲剧依旧上演。"但使"一句，表面上怀念汉朝大将李广，其实是讽刺现实中缺少李广这样能够带兵镇边的良将，致使战争绵延多年，这是全诗的关键，笔墨含蓄，语言精练。诗歌从秦汉时的明月关山落笔，创造了苍茫辽阔的意境，艺术感染力很强。因此清人黄生评此诗道："中晚唐绝句涉议论便不佳，此诗亦涉议论而未尝不佳。此何以故？风度胜故，气味胜故。"（沈德潜《说诗晬语》引）王昌龄的《从军行》共有七首绝句，其中如：

> 烽火城西百尺楼，黄昏独坐海风秋。更吹羌笛关山月，无那金闺万里愁。（其一）
> 琵琶起舞换新声，总是关山旧别情。撩乱边愁听不尽，高高秋月照长城。（其二）
> 青海长云暗雪山，孤城遥望玉门关。黄沙百战穿金甲，不破楼兰终不还。（其四）
> 大漠风尘日色昏，红旗半卷出辕门。前军夜战洮河北，已报生擒吐谷浑。（其五）

前两首诗主要是抒发征戍者剪不断理还乱的乡思别愁。作者善于表现典型环境中人物的感情。如第一首写守边士兵，在夕阳秋风之中，在孤兀的烽火台边，听着悲凉的《关山月》曲子，想象万里之外闺中的妻子，该怎样苦苦地思念自己，于是愁绪萦怀，思情万端。情与景高度融合，苍凉中又有柔婉。第二首写军中娱乐的场面，琵琶铮铮，舞姿翩翩，但是乐曲总离不开"关山"的离别之情。夜色渐渐转深，月亮西落于长城之下，浓浓的边愁和着柔曼的乐曲弥漫在塞外的夜空，情景交融，兴象生动，令人遐思绵绵。

后两首诗主要表现将士们立功塞上的雄心壮志，如其四写身经百战的将士，表示"不破楼兰终不还"的决心。其五写的是一次夜战，前两句渲染战斗的气氛，后两句突出胜利的结果。将前后几首诗结合起来读，使人感动于这些古代士兵崇高伟大的心灵：他们和常人一样儿女情长，但一旦国家需要，他们便舍生忘死，不计得失。王昌龄在这些将士身上寄托了自己从军征战的热情、报国立功的愿望。沈德潜《唐诗别裁》卷一说"少伯塞上诗，多能传出义勇"，的确如此。

王昌龄诗以七绝成就最高，数量也最多，人称"七绝圣手"。他不但用七绝写边塞题材，还用这种驾轻就熟的形式写了大量的闺怨诗、宫怨诗，如著名的《闺怨》(闺中少妇不知愁)、《长信秋词》(奉帚平明金殿开)等。一般都认为，王昌龄的七绝，在唐代只有李白可与之比肩。王世贞《诗评》引焦竑语称："龙标(王昌龄)、陇西(李白)真七绝当家，足称联璧。"清人叶燮《原诗》说："七言绝句，古今推李白、王昌龄。"

李颀(690?—753?)，颍阳(今河南登封西)人，开元二十三年(735)登进士第。他和盛唐时代的许多士子一样，有强烈的功名心，企慕富贵荣华的生活，"男儿立身须自强，十年闭户颍水阳。业就功成见明主，击钟鼎食坐华堂。二八蛾眉梳堕马，美酒清歌曲房下"(《缓歌行》)。这首诗写出了当时寒俊之士的"白日梦"。但是李颀的仕宦生涯并不如意："数年作吏家屡空，谁道黑头成老翁。"(《欲之新乡答崔颢綦毋潜》)由于对仕进失望，李颀不久便辞官不就，归隐田园了。

李颀性格中有豪爽任侠、倜傥不群的一面，又因长期接触社会生活，他的边塞诗浑雄刚健，苍凉悲壮，代表作为《古从军行》：

> 白日登山望烽火，黄昏饮马傍交河。行人刁斗风沙暗，公主琵琶幽怨多。野云万里无城郭，雨雪纷纷连大漠。胡雁哀鸣夜夜飞，胡儿眼泪双双落。闻道玉门犹被遮，应将性命逐轻车。年年战骨埋荒外，空见蒲桃入汉家。

这首诗借咏汉武帝征西域史事，抨击古往今来劳民伤财的边陲攻战。诗头两句写将士们紧张而艰苦的军中生活：白天观察边警，黄昏交河饮马(交河，今新疆吐鲁番西面，此借指边疆上的河流)。漫天风沙中做饭，刺骨寒风中巡逻。内心的悲苦也许只有当年远嫁乌孙国的细君公主了解。诗人接着描写边塞的荒寒景象：茫茫荒野，绝无城郭可依凭；漫漫大漠，只有雨雪任肆虐。以下用胡地的雁和人不堪环境的恶劣而哀啼、落泪，反衬出远征将士的痛苦。"夜夜""双双"，有意用叠字渲染气氛。"闻道玉门犹被遮"一句，劈空斩断了"行人"思归之念，加重了全诗的悲剧气氛。据《史记·大宛列传》记载，汉武帝太初元年，汉军攻大宛不利，请求罢兵。汉武帝闻之大怒，派人遮断玉门关，下令："军有敢入者辄斩之。"这里用典讽刺当朝皇帝一意孤行，置将士性命于不顾。"空见蒲桃入汉家"，又用汉武帝时的典故，讥讽好大喜功的帝王，牺牲了无数人的性命和财产，换来的只不过是得不偿失的所谓胜利！沈德潜评此诗道："以人命换塞外之物，失策甚矣！为开边者垂戒，故作此诗。"(《唐诗别裁》卷五)这一首七言古诗思想深刻，音韵婉转，章法整饬。诗中描写的荒漠之景，色彩黯淡，情调低沉，表现了李颀个人悲怆的情怀。李颀的边塞诗还有《古意》《古塞下曲》等，情调都比较悲凉。

李颀精通音律，对音乐的感受特别敏锐，而且能准确地给以表达。他有几首描写音乐的诗篇,都十分成功,如《听董大弹胡笳弄兼寄语房给事》。李颀还擅长用诗歌刻画人物性格,他的《赠别高三十五》《送陈章甫》《赠张旭》《别梁锽》等诗,都给人留下深刻的印象。

王之涣(688—742),字季凌,晋阳(今山西太原)人。他少有侠气,靳能所作墓志铭并序中称其"慷慨有大略,倜傥有异才","尝或歌从军,吟出塞,暸兮极关山明月之思,萧兮得易水寒风之声,传乎乐章,布在人口"(见傅璇琮《唐才子传校笺》)。可见王之涣的边塞诗在当时已享有盛名。王之涣留存下来的作品只有六首,其中三首是边塞诗,最脍炙人口的是《凉州词二首》其一:

> 黄河远上白云间,一片孤城万仞山。羌笛何须怨杨柳,春风不度玉门关。

此诗首二句写守边将士所处环境的荒远。战士们渡黄河,过玉门关,远戍边陲。行行复行行,只觉离黄河越来越远,回头看到的是黄河与天相接的情景。后两句写羌笛吹奏着哀怨的《折杨柳曲》,好像在埋怨玉门关外不见春光。这里的"春风不度"语带双关,既是说玉门关外本就荒凉,不必埋怨春风,又是用"春风"比喻朝廷的恩泽。杨慎《升庵诗话》说:"此诗言恩泽不及于边塞,所谓君门远于万里也。"意谓朝廷早就把这些将士的生死置之度外。诗歌流露了作者对朝廷的批判,对守边士兵的同情,但是用语含蓄,用情深挚婉曲。他的《登鹳雀楼》更是家喻户晓的名篇:

> 白日依山尽,黄河入海流。欲穷千里目,更上一层楼。

诗写景却不把景写尽,而是在壮阔雄浑的景物描写中,寄寓着"登高望远"之意,展现了盛唐文人开阔的胸襟、进取的精神,可称寓理于景。

崔颢(约704—754),汴州(今河南开封)人。开元十一年(723)登进士第。崔颢曾漫游各地,到过塞上,有《崔颢集》。存诗40多首,其中边塞诗7首,多抒发立功塞上,杀敌报国的豪迈意气。如《赠王威古》:

> 三十羽林将,出身常事边。春风吹浅草,猎骑何翩翩。插羽两相顾,鸣弓新上弦。
> 射麋入深谷,饮马投荒泉。马上共倾酒,野中聊割鲜。相看未及饮,杂虏寇幽燕。烽火去不息,胡尘高际天。长驱救东北,战解城亦全。报国行赴难,古来皆共然。

诗中把王威古慷慨悲歌之士的形象刻画得多么动人!诗的前十句借射猎的场面塑造王威古英武豪健的形象,后八句歌颂王将军慷慨赴国难、英勇上战场的精神。诗中洋溢着爱国热情和英雄主义的精神,所以殷璠称赞它"风骨凛然"(《河岳英灵集》)。崔颢作品中最为著名的是《黄鹤楼》:

> 昔人已乘黄鹤去,此地空余黄鹤楼。黄鹤一去不复返,白云千载空悠悠。
> 晴川历历汉阳树,芳草萋萋鹦鹉洲。日暮乡关何处是?烟波江上使人愁。

诗人在观赏黄鹤楼的风光时,想到古人登仙驾鹤的传说,也想起三国时才士祢衡被冤杀于此的往事,不由得感慨万端。诗前四句写登楼时所想之古人古事,表现仙去楼空、岁月不再的世事苍茫之感。后四句写登楼所见所感:汉阳城、鹦鹉洲引发人多少遐想,绿草芳树、夕阳暮江又徒增人去国怀乡之离愁别恨。诗一气直下,自然流畅。写景抒情,臻于妙境,难怪严羽《沧浪诗话·诗评》称此诗:"唐人七言律诗,当以崔颢《黄鹤楼》为第一。"清人沈德潜也说:"意得象先,神行语外,纵笔写去,遂擅千古之奇。"(《唐诗别裁》卷十三)

盛唐边塞诗人的成就高低不同,数量多寡有别,但他们在艺术上都在努力创造阳刚、劲健、慷慨、奇伟之美,为"神来、气来、情来"(殷璠《河岳英灵集序》)的盛唐之音,添加壮美雄伟的音符。

● 拓展阅读作品篇目

王维:《终南山》《送元二使安西》《九月九日忆山东兄弟》《观猎》

孟浩然:《夏日南亭怀辛大》《宿桐庐江寄广陵旧游》《秋登兰山寄张五》

储光羲:《江南曲四首》

常建:《宿王昌龄隐居》

祖咏:《望蓟门》

高适:《塞上》《营州歌》《别李侍御赴安西》

岑参:《赴北庭度陇思家》

李颀:《听董大弹胡笳弄兼寄语房给事》

王昌龄:《长信秋词》《闺怨》《芙蓉楼送辛渐》《送柴侍御》

崔颢:《古游侠呈军中诸将》《长干曲》(两首)

● 思考练习题

1. 试述谢朓、陶渊明的山水田园诗对盛唐山水田园诗人的影响。

2. 试举例说明王维山水诗"诗中有画"的艺术特点,并阐述其成因。

3. 孟浩然山水田园诗是怎样体现自然淡远风格的?

4. 盛唐产生大量边塞诗的主要原因是什么?

5. 试比较高适、岑参边塞诗艺术风格的差异并分析造成差异的主要原因。

6. 以王昌龄的作品为例,试述其被誉为"七绝圣手"的原因。

第三节　伟大的浪漫主义诗人李白

李白是继屈原之后又一个伟大的浪漫主义诗人。他的诗和他的故事,千百年来一直为人们所传诵。他出神入化的诗歌艺术,他傲岸不屈、蔑视权贵、鄙夷庸俗、渴望自由的精神,使他的作品和人格充满了无穷的魅力。

● 一、李白的生平与思想

李白(701—762),字太白,号青莲居士。关于他的家世和出生地,学术界有多种说法。有说他生于蜀,有说生于中亚的碎叶,有说生于西域的条支。至于他的家庭,现在一般都取其父"以逋其邑,遂以客为名"的说法。但他的父亲为什么要逃亡蜀中,为什么要变换姓名,至今都是一个谜。可以肯定的是,李白五岁的时候,就已经生活在蜀中的绵州昌隆县(今四川江油)。李白的一生可以分成以下几个时期:

(一) 在蜀时期(705—725)

少年和青年时期的李白,博览群书,"五岁诵六甲,十岁观奇书"(《上安州裴长史书》),"十五观奇书,作赋凌相如"(《赠张相镐》二首其二),这为他后来的创作打下了坚实的基础。他兴趣广泛,接受了当时在蜀中影响深远的道教思想和任侠风气的熏染,自称:"十五游神仙,仙游未曾歇"(《感兴》八首其五),"结发未识事,所交尽豪雄……托身白刃里,杀人红尘中"(《赠从兄襄阳少府皓》)。他还曾经隐居蜀中大匡山,跟随赵蕤学习纵横术。这一段时间,李白主要的活动就是读书、漫游、隐居、学道、任侠。

(二) 漫游和求仕时期(725—742)

25 岁的李白,"仗剑去国,辞亲远游",目的是实现"申管晏之谈,谋帝王之术,奋其智能,愿为辅弼,使寰区大定,海县清一"(《代寿山答孟少府移文书》)的政治理想,他希望自己也能像春秋时期齐国的贤相管仲和晏婴那样辅佐唐玄宗,治理天下,达到大治。远游为他的创作积累了丰富的素材。在远游过程中,他在湖北安陆安了家。这 段时间,他曾经积极地进行过一些干谒活动,也曾到过长安,但结果都失望而归。这使一向以大鹏自比,期望"抟摇直上九万里"(《上李邕》)的李白深感怀才不遇的痛苦和不平。他说:"弹剑徒激昂,出门悲路穷。"(《赠从兄襄阳少府皓》)他还亲身体验到当时政治的腐败,社会的黑暗,人情的势利,咏叹"弹剑作歌奏苦声,曳裾王门不称情"(《行路难》其二)、"世无洗耳翁,谁知尧与跖"(《古风》其二十四),他心中因此充满了愤激的情绪。

(三) 长安时期(742—744)

742 年秋天,由于友人的举荐,李白奉诏入京,他以为从此可以实现"愿为辅弼"的理想了,在《南陵别儿童入京》诗中,不无得意地说道:"游说万乘苦不早,著鞭跨马涉远道……仰天大笑出门去,我辈岂是蓬蒿人!"李白初到长安,供奉翰林,的确得到唐玄宗的恩宠,但此时的唐玄宗早已不是宵衣旰食、励精图治的英主,而是怠于政事、沉迷声色的昏庸帝王了,他召用李白的目的,不过欲借李白的文章才学,点缀其宫中的生活。据孟棨《本事诗》记载:玄宗"尝因宫人行乐,谓高力士曰:'对此良辰美景,岂可独以声伎为娱?倘时得逸才词人咏出之,可以夸耀于后。'遂命召(李)白"。现在李白集中还保存有供奉翰林时所作的《宫中行乐词》八首,《清平调》词三章。这样的生活虽然为人艳羡,但对于李白来说,因为才能无法施展、抱负难以实现,内心常感到寂寞和失望,而且由于他不屈己、不干人的个性,他的"揄扬九重万乘主,谑浪赤墀青琐贤"(《玉壶吟》)的傲岸作风,也很容易招来权贵大臣以及龌龊小人的诽谤中伤。他感到无奈和痛苦:"君王虽爱蛾眉好,无奈宫中妒杀人。"(《玉壶吟》)"浮云蔽日去不返,总为秋风摧紫兰"(《答杜秀才五松山见赠》)。于是上疏自请离开朝廷。头尾三年的长安生活,使他对所谓"开元盛世"的腐朽本质有了清醒的认识,对朝廷感到失望。

(四) 十年漫游时期(744—755)

这一次漫游,主要是在汴梁、齐鲁、江浙、燕赵一带。这一段时间最值得一提的,是他在洛阳和杜甫的相遇。

李白漫游到齐州的时候,曾经举行了入道仪式。他的入道,主要是为了挣脱社会秩序的束缚,憧憬自由的生活。李白说:"我本不弃世,世人自弃我。"(《送蔡山人》)范传正在《唐左拾遗翰林学士李公新墓碑》中也认为:"(李白)好神仙非慕其轻举,将不可求之事求之,欲耗壮心遣余年也。"李白的心情一直是矛盾的,他一方面坚信"天生我材必有用",对自己依然充满了信心,而另一方面,又不能不忧思烦恼,痛感鱼目混珠的社会现实,使他的理想与功业难以成就。因此他虽然放浪山水,纵情酣饮,求仙问道,但心中愁结始终难以化解,只是因为他性格豪放开朗倔强,往往能够强自解怀罢了。

（五）安史之乱时期(755—762)

安史之乱爆发后,李白和百姓一起逃难,并曾隐居庐山。对于自己的隐居,他是心有不甘的:"吾非济代人,且隐屏风叠。"(《赠王判官时余归隐庐山屏风叠》)玄宗第十六子永王李璘时任江陵大都督,兵过浔阳(九江)时,李白被邀加入了李璘的幕府,他以为可以"试借君王玉马鞭,指挥戎虏坐琼筵。南风一扫胡尘静,西入长安到日边"(《永王东巡歌》)。但是永王李璘被肃宗以叛乱罪镇压,58岁的李白被流放夜郎。第二年,当他到达巫山时,接到了赦令。"传闻赦书至,却放夜郎回。暖气变寒谷,炎烟生死灰"(《经乱离后天恩流夜郎忆旧游书怀赠江夏韦太守良宰》),心情的愉悦可以想见。此后,李白一直流寓南方。上元二年(761),他听说太尉李光弼出镇临淮,抵抗史朝义的军队,便自请从军,效铅刀一割之用,但因病体难支,半道折回。这正是他说的"天夺壮士心,长吁别吴京"(《闻李太尉大举秦兵百万出征东南……留别金陵崔侍御》)。第二年,这位中国文学史上伟大的天才诗人,病逝于安徽当涂族叔李阳冰家中。

李白的思想比较复杂,他有过求仕、求道、隐居、任侠之举,可是,从他一生的行事、追求来看,他始终没有放弃儒家的理想。正像龚自珍所说:"庄、屈实二,不可以并,并之以为心,自白始;儒、仙、侠实三,不可以合,合之以为气,又自白始也。"(《最录李白集》)李白少有大志,常以凌空展翅的大鹏自比,他曾说:"大鹏一日同风起,抟摇直上九万里。假令风歇时下来,犹能簸却沧溟水。"(《上李邕》)可惜这只大鹏始终没能挣脱尘世的网罗,扶摇直上,高飞远举,最终赍志而殁。几十年以后,白居易在凭吊李白的诗中写道:"但是诗人多薄命,就中沦落不过君。"(《过青山李白墓》)对这个旷世奇才一生坎壈的命运表达了深切的同情。

二、李白诗歌的思想内容

李白现存诗歌九百多首,其内容十分丰富,既反映了李白一生的经历和思想轨迹,又表现了唐代由盛转衰时期特有的社会现实和精神风貌。

唐玄宗开元、天宝时期,正是唐代社会表面繁荣却危机四伏的时期。李白关怀社会现实,有强烈的"济苍生""安社稷"的儒家用世之心:"抚剑夜吟啸,雄心日千里。"(《赠张相镐》其二)"愿一佐明主,功成还旧林。"(《留别王司马嵩》)但是却处处碰壁,遭受嘲笑和打击,所以他的诗歌既充满了对理想的追求,又宣泄了理想破灭的痛苦;既为自己不遇于时而悲慨,也批判了污浊黑暗的社会现实。如《答王十二寒夜独酌有怀》《行路难》《古风》其二十四等诗。且以《古风》其二十四为例:

　　　大车扬飞尘,亭午暗阡陌。中贵多黄金,连云开甲宅。路逢斗鸡者,
　　冠盖何辉赫！鼻息干虹蜺,行人皆怵惕。世无洗耳翁,谁知尧与跖！

唐玄宗后期,不理朝政,生活腐化,弄权的宦官和善于斗鸡的小人甚嚣尘上,"鼻息干虹蜺,行人皆怵惕",逼真地刻画了那些靠魍魉伎俩而飞黄腾达、不可一世的特权阶层的形象,表现了李白内心的愤怒。

李白关心人民的生活，他在《宿五松山下荀媪家》中写道："田家秋作苦，邻女夜春寒。"《丁都护歌》云："吴牛喘月时，拖船一何苦！"对下层人民的疾苦表达了深切的同情。当安史之乱发生时，李白痛苦而悲愤地写道："俯视洛阳川，茫茫走胡兵。流血涂野草，豺狼尽冠缨。"（《古风》其十九）感叹"白骨成丘山，苍生竟何罪"（《经乱离后天恩流夜郎忆旧游书怀赠江夏韦太守良宰》）。他对劳动人民给予热情的赞美，如《秋浦歌》《越女词》中，都表达了他对勤劳、智慧的劳动人民的热爱。

李白"一生好入名山游"，他以生花之笔，留下了《望庐山瀑布》《望天门山》等描写大好河山的诗歌，表达了他对祖国、对自然的挚爱之情。

李白热爱生活、向往真挚的友情，这是他生活中也是诗歌中的重要内容。如《金陵酒肆送别》《劳劳亭》《闻王昌龄左迁龙标遥有此寄》等。他的《赠汪伦》更是脍炙人口的歌颂友谊的名篇：

> 李白乘舟将欲行，忽闻岸上踏歌声。桃花潭水深千尺，不及汪伦送我情。

全诗写友情，朴素自然，"于景切情真处信手拈出，所以调绝千古"（唐汝询《唐诗解》卷二五）。

李白是个狂放天真，对自由有着强烈追求的诗人，他的大量诗歌抒发了他的高情壮思，宣泄了他一生的幽思愤郁。如《宣州谢朓楼饯别校书叔云》《蜀道难》《行路难》等诗，都是李白心迹的表露。

当然，李白的诗中，也不可避免地存在着一些消极的思想，比如他对神仙道教的信仰，他的炼丹服食等。

三、李白七言古诗和绝句的艺术特色

李白是屈原之后又一个伟大的浪漫主义诗人，作为"盛唐之音"代表的李白，他创造性地调动了一切艺术手段，使他的诗歌达到令人叹为观止的境界。李白诗歌各体皆工，但最能体现他艺术特色的是七言古诗和绝句。以下分别论述。

（一）七言古诗

七言古诗包括乐府诗和歌行体。李白这一类诗最鲜明的艺术特点，就是他自己所说的"兴酣落笔摇五岳，诗成笑傲凌沧洲"（《江上吟》），也是杜甫所称誉的"笔落惊风雨，诗成泣鬼神"（《寄李十二白二十二韵》）。李白具有洒脱不羁的气质，傲岸不屈的性格，又是一个热情的浪漫主义诗人，他的情感不但丰富，而且情感的宣泄，从不顾及理性的规范，任凭激情随着笔端流淌。他的七言古诗最能体现这一特点。诗中感情充沛，气势奔放，往往以情绪的流动结构全篇，情感的转换十分自由，没有事先的过渡、铺垫。如歌行体《宣州谢朓楼饯别校书叔云》，便是以内在情绪的变化来组织成篇的：

> 弃我去者，昨日之日不可留；乱我心者，今日之日多烦忧。长风万里送秋雁，对此可以酣高楼。蓬莱文章建安骨，中间小谢又清发。俱怀逸兴壮思飞，欲上青天览明月。抽刀断水水更流，举杯消愁愁更愁。人生在世不称意，明朝散发弄扁舟。

谢朓楼是李白十分仰慕的南齐著名诗人谢朓任宣城太守时所建，所以又称谢公楼。天宝末年李白游览安徽宣城，登上这座楼，由谢朓想到自己，长期积郁于内的感情，终于喷薄而出。诗开头两个长句，真如横空出世，石破天惊，宣泄了李白内心强烈的愤激之情。而当他

李白的
七言古诗

面对秋风送爽，高空去雁，又不禁心胸开阔，壮怀激烈，于是酣饮、于是自负，自比"小谢"，"欲上青天览明月"，表现了诗人对美好、高尚理想的向往和饱满昂扬的情绪。但是一旦回到现实，他又不能不感觉到压抑和苦闷。但李白决不会屈服于污浊的社会，因此最后表达了摆脱束缚、争取自由的决心。诗中以起伏万端、变幻不定的感情来结构全篇，既有强烈的不平和愤懑，又难以掩抑其骄傲自负、不可一世的不凡气概。"欲上青天览明月"的奇思妙想，"抽刀断水""举杯消愁"的豪放纵逸之气都令人深受感染。因此沈德潜《唐诗别裁》说："此种格调，太白从心化出。"《梦游天姥吟留别》也是李白歌行体的代表：

> 海客谈瀛洲，烟涛微茫信难求；越人语天姥，云霓明灭或可睹。天姥连天向天横，势拔五岳掩赤城。天台四万八千丈，对此欲倒东南倾。我欲因之梦吴越，一夜飞渡镜湖月。湖月照我影，送我至剡溪。谢公宿处今尚在，渌水荡漾清猿啼。脚著谢公屐，身登青云梯。半壁见海日，空中闻天鸡。千岩万转路不定，迷花倚石忽已暝。熊咆龙吟殷岩泉，栗深林兮惊层巅。云青青兮欲雨，水澹澹兮生烟。列缺霹雳，丘峦崩摧。洞天石扉，訇然中开。青冥浩荡不见底，日月照耀金银台。霓为衣兮风为马，云之君兮纷纷而来下。虎鼓瑟兮鸾回车，仙之人兮列如麻。忽魂悸以魄动，恍惊起而长嗟。惟觉时之枕席，失向来之烟霞。世间行乐亦如此，古来万事东流水。别君去兮何时还？且放白鹿青崖间，须行即骑访名山。安能摧眉折腰事权贵，使我不得开心颜！

这首诗是李白为权贵排挤离开长安之后，将由山东到越中（今浙江一带）游历，临行写给朋友，以抒发内心感情之作。诗借用梦游的方式，表现自己对山水、对自由的热爱。诗中神仙世界的描写，则是影射当年的长安生活。其中，"安能摧眉折腰事权贵，使我不得开心颜"正是李白蔑视权贵、追求自由思想的体现。

乐府诗以《蜀道难》为代表：

> 噫吁嚱，危乎高哉！蜀道之难，难于上青天。蚕丛及鱼凫，开国何茫然！尔来四万八千岁，不与秦塞通人烟。西当太白有鸟道，可以横绝峨眉巅。地崩山摧壮士死，然后天梯石栈相钩连。上有六龙回日之高标，下有冲波逆折之回川。黄鹤之飞尚不得过，猿猱欲度愁攀援。青泥何盘盘，百步九折萦岩峦。扪参历井仰胁息，以手抚膺坐长叹。问君西游何时还？畏途巉岩不可攀。但见悲鸟号古木，雄飞雌从绕林间，又闻子规啼夜月，愁空山。蜀道之难难于上青天，使人听此凋朱颜。连峰去天不盈尺，枯松倒挂倚绝壁。飞湍瀑流争喧豗，砯崖转石万壑雷。其险也如此，嗟尔远道之人胡为乎来哉！剑阁峥嵘而崔嵬，一夫当关，万夫莫开。所守或匪亲，化为狼与豺。朝避猛虎，夕避长蛇，磨牙吮血，杀人如麻。锦城虽云乐，不如早还家。蜀道之难，难于上青天，侧身西望长咨嗟！

关于这一首诗的主题，历来纷争不休，有讽谏唐玄宗入蜀说，有担心杜甫、房琯为严武所害说，有送友人说，有借蜀道感叹求仕之难说，有纯写山水说，等等。经过分析比较，"借崔嵬而峥嵘的蜀道，寄托求仕路上的艰难坎坷"的观点较为可信。据郁贤皓等学者考证，这首诗的写作时间，是在李白初入长安、求仕受挫之时。而且，在李白之前，阴铿写有《蜀道难》："蜀道难如此，功名讵可要？"已经以蜀道之难寄寓求仕之难的意思。在李白之后，有姚合《送李馀及第归》："李白蜀道难，羞为无成归。子今称意行，蜀道安觉危。"更是明确地把《蜀道难》和李白的求仕不遇相联系（以上分析均见郁贤皓主编《李白大辞典·作品提要》）。

这首诗在艺术上充分体现了李白诗歌浪漫主义的特色：

（1）情绪饱满、郁勃不平。诗一开始就惊叹蜀道之难，先声夺人，给人深刻的印象。诗中几次感慨，几番嗟叹，反复渲染蜀道的艰险、荒凉、阴森可怕，突出"蜀道之难，难于上青天"，把一个怀经世之才而为小人所困，有拳拳报国之志而无处施展的李白的悲愤表现得淋漓尽致。难怪贺知章读了此诗，连连惊叹其为"谪仙人"（见孟棨《本事诗·高逸》）。

（2）借助神话、传说，创造奇异的形象，渲染气氛。如诗中借用了"六龙回日"的神话、五丁壮士开山的传说，加深蜀道古老、艰危的形象。作者还让自己的想象在辽阔无边的空间和时间中自由驰骋，使诗中充满了丰富奇特、超越现实的意象。

（3）大胆夸张，巧妙比喻，增添了这些意象的生动性、形象性，借以抒发他的各种感情。如诗中"连峰去天不盈尺，枯松倒挂倚绝壁。飞湍瀑流争喧豗，砯崖转石万壑雷"的描写，组成了一个个"思出鬼神表"的画面，李白内心的激情于是找到了最好的载体。

（4）句式长短错落，音节抑扬顿挫。在李白之前有许多诗人创作七言古诗，大部分是以整齐划一的七言句组成的，如曹丕的《燕歌行》，是保存至今最早、最完整的七言古诗。唐代诗人也多继承这种七言诗的模式。如边塞诗人高适的《燕歌行》、李颀的《古从军行》，都是七言一句，不加变化。而李白的七言古诗，不管是乐府还是歌行体，体制十分自由，不能以寻常绳墨规范之。他的诗句式大都参差不齐，根据感情的需要，或长或短，极尽伸缩屈张之能事。在《蜀道难》中，这一点得到了突出的体现，其中有三字句"噫吁嚱"、十一字句"嗟尔远道之人胡为乎来哉"，中间杂有五、七、九言句。读起来抑扬顿挫，跌宕有致，极好地表达了李白或激昂或低沉、或悲愤或疏朗的心路历程。

总之，李白七言古诗的艺术特点是感情饱满充沛，想象丰富，大胆夸张，恰如其分地使用神话、传说、梦境、幻境，句式长短参差，音节抑扬顿挫，这一切艺术手段，充分展示了李白狂放自信的个性特征和"风雨分飞，鱼龙百变""大江无风，涛浪自涌，白云卷舒，从风变灭"的艺术特点（沈德潜《说诗晬语》），也充分体现了盛唐诗歌骨气端翔、壮大奇伟、蓬勃向上的阳刚之美。

（二）绝句

明人胡应麟说："太白五七言绝，字字神境，篇篇神物。"（《诗薮》内编卷六）清人沈德潜也认为："七言绝句以语近情遥，含吐不露为贵。只眼前景，口头语，而有弦外音，使人神远，太白有焉。"（《唐诗别裁》）李白的五言绝句，语言简洁明快，自然天成，内涵又十分丰富，无限情思，令人回味不已。如《劳劳亭》：

　　　天下伤心处，劳劳送客亭。春风知别苦，不遣柳条青。

"劳劳"是忧伤的意思。《孔雀东南飞》中"举手长劳劳"，就是用"劳劳"写出焦仲卿和刘兰芝分手时难舍难分又无可奈何的情景。亭名"劳劳"，可见是送别之所，而送别是伤心的，江淹《别赋》所谓："黯然销魂者，唯别而已矣!"但李白不正面写离人此时的离别之难，而是巧妙地从折柳赠别这个古老的习俗着意，说春风似乎体贴人间的离别，故意不让柳条发绿。季节未到，柳树不抽芽，这是自然物象，和人的离别有何交涉?但经李白这么一写，就使得诗意更深一层：春风尚且如此多情，何况人呢! 20 个字，用意如此曲折，构思如此奇巧! 把传统的送别题材处理得如此别开生面、新人耳目! 又如《玉阶怨》：

　　　玉阶生白露，夜久侵罗袜。却下水晶帘，玲珑望秋月。

句中没有用上一个"怨"字，但使人想到：倘若不是心中有一段刻骨铭心的怨情，深夜何以独立望月? 罗袜何以为寒露所侵? 这种情境正像黄仲则所写的"如此星辰非昨夜，为谁风露立中宵",意境优美,言近情遥。

李白学习乐府民歌的绝句,具有令人耳目一新的民间生活气息和浓郁的谣谚特色。如《越女词五首》其三:

> 耶溪采莲女,见客棹歌回。笑入荷花去,佯羞不出来。

淳朴自然,生动活泼,使人向往。

李白的七绝,前人以为只有"七绝圣手王昌龄"可以比肩。七绝特别要求音调的铿锵、语言的含蓄。李白的七言绝句意境清新,音调婉转,神韵超然,风格飘逸。如《望天门山》:

> 天门中断楚江开,碧水东流至此回。两岸青山相对出,孤帆一片日边来。

天门山,是安徽当涂东梁山(古代又称博望山)和西梁山的合称。两山夹江对峙,像一座天然的门户。这首诗是写乘舟远望天门山,进而经过天门山所见之壮美景色。诗的第一句着重写望中所见浩荡的楚江(长江流经旧楚地的一段)冲破天门奔腾而去的气势。诗一开始就赋予长江神奇的力量,展现了诗人追求自由、挣脱束缚的个性。"碧水东流至此回",这是当船行驶到天门山附近时,因为两山对立,长江流经此处的通道变得狭窄,于是水面出现了回流。诗的上一句借山势写出水的力量,这一句则是借水势衬出山的奇险。后两句写得极美。上句写小舟顺流而下,天门山越来越近,渐渐地连山上的树木、岩石都清晰可见,不由得产生了"两岸青山相对出"的感受。"出"字不但逼真地表现了舟行过程中看景的特点,表现了舟中人的新鲜喜悦之意,而且还使静止不动的山带上了动态美。下句不仅写景,更着重展现诗人意气风发、积极进取的精神状态。又如《峨眉山月歌》:

> 峨眉山月半轮秋,影入平羌江水流。夜发清溪向三峡,思君不见下渝州。

诗中的山月江水,俱是那样清新俊朗,令人留恋不舍。诗人对朋友的缱绻深情,寄托于明月江水之中,自然又含而不露。诗虽连用几个地名,却不使人有生硬之感。

四、李白在文学史上的地位和影响

李白在中国乃至世界诗歌史上都享有无与替代的地位和声望。他艺术上的伟大成就,一方面得益于向前代诗人学习和接受民歌的滋养。杜甫当年就推许李白"李侯有佳句,往往似阴铿"(《与李十二白同寻范十隐居》),"白也诗无敌,飘然思不群。清新庾开府,俊逸鲍参军"(《春日忆李白》),赞美李白的诗歌具有前代诗人阴铿、庾信、鲍照"清新""俊逸"的特点。李白努力向民歌学习,深得民歌自然天成之风致。他一向反对雕章琢句,所谓"自从建安来,绮丽不足珍"(《古风》其一)。他的诗歌语言,平易自然,毫无矫揉造作之态,就像他自己所说的"清水出芙蓉,天然去雕饰"(《经乱离后天恩流夜郎忆旧游书怀赠江夏韦太守良宰》)。另一方面,他的艺术成就也是由他的个性魅力和人格力量所决定的。李白性格爽朗,率真,不屈己,不干人,风华绝世,潇洒出尘,他的诗歌感情真挚、饱满。他的诗,多是兴到之作,如赵翼所说:"才气豪迈,全以神运,自不屑束缚于格律对偶与雕绘者争胜。"(《瓯北诗话》)李白的诗在当时就受到普遍的重视,"文彩承殊渥,流传必绝伦"(杜甫《寄李十二白二十韵》),"新诗传在宫人口,佳句不离明主心"(任华《杂言寄李白》)。人们普遍喜爱李白的诗作,"集无定卷,家家有之"(刘全白《唐故翰林学士李君碣记》)。李白追求理想、向往自由,蔑视王公大臣的独立人格和超越世俗的精神风貌,得到人们深深的敬慕和爱戴。他的诗歌艺术,更滋润了此后无数诗人,如李贺、苏轼、陆游、辛弃疾、龚自珍等,无不接受过他的艺术熏陶。李白是永远不朽的伟大诗人。

● 拓展阅读作品篇目

　　李白：《将进酒》《行路难》(两首)、《登金陵凤凰台》《闻王昌龄左迁龙标遥有此寄》《黄鹤楼送孟浩然之广陵》

● 思考练习题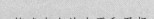

　　1. 简述李白的生平和思想。

　　2. 李白为什么特别喜欢创作七言古诗？

　　3. 李白的诗歌语言是怎样体现他所崇尚的"清水出芙蓉，天然去雕饰"的艺术美的？

　　4. 前人说李白七言绝句具有"语近情遥，含吐不露"的特点，你认为是否如此？为什么？

第四节　伟大的现实主义诗人杜甫

　　唐代社会在经历了开元盛世的繁荣之后，逐渐走向衰落，安史之乱成为唐代社会由盛而衰的转折点。生活在这个转折期的杜甫虽历经艰难苦恨却始终不改忧国忧民之心，尽其一生以诗歌反映社会巨大变化，揭示民生疾苦，倾诉对祖国、人民的热爱，表达对现实的批判。其诗歌的思想性和艺术性，都足以称雄百代。他和李白一样，是中国人民永远敬爱和纪念的伟大诗人。

● 一、杜甫的生平与思想

　　杜甫(712—770)，字子美，京兆杜陵(今陕西西安)人，自称少陵野老、杜陵布衣。其祖父杜审言为武则天时著名诗人，故杜甫曾不无骄傲地说："吾祖诗冠古。"(《赠蜀僧闾丘》)并嘱儿子宗武："诗是吾家事。"(《宗武生日》)他的家族遵循"奉儒守官"的文化传统，儒家忠君爱国、仁民济世的思想，对杜甫的影响是巨大的。杜甫的生活和创作活动可以分成以下几个时期：

　　(一) 读书和壮游时期(712—745)

　　杜甫"七龄思即壮，开口咏凤凰"(《壮游》)，"读书破万卷，下笔如有神"(《奉赠韦左丞丈二十二韵》)。他还喜欢漫游，曾经南游吴越，北上齐赵。当时他意气风发："放荡齐赵间，裘马颇清狂。"(《壮游》)天宝三载(744)，杜甫和李白在洛阳结识，两人从此建立了深厚的友谊。对于这一次相会，杜甫非常珍惜："余亦东蒙客，怜君如弟兄。醉眠秋共被，携手日同行。"(《与李十二白同寻范十隐居》)在这一阶段，杜甫写下了《望岳》《画鹰》《房兵曹胡马》等名篇，预示了这位青年诗人将来在诗歌史上的成就和地位。特别是《望岳》中"会当凌绝顶，一览众山小"两句,展示了杜甫阔大的胸襟、积极进取的精神。

（二）困守长安（746—755）

天宝五载（746），杜甫35岁,他来到长安应科举考试。但是奸相李林甫却操纵了这一场考试,非但一人不取,还为了逢迎玄宗,上表称贺,胡说"野无遗贤"。这一次落选,对杜甫的打击无疑是沉重的。为了政治理想和生活出路,杜甫曾经向玄宗献赋、向达官献诗,但均无结果。他在长安陷入了困顿的境地:"朝扣富儿门,暮随肥马尘。残杯与冷炙,到处潜悲辛。"（《奉赠韦左丞丈二十二韵》）因为生活的变化和亲身经历的黑暗政治,使杜甫对唐朝统治者有了较清醒的认识,对贫富悬殊的现状也有了深刻的体验。

天宝十四载（755），杜甫44岁,被任命为河西（今陕西合阳）县尉,杜甫不愿接受这个"鞭挞黎庶""拜迎长官"的官职,于是被改任为右卫率府胄曹参军。正在他离开困守了十年的长安,回奉先县探望妻儿的时候,安史叛军已攻陷洛阳,前锋逼近潼关,而唐玄宗还在骊山行宫里寻欢作乐。杜甫虽然不知道洛阳确切的信息,但他已敏锐地觉察到社会危机。"朱门酒肉臭,路有冻死骨"（《自京赴奉先县咏怀五百字》）,是他对严重的阶级对立、贫富悬殊的社会现实的高度概括。

十年长安坎坷潦倒的经历,使杜甫遍尝生活的悲辛和屈辱。但苦难没有改变诗人"穷年忧黎元"的初衷,反而使他更深入人民,体贴民间疾苦,这时期他创作了《丽人行》《兵车行》《自京赴奉先县咏怀五百字》等诗。特别是《自京赴奉先县咏怀五百字》是杜甫长安十年生活和思想的总结,标志着杜甫的创作走上了现实主义的道路。

（三）被拘长安、任职凤翔（756—759）

天宝十五载（756）六月,杜甫把家小安顿在鄜州（今陕西富县）的羌村,只身奔赴肃宗所在的灵武（今宁夏灵武）,半道被安史叛军掳至长安。他在沦陷的长安,时刻关心时局的变化。马嵬兵变的消息传来,他写了《哀江头》,抚今追昔,感慨万千;唐军在陈陶斜、青坂两败于安史叛军,杜甫写了《悲陈陶》《悲青坂》,心情无限沉痛。特别是《春望》一诗,集中体现了杜甫忧时伤乱的心情。"感时花溅泪,恨别鸟惊心"两句,借花鸟之感时、恨别,传达出诗人内心的深哀剧痛。第二年四月,杜甫历尽辛苦,终于到达肃宗所在的凤翔（今属陕西）,当时的他"麻鞋见天子,衣袖露两肘",可见杜甫所经历的危险及艰难。肃宗授杜甫以左拾遗,但不久,杜甫就因劝谏触怒肃宗,被贬华州（今陕西渭南华州区）参军。第二年,杜甫因生活困顿和对肃宗的失望而离职,从此开始了长期漂泊西南的生活。这一时期时间虽短,但杜甫的经历和感受却十分丰富,除了被拘留在长安时作的诗篇之外,《北征》《羌村三首》、"三吏""三别"都是这一时期的代表作。其中"三吏""三别"是杜甫诗歌创作活动的里程碑,表明诗人的写实创作达到了顶峰。

（四）流寓西南荆湘（759—770）

杜甫在朋友的帮助下,在成都的浣花溪畔,搭盖了一座草堂,这就是著名的杜甫草堂。765年,因好友严武去世,他失去了依靠,于是来到夔州。当时巴蜀内乱不休,杜甫不得已又离开了夔州。杜甫想还乡,可是北方藩镇割据,军阀混战,阻断了他北归的路,于是只好南下,一路屡经变故,颠沛流离,经过公安、岳阳,最后到了潭州（长沙）。当他途经耒阳方田驿时,正逢大水,孤舟难以行进。心力交瘁的诗人,在风雨之中,病逝在破船之上,终年59岁。

杜甫在漂泊西南、荆湘大约十年时间里,创作了大量的诗歌,占了杜诗的三分之二,其中还不乏名篇佳作,如《茅屋为秋风所破歌》《蜀相》《闻官军收河南河北》《秋兴八首》《登岳阳楼》等。这个时期杜甫诗歌的艺术性更强,思想更有深度。

● 二、杜甫诗歌的思想内容

杜甫诗歌的内容十分丰富,总的来说,有以下几个方面:

(一) 对人民的深切同情

杜甫在《自京赴奉先县咏怀五百字》中,说自己"穷年忧黎元,叹息肠内热"。他一生最为系念的,总是天下苍生。当自己家庭发生"幼子饿已卒"悲剧的时候,他依然"默思失业徒,因念远戍卒。忧端齐终南,澒洞不可掇"。《又呈吴郎》是一首悲天悯人的仁者之歌:

> 堂前扑枣任西邻,无食无儿一妇人。不为困穷宁有此? 只缘恐惧转须亲。
>
> 即防远客虽多事,便插疏篱却甚真。已诉征求贫到骨,正思戎马泪盈巾。

杜甫住在瀼西草堂的时候,邻家有一个寡妇常到他堂前扑枣。杜甫离开草堂,新搬来的吴姓亲戚便插上篱笆,不让人扑枣。杜甫写了这首诗婉劝吴郎。他说,这位妇人若不是因为无食无儿和兵荒马乱,也不会来打人家的枣,应该对她亲近一些,而不该阻止她。

《茅屋为秋风所破歌》是杜甫流落蜀中时所作名篇。其中"安得广厦千万间,大庇天下寒士俱欢颜,风雨不动安如山。呜呼! 何时眼前突兀见此屋,吾庐独破受冻死亦足",表现了"宁苦身以利人"的精神,千载之下,依然使人动容。

"三吏""三别"是杜甫现实主义诗歌中的不朽之作,集中体现了杜甫对安史之乱中人民苦难的认同和深切同情。如《新婚别》中以新嫁娘的口气,诉说了战乱中劳动妇女千回百转的心事:

> 兔丝附蓬麻,引蔓故不长。嫁女与征夫,不如弃路旁。结发为君妻,席不暖君床。暮婚晨告别,无乃太匆忙! 君行虽不远,守边赴河阳。妾身未分明,何以拜姑嫜! 父母养我时,日夜令我藏。生女有所归,鸡狗亦得将。君今往死地,沉痛迫中肠。誓欲随君去,形势反苍黄。勿为新婚念,努力事戎行。妇人在军中,兵气恐不扬。自嗟贫家女,久致罗襦裳。罗襦不复施,对君洗红妆。仰视百鸟飞,大小必双翔。人事多错迕,与君永相望!

这位新娘子昨夜成亲,今晨就面临和丈夫的生离死别。她既勉励丈夫努力作战,又担心丈夫一去不还;她对丈夫表示忠贞之意,又为少年夫妻的聚短别长而伤感。仇兆鳌《杜诗详注》评此诗:"'君'字凡七见,'君妻''君床',聚之暂也;'君行''君往',别之速也;'随君',情之切也;'对君',意之伤也;'与君永相望',志之坚且贞也。频频呼君,几于一声一泪。"这样的诗,句句都能打动读者的心弦。

(二) 对祖国的无比热爱

唐肃宗至德二载(757)三月,杜甫被困在沦陷的长安。面对已被安史叛军劫掠一空、荒凉破败的都城,杜甫既伤心又悲愤,挥泪写下了传世之作《春望》:

> 国破山河在,城春草木深。感时花溅泪,恨别鸟惊心。
>
> 烽火连三月,家书抵万金。白头搔更短,浑欲不胜簪。

诗首联写战乱之中长安城的景象,山河依旧,却是榛莽丛生,荆棘遍野,使人顿生黍离之悲。颔联意谓春花有感于乱世危局而流下眼泪;禽鸟也为了人们的生离死别而心弦震颤。

以无情之花鸟的感时念乱,突出人在战乱中的深切痛苦。颈联写烽火连连,和家人互通音信是那样艰难。尾联说因为日夜忧心家仇国恨,他已满头白发,憔悴不堪。

杜甫流落荆湘时,曾登临岳阳楼,"吴楚东南坼,乾坤日夜浮"(《登岳阳楼》)的壮观景象,勾起他对"戎马关山北"的时局的系念,而为之"凭轩涕泗流"。当收复蓟北的消息传来之时,他是那样由衷地狂喜:"剑外忽传收蓟北,初闻涕泪满衣裳。却看妻子愁何在,漫卷诗书喜欲狂。"(《闻官军收河南河北》)唐军作战失利时,诗人是那样地沉痛,而在沉痛中依然充满了希望:"都人回面向北啼,日夜更望官军至。"(《悲陈陶》)在兵燹遍地之中,他希望为国效力:"天地日流血,朝廷谁请缨?济时敢爱死,寂寞壮心惊。"(《岁暮》)在杜甫的诗中,处处可见倾泻无遗的爱国热情。

(三)对统治者的讽刺和批判

杜甫虽然有浓厚的忠君意识,却不是不辨是非的愚忠。当他经历了生活的磨难和政治的挫折之后,对统治者的认识也逐渐深入。在《自京赴奉先县咏怀五百字》中,他不留情面地揭露了"彤庭所分帛,本自寒女出。鞭挞其夫家,聚敛贡城阙"的现实,"朱门酒肉臭,路有冻死骨"更是鲜明地揭示了阶级对立的本质。《丽人行》是讽刺杨国忠、杨贵妃兄妹的,诗中不避嫌疑,直笔点出杨氏姐妹的爵位名号,写出他们凭借外戚身份,骄奢淫逸、盛气凌人的生活和作派。其他如《岁晏行》中"况闻处处鬻男女,割慈忍爱还租庸",《昼梦》中"安得务农息战斗,普天无吏横索钱",《兵车行》中"边庭流血成海水,武皇开边意未已",都反映了徭役、租税、征战给普通百姓带来的灾难,批判可谓入木三分。

(四)对亲情、友情的珍惜

杜甫的仁者之心,使他格外珍重亲情、友情。他写有不少怀念亲朋、赠送友人的诗。《月夜》是为妻子写的:

今夜鄜州月,闺中只独看。遥怜小儿女,未解忆长安。

香雾云鬟湿,清辉玉臂寒。何时倚虚幌,双照泪痕干!

写这首诗时,杜甫正困于沦陷的长安,他的家小却寄顿在鄜州。诗首两句写他在长安望月之时,想起今夜鄜州的月下,妻子一个人在望月思夫。"遥怜小儿女,未解忆长安"两句感慨孩子太小,还不理解母亲对困在长安的父亲的思念、忧虑,这样又突出了杜甫对妻子的体贴。"香雾云鬟湿,清辉玉臂寒"两句,写杜甫想象妻子在月下因思念而徘徊,以至雾水沾湿了她的发鬟,手臂也受寒而冰凉。试想,如果杜甫不百般思念妻子,深切体会远在鄜州的妻子的处境和对他的感情,又如何能描写出这样的情景?这就是浦起龙所说的"心已驰神到彼,诗从对面飞来"(浦起龙《读杜心解》),通过这种"对面写法",把杜甫对妻子的感情表现得更加浓挚。末二句表示了对夫妻团聚的希望。杜甫虽然屡遭艰难,但对孩子、兄弟从来都是和颜悦色:"生还对童稚,似欲忘饥渴。问事竞挽须,谁能即嗔喝?"(《北征》)"露从今夜白,月是故乡明。有弟皆分散,无家问死生"(《月夜忆舍弟》),字里行间,流淌着忠厚长者的父子、手足之情。

他对朋友输肝剖胆、真诚坦白。当得知李白被流夜郎时,他忧虑其前途,同情其命运:"死别已吞声,生别常恻恻。江南瘴疠地,逐客无消息。故人入我梦,明我长相忆。……落月满屋梁,犹疑照颜色……""三夜频梦君,情亲见君意……冠盖满京华,斯人独憔悴!"(《梦李白》二首)对李白兄弟般的思念之情,甚至形诸梦寐。无怪前人评曰:"千古交情,唯此为至。然非公至性不能有此至情,非公至文不能传此至性。"(杨伦《杜诗镜铨》)

（五）对自然的热爱

杜甫因为生逢战乱,流离失所,所以有过长期跋山涉水的经历,笔下描绘了不少自然山水,而在杜甫的本性中,也有热爱自然的一面。他曾说:"一重一掩吾肺腑,山鸟山花吾友于。"(《岳麓山道林二寺行》)"江山如有待,花柳更无私"(《后游》)。在他看来,大自然充满了对人的情意。他年轻的时候,写过《望岳》,对"齐鲁青未了"的奇伟岱宗表达了由衷的赞叹,在《登岳阳楼》中,又用"吴楚东南坼,乾坤日夜浮"这一对千古佳句,把洞庭湖描绘得波澜壮阔、气势宏大,而"两个黄鹂鸣翠柳,一行白鹭上青天"(《绝句》)、"野径云俱黑,江船火独明"(《春夜喜雨》)等诗又表现了杜甫写景清丽、精细的一面。

三、杜甫叙事诗和抒情诗的艺术成就

杜甫在艺术上取得具有开创性的巨大成就,为了更好地说明杜诗的艺术成就,我们把杜诗分为叙事诗和抒情诗两类来讲。

（一）叙事诗

杜甫的诗,被后人称为"诗史"。晚唐孟棨《本事诗·高逸第三》说:"杜逢禄山之难,流离陇蜀,毕陈于诗,推见至隐,殆无遗事。故当时号为'诗史'。"《新唐书·文艺传·杜甫传赞》说:"甫又善陈时事,律切精深,至千言不少衰,世号'诗史'。"他的诗被称为"诗史",在于他用诗记录了安史之乱中发生的许多重要事件,反映了百姓在战争中承受的种种苦难,而且能以生动的形象、饱满的感情,展现整个社会生活的广阔画面。正如杨义所说:"杜诗的一大本事,就是把敏锐深刻的诗性直觉,投入历史事件和社会情境之中,把事件和情境点化为审美意象,从中体验着民族的生存境遇和天道运行的法则。"(《李杜诗学》下编)杜甫的诗描写了具体的情景,包括当时的氛围和人的感情,比单纯的提供历史事件的史料,更具动人心弦的力量。如前面提到的《哀江头》《北征》《洗兵马》、"三吏""三别"等。这些诗不但可以证史,可以补史之不足,而且比历史事件更为具体生动、感人。杜甫叙事诗的成就很值得注意。其主要特点有:

1. 善于铺陈,高度概括

元稹谈到杜甫诗的艺术时说杜甫善于"铺陈始终,排比声韵,大或千言,次犹数百"(《唐故检校工部员外郎杜君墓系铭并序》)。铺陈,就是叙述。杜甫诗中用铺陈的地方很多,如他的"三吏""三别",就是著名的叙事诗。但杜甫的"铺陈",很注意对现实生活作艺术的概括,善于把复杂的社会现象和忧国忧民的情怀浓缩在一些场面或个别人物形象上。《洗兵马》中"三年笛里关山月,万国兵前草木风",揭示了战争给人民带来的创伤。《羌村三首》中"妻孥怪我在,惊定还拭泪……邻人满墙头,感叹亦歔欷。夜阑更秉烛,相对如梦寐",描写兵荒马乱中家人相逢的场面,虽然写的只是杜甫一家的遭遇,却反映了广大百姓的悲惨命运。《兵车行》写的是"道旁过者"和行人的对话,但众多行人的不幸也显示无余。《新婚别》中写的是一个征人妻子的痛苦,却集中了安史之乱中无数青年夫妻生离死别的遭遇。

2. 精心刻画细节,于细微处见真实

《北征》是杜甫的名作,他在诗中回忆自己由凤翔到鄜州省亲一路上的所见所感,诗中写到家的情景:

经年至茅屋,妻子衣百结。恸哭松声回,悲泉共幽咽。平生所娇儿,颜色白胜雪。

　　见爷背面啼，垢腻脚不袜。床前两小女，补绽才过膝。海图坼波涛，旧绣移曲折。天吴
及紫凤，颠倒在短褐。

　　这一段描写笔触细腻，通过妻子的"衣百结"，儿女的"垢腻脚不袜""补绽才过膝"以及补
丁上颠倒错乱的图案这些细节，形象地反映了民不聊生、穷困潦倒之象。《丹青引》感叹曹霸
才高运蹇的不幸命运，为了凸显曹霸绘画的高超本领，选择了曹霸为功臣画像的细节："良相
头上进贤冠，猛将腰间大羽箭。褒公鄂公毛发动，英姿飒爽来酣战。"精到的细节描写，淡化
的是故事性，强化的是真实性。

　　3. 寓情于事，动人心弦

　　杜甫往往把叙事诗当作抒情诗来写。他是个感情十分丰富的人，他把自己的爱、恨、同
情、怜悯倾注在所描写的事件和所刻画的人物形象上。如《丹青引》中："即今漂泊干戈际，屡
貌寻常行路人。途穷反遭俗眼白，世上未有如公贫。"对曹霸的怀奇才而不为世所用，表达了
深切的同情。在《羌村三首》中，写自己回到家里后，听父老们说起世道的艰难、生活的艰辛：
"苦辞酒味薄，黍地无人耕。兵革既未息，儿童尽东征。请为父老歌，艰难愧深情。歌罢仰天
叹，四座泪纵横。"肺腑之语，句句动人，写尽了动乱年代中诗人对普通老农的体贴又无能为
力的心情。《无家别》是一首优秀的叙事诗，也是一首扣人心弦的抒情诗。诗中写一个被征
兵的农民，回到思念已久的家中时，才知道老母早已病死，痛感没有尽到终养的责任，当他再
一次被征召入伍时，竟然没有一个可以告别的人！因此他悲愤地说，这样的人生，有什么意
义呢？"人生无家别，何以为蒸黎。"读到这样的诗句，谁能不为之感慨唏嘘。

　　(二) 抒情诗

　　杜甫抒情诗的数量比叙事诗多，在形式上，近体比五七言古体多。其抒情诗的主要艺术
特点如下。

　　1. 情景交融

　　杜甫流落西南时期所作《登高》，就是情景交融的代表作：

　　　　风急天高猿啸哀，渚清沙白鸟飞回。无边落木萧萧下，不尽长江滚滚来。

　　　　万里悲秋常作客，百年多病独登台。艰难苦恨繁霜鬓，潦倒新停浊酒杯。

　　此时杜甫流寓夔州，夔州在长江边，诗中所写的风急、猿啸、鸟飞、叶落、江水流逝，都是
眼前之景，作者在这些景物之中，深深地融进了时局之叹、身世之感。如"无边落木萧萧下，
不尽长江滚滚来"两句，在"落木"前面冠以"无边"，在"长江"前面加上"不尽"，又用"萧萧"
"滚滚"分别形容落叶声、流水状，这就使登高所见的寥廓秋景声色俱现，而飘零的落叶和东
逝的流水，显然寄寓着作者对国家的忧虑、对自己一生事功的失望，对漂泊四方、寄食于人又
年迈体弱处境的无奈。因此，诗的颈联用十四个字，高度概括了他此时感受到的"八可悲"：
"万里，地之远也；悲秋，时之惨淡也；作客，羁旅也；常作客，久旅也；百年，暮齿也；多病，衰疾
也；台，高迥处也；独登台，无亲朋也。"(罗大经《鹤林玉露》) 尾联"艰难苦恨"四字，无限沉痛。
此诗人称"高浑一气，古今独步，当为杜集七言律诗第一"(杨伦《杜诗镜铨》)。

　　杜甫滞留夔州期间，还写下了著名的组诗《秋兴八首》，以下是第一首：

　　　　玉露凋伤枫树林，巫山巫峡气萧森。江间波浪兼天涌，塞上风云接地阴。

　　　　丛菊两开他日泪，孤舟一系故园心。寒衣处处催刀尺，白帝城高急暮砧。

　　诗人看到的是江峡秋色，引起的是故园之思。他正因眼前开放的丛菊，想起不得不滞留
夔州两载的辛酸，耳边传来暮砧之声，又给异乡游子带来更浓郁的乡愁。融情于景，情景交

融,在景物的描写中,处处流荡着诗人忧国思乡的深情。

2. 抒情、议论、叙事融于一体

杜甫叙事诗的抒情色彩很浓郁,这一点已见前述。而在他的抒情诗中,也往往情事结合,如《自京赴奉先县咏怀五百字》《述怀》《秦州杂诗》《八哀诗》等。因为叙事和抒情的结合,突出了作品的时代色彩。在杜甫的抒情诗中,抒情还往往和议论相并而行,特别是在近体诗中。沈德潜说:"读《秋兴》八首,《咏怀古迹》五首、《诸将》五首,不废议论,不弃藻绘,笼盖宇宙,铿戛韶钧;而横纵出没中,复含蕴藉微远之致;目为大成,非虚语也。"(《说诗晬语》上)杜甫的议论,往往"带情韵而行"。如《诸将》中"独使至尊忧社稷,诸君何以答升平",讽刺诸将只能坐享太平,不能为国分忧;《登楼》中"北极朝廷终不改,西山寇盗莫相侵",上句对社稷稳固充满了信心,下句警告入侵的吐蕃军队;《蜀相》中"出师未捷身先死,长使英雄泪满襟",既高度评价了诸葛亮一生的业绩,又寄万分感慨于笔端;《狂夫》中"欲填沟壑惟疏放,自笑狂夫老更狂",表现了杜甫虽潦倒困厄却不仰人鼻息的骨气。

3. 抒情曲折委婉,跌宕反复

杜甫的抒情诗真切地反映了其内心的痛苦、喜悦、愤怒、怜悯种种复杂的感情。如《闻官军收河南河北》:

> 剑外忽传收蓟北,初闻涕泪满衣裳。却看妻子愁何在,漫卷诗书喜欲狂。
>
> 白日放歌须纵酒,青春作伴好还乡。即从巴峡穿巫峡,便下襄阳向洛阳。

这首诗是杜甫流落梓州时,意外听到叛将史朝义自缢、其部下归降唐军的消息,惊喜欲狂,即兴而作的。诗人的情绪虽非常激动,但诗歌却起伏跌宕有致。先写自己初闻喜讯时涕泪挥洒,继而看到妻子也愁云全扫,于是更加欣喜若狂,要高歌、要酗饮,紧接着作起了回乡的打算,"巴峡""巫峡""襄阳""洛阳"四个地名,用"即""便""从""穿""下""向"几个副词、介词、动词连接,表达了作者似箭的归心。这首诗一气流注,惊喜溢于字外,人称老杜"生平第一快诗"(浦起龙《读杜心解》),但是又转宕自如,以曲取势,曲折如意。

《自京赴奉先县咏怀五百字》是一首长篇抒情诗。诗的第一段,诗人自述平生的理想是"窃比稷与契",而岁月蹉跎,"居然成濩落,白首甘契阔"。但纵使命运对自己不公,还是坚持"穷年忧黎元,叹息肠内热"的初衷。他也曾想过要远离尘俗,去"潇洒送日月",只是"葵藿倾太阳"的本性难以改变。仅仅这第一段,就回旋往复,百转千折,使人感受到杜甫内心那种沉郁敦厚的仁者情怀。

杜甫的诗在语言艺术上的造诣也值得我们重视。他注意语言的个性化,根据不同人物的性格、身份,运用不同的语言,刻画人物的形象。如著名的"三吏"多通过人物的对话来揭示诗歌的主旨、塑造人物的形象,其中《潼关吏》中的对话:"借问潼关吏:'修关还备胡?'要我下马行,为我指山隅:'连云列战格,飞鸟不能逾。胡来但自守,岂复忧西都! 丈人视要处,窄狭容单车。艰难奋长戟,万古用一夫。''哀哉桃林战,百万化为鱼。请嘱防关将,慎勿学哥舒!'"这一段对话,双方神情毕现。诗中的"我"对潼关的安危极其关心。而关吏的答话表现出他对所筑工事充满了信心,反映了守关将士昂扬的斗志和必胜的信念。关吏的这八句话,浦起龙评为"神情声口俱活"(《读杜心解》),而"我"的嘱咐,则表现了诗人思虑的精深。

杜甫在诗中大量引用俗语,造成亲切感、真实感,有助于突出人物的性格。如《兵车行》中"耶娘妻子走相送""牵衣顿足拦道哭";《前出塞》中"挽弓当挽强,用箭当用长。射人先射马,擒贼先擒王";《新婚别》中"兔丝附蓬麻,引蔓故不长","生女有所归,鸡狗亦得将",都很符合普通百姓的身份和口吻。元稹《酬孝甫见赠十首》之二云："杜甫天材颇绝伦,每寻诗卷似情亲。怜渠直道当时语,不著心源傍古人。"高度评价了杜甫诗运用口语、俗语,使诗歌更接近生活的表现手法。但杜甫又十分注意诗句的锤炼,认为"文章千古事,得失寸心知"(《偶题》),所以常常"新诗改罢自长吟"(《解闷十二首》其七),"为人性僻耽佳句,语不惊人死不休"(《江上值水如海势聊短述》)。他善于选择富有表现力的字、词用到恰当的地方,如《夏日李公见访》中"墙头过浊醪"的"过"字,写出了杜甫和邻里之间的关系,也写出了因贫困而陋屋低矮的情景。他不但善于用动词使诗句活泼起来,还善于用副词使诗富于转折变化,如"映阶碧草自春色,隔叶黄鹂空好音""归来始自怜""孤云无自心"等句中"自"字的用法,都增加了句子的表现力。正是这种自觉的追求,使他在诗歌语言艺术上取得巨大的成功。因此皮日休说杜诗"纵为三十车,一字不可捐"(《鲁望昨以五百言见贻因成一千言》)。

● 四、杜甫在文学史上的地位和影响

杜甫是一位既集大成又具开创性的伟大作家,诚如唐人元稹所说:"上薄风骚,下该沈宋,言夺苏、李,气吞曹、刘,掩颜、谢之孤高,杂徐、庾之流丽,尽得古今之体势,而兼人人之所独专矣。"(《唐故检校工部员外郎杜君墓系铭并序》)也如宋人王安石所言:"至于子美,则悲欢穷泰,发敛抑扬,疾徐纵横,无施不可。故其诗有平淡简易者,有绮丽精确者,有严重威武若三军之帅者,有奋迅驰骤若泛驾之马者,有淡泊简静若山谷隐士者,有风流蕴藉若贵介公子者……此子美所以光掩前人而后来无继也。"(《杜诗镜铨》附录三)由于杜甫善于转益多师,集众人之所长,故能终成一家之独特风格。杜甫诗的总体风格,就是他自己在《进〈雕赋表〉》中曾说过的一段话:"则臣之述作虽不能鼓吹六经,先鸣数子,至于沉郁顿挫,随时敏捷,而扬雄、枚皋之徒,庶可企及也。"杜甫的"沉郁顿挫"虽然指的是他的辞赋,但用来描述他诗歌的艺术风格,也是非常准确的。杜甫忧生念乱,仁民爱物,既有济世之志,又遭贫病流离之苦,他是一个内心世界极为丰富的诗人,在艰难困苦的环境中,各种爱恨情仇奔突、作用于他的心中,千回百转,欲扬又抑,正是在这种深沉低回、欲说还休中,体现出杜诗"沉郁顿挫"的美学特征。这里的"沉郁""顿挫"是指作者的诗篇中,有时写得"沉着痛快",有时写得"沉挚深入",有时"积健为雄",有时沉厚纡曲、根底盘深,有时波翻浪卷、起落跌宕,音节上表现出抑扬缓急。

杜甫生活在万方多难、满目疮痍的时代,个人的命运和国家一样不幸,作为一个仁厚深沉的诗人,他的诗中流露出深广的忧国忧民的情怀,这是最为动人、最为高尚的情怀,也是杜甫成为"诗圣"的主要原因。

很早以前就有人试图比较李、杜两人创作成就的高下优劣。我们前一章介绍过李白及其创作,事实证明,这种比较甚至争议是徒劳的,前人于此已多有公论:

> 李杜文章在,光焰万丈长。(韩愈《调张籍》)

> 李杜二公,正不当优劣。太白有一二妙处子美不能道,子美有一二妙处太白不能作。子美不能为太白之飘逸,太白不能为子美之沉郁。(严羽《沧浪诗话·诗评》)

以上仅略举两例说明李、杜两人难分轩轾,也不必分轩轾,他们在中国文学史上的地位和产生的巨大、深远的影响,早已为世人所公认。他们的人格和作品,永远是中华民族最为珍贵的文化遗产。

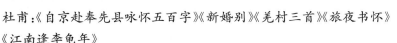

● **拓展阅读作品篇目**

　　杜甫:《自京赴奉先县咏怀五百字》《新婚别》《羌村三首》《旅夜书怀》
《江南逢李龟年》

● **思考练习题**

　　1. 阐述杜甫诗歌中的忧国忧民精神和这种精神的现实意义。
　　2. 杜甫的诗何以被称为"诗史"?
　　3. 谈谈杜甫诗歌艺术总的风格以及这种风格形成的主要原因。
　　4. 严羽为什么说"李杜二公,正不当优劣"? 你的看法呢?

第五节　白居易的诗歌理论和创作

　　唐诗在唐德宗之后的四十多年时间里,渐渐有所振兴,在唐宪宗元和年间达到了高潮。活跃在这一时期诗坛上的,有韩愈、孟郊、白居易、元稹、李贺、刘禹锡、柳宗元等一大批杰出的诗人,他们的创作,体现了各自的诗学理想,展示了异彩纷呈的风格。其中,以白居易为代表的元白诗派的诗歌理论和诗歌创作,在文学史上产生了深远的影响。

　　元白诗派是以尚实、尚俗、务尽为特征的。主要的作家有张籍、王建、元稹、白居易等。这一派诗人接受《诗经》"国风"、汉乐府以及杜甫诗歌中写实、通俗一面的影响较深,如元稹就曾对杜甫诗歌的通俗化倾向情有独钟:"怜渠直道当时语,不著心源傍古人。"(《酬孝甫见赠十首》之二)陈寅恪先生指出:"乐天之作新乐府,乃用毛诗、乐府古诗及杜少陵诗之体制,改进当时民间之歌谣……实则乐天之作,乃以改良当日民间口头流行之俗曲为职志。"(陈寅恪《元白诗笺证稿·新乐府》)白居易在《与元九书》中评杜诗说:"杜诗最多,可传者千余首……然撮其《新安吏》《石壕吏》《潼关吏》《塞芦子》《留花门》之章;'朱门酒肉臭,路有冻死骨'之句,亦不过三四十首。杜尚如此,况不逮杜者乎!"可见,白居易特别心仪杜诗中写实的作品。在这一派诗人中,张籍(767? —830?)、王建(767? —830?)是较早开始乐府诗创作的,时称"张王乐府"。张籍的《野老歌》《牧童词》《促促词》等,是直接反映社会现实的作品。王建所作有古题乐府 30 首左右,而新题乐府则有 170 多首。其中《田家行》《织锦曲》《簇蚕词》等,对当时农民生活的现状作了真实的描写。张、王乐府受到后世普遍的推崇。如清人翁方纲说:"张王乐府,天然清削,不取声音之大,亦不求格调之高,此真善于绍古者。较之昌谷(李贺),奇艳不及,而真切过之。"(翁方纲《石洲诗话》卷二)张籍、王建继承古乐府、杜甫诗歌的优良传统以及尚实、尚俗的艺术追求,对元稹、白居易现实主义诗歌理论的提出、新乐府诗的创作,产生了积极的影响。白居易曾高度评价张籍:"尤工乐府诗,举代少其伦。为诗意如何? 六义互铺陈。风雅比兴外,未尝著空文。"(《读张籍古乐府》)元稹(779—831)也是新乐府的积极写作者。元和三四年间,白居易、元稹的朋友李绅写了《新题乐府二十首》。元稹很快就择其"病时之尤急者,列而和之"(《和李校书新题乐府十二首》并序),此外还创作了十几首"刺美见事"的古题乐府,其中《织妇词》《田家词》比较有代表性。除了乐府诗,元稹的叙事长诗《连昌宫词》通过连昌宫的盛衰变化,反映了唐代安史之乱前后社会的剧变,并且对由盛转衰的社会政治原因作了一定的探讨,寄寓了明显的劝诫讽喻之意。

当然,在元白诗派中,起了中流砥柱作用并且产生深远影响的诗人,要数白居易。

一、白居易的生平及诗歌主张

白居易(772—846),字乐天,号香山居士、醉吟先生。原籍太原,出生于郑州新郑(在今河南)。白居易少年时期就已表现出诗歌创作方面的才华,他为人传诵的《赋得古原草送别》,就是少年之作。贞元十六年(800),白居易进士及第,元和元年(806),应制科,授盩厔(今陕西周至)县尉。此后任翰林学士、左拾遗、左赞善大夫等职。在这一段时间,白居易的政治热情很高,经常上书朝廷,直陈时弊,所谓"有阙必规,有违必谏"(《初授拾遗献书》),而且写了《秦中吟》《新乐府》等大量讽喻诗,进入了诗歌创作的黄金时期。

元和十年(815)六月发生了藩镇刺杀宰相武元衡、裴度的事件,白居易第一个上书要求朝廷捉拿凶手,结果被加以宫官越职言事等罪名,贬江州(今江西九江)司马,这时白居易44岁。被贬江州对白居易的打击非常大,他意识并且亲身体验到政治斗争的险恶。到江州以后,白居易自编诗集,并作《与元九书》,总结创作经验,系统地提出了他的诗歌创作理论。

元和十三年(818),白居易调任忠州刺史,元和十五年(820),被召回京任职。长庆二年(822)以后,白居易历任杭州刺史、苏州刺史、秘书监、刑部侍郎、河南尹、太子少傅等职,武宗会昌二年(842),以刑部尚书致仕;会昌六年(846)在洛阳逝世,终年75岁。有《白氏长庆集》,存诗两千八百多首。

白居易一生著作颇丰,他生前就把自己的诗分成讽喻、闲适、感伤、杂律四类,其中,他最重视的是讽喻和闲适诗,因为它们能体现他的兼济、独善的儒家思想。他说:"谓之讽喻诗,兼济之志也;谓之闲适诗,独善之义也。"他的诗歌主张,也主要是关于讽喻诗的。他在《与元九书》《新乐府序》中,系统地阐述了关于讽喻诗的看法,主要观点有以下两个方面:

第一,创作目的:"为君、为臣、为民、为物、为事而作,不为文而作也。"(《新乐府序》)"文章合为时而著,歌诗合为事而作。"(《与元九书》)"唯歌生民病,愿得天子知。"(《寄唐生》)显然,讽喻诗的写作,是为了补察时政。

第二,尚实、尚俗:"其辞质而径,欲见之者易喻也;其言直而切,欲闻之者深诫也;其事核而实,使采之者传信也;其体顺而肆,可以播于乐章歌曲也。"(《新乐府序》)分别强调诗歌语言的质朴通俗、议论的直白显豁、叙事的真实无误、形式的流利通畅。这样的诗显然是和"温柔敦厚""怨而不怒"的传统诗学观相悖的。

白居易提出上述的诗歌理论,有着当时政治和文学思潮的原因。他写作大量讽喻诗的时间,是在贞元、元和之际。其时安史之乱虽然早已结束,但中央集权尚未得到真正的巩固,藩镇割据、宦官擅权、朋党相争,种种矛盾交织,统治阶级内部的进步势力和有识之士,都希望变革现实,重振王朝雄风。在这样的背景下,重政治功利的文学观必然得到重视和发展。白居易的讽喻诗,就是"自拾遗来,凡所适所感,关于美刺兴比者"(《与元九书》),是为了"救济人病,裨补时阙"之作,因此具有鲜明的现实政治意义。

● 二、白居易的讽喻诗

白居易的讽喻诗有一百七十多首,在《伤唐衢二首》之二中,白居易曾说:"忆昨元和初,忝备谏官位。是时兵革后,生民正憔悴。但伤民病痛,不识时忌讳。遂作《秦中吟》,一吟悲一事。"这表明了他作《秦中吟》的目的,是有意暴露官场的黑暗、揭露权贵的骄纵、同情百姓的痛苦。如《秦中吟》中的《歌舞》:

> 秦中岁云暮,大雪满皇州。雪中退朝者,朱紫尽公侯。贵有风雪兴,富无饥寒忧。
> 所营唯第宅,所务在追游。朱门车马客,红烛歌舞楼。欢酣促密坐,醉暖脱重裘。秋官
> 为主人,廷尉居上头。日中为一乐,夜半不能休。岂知阌乡狱,中有冻死囚!

白居易曾给朝廷上过《奏阌乡县禁囚状》,提到虢州阌乡、湖城等县狱中有些犯人,因为"欠负官物,无可填陪,一禁其身,虽死不放",甚至"身死狱中,取其男收禁者"。当百姓受着牢狱之苦,叫天不应、叫地不灵之时,主管刑狱审判的"秋官""廷尉"却日夜荒宴,醉生梦死!

《轻肥》也是《秦中吟》中的名篇:

> 意气骄满路,鞍马光照尘。借问何为者,人称是内臣。朱绂皆大夫,紫绶悉将军。
> 夸赴军中宴,走马去如云。罇罍溢九酝,水陆罗八珍。果擘洞庭橘,脍切天池鳞。
> 食饱心自若,酒酣气益振。是岁江南旱,衢州人食人!

诗一方面写内臣、大夫、将军们脑满肠肥、花天酒地、意气骄人,另一方面写江南一带天灾人祸,赤地千里,竟至"人食人"。通过两方对比,诗的主题十分显豁。

《新乐府》五十首是白居易有计划、有目的、内在联系密切的一部大型诗作,是白居易从诗歌美刺的角度,对当时政治、社会问题的质问。这些诗,由于一部分写的是时事,而且有些还涉及当时十分尖锐、敏感的问题,所以它们的现实意义是不可忽视的,青年白居易敏锐的政治见解、大胆献言的勇气也值得人们敬佩。如为"苦宫市"而作的《卖炭翁》:

> 卖炭翁,伐薪烧炭南山中。满面尘灰烟火色,两鬓苍苍十指黑。卖炭得钱何所营?
> 身上衣裳口中食。可怜身上衣正单,心忧炭贱愿天寒。夜来城外一尺雪,晓驾炭车辗冰
> 辙。牛困人饥日已高,市南门外泥中歇。翩翩两骑来是谁? 黄衣使者白衫儿。手把文
> 书口称敕,回车叱牛牵向北。一车炭,千余斤,宫使驱将惜不得。半匹红纱一丈绫,系向
> 牛头充炭直。

此诗序云:"苦宫市也。""宫市",指朝廷派宦官在宫外市场上以低价强买货物,实际是一种变相的掠夺行为。《新唐书·食货志》云:"每中官出,沽浆卖饼之家,皆彻市塞门。"唐德宗时,这种情况最为严重,用宦官专管此事,设"白望"几百人于东西两市和热闹街坊,看人所卖货物,有满意的,就口称"宫市",随便付些价钱,强使货主送货入宫,甚至还向货主逼索"门户"钱和脚价钱。《卖炭翁》以个别表现一般,通过卖炭翁的遭遇,揭露了"宫市"的本质。开头四句,"伐薪""烧炭""南山",概括了劳动的工序、劳动的过程和劳动的场所。"满面尘灰烟火色,两鬓苍苍十指黑",精确刻画卖炭老人的外貌特征,"卖炭得钱何所营? 身上衣裳口中食",一问一答中,交代这一车炭是老人一家生计之所在。"可怜身上衣正单,心忧炭贱愿天

寒",用老人不合常理的心理活动,揭示出他饥寒交迫、困顿不堪的生存状况。"可怜"两字倾注了诗人无限的同情。这一段充满感情的叙述、描写,凸显了卖炭老人生活的艰辛,强化了这一车木炭对于这个饥寒交迫的家庭的重要意义,也为后面揭露宫使的强夺行为作了铺垫。正当老人冲风冒雪,把车拉到城里时,却遇上了"手把文书口称敕"的宫使。他的劳作、他的愿望,都被"宫市"掠夺一空,化为泡影!当他牵着被系上红布的老牛彳亍走向南山时,他心里想的是什么呢?诗人没有说,然而读者却不能不为老人的遭遇唏嘘叹息。诗人"苦宫市"的创作意图,通过《卖炭翁》得到了表达。这首诗没有像《新乐府》中其他篇章那样"卒章显其志",而是在矛盾冲突达到高潮时戛然而止,因而更引人深思。

《上阳白发人》是"愍怨旷"之作,诗中叙述了深宫怨女悲惨的一生:"……玄宗末岁初选入,入时十六今六十……未容君王得见面,已被杨妃遥侧目。妒令潜配上阳宫,一生遂向空房宿。"历代封建统治者为了满足他们骄奢淫逸的生活需求,强选大量民间女子入宫,剥夺了她们过正常生活的权利。元和四年(809),白居易有《请择放后宫内人奏》,这首《上阳白发人》应当是同时期的作品。该诗通过一个 16 岁入宫直到 60 岁还幽闭深宫的老宫女的命运,控诉了戕害人性的宫嫔制度。

《新乐府》的题材很丰富,如《新丰折臂翁》批判朝廷穷兵黩武,强征兵丁,致使人民骨肉分离,身心饱受摧残;《杜陵叟》揭露苛税猛于虎的现实;《缭绫》反映统治阶级横征暴敛,只为满足其骄纵的生活……可以说,《新乐府》是唐代社会生活的一面镜子,它体现了白居易"欲开壅蔽达人情,先向歌诗求讽刺"(《新乐府·采诗官》)的创作目的和政治热情。

白居易的《新乐府》和《秦中吟》在艺术上具有大体一致的特点:

第一,主题集中、突出。五十首新乐府诗仿效《诗经》,都以诗的首句为题,在题下用小序注明诗的主旨。如上引《卖炭翁》,点明"苦宫市也",而在结尾又点明美刺的对象及目的,唯恐人不知其作意。这就是《新乐府序》中所说的"首句标其目,卒章(结尾)显其志(目的)"。

第二,叙事和议论相结合。在叙事中,往往插进议论,表明作者的立场,如《红线毯》中:"宣城太守知不知?一丈毯,千两丝,地不知寒人要暖,少夺人衣作地衣!"态度鲜明,甚至可说是义愤填膺。

第三,语言浅显通俗。白居易的这一类诗,基本上都是词浅意深之作,多白描,不用典,少雕饰,易于理解、传诵,的确是"见之者易喻"。

第四,常用对比手法,在对比中揭示、强化主题。如《歌舞》《轻肥》都是运用对比手法的典型。

第五,善于描写人物心理活动。如《卖炭翁》中,对卖炭翁的形象、心理作了细致真实的描写、刻画,连细节都十分精致,"可怜身上衣正单,心忧炭贱愿天寒",就是著名的心理描写的警句,在对卖炭翁矛盾心理的揭示中,突出了一车炭对他的重要性,从而深化了"苦宫市"的主题,倾向性很鲜明。《上阳白发人》对老宫人寂寞的生活环境和凄凉心境的描写,抒情味很浓,悲剧气氛很感人,如:"宿空房,秋夜长,夜长无寐天不明。耿耿残灯背壁影,萧萧暗雨打窗声。春日迟,日迟独坐天难暮。宫莺百啭愁厌闻,梁燕双栖老休妒。莺归燕去长悄然,春往秋来不记年。唯向深宫望明月,东西四五百回圆。"在古代同类作品中,《上阳白发人》写得最真实、深刻、生动。

白居易的新乐府诗,上承《诗经》、汉乐府、杜甫诗歌的优良传统,积极反映社会现实,艺术上也自树一格,被誉为"唐代《诗经》"(陈寅恪《元白诗笺证稿·新乐府》)。

三、《长恨歌》与《琵琶行》

白居易去世后,唐宣宗写诗悼念他,其中有句云:"童子解吟《长恨》曲,胡儿能唱《琵琶》篇。"(《吊白居易》)《长恨歌》和《琵琶行》是白居易诗歌中传诵最广影响最大的两首长篇叙事诗,被白居易归入"感伤"类。

《长恨歌》作于元和元年(806),当时白居易任盩厔县尉。诗歌以李隆基和杨玉环的故事为主要素材。但是,正如近年来一些学者所指出的,《长恨歌》创作的动机、所接受的影响比较复杂,如陈允吉先生认为《长恨歌》是以《欢喜国王缘》变文为蓝本创作的;日本学者近藤春雄等认为《长恨歌》寄托了白居易对早年恋人的深挚情感(均引自袁行霈主编《中国文学史》第二卷第四编第七章注释[9])。因此对《长恨歌》的主题,历来也争议纷纭。比较有影响的,是三种主题说:讽刺李隆基荒淫误国说,歌颂李杨爱情说,讽刺歌颂兼而有之说。

唐代作家陈鸿在白居易作《长恨歌》的同时作传奇《长恨歌传》,据称,他和白居易都是本着"不但感其事,亦欲惩尤物、窒乱阶,垂于将来也"的初衷(《长恨歌传》),分别创作歌和传的。白居易当时比较年轻,参政意识也比较强烈,所以在反思安史之乱发生的历史政治原因时,有可能对唐玄宗当年的荒废国事进行讽刺,诗的开篇部分直言"汉皇重色思倾国",接着概括地叙述杨贵妃以色邀宠,唐玄宗因色废政,最终导致安史之乱的发生:"渔阳鼙鼓动地来,惊破霓裳羽衣曲。"以此看来,诗的前半部分的确含有讽喻之意。但是白居易并没有将讽喻之意贯彻始终,诗的大部分篇幅则是以浓郁的抒情笔调,描写李杨二人天上地下绵绵不尽的相思之情。由于白居易善于创造悲剧的氛围,语言又极为流畅、优美、传神,所以诗的后一部分,写得风情摇曳,缠绵悱恻。包括白居易自己也用"风情"来指《长恨歌》的主要内容:"一篇《长恨》有风情,十首《秦吟》近正声。"(《赠李绅》)可见《长恨歌》是不能当作纯粹的讽喻诗来看的。它的主题应是以咏叹李隆基、杨贵妃的爱情悲剧为主,同时寄寓一定的讽刺意义。

正如陈鸿《长恨歌传》所说,"乐天深于诗,多于情",《长恨歌》将叙事、写景、抒情和谐地结合在一起,回环往复,纡徐婉曲,情随境生,揭示了人物内心最幽邃沉挚的情感,达到了动人心弦的艺术效果。如写唐明皇归返长安以后对杨贵妃的思念:

> 归来池苑皆依旧,太液芙蓉未央柳。芙蓉如面柳如眉,对此如何不泪垂?春风桃李花开日,秋雨梧桐叶落时……夕殿萤飞思悄然,孤灯挑尽未成眠。迟迟钟鼓初长夜,耿耿星河欲曙天。鸳鸯瓦冷霜华重,翡翠衾寒谁与共?悠悠生死别经年,魂魄不曾来入梦。

这里有睹物思人,有抚今追昔,有季节景物的变迁引起抒情主人公心中的波澜起伏。总之,此诗不但感情真切,音节流畅,而且诗中为人传颂的佳句不在少数,如"回眸一笑百媚生""梨花一枝春带雨""在天愿为比翼鸟,在地愿为连理枝""天长地久有时尽,此恨绵绵无绝期"等。

《琵琶行》作于元和十一年(816),在此前一年,白居易因得罪权贵被贬为江州司马。诗记叙白居易在浔阳江头邂逅一个"老大嫁作商人妇"的琵琶女,并且聆听她演奏琵琶、讲述身世的故事。陈寅恪评此诗道:"既专为此长安故倡女感今伤昔而作,又连绾己身迁谪失路之怀。直将混合作此诗之人与此诗所咏之人,二者为一体。"(《元白诗笺证稿》第二章)《唐宋诗醇》也说:"满腔迁谪之感,借商妇以发之,有同病相怜之意焉。比兴相纬,寄托遥深。"他们都指出白居易有意在此诗中借琵琶女的身世,抒写自己政治上的不遇。

诗中的琵琶女,曾是长安红极一时的名伎,当年她貌美、艺佳,曾使"五陵年少争缠头",而当她年长色衰时,那些赏玩美色的王孙公子早已离去,"门前冷落鞍马稀"。琵琶女在寒夜秋江孤舟上对往事的回忆中,深感世态炎凉,人情冷暖。作为一个对音乐深有造诣的艺术家,白居易对她的技艺深为佩服;作为一个同样有飘零沦落之感的迁人骚客,白居易对她的遭遇深有同感,从她的不幸联想到自己的无辜被贬,发出"同是天涯沦落人,相逢何必曾相识"的感叹。

《琵琶行》在艺术上十分成功。先说对人物神态、心理的把握和刻画。琵琶女的出场是由于她的乐声引起了诗人的注意,"寻声暗问弹者谁,琵琶声停欲语迟","千呼万唤始出来,犹抱琵琶半遮面"。这个女子为什么"欲语迟"? 又为什么要"千呼万唤始出来"呢? 当我们了解了琵琶女凄凉飘零的身世之后,不能不佩服作者刻画人物神态、动作、心理的精到以及准确的分寸感。因为这个琵琶女既羞涩于自己的落魄,又有太多的委屈和无奈。再说《琵琶行》对音乐的描写。这首诗描写琵琶乐声一段,令人叹为观止:

> 大弦嘈嘈如急雨,小弦切切如私语。嘈嘈切切错杂弹,大珠小珠落玉盘。间关莺语花底滑,幽咽泉流冰下难。冰泉冷涩弦凝绝,凝绝不通声暂歇。别有幽愁暗恨生,此时无声胜有声。银瓶乍破水浆迸,铁骑突出刀枪鸣。

为了把抽象的乐声具象化,作者运用了各种比喻。如"急雨""私语""大珠小珠落玉盘""莺语花底滑""泉流冰下难"等,这些喻体不但有形象,而且使人从声音产生联想,很富有表现力。"此时无声胜有声",准确地写出了音乐暂停时所产生的艺术效果。而"银瓶乍破水浆迸,铁骑突出刀枪鸣"两句,生动地表现出音乐在暂歇过程中积蓄了力量之后的突然激扬。为了进一步突出音乐的美妙动人,诗人转笔描绘月下秋江景色:"东船西舫悄无言,唯见江心秋月白。"空明寂静的境界,表现了音乐对人的感染,余韵悠悠,含蓄隽永。

白居易诗歌的语言十分优美、流畅,意到笔随,随心所欲,这在他的两首长诗中得到集中的体现。正如赵翼所说:"其笔快如并剪,锐如昆刀,无不达之隐,无稍晦之词,工夫又锻炼至洁,看是平易,其实精纯。""多触景生情,因事起意,眼前景,口头语,自能沁人心脾,耐人咀嚼。"(赵翼《瓯北诗话》卷四)

四、白居易的闲适诗

白居易写闲适诗,是为了"独善",所谓"知足保和,吟玩情性"(《与元九书》)。这一类诗的情调比较淡泊平和、悠然自得,和讽喻诗中针砭时弊、情绪激切的情景完全两样。在政治上受挫,年龄又渐增之后,白居易的人生态度渐转向平庸。在给一个朋友的信中,他曾表示:"今且安时顺命,用遣岁月,或免罢之后,得以自由,浩然江湖,从此长往。"(《与杨虞卿书》)早年他就已受到佛老无为、闲适、自足思想的影响,此时这种思想倾向就更显豁:"七篇《真诰》论仙事,一卷《坛经》说佛心。"(《味道》)元和十一年(816),他写作《岁暮》,表达了此时的心情:"名宦意已矣,林泉计何如? 拟近东林寺,溪边结一庐。"厌倦仕途,寄意林下,向往闲适生活,是此时白居易诗歌主要的内容。他的闲适诗,有表示对淡泊生活的欣赏,如《问刘十九》:

> 绿蚁新醅酒,红泥小火炉。晚来天欲雪,能饮一杯无?

天寒欲雪,暮色渐临,准备了红炉绿酒,希望朋友来共度良宵。短短二十个字,不但情意惬人心,酒香沁人脾,连色彩也使人赏心悦目。

有写赏玩心情的,如《钱塘湖春行》:

> 孤山寺北贾亭西,水面初平云脚低。几处早莺争暖树,谁家新燕啄春泥。
>
> 乱花渐欲迷人眼,浅草才能没马蹄。最爱湖东行不足,绿杨阴里白沙堤。

这是长庆三年或四年(823—824)春天白居易任杭州刺史时所作。首两句写此"行"起始处的景物。孤山峰峦耸立,贾亭在当时也是名胜,"水面初平云脚低"一句,勾勒出初春时节水天相连的情景。以下扣住题面的"春行":"几处""谁家",表明是"行"中所见;"早莺""新燕""暖树""春泥",在意义上互相生发,突出虽然寒意未消但毕竟春天已来,这是写"春"。"乱花""浅草",既描绘了江南早春的特点,又表现了诗人野游愉悦的心情。诗的后四句专写"湖东"景色,归结到"白沙堤",为此行作了个总结。薛雪《一瓢诗话》说乐天诗"章法变化,条理井然"。这种章法上的"变化",在这一首诗中得到充分的体现。这首诗即景寓情,写出了融和骀宕的春意,也写出了自然之美给予诗人的饱满感受。所谓"随物赋形,所在充满"(王若虚《滹南诗话》)。

赵翼《瓯北诗话》说:"中唐诗以韩、孟、元、白为最。韩、孟尚奇警,务言人所不敢言;元、白尚坦易,务言人所共欲言。"元白诗派重写实、尚通俗,表现了中唐诗学的另一种审美风范。白居易作诗力求通俗,但并不是率易之作,他在《诗解》中自述说:"旧句时时改,无妨悦性情。"他一方面要求文字浅切平易流畅,另一方面追求有意境、有韵味,所以白居易在世时,他的诗就得到广泛的流传。他在《与元九书》中说:"自长安抵江西三四千里,凡乡校、佛寺、逆旅、行舟之中,往往有题仆诗者。士庶、僧徒、孀妇、处女之口,每每有咏仆诗者。"元稹《白氏长庆集序》也互为应证道:"自篇章以来,未有如是流传之广者。"他的诗歌很早就传到了日本、新罗,深受其国君臣的喜爱。历代喜爱他的诗并加以效法的大有人在,如他关于新乐府的理论和创作,成为晚唐现实主义作家陆龟蒙、皮日休、聂夷中、杜荀鹤直接学习的榜样;宋初的白体诗人以及梅尧臣、苏轼等人都或深或浅地受到白居易的启发,宋人周必大即说:"本朝苏文忠公(苏轼)不轻许可,独敬爱乐天,屡形诗篇。"

 拓展阅读作品篇目

白居易:《长恨歌》《琵琶行》《上阳白发人》《暮江吟》《邯郸冬至夜思家》《大林寺桃花》

 思考练习题

1. 阐述白居易关于讽喻诗的创作理论。

2. 试述白居易讽喻诗创作的艺术得失。

3. 谈谈你对《长恨歌》主题的看法。

4. 《琵琶行》是否"连绾己身迁谪失路之怀",借琵琶女寄托之?结合白居易的生平试加分析。

5. 《琵琶行》中写音乐的一段,在艺术上有何独特之处?

第六节 唐代古文革新与韩愈、柳宗元的散文

唐德宗贞元(785—804)中至穆宗长庆(821—824)末年,文坛上出现了高涨的革新思潮,这股思潮的产生,伴随着当时政治上力求变革的思想倾向。

历时八年之久的安史之乱后,赫赫盛唐已威风不再,藩镇割据,宦官专权,佛老盛行,吏治败坏,民贫国弱,各种矛盾日益尖锐化、表面化,中央政权的根基发生了严重的动摇。为了改变这种危局,重现一个相对稳定的社会局面,一些知识分子"报国心皎洁,念时涕汍澜"(韩愈《龊龊》),"朝思除国仇,暮思除国仇"(孟郊《百忧》),纷纷挺身而出,热切地表达了改革现实的愿望。王叔文、韩愈、柳宗元、刘禹锡、裴度等人还亲自参政,投身政治革新之中。正是由于复兴儒学和政治改革的需要,以韩愈、柳宗元为代表的思想家、文学家掀起了古文革新的热潮,并确立了唐代古文崇高的地位。

● **一、古文革新浪潮的兴起及理论**

所谓"古文",是指先秦两汉时期奇句单行形式的文章。我国先秦时期的散文,已经取得辉煌的成就,到魏晋南北朝,骈文趋于大盛。骈文虽然改变了早期散文古朴简洁的风貌,从声律、用典、辞采等方面都表现出美文的特点,但是过分追求形式带来了内容的空泛、苍白,语言的晦涩难懂。

早在西魏文帝大统十年(544),大臣宇文泰和苏绰就因不满当时浮华的文风,提倡用先秦时期的古文进行写作,以此反对骈文。隋文帝时,大臣李谔上书朝廷,批评当时"竞一韵之奇,争一字之巧。连篇累牍,不出月露之形;积案盈箱,唯是风云之状"(《上隋高帝革文华书》)的浮艳文风,建议加以禁止。开皇四年(584),朝廷下令:不论公私文翰,一律实录,不许用华艳的词句写作。当然,无论是宇文泰、苏绰,还是李谔,他们的文体文风的改革都不能从根本上改变文学偏重形式的现象。进入唐代后,骈文不断遭到有识之士的批评。初有"初唐四杰"、陈子昂,盛唐有萧颖士、李华、柳冕、独孤及等人相继提出恢复汉魏风骨、重兴儒家思想、重视文章教化作用的主张,并且积极探讨新的散文形式标准等问题。如陈子昂提倡"风雅""风骨";萧颖士表示"经术之外,略不缨心"(《赠韦司业书》);柳冕认为"文章本于教化,形于治乱,系于国风"(《与徐给事论文书》),独孤及认为文章"本乎王道,大抵以五经为泉源"(《赵郡李公中集序》)。这些古文改革的先行者们在理论和实践上的探索,都为韩愈、柳宗元的古文革新铺垫了道路,特别是以儒家思想为依归的理论基础的奠定,对韩、柳古文运动的发起和发展,更产生了重大的影响。但是,他们过于强调儒家道德观在创作中的作用,忽视了文学本身的艺术特征,他们的创作,缺乏艺术独创性,拘囿于对先秦两汉文体文风的模仿,而不能自开生面,因此难以起到左右文坛的作用。而韩愈、柳宗元所大力倡导且身体力行的古文改革,是对散文从内容到形式的全面改革,是一次有目的、有理论、有广泛参与者,同时产生了深远影响的文学革新,这就是人们所说的"古文运动"。

中唐古文运动的大规模展开，是韩愈、柳宗元在当时特定的政治、社会背景下大力促成的。韩愈认为为了实现中兴的愿望，必须借助儒家思想来维护封建的等级制度和唐王朝的统治。韩愈一生以孔孟之道的继承者和捍卫者自居，他说"己之道，乃夫子、孟轲、扬雄所传之道也"（《重答张籍书》）。他在《与孟尚书书》中声言："使其道由愈而粗传，虽灭死万万无恨。"他一再表示："愈之为古文，岂独取其句读不类于今者邪？思古人而不得见，学古道则欲兼通其辞。通其辞者，本志乎古道者也。"（《题欧阳生哀辞后》）"然愈之所志于古者，不惟其辞之好，好其道焉耳。"（《答李秀才书》）可见，韩愈改革文体文风的真正目的，是复兴儒学，经世致用，使散文成为参与现实政治的工具，发挥重振朝纲、维护王权的作用。

唐代古文革新的另一位领袖人物柳宗元也明言"圣人之言，期以明道，学者务求诸道而遗其辞"（《报崔黯秀才论为文书》）。他们在这里所说的"道"，都是指正统儒家的伦理道德、等级观念之道。韩愈在《原道》中对"道"作了这样的解释："吾所谓道也，非向所谓老与佛之道也。尧以是传之舜，舜以是传之禹，禹以是传之汤，汤以是传之文、武、周公，文、武、周公传之孔子，孔子传之孟轲，轲之死，不得其传焉。"柳宗元也说"取道之源"，"其归在不出孔子"（《报哀君陈秀才书》）。

韩愈、柳宗元不但倡导古文革新，而且热情奖掖古文作者，以壮大声势、扩大影响，使文体文风的改革深入人心。如韩愈力排众议，不顾流俗的嘲笑讥讽，毅然担负起教导、培养年轻人的责任，坦然以师者自居；柳宗元被贬期间，"江岭间为进士者，不远数千里皆随宗元师法，凡经其门，必为名士"（《旧唐书·柳宗元传》）。在他们影响下，一时铃铎齐鸣，蔚成风气，涌现了张籍、李翱、李汉、皇甫湜、樊宗师等一批优秀的古文作家。

在前代及当代古文改革者的基础上，韩愈、柳宗元针对当时的现实需求，提出了更加明确、系统的文体文风革新的理论主张：

（一）文以明道

写作古文的目的，是建立儒家道统，继承儒家思想。"学所以为道，文所以为理。"（韩愈《送陈秀才彤序》）"凡为学，……以知道为宗。"（柳宗元《柳浑行状》）"读书推孔子之道，必求诸其中。其为文，深而厚，……其要咸归于道。"（《亡友故秘书省校书郎独孤君墓碣》）但是他们并不轻视"文"的作用，因为只有文从字顺，辞能达意，才能精确地传达儒家思想、维护圣人之道，所以柳宗元说："言而不文则泥，然则文者固不可少耶！"（《答吴武陵论非国语书》）

（二）不平则鸣

韩愈《送孟东野序》："大凡物不得其平则鸣……人之于言也亦然，有不得已者而后言，其歌也有思，其哭也有怀。凡出乎口而为声者，其音皆有弗平者乎？"《荆潭唱和诗序》："夫和平之音淡薄，而愁思之音要妙。欢愉之辞难工，而穷苦之言易好也。是故文章之作，恒发于羁旅草野；至若王公贵人，气满志得，非性能而好之，则不暇以为。"从文学创作的一般现象来说，王公贵人的生命状态多为平易流滑，很难有对逆境的体验，而穷困潦倒之士，久经挫折，在和重重阻碍作斗争中有真实的感受。强调"不平则鸣"，就是强调文学抒情言志的功能，体现了韩柳对社会的批判意识。

（三）为文贵在创新

韩愈提倡学习古文，他自己"非三代两汉之书不敢观"（《答李翊书》），主张写散文"宜师古圣贤人"（《答刘正夫书》），但韩愈又强调学习古文的方法是"师其意不师其辞"（《答刘正夫书》），在写作中应该"词必己出"（《南阳樊绍述墓志铭》），"惟陈言之务去"（《答李翊书》），"自树立,不因循"(《答刘正夫书》),缺乏创造性、一味模拟、效仿的作风,是韩愈坚决排斥的。

（四）注意语法规范

韩愈主张不因袭前人语言,还应该"文从字顺各识职"(《南阳樊绍述墓志铭》)。韩愈提倡创新,去陈言,而他自己的文章又决不晦涩聱牙,这样,才在三代两汉文章的基础上,创立了新的散文文体。

（五）注重道德修养

韩愈、柳宗元重视作家和文章的关系,韩愈不止在一个地方强调作家学养对创作的重要性。他说:"夫所谓文者,必有诸其中,是故君子慎其实。"(《答尉迟生书》)"沈浸醲郁,含英咀华……闳其中而肆其外矣。"(《进学解》)"仁义之人,其言蔼如也。"(《答李翊书》)柳宗元在辅导后进时也说:"大都为文以行为本,在先诚其中。"(《报袁君陈秀才避师名书》)他们都认为作者如果注重个人修养,文章必然内容健康、充实,最终发扬光大。

韩愈、柳宗元不但以系统的理论,而且以大量优秀的作品,引领这一文学革新运动的前进,取得了辉煌的战绩。

● 二、韩愈的生平及散文

韩愈(768—824),字退之,河南河阳(今河南孟州南)人,自称郡望昌黎,故后人多称"韩昌黎"。韩愈早年四考进士,才得一第,之后参加吏部的博学宏词科考试,三次均遭失败。这一段经历,使韩愈刻骨铭心。韩愈29岁开始做幕僚,辗转于徐州、汴州等地。此后任国子监四门博士、监察御史、阳山(今广东境内)令、河南县令、比部郎中、史馆修撰、中书舍人等职,其间,屡有升迁浮沉。元和十二年(817),韩愈参与平定淮西藩镇,表现出处理军国大事的卓越能力,因功升为刑部侍郎。元和十四年(819),宪宗迎佛骨,韩愈上《谏迎佛骨表》,触怒宪宗,几罹杀身之祸,幸得大臣力保,被贬潮州刺史。穆宗长庆元年(821),韩愈以忠勇、胆识解救深州被围唐军,由兵部侍郎转吏部侍郎,故人称"韩吏部"。死后谥"文",故人又称"韩文公"。有《昌黎先生集》。苏轼《韩文公庙碑》称韩愈:"文起八代之衰,道济天下之溺;忠犯人主之怒,而勇夺三军之帅。"这是对韩愈一生功绩大节的高度概括。在文学革新方面,只有韩愈,既有理论,又能以其雄伟酣畅之文,一新天下耳目,振起八代之衰风,"转移文章之运会"(陈祥耀《唐宋八大家文说》)。

韩愈今存三百多篇古文,其主要特点是气势雄健,纵横恣肆,一骋其情之所欲达。《新唐书》本传称其"刊落陈言,横鹜别驱,汪洋大肆"。苏洵《上欧阳内翰第一书》称韩愈文"如长江大河,浑浩流转",其语言雄深雅健、趣博,多所独造,又善变化。皇甫湜《韩文公墓志铭》云:"茹古涵今,无有端涯;浑浑灏灏,不可窥校。及其酣放,豪曲快字,凌纸怪发,鲸铿春丽,惊耀天下。然而栗密窈眇,章妥句适,精能之至,入神出天。"韩愈对文章技巧的掌握与运用达到炉火纯青的境界,他的散文被后世古文作者奉为楷模,苏轼甚至称其"匹夫而为百世师,一言而为天下法"(《韩文公墓碑》)。

韩愈的古文,按照其弟子李汉所编文集体例,分成杂著、书信、序文和碑志四大类,各类中都有值得传世的名作。

（一）杂著

代表作如《师说》,针对当时士大夫阶层耻于从师、轻视学习的陋风,提出尖锐的批评,倡导"圣人无常师","弟子不必不如师,师不必贤于弟子,闻道有先后,术业有专攻,如是而已"。这些经典性的言论在当时起了振聋发聩的作用。他对森严的师法壁垒的冲击,对师弟子关系的阐析,在今天也有积极的意义。《杂说四·马说》一向为人所称道,文章以千里马喻人才,对封建社会长期以来人才受压抑、遭斥黜现象,表示强烈不满,因为糅进了自己惨痛的经历,所以特别有激情,如其中一段:

> 世有伯乐,然后有千里马。千里马常有,而伯乐不常有。……策之不以其道,食之不能尽其才,鸣之而不能通其意,执策而临之曰:"天下无马。"呜呼,其真无马邪? 其真不知马也!

构思精巧,寄慨深远,感情饱满,一唱三叹。

《进学解》采用对话体,叙事、议论、抒情交融为一,刻画了一个"恒兀兀以穷年"的勤勉而穷苦的儒者形象,抒发了他的满腹牢骚。文章感情色彩浓郁,文笔十分活泼,还创造了许多概括性极强的警句格言。如"业精于勤,荒于嬉;行成于思,毁于随","贪多务得,细大不捐"等,这些词语至今还富有生命力。

(二) 传记

韩愈的传记,表现了他在叙事状物方面的杰出才能,其《张中丞传后叙》是一幅色彩鲜明的睢阳保卫战群英图。他所刻画的张巡、许远、南霁云的形象,栩栩如生,血肉丰满。如写南霁云突出重围,向贺兰进明求援而遭拒一段:

> 霁云慷慨语曰:"云来时,睢阳之人不食月余日矣,云虽欲独食,义不忍;虽食,且不下咽。"因拔所佩刀,断一指,血淋漓,以示贺兰,一座大惊,皆感激为云泣下。云知贺兰终无为云出师意,即驰去。将出城,抽矢射佛寺浮屠,矢著其上砖半箭,曰:"吾归破贼,必灭贺兰,此矢所以志也!"

寥寥数语,形象、鲜明地再现了南霁云的音容形貌,他刚烈、忠义的英雄形象,给人留下难忘的印象。

(三) 赠序文

韩愈的赠序文,在他的古文中占有特殊的地位。"赠序"是一种送行时写的、表示对行者安慰和勉励的文体。韩愈的赠序,抒情味浓郁,回肠荡气,余韵无穷,而且言简意赅。如《送董邵南游河北序》:

> 燕赵古称多感慨悲歌之士。董生举进士,连不得志于有司,怀抱利器,郁郁适兹土。吾知其必有合也。董生勉乎哉!
>
> 夫以子之不遇时,苟慕义强仁者,皆爱惜焉。矧燕赵之士出乎其性者哉! 然吾尝闻风俗与化移易,吾恶知其今不异于古所云邪? 聊以吾子之行卜之也。董生勉乎哉!
>
> 吾因子有所感矣。为我吊望诸君之墓,而观于其市,复有昔时屠狗者乎? 为我谢曰:"明天子在上,可以出而仕矣。"

写董邵南怀才不遇,为生活所迫,不得不赴河北谋职。河北为藩镇割据之地,韩愈坚决反对藩镇割据,但又不便直接阻挠董邵南之行。全文只有 151 个字,却表达了"送之所以留之"的复杂感情。全文委婉曲折,言外有声,又不失郁勃侠烈之气。

(四) 碑志

碑志是为逝者作传的文体。韩愈碑志中写得最好的,是表彰那些有才能、有气节却潦倒终生的小人物。这些碑志,大部分都能不拘一格,因人而异,传达出传主各自的性情,使之

"虽死犹生"。如《国子助教河东薛君墓志铭》中写薛公达射技夺冠,《试大理评事王君墓志铭》写王适骗婚,或表现了传主"气高""不同俗"的性格,或表现了传主倜傥不羁、洒脱抗俗的风度。如后者:

> 初,处士将嫁其女,惩曰:"吾以龃龉穷瘁,一女怜之,必嫁官人,不以与凡子。"君曰:"吾求妇氏久矣,唯此翁可人意,且闻此女贤,不可以失。"即谩谓媒妪:"吾明经及第,且选即官人。侯翁女幸嫁,若能令翁许我,请进百金为妪谢。"诺,许白翁。翁曰:"诚官人邪? 取文书来!"君计穷吐实。妪曰:"无苦。翁大人不疑人欺,我得一卷书,粗若告身者,我袖以往,翁见未必取视,幸而听我。"行其谋。翁望见文书衔袖,果信不疑,曰:"足矣!"以女与王氏。

在碑志中,文笔能够这样生动、幽默、充满戏剧色彩的,恐怕也是前无古人。

韩愈的碑志不仅叙事手法灵便,而且情感深厚,无论讽刺还是同情,全于笔下袒露无遗。如为柳宗元作的《柳子厚墓志铭》,在褒扬柳宗元贬谪中仍然为官施仁政、为朋友尽仁义的高风亮节之后,以大段议论抨击浇漓的世态,愤然感叹:"此宜禽兽夷狄所不忍为,而其人自视以为得计。闻子厚之风,亦可以少愧矣!"气充情沛,感慨万千。吴闿生评曰:"韩柳至交,此文以全力发明子厚之文学风义,其酣恣淋漓,顿挫盘郁处,乃韩公真实本领。"(《唐宋文举要》)至于《祭十二郎文》,更被称为"祭文中千古绝调"(茅坤《唐宋八大家文钞》)。此文对亡侄娓娓叙说两人孤苦的身世、彼此生活中的琐事,笔端亲情自然流淌,哀感绵绵。如写韩家门衰祚薄:"承先人后者,在孙惟汝,在子惟吾,两世一身,形单影只。"对侄儿的盛年去世,更流露出刻骨铭心的伤痛:"生而影不与吾形相依,死而魂不与吾梦相接……彼苍者天,曷其有极!"字字血泪,皆从肺腑中出。

● 三、柳宗元的生平及散文

柳宗元(773—819),字子厚,河东解(今山西运城西南)人。贞元九年(793),登进士第,贞元十四年(798),中博学宏词科。贞元十九年(803),任监察御史里行(御史见习官)。顺宗永贞元年(805)开始,积极参加王叔文为首的政治变革集团,任礼部员外郎。王叔文集团在几个月的时间里,推行了一系列改革措施,但是永贞革新很快便以惨败告终。柳宗元和参加永贞革新的其他官员同时遭到贬谪的处分。柳宗元先被贬永州(今湖南永州)司马,十年后,再贬柳州(今广西柳州)刺史。官职虽有升迁,贬所却更僻远,所谓"十年憔悴到秦京,谁知翻为岭外行"(《衡阳与梦得分路赠别》)。柳宗元在柳州任上,为当地百姓做了不少好事,特别为人称道的是,帮助当地的奴婢获得人身自由。柳州地区"其俗以男女质钱,约不时赎,子本相侔,则没为奴婢",柳宗元规定奴婢可以赎归,无钱赎回的,可按时间计算应得的工钱,以工钱抵债务。因柳宗元推行此法,被免除奴役得以归家的将近千人。元和十四年(819)十一月,柳宗元在柳州病逝,终年47岁。有《柳河东集》。

柳宗元的散文创作,主要有议论文、传记、寓言、山水游记四类,其中山水游记和寓言的成就最高。

(一) 山水游记

柳宗元被贬时期,心情极为悲愤、抑郁,他往往借山水景物抒发内心的积郁、悲情。他在永州写作《与李翰林建书》说:"仆闷即出游……时到幽树好石,暂得一笑,已复不乐。"虽然出游的快乐是短暂的,但毕竟能减轻他精神上的负累,而且他往往把山水引为知己,与之同病相怜,从而宣泄内心的悲愤。柳宗元最著名的山水游记,是在永州作的《永州八记》,即《始得西山宴游记》《钴𬭁潭记》《钴𬭁潭西小丘记》《至小丘西小石潭记》《袁家渴记》《石渠记》《石涧记》《小石城山记》。这一组游记所写的山水之美,几乎都是作者亲身观察、体验后发现的,所以这些游记不但描写了山形水态,而且记叙了作者探寻发现美的过程。这些奇异美丽的山水景物为世所弃、为人冷落,不免使作者联想到自己怀抱利器而被弃绝在异域遐荒的命运,如《小石城山记》中感叹:这些山水,"不列之中州,而列是夷狄,更千百年不得一售其伎"。他对山水花鸟虫鱼绘形绘色的同时,也融入了身世之叹,人情物态契合无间。柳宗元的《永州八记》是古代山水游记中的精品,其中《至小丘西小石潭记》是历来为人传诵的名篇:

　　从小丘西行百二十步,隔篁竹,闻水声,如鸣佩环,心乐之。伐竹取道,下见小潭,水尤清洌。全石以为底,近岸,卷石底以出,为坻、为屿、为嵁、为岩。青树翠蔓,蒙络摇缀,参差披拂。潭中鱼可百许头,皆若空游无所依。日光下澈,影布石上,怡然不动,俶尔远逝,往来翕忽,似与游者相乐。

　　潭西南而望,斗折蛇行,明灭可见。其岸势犬牙差互,不可知其源。坐潭上,四面竹树环合,寂寥无人,凄神寒骨,悄怆幽邃。以其境过清,不可久居,乃记之而去。

　　同游者:吴武陵、龚古、余弟宗玄。隶而从者,崔氏二小生,曰恕己,曰奉壹。

文章开头先用移步换景法,让人渐入佳境,接着写潭水之清,从两方面着笔:一写潭底岩石之形状;二写水中游鱼之动态。状物生动,摹景真切。写潭中鱼这一段文字,深得郦道元《水经注》之神髓,文笔既简练又传神,体物直到精微地步。"潭西南而望"数句,增摇曳不尽之情致,突出潭边环境的凄清幽邃,流露出贬谪中人"岂复能久为舒畅"(《与李翰林建书》)的悲苦心态。

柳宗元敏于观察,善于刻摹,又带着爱物怜己之心,将深山野岭中为人冷落荒废的景物,哪怕是一丘一水,寸草片石,也写得多彩多姿,形神毕肖。如写钴𬭁潭西小丘上的石头,"其嵚然相累而下者,若牛马之饮于溪;其冲然角列而上者,若熊罴之登于山"(《钴𬭁潭西小丘记》);写小石涧,"水平布其上,流若织文,响若操琴"(《石涧记》);写林木,"每风自四山而下,振动大木,掩苒众草,纷红骇绿,蓊葧香气,冲涛旋濑,退贮溪谷,摇扬葳蕤,与时推移"(《袁家渴记》)……刘熙载评柳宗元的山水游记说:"柳州记山水……无不形容尽致,其自命为'牢笼百态',固宜。"(《艺概·文概》)这个评语无疑是中肯的。柳宗元不仅能把丰富生动的自然美逼真地再现出来,又能在客观的景物中融入自己的审美感受,使山水富有情韵,因此柳宗元的山水游记是真正美的文学,是后世山水游记文学的典范。

(二)寓言

柳宗元的寓言名篇有《三戒》《蝜蝂传》等。《三戒》的作意,是为了讽刺一些"不知推己之本,而乘物以逞,或依势以干非其类,出技以怒强,窃时以肆暴,然卒殆于祸"(《三戒序》)的人。《三戒》包括《永某氏之鼠》《临江之麋》《黔之驴》。

《永某氏之鼠》写群鼠在主人的庇护下肆无忌惮,干尽坏事,主人迁居后,群鼠依然故我,结果被新主人铲灭干净;《临江之麋》写一只麋鹿,不知自己是因主人保护,才能在群犬觊觎下存活,忘乎所以,终于成为众犬腹中之食;《黔之驴》写一只蠢笨而不知天高地厚的驴子,被小老虎看破底细,遭到杀身之祸。这三个故事,写了三件柳宗元认为应该警戒的事,对世态的讽刺很深刻，富有哲理的意味，文笔生动，妙趣横生。《蝜蝂传》则是写一种贪婪而且喜欢往高处爬、终至坠地而死的小虫：

> 蝜蝂者，善负小虫也。行遇物，辄持取，卬其首负之。背愈重，虽困剧不止也。其背甚涩，物积因不散，卒踬仆不能起。人或怜之，为去其负。苟能行，又持取如故。又好上高，极其力不已，至坠地死。

这种贪财好高的小虫，显然是影射那些"日思高其位，大其禄，而贪取滋甚，以近于危坠"的人。柳宗元在他坎坷的经历中练就了对人情世态敏锐的观察力，而且绘形绘色，使人在心领神会之时感叹作者思想的深刻和技巧的纯熟。

寓言在先秦诸子散文中，常被用来作比喻，阐述某种观点。而在柳宗元的手里，寓言成为完整独立的文学样式，这是柳宗元对中国文学的一大贡献。

（三）人物传记

柳宗元的人物传记相当出色。代表作有《段太尉逸事状》《童区寄传》《宋清传》《种树郭橐驼传》等。这些传记叙事记言简洁生动，如《段太尉逸事状》，虽然只撷取了正直官员段秀实一生的几个片段，但是情节生动，人物形象栩栩如生；《童区寄传》，记叙一个牧童智杀强盗，英勇自救的故事，富于传奇色彩；《种树郭橐驼传》用郭橐驼种树的经验，说明治政必须清静无为。这些散文思想深刻，语言生动传神。

（四）论说文

柳宗元的论说文以《封建论》《捕蛇者说》等为代表，体现了他对哲学、政治、社会等重大问题的严肃思考。《封建论》文笔犀利，逻辑严密。《捕蛇者说》揭示社会矛盾，具有很强的现实主义精神，它以赋税与毒蛇相比，通过捕蛇者三代的悲惨经历，揭露了"赋敛之毒有甚是蛇者"的社会现象。文章不但以具体事实、数字正面批判，而且还细腻地刻画了捕蛇者内心的矛盾和痛苦。

韩愈、柳宗元倡导的古文革新，推翻了骈文长期以来的统治地位，取得了文体文风改革方面的胜利，他们在古文创作中表现出来的不同风格，正是唐代古文艺术成熟的标志。但是古文运动在韩、柳之后并没有继续健康地发展下去。到晚唐，重形式轻内容的骈文又卷土重来。一直到北宋中叶，一代宗师欧阳修主持文坛，又一次掀起诗文改革的浪潮，韩、柳古文革新的传统才得以发扬光大。韩愈、柳宗元在古代散文的理论和实践两方面都建立了卓著的功绩，成为"唐宋八大家"中唐代的两大家。而在诗坛上，他们也取得了令人瞩目的成就。以韩愈、孟郊为代表的韩孟诗派，以白居易、元稹为代表的元白诗派是中唐的两大重要诗派，和刘禹锡诗名并称的柳宗元，也以其独特的诗歌风格，在唐代诗史上占有一席之地。

● 拓展阅读作品篇目

韩愈：《师说》《张中丞传后叙》《祭十二郎文》

柳宗元：《始得西山宴游记》《捕蛇者说》《种树郭橐驼传》《童区寄传》《三戒》

思考练习题

1. 阐述韩愈、柳宗元倡导古文革新的社会背景以及这场古文革新对古代散文发展的意义。
2. 韩愈、柳宗元古文革新的理论主要有哪些内容?
3. 韩愈《杂说四·马说》为什么感情激烈?这和作者的生平经历有何关系?
4. 有人说《祭十二郎文》是"祭文中千古绝调",你认为呢?
5. 柳宗元著名的《永州八记》是哪八篇?其主要的艺术特点是什么?
6. 柳宗元寓言的代表作主要有哪些?他的寓言创作有何意义?

第七节 杜牧和李商隐的诗歌创作

晚唐文学处在唐朝国运衰颓之期,广大知识分子感到仕进无门、报国无路,即使已在仕途中的人也因痛感国事日非、官场险恶而意气消沉,诗文创作基本上成为作家宣泄内心积郁的活动,他们描写的是西风残照的衰世景象,抒发的是世事消沉的哀叹之情。因此前人对晚唐诗风的总体评价是"气韵甚卑"(蔡居厚《诗史》)、"晚唐气卑格弱,神韵又促"(贺贻孙《诗筏》)、"格调不高,而有衰陋之气"(吴可《藏海诗话》)。但晚唐诗歌也有它独特的美学价值,清人叶燮在《原诗》中就称晚唐之诗是"江上之芙蓉,篱边之丛菊,极幽艳晚香之韵"。这个时期也出现了一批优秀的诗人和脍炙人口的名篇,其中,杜牧和李商隐因其独特的造诣,在诗坛上各自独树一帜,成为晚唐诗坛的两个亮点。

一、杜牧及其诗歌

杜牧(803—852),字牧之,京兆万年(今陕西西安)人,他出生在一个有着浓厚儒家文化传统的官宦家庭,祖父杜佑是中唐著名的政治家、历史学家,著有二百卷《通典》。他在思想、文学方面对杜牧产生了一定的影响。文宗大和二年(828),杜牧中进士,同年,考中贤良方正直言极谏科,从此踏入仕途。杜牧先后任过监察御史,黄州、池州、睦州刺史,司勋员外郎,史馆修撰,吏部员外郎,考功郎中,知制诰,中书舍人等官职。杜牧是一个有强烈用世之心的文人,生当内忧外患交织的晚唐时期,十分希望能够施展平生才学,为改变晚唐的局势出力献策,济世安民。他在《郡斋独酌》诗中说:"平生五色线,愿补舜衣裳。"他认真研究"治乱兴亡之迹,财赋兵甲之事,地形之险易远近,古人之长短得失"(《上李中丞书》),撰写《罪言》《论战》等关于政治、军事的文章,手注《孙子》十三篇,这些都体现了他在政治、经济、军事各方面的才能和关心国事的精神,可惜生逢末世的杜牧一生都未能真正实现他的政治理想。大中六年(852),五十岁的杜牧卒于长安。

杜牧在文学方面,强调诗歌的内容:"文以意为主,气为辅,以辞采章句为之兵卫。"(《答庄充书》)主张文章要经世致用。因此,他的诗歌中,有不少反映社会现实的题材。如《感怀诗》《河湟》《早雁》等。《早雁》是广为传颂的一首七律:

    金河秋半房弦开,云外惊飞四散哀。仙掌月明孤影过,长门灯暗数声来。

    须知胡骑纷纷在,岂逐春风一一回。莫厌潇湘少人处,水多菰米岸莓苔。

这首诗运用了比兴的手法,把遭受异族侵扰的难民比作受惊的哀鸿,对他们的不幸遭遇表示深切的同情,同时也谴责朝廷的无能,致使百姓流离失所。

杜牧的咏史诗一向受人注意。他咏史诗的内容主要有两方面,一是直接批评历史人物、事件。在这样的诗里,他或是托事寄怀,抒发自己的牢骚,或是作翻案文章,发表与众不同的见解。另一种是借古讽今,指摘时弊。前者如《赤壁》,这是一首脍炙人口的咏史诗:

    折戟沉沙铁未销,自将磨洗认前朝。东风不与周郎便,铜雀春深锁二乔。

诗借一支锈迹斑斑的断戟,兴起对前朝人物和事迹的慨叹,诗人认为赤壁之战成败的原因,主要在于天时。假使没有东风相助,那么曹军必胜,孙、刘必败(二乔被掳,即表明东吴灭亡)。杜牧之所以作这样的议论,可能是借周瑜火烧赤壁的典故,感慨自己怀才不遇、生不逢时,言外之意是自己若能生逢建安之世,未必不能像周瑜一样干一番轰轰烈烈的大事业。

作翻案文章的,如《乌江》:

    胜败兵家事不期,包羞忍耻是男儿。江东子弟多才俊,卷土重来未可知。

杜牧此诗提出,项羽倘使胸怀阔大,有雪耻之心,那么卷土重来、再振雄风,胜败将难以预期。这首诗立意新颖,不落前人窠臼。

借古讽今,指摘时弊的,如《过华清宫三绝句》:

    长安回望绣成堆,山顶千门次第开。一骑红尘妃子笑,无人知是荔枝来。

    新丰绿树起尘埃,数骑渔阳探使回。霓裳一曲千峰上,舞破中原始下来。

    万国笙歌醉太平,倚天楼阁月分明。云中乱拍禄山舞,风过重峦下笑声。

这一组诗,写的是唐明皇和杨贵妃当年荒淫误国的事,诗各选取一个事件、一个场面,进行艺术的概括,对历史作了总结,又借此讽刺了现实,含义深刻,批判意味浓郁。

杜牧写景抒怀的绝句,脍炙人口,至今不衰。如《江南春》:

    千里莺啼绿映红,水村山郭酒旗风。南朝四百八十寺,多少楼台烟雨中。

诗前两句生动地描写了江南春天的美丽景色,鸟鸣花香,山环水绕。后两句写景寓情,含义深刻:濛濛细雨中,依稀可见红瓦白墙,那是历代统治者兴建的寺庙,他们都希图借助宗教的力量,使江山永固,但谁又能逃脱覆亡的命运呢?徒让人在悠悠的晨钟暮鼓声中,反思兴亡更替的历史规律。字里行间流露了叹惋的意味。《泊秦淮》也是一首情景交融、寄寓批判意味的诗歌:

    烟笼寒水月笼沙,夜泊秦淮近酒家。商女不知亡国恨,隔江犹唱后庭花。

诗写泊船金陵秦淮河边,看夜月朦胧,听歌女唱曲,想起当年陈后主沉迷于追声逐色,结果身亡国灭,而如今的人们也许忘记了这个历史教训,依然沉湎声色,醉生梦死,真是令人感叹。

杜牧的写景诗清丽如画,如"远上寒山石径斜,白云生处有人家。停车坐爱枫林晚,霜叶红于二月花"(《山行》);又如"清明时节雨纷纷,路上行人欲断魂。借问酒家何处有,牧童遥指杏花村"(《清明》),都是历代写景诗中的名篇,音律优美,神韵超然,是家喻户晓的传世之作。

杜牧的诗风,总的来讲,情致俊爽,风格豪迈,但又糅合了绮思柔情,声色俱佳,华美流丽。

● 二、李商隐及其诗歌

李商隐(约813—858),字义山,号玉谿生,又号樊南生,原籍怀州河内(今河南沁阳)人,从祖父起,迁居郑州(今河南郑州)。李商隐虽然出生在一个官宦家庭,但幼年时父亲就因病去世,家庭陷入极度贫困中,他曾回忆早年的困苦无依:"四海无可归之地,九族无可倚之亲。"(《祭裴氏姊文》)天平军节度使令狐楚欣赏他的文才,亲自授以骈俪章奏之学,并聘其入幕。开成二年(837),李商隐进士及第,次年,入泾原节度使王茂元幕府,娶王茂元女为妻。当时,牛李党争异常尖锐,令狐楚属牛党,王茂元则属李党,所以李商隐娶王茂元女,被看成"背恩""无行"之人。从此,李商隐陷入两党斗争的夹缝之中,仕途偃蹇。他长期作人幕僚,从事文牍工作,其间虽也有在长安供职的机会,但时间都不很长。大中十二年(858),"一生襟抱未曾开"的李商隐在郑州逝世。有《李义山诗集》。

李商隐是成就卓著的抒情诗人,他的抒情诗寄意深远,纡徐含蓄,精细绵密,沉博艳丽,在文学史上独树一帜,别创一格。

李商隐的诗歌内容可以分成四个类型:

第一类是关心社会现实,特别是通过自己的身世经历,反映晚唐知识分子的苦闷和对现实不满的诗歌。像《行次西郊作一百韵》这首五言古诗,就是对"安史之乱"到"甘露之变"这段历史进行反思的力作。诗一开始就展示了京郊荒凉残败的景象:"农具弃道旁,饥牛死空墩。依依过村落,十室无一存。"又借一个老农的回忆,叙述这百年来"国蹙赋更重,人稀役弥繁"的现象,尖锐地指出"又闻理与乱,系人不系天",直指国势日趋衰落,要归咎于执政者。这首诗气势磅礴,思想深刻,是唐诗史上的重要作品。文宗大和九年(835),"甘露事变"发生,宦官篡权乱政,滥杀无辜,朝野惊恐,而李商隐在次年就写出了针砭这种黑暗现实的《有感二首》《重有感》《曲江》等诗,当时许多诗人,包括白居易、杜牧,都还不敢如此态度鲜明地批评朝政。可见李商隐是个有胆有识的诗人。

第二类是咏史怀古之作。这一类诗的内容,多是针对封建统治者骄奢淫逸和统治集团内部的矛盾斗争而作的。如《马嵬·其二》:

> 海外徒闻更九州,他生未卜此生休。空闻虎旅传宵柝,无复鸡人报晓筹。
>
> 此日六军同驻马,当时七夕笑牵牛。如何四纪为天子,不及卢家有莫愁。

诗歌讽刺唐玄宗、杨贵妃荒淫误国,致使安史之乱爆发,仓皇出逃。诗中处处运用了对比手法,如"虎旅传宵柝",是逃亡路上惊惶不安之状,"鸡人报晓筹",是当日宫中养尊处优的情景;"七夕笑牵牛"和"六军同驻马",是讽刺李、杨二人当年朝暮相随,妄自以为可以作长久夫妻,不料马嵬坡前,生离死别即在目前,想学牛郎织女一年一会已不可能。最后用贵为天子的玄宗和作为平民的卢家对比。笔端既寓讽刺,也寄托了诗人深沉的感慨。

《贾生》是借汉朝故事讽刺唐代皇帝迷信神仙、妄求长生而弃贤逐能的:

> 宣室求贤访逐臣,贾生才调更无伦。可怜夜半虚前席,不问苍生问鬼神。

《史记·屈原贾生列传》载:孝文帝在宣室召见博学多才的贾谊,不是询问治国安邦大计,而是向贾谊了解鬼神之事。诗人从浩瀚的汉代史实中撷取这一件小事来表现自己的褒贬。前两句从正面着笔,不露贬义,似在颂扬汉文帝求贤若渴。第三句"夜半虚前席",描绘汉文帝当时凝神倾听的情状。第四句承"可怜"(可叹、可惜之意)两字,暗暗转到讽刺汉文帝"不问苍生问鬼神"。诗的词锋极为犀利,却又极跌宕吞吐之妙。思想深刻,富有批判精神和现实意义。

第三类诗是以"无题"为题以及摘取篇中首句的头二字为题目的诗。这些诗代表了他独特的艺术风格。这些诗的内容比较复杂,题旨有的也比较隐晦,特别是采取比兴寄托的手法,借男女之情抒写政治怀抱、身世之感的作品,有的则可能确是深情缅邈的恋情诗。如《无题》:

> 相见时难别亦难,东风无力百花残。春蚕到死丝方尽,蜡炬成灰泪始干。
> 晓镜但愁云鬓改,夜吟应觉月光寒。蓬山此去无多路,青鸟殷勤为探看。

诗写暮春时节和情人依依惜别的情景。东风无力,百花凋零,伤春加重了伤别之情,伤别又使人触景伤情。"春蚕"两句所用比喻虽取材于寻常生活,但十分形象、贴切,表达了爱人之间地老天荒、到死方休的感情。"晓镜"两句从对面落笔,设想对方对自己朝思暮想的情景,从而表现了自己对对方刻骨铭心的思念。最后,退一步希望彼此之间能够互通音信,聊以慰藉相思。诗写得一往情深,回环往复,曲折动人。再如《无题》:

> 昨夜星辰昨夜风,画楼西畔桂堂东。身无彩凤双飞翼,心有灵犀一点通。
> 隔座送钩春酒暖,分曹射覆蜡灯红。嗟余听鼓应官去,走马兰台类转蓬。

这首诗既写有所爱而不得的痛苦,又抒发了仕途坎坷的抑郁怅惘。诗中"身无彩凤双飞翼,心有灵犀一点通"一联,已成为脍炙人口的名句。

李商隐还有一类诗,是吟咏怀抱、感伤身世之作。从这些诗中,我们可以看到李商隐的积极用世之志和怀才不遇的苦闷。如作于后期的《风雨》:"凄凉宝剑篇,羁泊欲穷年。黄叶仍风雨,青楼自管弦。新知遭薄俗,旧好结良缘。心断新丰酒,销愁斗几千。"自伤不遇、愤世嫉俗、情怀孤寂。《安定城楼》中:"贾生年少虚垂涕,王粲春来更远游。永忆江湖归白发,欲回天地入扁舟。"《有感》中:"中路因循我所长,古来才命两相妨。"则多是对坎坷命运的哀挽和情有不甘的悲叹。

李商隐诗歌的艺术特色历来为人所称道,主要表现有三点。一是对杜甫诗歌思想和艺术的继承。他的诗有沉郁顿挫、曲折深婉的特点。《蔡宽夫诗话》云:"王荆公晚年亦喜义山诗,以为唐人知学老杜而得其藩篱者,唯义山一人而已。"如他的"江海三年客,乾坤百战场"(《夜饮》)、"天意怜幽草,人间重晚晴"(《晚晴》)、"永忆江湖归白发,欲回天地入扁舟"(《安定城楼》)等,其深婉沉郁,都跟杜甫诗有形神相似之处。二是对六朝诗风合理的继承。李商隐抒情诗中那种幽微隐约的表达方式,那种深婉凄美的感情,那些精美绮艳的意象,以及清丽精致的语言、严整的格律,和他接受齐梁诗风并加以融裁是分不开的。三是比兴象征手法的运用。李商隐继承了屈原以来"为芳草以怨王孙,借美人以喻君子"(《谢河东公和诗启》)的传统,委婉含蓄,言近旨远,"寄托深而措辞婉"(叶燮《原诗》)。这固然有可能造成他诗歌的隐晦难懂,但是也因此形成了李诗"味无穷而炙愈出,钻弥坚而酌不竭"(葛立方《韵语阳秋》卷二引杨亿语)的独具一格的美学特征。这些因素的有机结合,使李商隐的抒情诗具有一种"绮密瑰妍""深情缅邈"的风韵,当然,因为用典过繁,比兴过多,他的一些诗也表现出辞意朦胧、晦涩,给人雾里看花终隔一层的感觉。比如《锦瑟》一诗:

锦瑟无端五十弦,一弦一柱思华年。庄生晓梦迷蝴蝶,望帝春心托杜鹃。

沧海月明珠有泪,蓝田日暖玉生烟。此情可待成追忆,只是当时已惘然。

关于这首诗的主旨,有的说是悼亡,有的说是伤己,有的说是寄托政治上的不遇,至今无法求同。因为诗中的意象,所构成的不是一个完整的画面,人们感受到的只是杂糅在一起的惘怅、感伤、失意等丰厚的意蕴,只能总体上欣赏,而不能作具体的剖析。金代元好问在《论诗绝句三十首》中感喟道:"望帝春心托杜鹃,佳人锦瑟怨华年。诗家总爱西昆好,独恨无人作郑笺。"李商隐诗歌好用典故,多比兴寄托,造成晦涩难解的缺点也是显而易见的。

杜牧和李商隐是晚唐诗坛上的冠冕,两人在诗歌艺术上以各自的建树,被人誉为"小李杜",认为他们是李白、杜甫之后的优秀诗人。他们各具特色的诗学思想和诗歌艺术,对后世的诗歌创作都产生了深远的影响,特别是李商隐。宋初的西昆派,就是标榜学习李商隐的。叶燮《原诗》也说:"宋人七绝,大概学杜者什六七,学李商隐者什三四。"

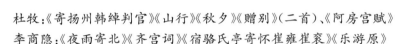

拓展阅读作品篇目

杜牧:《寄扬州韩绰判官》《山行》《秋夕》《赠别》(二首)、《阿房宫赋》

李商隐:《夜雨寄北》《齐宫词》《宿骆氏亭寄怀崔雍崔衮》《乐游原》

思考练习题

1. 阐述杜牧咏史诗的艺术特点。

2. 简述杜牧写景诗的艺术特点。

3. 李商隐诗歌总的艺术特点是什么? 分析这种特点的主要成因。

第八节　唐代传奇

唐代传奇,是唐代新兴的短篇文言小说,内容包括志怪、写实,具有鲁迅所概括的"有意作小说""多幻设语""篇幅漫长,记叙委曲"的特征(《中国小说史略》),同时又具有"传"和"记"两种体制的特点。它"文备众体,可见史才、诗笔、议论"(宋赵彦卫《云麓漫钞》),在艺术上达到"与诗律可称一代之奇"(洪迈《唐人说荟·凡例》)的艺术境界。唐代传奇的出现,标志着中国小说史翻开了崭新的一章。

一、唐代传奇繁荣的原因

任何一种艺术形式的出现或消没,都受到现实社会政治、经济、社会思潮和文学艺术本

身发展规律的制约。导致唐代传奇产生和臻于繁盛的原因,主要有三个方面:

(一)政治、经济的原因

唐代经过"贞观之治""开元盛世",城市经济高度繁荣,官僚豪绅、文人士子、坐商行贾、汉女胡姬、市井细民汇聚一处,构成了五花八门的社会生活,它有助于小说家开阔视野,丰富素材,使小说家能够自觉摆脱六朝以来志怪小说创作的狭小天地,去表现更为广阔、更有现实意味的生活。

(二)科举取士制度的作用

唐代推行科举取士制度。出身微贱的庶族知识分子,可以通过科举考试,进入政治集团。唐时登进士第的人,"位极人臣,常十有二三,登显列十有六七"(李肇《唐国史补》卷下)。这些成为进士或准备成为进士的"寒俊",意气昂扬,具有强烈的反抗世俗色彩,反对门阀制度,反对礼教对人的精神和行为的束缚,呼吁社会的平等和公正。他们又生活在一个文化政策相对宽松的环境里,心情愉悦、文思泉涌是可以想见的,所以他们敢于畅所欲言,抒发各种真情实感,这是唐代传奇的感情世界特别丰富多彩、特别真实感人的原因之一。

唐代考试还流行"行卷""温卷"之风,即举子在应考之前,先把自己的得意之作,呈献给某些权贵要人,希图得到推荐。当时也时兴用传奇来行卷。因此,科举考试制度对传奇的创作必然产生一定的刺激作用。

(三)文学内部的传承和互相影响,特别是六朝小说的影响

汉魏六朝时期小说以志怪最为繁富。当时佛道二教盛行,张皇鬼神、称道灵异、谈佛论道大有人在;改写、编著神话、传说、民间故事的风气较盛。这就出现了被称为"街谈巷语,道听途说""丛残小语""尺寸短书"的"小说"。这种小说,从内容题材、语言文字到创作方法,都对唐传奇产生了深刻的影响。唐人在这个基础上又加以完善。鲁迅曾说:"六朝时之志怪与志人底文章,都很简短,而且当作记事实;及到唐时,则为有意识的作小说,这在小说史上可算是一大进步。而且文章很长,并能描写得曲折,和前之简古的文体,大不相同了,这在文体上也算是一大进步。"(《中国小说的历史的变迁》)这种进步,标志着我国古代小说的发展,有了重大的飞跃,进入了一个新的时期。

唐传奇还充分地吸收了唐诗、古文、民间说唱文学的精华,不少传奇韵散结合、诗文并举,表现出诗体小说的特征。此外,传奇的成熟还浸染了丰润的史传文学、佛道教文学的营养。

二、唐代传奇的分期和主要内容

唐传奇的发展大致可以分为三个时期:

(1)初期,即初盛唐时期,是唐传奇产生、兴起的时期;

(2)中期,即中唐时期,是唐传奇发展、繁荣的时期;

(3)晚期,即晚唐五代时期,是唐传奇衰微、没落的时期。

初期的传奇小说,带着比较明显的志怪痕迹,作品的数量也有限。如《古镜记》《白猿传》《游仙窟》等。其中王度的《古镜记》是传奇发展初期的第一篇作品。张鷟的《游仙窟》是一篇受到民间说唱文学影响,文辞华艳、多骈句俪语的小说。中期传奇作家多、作品数量多、传世的佳作也多,是传奇创作的黄金时期。其时的代表作有蒋防的《霍小玉传》、白行简的《李娃

传》、元稹的《莺莺传》、沈既济的《任氏传》《枕中记》等。晚期传奇的数量开始减少，水平也有所下降，这个时期传奇集比中期增多，比较优秀的传奇集有裴铏的《传奇》、袁郊的《甘泽谣》、皇甫氏的《原化记》等。

唐代传奇的涵盖面十分广，主要包括了爱情、政治、讽刺、侠义等方面的内容。

（一）爱情类小说

爱情类小说的代表作有《李娃传》《霍小玉传》《莺莺传》等。《李娃传》，作者白行简。小说写荥阳公子郑生因入京考试，结识青楼女子李娃，在资财荡尽之后，被鸨母逐出妓院，流离失所，濒于绝境。因李娃救助，郑生终于功成名就，并与李娃结为夫妇的故事。《霍小玉传》，作者蒋防。妓女霍小玉美丽聪慧，多才多艺，她真心与李益相爱，但深知两人地位的悬殊，因此仅向李益求八年之爱，李益信誓旦旦，许小玉以白首之盟。后李益奉母命与望族卢氏结姻，并断绝与小玉音讯联系，致小玉沉绵病榻。在黄衫客的帮助下，小玉得以与李益见面，在历数李益负心之行后，长恸而绝。《莺莺传》，原名《传奇》，又名《会真记》，作者元稹。张生爱慕故相国之女崔莺莺，在红娘的帮助下，莺莺终于冲破阻力，和张生秘密结合。但张生最后竟滞留长安不归，成为始乱终弃的负情郎。

这三篇唐代爱情小说的代表，给予我们深刻的启示。

首先，小说反对门阀制度的意味比较明显，它有意突出了男女之情与门阀世族制度的矛盾。和六朝志怪小说不同的是，它不是通过灵魂脱离躯壳或狐精鬼魅的变形等方式来表现这一种不可调和的矛盾，而是通过美好的事物被残酷地毁灭的过程，造成强烈的悲剧效果，来达到抨击社会的目的。李娃、霍小玉、崔莺莺都是古代妇女中优秀的人物，她们共同的特点是都向往真挚的爱情，心甘情愿为所爱的人牺牲一切，直至生命。但是因为出身低微或者因为不能给对方的仕进提供有力的帮助，往往被排斥在婚姻之外，只能接受"把生命给了爱情，却不能把婚姻留给自己"的悲剧命运。这种悲剧的产生，折射了唐代的政治制度、社会观念，有很强的现实意义。

其次，在这些小说中已经显示出男女双方有意将才色相悦作为恋爱的基础，这比起以"父母之命，媒妁之言"为择偶依据的包办婚姻来，不失为一种进步的婚恋模式。而小说对男女之间产生爱情的过程的描写，比起汉魏六朝小说中双方骤然产生结合意愿的处理要更合于逻辑，也更具情节的波澜。如《霍小玉传》中，小玉对李益的倾心，是因为欣赏李益的"开帘风动竹，疑是故人来"的诗句。而李益对小玉的爱慕，则是因为小玉"资质秾艳，高情逸态"。《莺莺传》中的崔莺莺，出身名门，矜持自重，但张生用两首《春词》打动了她，终于作出"待月西厢"的决定。这样的安排，比较符合人物的个性、身份，也能推动故事向纵深发展，表明唐传奇艺术上的进步。

（二）讽刺类小说

这类小说可举《枕中记》《南柯太守传》等为代表。

《枕中记》，作者沈既济。小说写士子卢生在邯郸道上一客舍中，邂逅道士吕翁，吕翁知道卢生汲汲于"建功树名，出将入相，列鼎而食，选声而听，使族益茂而家用肥"的理想，就授给卢生一个磁枕。卢生卧而枕之，梦中进士、作宰相、封燕国公，娶五姓女，儿孙满堂，享尽人间富贵。但是一觉醒来，主人的黄粱饭还未蒸熟。卢生于是大彻大悟，跟随吕翁飘然而去。这篇小说虽然采取的是传统的志异方式，但它的主题指向却是唐代的现实生活。小说通过卢生的两次失职和复职，讽刺了唐代政治的腐败、统治阶级内部的钩心斗角以及热衷于功名富贵的读书人。卢生梦中极尽荣华富贵和梦后的觉悟，也表达了作者的"人生之适，亦如是耳"的虚无思想。

《南柯太守传》，作者李公佐。小说写淳于棼住宅的南边，有大槐树一株。淳于棼和友人饮酒，醉后卧于堂下，梦中被大槐安国王请入国中作驸马，任南柯郡太守二十多年，升官晋爵，显赫荣耀，举世莫及。金枝公主死后，他的地位受到威胁，而他依然"出入无恒，交游宾从，威福日盛"。于是朝中谗言四起，国王对他猜忌重重，终于被遣回家乡。这篇小说所采取的形式和《枕中记》相似，借淳于棼在大槐安国中的经历，影射中唐封建官场中彼此倾轧、祸福不定的现实，同时表现了作者富贵无常、浮生若梦的思想。小说把官场比作"蚁国"，把争名夺利者比作"蚁聚"之辈，讽刺的确是入木三分。唐人李肇为小说作赞语道："贵极禄位，权倾国都，达人观者，蚁聚何殊！""南柯一梦""黄粱一梦"，后来都成为人们常用的典故。

这两篇小说在艺术上，诚如鲁迅所说："虽尚不离于搜奇记逸，然叙述婉转，文辞华艳，与六朝之粗陈梗概者较，演进之迹甚明，而尤显者乃在是时则始有意为小说。"（《中国小说史略》）它们共同的特点是都继承了志怪小说借梦境影射现实的手法，但是讽刺现实的意味比志怪小说更强，表现手法也更丰富。首先，有意夸张主人公在梦中的飞黄腾达、显赫声势，以同后来的失意败落对比，达到突出主题的目的。如卢生在梦中"前后赐良田、甲第、佳人、名马，不可胜数"，淳于棼在梦中"王甚重之，赐食邑、赐爵位、居台辅"，百姓为之"建功德碑，立生祠宇"。但是卢生在现实生活中却陷于贫困潦倒之中，梦中的富贵显达恰恰与之形成鲜明的对比。淳于棼初进大槐安国，是国王请来的贵客，人们对他"趋拜奔走"，"车骑礼物之用，无不咸备"，而当他落魄离开槐安国时，"左右亲使御仆，遂无一人"。盛衰荣枯之比，正是对官场人情冷暖的有力揭露和讥讽。其次，小说虽是虚构，却处处以写实的笔法刻画世态人情。如《南柯太守传》中写淳于棼结婚的场面，栩栩如生，活灵活现，增加了故事的真实性和小说的情趣。当淳于棼梦醒之后，"发穴证梦"，假实证幻，果然找到梦中所经历的槐安国，"追想前事，感叹于怀，披阅穷迹，皆符所梦"，似乎现实是梦境的继续，而梦境又是现实的另一种表现，使人在对这个似梦非梦的故事细细咀嚼之后，产生深深的感慨。

（三）政治类小说

政治类小说主要产生在中唐时期。代表作有《周秦行纪》《东城老父传》《长恨歌传》《辛公平上仙》等。此以《周秦行纪》为代表。

《周秦行纪》，假托牛僧孺所写。以第一人称叙述牛僧孺在举进士落第后，返回老家途中，误入汉代薄太后庙，和前朝帝后、嫔妃、美人如戚夫人、杨贵妃、王昭君等相会相唱酬的故事。小说借杨贵妃之口，取笑德宗皇帝是沈婆之子，嘲讽代宗皇后为"沈婆"。这都是大逆不道之举。因此有可能是牛李党争的产物，目的是欲借此陷牛僧孺于死地，所以鲁迅先生说："自来假小说以排陷人，此为最怪。"（《中国小说史略》）不过，《周秦行纪》作为一篇传奇，它在艺术上是有成功之处的。小说刻画人物笔墨简练、各具特色而且不见重复，如在几个绝代佳人同时登场的情况下，能够自如运笔，写出她们各自的风姿。此外，它用第一人称叙事，拉近了"我"和读者的距离，使小说所叙更显真实，这种叙事方式在传奇中也比较少见。

（四）侠义类小说

唐代小说中的侠客形象，有一个发展、成熟的过程。传奇中最早出现的侠，是在爱情类小说中。如《霍小玉传》中的黄衫客，《柳氏传》中的许俊。这些"赴士困厄，不爱其躯"、有智有勇的义士，在恋爱中的男女遇到困难时，往往给予援手，使有情人终成眷属。但他们在小说中的形象还很单薄，往往稍纵即逝，大都只起到推动故事发展，或表现人物性格某一侧面的作用。

中唐以后到晚唐时期，小说中侠的形象渐渐丰满，而且还出现了一些女侠的形象。如《原化记》中的义侠、《集异记》中的贾人妻、《甘泽谣》中的红线等。五代杜光庭的《虬髯客传》塑造了有名的"风尘三侠"：虬髯客、李靖、红拂女。唐代传奇对"侠"的定位，并不重视他们来无踪去无影的轻功或者刀光剑影之中取人首级的本领，而更重视表现他们的精神。如《义侠》突出"义"，《红线传》突出报恩思想，《虬髯客传》的作者着意表现三个侠客所共有的识大体、明大局，所谓"识时务者为俊杰"的特点，这一点应该引起我们的注意。

三、唐代传奇的主要艺术特色

唐代传奇的出现和繁荣，标志着中国小说脱离了萌芽和初步发展的阶段，进入了渐趋成熟的时期，它在艺术上的造诣，也深受人们的注意。

（1）根据不同人物所处的环境、经历、学养等来塑造人物形象，刻画人物性格。

同是妓女，霍小玉的性格和李娃就完全不同。作者有意交代霍小玉出身王府，从小受到良好的文学艺术的熏陶。她年轻，初涉风月场，所以处处表现出纯情、浪漫、富于幻想。她和李益初次见面，李生请她唱歌，她"初不肯，母固强之"才唱，表现出腼腆羞涩之状。而《李娃传》中写李娃初次见郑生，则是"阖一扉，有娃方凭一双鬟青衣立，妖姿要妙，绝代未有"。当郑生为李娃所惑，累眄于李娃时，李娃"回眸凝睇，情甚相慕"。寥寥几笔，就表现出了李娃的久惯风月、举止老练。在对待爱情的态度上，霍小玉把爱情看得比生命还重要，无法忍受被所爱的人辜负，所以她付出了年轻的生命。而李娃久在风尘，熟谙人情世故，她知道妓女和士子之间不可能有婚姻的结局，所以配合鸨母欺骗了郑生。当郑生衣锦还乡的时候，她却提出要离开郑生，因为她知道郑生的家庭不可能接纳一个卑贱的女人。这说明李娃对社会的本质有着十分清醒的认识。而霍小玉恰恰不如李娃洞悉社会人情世态，相信海誓山盟，自己信守诺言，也要求对方不负约，因此，她才爱得那样痛苦、结局那样惨烈。崔莺莺的情况也不一样。她作为相门之女，深受传统封建思想的浸染，但又有诗人的气质，有对爱情的向往，所以她对张生的态度十分复杂、矛盾。对"性温茂，美风容"，又富才情的张生，她心中是爱慕的，但一旦张生私下来约会时，她又觉得有伤风化，可是张生走后，她又生悔，终于主动来就张生。作者令人信服地写出了不同经历、不同身份人物的不同性格。

（2）情节摇曳多姿，跌宕有致。

可以《李娃传》为例。鲁迅曾经极口赞美过《李娃传》："行简本善文笔，李娃事又近情而耸听，故缠绵可观。"（《中国小说史略》）《李娃传》的情节主要有院遇、计逐、鞭弃、护读四个部分。故事本身并不离奇，但写得曲折有致，引人入胜。如"计逐"一节，作者用虚实相间的手法，使读者和郑生一起，一步步误入陷阱。李娃先提出参谒竹林寺圣者，接着到宣阳里探望阿姨，继之传来鸨母暴病消息，李娃先归伺候，留下郑生议事，一切都那么符合逻辑。直至郑生返回，才恍然大悟，中了鸨母和李娃的金蝉脱壳之计。

（3）善于营造气氛、注意人物行动的描写，叙述婉转，描写细腻。

如《霍小玉传》中，小玉病中与李益相见的场面，写得哀婉缠绵又悲壮激越：

> 凌晨，（小玉）请母梳妆。母以其久病，心意惑乱，不甚信之，黾勉之间，强为妆梳。妆梳才毕，而生果至。玉沉绵日久，转侧须人，忽闻生来，欻然自起，更衣而出，恍若有神。遂与生相见，含怒凝视，不复有言。羸质娇姿，如不胜致，时忽掩袂，返顾李生。感物伤人，坐皆啼嘘。……

（4）语言生动，神情毕肖。

《任氏传》写任氏惊世绝伦的美丽，用韦崟和家僮的对话来表现：

> （家僮）俄而奔走返命，气呼汗洽。崟迎问之："有乎？"又问："容若何？"曰："奇怪也！天下未尝见之矣。"崟姻族广茂，且夙从逸游，多识美丽。乃问曰："孰若某美？"僮曰："非其伦也。"崟遍比其佳者四五人，皆曰："非其伦。"是时吴王之女有第六者，则崟之内妹，秾艳若神仙，中表素推第一。崟问曰："孰与吴王家第六女美？"又曰："非其伦也。"崟抚手大骇曰："天下岂有斯人乎？"

这一段对话中，家僮的惊讶，韦崟的急切，表现得栩栩如生，声闻纸面，而任氏的惊人之美也得到层层渲染，真是妙笔。

以上的艺术表现，只是以其中个别佳作为例，唐代小说的艺术表现，绝不仅此数点。因此宋人洪迈说："唐人小说不可不熟。小小情事，凄婉欲绝，洵有神遇而不自知者，与诗律可称一代之奇。"（《唐人说荟·凡例》）明代桃园居士说："唐三百年，文章鼎盛，独小说与诗律，称绝代之奇。"（《唐人小说序》）

● **拓展阅读作品篇目**

沈既济：《任氏传》

蒋防：《霍小玉传》

白行简：《李娃传》

元稹：《莺莺传》

李公佐：《南柯太守传》

陈鸿：《长恨歌传》

● **思考练习题**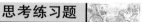

1. 什么叫传奇？唐代传奇与六朝小说主要的区别是什么？

2. 谈谈唐传奇能够作者蔚起、佳作纷呈的主要原因。

3. 唐代传奇为什么被誉为"与诗律可称一代之奇"？

第九节　唐五代词

词是一种新兴的诗体，是配合曲子歌唱的歌词。故又叫"曲子词""曲词""乐府""琴操"等。王灼《碧鸡漫志》卷一云："盖隋以来，今之所谓曲子者渐兴，至唐稍盛。今则繁声淫奏，殆不可数。"同书卷二又云："唐末五代文章之陋极矣，独乐章可喜，虽乏高韵，而一种奇巧，各自立格，不相沿袭。"张炎《词源》卷下说："粤自隋唐以来，声诗间为长短句，至唐人则有《尊前》《花间》集。"这就告诉我们，词起源于隋唐之际，在五代达到成熟。五代作家已经各自显示了自己的风格，并且有了词集。

一、词的兴起

词的发展和音乐有着密切的关系。南北朝时期，因为纷争的局面以及南方经济的发展，引进了西凉、龟兹、安国、高丽、天竺等西域以及其他外国的音乐，这些域外的音乐和中原、南朝的民间音乐相融合，形成了新兴的乐曲系统，这就是燕乐。《新唐书·礼乐志》记当时燕乐势力之大："周隋管弦杂曲数百，皆西凉乐也；鼓舞曲，皆龟兹乐也；唯琴工犹传楚汉旧声也。"这种新型的、抒情的、有异于传统庙堂之乐的新声，是"杂胡夷里巷之曲"的"俗乐"，它受到全社会的普遍欢迎。配合这样的音乐歌唱的就是词。

词最先是在民间产生的，盛唐之时，已出现了"新歌旧曲遍州乡"的盛况。王重民《敦煌曲子词集》收录唐代民间词163首，任仲敏《敦煌歌词总编》将之增为1 200多首。民间词的发展、流行，引起文人的创作兴趣。盛唐如李白，中唐如张志和、刘禹锡、白居易等人都是这种新兴诗体的积极写作者。如张志和的《渔歌子》：

西塞山前白鹭飞，桃花流水鳜鱼肥。青箬笠，绿蓑衣，斜风细雨不须归。

这首词音韵悠扬，画面景色清丽，风格清新。白居易的《忆江南》一向脍炙人口：

江南好，风景旧曾谙。日出江花红胜火，春来江水绿如蓝。能不忆江南？

刘禹锡在贬谪巴山楚水之间时，向当地民歌学习，创作的《竹枝词》《杨柳枝词》既富有民歌风味，又不失文人词的典雅。如《竹枝词》其二：

山桃红花满上头，蜀江春水拍山流。花红易衰似郎意，水流无限似侬愁。

声调的优美，抒情的自然，景物的秀丽，都令人叹赏。中唐较早写作小词的还有王建、韦应物、戴叔伦等。这些著名作家对词作的尝试，促进了词的发展和兴盛，此后，"为词者甚众，文人才子各炫其能"（洪迈《容斋随笔》卷七）。

二、温庭筠与花间派

晚唐五代作词之风更盛，这时期因为连年动乱，朝政腐败，有志于现实的文人，普遍感到失望，他们有的全身而退，有的浅斟低唱，人们的精神意绪不在建功立业上，而是"相逢且快

眼前事,莫厌狂歌酒百杯"(李咸用《途中逢友人》),韦庄有一首回忆晚唐咸通年间(860—874)情景的诗《咸通》:

> 咸通时代物情奢,欢杀金张许史家。破产竞留天上乐,铸山争买洞中花。
>
> 诸郎宴罢银灯合,仙子游回璧月斜。人意似知今日事,急催弦管送年华。

五代十国中的西蜀和南唐,因为战乱较少,农业和工商业相对繁荣,北方的士大夫纷纷到此避难,他们带来了晚唐士大夫没落的、纵情享乐的生活方式,也带来了词的写作技巧。在这个时期,在这两个地方,分别产生了花间派和南唐词。

花间词,因后蜀赵崇祚编《花间集》而得名。《花间集》收录 18 位作家的 500 首词作,这些作家都被称为"花间派"。《花间集》是最早的文人词总集,刘扬忠《唐宋词流派》说:"在唐五代文学史上,'诗庄词媚'作为一种带有普遍性和群体性的创作倾向,是自'花间'诸人开始的。"为什么说它"媚"呢?欧阳炯为《花间集》所作的序称:这些词是"绮筵公子,绣幌佳人,递叶叶之花笺,文抽丽锦;举纤纤之玉指,拍按香檀。不无清绝之辞,用助娇娆之态"的应歌之作,内容不离花前月下,男欢女爱,而辞藻华美,风格柔媚。《花间集》不但提出了影响深远的"词为艳科"的观念,而且在词的格律、文辞、风格、意境方面特征的确立,为以后词体的发展奠定了基础。

温庭筠之所以被列在《花间集》首席,并被奉为"鼻祖",因为他是晚唐第一位大力作词的文人,他的词风直接影响了花间派词人的创作。

温庭筠(812?—866),字飞卿,太原(今属山西)人,为初唐宰相温彦博之裔孙,但到温庭筠之时,家道早已中落。温庭筠富有音乐修养,"能逐弦吹之乐,为侧艳之辞",他作风浪漫,不拘礼节,被指"士行尘杂""与新进少年狂游狭邪"(《新唐书》本传),因此仕途上屡屡受挫。直至 48 岁,才得授随县尉,官终国子助教。有《金荃集》,已失。《花间集》收其词66 首。

温庭筠的词多写月桥花院、琐窗朱户中的人物和她们的感情、生活。这些词虽然缺乏具体的社会生活内容和深刻的思想性,但也并没有堕入色情。温庭筠在描写这些女性的思想感情之时,有时也渗入自己的身世之感,因此他的这些词,比较蕴藉含蓄,具有一种发人深省的力量。清人说他的词"深美闳约"(张惠言《词选序》)、"酝酿最深"(周济《介存斋论词杂著》),就是指他在抒情方面的细密、深入、含而不露。温庭筠词的另一特点是辞藻的华美绮丽。如南宋胡仔说:"庭筠工于造语,极为绮靡。"(《苕溪渔隐丛话》后集卷十七)。其代表作《菩萨蛮》云:

> 小山重叠金明灭,鬓云欲度香腮雪。懒起画蛾眉,弄妆梳洗迟。
>
> 照花前后镜,花面交相映。新帖绣罗襦,双双金鹧鸪。

词上片写早晨的阳光散落在画着山水的屏风上,时间已经不早了。屋子的主人却还不急着修饰自己。这是一个美丽的女人,作者用"香腮""鬓云""雪""蛾眉"等词语来形容她。拥有这样容貌的女子为何"弄妆梳洗迟"呢?这就给人留下一个悬念。"照花"两句,写这个女子对镜插花,花、面相映,意象重叠,流光溢彩,令人目眩。难道她的心情突然变好了?这又是一个悬念。直到词的最后一句"双双金鹧鸪",才解开了其中的奥秘:因为衣上的双双鹧鸪,反衬了她闺中的孤单寂寞。原来这是一个失落了爱情的女子!她对镜插花,是欣赏自己如花的容貌,更感叹自己如花一样不免凋零的命运。不直接言明人物的思想意绪,却通过细节暗示,这就是温庭筠词表达感情的隐曲婉约和细密。词的语言可说是华丽香艳,如"金"

"雪""云""香腮""花"等。因此它一向被作为温庭筠词的代表。王国维曾经用温词中"画屏金鹧鸪"一句作为温庭筠词风格的评语,应该说是有道理的。

当然,温庭筠的词也有清新率真的一面。如他的《梦江南》:

> 梳洗罢,独倚望江楼。过尽千帆皆不是,斜晖脉脉水悠悠,肠断白蘋洲。

语言清新、风格淡雅,虽然不能作为温词主导风格的代表,却表现了温庭筠词的另一种风貌。

花间派的另一个重要作家是韦庄。韦庄(836?—910),字端己,京兆万年(今陕西西安)人。韦庄词有花间词柔媚、轻艳的一面,但比起温庭筠词来,他却是以"明白吐露"为特色,以自然、朴直、直抒胸臆见长。如《女冠子》:

> 四月十七,正是去年今日,别君时。忍泪佯低面,含羞半敛眉。
>
> 不知魂已断,空有梦相随。除却天边月,没人知。

词纯用白描写法,写出少女对所爱之人的追忆和别后的深深思念,不凭借其他的意象来作暗示,更显感情的真切。他还有一首写得更"显"的词作《思帝乡》:

> 春日游,杏花吹满头。陌上谁家年少,足风流。妾拟将身嫁与,一生休。纵被无情弃,不能羞!

此词写情之决绝、之酣畅淋漓,在五代词中的确罕见。清人贺裳说:"小词以含蓄为佳,亦有作决绝语而妙者。"他所举的"妙者"中,就包括了韦庄的《思帝乡》。

● 三、南唐词人

比起花间派的浓香腻粉,轻柔艳丽,南唐词则显得趣味高雅,境界开阔,情致委婉缠绵。南唐词人主要是中主李璟、后主李煜、大臣冯延巳。他们政治地位高贵,文学修养深厚,生活条件优越,在审美方面的追求,显然超越了花间派的词人。

李璟(916—961),字伯玉,初名景通,其父李昇,曾为徐温养子,后改姓李。李璟是李昇的长子,28岁即位为南唐皇帝,958年,因受后周的威胁,主动提出愿为后周之附庸,去帝号,称南唐国主(史称"中主"或"嗣主")。李璟在位19年中,外有后周的武力威胁,内有党争和家庭内部的矛盾,所以他在政治上无所作为、也难以作为。他是个"多才艺,好读书"的人,于词的创作也颇有成就。可惜他的词流传下来的只有四首,这些词多借伤离怀远、悲秋惜春,寄寓浓郁的忧愁哀痛。如其代表作《浣溪沙》:

> 菡萏香销翠叶残,西风愁起绿波间。还与韶光共憔悴,不堪看。
>
> 细雨梦回鸡塞远,小楼吹彻玉笙寒。多少泪珠无限恨,倚栏杆。

词首两句写景物的凋残,表现了深沉的悲秋之感。"还与韶光共憔悴"两句,触景生情,在写景物飘零憔悴之时,绾合人生遭际,极为沉郁。下片,宕开一笔,写梦回细雨,想起人在塞外,不得相见,无限怅惘,自己独处小楼,唯有借玉笙以传情愫。最后两句承上,申说内心的悲恨并作结。词表面上写闺怨,实际寓含现实之慨。这也是对《诗》《骚》"比兴"传统的继承。因此王国维称赞"菡萏香销"两句"大有众芳芜秽,美人迟暮之感"(《人间词话》)。

李煜(937—978),字重光,号钟隐、莲峰居士等,是李璟第六子。他天资聪颖,博览群书,而且洞晓音律。诗、词、文章、书、画、鉴赏,样样精通。25岁即位于金陵,世称"李后主"。李煜在位15年,以文学为功业,作书、作画、审音、度曲,过着豪奢而艺术的生活,但于治国方面却毫无建树。李煜 38 岁时，南唐为宋所灭，他肉袒出降，第二年初，被押送至汴京，封"违命侯"，过着十分屈辱和不自由的囚徒生活。他在《破阵子》词中写道："一旦归为臣虏，沈腰潘鬓销磨。"在给旧日宫人的信中也说："此中日夕只以泪洗面。"（王铚《默记》）42 岁去世。

李煜的创作可以分为被俘前后两个时期。前期的词，多写宫廷享乐生活的情景和感受，其中部分词是抒发悼亡之情和对南唐局势的忧心；后期的词，多写对往事的回忆，其中不乏对人生苦难的体认。但是，不论词作的内容有何不同，李煜词的"本色"和真性情都是一致的。如他前期词的代表作《玉楼春》：

> 晚妆初了明肌雪，春殿嫔娥鱼贯列。笙箫吹断水云间，重按霓裳歌遍彻。
>
> 临春谁更飘香屑？醉拍栏杆情味切。归时休放烛光红，待踏马蹄清夜月。

又如《浣溪沙》：

> 红日已高三丈透，金炉次第添香兽，红锦地衣随步皱。
>
> 佳人舞点金钗溜，酒恶时拈花蕊嗅，别殿遥闻箫鼓奏。

处处笙歌悦耳、花气袭人，处处酒香烛艳，美女如云，还有踏月的清兴，嗅花的微醺。从这两首词，可见李煜当年是如何醉心于歌舞享乐。

他后期的词，则多追怀故国往事，抒写阶下囚的哀怨悲慨，同样毫不掩饰自己的感情。如《虞美人》：

> 春花秋月何时了？往事知多少。小楼昨夜又东风，故国不堪回首月明中。
>
> 雕栏玉砌应犹在，只是朱颜改。问君能有几多愁，恰似一江春水向东流。

这首词感怀故国，感情十分悲切。开头两句起得突兀，使人觉得反常，但唯有如此，才能表达他喷薄欲出的悲情。春花秋月最能勾起痛苦的往事，而自然规律又无法更移，所以他激切又无奈地发问：这春花秋月何时才能了结啊！下片写物是人非之感。想来故国的宫殿应该完好无损，只是昔日的主人已如此憔悴不堪。末两句以问作答，以滚滚春江之水比喻不可遏止的深哀剧痛。整首词曲折回旋，真情饱满。另如《浪淘沙》：

> 帘外雨潺潺，春意阑珊。罗衾不耐五更寒。梦里不知身是客，一晌贪欢。
>
> 独自莫凭栏，无限江山。别时容易见时难。流水落花春去也，天上人间！

据说这首词是李煜的绝笔。词写暮春时节，五更梦回，听见春雨潺潺，回忆梦中欢乐的情事，想起如今阶下囚的身份，心中只有无限的哀痛。换头宕开，自我劝慰，别去凭靠高楼的栏杆，因为那可望而不可即的无限江山，徒然勾起我无限的伤感。后三句十分哀感绝望：旧日江山、旧时生活，再也无相见之期了！抚今追昔，真有天上人间之慨啊！

李煜的词富有真情实感，他无意掩饰自己的故国之思，就像亡国前所作的词，无意掩饰自己的骄奢生活一样，所以王国维认为李煜是具有"赤子之心"的词人。在这两首词中，他把亡国的惨痛经历和人生的无常融合在一起，使这种悲慨具有一种普遍的意义，能够唤起有过类似人生体验的读者内心的共鸣。他的语言自然平易，而且精确优美，根据表现内容的实际需要遣词造句，不哗众取宠、不矫揉造作，语淡情浓，言简义丰，因而他的词具有感动人心的力量。如"问君能有几多愁，恰似一江春水向东流""别时容易见时难""自是人生长恨水长东"等句子，都是为人所熟知并喜爱的。王国维曾高度评价李煜的词，他说："词至李后主而眼界始大，感慨遂深，遂变伶工之词而为士大夫之词。"（《人间词话》）所谓"伶工之词"，指的是歌舞宴席上佐宾劝酒以娱乐为主要目的的词。这样的词作难以表现作家的真性情。而"士大夫之词"，即摆脱了晚唐五代以来为应歌而填词的模式，为抒发士大夫个人的心情意绪而作。李后主的大部分词作,已经开始抒写生活中的真实体验,展露内心真实的世界,所以说是"士大夫之词"。

冯延巳(903—960),字正中,广陵(今江苏扬州)人。李璟为帝时,官至中书侍郎、同平章事。冯延巳学问渊博,多才多艺。但他生活在风雨飘摇的南唐,而且陷身于激烈的党争旋涡中,所以不免有忧患危苦之思。他的词虽不离抒写相思离别、春怨秋恨,但不是一般的借男女之情来寄托情怀,而是写一种说不清、道不明的抑郁怅惘,一种似乎渗透到他词的每一个肌理中的心情意绪。如《鹊踏枝》:

谁道闲情抛掷久,每到春来,惆怅还依旧。日日花前常病酒,不辞镜里朱颜瘦。

河畔青芜堤上柳,为问新愁,何事年年有?独立小桥风满袖,平林新月人归后。

这首词写得千回百转,抑郁缠绵。词中的"闲情"是一种怅然若失、不能自已的愁绪,它无端而来,无处不在,抒情主人公虽因之痛苦,却又不忍弃绝,因此只能以酒浇愁,形容憔悴。下片写这种愁绪就像春天河边的青草、堤上的柳枝,年年滋生,无法摆脱。结拍"独立小桥风满袖,平林新月人归后",优美的意境中流露出孤寂、索寞、彷徨的情怀。这一种词,比起花间词来,它给读者提供的想象空间要广阔得多,回味的余地也更人。因此,王国维称赞道:"冯正中词虽不失五代风格,而堂庑特大,开北宋一代风气。"(《人间词话》)他不但对南唐的词风产生影响,还为北宋初期的晏殊、欧阳修所接受。刘熙载《艺概》说:"冯延巳词,晏同叔得其俊,欧阳永叔得其深。"

花间派和南唐词是五代时期产生的两个词的创作群体,他们为宋词的发展开拓了道路,奠定了基础。

 拓展阅读作品篇目

温庭筠:《菩萨蛮》(水精帘里)、《更漏子》(玉炉香)

韦庄:《菩萨蛮》(人人尽说)

李璟:《浣溪沙》(手卷真珠)

李煜:《相见欢》(无言独上)、《清平乐》(别来春半)、《乌夜啼》(林花谢了)、《破阵子》(四十年来)

冯延巳:《鹊踏枝》(几日行云)、《谒金门》(风乍起)

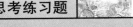 **思考练习题**

1. 简述词和音乐的关系。

2. 温庭筠为什么被称作花间派的"鼻祖"?

3. 花间词和南唐词的主要差异是什么?

4. 王国维说李煜的词"变伶工之词而为士大夫之词",你是怎么理解的?

第五章　宋代文学

　　宋朝建于公元960年，亡于公元1279年，历时320年。以公元1126—1127年靖康之难为界，分为北宋和南宋。

　　宋代是一个高度中央集权的封建王朝。建国之初，最高统治者便采取了一系列措施，实现了兵权、财权和司法权的高度集中。但是这也造成了军队战斗力的削弱，导致对外作战屡屡失利。为了换取苟安的局面，北宋王朝每年要向辽、西夏交纳巨额的岁币，同时，为了维持皇室和百官奢靡的生活，政府每年的开支十分浩大。宋朝农民负担的苛捐杂税数不胜数，所谓"恩逮于百官者唯恐其不足，财取于万民者不留其有余"（赵翼《廿二史札记》卷二十五）。因此，这是一个长期积贫积弱、阶级矛盾和民族矛盾都十分尖锐的时代。

　　宋代奉行的是"崇文抑武"的政策，在严密防范武人专权的同时，大幅度扩大科举考试的录取人数，大量选拔文人进入统治集团，提高文人的政治地位。大兴文教，官办、私立的书院、学校普遍增多，著名的石鼓书院、岳麓书院、白鹿洞书院、应天府书院即创设于宋代。宋代印刷技术的提高更有利于文化的传播，刺激文人著书立说的兴趣。因此宋代是封建文化高涨的时期。

　　宋代的学术思想十分活跃，理学体系的建立，对士大夫产生了深刻的影响，它一方面使士大夫具有道德自觉与理性自觉精神，有强烈的社会责任感；另一方面，它强调"文以载道"，把文学的社会政治功能置于审美功能之上。因此，宋代的文学创作既继承了前代的传统，又体现了自己的特色。

　　在达到艺术巅峰的唐诗面前，宋代诗歌要另辟新境、独树一帜是十分困难的，但宋代诗人经历了艰苦的探索，最终实现了这个目标。北宋前期，诗坛有白体、晚唐体、西昆体，分别以白居易、贾岛、姚合、李商隐等人为仿效对象，诗风不离中晚唐模式。欧阳修倡导诗文改革，宋诗的独特风貌开始显露端倪。北宋中叶，随着王安石、苏轼、黄庭坚登上文坛，展示了各自鲜明的个性，并拥有了相当的号召力，宋诗开始走向繁荣之路，以别具风韵的"宋调"，与唐音各领风骚。

　　南宋前期，政局的激烈动荡，国家和个人命运的巨大变化，使不少诗人改变了浸染已久的江西诗风,转而继承李白、杜甫、白居易的优良传统,表现炽热的爱国情怀,其中以陆游的成就和影响最大。这一时期的优秀作家还有杨万里、范成大,前者以自然、幽默、活泼的"诚斋体"独具一格,后者以感时和田园诗作著称。

南宋后期,四灵派、江湖派比较活跃,但成就却无法与前期诗人相提并论。宋朝灭亡前后的文天祥、汪元量、谢翱、郑思肖等诗人,或抒抗元之志,或抒故国之思,悲歌慷慨、忧心如焚,使宋诗发出了最后的一缕光辉。

和唐诗相比,宋诗数量更大,作者人数更多。在艺术风格上,宋诗也匠心独运,自具面目,近代学者对此颇有精辟的阐述。如缪钺先生《论宋诗》所言:"唐诗以韵胜,故浑雅,而贵蕴藉空灵;宋诗以意胜,故精能,而贵深析透辟。唐诗之美在情辞,故丰腴;宋诗之美在气骨,故瘦劲。"当然,这只是就唐、宋诗美学风格的总体差异而言。宋诗作为中国古典诗歌美学的又一种重要范式,对后代诗歌产生的影响也是巨大、深远的。

词在宋代臻于极致。词,作为从隋唐以来产生、发展起来的一种新诗体,经过了"花间"、南唐词人的辛勤培育,终于成为代表宋代文学独到成就的文学样式。宋词流派众多,名家辈出,如北宋的柳永、张先、苏轼、晏几道、秦观、贺铸、周邦彦、李清照,南宋的张孝祥、张元幹、辛弃疾、刘过、姜夔、吴文英、王沂孙、蒋捷、张炎等;体制上有小令、有长调;风格上有婉约、有豪放,有清雅、有质实;题材方面,"无事不可入,无意不可出",诗能涉及的领域,词也几乎都能涉及。宋代作词的人数之多、范围之广,犹如唐人之于诗。据《全宋词》所辑,宋词作者凡 1 300 多人,作品计 20 000 余篇。词在宋亡以后并未完全衰退,元、明两代,词运虽然式微,但清代词学中兴,又有不少名家远承宋词遗风余绪,各擅胜场,表现了宋词强大的艺术生命力。

明代茅坤《唐宋八大家文钞》标举唐代的韩愈、柳宗元和宋代的欧阳修、苏洵、苏轼、苏辙、曾巩、王安石为唐宋古文八大家,可见散文在宋代的建树之卓著。宋代散文的繁荣,和欧阳修发扬韩愈、柳宗元古文改革的精神,在理论和实践两方面领导了宋代的古文革新,建立了平易流畅的宋代散文风格有着密切的关系。继欧阳修之后,"三苏"和曾巩、王安石等作者,努力踵武欧阳修,创作了大量言之有物、艺术技巧娴熟的散文作品。宋代散文名家多,名篇更多,欧阳修的《醉翁亭记》《秋声赋》《五代史伶官传序》,苏轼的《前赤壁赋》《后赤壁赋》,王安石的《答司马谏议书》《游褒禅山记》,曾巩的《墨池记》等,都是脍炙人口的佳作。前人曾认为"自秦汉以来,文莫盛于宋"(宋濂《苏平仲文集序》),不论这种观点是否过誉,但宋代散文所建立起来的行云流水、理充情畅的风格,对后代散文的影响,是不可低估的。

由于商业经济的高度发展、市民阶层的壮大,宋代的通俗文学相当发达,其主要样式是话本和戏曲。话本的成就尤其值得重视。话本是说话艺人的底本,包括小说、讲经、讲史、合声(生),其中小说、讲史因为故事性强,特别受市井细民欢迎。现存宋人小说话本多散见于《京本通俗小说》《清平山堂话本》以及明人冯梦龙的"三言"之中。其中《错斩崔宁》《碾玉观音》《闹樊楼多情周胜仙》等,都是优秀的小说话本作品。讲史话本又称"平话",现存的讲史话本,有《五代史平话》《宣和遗事》等。《宣和遗事》中已经出现了梁山泊故事的人物和情节,它对《水浒传》的影响是不言而喻的。

第一节　柳永及其词

在晚唐五代作家的努力下,词的创作已经积累了一定的经验,北宋初期,词坛上出现了不少能够独树一帜的作家,如晏殊晏几道父子、张先、欧阳修、柳永等。其中柳永是宋代专心致力于词创作的第一人,在词的题材、形式、表现手法、语言各方面都作了大胆的突破,特别是创制了大量的慢词,使他成为词史上有重要地位的作家。

● 一、柳永的生平

柳永(约 987—1053)。初名三变,字景庄,后改名永,字耆卿,崇安(今福建武夷山)人。柳永年少多才,但科举却连连失意,直到晚年(1034)才中进士。先后做过睦州(今浙江建德)团练推官,昌国州(今浙江定海)晓峰盐场监官、著作郎、太常博士等,最后官至屯田员外郎。有《乐章集》传世。

柳永青少年时期随当官的父亲生活在京城汴京。当时的北宋,"太平日久,人物繁阜"(孟元老《东京梦华录》),一片升平景象。柳永精通音律,喜为词章。在奢靡享乐的社会风气浸染下,他常常流连于歌楼伎馆之间,为乐工歌女们写作新词,"教坊乐工,每得新腔,必求永为词,始行于世"(叶梦得《避暑录话》卷下)。因为科举考试的屡屡失利,使他在失望之余不拘形迹,放浪形骸。他在落第后写的《鹤冲天》词里抒发了他的愤懑不平之气,同时,也表现了他狂放不羁的个性:

　　黄金榜上,偶失龙头望。明代暂遗贤,如何向。未遂风云便,争不恣狂荡。何须论得丧。才子词人,自是白衣卿相。

　　烟花巷陌,依约丹青屏障。幸有意中人,堪寻访。且恁偎红倚翠,风流事、平生畅。青春都一饷。忍把浮名,换了浅斟低唱。

他说自己"才子词人,自是白衣卿相","忍把浮名,换了浅斟低唱",表现了对才华的自负、对仕途的鄙夷、对现实的嘲讽。当然,这只是他在当时情况下,作出的柳永式的反抗。

因为长期跟歌妓乐工们有较多的来往,柳永理解她们的处境,同情她们的不幸,他跟歌妓们的关系,不完全是狎客跟妓女的关系,更多的则是平等相待,互相慰藉,所以他和他的词,都受到这些下层女子的欢迎,他也从市井文学中汲取了营养。宋翔凤《乐府余论》说:"耆卿失意无聊,流连坊曲,遂尽收俚俗语编入词中,以便伎人传唱。"柳永词能达到"凡有井水饮处,皆能歌柳词"(叶梦得《避暑录话》卷下)的程度,和歌妓们的口口传唱是分不开的。当然,柳词中也不免有流于低级趣味的描写,这是柳永为宋代文人所指责、鄙薄的原因之一。

但柳永毕竟出身于有儒学传统的家庭,儒家思想对他的熏陶并不因仕途的失意而全然消失,他在定海晓峰盐场任盐官时,目睹了盐民的悲惨生活,写下长诗《煮海歌》,诗仿

《毛诗》,作小序云:"悯亭户也。"亭户,即盐民。诗中有句云:"(煮海民)周而复始无休息,官租未了私租逼……虽作人形俱菜色,煮海之民何苦辛!"悲天悯人之意跃然纸上。他在余杭任上,"为人风雅不羁,而抚民清静,安于无事,百姓爱之"(《余杭县志》),可见柳永并不失为一个正直、正派的官员。柳永一生坎坷不遇,曾四处宦游、干谒,羁旅天涯,晚年出仕,却也是沉沦下僚,"道宦途踪迹,歌酒情怀,不似当年"(《透碧霄》),但他的词名却传扬天下,他对词的发展所作出的贡献,使人们永远缅怀这位九百多年前的"才子词人"。

二、柳永词的内容

柳永大量创制慢词,善写新声。他对词的体制的改革,打破了长久以来词专写酒边花下、男女相思的题材藩篱,而将词引入更广阔的表现空间。柳词的内容主要有三大类:

(一) 表现市民阶层的感情生活

《乐章集》中大量的词作是描写市民阶层男女之间的感情。词中的女主人公,多数是沦入青楼的不幸女子。因为柳永"同是天涯沦落人"的立场,所以他对这些女子寄予了深切的同情,甚至爱情。他同情她们的命运:"心性温柔,品流详雅,不称在风尘"(《少年游》);为她们倾诉内心的痛苦和美好的愿望:"已受君恩顾,好与花为主。万里丹霄,何妨携手同归去。永弃却、烟花伴侣。免教人见妾、朝云暮雨!"(《迷仙引》)

柳永还能体会到平民女子对爱情生活的憧憬、向往。在他的笔下,女主人公是这样大胆、热烈地吐露心声:"早知恁么,悔当初,不把雕鞍锁。向鸡窗、只与蛮笺象管,拘束教吟课。镇相随,莫抛躲。针线闲拈伴伊坐。和我,免使年少,光阴虚过。"(《定风波》)这个女子说,早知道丈夫走了以后,自己是这样思念他,不如当初不让他走,让他坐在自己身边,一个读书、一个做针线,夫妻相守,不受相思之苦。这种世俗生活味浓厚的词作,迎合了市民阶层的审美情趣,当然,也必然遭到士大夫阶层的批评。

(二) 描写都市生活和市井风光

柳永对都市生活和市井风光有长期的观察和丰富的体验,他详细而形象地描绘了北宋时期城市的繁荣景象和市民富庶、欢乐的生活情景。这一类词可以《望海潮》为代表。黄裳《演山集·书乐章集后》说:"予观柳氏乐章,喜其能道嘉祐间太平气象。……是时予方为儿,犹想见其风俗,欢声和气,洋溢道路之间,动植咸若。令人歌柳词,闻其声,听其词,如丁斯时,使人慨然有感。"他说听到柳永的词,能使人仿佛置身于北宋全盛时期,可见柳永这一类词是如何真实地记录了当时城市的风物人情。

(三) 描述羁旅行役

柳永仕途坎坷,常年羁旅他乡,对于旅况凄清、乡情缠绕之苦,尤有体会。他描写羁旅行役的词作,在艺术上的成就最引人注目,陈振孙《直斋书录解题》称柳永"尤工于羁旅行役"。其代表作是《雨霖铃》《八声甘州》等。五代以及宋初词人所写思乡念远的词,其背景多在亭台楼阁之中、月桥花院之内,受着空间的拘囿,感情不免纤细,境界不免逼仄,而柳永则自写其行踪所至,自抒漂泊生活中的离别相思之情,因是亲历亲感,所以境界开阔苍凉,情感抒发自如,尤具感人之力量。

柳永词的内容,当然不止上举三种,他写过不少歌颂帝王、达官贵人的词,也写过一些自叙怀抱、自叹平生遭际的词,例如《戚氏》,是柳永《乐章集》中最长的一首,他在词中追怀往事,描写天涯孤旅的凄凉况味,字里行间颇多悲慨。王灼《碧鸡漫志》引"前辈"评柳永此词云:"《离骚》寂寞千载后,《戚氏》凄凉一曲终。"认为柳永的《戚氏》唱出了不遇之士的悲音,继承了《离骚》"哀怨起骚人"的遗风余绪。

● 三、柳永词艺术上的创新

作为一个精通音律、大量创制长调慢词的词人,柳永在词的艺术上也有重大的贡献。

（一）大量创制慢词

在柳永之前,词多为短调小令。柳永开始大量填写慢词。他的慢词多自创新调,据今人统计,在宋词 880 多个词调中,属于柳永首创或首次使用的,有 100 多个。柳永在词体、词调方面的开创之功,为宋词开拓了表现功能和艺术风格的领域。

（二）丰富了慢词的表现手法

柳永的慢词多用铺叙手法,虽尽情铺叙展衍,但章法制度井然,其中或层层剖析抒情主人公的内心世界,或具体描绘场面和事件的过程,或利用时空的转换展现人物情感的变化。如《望海潮》:

东南形胜,三吴都会,钱塘自古繁华。烟柳画桥,风帘翠幕,参差十万人家。云树绕堤沙,怒涛卷霜雪,天堑无涯。市列珠玑,户盈罗绮,竞豪奢。

重湖叠巘清嘉。有三秋桂子,十里荷花。羌管弄晴,菱歌泛夜,嬉嬉钓叟莲娃。千骑拥高牙。乘醉听箫鼓,吟赏烟霞。异日图将好景,归去凤池夸。

词的上片先总叙杭州地理位置的重要、经济的繁荣,以下分别从城内景、城外景、市民生活来描写杭州的风光之美,市民生活之富庶。下片集中写西湖的风景和杭州人民生活的愉悦,最后归结到赞颂孙何(孙何当时任两浙转运使)的政绩,并祝愿孙何能够升迁到中央政府。词虽然是为了颂扬孙何而作,但他对当年杭州自然形胜和太平景象的铺写,绘形绘色,具体而生动,可谓前所未有。其中"三秋桂子,十里荷花"两句,高度概括杭州精美的景致,尤其令人激赏。这首词以铺叙为主要手法,但先总后分,有点有面,层次十分清楚。

再看《雨霖铃》:

寒蝉凄切。对长亭晚,骤雨初歇。都门帐饮无绪,留恋处,兰舟催发。执手相看泪眼,竟无语凝噎。念去去,千里烟波,暮霭沉沉楚天阔。

多情自古伤离别,更那堪冷落清秋节! 今宵酒醒何处? 杨柳岸、晓风残月。此去经年,应是良辰好景虚设。便纵有千种风情,更与何人说!

词以时间为顺序展开铺叙。寒蝉,点出这是深秋时候。凄切,暗示人的心情。古人有"五里一短亭,十里一长亭",专门供人饯行或路途歇息之用。故"长亭"点明离别。"骤雨初歇",表示刚刚下过一场大雨,为后面的"兰舟催发"埋下伏笔。"无绪""留恋",都是离人心情的直接表白。"执手相看泪眼,竟无语凝噎",写情人惜别的情景。"念去去",就是"想这一去"的意思,从这以下都是想象虚写旅况的凄凉孤寂甚至别后经年的相思。从眼前想到将来,一气直下,真情奔涌。时间、空间交错转换,其中不乏抒情和叙事的结合、情和景的交融。特别是"杨柳岸、晓风残月"一句,把杨柳、晓风、残月这些易于触动离别之人悲情的景物,组合在一个画面之中,因此产生了很强的艺术感染力。

柳永的慢词还多用白描手法。言情叙事,都直抒胸臆,不加雕饰。如上举《鹤冲天》(黄金榜上),痛快淋漓地抒发了内心的积郁和不平,《定风波》(自春来)中,女主人公坦白直率地吐露对美好生活的憧憬。写景状物亦复如是,如《夜半乐》中的景物描写纯用白描,十分精细:

> 冻云黯淡天气,扁舟一叶,乘兴离江渚。渡万壑千岩,越溪深处。怒涛渐息,樵风乍起,更闻商旅相呼。片帆高举,泛画鹢、翩翩过南浦。
>
> 望中酒旆闪闪,一簇烟村,数行霜树。残日下,渔人鸣榔归去。败荷零落,衰杨掩映。岸边两两三三,浣纱游女。避行客,含羞笑相语。
>
> 到此因念,绣阁轻抛,浪萍难驻。叹后约丁宁竟何据。惨离怀、空恨岁晚归期阻。凝泪眼、杳杳神京路。断鸿声远长天暮。

此词前两叠主要写景,用白描法写船行所经之地、所见之景,刻画具体、详尽、精到,但景中寓情,后面抒发离乡怀人之情,感情饱满酣畅,笔调促迫,表现了一个漂泊江湖的才子满腔的坎壈牢落又徒唤奈何的心情。

(三)表现了雅俗并陈的特点

柳永的词作中,"俗"的色彩是很浓郁的,因此遭来许多非议。如"词语尘下"(李清照《词论》),"以比都下富儿,虽脱村野,而声态可憎","野狐涎之毒","浅近卑俗,自成一体,不知书者尤好之"(王灼《碧鸡漫志》卷二)。其实,正像夏敬观《手评乐章集》所指出的:"耆卿词当分雅俚二类。"他的词,既有"俗"的一面,也有雅的一面,是雅俗并陈的。

柳永表现女性生活、感情的词作,的确比较"俗"。题材上,写的是市民阶层男女之间的情事,此一俗;大量运用民间"浅近卑俗"的语言,此二俗。如他为晏殊所讥讽的《定风波》词中:"镇相随,莫抛躲。针线闲拈伴伊坐。和我,免使年少,光阴虚过。"无论从所表达的世俗女子的愿望,还是语言,都是俚俗的。他如"巴巴望晓,怎生捱、更迢递。料我儿,只在枕头根底,等人来,睡梦里"(《爪茉莉》),几乎句句是口语。但柳永的羁旅行役词,又相当地典雅(如前所引的《雨霖铃》《夜半乐》等)。其原因主要有两点:

首先,羁旅行役词,多和怀才不遇、天涯沦落有关,所以这一类词抒发的是悲士不遇的感情,"悲士不遇"是一个为士大夫文人阶层所吟咏不绝的传统主题,和俗世男女之间的相思艳情分属不同的情感范畴。其次,他兼容了诗的表现手法,意境的创造、气氛的渲染,用典使事,遣词造句,都体现了"雅"的特色。如《八声甘州》中"渐霜风凄紧,关河冷落,残照当楼"数句,苏轼大加赞赏曰:"此语于诗句不减唐人高处。"(赵令畤《侯鲭录》)正因为雅俗并存,各个阶层都可以欣赏柳永的词,所以柳词"大得声称于世"(李清照《词论》)。

柳永大量创制慢词,开拓了词的表现领域、丰富了慢词的表现手法。他的俗词,为"俗子易悦"(胡仔《苕溪渔隐丛话》后集卷三九引《艺苑雌黄》);他的雅词,为士大夫文人所叹赏。他在仕途上是不得意的,但他在词史上的地位却是谁也不能否认的。

● **拓展阅读作品篇目**

柳永:《八声甘州》(对潇潇暮雨)、《凤栖梧》(伫倚危楼)、《戚氏》(晚秋天)、《卜算子》(江枫渐老)

● 思考练习题

1. 柳永词在艺术上的创新主要表现在哪些方面?
2. 以《雨霖铃》为例,论述柳永词铺叙艺术的特色。
3. 柳永词得到雅俗共赏的主要原因是什么?

第二节 欧阳修的诗文革新理论和创作

欧阳修是北宋著名的文学家、史学家和政治家。他所倡导的北宋诗文革新,继承了唐代韩愈、柳宗元的传统,确立了古文的正宗地位。他的文论和创作实践,对当时以及后代的影响广泛而深远,他团结、培养了一大批优秀的古文作家,为宋及以后的文学开了一代新风。

● 一、欧阳修的诗文革新理论

欧阳修(1007—1072),字永叔,号醉翁,晚年又号六一居士,吉州庐陵(今江西吉安)人,24 岁进士及第。立朝刚正,敢于言事。景祐三年(1036),因支持范仲淹革除弊政,得罪宰相吕夷简,被贬夷陵(今湖北宜昌)。仁宗庆历年间(1041—1048),他又因积极参加庆历新政,被再度贬谪到滁州(今安徽滁州)。经历了一番宦海浮沉之后,48 岁回到京师,以后逐渐升迁,先后任枢密副使、参知政事等职,思想遂渐趋保守。65 岁以太子少师、观文殿学士致仕(退休),第二年在颍州病逝,谥号"文忠",世称"欧阳文忠公"。有文集 153 卷。

宋初文坛盛行西昆体,所谓"杨刘风采,耸动天下"(刘克庄《后村诗话》引欧阳修语)。柳开、穆修等为代表的复古派以恢复唐代韩愈、柳宗元的古文传统为己任,强调文章的教化作用,但他们在反对西昆体"穷妍极态,缀风月,弄花草,淫巧侈丽,浮华纂组。刓锼圣人之经,破碎圣人之言,离析圣人之意"(石介《怪说》)文风的同时,因为矫枉过正,走上了险怪晦涩的创作道路,催生了风靡一时的"太学体"。太学体虽然反对骈文体式、力弃华美文风,但是以生涩怪癖来取代西昆,并不可取。因此,欧阳修诗文改革的任务,不但要继续反对西昆体的浮靡文风,还要反对太学体的艰涩古怪。

欧阳修之所以登高一呼,即成为文坛革新的领袖,是因为他以一代名臣和杰出的文学家、史学家的身份,受到天下人的敬仰。他又曾主持过全国的贡举,有机会通过科举考试排斥"太学体",使"场屋之习,从是遂变"(《宋史》本传)。他有能力、有机会提拔志同道合的作家,于是在他周围,团结了一大批著名的文学家,如尹洙、梅尧臣、苏舜钦、苏洵、苏轼、苏辙、王安石、曾巩等,组成了强有力的诗文革新的队伍。欧阳修关于诗文革新的主要理论是:

首先,强调道与现实生活的关系。欧阳修继承韩愈尊道师经的精神,但并不认为道是游离于世事之外,他认为:"六经之所载,皆人事之切于世者,是以言之甚详。"(《答李诩第二书》），他说学者"未始不为道，而至者鲜矣"的原因，就在于"弃百事而不关于心"（《答吴充秀才书》）的"溺于文"的态度。因此学者要"知古明道，而后履之于身，施之于事，而又见于文章而发之，以信后世"（《与张秀才第二书》）。

其次，强调文、道并重。宋初古文倡导者都信守韩愈提出的"文以明道"的观念，欧阳修却能有所发展，辩证地对待文、道的关系。他一方面重道，说："我所谓文，必与道俱。"（苏轼《祭欧阳文忠公文》）"大抵道胜者文不难而自至"（《与乐秀才第一书》），甚至认为创作主体对道的修养，决定文章的高低优劣："道纯则充于中者实，中充实则发为文者辉光。"（《答祖择之书》）但另一方面又提出文的相对独立性："文之为言，难工而可喜，易悦而自足。"（《答吴充秀才书》）"古人之学者非一家，其为道虽同，言语文章未尝相似，孔子之系《易》，周公之作《书》，奚斯之作《颂》，其辞皆不同，而各自为经。"（《与乐秀才第一书》）甚至具体到提出文采的重要性："君子之所学也，言以载事而文以饰言，事信言文，乃能表见于后世。"（《代人上王枢密求先集序书》）

欧阳修论文的主张较之北宋初期以道统文、以道代文的观点，更合理、更富包容性，他把重道尊经和现实人生结合在一起，超越了韩愈划定的"道"的范畴，他重视文的独立性，大大提高了文学的地位。因此他既能纠正北宋初期古文运动的前驱者柳开、石介等人偏重政治功利的缺点，又能以大量优秀的创作为后学树立楷模。因此，他能成为宋代文坛的泰斗、文学革新的领袖。正如苏轼在《六一居士集叙》中说：

> 愈之后二百有余年而后得欧阳子，其学推韩愈、孟子以达于孔氏，著礼乐仁义之实以合于大道。其言简而明，信而通，引物连类，折之至理，以服人心，故天下翕然师尊之……自欧阳子出，天下争自濯磨，以通经学古为高，以救时行道为贤，以犯颜纳谏为忠。长育成就，至嘉祐末，号称多士，欧阳子之功为多。

● 二、欧阳修的散文及影响

欧阳修的散文，种类颇为丰富，文体如"论""辩""说""序""记""传""书""祭文""杂文"等，可说无体不备，而且其文融叙事、议论、绘景、抒情于一体，艺术性极高。欧阳修的议论文，现实性很强，多以国事民生为主，有些还直接关系到当时的政治斗争。如作于宋仁宗景祐三年（1036）的《与高司谏书》，谴责担任谏官的高若讷，在范仲淹被贬时，不但不敢为范仲淹说一句公道话，反而迎合附和当权者，这是"不复知人间有羞耻事"。文章是非爱憎，泾渭分明。虽是急言竭论，却写得从容不迫，文辞婉转但又犀利无比。《朋党论》的写作，也是针对当时的政治斗争。范仲淹、韩琦等革新派执政之后，保守派的代表人物夏竦、吕夷简等人制造舆论，攻击范仲淹等革新派引用党人。这篇文章首先划清"君子之朋"和"小人之朋"的界限，针锋相对地提出"小人无朋，唯君子有之"，而后以大量史实，论辩国家兴亡治乱和朋党的关系。义正词严，针锋相对。这些论文，都是欧阳修政治斗争的武器。

欧阳修的史论文历来为人所赞赏，他往往借历史兴亡盛衰，作现实前车之鉴，因此情盛理足，说理透彻。如《五代史伶官传序》，从后唐庄宗盛衰兴亡的历史，总结出"忧劳可以兴国，逸豫可以亡身"的重要观点。文章一开头，就是一个感情饱满的"呜呼"，使人一下子就受到作者的感染，为五代变灭兴亡的历史感慨万端。文中叙庄宗临危受命、发愤图强一段，气势凌厉，锐不可当。再叙庄宗耽于游乐，终陷于伶人之手，身死国灭一段，无限仓皇，无限悲凉。盛衰对比之下,"忧劳可以兴国,逸豫可以亡身"的不易之论,直入人心,立于牢不可破之地。本文章法回环曲折,极尽摇曳跌宕之美。感情充沛、饱满、沉厚,情理一片,语言又平易流畅。无怪乎沈德潜称其"抑扬顿挫,得《史记》神髓,《五代史》中第一篇文字"(《唐宋八大家文读本》卷一四)。

欧阳修的记叙散文有两种,一种偏于记事和议论,如《樊侯庙灾记》《相州昼锦堂记》等。另一种重于写景抒情,如《丰乐亭记》《醉翁亭记》。这里以《醉翁亭记》为例。这是一篇游记,将写景、抒情巧妙地熔为一炉,自然山水之美和作者的诗人情怀完美地交融在一起,景因情而生色,情寓景而动人。如其中两段:

> 若夫日出而林霏开,云归而岩穴暝,晦明变化者,山间之朝暮也。野芳发而幽香,佳木秀而繁阴,风霜高洁,水落而石出者,山间之四时也。朝而往,暮而归,四时之景不同,而乐亦无穷也。

> 至于负者歌于途,行者休于树,前者呼,后者应,伛偻提携,往来而不绝者,滁人游也。临溪而渔,溪深而鱼肥;酿泉为酒,泉香而酒洌。山肴野蔌,杂然而前陈者,太守宴也。宴酣之乐,非丝非竹,射者中,弈者胜,觥筹交错,起坐而喧哗者,众宾欢也。苍颜白发,颓然乎其间者,太守醉也。

前段写滁州山间朝暮四时景物之变化,后段写滁人和作者、宾客在山间游玩之乐,流露出作者虽然被贬,却胸怀旷达,热爱生活、与民同乐的襟怀。几个"也"字的运用,使文气舒缓曲折,情韵悠然,骈散相间的句式,在精整中又富回环唱叹之美。《醉翁亭记》不愧是游记中的传世之作。

《秋声赋》是欧阳修成功改造散文文体的尝试,是宋代散文赋的先导,它部分地吸收了传统骈赋、律赋的铺陈、排比、对偶的手法,以及设为问答的形式特征,使之成为奇偶相间的散体,写景、状物,形神兼备,音调铿锵浏亮,抒情意味浓郁。如文章开头写初闻秋声一段:

> 欧阳子方夜读书,闻有声自西南来者,悚然而听之,曰:"异哉!"初淅沥以萧飒,忽奔腾而砰湃,如波涛夜惊,风雨骤至。其触于物也,铮铮铮铮,金铁皆鸣;又如赴敌之兵,衔枚疾走,不闻号令,但闻人马之行声。余谓童子:"此何声也?汝出视之。"童子曰:"星月皎洁,明河在天。四无人声,声在树间。"

这一段描写秋声,连用了十一个排句,一个又一个新颖的比喻,一连串双声叠韵的词句,把无形的秋声状写得浩荡无际,撼心动魄。风声过后,一切归于宁静,"星月皎洁,明河在天",展现出一幅幽美、安谧、风月无边、充满诗意的秋夜图。

这篇文赋抒发了作者参加庆历新政失败后抑郁苦闷又故作旷达的心情,但它给予读者的却是一种美的享受:文采富丽、声调悦耳,而且含义深刻,令人回味。

前人对欧阳修的散文深为叹赏,最早评论欧阳修散文特点的是苏轼的父亲苏洵。他在《上欧阳内翰书》中称赞欧阳修的文章:"纡徐委备,往复百折,而条达舒畅,无所间断;气尽语极,急言竭论,而容与闲易,无艰难劳苦之态。"这里说的主要是欧阳修叙事散文和议论文所具有的从容自如、婉转流畅的特点。苏辙在《欧阳文忠公神道碑》中推誉欧阳修的散文:"天才有余,丰约中度,雍容俯仰,不大声色,而义理自胜。短章大论,施无不可。"王安石指出欧阳修的议论文和抒情散文的不同特点:"豪健俊伟,怪巧瑰琦。其积于中者,浩如江河之停蓄;其发于外者,烂如日星之光辉。其清音幽韵,凄如飘风急雨之骤至;其雄辞闳辩,快如轻车骏马之奔驰。"(《祭欧阳文忠公文》)桐城派的姚鼐形容欧阳修文风是:"如清风、如云、如霞、如烟，如幽林曲涧，如沦、如漾、如珠玉之辉，如鸿鹄之鸣而入寥廓。"无论是欧阳修的友人、弟子，还是后学，都极力推誉欧阳修的散文。总结这些评论，可以看出，欧阳修的散文，大体具有以下几大特点：一、婉转曲折，态度从容；二、气势旺盛，措辞平易；三、结构严密，富有逻辑；四、一唱三叹，富有情韵；五、用词造句，精练而有变化。欧阳修散文的这种美学风格，被人誉为"六一风神"。

欧阳修在古文革新方面的理论和创作实践，给当时的文坛和以后的散文创作树立了典范，正像苏轼所说："天下翕然师尊之。"可以说，欧阳修的散文影响当时文风的过程，也就是宋代古文革新运动取得胜利的过程。奖掖后进，唯恐不及，这是欧阳修人格的魅力之一，同时，也是古文运动能够铃铎齐鸣、蔚为大观的一个主要原因。欧阳修的散文对王安石、苏轼、曾巩等的影响是深刻而见效的。如苏轼不负欧阳修重望，文名远播，誉满天下，将欧阳修开创的一代文风发扬光大，在他的影响下，秦观、黄庭坚、张耒、晁补之、李廌等人都成为宋代散文的优秀作家。欧阳修的散文，一直影响到明代的唐宋派、公安派、竟陵派以及清代的桐城派。

三、欧阳修的诗词创作

欧阳修在变革文风的同时，也对诗风进行了改革。他在韩愈"欢愉之辞难工，而穷苦之言易好"（《荆潭唱和诗序》）的基础上，进一步提出"诗穷而后工"的理论，更重视作家的生活经历和创作之间的关系：

> 予闻世谓诗人少达而多穷，夫岂然哉？盖世所传诗者，多出于古穷人之辞也。凡士之蕴其所有而不得施与世者，多喜自放于山间水涯。外见虫鱼草木风云鸟兽之状类，往往探其奇怪；内有忧思感愤之郁积，其兴于怨刺，以道羁臣寡妇之所叹，而写人情之难言；盖愈穷则愈工。然则非诗之能穷人，殆穷者而后工也。（《梅圣俞诗集序》）

他认识到，穷困的生活和苦难的遭遇，是诗人们创作的源泉。并不是作诗能使人穷苦，而是艰难的生活环境，使诗人内心积郁饱满，于是设法用最准确、最巧妙的语言将它宣泄出来。这是那些境遇顺畅的人所难以达到的创作境界。

他的诗现实性比较强，如《食糟民》中，对"日饮官酒诚可乐"和"釜无糜粥度冬春"的官、民之间生活状况的比照描写，"我饮酒，尔食糟，尔虽不我责，我责何由逃"，鲜明地表现了作者对社会乃至对作为封建官员的自我批判。《明妃曲和王介甫》等诗，借王昭君的故事，谴责昏庸误国的统治者。欧阳修一生三遭贬斥，浮沉宦海，对人生有深刻的体认，他具有广博的学识，又是感情丰富的文学家，所以他的不少诗歌是抒发个人怀抱或吟咏历史题材的。如《戏答元珍》：

> 春风疑不到天涯，二月山城未见花。残雪压枝犹有橘，冻雷惊笋欲抽芽。
> 夜闻归雁生乡思，病入新年感物华。曾是洛阳花下客，野芳虽晚不须嗟。

景祐三年（1036）五月，北宋统治集团内部展开了以范仲淹为代表的改革派和以宰相吕夷简为代表的保守派之间的斗争，最后以改革派失败告终。欧阳修被贬为夷陵令，此诗乃次年春在夷陵作。诗首联写山城荒寒之景，多少流露出怨悱之意。颔联写夷陵特有的风物：残雪压枝，红桔犹挂枝头；冻雷声中，竹笋正欲抽芽。写的是春寒，却暗示自己的不可挫败。颈联转而抒写贬居异乡的寂寞情怀和不甘消沉的愿望：听着归雁的叫声，不免心生思乡之情，虽然带病进入新年,但毕竟感受到春天的气息。尾联自宽自解:我曾赏遍洛阳的牡丹,这山城的野花推迟开放,又怎能让我叹嗟!这就是陈衍说的"结韵用高一层意自慰"(《宋诗精华录》)。这首诗虽然表现了被贬荒城的落寞情怀,但掩抑不住欧阳修的兀傲不屈之气,这就是人们所说的重"气格"。《唐崇徽公主手痕和韩内翰》是一首借古喻今的诗作:

> 故乡飞鸟尚啁啾,何况悲笳出塞愁。青冢埋魂知不返,翠崖遗迹为谁留。
>
> 玉颜自古为身累,肉食何人与国谋。行路至今空叹息,岩花涧草自春秋。

唐代宗时崇徽公主奉朝命嫁回鹘可汗,据说公主因留恋不舍故国,以手抚石崖,在崖上留下手痕。欧阳修显然对这个被迫和亲的弱女子表示深切的同情,对历代持和亲政策,以换取短暂安宁的当权者们表示不满。"肉食何人与国谋"的批评入木三分,也富有现实意义。《朱文公语录》推崇这段议论道:"以诗言之,第一等诗;以议论言之,第一等议论也。"

从上举两诗可以看出,欧阳修的诗,在艺术上较多受到韩愈议论化、散文化的影响。他吸收了韩诗的特点,而又能自具面目,风格清新,语言自然流畅。

欧阳修的词很受人们的称道。他虽然接受了南唐大词人冯延巳的熏染,但他也对五代以来的词从题材、风格、艺术上都进行了一些创新。他的词在李煜的"士大夫之词"的基础上,进一步抒发自己的人生感受。欧阳修十分热爱颍州(今安徽阜阳)西湖,曾说"都将二十四桥月,换得西湖十顷秋"(《西湖戏作示同游者》)。他曾经写过十首描写颍州西湖美景的《采桑子》。如:

> 群芳过后西湖好,狼藉残红。飞絮濛濛。垂柳阑干尽日风。
>
> 笙歌散尽游人去,始觉春空。垂下帘栊。双燕归来细雨中。

这首词上片写西湖的残春景致,下片写自己的清逸生活。清新脱俗,疏朗俊洁,摒弃了五代词的脂粉气和婉约的情调。《朝中措》则更具抒情个性化:

> 平山栏槛倚晴空,山色有无中。手种堂前垂柳,别来几度春风?
>
> 文章太守,挥毫万字,一饮千钟。行乐直须年少,尊前看取衰翁。

词中刻画了欧阳修潇洒的风神和乐观坦荡的襟怀。这种内容在以往的词中是很难见到的,可谓新人耳目。

欧阳修词也写传统的题材,但在抒情方面表现了真挚深婉的特点,如《踏莎行》:

> 候馆梅残,溪桥柳细,草熏风暖摇征辔。离愁渐远渐无穷,迢迢不断如春水。
>
> 寸寸柔肠,盈盈粉泪,楼高莫近危栏倚。平芜尽处是春山,行人更在春山外。

词抒发了游子思家之情的同时,还联想到思妇的登高望远之意,流露了词人对思妇的同情和体贴。词中以迢迢不断的春水比喻游子的离愁,以及"行人更在春山外"的设想,都十分巧妙,意境深远,富有情韵。《玉楼春》词却表现了另一种风貌:

> 樽前拟把归期说,欲语春容先惨咽。人生自是有情痴,此恨不关风与月。
>
> 离歌且莫翻新阕,一曲能教肠寸结。直须看尽洛城花,始共春风容易别。

王国维《人间词话》评欧阳修"人生自是有情痴,此恨不关风与月""直须看尽洛城花,始共春风容易别"句时,说"于豪放之中,有沉着之致,所以尤高"。

欧阳修的词作,在婉约蕴藉中带着一定的疏朗清丽,而且谐律和声,音节流美,有一唱三叹之致。他对词境的开拓,对词的风格多样化的探索,表明他已经有意突破晚唐五代以来词的传统题材和表现方法,这跟他在诗文革新过程中的创新精神是相联系的。欧阳修的词,为后来苏轼的豪放、疏隽的风格开了先路。

● 拓展阅读作品篇目

欧阳修:《五代史伶官传序》《与高司谏书》《醉翁亭记》《秋声赋》
《食糟民》《别滁》《采桑子》(轻舟短棹)、《浪淘沙》(把酒祝东风)

● 思考练习题

1. 欧阳修为什么提倡诗文改革? 欧阳修诗文改革的理论是什么?
2. 谈谈你对欧阳修提出的"诗穷而后工"论的看法。
3. 前人为什么称《五代史伶官传序》"抑扬顿挫,得《史记》神髓"?
4. 谈谈欧阳修词作的创新之处。

第三节　苏　轼

苏轼是北宋杰出的文学大家,也是中国文学史上杰出的文学大家,尽管他一生颠沛流离,历尽艰难曲折,他的文学成就和人格魅力,却永远让后人尊敬和怀想。

● 一、苏轼的生平与思想

苏轼(1037—1101),字子瞻,号东坡居士,眉州眉山(今属四川)人。他出生在一个"门前万竿竹,堂上四库书"的书香门第,父亲苏洵是古文名家,唐宋八大家之一。苏轼 22 岁和弟弟苏辙同科考中进士,26 岁参加贤良方正直言极谏科考试,因"文义灿然,时以为佳",被列为当时最高等级的第三等,从此开始了他的仕途生涯。因为他为人正直坦率,风节凛然,又有用世之志,热心于改革朝政,因此往往和执政者意见不合,而备受贬谪迁徙之苦。神宗元丰二年(1079),变法派抓住苏轼诗文中的一些把柄,制造了"乌台诗案",苏轼被捕入狱。元丰三年(1080),劫后余生的苏轼被贬黄州(今属湖北),前后达四年之久。后又改贬汝州(今属河南),直到元祐元年(1086),神宗病死,支持旧党的高太后执政,苏轼才调回京师,任翰林学士,因不满司马光尽废新法,又受到旧党排斥,自请外任杭州、颍州、扬州、定州等地知府。哲宗绍圣元年(1094)以后,新党又重新得势,于是苏轼被贬到更远的惠州(今属广东)、儋州(今海南儋州)。直到徽宗即位,苏轼才遇赦内迁,但是因为长期的忧患缠身,颠沛流离,他的身体十分羸弱,到达常州时,便无法继续行进,与世长辞。

苏轼学识渊博,胸次阔大,思想多元复合。苏辙在《亡兄子瞻端明墓志铭》中说苏轼读书:"初好贾谊、陆贽书,论古今治乱,不为空言。既而读《庄子》,喟然叹息曰:'吾昔有见于中,口未能言。今见《庄子》,得吾心矣。'……后读释氏书,深悟实相,参之孔、老,博辩无碍,浩然不见其涯也。"苏轼不仅对儒、释、道三家思想都欣然接受,而且有意调和三家,他说:"儒、释不谋而同。"(《南华长老题名记》)还说"庄子盖助孔子者",庄子对儒学是"阳挤而阴助"(《庄子祠堂记》)。苏轼是北宋知识分子中自由出入儒、释、道三家,圆通应物的代表。他以儒家思想为根本,具有积极的用世之志,而且立身刚正,从不讳言自己的政治态度,无论是在顺境还是在困境中,他始终关心民瘼,勤于政事,表现了儒家的坚毅、执着、舍生取义的精神,但他又能像道家那样超越生死贵贱,像释家那样以平常心对待世上风云,从而形成了自己的生活态度。他被贬岭南,却说:"日啖荔枝三百颗,不辞长作岭南人。"(《食荔枝二首》)他被放儋州,经历九死一生,却欣然以为:"九死南荒吾不恨,兹游奇绝冠平生。"(《六月二十日夜渡海》)苏轼就是这样身处苦难,却能坦然面对苦难、超越苦难,他的人格和作品因此充满了无穷的魅力。

● 二、苏轼的诗歌

(一) 苏轼诗歌的主要内容

苏轼今存 2 700 多首诗作。这些诗歌的内容,大致分为以下几个方面:

1. 针砭社会现实,表达济世之志

苏轼从小就有以天下为己任的抱负,进入仕途以后,他有心观察现实,体贴民情,也重视文学的社会作用,曾说:"论事以讽,庶几有补于国事。"(苏辙《东坡先生墓志铭》)在这种文学思想的指导下,他的诗歌具有鲜明的现实性。如《荔枝叹》:

> 十里一置飞尘灰,五里一堠兵火催。颠坑仆谷相枕藉,知是荔枝龙眼来。飞车跨山鹘横海,风枝露叶如新采。宫中美人一破颜,惊尘溅血流千载。永元荔枝来交州,天宝岁贡取之涪。至今欲食林甫肉,无人举觞酹伯游。我愿天公怜赤子,莫生尤物为疮痏。雨顺风调百谷登,民不饥寒为上瑞。君不见武夷溪边粟粒芽,前丁后蔡相笼加。争新买宠各出意,今年斗品充官茶。吾君所乏岂此物,致养口体何陋耶!洛阳相君忠孝家,可怜亦进姚黄花!

这首诗从汉和帝、唐玄宗时从交州、涪州进贡新鲜荔枝的史实,写到宋代各地官吏为讨皇帝的欢心,不惜耗费民膏民脂,贡花献茶,劳民伤财。诗中点到的"前丁",是宋真宗时的宰相丁谓,"后蔡",指北宋著名书法家蔡襄,"洛阳相君",指宋初曾任同中书门下平章事的钱惟演。"今年"一句,则是直面当朝皇帝了。当时宋哲宗允许闽中进贡高级茶叶。苏轼对长期沿袭的这种地方进贡中央的陋风,给予了不留情面的批判,对以当朝皇帝为代表的统治集团穷奢极欲的生活作了毫不客气地揭露,其敢怒敢批的精神,很是难得。苏轼为宦四十多年,对朝廷的弊政和百姓的疾苦有比较深切的体会,他把这些都反映在诗作中。如《除夜大雪留潍州元日早晴遂行中途雪复作》云:"三年东方旱,逃户连敧栋。老农释耒叹,泪入饥肠痛。"《吴中田妇叹》云:"官今要钱不要米,西北万里招羌儿。龚黄满朝人更苦,不如却作河伯妇。"这些诗或是因为天灾使民不聊生而咏叹,或是因为朝廷沉重的赋税给农民造成沉重的负担而不满。

2. 写景抒怀之作

苏轼一生奔走四方,饱览各地风光,他说"身行万里半天下"(《龟山》),"行遍天涯意未阑"(《赠惠山僧惠表》),因此也积累了丰富的人生阅历。这一类诗,是苏诗中美学价值最高的作品。其中有一部分是写山水景物的。如《饮湖上初晴后雨》:

水光潋滟晴方好，山色空濛雨亦奇。欲把西湖比西子，淡妆浓抹总相宜。

又如《望湖楼醉书》：

黑云翻墨未遮山，白雨跳珠乱入船。卷地风来忽吹散，望湖楼下水如天。

前一首诗写杭州西湖的景色。一二句分别从西湖的晴日、雨中、水光、山色来描绘，后两句拈出西子这个久有定评的美女来作西湖的喻体，西施本是吴越的女子，以她作比，既是就地取材，随手拈来，又使人产生丰富的联想，可谓"以少总多"。《诗评》说这两句："多少西湖诗被二语扫尽，何处着一毫脂粉颜色。"因为这一首诗对西湖的美景作了高度概括而美妙的描写，杭州西湖因此得到"西子湖"的美称。后一首诗写望湖楼急雨，雨来时何其突然——乌云尚未遮住山头，雨点已经溅到船上；雨去时又何其迅速——卷地风来，云散天开，波平浪静。这里的景物充满了动感、灵性，表现了作者对山水的喜爱。

另一部分诗作是在写景中寄寓人生的某种感悟。如《和子由渑池怀旧》：

人生到处知何似？应似飞鸿踏雪泥。泥上偶然留指爪，鸿飞那复计东西？

老僧已死成新塔，坏壁无由见旧题。往日崎岖还记否？路长人困蹇驴嘶。

诗即景抒怀，寄寓了作者对人生无常、转眼人事已非的感喟。这种具有深刻哲理的感受，通过雪泥、飞鸿两种生动鲜明的艺术形象自然地表现。后来这两个比喻被人概括为成语"雪泥鸿爪"而广为运用。再如《题西林壁》：

横看成岭侧成峰，远近高低各不同。不识庐山真面目，只缘身在此山中。

诗由看庐山而难识其真正的面目，揭示了对复杂事物的了解，需要入乎其内、出乎其外这个哲理。

3. 抒发身世之感，展示人生态度

苏轼经历了太多的苦难，但是令人敬佩的是他能够藐视苦难，终至超越苦难。他在被贬谪而颠沛流离的生活中，写下了很多抒发情志的作品。如"菊花开时乃重阳，凉天佳月即中秋"（《江月引》），"莫嫌荦确坡头路，自爱铿然曳杖声"（《东坡》）等。再如《六月二十日夜渡海》：

参横斗转欲三更，苦雨终风也解晴。云散月明谁点缀？天容海色本澄清。

空余鲁叟乘桴意，粗识轩辕奏乐声。九死南荒吾不恨，兹游奇绝冠平生！

写这首诗的时候，苏轼已年过花甲，在儋州（今属海南）度过了三年贬谪的生活。宋代的儋州非常落后，苏轼在这里食无肉，病无药，居无室，出无友，但他始终不改坦荡乐观的态度，还把在儋州的经历，当作一次"冠平生"的人生体验！这是怎样阔大的胸襟和气度！

4. 题画诗和评画诗

苏轼多才多艺，具有很高的艺术鉴赏能力。他题画诗的代表作如《惠崇春江晓景》：

竹外桃花三两枝，春江水暖鸭先知。蒌蒿满地芦芽短，正是河豚欲上时。

这首诗不但写出了画面上能看到的桃花、蒌蒿等景物，而且运用艺术的想象，写到了画面以外"河豚欲上"的情景和鸭子对"春江水暖"的触觉，画面色彩既丰富，又生机勃勃，情趣盎然。他的一些评画诗，如《王维吴道子画》《书王定国所藏烟江叠嶂图》等，都不但使人"见诗如见画"，而且也反映了宋代绘画艺术的成就和苏轼的艺术观点。

（二）苏轼诗歌的艺术成就

苏轼诗歌的艺术成就是多方面的，择其要而言之，有以下几点：

1. 以文为诗，笔力纵横

他发展了韩愈"以文为诗"的传统，笔力纵横，无往而不胜，议论滔滔，通达而犀利；在章

法结构上,脉络清楚,层次分明。如他的《游金山寺》:

> 我家江水初发源,宦游直送江入海。闻道潮头一丈高,天寒尚有沙痕在。中泠南畔石盘陀,古来出没随涛波。试登绝顶望乡国,江南江北青山多。羁愁畏晚寻归楫,山僧苦留看落日。微风万顷靴纹细,断霞半空鱼尾赤。是时江月初生魄,二更月落天深黑。江心似有炬火明,飞焰照山栖乌惊。怅然归卧心莫识,非鬼非人竟何物!江山如此不归山,江神见怪惊我顽。我谢江神岂得已,有田不归如江水!

诗以江水为线索,"我家江水"一句,流露了对家乡的深深眷念,继而写潮头的高、水势的猛,都是写江水,也都是思家情绪的表现。接着写登顶遥望故国。因为目力有限,于是意兴阑珊,欲回住所,引出山僧留看落日。由此过渡到发现江上夜火,心中怅然,联想到是否因为久宦未归,江神见怪。最后吐露苦衷:如果家乡有可安身之处,我怎能不回到家乡!全诗起结过渡,脉络非常清晰,糅合了怅惘之情和坦荡的风度,写景状物抒情,笔力雄豪。清人赵翼《瓯北诗话》说:"以文为诗,自昌黎始,至东坡益大放厥词,别开生面,成一代大观。""以文为诗"是宋诗的一大特色,也是苏轼诗的一大特色。

2. 想象奇特,比喻新颖,妙趣横生

魏庆之《诗人玉屑》说:"子瞻作诗,长于比喻。"此语确然。《汲江煎茶》云:"大瓢贮月归春瓮,小杓分江入夜瓶。"他说天上有月,水里也映着月,人们舀水,似乎连月亮也舀进水缸了。以瓢贮月,以杓分江,气魄够大,而这想象又多么出人意料!《泛颍》云:"上流直而清,下流曲而漪。画船俯明镜,笑问汝为谁?忽然生鳞甲,乱我须与眉。散为百东坡,顷刻复在兹。"泛舟颍水,临流自照,水中东坡和船上东坡互相致问。船稍启动,涟漪泛起,人影散乱。风平浪静之后,水面又恢复了原样。在东坡笔下,寻常物象也能表现得这样生动有趣。《百步洪》是常被用来说明苏诗善比喻的例子:

> 长洪斗落生跳波,轻舟南下如投梭。水师绝叫凫雁起,乱石一线争蹉磨。
> 有如兔走鹰隼落,骏马下注千丈坡。断弦离柱箭脱手,飞电过隙珠翻荷。

诗中连用了"投梭""兔走鹰隼落""骏马下注"等比喻来表现水势的凶猛,洪流的湍急,形象生动,气势豪迈。

3. 议论风生,驳辩无碍

苏轼除了寓理于形象的哲理诗外,还善于正面议论,口若悬河。他的《荔枝叹》是这方面的代表作,此外他的《孙莘老求墨妙亭诗》云"短长肥瘦各有态,玉环飞燕谁敢憎",是对多元化审美情趣的强调;《石苍舒醉墨堂》云"人生识字忧患始,姓名粗记可以休",是对自己多难的一生发的牢骚,这些议论成为诗歌的有机组成部分,使诗的感情更加浓烈,思想更加深刻。

沈德潜在《说诗晬语》中说苏轼诗"笔之超旷,等于天马脱羁,飞仙游戏,穷极变化,而适如意中之所欲出"。赵翼《瓯北诗话》也说苏轼诗"爽如哀梨,快如并剪,有必达之隐,无难显之情"。这些评论都准确地指出苏轼诗具有意到笔随、新而能变的特点。苏轼诗开创了宋诗的另一种新局面,深刻影响了宋代诗歌的发展。当然,苏轼的"以文为诗",必然招致已习惯于唐诗所建立的审美范型者的不满。而客观地说,率意放笔,常言快语,有时的确会带来过于直露、意理胜于形象之嫌。

● 三、苏轼的词作

(一) 苏轼词作的主要内容

苏轼对词体进行了大胆、全面的改革,使词成为言志抒情的工具、传达士大夫心情意绪的载体,从而提高了词的品位和作用,某种程度上改变了词的发展方向。

首先,苏轼突破"词为艳科""诗庄词媚"的传统观念,从文体方面将词提高到和诗同等的地位,为诗和词的相互渗透作了理论上的准备。

其次,扩大词的表现功能,开拓词的境界。在苏轼手中,词可以像诗一样,抒发个人情志,展示个性人格。凡是诗能够表现的题材、情感,词也都能够表现,如刘熙载《艺概》所说:"无事不可入,无意不可言。"比如怀古、赠别、悼亡、写景、旅思、咏物、嘲谑等,都可以运用词体来表达。他的《江城子·乙卯正月二十日夜记梦》是关于悼亡的:

苏轼的词

> 十年生死两茫茫,不思量,自难忘。千里孤坟,无处话凄凉。纵使相逢应不识,尘满面,鬓如霜。
>
> 夜来幽梦忽还乡,小轩窗,正梳妆。相顾无言,唯有泪千行。料得年年肠断处,明月夜,短松冈。

乙卯,宋神宗熙宁八年(1075),苏轼40岁,正在密州任上。此时距前妻王弗去世已整整十年。回顾妻子去世后自己感情上和政治上的种种经历,不禁痛定思痛。上片以"十年生死两茫茫"发端,顿入伤悼之意。"不思量,自难忘"用反跌之笔,写出妻子在心中的分量。"千里"两句意为,王弗死后,归葬于眉山可龙里(见苏轼《亡妻王氏墓志铭》),密州、眉山相隔千里,彼此的凄凉都无处可以诉说。下两句用以退为进的手法,说即使打通生死之隔,夫妻重逢,你也认不得"尘满面,鬓如霜"的我了。两句绾合了十年来自己的处境和心境,极其沉痛、悲愤。换头"忽"字另开新境,写梦见"小轩窗,正梳妆"的场景。撷取往日夫妻恩爱生活的片段,正见作者对亡妻刻骨铭心的思念。"相顾无言,唯有泪千行",暌隔十年,相见时却是"胸中臆积千般事,到得相逢一语无"!只任凭千行泪水恣意流淌。末三句写梦醒之后的悲哀。"明月""松冈",虽然用典,但它以景作结,余韵悠长,而且和开头的"千里孤坟"相呼应。这首词就像唐圭璋所说"真情郁勃,句句沉痛,而音响凄厉"(《唐宋词简释》),十分感人。词虽常用来抒写男女之情,但用词来悼念亡妻,却比较少,而苏轼则是这方面较早的作者。

苏轼在密州任上写的另一首《江城子·密州出猎》,则表现了慷慨激昂的报国热情,风格和悼亡之词截然不同:

> 老夫聊发少年狂,左牵黄,右擎苍。锦帽貂裘,千骑卷平冈。为报倾城随太守,亲射虎,看孙郎。
>
> 酒酣胸胆尚开张,鬓微霜,又何妨。持节云中,何日遣冯唐?会挽雕弓如满月,西北望,射天狼!

词的上片,用夸饰的手法,极力塑造英雄太守的形象。下片抒发急于报效国家、建功立业的理想。这首词改变了以往词中"绮筵公子""绣幌佳人"唱主角的倾向,也打破了"诗言志""词言情"的传统畛域,是有意在柳永词外另立一家之作。

农村题材,过去是山水田园诗人最为关注的对象,苏轼因为长期担任地方官,比较了解农村的风情民俗,所以也把它纳入词作的范畴。如《浣溪沙》:

> 簌簌衣巾落枣花,村南村北响缫车,牛衣古柳卖黄瓜。
>
> 酒困路长惟欲睡,日高人渴漫思茶,敲门试问野人家。

苏轼任徐州知府的时候,曾参加当地农民的谢雨仪式,归后作此词。词描写了初夏农村的景物,风格清新,富有生活气息,也反映了作者愉悦的心情。苏轼的农村题材词,对南宋辛弃疾的乡村词,有很大的影响。

（二）苏轼词作的表现手法

以上介绍的只是苏轼词作的主要内容。苏轼在扩大词的表现领域的同时,也丰富了词的表现手法。其中最为突出的一点,是"以诗为词"。所谓"以诗为词",就是将诗的表现手法引入词中,主要有:

（1）打破词对音乐的依附关系,突破音乐对词的约束,使词成为一种脱离音乐的新诗体。词从一产生,就和音乐有着密切的关系,所谓"曲子词""琴操""乐府"等对词的称呼,都提醒我们注意词和音乐的血缘关系,而从《花间集》开始,更明确地强调"诗庄词媚"两种不同文体的特征,诗尊词卑更是浸润人心已久的观念。而苏轼的"以诗为词",就是要改变词为应歌而作的传统,使词也成为和诗一样的案头文学,使词反映社会生活、抒发人的真情实感的功能得到进一步提高,从而提升词体的地位。他虽然遵守词的音律规范,却能超出音律的制约,因此他的词有激情、富想象,摆脱拘束,舒卷自如,表现了无限丰富的生活画面,舒展了磊落坦荡的情怀。

（2）采用标题和小序。标题和小序,一般用在诗中,如白居易继承《诗经》的传统,他的讽喻诗多有标题和小序。比如《卖炭翁》题下小序曰"苦宫市也"。词则一般有调名,表示其唱法即可,不用小序和标题。苏轼却在词牌下加上标题、小序,这不但意味着将词和诗视为同等,而且使词表达的感情有明确的指向性。如《水调歌头》词牌下有序云:"丙辰中秋,欢饮达旦,大醉。作此篇,兼怀子由。"《念奴娇》词牌下标明"赤壁怀古"等。

（3）大量用典使事。苏轼学问渊博,他在词作中运用了各种历史典故、前人语典,使他的词体现出文人士大夫的特色,而且丰富了词的表现手法。

苏轼对词的独特贡献,还在于他对豪放风格的尝试,取得了新天下耳目的效果。如其代表作《念奴娇·赤壁怀古》:

> 大江东去,浪淘尽、千古风流人物。故垒西边,人道是、三国周郎赤壁。乱石穿空,惊涛拍岸,卷起千堆雪。江山如画,一时多少豪杰。
>
> 遥想公瑾当年,小乔初嫁了,雄姿英发。羽扇纶巾,谈笑间,樯橹灰飞烟灭。故国神游,多情应笑我、早生华发。人生如梦,一樽还酹江月。

这首词意境雄浑壮阔,所取的景物是"大江""乱石""惊涛",是"樯橹灰飞烟灭"的赤壁之战场面,人物是三国时代叱咤风云的周瑜。将江山和英雄合写,把对历史的回顾和人生际遇的感慨相糅合,词的感情十分厚重、深沉,又表现出豪迈清雄的风格。词的章法结构也很有特色。上片登高望远,思绪从眼前的江山引开,下片"遥想",集中到对周瑜形象的塑造。"故国"一句,又把思绪拉回到现实,开合自如,去来无迹。刘熙载《词概》云:"词要放得开,最忌步步相连;又要收得住,最忌行行愈远。必如天上人间,去来无迹,斯为入妙。"苏轼此词即为典范。

俞文豹《吹剑录》记:"东坡在玉堂（翰林院）日,有幕士善歌,因问:'我词何如柳七?'对曰:'柳郎中词,只合十七八女郎,执红牙板,歌'杨柳岸,晓风残月';学士词,须关西大汉,铜琵琶、铁绰板,唱'大江东去'。"可见这首词豪放杰出,表现了和柳永的婉约不同的审美风貌。苏轼在豪放词方面的杰出贡献,并不能概括他全部词作的风格特色。如他以比兴寄托手法为主的词作同样取得成功。《卜算子·黄州定惠院寓居作》:

> 缺月挂疏桐,漏断人初静。谁见幽人独往来? 缥缈孤鸿影。
>
> 惊起却回头,有恨无人省。拣尽寒枝不肯栖,寂寞沙洲冷!

苏轼是在黄州写这首词的,刚刚经历了"乌台诗案",心中之忧愤寂苦可想而知。王文诰《苏诗总案》说此词作于"壬戌十二月",可见上片所写是冬夜之景。"谁见"与下句的"孤鸿"互为呼应,"幽人"自指,意谓此际只有缥缈孤鸿,见幽人独来独往,深夜徘徊。"苏门四学士"之一的张耒后也被贬黄州,据说"尝得其(苏轼)词,题诗以志之"。其诗有句云:"空江月明鱼龙眠,月中孤鸿影翩翩。有人清吟立江边,葛巾藜杖眼窥天……"这个"窥天"之人,应是苏轼无疑。下片写人见鸿,表面写鸿,却语语关人。既有惊魂未定之痛苦,又有志存孤芳之决心。此词借孤鸿为喻,表达"幽约怨悱,不能自言之情"(张惠言《词选序》)。他如《水龙吟·咏杨花》《贺新郎》(乳燕飞华屋)等,都极委曲缠绵,而且寄托遥深。再如《蝶恋花》:

> 花褪残红青杏小,燕子飞时,绿水人家绕。枝上柳绵吹又少,天涯何处无芳草。
> 墙里秋千墙外道,墙外行人,墙里佳人笑。笑渐不闻声渐悄,多情却被无情恼。

词上片写暮春景色和伤春情怀。下片抒发对人生的感悟。墙里秋千,墙外行人,佳人自笑,行人空自多情。词人似乎于刹那间领悟到春光易逝和佳会难得是一样的道理,因而流露出深深的怅惘。

如上所述,苏轼的农村词,写得清丽韶秀,他的感怀之作,写得潇洒出尘或者超脱清旷。总之,苏轼在词的体制、题材、艺术各方面都为宋词的发展作出了令人瞩目的贡献。

● 四、苏轼的散文

苏轼是宋代古文革新运动的先驱者和重要参与者。苏轼对古文的贡献,首先在于他认为文章必须有为而作。他批评当时"浮巧轻媚丛错彩绣之文"(《谢欧阳内翰书》),主张:"诗文皆有为而作,精悍确苦,言必中当世之过。"(《凫绎先生文集序》)作文之要,就是对现实的关怀。他在《江行唱和集序》中有一段有名的论述:"昔之为文者,非能为之为工,乃不能不为之为工也。""工"的文章,就是在受了现实的刺激之后,如鲠在喉、不吐不快的情况下写出来的。这就意味着作家必须深入生活,关注现实。其次,苏轼重视文章的艺术性。他认为艺术本身具有一定的价值,"精金美玉,市有定价"(《与谢民师书》)。他对散文艺术的追求是:"吾文如万斛泉源,不择地而出。在平地滔滔汩汩,虽一日千里无难。及其与山石曲折,随物赋形,而不可知也。所可知者,常行于所当行,常止于所不可不止。"(《自评文》)他的文章深受孟子、庄子的影响,既有战国纵横家的雄放气势,又不失丰富的联想和汪洋恣肆的文风,不刻意求工,却无体不工。苏轼传世的散文有4 000多篇,包括论议、表传、赋铭、书牍、杂著、笔记等。

史论和政论是苏轼散文的主要内容。其代表作如《留侯论》《平王论》,都表现出翻空出奇、随机应变的特点,所以成为士子参加科举考试的范文。因此当时流传很广的一句话是:"苏文生,吃菜羹;苏文熟,吃羊肉。"(陆游《老学庵笔记》)

苏轼的游记融合叙事、写景、议论于一体,在写景纪游、烘染意境中,寄寓识见,揉进诗情雅趣。《石钟山记》是一篇以议论为主的游记。它通过实地考察石钟山的过程,提出前人之说并不可靠,不经"目见耳闻",不能"臆断其有无"的观点。整篇文章思路清晰,议论透辟,而且写景生动、形象。写大石,以"猛兽奇鬼"比喻,写鹳鹤声,以"老人咳且笑"比喻,还运用了不少象声词,使夜游石钟山的所见所闻,得到绘声绘形的表现。《前赤壁赋》更是一篇可传之永久的佳作。苏轼因"乌台诗案"被贬到黄州,月夜游览长江,感慨万端,写下了《前赤壁赋》《后赤壁赋》。《前赤壁赋》开头就是一段优美的文字:

> 壬戌之秋,七月既望,苏子与客泛舟,游于赤壁之下。清风徐来,水波不兴。举酒属客,诵《明月》之诗,歌《窈窕》之章。少焉,月出于东山之上,徘徊于斗牛之间。白露横江,水光接天,纵一苇之所如,凌万顷之茫然。浩浩乎如凭虚御风,而不知其所止;飘飘乎如遗世独立,羽化而登仙。

这境界,令人万虑皆空,心旷神怡。这篇文章,既有赋的铺张扬厉,大笔渲染,又有古文的委婉曲折,自由抒情。可以说是游记,也可以说是哲理散文。它从眼前的水、风、月入手,描写了赤壁月夜的美景,抒发了作者怀古伤今之感,又表现了作者两种人生态度的交锋,于月朗风清的画面之中,闪耀着理性的光辉。

明人袁宏道曾经讲:坡公之可爱者,多其小文小说,使尽去之,而独存高文大册,岂复有坡公哉!他的"小文"中,有《东坡志林》一种,多为清新隽永之作。如《承天寺夜游》:

> 元丰六年十月十二日,夜,解衣欲睡,月色入户,欣然起行。念无与为乐者,遂至承天寺寻张怀民。怀民亦未寝,相与步于中庭。庭下如积水空明,水中藻荇交横,盖竹柏影也。何夜无月?何处无竹柏?但少闲人如吾两人者耳。

写景逼真,如在眼前,而意境超妙,韵味隽永。

苏轼的人格和创作,对后代的影响极为深远。他的著作在南宋就广为流传,所谓"人传元祐之学,家有眉山之书"(《宋赠苏文忠公太师制》)。他的诗对明代公安派、清代宋诗派有重要的启迪。他"一洗绮罗香泽之态,摆脱绸缪婉转之度,使人登高望远,举首高歌,而逸怀浩气,超然乎尘垢之外"(胡寅《酒边集序》)的美学风貌,开拓了词的新天地,此后,有南宋辛弃疾等人继续发扬这种豪迈放旷的风格,最终使之同婉约柔美的传统风格在词坛上各领风骚、平分秋色。苏轼散文方面的杰出成就,使他和韩愈、柳宗元、欧阳修并列,成为后学典范。

● **拓展阅读作品篇目**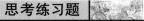

　苏轼:《东栏梨花》《江上看山》《书王定国所藏烟江叠嶂图》《书李世南所画秋景》《水调歌头·丙辰中秋》《水龙吟·咏杨花》《定风波》(莫听穿林打叶声)、《前赤壁赋》《喜雨亭记》

● **思考练习题**

　1. 苏轼是如何"以文为诗"的?分析这种"以文为诗"的手法在艺术上的得失。
　2. 略述苏轼"以诗为词"的意义。
　3. 试比较柳永和苏轼的代表作,分析两人词风的主要区别。

第四节　黄庭坚和江西诗派

在宋代诗史上,黄庭坚是一个举足轻重的人物,他是江西诗派的领袖,以他为代表的江西诗风,不论在当时或近世,都对诗坛产生过巨大的影响。

● 一、黄庭坚的生平与思想

黄庭坚(1045—1105),字鲁直,自号山谷道人,又号涪翁。豫章洪州分宁(今江西修水)人,英宗治平四年(1067)进士。曾任汝州叶县(今属河南)尉、大名府(今河北大名)国子监教授。元丰元年(1078),开始和苏轼以诗文交。《宋史》本传云:"苏轼尝见其诗文,以为超轶绝尘,独立万物之表,世久无此作,由是名声始震。"元丰三年(1080),他受苏轼"乌台诗案"影响,改官知吉州太和县(今属江西)。元丰八年,回京任秘书省校书郎并主持编写《神宗实录》。绍圣元年(1094),黄庭坚被贬涪州(在今重庆)别驾,黔州(今重庆彭水)安置,后又移戎州(今四川宜宾)。崇宁二年(1103),他被列入元祐党籍,羁管宜州(今广西宜州),两年后,在贫病交加中卒于宜州贬所,年六十一。有《山谷集》《山谷琴趣外编》等传世。

黄庭坚一生立身处世,处处以"忠义孝友为根本"(《与韩纯翁宣义》),任地方官时,勤于职守,宽厚爱民,使"大吏不悦,而民安之"(《宋史》本传)。他能以平常心看待世间的功名勋业,虽一生坎坷,长期被贬,却"横祸所加,随处安受,不悔不折"(包恢《跋山谷书范孟博传》),胸襟阔大,能破除小恩怨,存大义。他的一生在政治上与苏轼共进退,客观上属于旧党一派,但他对新党领袖王安石却极为推崇,不仅在学术上认为"荆公六艺学,妙处端不朽"(黄庭坚《奉和文潜赠无咎篇末多以见及以"既见君子,云胡不喜"为韵》之七),而且在政治上对王安石也大加赞赏。正是因为他对新旧党争持较为公允的态度,同时又不以贬谪为意,使他能够抛却政治上的纠葛与争端,以毕生精力专注于文学,并摒弃门户之见,广泛吸收前代和本朝诗人的艺术经验,从而不仅在诗歌上与苏轼一道确立了宋诗范型,而且被奉为江西诗派的开山祖师。

● 二、黄庭坚的诗学主张

黄庭坚的诗论,散见于他的一些书信、题跋以及诗作中,虽然不是长篇大论,但是也不乏真知灼见。其中主要的几点是:

(一) 力主创新

黄庭坚认为"文章最忌随人后"(《赠谢敞王博喻》)、"随人作计终后人,自成一家始逼真"(《以右军书数种赠丘十四》)。他对当时文坛上不思创新、以追求时尚为荣的风气,十分不满。他的诗宗法杜甫,同时有意识地吸收了陶渊明、李白、韩愈等文学大家的创作经验,他对前人的诗歌艺术既有继承又有创新,从而推陈出新,创造出自己独特的风格。如他继承杜甫作拗律的手法,大量用拗律拗句,目的在于造成文气反常,音调突兀,打破平衡和谐,给人以奇峭瘦硬的感觉。在黄庭坚所作的 300 余篇七律中，竟有 150 余篇拗律！清人施补华云："少陵七律，无才不用，无法不备……山谷学之，得其奥峭。"(《岘佣说诗》)所谓"奥峭"，就是指造句奇崛，多拗律拗句，笔势雄健。

（二）提倡"夺胎换骨"和"点铁成金"

惠洪《冷斋夜话》卷一引黄庭坚语："诗意无穷，而人才有限；以有限之才，追无穷之意，虽渊明、少陵不得工也。然不易其意而造其语，谓之换骨法；窥入其意而形容之，谓之夺胎法。"黄庭坚在《答洪驹父书》中也说：

> 自作语最难，老杜作诗，退之作文，无一字无来处；盖后人读书少，故谓韩、杜自作此语耳。古之能为文章者，真能陶冶万物，虽取古人之陈言入于翰墨，如灵丹一粒，点铁成金也。

因此，所谓"夺胎换骨"，就是借鉴前人的诗意在文辞上加以变化改造；所谓"点铁成金"，就是取古人陈言加以点化，赋予新的意蕴。黄庭坚这两段话共同的精神，就是对前人的艺术经验要学习参酌，同时要有所发展，求新求变，自成一家。

黄庭坚学识渊博，功力深厚，创作态度严谨，所以他能很好地将"夺胎换骨""点铁成金"这一理论运用于实际创作中。黄庭坚提倡"点铁成金""夺胎换骨"，是由当时的诗歌创作背景所决定的。唐代是古典诗歌的顶峰时期，"世间好言语，已被老杜道尽；世间俗言语，已被乐天道尽"(《陈辅之诗话》"清风明月常有光景常新"条)。唐诗的题材、意境几乎无所不包，而其炼字、用典等艺术手法也已达到炉火纯青的地步。宋人要在诗歌领域取得一定的成就，只有推陈出新、求新求变。黄庭坚正是看到了这一点，其"夺胎换骨""点铁成金"说的提出，无疑给宋代诗人总结了创作的经验。只是这种借鉴前人艺术技巧的方法很容易被后人误解成从书本中去寻找创作源泉，从而形成一些流弊，弄巧成拙，"点金成铁"。后来江西诗派中有些学养不够的诗人违背了黄庭坚的初衷，片面地强调"无一字无来处"，使之变成江西诗派的不二法门，就难免招来"蹈袭剽窃"之讥了。

（三）强调脱俗

黄庭坚主张"宁律不谐，而不使句弱；宁用字不工，不使语俗"(《题意可诗后》)。他认为"士生于世可以百为，唯不可俗。俗便不可医也"(《书嵇叔夜诗与侄木夏》)。这个"不俗"包含两个方面的意思，一个是格调高雅有远韵的意思，黄庭坚是个书卷气和文人气很重的人，志趣超逸脱俗；另一个是"临大节而不可夺"(同上)的意思，总结两方面的内容，所谓"不俗"，即远声利、薄轩冕，表现出高风特操。因此，他重视作家的学养，排斥常用的字眼、鄙俗的调子，以为非此不能显示自己独特的个性。

黄庭坚不主张文学艺术直接干预社会生活，他提倡温柔敦厚的诗风，因而在他的诗歌里写得最多最好的是那些感时抒怀的作品，如《登快阁》：

> 痴儿了却公家事，快阁东西倚晚晴。落木千山天远大，澄江一道月分明。
> 朱弦已为佳人绝，青眼聊因美酒横。万里归船弄长笛，此心吾与白鸥盟。

元丰五年(1082)秋，诗人任江西太和知县。每当公事之余，常常登上县东的快阁纵目远眺。这一首七律就是写登临时的所见所感。诗的首联反用旧典，前人说只会"了公事"的是"痴儿"，他却坦言自己乐于当"痴儿"，在公事完毕之后，到这地方欣赏晴日傍晚的景色，两句表现了他兀傲不随俗的个性。领联虽分别借鉴了杜甫《登高》中"无边落木萧萧下"和谢朓《晚登三山还望京邑》中"澄江静如练"的诗意，但黄诗一扫杜诗的萧瑟和谢诗的清澄宁静，成功地描绘了一幅高远明净的秋景，表现了诗人潇洒出尘的风神和坦荡豁达的胸襟。颈联上句用嵇康《送兄秀才入军》中"鸣琴在御，谁与鼓弹。仰慕同趣，其馨若兰。佳人不存，能不永叹"句意，下句用阮籍"善青眼"的典故，流露出时无知己的寂寞。最后两句表达归隐江湖的心愿。这一首诗意境阔大、高远，语言精练、洗尽铅华，而情感又真实饱满豪放。

《寄黄几复》：

> 我居北海君南海，寄雁传书谢不能。桃李春风一杯酒，江湖夜雨十年灯。
>
> 持家但有四立壁，治病不蕲三折肱。想得读书头已白，隔溪猿哭瘴溪藤。

黄几复是黄庭坚的少年朋友，此时黄庭坚在德州（今属山东），黄几复在四会县（今属广东）为官。两人相距数千里。诗的首联分别用了《左传》《汉书》的典故，点明二者之间路途遥远、相见之难，隐隐流露思念之情，而造语生新。颔联上句"桃李春风一杯酒"，形象生动地再现了两人青年时期京城把酒、意气风发、潇洒飘逸的精神风貌；下句写自己而今漂泊江湖，夜雨潇潇之中，与孤灯形影相吊。这里桃李、春风、酒、江湖、夜雨、灯，都是常用语，而每一个意象，又都包孕了丰富的内容，在上下句对比中，令人生万分感慨。因此，张耒言"真是奇语"。后两联全从黄几复来写。写他的贫困，是"但有四立壁"，写他的政绩，是"不蕲三折肱"，写他的好学，是"读书头已白"。黄庭坚对黄几复才高而不得重用的不幸遭遇表示同情的同时，客观上反映了当时社会上不合理的现象，诗人有所不满，但表现却很含蓄。黄庭坚善用典，但不觉晦涩，不见斧凿之痕，而且翻新出奇，"点铁成金""生新瘦硬"的手法与特点，于此诗可见一斑。黄庭坚虽然追求生新瘦硬的艺术风格，但也有一些写得清新自然、平易生动的诗作，如《题王居士所藏王友画桃杏花二首其一》：

> 凌云一笑见桃花，三十年来始到家。从此春风春雨后，乱随流水到天涯。

小诗虽然使用了《景德传灯录》中灵云志勤和尚见桃花而觉悟的典故，但诗句平白浅显，意象优美，诗人将自己对人生的体认同诗的意境融于一体。

黄庭坚遭贬之后，对现实对人生有较为深刻的感受，他更突破自己的诗论局限，写出一些清新流畅的名篇，如《雨中登岳阳楼望君山二首》：

> 投荒万死鬓毛斑，生入瞿塘滟滪关。未到江南先一笑，岳阳楼上对君山。
>
> 满川风雨独凭栏，绾结湘娥十二鬟。可惜不当湖水面，银山堆里看青山。

崇宁元年（1102）春，黄庭坚被赦后，从江陵返回江西，途经湖南岳阳。他登上岳阳楼，心情也如万顷湖水般激动，于是写下了这两首名作。第一首抒写了投荒万死、脱险归来的喜悦心情。第二首写在雨雾迷茫中眺望君山，不禁神思泉涌，浮想联翩，由当前的君山想到了湘夫人的传说，由浩瀚的湖水联想到泛舟湖上，在如山的银浪里欣赏湖山之美。这两首诗展示了洞庭湖的壮观景色，也表现了诗人劫后余生的舒畅和欣慰之情。

由于黄庭坚长期担任地方官，对现实社会有较深入的了解，所以他还写了一部分关于民生疾苦的作品，如《上大蒙笼》《流民叹》《和谢公定征南谣》等。除此之外，黄庭坚还有不少题画、论诗、咏物之作。

● 三、黄庭坚诗歌的艺术特点

刘克庄《江西诗派小序》说："豫章（黄庭坚）稍后出，荟萃百家句律之长，究极历代体制之变，搜猎奇书，穿穴异闻，作为古律，自成一家，虽只字半句不轻出，遂为本朝诗家宗祖。"他在诗歌艺术上继承了前人的许多经验，但并非简单的模仿，而是融会贯通，推陈出新，使其诗呈现出一种戛戛独造、生新瘦硬的美学特征。清人方东树云："从杜公来，却变一副面目，波澜

莫二,所以能成一作手。"(《昭昧詹言》卷十二)其诗歌的艺术特点主要表现在:

(一) 讲究章法

黄庭坚往往"每作一篇,先立大意,长篇需曲折三致意乃成章"(《王直方诗话》),这些层次不是平铺直叙,一泻而下,而是回环曲折,引人入胜。如《过平舆怀李子先时在并州》:

前日幽人佐吏曹,我行堤草认青袍。心随汝水春波动,兴与并门夜月高。

世上岂无千里马,人中难得九方皋。酒船鱼网归来是,花落故溪深一篇。

前人言"记得绿罗裙,处处怜芳草"。这首诗的首联即从堤边的青草,联想到朋友穿的青袍,继而油然生怀友之情。联想自然,情感真挚。颔联上句写在汝州的自己心潮涌动,下句想象在并州的友人月夜逸兴。两面着笔,人己并提。颈联议论,关合双方的不遇境况。最后顿生归隐之念。全诗章法跌宕奇警,独出机杼。因此,虽然宋诗以"苏黄"并称,然而"东坡赋才也大,故解纵绳墨之外,而用之不穷;山谷措意也深,故游咏玩味之余,而索之益远"(晦斋《简斋诗集引》)。黄诗的特点就是各个层次之间腾挪曲折、盘旋回复,其中用一条暗线把这些皱褶串联起来,所以读者必须反复玩味,方可悟出其中意思。如方东树云:"山谷之妙,起无端,接无端,大笔如椽,转折如龙虎。扫弃一切,独提精要之语,每每承接处,中亘万里,不相联属,非寻常意计所及。"(《昭昧詹言》卷十二)

(二) 讲究句法

黄庭坚"用一事如军中之令,置一字如关门之键"(《跋高子勉诗》)。他的诗歌声调拗峭,句意奇警,如"夜谈帘幕冷,霜月动金蛇"(《次韵张仲谋过酺池寺斋》)、"心犹未死杯中物,春不能朱镜里颜"(《次韵柳通叟寄王文通》)、"未生白发犹堪酒,垂上青云却佐州"(《次韵王定国扬州见寄》)、"系船三百里,去梦无一寸"(《过家》)、"秦范波澜阔,笑陆海潘江"(《晚泊长沙示秦处度范元实》)等,正是《苕溪渔隐丛话》引《禁脔》所说:"鲁直换字对句法……于当下平字处以仄声易之,欲其气挺然不群。"他每下一字、每造一句,都是精心锻炼,反复研磨而成。

当然,用典过多,用语生僻,刻意求深求异,使他有的诗艰深晦涩。清人王夫之批评他:"除却书本子,则更无诗!"(《夕堂永日绪论》)这话虽责之过苛,却也指出其弊病所在。

黄庭坚的诗充分体现了宋诗的格调与精神。他将宋诗中遗留的唐人之风排除殆尽,并把原本无规律可循的宋诗引入一个固定的模式中,给宋诗带来了新人耳目的变化,从而吸引了许多诗人团结在他的周围,成为江西诗派的一代宗师。正如严羽所云:"国初之诗尚沿袭唐人,王黄州学白乐天,杨文公、刘中山学李商隐,盛文肃学韦苏州,欧阳公学韩退之古诗,梅圣俞学唐人平淡处,至东坡、山谷始自出己意为诗,唐人之风变矣,山谷用功尤为深刻,其后法席盛行,海内称为江西诗派。"(《沧浪诗话·诗辨》)

四、江西诗派

江西诗派是宋诗史上最重要的一个诗歌流派。南宋初,吕本中在《江西诗社宗派图》中首先提出"江西诗派"这一名称,尊黄庭坚为江西诗派的领袖,并开列了包括陈师道等25人在内的诗派名单。此后,这份名单不断地得到补充。至元代,方回在《瀛奎律髓》中又提出了"一祖三宗"之说,所谓"古今诗人当以老杜、山谷、后山、简斋四家为一祖三宗"。

陈师道(1053—1102),一字无己,号后山居士。陈师道现存诗约700首,其中抒写贫士生涯潦倒、志不得伸的诗歌,因为出自至性,所以令人很感动,如《别三子》:

夫妇死同穴，父子贫贱离。天下宁有此？昔闻今见之！母前三子后，熟视不得追。嗟乎胡不仁，使我至于斯！有女初束发，已知生离悲，枕我不肯起，畏我从此辞。大儿学语言，拜揖未胜衣，唤爷我欲去，此语那可思！小儿襁褓间，抱负有母慈。汝哭犹在耳，我怀人得知！

陈师道的诗表现出朴质醇厚的特点。他强调"宁拙毋巧，宁朴毋华，宁粗毋弱，宁僻毋俗"（《后山诗话》），因此感情真挚深厚，语言平淡隽永，格调高古雅洁。如《怀远》：

> 海外三年谪，天南万里行。生前只为累，身后更须名。
>
> 未有平安报，空怀古旧情。斯人有如此，无复泪纵横。

此诗怀念颠沛流离中的苏轼，平平道来，而春树暮云之情，在在可见，使人反复吟咏，情不能已。

陈与义（1090—1139），字去非，号简斋居士。陈与义因为经历了靖康之难，所以诗歌的内容和诗风也相应发生改变。前期多咏物、寄怀、酬赠之作，后期多忧愤时政，怀念故土，表达抗敌之志。刘克庄注意到这种变化，说："（陈与义）建炎以后，避地湖峤，行路万里，诗益奇壮。"（《后村诗话》前集卷二）这一时期他写了不少时代色彩鲜明、感情饱满的诗歌，如《避虏入南山》《次韵尹潜感怀》等。《伤春》一诗向来被作为陈与义后期诗歌的代表作：

> 庙堂无策可平戎，坐使甘泉照夕烽。初怪上都闻战马，岂知穷海看飞龙！
>
> 孤臣霜发三千丈，每岁烟花一万重。稍喜长沙向延阁，疲兵敢犯犬羊锋。

这首诗批判朝廷无策平戎，致使国都沦丧，天子蒙尘，又庆幸尚有爱国大臣向子諲能坚守长沙，率兵抗敌。诗沉郁顿挫，雄浑深厚。纪昀在方回《瀛奎律髓》批注中说：这首诗"逼近杜甫"。《四库全书总目提要》称陈与义："湖南流落之余，汴京板荡以后，感时抚事，慷慨激越，寄托遥深，乃往往突过古人。"这些评语都比较符合陈与义南渡后的诗风特征。

吕本中之所以用"江西"称呼这一派诗人，原意大概是指诗派的开创者黄庭坚是江西人。然而维系这个诗派一代代传承下去并起决定作用的并非"江西"这个地理概念，而是因为这些诗人大多师承黄庭坚，"其源流皆出豫章"（胡仔《苕溪渔隐丛话》前集卷四八），在审美情趣和艺术风格上也比较一致。南宋杨万里在《江西宗派诗序》里就明确指出：

> 江西宗派者，诗江西也，人非皆江西也。人非皆江西，而诗曰江西者何？系之也。
>
> 系之者何？以味不以形也。

这个"味"，就是共同的诗学追求，因此他们都能自觉地聚集在"江西诗派"这一旗帜下，以各自的创作促进了宋诗的成熟与繁荣。

江西诗派对当时和后世的影响极大，南宋的杨万里、陆游、姜夔等人都曾经是江西社里人，当然，他们后来都逐渐跳出江西诗派的藩篱，形成了自己独特的风格。江西诗派在艺术形式理论上的探讨和创作实践，无疑给后来者提供了借鉴，其影响一直延续到清代的宋诗派与"同光体"。

● **拓展阅读作品篇目**

黄庭坚：《送王郎》《题竹石牧牛》《鄂州南楼书事四首》（四顾山光）

陈师道：《春怀示邻里》《绝句四首》（书当快意）

陈与义：《雨中再赋海山楼诗》《试院书怀》

1. 黄庭坚的诗歌理论和创作对宋诗的发展有何积极意义？
2. 黄庭坚诗歌艺术的主要特点是什么？试举例说明。
3. 江西诗派是怎样产生的？它在宋诗发展史上有何积极的意义？

第五节 李清照

中国文学史上琳琅满目地陈列着男性作家的大名和他们的作品，能在其中占有一席之地的女作家可谓凤毛麟角。在北南宋之交的词坛上，产生了一位杰出的女词人，她就是令须眉男儿也不能不叹服的李清照。

● 一、李清照的生平与诗文创作

李清照(1084—1151?)，自号易安居士，山东济南人。她出生在一个富有文学修养的家庭，父亲李格非，是北宋著名的文学家，"以文章受知于苏轼"(《宋史》本传)，有《洛阳名园记》等作品传世。母亲王氏，出身书香门第。李清照从小博闻强识，好涉群书，因此，"少年即有诗名，才力华瞻，逼近前辈"(王灼《碧鸡漫志》卷二)。李清照18岁和太学生赵明诚结婚，两人志趣相投，洗尽铅华，淡泊名利，致力于文学艺术的追求和金石学研究。1126年的"靖康之变"，打破了李清照平静而温馨的家庭生活，她和大多数中原士人一样，仓皇南逃，颠沛流离，而令她痛不欲生的是，赵明诚于建炎三年(1129)因暴病去世。家破国亡的李清照，从此备尝流离失所、寄人篱下之苦。几经周折之后，李清照终于在杭州安顿下来，度过了她寂寞的晚年。

李清照诗、词、文皆擅长，朱弁《风月堂诗话》卷上说李清照"善属文，于诗尤工，晁无咎多对士大夫称之"。晁无咎即晁补之(字无咎)，是"苏门四学士"之一，他对李清照诗歌的赏识，当可征信。李清照传世的诗作不多，只有十六七首，其中不乏现实性很强的佳作，从这些诗中，我们感受到一个有强烈社会责任感的作家的黍离之悲和直言国事的勇气。如《夏日绝句》：

> 生当作人杰，死亦为鬼雄。至今思项羽，不肯过江东。

这首诗以当年楚霸王宁可自刎乌江、不肯逃回江东的史实，讽刺南宋高宗一味采取逃跑政策，放弃抵抗入侵之敌。当中原州郡相继沦陷、一些将帅望风而逃，或是屈节投敌的时候，李清照写诗讽刺道："南渡衣冠少王导，北来消息欠刘琨。"(失题)批评将领们不能像晋朝的王导、刘琨那样奋起御敌。她还表示"欲将血泪寄山河，去洒山东一抔土"(《上枢密韩肖胄诗》)。这些诗都体现了李清照的英雄之气，的确能"洗南渡诸儒腐气"，在当时多少也起了鼓舞人心的作用。

李清照的散文留下来的不多,《金石录后序》是其代表作。这是她为赵明诚的金石学著作《金石录》作的序,它既是记载李清照夫妇生平的宝贵资料,又体现了李清照散文的艺术造诣。全文以金石文物的得失为线索,娓娓叙来,婉转曲折,有条不紊,其中叙事、抒情、议论融于一体,穿插细节,间有描写。这篇文章凝聚着李清照对赵明诚的至情,体现了李清照的至性,代表了李清照散文的艺术造诣。清代李慈铭说:"宋以后闺阁之文,此为观止。"(《越缦堂读书记》)

● 二、李清照的词学成就

李清照最突出的成就是在词的创作和理论的建设上。因为她一生的经历,影响了她词作的内容和风格,所以可以把她的词以"靖康之变"分成前后两期。

前期,李清照的词主要抒发作为文学修养颇深的贵族少女、少妇生活中的情感,展现她的个性风采。虽然有一些感伤,但是温婉、清丽、俊朗。如著名的《醉花阴》:

> 薄雾浓云愁永昼,瑞脑销金兽。佳节又重阳,玉枕纱橱,半夜凉初透。
> 东篱把酒黄昏后,有暗香盈袖。莫道不消魂,帘卷西风,人比黄花瘦。

词写的是重阳佳节,因为丈夫离家而备感孤独寂寞的情怀。上片先从气候、房间的摆设、身体的感受各方面来写"愁"。"佳节又重阳",暗示"每逢佳节倍思亲"的意思。下片,用倒叙法,补写黄昏时节的心情。"东篱"两句,化用《古诗十九首》(庭中有奇树)中"攀条折其荣,将以遗所思。馨香盈满袖,路远莫致之。此物何足贵,但感别经时"的意思,表达对丈夫的一片深情。结拍三句,被认为是千古名句,原因在于,词人先用"莫道"一句,振起全篇精神,突出思念之苦,又表现出文意的跌宕,下两句以"瘦"写菊,凸显秋菊的清高雅洁,又以菊比人,写出人淡如菊的精神。无怪赵明诚题李清照小像云:"端庄其品,清丽其词。"再如《一剪梅》:

> 红藕香残玉簟秋。轻解罗裳,独上兰舟。云中谁寄锦书来,雁字回时,月满西楼。
> 花自飘零水自流。一种相思,两处闲愁。此情无计可消除,才下眉头,却上心头。

这是一首秋季闺思词。"独上",表明作者独处;"寄锦书",是她的希望;"雁字"两句,让人想见词人仰望蓝天、目断神迷的神态。换头的"花自飘零"句,既呼应首句的秋景,也语带比兴,暗示对青春流逝、韶华难驻的感叹。接下去直接抒情,设想对方也在为相思而痛苦,"一种相思",强调了两人之间的心心相印。"才下眉头,却上心头",写得十分缠绵,也十分决绝。李清照的这些爱情词,是她和赵明诚感情生活的真实记录,不是《花间集》以来描写男女之情的应歌之作所能相比的。没有矫揉造作,不用辞藻和音律来遮饰感情的虚伪,这是李清照这一类词作的一大特点。

李清照热爱生活、热爱自然,她是个很有情趣的诗人。《如梦令》就记载了她日常生活中的一幕:

> 常记溪亭日暮,沉醉不知归路。兴尽晚回舟,误入藕花深处。争渡、争渡,惊起一滩鸥鹭。

这是回忆年轻时游赏之乐的作品:夕阳衔山,暮霭渐临,醉态可掬的词人乘坐的小舟却荡进了荷花浦,惊起栖息的鸥鹭。词人对自然山水的痴迷和浪漫潇洒的气质,得到了生动的表现。李清照的个性不仅仅展露在"沉醉不知归路"的游乐中,她的《渔家傲》词,倾诉了作为

一个有理想、有抱负的青年女子,身处封建文化桎梏中的苦闷和追求:

> 天接云涛连晓雾,星河欲转千帆舞。仿佛梦魂归帝所,闻天语,殷勤问我归何处。
>
> 我报路长嗟日暮,学诗谩有惊人句。九万里风鹏正举,风休住,蓬舟吹取三山去。

词作中掩抑不住对才华的自许、欲有所作为的愿望以及光阴易逝、功业难成的苦闷。这个时候的李清照,踌躇满志,英气勃勃,真是"倜傥有丈夫气"。

李清照后期的词,因为心境不同,词的内容和风格也产生了很大的变化。内容上,多是抒发家破国亡的凄苦之情,有对亡夫刻骨铭心的思念,也有对自己孤寂情怀的描写。风格上具有悲怆凄婉的特色。如《声声慢》:

> 寻寻觅觅,冷冷清清,凄凄惨惨戚戚。乍暖还寒时候,最难将息。三杯两盏淡酒,怎敌它、晚来风急。雁过也,正伤心,却是旧时相识。
>
> 满地黄花堆积,憔悴损,如今有谁堪摘。守着窗儿,独自怎生得黑!梧桐更兼细雨,到黄昏、点点滴滴。这次第,怎一个愁字了得!

词开头的七组叠词,一向受到激赏。罗大经曾评曰:"起头连叠十四字,以一妇人乃能创意出奇如此!"(《鹤林玉露》乙编卷六)还有的评论者说这几组叠词,如"公孙大娘舞剑器",如"大珠小珠落玉盘"。其实这两句的好处不仅仅在于声律上,更在于言情细腻、逐层深化,由外而内、由表及里地表现了晚年李清照对孤独凄清生活的体认。这首词在抒情上还注意到将主观之情和客观之景高度融合。词中的"晚来风急",大雁过空,"黄花堆积",梧桐细雨,这些秋天的景物,处处触动她内心的隐痛,所以在黄昏细雨之中,她无奈地感叹:"怎一个愁字了得!"清代词人孙原湘有一首凭吊李清照的《声声慢》词,其中有句云:"满纸凄风,如闻欲语又咽。"经历了人生深哀巨痛的李清照,的确只有"欲语又咽"的心情了。

李清照后期的词,虽然多是抒发丧夫、流离失所的隐痛,但一个能写出像《夏日绝句》那样表现英雄之气诗歌的诗人,她同样也会在词中表达对国事的关切,只是方式和程度与其他作家有所不同而已。《永遇乐》是这方面的代表:

> 落日熔金,暮云合璧,人在何处?染柳烟浓,吹梅笛怨,春意知几许?元宵佳节,融和天气,次第岂无风雨?来相召,香车宝马,谢他酒朋诗侣。
>
> 中州盛日,闺门多暇,记得偏重三五。铺翠冠儿,捻金雪柳,簇带争济楚。如今憔悴,风鬟霜鬓,怕见夜间出去。不如向帘儿底下,听人笑语。

词的开头三层结构一样,都是先写美景、乐景,然后来个当头棒喝,令人心惊、令人警醒。如"人在何处"?提醒自己或他人这已不是在古都,而是流寓他方。"春意知几许?"追问在柳暗花明的表面之后究竟有多少春光?"次第岂无风雨",提醒人们天有不测风雨!这三问,恰恰是饱经忧患的李清照关心国事,理性观察时局的表现,为后面几处鲜明的对比作了铺垫。其中通过"中州盛日"的"偏重三五"和南渡之后元宵佳节"怕见夜间出去"的心情对比,通过"酒朋诗侣""香车宝马"兴致勃勃来相召,而自己"风鬟霜鬓",在"帘儿底下,听人笑语"的情景对比,抒发了深沉的故国之恨和忧患余生的寂寞心情。张端义《贵耳集》卷上说李清照"南渡以来,常怀京、洛旧事,晚年赋《永遇乐》词。"可见这首词的确含有对故国的眷念。

李清照在词的抒情艺术方面取得很高的成就。首先,她善于选择日常生活中的环境、细节来表现人物的内心世界。如《醉花阴》中的"瑞脑销金兽",《永遇乐》中的"向帘儿底下,听人笑语",《声声慢》中的"守着窗儿"等,或是通过香料在炉中慢慢燃烧,表现了抒情主人公的百般无聊,或是通过在帘子下、窗子边的动作,表现抒情主人公孤苦寂寞的悲伤情怀。

其次,李清照善于融情于景。她并不注重对客观的景物作精致的描写,而是将主观的感情和客观的景物高度融合,从而抒发她的独特感受。如《声声慢》,通过几组景物的简淡描写,倾诉了作者积郁已久的悲伤。

最后,李清照词的语言,十分本色,无论写景、抒情,她都运用白描的手法,风韵天然,不待雕饰。她还善于使用口语入词,在典雅清丽中又有自然朴质之美。如《如梦令》中"知否、知否,应是绿肥红瘦",写出了词人对花事的关怀。《一剪梅》中"才下眉头,却上心头",写出词人无法摆脱思念之苦。《醉花阴》中"人比黄花瘦",《武陵春》中"只恐双溪舴艋舟,载不动许多愁"等用语都很新颖,将抽象的相思之苦具象化。

李清照不但有优秀的词作传世,她还有一篇《词论》。这是一篇论词的文章,题目为后人所加。《词论》的核心是词"别是一家",这是针对词的音乐性和它表现手法上的特点提出的。早在《花间集》的时代,欧阳炯就已经把词称作"诗客曲子词"(《花间集序》),认为诗词有别。李清照进一步发展、完善了这种观念,她特别强调词的音乐性、抒情性,因此对北宋以来的各大词家都有所批评。比如认为柳永词"虽协音律,而词语尘下",晏殊、欧阳修、苏轼,"学际天人,作为小歌词,直如酌蠡水于大海,然皆句读不葺之诗尔,又往往不协音律"。李清照对以上各家的批评尽管不免有偏颇之处,但她的创作和理论对词体的发展确是起到了一定的促进作用,而且,这是古代文学史上第一篇由女性完成的文学批评文字,因此,它的重要性是显而易见的。

● **拓展阅读作品篇目**

　　李清照:《一剪梅》(红藕香残)、《凤凰台上忆吹箫》(香冷金猊)、《念奴娇》(萧条庭院)、《金石录后序》

● **思考练习题**

　　1. 李清照前后期的词作在内容和风格上有什么不同? 为什么?
　　2. 李清照《词论》的主要观点是什么? 你如何看待李清照的词学观?
　　3. 试述李清照词的抒情艺术。

第六节　陆　游

　　南宋初期,范成大、杨万里、陆游、尤袤被称为"中兴四大诗人",其中成就最为突出、影响最为深广的,要数陆游。陆游一生用诗歌作武器,高扬爱国旗帜,批判一切卖国行径和屈辱求和的政策,同时承担起振作诗风的历史使命,他的爱国精神和爱国诗歌对南宋以后的诗坛产生了积极的影响。林景熙《书陆放翁诗卷后》高度评价陆游继承杜甫的爱国传统："天宝诗人诗有史,杜鹃再拜泪如水。龟堂一老旗鼓雄,劲气往往摩其垒。"诗中"天宝诗人"指杜甫,"龟堂一老"即指陆游。清末以来,陆游的诗歌常常成为人们反抗外来侵略者的精神力量,如梁启超读了陆游的诗集后,曾经慨叹说:"诗界千年靡靡风,兵魂销尽国魂空。诗中十九从军乐,亘古男儿一放翁。"(《读陆放翁集》之二)

● 一、陆游的生平

陆游(1125—1210),字务观,自号放翁,越州山阴(今浙江绍兴)人。陆游出生的第二年,就发生了"靖康之难"。"儿时万死避胡兵"的经历,在他的记忆里,留下了深刻的印象。又因为家庭的影响,他在早年就立下"上马击狂胡,下马草军书"(《观大散关图有感》)的志向。陆游少有文名,29岁参加进士考试,名列第一,因为他"喜论恢复",触怒了奸臣秦桧,考试又名列其孙之上,所以在复试的时候,被秦桧除名。直到秦桧死去,陆游才得到起用,开始步入仕途。陆游一生主要的经历可以分成三个时期:

(一)45岁以前,任职福州、临安

1155年,秦桧死去,一直被压制的陆游才有了被起用的机会。他先后在福州、临安任职。隆兴元年(1163),主战将领张浚北伐。由于部将不和,导致符离之役失败,张浚被权臣龙大渊等人排斥,受到罢职的处罚。陆游因为支持张浚,反对龙大渊,被加上"交接台谏,鼓唱是非,力说张浚用兵"(《宋史》本传)的罪名罢职,在家闲居三年。

(二)45岁—65岁,入蜀、罢官

1170年后,陆游先后在夔州(重庆奉节)、南郑(汉中一带)、成都等地任职。在这近二十年时间中,最使陆游难忘和珍惜的时光,是他在南郑四川宣抚使王炎幕下的八个多月。为了纪念这一段生活,他把自己的诗集命名为《剑南诗稿》。当时,他经常身着戎装,骑着战马,驰骋于西北边防前线。这样的生活,开拓了他的心胸和眼界,使他的诗歌创作进入了一个崭新的境界。但是陆游坚持抗金的立场以及正直敢言的个性,招来了当朝权贵的嫉恨和嘲讽。因此陆游屡屡被贬官闲居。正像朱熹所说的:"恐不合作此好诗,罚令不得作好官也。"(《答徐载叔书》)

(三)65岁以后,闲居山阴

从宋光宗绍熙元年(1190)以后,陆游的大部分时间都是在故乡山阴度过的。他"身杂老农间",和他们一起劳作,为他们的孩子看病,同时写了不少表现农村生活的诗歌。当然,陆游至死都无法忘怀中原尚未收复、金瓯依然残缺的现实,所以,85岁的诗人,在弥留之际,写下了《示儿》:"死去元知万事空,但悲不见九州同。王师北定中原日,家祭无忘告乃翁。"这是一首被前人认为有"三呼渡河之意"的绝笔诗。

陆游一生的经历,决定了他诗风的变化。陆游最早师从江西派大诗人曾几,但是中年蜀中的生活,改变了他的创作风格。他开始不满意"只务藻绘"的诗风,而追求宏肆奔放的风格。他感到只有这种风格才能最好地抒发自己炽热的感情、宏大的抱负,才适合自己狂放不羁的个性特征。到了晚年,"满眼是桑麻"的环境和安宁的农村生活,使他的诗呈现出平淡自然的风貌。所以,赵翼总结陆游诗歌发展的三个阶段是:"少工藻绘,中务宏肆,晚造平淡。"(赵翼《瓯北诗话》卷六)

● 二、陆游诗歌的内容

陆游是个多产的作家，他工诗、词、文，尤其是诗歌的造诣最为突出。他自己说："六十年间万首诗。"(《小饮梅花下作》)现在传世的诗歌还有9300多首。其诗覆盖面广，几乎涉及南宋前期社会生活的各个领域。

（一）坚持抗金，讨伐投降派

陆游诗歌中大量的内容是讽刺当时固守"和亲"政策、以求和图苟安的当权者。他坦率直言："和亲自古非长策。"(《估客有来自蔡州者感怀弥日》)"生逢和亲最可伤，岁辇金絮输胡羌"(《陇头水》)。他愤激地批评："诸公尚守和亲策，志士虚捐少壮年。"(《感愤》)乐府诗《关山月》高度概括了上层统治者和守边士兵、沦陷区人民战与和立场的矛盾，集中揭露了妥协求和政策造成的严重恶果：

> 和戎诏下十五年，将军不战空临边。朱门沉沉按歌舞，厩马肥死弓断弦。
> 戍楼刁斗催落月，三十从军今白发。笛里谁知壮士心，沙头空照征人骨。
> 中原干戈古亦闻，岂有逆胡传子孙？遗民忍死望恢复，几处今宵垂泪痕！

"和戎诏"，指宋、金之间签订的屈辱的"隆兴和议"。到陆游写这首诗时，隆兴和议已经签订十四年了。诗人先从上层统治者的态度说起。他们文恬武嬉，醉生梦死，"厩马肥死弓断弦"，用两个细节高度概括地反映了这种令人愤懑的状况。而守边士兵有心请缨，却报国无门，眼看岁月蹉跎，发已苍苍，却无人了解他们建功立业、抗击敌人的愿望。沦陷区的父老忍辱负重，只希望看到统一的那一天。三层对比，步步深入地揭露了南宋统治者不思恢复，宁愿牺牲国家、民族的利益，求取苟安的卑鄙行为。诗中还借中原父老之口，谴责主和派："中原干戈古亦闻，岂有逆胡传子孙？"中原地区自古历经战乱，但失陷的时间从未这么长久！陆游的这类诗歌，以其鲜明的战斗性鼓舞了人们的抗金斗志，得到志士仁人的推许，但必然遭到主和派的排挤和打击。清人赵翼就曾一针见血地指出："朝廷之上，无不以划疆守盟、息事宁人为上策，而放翁独以复仇雪耻，长篇短咏，寓其悲愤。"(《瓯北诗话》卷六)

（二）抒发报国热情和壮志未酬的悲愤

陆游年轻时就以慷慨报国为己任，他曾自述心志："平生万里心，执戈王前驱。战死士所有，耻复守妻孥。"(《夜读兵书》)他把消灭入侵的敌人、收复沦陷的国土当作人生第一要旨："逆胡未灭心未平，孤剑床头铿有声。"(《三月十七日夜醉中作》)但是他的抗敌理想屡屡受挫，正像他在《陇头水》中所说的"报国欲死无战场"，于是，他的大量诗歌，既表现了昂扬的斗志，也倾诉了深沉的悲愤之情。《书愤》就是这样的代表作：

> 早岁那知世事艰，中原北望气如山。楼船夜雪瓜洲渡，铁马秋风大散关。
> 塞上长城空自许，镜中衰鬓已先斑。《出师》一表真名世，千载谁堪伯仲间。

这首诗是陆游对自己的一生所作的艺术概括。他说年少时不知道抗金事业会遭遇这么多障碍，以为收复中原指日可待，所以"中原北望气如山"。三四两句回忆南宋军民的抗金史实，也包含了自己中年在南郑时的守边经历。五六句感叹岁月如水，吾人已老，建功立业的理想已成泡影。最后，为如今没有诸葛亮这样坚持北伐的忠臣遗憾。诗的情调昂扬豪壮中兼以苍凉悲怆，体现了陆游独特的艺术风格。

（三）描写田园风光、日常生活

陆游是个热爱生活的诗人，在他的笔下，山水花草、民风民俗以及平凡生活中的读书、纪行、酬答等，都充满了诗意。赵翼说，陆游"凡一草、一木、一鱼、一鸟，无不裁剪入诗"（《瓯北诗话》）。如《游山西村》即以写景生动，景中寓理而广为传诵：

莫笑农家腊酒浑，丰年留客足鸡豚。山重水复疑无路，柳暗花明又一村。

箫鼓追随春社近，衣冠简朴古风存。从今若许闲乘月，拄杖无时夜叩门。

诗首两句用赋法，以农民朋友的口气，交代了去山西村的原因，写出了他和农民朴实真挚的友谊。三四两句写出山阴地方景色的特点，"暗""明"两字原来是写光线的，这里用来表现花红柳绿的灿烂春光。这种"通感"手法的使用并不始于陆游，如李商隐就有过"花明柳暗绕天愁"的句子，但陆游这一联，对仗既工整又形象，而且于写景中包含着"穷而后通"的哲理意味，启人思考，因而成为广泛流传的名句。五六句写山西村民风民俗的淳朴，最后表达了对安宁祥和的山村生活、山明水秀的自然环境的喜爱。从农民朋友邀请他去作客，到表示要随时来访，作者感情的变化正因为亲见亲历了山西村的种种。这种布局和孟浩然的《过故人庄》十分相似。他的《临安春雨初霁》是抒发对仕途厌倦之情的诗作：

世味年来薄似纱，谁令骑马客京华。小楼一夜听春雨，深巷明朝卖杏花。

矮纸斜行闲作草，晴窗细乳戏分茶。素衣莫起风尘叹，犹及清明可到家。

陆游 62 岁时被召入京，等候觐见。他已深感壮志难酬，所以厌倦宦海生涯。诗的首联和尾联，都直接流露了对此次奉诏的消极态度。但是诗对江南春天景物的描写，却十分细腻而优美，"小楼一夜听春雨，深巷明朝卖杏花"两句，上句为实写，下句为虚景，意象优美，声色俱佳。"矮纸斜行闲作草"两句，对宋代士大夫典雅精致的书斋生活也作了生动的表现。

（四）爱情诗

钱锺书先生说，到了宋代，爱情是一步步撤退到词里去了。因为宋代理学对人思想感情的约束，使士大夫不愿意或不敢在诗中展露个人的感情世界，所以宋诗言情的功能渐渐为词所替代，宋代的爱情诗在数量和质量上，都难以和唐诗比肩。但是，陆游却是个例外。陆游曾迫于家长之命，违心地和妻子唐婉离婚，他一生都无法忘怀这一段刻骨铭心的感情经历。他写了不少悼念唐婉的诗，这些诗皆出自肺腑，令人动容。如诗人以 75 岁的古稀之年重游旧地，触景伤情，写下了《沈园二首》：

城上斜阳画角哀，沈园非复旧池台。伤心桥下春波绿，曾是惊鸿照影来。

梦断香消四十年，沈园柳老不吹绵。此身行作稽山土，犹吊遗踪一泫然。

前一首回想当年在沈园邂逅离异后的唐婉的情景，如今时过境迁，斯人已矣，往事不堪回首。后面一首写自己行将就木，却仍无法抹去对唐婉的忆念。陆游对唐婉的感情之深，可能只有用李商隐的"春蚕到死丝方尽，蜡炬成灰泪始干"（《无题》）两句，方可形容。这两首诗，被后人称作"绝等伤心之诗"（陈衍《宋诗精华录》）。陆游爱情诗的数量虽然不多，但是有此精品，也足以名世了，何况这是在爱情诗可称凤毛麟角的宋代。

三、陆游诗歌的艺术成就

陆游诗歌的创作方法，兼有杜甫的现实主义特点和李白的浪漫主义作风。

陆游崇尚杜甫："永怀杜拾遗，抱病起登台。"（《秋怀十首》）他关怀现实，曾对儿子说到作诗的"秘诀":"汝果欲学诗,工夫在诗外。"(《示子遹》)就是说,如果要做一个诗人,最好先去熟悉生活。陆游性格豪放、热情,他胸怀凌云壮志,现实中的积郁、无法实现的豪情,全部在诗作中给予痛快淋漓的倾吐,所以在诗的风格上又追求雄浑豪健。陆游喜欢写梦境、幻境,据赵翼统计,陆游写梦境的诗,就有 99 首之多。如晚年在山阴农村写的《十一月四日风雨大作》:

> 僵卧孤村不自哀,尚思为国戍轮台。夜阑卧听风吹雨,铁马冰河入梦来。

甚至在睡梦中,也把风雨之声当作南宋军队踏冰冒雪、奔赴抗金前线的行进之声,可见北伐中原的理想,已经深深融进了陆游的生命。其他如《五月十一日夜且半,梦从大驾亲征,尽复汉唐故地,见城邑人物繁丽,云"西凉府也"。喜甚,马上作长句,未终篇而觉,乃足成之》,仅从题目就可以想见其诗的内容和豪情四射的特色了。因此陆游的诗表现出气势奔放、境界壮阔的美学风貌,这是他在当时就被人誉为"小李白"的原因(罗大经《鹤林玉露》)。但事功的热望和当权者的阻力之间无法调和的矛盾,梦境和现实之间的巨大反差,都使诗人的精神受到压抑,所以他的诗歌,又具有了杜甫沉郁苍凉的特点。

陆游诗歌的语言是"清空一气,明白如话"(赵翼《瓯北诗话》)。这跟陆游一向反对雕琢辞藻、追求奇险有关,他说过:"琢雕自是文章病,奇险尤伤气骨多。"(《读近人诗》)但是,陆游又重视锻炼字句,特别工于对偶。他的对偶,新奇、工整,而不落于雕章琢句之嫌。像"山重水复疑无路,柳暗花明又一村","小楼一夜听春雨,深巷明朝卖杏花","楼船夜雪瓜洲渡,铁马秋风大散关",都是陆诗中的名对。因此,刘克庄有"古人好对偶被放翁用尽"之叹(《后村诗话》前集)。

陆游在南宋以后诗坛上的地位非常重要,他高扬抗金救国的大旗,慷慨悲歌,有力地冲击了萎靡不振、吟风弄月的诗风,给南宋后期的诗人开启了创作的道路。而近百年以来,每当国势倾危时,人们往往追怀陆游的爱国主义精神,用陆游的爱国主义诗歌互相激励。

当然,陆游因为创作量大,又是在情绪比较激动的状况下写作,所以他的诗有时用笔草率,诗句重复出现的情况比较多,有的诗流于粗滑松散,缺少韵味。

● 四、陆游的词作

陆游一生主要致力于诗歌创作,但也擅长填词。在南宋各家当中,陆游的词以他独特的风貌自成一家。陆游现存约 150 首词,其中不少是书写爱国情怀的,如《诉衷情》:

> 当年万里觅封侯,匹马戍梁州。关河梦断何处?尘暗旧貂裘。
>
> 胡未灭,鬓先秋,泪空流! 此生谁料,心在天山,身老沧州!

诗人晚年回想当年在南郑铁马秋风,豪情壮志,而如今人事沧桑,英雄失路。抚今追昔,无限感叹!

《卜算子·咏梅》是陆游咏物词的代表作:

> 驿外断桥边,寂寞开无主。已是黄昏独自愁,更著风和雨。
>
> 无意苦争春,一任群芳妒。零落成泥碾作尘,只有香如故。

词的上片描写驿外梅花独自开放的寂寞情景,隐喻自己孤危的处境;下片借梅花飘零陌上路边,但孤高傲世的品格依然如故,抒写自己"虽九死其犹未悔"的情志。

陆游的爱情词以《钗头凤》最动人:

　　红酥手,黄縢酒,满城春色宫墙柳。东风恶,欢情薄,一怀愁绪,几年离索。错,
错,错!

　　春如旧,人空瘦,泪痕红浥鲛绡透。桃花落,闲池阁,山盟虽在,锦书难托。莫,
莫,莫!

　　这首词据传是抒写作者和唐婉离异之后一次偶然相逢后的感触。当日的两情缱绻、海
誓山盟,徒然化作今天的苦痛和悲情。字里行间有爱、有悔、有恨,但更多的是无奈。据说唐
婉回去后,和了一首《钗头凤》词,不久便抑郁而死。

　　陆游的词呈现出多样的风格。杨慎称为:"纤丽处似淮海,雄慨处似东坡。"毛晋则认为
"超爽处更似稼轩"(见毛晋《宋六十名家词·放翁词跋》)。可见他善于吸纳各家所长,自成
一格。

● **拓展阅读作品篇目**

　　陆游:《剑门道中遇微雨》《秋夜将晓出篱门迎凉有感》《秋声》《金错刀行》
《夜游宫》(雪晓清笳)

● **思考练习题**

　　1. 从陆游诗歌风格的变化谈谈生活与创作的关系。
　　2. 陆游诗歌是否继承了杜甫的爱国主义传统? 请举例说明。
　　3. 阐述陆游诗歌的总体艺术风格。
　　4. 陆游《卜算子·咏梅》艺术上的最大特点是什么?

第七节　辛弃疾

　　辛弃疾是南宋政治舞台上活跃的政治家、军事家,当时朝廷甚至认为"其才任重有余,盖
一旦缓急之可赖"(卫泾《后乐集》卷一)。他的一生是在宋金对峙、民族矛盾极为尖锐的历史
时期度过的,是奋发激昂、抗敌爱国的一生,也是郁郁不得志、一腔忠愤不为世用的一生。辛
弃疾把这些感情在词作中作了淋漓尽致的倾泻,这使他成为南宋文坛上杰出的爱国词人。

● **一、辛弃疾的生平**

　　辛弃疾(1140—1207),字幼安,号稼轩,历城(今山东济南)人。他出生时,山东就已沦入

金人之手。他从小受到长辈们"忍辱待时"、伺机报国思想的教育。20 岁左右,辛弃疾高举抗金义旗,率领两千人马,加入了耿京领导的农民起义军,在北方进行抗金救国的活动,表现出卓越的军事才干和以抗金救国为己任的阔大胸襟。耿京为叛徒张安国杀害,辛弃疾当即以五十骑人马,直闯金营,生擒张安国,驰奔宋朝,一时间"壮声英慨,懦士为之兴起"(洪迈《稼轩记》),这就是他后来回忆的"壮岁旌旗拥万夫,锦襜突骑渡江初。燕兵夜娖银胡䩮,汉箭朝飞金仆姑"(《鹧鸪天》)的情景。

辛弃疾智略超群,深谋远虑,当时曾有人把他比作"隆中诸葛"(刘宰《贺辛待制弃疾知镇江》)。但是辛弃疾回归南宋以后,却受到了种种猜忌和排挤。他给朝廷上《美芹十论》《九议》,具体阐述复国中兴大计,均不被南宋政府采用。在四十多年的时间里,他基本上是在江西、湖南、湖北、福建等地担任地方官职,而没有机会参与政事,更说不上实现抗金救国、收复中原的理想。他傲岸不屈、正直敢言的作风,也常常引起腐朽的南宋权臣们的嫉恨和不满,所以,他曾经三次被罢官。其一生中近二十年宝贵的光阴,就是在山村水郭中度过的。他在"却将万字平戎策,换得东家种树书"(《鹧鸪天》),"宜醉宜游宜睡","管竹管山管水"(《西江月》)中消磨岁月。1207 年 9 月,辛弃疾在江西铅山故居含恨而殁,终年 68 岁。

辛弃疾平生以功业自许,但英雄失路,"短灯檠,长剑铗,欲生苔。雕弓挂壁无用,照影落清怀"(《水调歌头》),只得转而在词坛上纵横驰骋,"笔作剑锋长"(《水调歌头·席上为叶仲洽赋》),在词中抒发他的人生追求、实现他的人生理想。正如前人所言:"辛稼轩当弱宋末造,负管、乐之才,不能尽展其用,一腔忠愤,无处发泄,……故其悲歌慷慨抑郁无聊之气,一寄之于词。"(徐釚《词苑丛谈》卷四引黄梨庄语)他最终成为南宋叱咤风云、豪气盖世的词坛英杰,受到世人的敬仰和缅怀。

● 二、辛弃疾词的内容

今人邓广铭《稼轩词编年笺注》,共收现存的辛词 620 余首。这些词的内容十分丰富,其中最突出的是抒写爱国情怀,渴望金戈铁马,驰骋沙场,投入收复故土的斗争。辛弃疾始终以参加北伐、恢复中原为己任。他的词作中经常出现"布被秋宵梦觉,眼前万里江山"(《清平乐·独宿博山王氏庵》)、"举头西北浮云,倚天万里须长剑"(《水龙吟·过南剑双溪楼》)、"起望衣冠神州路,白日销残战骨,叹夷甫诸人清绝。夜半狂歌悲风起,听铮铮阵马檐间铁,南共北,正分裂"(《贺新郎·用前韵送杜叔高》)的悲歌慷慨、壮怀激烈的志士形象。在《破阵子·为陈同甫赋壮词以寄之》中,他写道:

醉里挑灯看剑,梦回吹角连营。八百里分麾下炙,五十弦翻塞外声,沙场秋点兵。

马作的卢飞快,弓如霹雳弦惊。了却君王天下事,赢得生前身后名。可怜白发生!

这首词的确是"壮词",它打破了上下片的格局,从第一句到第九句,都在描写激动人心的军旅生活。词中大量军事意象如战马、弓箭、营帐、军乐的使用,有力地渲染了战斗的气氛,既再现了诗人早年跃马横刀的抗金生活,也糅合了作者北伐的理想。饱满的爱国情怀,高扬的英雄气概,读后使人激情飞扬,壮志凌云。词的结句"可怜白发生",是作者对现实无可作为的悲愤之叹。从上九句的激情飞扬到最后一句的无可奈何,跌宕对比中,凸显了理想与现实的极大反差。辛弃疾南归以后,经常处于被冷落、被猜忌的境地,他的许多词作都抒发了这种壮志难酬的深沉痛苦。如《水龙吟·登建康赏心亭》:

　　楚天千里清秋，水随天去秋无际。遥岑远目，献愁供恨，玉簪螺髻。落日楼头，断鸿声里，江南游子。把吴钩看了，栏杆拍遍，无人会，登临意。

　　休说鲈鱼堪脍，尽西风、季鹰归未？求田问舍，怕应羞见，刘郎才气。可惜流年，忧愁风雨，树犹如此！倩何人唤取，红巾翠袖，揾英雄泪！

　　这首《水龙吟》词从眼前的满江秋色，想到远方沦陷区的山水，似乎都在诉说着愁怨。在落日的余晖中、孤雁的哀鸣声里，他既为南宋政局的日薄西山而焦虑，又感到自己知音难遇，报国无门。抚看宝剑、细拍栏杆，时无知己、英雄失路的悲慨充满胸臆。词的下片，写他一生鄙薄张翰、许汜那种为个人谋安身之道的作为，但是不遇明主，致使岁月蹉跎，功业难成。时不我待的紧迫感和不得遇合的无奈，交织在词人的心中。一腔无法遏止的悲愤之情，喷薄而出："倩何人唤取，红巾翠袖，揾英雄泪！"唐圭璋先生评这十三字："豪气浓情，一时并集，如闻垓下之歌。"（唐圭璋《唐宋词简释》）

　　主战主和，是贯穿南宋始终的两条路线。辛弃疾因为坚持抗金，和南宋上层统治集团意见不合，他不避权贵，不阿谀奉承，又必然为南方官僚阶层所不容，于是招来了种种诽谤。他曾经深深感受到自己陷身于"不为众人所容，顾恐言未脱口而祸不旋踵"（《淳熙己亥论盗贼札子》）的孤危处境，于是，不得不改变了词作的风格，采取幽微曲折、比兴寄托的手法，寄寓他的爱国情怀，将一腔悲愤收敛于内，"从千回百转中倒转出来"（陈廷焯《白雨斋词话》）。《摸鱼儿·更能消几番风雨》就是这样的作品：

　　更能消几番风雨，匆匆春又归去。惜春长怕花开早，何况落红无数。春且住。见说道、天涯芳草无归路。怨春不语。算只有殷勤，画檐蛛网，尽日惹飞絮。

　　长门事，准拟佳期又误。蛾眉曾有人妒。千金纵买相如赋，脉脉此情谁诉。君莫舞，君不见、玉环飞燕皆尘土。闲愁最苦。休去倚危栏，斜阳正在、烟柳断肠处。

　　这首词最大的特色是运用传统的象征与比兴的手法，抒发对国事的忧虑和满腔悲愤无人理解的悲凉。上片以残春喻南宋政局，借惜春、留春、怨春，把对南宋局势的忧虑、失望，力图挽回颓势又感到时势已难有作为的心情，作了层层深入的揭示。下片以美人遭妒，佳期无望，比喻抗战派在权奸和群小的打击下申诉无门的悲愤忧伤。词中既有对时间流逝、建功立业的"佳期"被一误再误的悲情，又有对妒贤害能、不以国事为重者的怒斥。全篇曲折回旋，怨中有怨，有力如虎。因此，夏承焘评此词道："刚肠似火，色貌如花。"（夏承焘《唐宋词欣赏》）梁启超说此词"回肠荡气，至于此极。前无古人，后无来者"（《艺蘅馆词选》引）。这些评论都是切中肯綮的。辛弃疾被迫退隐江西农村近二十年，在这漫长的时间里，他创作了大量以农村风物为题材的词作，反映了他此时的生活和思想感情。如《西江月·夜行黄沙道中》：

　　明月别枝惊鹊，清风半夜鸣蝉。稻花香里说丰年，听取蛙声一片。

　　七八个星天外，两三点雨山前。旧时茅店社林边，路转溪桥忽见。

　　此词描写夏夜的山村景色。蝉鸣、蛙鼓、稻花香，月明星稀笑语声，丰收在望的情景使词人的心情更加愉悦。《清平乐·村居》表现了浓郁的农村生活气息：

　　茅檐低小，溪上青青草。醉里吴音相媚好，白发谁家翁媪？

　　大儿锄豆溪东，中儿正织鸡笼。最喜小儿无赖，溪头卧剥莲蓬。

　　作者对勤劳持家、自得其乐的农家生活作了生动形象、情趣盎然的描写，并且表现了对他们淳朴、善良、勤劳品质的赞美，多少流露了对险恶官场的否定。在辛弃疾之前，苏轼曾经写过以农村风情为题材的词作，辛弃疾继承了苏轼农村词的传统，同时更加扩大了它的表现范畴,描绘出了更加丰富多彩的乡村图景,刻画了更多的乡村人物形象。

当然,辛弃疾也不可避免地存在着封建社会士大夫及时行乐、幻想从老庄哲学中求得解脱等消极思想。但总体上说,辛弃疾的思想是积极入世的,他的喜怒悲欢,都基于南宋的现实生活,所以他的词,基本上是那个风云变幻的时代的反映。

三、辛弃疾词的艺术成就

辛弃疾是抗金英雄,也是词坛豪杰。他才气纵横,笔力超拔,不甘平庸。他对词体进行了大胆的改造,创立了风格独特的"稼轩体",产生了深远的影响。

首先,他继承了苏轼以诗为词的创新精神,进一步"以文为词"。即将散文的章法句法入词,将议论、对话移到词中。他学问渊博,经、史、子、诗、赋随手拈来,因此他的词词汇丰富,而且生动、形象、幽默,雅俗共赏。《菩萨蛮·赏心亭为叶丞相赋》云:"人言头上发,总向愁中白,拍手笑沙鸥,一身都是愁。"清新明快,活泼生动。《贺新郎》云:"甚矣吾衰矣。怅平生、交游零落,只今余几。白发空垂三千丈,一笑人间万事。问何物、能令公喜?我见青山多妩媚,料青山、见我应如是。情与貌,略相似。"首句即从《论语·述而》中化出。他用散文的句法,同时也遵从词的格律,使词在协律可歌的情况下,气势更为流注奔放,感情更加起伏跌宕。在这一方面,他比苏轼取得更大的成就。刘熙载《艺概·词概》谈及辛弃疾词的语言时说:"稼轩词龙腾虎掷,任古书中俚语、庾语,一经运用,便得风流。"

其次,他的词善于塑造奇伟不凡的形象,如"水随天去秋无际"(《水龙吟·登建康赏心亭》)、"红旗铁马响春冰"(《好事近·元夕立春》)、"倚天万里须长剑"(《水龙吟·过南剑双溪楼》)、"乱云急雨,倒立江湖"(《汉宫春·会稽蓬莱阁怀古》)、"叠嶂西驰,万马回旋,众山欲东"(《沁园春·灵山齐庵赋》)等,这些奇特壮伟的景象以及曾经叱咤风云的历史人物形象,激扬着作者建立功业的强烈愿望和血性男儿的阳刚之气。在《南乡子·登京口北固亭有怀》中,他塑造了孙权的英雄形象:

何处望神州,满眼风光北固楼。千古兴亡多少事,悠悠,不尽长江滚滚流。

年少万兜鍪,坐断东南战未休。天下英雄谁敌手?曹、刘。生子当如孙仲谋!

作者登楼远望,只见长江滚滚东逝,而系念中的中原故地却邈远难见,于是抚今追昔之情油然而生。想当年,孙权于汉末群雄纷争之际,称霸江东,北拒强曹,成就三国鼎立大业,不失为一代青年英主,致使曹操慨叹道:"生子当如孙仲谋。"而如今,国难当头,北伐大业难以实现,孙仲谋这样的英雄又在哪里?在对古人的缅怀中,寄寓着自己壮志难酬的悲慨和浓郁的怀古伤今之感。

综观辛弃疾词,能刚能柔,既雄深雅健、沉郁顿挫,又兼收并蓄,化刚为柔。他发扬了苏轼词的豪放清雄,又继承了传统词的婉约含蓄,形成了刚柔相济的词风。刘克庄《辛稼轩集序》在肯定辛弃疾词"横绝六合,扫空万古"的豪放杰出之后,也承认"其秾纤绵密者,亦不在小晏、秦郎之下"。"小晏",指晏几道,"秦郎",指秦观,两人都是北宋著名的婉约词人。上举《摸鱼儿》词表面上就相当的婉约缠绵。辛弃疾暮年所作的《永遇乐·京口北固亭怀古》就是具有刚柔相济风格的作品:

千古江山,英雄无觅,孙仲谋处。舞榭歌台,风流总被,雨打风吹去。斜阳草树,寻常巷陌,人道寄奴曾住。想当年,金戈铁马,气吞万里如虎。

元嘉草草,封狼居胥,赢得仓皇北顾。四十三年,望中犹记,烽火扬州路。可堪回首,佛狸祠下,一片神鸦社鼓。凭谁问:廉颇老矣,尚能饭否?

这首词怀古抚今,以词论政。词的上片凭吊历史上和京口有关的孙权(孙仲谋)、刘裕(刘寄奴)等人的业绩。当年孙权坐镇江东,北向抗曹。刘裕北伐一战而复青州,再战而复关中。辛弃疾对他们都深为仰慕。如今这些英雄都已烟消云灭。词含蓄地表达了时无英雄、时势消沉的感叹,既是凭吊古人,也是凭吊自己"渡江天马南来"的过去。下片"元嘉草草"数句以刘义隆(刘裕之子)当年贸然出兵,仓皇败北,反让佛狸(北魏太武帝拓跋焘小名)饮马长江、血食至今的教训,告诫当局,急功近利,必然重蹈覆辙。回首四十三年前自己的抗金经历,不由感慨万端、悲愤莫名。篇末以廉颇自比,虽不满于被弃置的命运,但还有"铅刀冀一割之用"的雄心。词写得极为沉郁跌宕、曲折含蓄。全词情调回旋起伏。明代杨慎说这首《永遇乐》为稼轩词中第一,殆非虚语。

辛弃疾在词史上的影响深远而持久,这不仅是因为他词作的数量多,还因为他思想的深刻、艺术手法的丰富、在改革词体方面所作的贡献。《四库全书总目》评价辛弃疾的词说:"其词慷慨纵横,有不可一世之概,于倚声家为变调,而异军特起,能于剪红刻翠之外,屹然别立一宗,迄今不废。"

● 拓展阅读作品篇目

辛弃疾:《青玉案·元夕》《菩萨蛮·书江西造口壁》《水龙吟·甲辰岁寿韩南涧尚书》《丑奴儿·书博山道中壁》《鹧鸪天》(壮岁旌旗)

● 思考练习题

1. 为什么说辛弃疾词"能于剪红刻翠之外,屹然别立一宗"?

2. 谈谈辛弃疾农村词的意义。

3. 辛弃疾词的创新表现在哪些方面?

4. 辛弃疾词充满"悲歌慷慨,抑郁无聊"之气的主要原因是什么?

第六章　元代文学

　　元朝的历史相对不长，从蒙古灭金、统一北方（1234），到元惠宗至正二十八年（1368）朱元璋义军攻下大都、元室北迁，其间一百三十四年，若从至元十六年（1279）南宋灭亡、元世祖忽必烈统一全国算起，则不到九十年时间。但元朝在中国文学发展史上具有划时代的意义，这一时期，政治、经济、文化的新态势推进了文学主潮由雅入俗的变化。中国传统文学向来以诗文等雅文学为正宗，至元朝，以叙事文体为主的俗文学发展成为文坛主导。

　　由少数民族入主中原建立的元朝政权，在政治上具有明显的民族压迫色彩。蒙古统治者把全国人民分为蒙古人、色目人（西域和西夏氏族诸部）、汉人（包括金人辖区的汉族、契丹、高丽、女真等）、南人（原南宋辖区各族）四等，各级地方行政长官由蒙古人或色目人担任，处在社会底层的是以汉族民众为主的各族民众，民族对立情绪长期存在。但随着全国统一、政权稳定，统治者也逐渐采取一些缓和矛盾的措施，一度受到破坏的农业和民间手工业也得到了发展。上层统治者认识到汉族文化的优越性，为了加强思想统治，逐渐优待儒生，但科举考试时行时止，人数众多的汉族读书人未能以"学而优则仕"的传统方式找到出路。这些都对元代文学面貌产生直接影响，并在戏曲、散曲等文体中大量表现。

　　元朝国土统一，疆域广阔，漕运、海运交通顺畅，国内各地区之间经济相互调剂，各民族杂居而文化交流融合。也由于朝廷重视商业经营，国内外商贸发展程度超越前代，出现了许多经济繁荣的大城市。除北京、杭州之外，太原、京兆（今西安）、汴梁（今开封）、中定（今济南）、泉州、温州等地亦皆工商业繁荣，市民阶层扩大，市民文化发展，为通俗文艺尤其是戏剧的高度繁荣创造了条件。而失去仕进机会的读书人，不得已沦为"书会才人"，恰恰为戏剧、说话、说唱等通俗文艺的繁荣准备了优秀的创作者。"中州人每每沉沦下僚，志不获展……于是以其有用之才，而一寓之乎声歌之末，以抒其怫郁感慨之怀，盖所谓不得其平而鸣焉者也。"（胡侍《真珠船》）在北方戏剧基础上成长起来的元杂剧，由于一批才情满怀的"书会才人"介入而取得了辉煌的成就。他们和勾栏艺人相结合，从事戏曲、说话、说唱等通俗文艺的创作，使元代的文学出现了其他时代所没有的特色。

　　元代的戏剧包括杂剧和南戏。杂剧以北曲演唱，主要风行长江以北。关汉卿是元代最伟大的杂剧作家。他的《单刀会》《窦娥冤》《救风尘》等，具有强烈的现实色彩，表现了反对社会黑暗、反对封建统治的斗争精神。王实甫的《西厢记》，唱响了反对封建礼教、要求婚姻自主的赞歌，使唐代流传的传奇小说《莺莺传》的主题得到彻底的改变。其他如白朴、马致远、康进之、纪君祥、郑光祖等剧作家的创作也都取得了很高的成就。南戏在北宋宣和之后出现于东南沿海地区，至元代后期走向兴盛，高明的《琵琶记》代表了元代南戏的最高水平。

说话、说唱艺术早在唐代以前就已出现，至宋金元时期更加繁盛。现存宋元说话艺术的话本，以讲史平话为主，大多刊刻于元代，可见在元代，在说话艺术基础上产生的白话小说不仅广泛传播于说书场，而且进入案头成为阅读的对象。

散曲是元代新兴的一种诗体。元代著名的散曲作家有关汉卿、白朴、马致远、张可久等。其中优秀的散曲作品，有马致远的[天净沙]《秋思》、张养浩的[山坡羊]《潼关怀古》、睢景臣的[哨遍]《高祖还乡》等。

元代的诗文创作，比起前代显然较弱，但元代作家队伍很壮大，近年编辑出版的《全元诗》收入近 5 000 位诗人约 14 万首诗。元代前期为南北诗风交融时期，代表性诗人如开国功臣耶律楚材，由金入元的诗人元好问，由宋入元的诗人刘辰翁、方回、戴表元等。元代中期以姚燧、赵孟頫、袁桷、虞集等为文坛主导，诗坛崇尚"雅正"之风，代表性诗人虞集、杨载、范梈、揭傒斯被称为"元诗四大家"。元代后期诗人风格多样，王冕倾向写实，杨维桢"铁崖体"最具艺术个性。元末诗坛还出现了不少少数民族诗人，其中成就最高的是回族诗人萨都剌。元代诗文作家不少是理学家，如郝经、刘因、许衡、吴莱等。元代中后期诗学理想以宗唐为主，对明代诗歌有很大影响。而元代的散文则沿着唐宋古文的道路发展，并开启明代文风。

第一节　宋元话本

一、说话艺术与话本的概念

以世俗化的口语讲说故事的传统由来已久，早在隋朝就有"能剧谈"的侯白，见于《启颜录》之记载。唐代说话活动颇为普遍，郭湜《高力士外传》记载李隆基成为太上皇之后退居西宫，每日"与高公亲看扫除庭院，芟薙草木；或讲经、论议、转变、说话，虽不近文律，终冀悦圣情"。这是宫廷的说话活动。元稹《酬翰林白学士代书一百韵》有"光阴听话移"之句，且自注云："又尝于新昌宅说一枝花话，自寅至巳，犹未毕词也。"新昌宅是白居易在长安的住宅，"一枝花话"，是敷演长安名妓"一枝花"的故事。

说话艺术在宋元得到很大发展。北宋都城汴京，南宋都城临安，瓦舍林立，说话艺人众多，说话艺术繁盛。据南宋耐得翁《都城纪胜·瓦舍众伎》记载，当时说话艺术已形成家数，有"小说""说经""讲史""合生"四家之说。在四家中，小说和讲史最受欢迎。

说话艺术往往由书会才人提供底本，也有按照艺人表演记录的本子，这些本子被称为话本。但话本不仅用于说话，还能为说唱和戏剧等伎艺共用，话本含有伎艺性故事或故事原本材料等意思。以下介绍宋元小说话本和讲史话本。

● 二、小说话本

宋元小说话本在体制上比较一致，一般是由题目、入话（头回）、正话、结尾几个部分构成。入话是小说正文之前的部分，它有时是一首或几首诗词，有时是一个小故事。"入话"也叫"头回""得胜头回""得胜利市头回""笑耍头回"。"入话"的安排，主要是为了等候迟到的听众、稳住早到的听众，并起静场的作用。当时听"话"的多是军人和生意人，所以就叫"得胜头回""得胜利市头回"。正话是话本的主体部分。正话的篇幅一般不长，说话人能够一次说完。但是也有分回的，如《碾玉观音》就分作上、下篇。上篇结束处，说话人唱了两句诗"谁家稚子鸣榔板，惊起鸳鸯两处飞"，留下一个悬念，下回接着再讲。小说话本的结尾，往往以一首诗总结主题后结束，也有用评论收场，或者用"话本说彻，权作散场"来结束。

据罗烨《醉翁谈录·小说开辟》，小说话本的内容包括灵怪、烟粉、传奇、公案、朴刀、杆棒、神仙、妖术八大类。从现存文献考察，其分类的根据还是可以寻绎的。如灵怪，是讲精怪的；烟粉，似乎专门讲女鬼；传奇，主要讲爱情；公案，讲的是审案断狱；朴刀、杆棒，讲英雄好汉；神仙、妖术内容比较接近。爱情是文学永恒的主题，宋元小说话本也不例外。这些故事类型中往往都有爱情作为叙事因素。

爱情故事中，《碾玉观音》和《闹樊楼多情周胜仙》是宋元小说优秀的代表作。它们共同的特点，是表现了市民阶层热烈、执着地追求婚姻自主、人身自由的精神。

《碾玉观音》，《警世通言》作《崔待诏生死冤家》。主人公璩秀秀是一个裱褙匠的女儿，被咸安郡王强要到府里做刺绣的奴婢，她爱上了同样没有人身自由的碾玉匠崔宁，在郡王府发生火灾时，两人逃出了王府，私下结为夫妻。他们以为逃到远离郡王府的地方，靠自己的劳动，可以过上自由的生活。但是代表封建势力的郡王，决不容许这种背叛行为，他派人将他们捉拿回府，并且残忍地杀死了璩秀秀，粉碎了她与崔宁"好做长久夫妻"的美梦。秀秀被杀以后，争取婚姻自由和挣脱人身依附关系的斗争精神并没有泯灭，她的鬼魂又回来和崔宁一起生活。当郡王第二次要加害于他们时，璩秀秀带着崔宁同赴阴曹地府，继续圆她的自由梦。这个故事描写了一个市民妇女悲惨的遭遇，封建势力的代表咸安郡王是她命运的"克星"，她的父母、她的人身、她的婚姻，都在郡王的控制之中。当然，小说也塑造了一个中国小说中从未出现过的女性形象，这不仅因为璩秀秀是以女奴的身份出现，有着急切解脱人身束缚的要求，更因为在她身上，表现出了新兴的市民阶层冲破一切禁忌、超越一切现实障碍的热情和勇气，这是令所有在这以前的爱情小说作家和读者刮目相看、叹为观止的。

《闹樊楼多情周胜仙》，见于《醒世恒言》。小说写富商的女儿周胜仙，看上了身份卑微、开酒楼的范二郎。但是周胜仙的父亲坚持要将女儿嫁给大户人家。周胜仙抗争不过，气愤而死，死而复苏之后去找范二郎表明心迹，却不幸被范二郎当作女鬼误打而死。她却不怪范二郎，反而托梦给范二郎说："奴两遍死去，都只为官人。"对于自己择定的爱偶，她生前死后，始终不渝，凸显了情的可贵和市民阶层反封建礼教的坚定性。

公案小说《错斩崔宁》（《醒世恒言》作《十五贯戏言成巧祸》，《京本通俗小说》作《错斩崔宁》)、《简帖和尚》(元代话本,《喻世明言》作《简帖僧巧骗皇甫妻》)等,均表现了人民对吏治腐败、草菅人命、贪赃枉法成风的社会现实的痛恨,表现了惩恶扬善、匡扶正义的清官理想。《错斩崔宁》是这方面优秀的代表作之一。

小说写刘贵从丈人家借了十五贯钱回来做生意,骗其妾陈二姐说是卖了她得的钱。陈二姐信以为真,趁刘贵醉后离开夫家,想回娘家告知爹娘。不想刘贵在家被小偷杀害,十五贯钱不见踪影。这边陈二姐因早起赶路,遇贩丝而回身带十五贯钱的崔宁,便结伴同行,两人被捉拿归案。府尹不听两人申辩,也不作任何调查,仅以"世间不信有这等巧事",便问成一个"见财起意,杀死亲夫"的罪名,把两人同时问斩。陈二姐和崔宁的冤狱虽然最后得到平反,但是人死却不可复生。话本对此有一段议论:

> 这般冤枉,仔细可以推详出来。谁想问官糊涂,只图了事。不想捶楚之下,何求不得……所以,做官的切不可率意断狱,任情用刑,也要求个公平明允。道不得个死者不可复生,断者不可复续,可胜叹哉!

小说的意义已不仅仅在于批判某个官吏的昏庸糊涂,更在于突出生命权利的重要。

说话艺术中影响最大的是"小说"一家,所谓:"最畏小说人。盖小说者,能以一朝一代故事,顷刻间提破。"(耐得翁《都城纪胜》)罗烨《醉翁谈录》也说:"小说者,但随意据事演说。""讲论只凭三寸舌,秤评天下浅和深。"这些评论,都指出了"小说"一家富有生活气息,既能腾挪想象,谈论古今,如水之流,又能"使席上风生,不枉教坐间星拱"(《醉翁谈录》)的特点。宋元小说话本的艺术成就,主要表现在以下几点:

(1) 小说话本故事性强,情节波澜起伏,悬念频生,引人入胜。"话"是讲给人听的,必须达到"竦动听闻"的艺术效果,所以,它一方面要讲述现实生活中的新鲜事。宋元小说话本面向现实生活,所谓"世间多少无穷事,历历从头说细微"(《醉翁谈录》),带着浓郁的生活气息。另一方面,它要以情节的紧张曲折吸引人,使人欲罢不能,非待听完不可。因此,郑振铎先生总结了话本小说的特点后说:"'话本'的结构,往往较'传奇'及笔记为复杂,为更富于近代的短篇小说的气息。"(《明清二代的平话集》)主要就是指话本情节结构的跌宕起伏,出人意料。如《碾玉观音》,故事原据《异文总录》:郭银匠接纳一女子为妻,后在道人指点下,识破女子乃女鬼变化,便到东岳庙中拜求济度,女鬼终于现出原形。这本是一则荒诞无稽的"鬼话",但说话艺人对它进行了改编,曲尽增饰踵华之能事。情节出人意料之外,富有刺激性,而结构又很紧凑,就像《闹樊楼多情周胜仙》结尾所说"情郎情女等情痴,只为情奇事亦奇"。可以想象,这篇话本,当时一定是吸引了不少听众的。在情节的进展中,还生动地展示了璩秀秀这个人物大胆、真率的性格以及执着、热烈追求人身解放和婚姻幸福的精神。

(2) 小说话本描写真实、细腻,入情入理。如《错斩崔宁》中,陈二姐听了丈夫刘贵要卖她的话,信以为真,便想"先去爹娘家说知,就是他明日有人来要我,寻到我家,也须有个下落"。封建社会里的丈夫要卖小妾,是合法的,做妾的能有什么办法?陈二姐只想让爹娘知道这事,这不是合情合理吗?陈二姐离家的时候,把钱堆在刘贵脚后边,轻轻地收拾了随身衣服,款款地开了门出去,拽上了门,去和邻居朱三妈借宿了一夜,第二天早上才回娘家。这几个动作的描写,刻画了陈二姐的精细、善良,她注意自己的举止,不敢走夜路,又怕天亮了丈夫不让她走,所以去借宿。她关心丈夫的钱财,所以临走时要堆钱,要拽门。这些细节的描写,既突出了人物的性格,又对情节的发展作了铺垫。随后故事的发展,既是巧合,又入情入理。

（3）小说话本善于在场面描写中表现人物的性格。如《闹樊楼多情周胜仙》中，周胜仙看中了范二郎，却无法向他表示，于是借骂卖水人，来自报家门：

> "好好！你却来暗算我！你道我是兀谁？"那范二郎听得道："我且听那女子说。"那女孩儿道："我是曹门里周大郎的女儿，我的小名叫作胜仙小娘子，年一十八岁，不曾吃人暗算。你今却来算我！我是不曾嫁的女孩儿。"

周胜仙在最不适宜的场合，向范二郎表达了最隐秘的感情。

《碾玉观音》中，璩秀秀逼崔宁在王府失火时和自己一起外逃、去作夫妻的场面也是很有戏剧性。秀秀到了崔宁住处：

> 秀秀道："你记得当时在月台上赏月，把我许你，你兀自拜谢，你记得也不记得？"崔宁又着手，只应得诺。秀秀道："当日众人都替你喝彩'好对夫妻'！你怎地倒忘了？"崔宁又则应得诺。秀秀道："比似只管等待，何不今夜我和你先做夫妻？不知你意下如何？"崔宁道："岂敢！"秀秀道："你知不敢，我叫将起来，教坏了你。你却如何将我到家中？我明日府里去说！"

这些场面不但富有戏剧性、妙趣横生，而且让人物的个性得到充分展现的机会，在这里，我们看到了一个大胆泼辣、桀骜不驯，以排山倒海的激情，公开向封建专制、封建道德表示蔑视和反抗的青年女性的形象。

（4）小说话本的语言通俗、生动、明快。宋元说话艺人熟练地运用当时的口语，并加工提炼成一种文学语言，它具有生动活泼、通俗易懂的特点。如《宋四公大闹禁魂张》中，说张员外有"四大愿望"：

> 一愿衣裳不破，二愿吃食不消，三愿拾得物事，四愿夜梦鬼交。

这员外还有这样的毛病：

> 要去那虱子背上抽筋，鹭鸶腿上割股，古佛脸上剥金，黑豆皮上刮漆，痰唾留着点灯，将松将来炒菜。

作者通过夸张的手法，生动地刻画了一个吝啬刻薄老富翁的形象。再如上面所举璩秀秀和崔宁的对答，十分符合市民阶层青年男女的身份口吻。这种白话小说语言，世俗生活气息浓郁，表现力强，易于被听众接受。

现存宋元小说话本主要见于《清平山堂话本》《喻世明言》《警世通言》《醒世恒言》之中，名篇还有《简帖和尚》《快嘴李翠莲记》等。

● 三、讲史话本

宋代的讲史活动很活跃，可以和讲小说分庭抗礼。北宋时，汴京就出现了专门讲三国的霍四究和专门讲五代史的尹常卖。南宋还出现了不少讲史的女艺人。《醉翁谈录·小说开辟》中有这样几句话："也说黄巢拨乱天下，也说赵正激恼京师。说征战有刘项争雄，论机谋有孙庞斗智。新话说张、韩、刘、岳，史书讲晋、宋、齐、梁。《三国志》诸葛亮雄才，收西夏说狄青大略。"这里所列举的，大部分都是历史故事。

宋元讲史话本又称为"平话"。流传至今的宋元讲史话本中，《五代史平话》《宣和遗事》是宋人编的。《五代史平话》，讲后梁、后唐、后晋、后汉、后周五个朝代的故事，主要根据《资治通鉴》和新、旧《五代史》的材料，并附和一些民间传说编撰而成。

《宣和遗事》分前后两集，记述北宋衰亡、金人入侵、南宋建都临安之事。从作品的思想内容看，充满了宋人抗金爱国的民族精神。《宣和遗事》中有一节是讲"梁山泊聚义本末"，虽然文字十分简略，但因粗具《水浒》雏形，尤为可贵。书中提到杨志卖刀、宋江杀阎婆惜等故事，还提到宋江手下三十六将的名号。如写晁盖等人智取生辰纲后：

> 当有捉事人王平，到五花营前村，见酒旗上写着"酒海花家"四字。王平直入酒店，将那姓花名约的拿了，付吏张大年勘问因由。花约依实供吐道："为头的是郓城县石碣村住，姓晁名盖，人号唤他做'铁天王'。带领得吴加亮、刘唐、秦明、阮进、阮通、阮小七、燕青等。"张大年令花约供指了文字，将召保知在，行着文字下郓城县根捉。有那押司宋江接了文字看了，星夜走去石碣村，报与晁盖几个，幕夜逃走去也。

晁盖等人起事的地点、参与智取生辰纲的人员姓名和《水浒传》虽略有出入，但大体事由、人物关系是为《水浒》所袭取的。

元人编刊的讲史话本现存《全相平话五种》，即《新刊全相平话武王伐纣书》《新刊全相平话乐毅图齐七国春秋后集》《新刊全相秦并六国平话》《新刊全相平话前汉书续集》《新刊全相平话三国志》。这五种平话的风格并不完全相同，有的主要以正史为创作基础，有的多采自民间传说而有很多想象虚构的成分。平话里的主要人物，大多可以在历史上找到依据，但故事情节则有虚有实。《武王伐纣书》别题《吕望兴周》，讲周武王兴周灭商的故事。《乐毅图齐七国春秋后集》讲乐毅破齐和孙膑破燕的故事。《秦并六国平话》讲秦始皇吞并六国，一统天下，刘邦破秦，推翻秦朝的过程。《前汉书续集》别题《吕后斩韩信》，以吕后斩韩信事件为中心，讲述吕后篡权、杀害忠良和戚夫人母子的暴行以及最终覆灭的故事。《平话三国志》封面题"新全相三国志平话"，书名多简称"三国志平话"，讲曹操、刘备、孙权三分汉朝天下的故事。"说三分"的话本另存一种《三分事略》，与《三国志平话》情节、文字基本相同。

宋元讲史话本艺术上虽然还比较粗糙，多停留于史料的补缀联属，于史无征的想象又往往较为俚俗，但它们对中国小说的发展起了很重要的作用。它们是中国长篇章回小说的滥觞，如《三国志平话》和《三分事略》之于《三国演义》，《宣和遗事》之于《水浒传》，《武王伐纣平话》之于《封神演义》等，前者皆已粗具规模。平话是长篇小说艺术发展的重要阶段。

● **拓展阅读作品篇目**

《碾玉观音》

《错斩崔宁》

《闹樊楼多情周胜仙》

《简帖和尚》

《快嘴李翠莲记》

● 思考练习题

1. 什么叫作"话本"？小说话本的一般体制是怎样的？现存宋元小说话本主要保存在何处？
2. 话本小说为什么在宋元达到兴盛？
3. 比较唐传奇和宋元小说话本中的女性形象。
4. 宋元讲史话本主要保存在哪几部书中？它们对中国古代小说的发展起了什么作用？

第二节　关汉卿与《窦娥冤》

　　元杂剧著名作家很多，大都是"门第卑微""职位不振"但学养很深的文人。其中关汉卿被称为元杂剧的奠基者，王国维《宋元戏曲考》称之"当为元人第一"。关汉卿熟悉剧场，写出了大量优秀的戏剧作品，对戏剧体制、艺术的成熟作出了极大的贡献。悲剧《窦娥冤》是他最负盛名的杰作，也是中国戏曲史上不朽的剧作之一。

● 一、关汉卿简介

　　关汉卿，号已斋叟，钟嗣成《录鬼簿》说他是大都（今北京）人，可能曾任太医院尹。由于历史文献的缺乏，关汉卿的生卒年以及生平经历都难以详知。根据现有文献判断，关汉卿的生卒年，可能在金哀宗正大初年至元大德初年之间（即约 1225—1300）。关汉卿的前半生，生活在动荡不宁的金元之际，亲历了金、宋两个王朝的覆灭和蒙古奴隶主对汉人的野蛮、残酷的压迫。关汉卿早期生活在大都，后曾南下杭州、扬州等地。

　　关汉卿"高才风流"（《辍耕录》），"生而倜傥，博学能文，滑稽多智，蕴藉风流，为一时之冠"（熊梦祥《析津志》）。由于元代前期少有科举考试的机会，关汉卿跟同时代很多文人一样，为了谋生，成为"书会才人"。关汉卿是元代有名的"玉京书会"的领袖人物，贾仲明《录鬼簿续编》称之为"驱梨园领袖，总编修帅首，捻杂剧班头"。关汉卿不但写戏，还能粉墨登场，亲自演戏。臧懋循《元曲选》序二谓："关汉卿辈争挟长技自见，至躬践排场，面傅粉墨，以为我家生活，偶倡优而不辞。"关汉卿把勾栏瓦舍当作自己安身立命之所，以倡优歌妓为亲密朋友，由于熟悉勾栏，积累了丰富的经验，他成为一名"当行"的戏剧作家，他的剧本特别适合于舞台演出。

　　关汉卿创作的杂剧，存目多达 67 种，留存下来的还有 18 种。它们是《谢天香》《金线池》《救风尘》《窦娥冤》《玉镜台》《蝴蝶梦》《鲁斋郎》《望江亭》《拜月亭》《裴度还带》《哭存孝》《单刀会》《西蜀梦》《绯衣梦》《诈妮子》《陈母教子》《五侯宴》《单鞭夺槊》（其中个别作品如《单鞭夺槊》等归属尚有争议）。除杂剧之外，关汉卿还有套曲 14 套，小令 57 首，是元代著名的散曲作家之一。

● 二、《窦娥冤》

（一）《窦娥冤》的主要人物形象

《窦娥冤》全名《感天动地窦娥冤》，是关汉卿最为出色的悲剧作品。《窦娥冤》第三折提到"东海曾经孝妇冤"，"东海孝妇"是汉代东海孝妇周青守寡侍奉婆母、无辜冤死的故事，见于刘向《说苑》、《汉书·于定国传》、干宝《搜神记》等著作。《窦娥冤》之构思显然受到"东海孝妇"故事的启发，但关汉卿此剧更重要的素材来源是元代的现实生活。元朝政府的野蛮统治造成了无数冤狱，据《元史·成宗本纪》记载，仅大德七年(1303)冤狱就达 5 176 件。可知，关汉卿创作《窦娥冤》，乃是从现实生活汲取创作素材，经过艺术加工，展露元代社会一幅惊心动魄的人间惨象，唱响一曲感天动地的人间悲歌，以此深刻概括和谴责元代的吏治腐败和政治黑暗，对下层群众的不幸命运寄以同情。

窦娥 3 岁丧母，父亲为了抵债，将 7 岁的窦娥卖到放高利贷的蔡家做了童养媳，17 岁丈夫因病去世，窦娥成了年轻的寡妇。在豪强横行、弱肉强食、吏治黑暗的社会中，窦娥的善良、安分为她招来了灭顶之灾。

以放高利贷为生的蔡婆婆，向赛驴医讨债，赛驴医却欲置蔡婆婆于死地，泼皮张驴儿父子从赛驴医手里解救了蔡婆婆，以此为由进入蔡家，并想将窦娥婆媳占为己有。张驴儿为逼窦娥允婚，下药欲毒杀蔡婆婆，不料误毒死了自己的父亲，于是贼喊捉贼，指控窦娥婆媳。太守桃杌受贿枉法，滥用酷刑。窦娥不忍见年老的婆婆忍受刑罚之苦，忍辱负重，自愿承担了杀人罪名，于是被问斩弃市，酿成千古奇冤。

窦娥是这部悲剧的主人公，她屈死前短暂的人生中，已经充分体现了她的孝顺、善良、贞节的美德。在为婆婆开脱，自承杀人后，在赴刑场的路上，为避免被婆婆见到伤心，还恳求刽子手绕道而行。这样具备了当时社会所公认的美德的女子，却被无辜断送了年轻的生命。这种美好的品德、这样善良的女子被无情毁灭的悲剧，怎能不引起人们对"善有善报，恶有恶报"传统信念的怀疑，而激起人们对制造了窦娥悲剧的黑暗社会的痛恨。正是腐败的吏治、昏庸贪婪的官僚、弱肉强食的社会，造成了这一天怨人怒的悲剧。人们看到，一向善良温婉、逆来顺受的窦娥，也最终在被压迫中苏醒，并在临刑时爆发，就像地底运行的火山岩浆，喷薄而出，完成了窦娥这个悲剧人物的光辉形象。窦娥的鬼魂曾对父亲痛诉这颠倒是非的现实："我不肯顺他人，倒着我赴法场；我不肯辱祖上，倒把我残生坏。"(第四折《雁儿落》)窦娥抗争到底、宁死不屈的反抗精神在第三折达到高峰，她在赴刑场时唱了一支[滚绣球]：

> 有日月朝暮悬，有鬼神掌着生死权。天地也，只合把清浊分辨，可怎生糊突了盗跖、颜渊！为善的受贫穷更命短，造恶的享富贵又寿延。天地也，做得个怕硬欺软，却原来也这般顺水推船。地也，你不分好歹何为地！天也，你错勘贤愚枉做天！哎，只落得两泪涟涟。

窦娥是个本分的妇女，她从来没有想过要怨天恨地，更没想过要和现实作对，但是她身遭飞来横祸，这混淆黑白、颠倒是非的社会，使她不由得不怀疑天理的存在。她怒火中烧，怨气冲天。她坚信正义在自己这边，因此临刑前发下了三桩惊心动魄的誓愿：血溅白练、六月降雪、三年大旱。她要借助异常的现象向人间剖白她的奇冤，惩戒黑暗的社会和恶人。她声明："不是我窦娥罚下这等无头愿，委实的冤情不浅；若没些儿灵圣与世人传，也不见得湛湛青天。"(第三折[耍孩儿])

关汉卿用如椽巨笔,极力描写行刑之后浮云蔽日、悲风怒吼、白雪纷飞、血飞白练的情景,一片浓重沉郁的悲剧气氛,突出了窦娥悲愤莫名的情绪,也体现了作者的用意:对不平的世道,必须坚决地抗争。窦娥身上表现出来的反抗性,是时代最强音的反映。窦娥三桩誓愿的实现,并没有推翻窦娥的冤案,真正为窦娥平反的,是窦娥的鬼魂一而再、再而三地警示她担任"两淮提刑肃政廉访使"的父亲窦天章,才最终使窦天章相信女儿的冤屈,为她平反昭雪。鬼戏和三桩誓愿的实现,都是作者运用浪漫主义创作方法的结果。在吏治腐败的元代,作者只能调动超现实的力量来解决问题,替普天下受压抑的人吐出一口冤气。

二、《窦娥冤》的艺术成就

《窦娥冤》在艺术上的成就是令人瞩目的。

（一）深刻表现现实而又具有强烈的理想色彩

如果分开来看,前两折主要是写实手法,后两折表现了强烈的理想色彩。但二者的结合是密不可分的,如果没有现实描写,就不可能将造成窦娥悲剧的社会原因揭示得那么深刻,就不可能使观众、读者认识到残酷的社会现实是如何把一个善良、高尚的弱女子一步步逼向苦难的深渊;如果没有理想精神,就难以使人受到窦娥不屈意志的强烈震撼,就难以感受到正义终将战胜邪恶,黑暗终将让位给光明的真理。

（二）剧作主脑清楚,矛盾集中,情节紧凑,形象突出

《窦娥冤》写了窦娥 20 年的人生经历,但前 19 年的生活,包括被卖蔡家、结婚、守寡等重大事情,仅在楔子和第一折中简单带过,作者浓墨重彩写的是窦娥的冤情。窦娥一登场,便面临着张驴儿父子强要入赘,接着张父中毒而亡,官府草菅人命,戏剧矛盾步步展开,窦娥的命运紧紧地揪住观众和读者的心,而窦娥的性格也在抗拒张驴儿、陈述冤屈、立誓发愿等情节中渐渐凸显。

（三）语言本色当行

王国维说《窦娥冤》"曲尽人情,字字本色"（《宋元戏曲考》）。臧懋循《元曲选》序二也赞其"雅俗兼收,串合无痕"。作者善于根据人物的身份、性格、情境,恰当地安排唱词。如窦娥受刑后唱的〔滚绣球〕,愤怒地谴责天地、神明和鬼神,哭天抢地,然而又如此无奈,既符合窦娥所处情境,又符合窦娥的典型性格。又如窦娥在法场和婆婆哭别的一支〔鲍老儿〕:

> 念窦娥伏侍婆婆这几年,遇时节将碗凉浆奠。你去那受刑法尸骸上烈些纸钱,只当把你亡化的孩儿荐。婆婆也,再也不要啼啼哭哭,烦烦恼恼,怨气冲天,这都是我做窦娥的没时没运,不明不暗,负屈衔冤。

曲子用生动朴素的语句,写出了含冤负屈的窦娥在风烛残年的婆婆面前,万千委屈无从说起的心理。而写泼皮张驴儿,就换了一幅笔墨。张驴儿到蔡家拉扯窦娥时,被窦娥推了一把,他说:"这歪刺骨!便是黄花女儿,刚刚扯的一把,也不消这等使性,平空的推了我一交,我肯干罢!就当面赌个誓与你,我今生世不要他做老婆,我也不算好男子!"人物的无赖泼皮嘴脸,在三言两语中得到显现。

拓展阅读作品篇目

关汉卿:《窦娥冤》《单刀会》《救风尘》

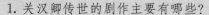

1. 关汉卿传世的剧作主要有哪些？

2. 关汉卿在《窦娥冤》中如何运用现实主义和浪漫主义相结合的创作方法？

3. 《窦娥冤》悲剧所蕴含的深刻的社会意义是什么？

第三节　王实甫与《西厢记》

王实甫的《西厢记》明确地提出"愿天下有情的都成了眷属"，从而使唐代以来流传的崔莺莺、张君瑞爱情故事的主题得到彻底改变，闪现着令人目眩的思想光辉，而它在艺术上也达到了元代戏剧创作的高峰。明代贾仲明的"《西厢记》天下夺魁"一语，似乎成了定评。它在民间流传范围极广，可说是家喻户晓。它的思想、艺术对以后的戏剧、小说产生了深远的影响。

王实甫，名德信，大都（今北京）人，生卒年与生平事迹不详，可能和关汉卿同时而略晚。元成宗元贞、大德年间（1295—1307）尚在人世。贾仲明为他写的《凌波仙》词中说他："风月营密匝匝列旌旗，莺花寨明飚飚排剑戟，翠红乡雄赳赳施谋智。作词章，风韵美，士林中等辈伏低。新杂剧、旧传奇，《西厢记》天下夺魁。"由此可知，他和关汉卿一样，也是常混迹勾栏、行院、教坊的剧作家。从他在剧作《破窑记》中"世间人休把儒相弃，守寒窗终有峥嵘日"的感叹来看，他可能是一个失意的落魄文人。王实甫的杂剧除《西厢记》外，留存下来的还有《丽春堂》《破窑记》两种，另有《贩茶船》《芙蓉亭》的曲文各一折。

● 一、《西厢记》的主要人物形象

张生、崔莺莺的故事源自唐代元稹传奇《莺莺传》。《莺莺传》流传广泛，宋金元时期的文人、艺人根据自己的理想和观念对这一故事进行再创作，产生了不少说话、说唱、戏剧作品。其中金代董解元的《西厢记诸宫调》把《莺莺传》"始乱终弃"的故事改写成一对青年男女追求婚姻自由的爱情故事，改变了人物性格、故事结局，鲜明地表达了"从今至古，自是佳人合配才子"的立场。王实甫《西厢记》把董解元的《西厢记诸宫调》改编成戏曲，基本沿袭了"董西厢"的情节，但反封建的思想倾向更强烈，人物形象更鲜明。

崔莺莺是剧中的主要人物，性格复杂。她美丽，多才，既深受封建礼教的濡染，又有着对爱情生活的向往。她和张生在佛殿相遇，一见钟情，经过隔墙联吟，彼此心有灵犀，互相爱慕，但碍于老夫人的拘管，没有更多接近的机会。在孙飞虎兵围普救寺，老夫人许婚，张生下书解围之后，莺莺和张生都满心欢喜，以为可以如愿以偿，成就婚姻。不料老夫人赖婚，这激起了莺莺对母亲的不满。当她从琴声中听到张生向她倾诉的心事以后，更激起了她对张生的爱慕之情和对封建家长的反抗意识。但她毕竟是相国小姐，家庭教育和上层社会的身份，使她难以贸然走出和张生自由结合这一步,而且她也担心小丫鬟红娘是母亲派来的耳目,于是戏剧出现了有趣的矛盾纠结:明明是她叫红娘去探望生病的张生,但当红娘带回张生的诗笺时,她却责骂红娘带回"这简帖戏弄我";她要红娘带信给张生,叫他下次休得如此大胆,但是张生打开信一看,竟然是莺莺约会的诗简。张生如约来会,她又训斥张生要"止之以礼"。就是这样一个集各种矛盾于一身的崔莺莺,终于战胜了层层阻碍,毅然迈出了反抗封建礼教、封建家长的脚步。这个内心纠结着各种矛盾的崔莺莺,她的形象显然符合人物的社会环境和身份个性,因而是真实、丰采、饱满的。她最终冲破了礼教的樊笼,使作品反封建的意识更加鲜明。

我们还应该看到,王实甫赋予崔莺莺这个形象的不仅仅是"才子配佳人"的思想,更是对"情"的执着追求。在《长亭送别》中,她埋怨"蜗角虚名,蝇头小利,拆鸳鸯两下里","但得一个并头莲,煞强如状元及第"。因此崔莺莺这个形象,已经是一个视"情"为第一义的封建传统的叛逆者。

剧中的张生是一个才华出众、虽有些轻狂,却是情真意专的志诚君子。他一见了崔莺莺,就忘记了求取功名的大事,而且采取了一系列热烈、大胆的方式和真诚的努力来获取崔莺莺的爱情。他不管人家是否对他有意,先自报家门:"小生姓张,名珙,字君瑞,本贯西洛人也,年方二十三岁,正月十七日子时建生,并不曾娶妻。"在夜吟、请兵、琴挑甚至身染沉疴的过程中,都展示了他对崔莺莺的痴心和忠贞。作者十分注意突出他志诚的一面。他一接到崔莺莺的诗简,马上喜上眉梢,顾不得细察诗意,也不管是否有诈,半夜逾墙去赴约,结果遭到崔莺莺的呵斥。在"赖婚"一场,开头张生以为老夫人会将崔莺莺许配给他,兴高采烈等着作新郎,没想到老夫人赖婚,坚决不同意这桩婚事,他甚至跪在红娘面前,声称如果得不到崔莺莺,他就要悬梁自尽。正是他这种对于爱情的执着和志诚,最终打动了崔莺莺,两人终于私下结合。

红娘是《西厢记》中一个社会地位卑贱却光彩四射的人物,她机智聪明,热情泼辣,又心地善良。她冷眼旁观,很清楚老夫人为维护"相国家谱",决不允许张生和崔莺莺的结合,所以她最初并不想帮助张、崔两人。但在事件发展的过程中,她逐渐为崔、张之间真挚的感情打动,也不满老夫人的背信弃义,于是转而积极地为他们传递书信、出谋划策。她批评张生是"银样镴枪头",在老夫人面前总是非常软弱,不敢抗争;她讽刺崔莺莺心口不一,明明思念张生,在人前却一点也不流露;对老夫人,她更加机智地为崔、张两人辩护,使老夫人理屈词穷,不得不答应了两人婚事。最巧妙的是,她反击老夫人的,恰恰是老夫人要维护的封建纲常和家族利益。如《拷红》中,她先把张生和崔莺莺的私情告诉了老夫人,然后对老夫人说:"目下老夫人若不息其事,一来辱没相国家谱,二来日后张生名重天下,施恩于人,忍令反受其辱哉?使至官司,老夫人亦得治家不严之罪。"这几句话,真是以其人之道还治其人之身,老夫人只好默认了张生和崔莺莺的婚事。红娘是一个侠肝义胆、机智聪明又生气勃勃的形象。前人谓红娘:"有二十分才,二十分胆。有此军师,何战不克?"(《汤海若先生批评西厢记》)红娘在《西厢记》中的地位可谓举足轻重。

老夫人是剧中封建家长的代表,是崔、张、红娘的对立面。《西厢记》沿袭了唐传奇的时代背景,老夫人的娘家郑氏和夫家崔氏皆为世家大族,戏剧开场楔子说明崔相国在世之时已把崔莺莺许配给了老夫人娘家侄儿郑恒,但因相国丧期未满尚未成婚。又因为崔相国去世,老夫人希望以婚姻维持门第地位,她对女儿婚姻标准的坚持,显然是符合传统和世俗的观念的。但是，老夫人和女儿扶枢回乡路途受阻，暂居普救寺的崔莺莺与张生偶然相遇一见钟情，而孙飞虎兵围普救寺、张生解围等一系列事件的发生，让原本缺乏客观条件而不太可能实现的恋情逐渐发展和成熟，年轻人自然萌生的爱情跟封建时代重视门第的婚姻观念发生了冲突，在这个冲突的过程中，老夫人作为一位母亲、一个封建家长的思想和性格得到细致而真实地展现。老夫人显然是爱女儿的，她必须守护女儿的婚姻，必然按照当时的观念守护女儿的幸福。面对孙飞虎的逼迫，她不得已答应把女儿许给解围的张生。但危险解除后，她赖婚了，她让张生和崔莺莺以兄妹相称，许给张生金帛相谢，这一变化称得上"狡猾"。当她得知崔莺莺和张生私自结合之后，非常震怒，可又非常无奈，因为"家丑不可外扬"，而且封建家族的规矩不允许有"再婚之女"，她不得已认可了崔莺莺和张生的婚事，但仍然要求张生必须上京赶考，考上功名得了官职才能来成婚，因为"俺三辈儿不招白衣女婿"，仍然有着对婚配的身份地位的坚持。老夫人的形象塑造得非常真实。这一源自历史生活的艺术形象使得剧作表达自由爱情的理想主题更具现实意义。

二、《西厢记》的艺术成就

《西厢记》的艺术成就主要体现在以下几个方面：

（一）《西厢记》在结构上以两条线索来展开剧情

一条是莺莺、张生、红娘和老夫人之间的矛盾冲突，另一条是莺莺、张生、红娘之间的戏剧冲突。前一条线是主线，后一条是副线。两条线交叉进行，推动剧情的发展，层层揭示莺莺、张生的相爱和封建家族利益的冲突，以及不同人物性格的矛盾，丰富了人物的形象，深化了作品的主题。

（二）《西厢记》的语言，具有鲜明的个性化色彩

《西厢记》的语言，人称"字字当行，言言本色，可谓南北之冠"（徐复祚《曲论》），如莺莺的唱词和红娘的唱词，一个辞藻华美、节奏舒缓；一个质朴俚俗、生动活泼。如莺莺唱的[混江龙]：

> 落花成阵，风飘万点正愁人。池塘梦晓，阑槛辞春。蝶粉轻沾飞絮雪，燕泥香惹落花尘。系春心，情短柳丝长；隔花阴，人远天涯近。香消了六朝金粉，清减了三楚精神。

唱词中揉进了唐诗、宋词，辞采华美，深情含蓄，符合莺莺这个大家闺秀的学养和身份。而红娘唱的[满庭芳]则完全是另一风格：

> 来回顾影，文魔秀士，风欠酸丁，下功夫将额颅十分挣，疾和迟压倒苍蝇，光油油耀花人眼睛，酸溜溜螫得人牙疼。

这是红娘夹着口语、俗语的唱词。剧中许多唱词还根据特定场景中人物的真情实感来写，如《长亭送别》中莺莺唱的几支曲子：

> [正宫·端正好]碧云天，黄叶地，西风紧，北雁南飞。晓来谁染霜林醉？总是离人泪。

> [滚绣球]恨相见得迟，怨归去得疾。柳丝长，玉骢难系，恨不倩疏林挂住斜晖。马儿迍迍地行，车儿快快地随，却告了相思回避，破题儿又早别离。听得道一声去也，松了金钏；遥望见十里长亭，减了玉肌。此恨谁知。

前一支曲子，一是写秋景，借萧瑟景物，抒发伤别之情；二是移情于物，枫叶遇秋而红，原

是自然现象,作者却说枫叶之红,是离人眼中的血泪染成的! 这似是无理之词,却突出了离别的悲伤,突出了离人之间的深厚情意。这一支曲子因为意境优美,情景交融,很受读者喜爱。后一支曲子主要通过人物的心理活动,表现了离人之间强烈的痛苦。

（三）杂剧体制上的改革

元杂剧的体制,一般是一本四折,王实甫《西厢记》全剧共五本二十折,扩大了全剧的规模。在主唱角色的分配上也打破了由一人主唱的惯例,第一本由张生主唱,第二本其中三折由莺莺主唱,第二折由红娘主唱,第三本由红娘主唱,第四本分别由张生、红娘、莺莺主唱以及崔、张同唱。第五本亦分别由崔、张、红娘主唱或同唱。体制上的突破和创新,使戏剧形式更加完善,戏剧冲突更加波澜迭起,能够更加细致、全面地刻画和塑造人物形象。

《西厢记》以其思想的进步、剧情的生动曲折以及艺术上令人叹赏的成就,自问世起,就受到普遍的欢迎。不但刊本纷繁,模仿《西厢记》文辞和情节的戏文、小说也屡屡出现。而一些大家,则从中借鉴经验,丰富自己的创作,如汤显祖的《牡丹亭》、曹雪芹的《红楼梦》等,都从中得到艺术上的浸染。

 拓展阅读作品篇目

　　董解元:《西厢记诸宫调》

　　王实甫:《西厢记》

思考练习题

1.《西厢记》对元稹《莺莺传》等同题材作品主题作了怎样的改变? 这种改变有何意义?

2. 谈谈《西厢记》中作为"卑贱者"的红娘形象以及这个形象的意义。

3.《西厢记》在体制上对元杂剧有何突破和创新?

4.《长亭送别》中[正宫·端正好]一曲是怎样情景交融,抒发离人的心情的?

第四节　白朴与马致远

　　元杂剧名家有"元曲四大家"之说,关于"四大家"指哪四家,元明清三代许多评论者或有不同说法,但是,关汉卿、白朴和马致远总是在"四大家"之列。白朴是与关汉卿同一时期的著名剧作家,马致远的时代略晚一些。

● 一、白朴与《梧桐雨》

白朴(1226—1306后),字仁甫,一字太素,号兰谷。白朴出身于仕宦之家,其父白华曾任金朝枢密院经历官。在白朴八岁那年,金朝为蒙古所灭。经历国破家亡的白朴,常有山川满目之叹,郁郁不乐,所以"放浪形骸,期于适意"(王博文《白兰谷天籁集序》),拒绝元朝政府征召,流连山水,跟书会才人、勾栏歌伎们交往,"拈花摘叶风诗性,得青楼薄幸名"(贾仲明《录鬼簿续编》)。

白朴擅长词曲,有词集《天籁集》,散曲现存40首。《录鬼簿》记录了他的杂剧剧目15种,但现存剧本不多。他的作品多沧桑之感,悲凉痛切。如《石州慢》:"千古神州,一旦陆沉,高岸深谷。梦中鸡犬新丰,眼底姑苏麋鹿。少陵野老,杖藜潜步江头,几回饮恨吞声哭。"

白朴自幼受到良好教育,少年时期跟随元好问学习诗词和古文,深得元好问赞赏。《梧桐雨》是他的代表作,描写安史之乱中唐明皇李隆基和杨贵妃的故事,以浓郁的抒情性、醇厚的诗味和华美的文辞著称。

李、杨故事从安史之乱以后就成为文坛的热门话题,产生了大量吟咏李、杨的诗歌,著名者如白居易《长恨歌》,唐宋时期还出现了《杨太真外传》《玄宗遗录》等小说,金元之际关汉卿、王伯成等很多剧作家写过李、杨题材的戏剧。历代李、杨故事的演绎和对李、杨的褒贬,从不同角度反思和评论李隆基及安史之乱这段历史,其中蕴含着不同时代的社会文化心理。

《梧桐雨》是末本戏,以唐明皇为主角,细腻地表现了唐明皇对杨贵妃的深切爱恋。第一折描写七夕长生殿乞巧排宴,唐明皇对杨贵妃发下海誓山盟,相约世世姻缘。第二折,沉香亭畔欣赏杨贵妃金盘舞霓裳,令郑观音琵琶、宁王玉笛、花奴羯鼓、黄翻绰执板、梅妃玉箫为伴奏。舞前有四川道使者进献荔枝,舞后则是唐明皇亲自捧杯与杨贵妃饮酒。第三折马嵬坡六军喧哗,唐明皇万般无奈赐杨贵妃自尽。第四折,叛乱平息后,成为太上皇的唐明皇闲居西宫,对着贵妃像,沉浸在无以排遣的痛苦和思念之中。这一剧情主线明显可见对《长恨歌》爱情主题的继承。

但是,《梧桐雨》并非单纯的爱情剧。白朴创作《梧桐雨》,既接受了此前唐宋诗词和小说对李、杨故事多向度的演绎,也包容了不同素材所蕴含的自相矛盾的主题,在安史之乱的描写中显然融入了白朴亲身经历的金代亡国的体验和反思,具有以古讽今的意味。

此剧楔子写安禄山按军法当斩,但李隆基不问是非,把安禄山赐给杨贵妃做义子,且任意加官晋爵,如此养虎为患、昏庸误国。第一折写李隆基沉迷于杨贵妃的美色,无心朝政。第二折,即使渔阳鼙鼓动地来,唐明皇也全然不以国事民生为意,面对慌乱至极前来报告的左丞相杨国忠,唐明皇说:"你慌做甚么。"唱词[剔银灯]:"止不过奏说边庭上造反,也合看空便觑迟疾紧慢,等不的俺筵上笙歌散,可不气丕丕冒突天颜,那些个齐管仲,郑子产,敢待做假忠孝龙逢比干。"并不是他作为太平天子沉着稳定,而是完全不在意,他在意的只有杨贵妃。当他决定幸蜀避难,他担心的仍然不是国事民生,而是千娇百媚的杨贵妃怎么经得起蜀道之难。从这些情节可见,白朴的创作,对唐明皇既有同情,也有批判:对他的风流才情是同情的,但对他的昏庸误国是批判的。《梧桐雨》的楔子、第一折还有意透露杨贵妃和安禄山的私情,第二折安禄山自言起兵的目的"单要抢贵妃一个,非专为锦绣江山",第三折陈玄礼说安禄山造反,皆因杨氏兄妹,而这也正是马嵬坡禁军哗变的原因。可见,《梧桐雨》剧情逻辑缜密,细针密线,是把杨贵妃和安禄山的关系作为李、杨悲剧的前提和背景来安排的。

因为如此多元的叙事指向,所以,对于《梧桐雨》的主题思想,历来研究者有不同的看法:有的认为它与白居易的《长恨歌》一样,歌颂李、杨生死不渝的爱情;有的认为作者意在批评和讽喻李隆基的政治得失;也有的认为此剧主题思想在歌颂和批判中显得矛盾和混乱;还有人认为此剧表现的是人生变幻的主旨。不过,因为元杂剧末本戏正末主唱的体制,正末扮演的唐明皇形象得到更为充分的刻画,因此虽然戏剧叙事指向多元,对唐明皇有同情也有批判,但通过唐明皇情感和心理的描绘,着重表现了人生变幻的深沉感慨。

在《梧桐雨》悲情主题的表达中,巧妙地运用了"梧桐"意象,以之作为盛衰变化的见证,使得全剧结构紧凑、意味深长。第一折,唐明皇和杨贵妃在梧桐树下海誓山盟。第二折,杨贵妃在梧桐树下舞霓裳。第四折,唐明皇闲行园中,见梧桐依旧,忆昔日繁华,梦贵妃赴宴,却被秋雨梧桐惊醒,听雨滴梧桐直到晓。《梧桐雨》"秋雨梧桐"的意象主要来自《长恨歌》,但梧桐意象在中国古典诗词中常见,多表达惆怅、忧伤的情绪,积淀了伤感忧郁的意象色彩,因此有着浓重的抒情意味。

白朴是元杂剧文采派的代表作家,剧作语言典雅绮丽而又细腻传情。此剧第四折用了23支曲子,描写失去杨贵妃的唐明皇见物思人,触景伤情,思绪纷纷。无论是坐对真容,还是闲行园亭,无论是梦还是醒,他都无法排遣对杨贵妃的思念。情与景的交融、映衬,现实与回忆、梦境与现实的交错、对比,尤其是对秋夜梧桐雨声的细致感受和刻画,不但强化了唐明皇深情的形象,而且深刻表现了他由盛而衰的凄凉处境。体贴人情,缠绵悱恻,情之缠绵与词之优雅浑融一体,典型体现了白朴的文采和抒情风格。

二、马致远与《汉宫秋》

马致远号东篱,大都(今北京)人,生卒年不详,大约生活于蒙哥汗至元仁宗时期。马致远是当世名士,梨园中人称之为"曲状元"(贾仲明《录鬼簿续编》),散曲创作成就很高,有《东篱乐府》传世。从他的散曲可见他大体的生平经历:早年追求功名,欲济世报国,曾任江浙行省务官,但是宦途多艰,以致牢骚满腹,所谓"且念鲰生自年幼,写诗曾献上龙楼","上苍不与功名侯","世事饱谙多,二十年漂泊生涯","人间宠辱都参破"。晚年退隐田园,求仙慕道,过着"酒中仙、尘外客、林间友"的生活。

马致远创作杂剧 15 种,现存 7 种。《汉宫秋》为其代表作,很受推重,明代臧懋循《元曲选》列为卷首。

《汉宫秋》是历史剧,写王昭君出塞之事。基本剧情是:汉元帝派毛延寿遍行天下选美人入宫。秭归女子王嫱字昭君,天下绝色,但因家贫不能向毛延寿行贿,被毛延寿点破美人图,进宫之后长居冷宫,十年后偶然被巡宫的汉元帝发现,备受宠爱,封为明妃。因汉元帝下令惩罚毛延寿,毛延寿投奔匈奴,献上昭君美人图,唆使呼韩邪单于以大兵压境相威胁,向汉元帝索要王昭君。汉朝大臣劝元帝以社稷为重,以王昭君换天下太平。汉元帝无奈,只能令昭君和番。王昭君行到黑龙江番汉交界之地投江自杀。汉元帝对着美人图无限思念。

昭君出塞之事在《汉书》和《后汉书》中皆有记载,谓昭君主动请行,并在匈奴结婚生子。昭君出塞在正史中是一件民族和睦的佳话。但昭君出塞之事在小说杂记中逐渐偏离正史而演绎出丰富的细节和意蕴:东晋葛洪的《西京杂记》记载汉元帝悔失昭君而怒杀毛延寿之事;传说蔡邕所作《琴操》谓呼韩邪单于死后,昭君不肯遵从匈奴习俗改嫁老单于前妻之子而自杀;唐代《王昭君变文》写昭君出塞后思念家乡,愁病而亡。这些撰写都带有悲剧意味。唐代诗人更是从同情昭君的角度对汉代君臣质疑。如戎昱《咏史》云:"汉家青史上,计拙是和亲。社稷依明主,安危托妇人。岂能将玉貌,便拟静胡尘。地下千年骨,谁为辅佐臣?"胡曾《汉宫》云:"明妃远嫁泣西风,玉箸双垂出汉宫。何事将军封万户,却令红粉去和戎。"这些诗明显谴责汉元帝君臣"安危托妇人",以红粉和亲换得将军万户侯。

《汉宫秋》对正史记载的改造,显然继承了前代野史小说中王昭君形象的悲剧意蕴和前代诗人对君臣责任的反思,同时,马致远也接受了自己时代的环境影响。在金、宋灭亡的过程中,曾经发生过不少勒索宫女北上的事件,而被俘北去的汉人吟咏,总是把自己的遭际跟王昭君相联系。如郑惠真《送水云归吴》云:"琵琶拨尽昭君泣,芦叶吹残蔡琰啼。"汪元量《湖州歌》云:"宫人清夜按瑶琴,不识明妃出塞心。"文天祥《和中斋韵》云:"俛眉北去明妃泪,啼血南飞望帝魂。"在这样的时代背景下,马致远选择昭君故事作悲剧性的描写,把昭君和亲改为昭君坚贞不屈自杀的悲惨结局,而且有意把汉强匈奴弱的历史背景改为汉弱匈奴强,把画工毛延寿改为中大夫之职并加上勾引匈奴犯境的叛国行为,又着意表现朝中大臣的平庸无能,《汉宫秋》的这些改写,应该是对金元、宋元易代的现实生活有所寄寓。

《汉宫秋》的剧情主线是汉元帝与王昭君的相遇、相爱、离别、思念,这也是一出末本戏,以汉元帝为主角,主要通过汉元帝的唱词表现他对王昭君的宠爱和沉迷,面对匈奴威逼和亲的无奈与愤懑,失去昭君的痛苦和思念。马致远善于写情,他对汉元帝形象的塑造带着浓厚的同情色彩,但杂剧内容相当丰富,内涵并不单一,这恰恰也是《汉宫秋》成为经典名著的重要因素。作为背景,杂剧表现了汉元帝信任谗佞小人毛延寿,"少见儒臣,多昵女色",因此,匈奴"甲士十万,南移近塞",汉元帝却以为"四海平安绝士马,五谷丰登没战伐",所以在全国选美。因为选入宫中的女子太多,十年之中"多有不曾宠幸,煞是怨望"。巡宫偶遇王昭君之后,汉元帝"如痴似醉,久不临朝",所以,尚书借匈奴之言责备他"朝纲尽废,坏了国家"。因为沉迷于温柔乡,他不仅不知匈奴威逼,对朝廷大臣也完全不了解。正如欧阳修《和王介甫明妃曲二首》之二所言:"耳目所及尚如此,万里安能制夷狄!"他刚刚夸下"忠臣皆有用,高枕已无忧"的海口,就听到尚书来报匈奴和番之请,他希望他的大臣们"干请了皇家禄",能"分破帝王忧",但满朝文武,没有一个敢退番兵,他只能徒然感慨自己"空掌着文武三千队,中原四百州",却是"千军易得,一将难求"。面对大臣们"女色败国"的劝谏,他只能哀叹"做天子的官差不自由"。在这样的描写中可见,杂剧作者对汉元帝的态度既有同情又有批判,可谓哀其不幸,痛其无能。唯其如此多向度的叙事,才成就《汉宫秋》作为历史剧的厚重,这是马致远过人的历史体认和艺术才华的表现。

中国戏曲的核心是"曲",曲由诗词发展而来,其本质是抒情。《汉宫秋》就是一出具有强烈抒情色彩的悲剧。第三折是悲剧的高潮,用12支曲集中抒发汉元帝与王昭君的生离死别之情。第四折表现汉元帝对王昭君绵绵无尽的思念,充满浓重的感伤情绪。自从王昭君和番,汉元帝一百多天不上朝,对着美人图日夜思念。好不容易梦见王昭君,却是"唤娘娘不肯灯前应",梦醒只听见秋夜孤雁哀鸣,"伤感似替昭君思汉主,哀怨似作薤露哭田横,凄怆似和半夜楚歌声,悲切似唱三叠阳关令","一声声绕汉宫,一声声寄渭城",无限哀伤和迷惘,余味无穷。

马致远也是元杂剧文采派的作家,剧作语言典雅工丽而又酣畅明快,能准确、深刻地表现人物的思想感情。在表现哀婉、凄凉的情绪时,往往以精美华丽的唱词、利用周围景物作为烘托来营造情境。名曲如第三折[梅花酒]:"呀!俺向着这迥野悲凉。草已添黄,兔早迎霜。犬褪得毛苍,人搠起缨枪,马负着行装,车运着糇粮,打猎起围场。他、他、他,伤心辞汉主;我、我、我,携手上河梁。他部从入穷荒,我銮舆返咸阳。返咸阳,过宫墙;过宫墙,绕回廊;绕回廊,近椒房;近椒房,月昏黄;月昏黄,夜生凉;夜生凉,泣寒螀;泣寒螀,绿纱窗;绿纱窗,不思量!"运用排比、对句、顶真等修辞手法,音节短促急切,一句一转,叙事情境从悲凉旷野转入寂寞深宫,将汉元帝痛失昭君的凄苦心情写得淋漓尽致。

● **拓展阅读作品篇目**

白朴:《梧桐雨》

马致远:《汉宫秋》

● **思考练习题**

1. 谈谈你对《梧桐雨》中唐明皇形象的认识。

2.《梧桐雨》通过李、杨爱情表达了什么思想观念?

3. 谈谈《汉宫秋》第三折的抒情特点。

4. 分析《汉宫秋》中汉元帝的形象。

5.《汉宫秋》改造历史题材是为了表达什么主题?

第五节　高明与《琵琶记》

《琵琶记》属于南戏。南戏,又称南曲戏文,原是北宋后期在南方浙、闽一带用民间小曲演唱的小戏,又称"温州杂剧""永嘉戏曲"。它在形成过程中,不断吸收了诸宫调、大曲、滑稽戏以及宋杂剧的艺术经验。因为是在东南沿海一带发育成熟起来的,为了区别于北曲杂剧,所以将之称作"南戏"。

高明的《琵琶记》代表了南戏艺术的最高成就。它的出现,标志着南戏的成熟。它的结构形式、曲律、表演艺术,都成为明代戏曲模仿的对象,人们甚至称《琵琶记》为"南曲之祖"。

高明(约1307—1359),字则诚,号菜根道人,浙江瑞安人。他出身于书香门第,从小受到儒家的正统教育,师从理学家黄溍。至正五年(1345)中进士后,先后在浙江、江西、福建做过多任地方官,官声颇佳。约在至正十六年(1356)之后,隐居在浙江宁波的栎社,以词曲自娱,创作了《琵琶记》和其他一些诗文。

● 一、《琵琶记》的再创造及其主要人物形象

宋代戏文中早有《赵贞女蔡二郎》一剧,写蔡伯喈考中状元,抛下双亲和发妻赵贞女,贪恋功名利禄,滞留京城不回家乡。赵贞女在饥荒之年,吃糠咽菜,赡养公婆,竭尽孝道。公婆死后,她以罗裙包土,埋葬双亲,身背琵琶,上京寻夫。蔡伯喈居然放马踩踹赵贞女,致使人神共怒,蔡伯喈终被暴雷轰死。

高明的《琵琶记》基本上保留了原剧的框架,保存了原剧中赵贞女"有贞有烈"的形象,以及维护家庭稳定的伦理观念,但对蔡伯喈的形象作了重大改动,把原来背信弃义、不仁不孝的蔡伯喈改写成一个"全忠全孝"的正面人物。

《琵琶记》的戏剧冲突,是围绕着"三不从"展开的,随着高明精心设计的"三不从"情节,蔡伯喈复杂的心理、软弱的性格以及封建伦理纲常与生俱来不可克服的矛盾,都步步展示在观众和读者面前。

蔡伯喈的家庭生活原来是和谐美满的,他不想仕进,宁愿"甘守清贫,力行孝道",夫妻相守。可是皇帝出榜招贤,父母坚决要他上京应试,蔡公甚至表示只要儿子考中,他纵然死了,"一灵儿终是喜",而蔡伯喈如果"不为禄仕,所以为不孝"。这就是蔡伯喈的"辞考,父亲不从"。蔡伯喈考中状元后,不想滞留京师,上表辞官,请求皇帝任他为乡官:"乡郡望安置,庶使臣,忠心孝意,得全美。"他希望忠孝两不误,既能事君,又能养亲。但是皇帝不允许他还乡:"孝道虽大,终于事君。"这就是蔡伯喈的"辞官,皇帝不从"。牛宰相看中蔡伯喈,强要招赘,蔡伯喈辞婚,但皇帝下旨令蔡伯喈"曲从师相之请,以成桃夭之化"。这就是蔡伯喈"辞婚,牛相不从"。

《琵琶记》极力表现蔡伯喈"生不能事,死不能葬,葬不能祭"的"三不孝"行为,并非个人道德问题,而是因为他无法抗拒封建纲常伦理对他个人意志的压迫,是封建伦理本身存在的不可化解的矛盾造成了蔡伯喈的无所适从。蔡伯喈在第二十四回《官邸忧思》中说:"被亲强来赴选场,被君强官为议郎,被婚强效鸾凤凰。三被强,我衷肠事说与谁行。"蔡伯喈性格上有委曲求全的一面,但他还是一个有情有义的人。因此,他经常陷入内疚、痛苦之中。他一再感叹的是:"文章误我,我误爹娘。""文章误我,我误妻房。"

蔡伯喈集三件喜事于一身:中状元,当相府东床,任朝廷命官。其中任何一件都是封建社会的士子所梦寐以求的,但就是它们,酿成了蔡伯喈一生的悲剧。这岂不是一个天大的矛盾?这部戏所塑造的蔡伯喈这个艺术形象的意义,已经突破了作者刻意塑造"全忠全孝"的封建道德典范的主观愿望,它遵循生活的真实,揭示了封建统治者和封建制度本身的罪恶,就是它们,制造了蔡伯喈、赵五娘这一类忠孝、节义人物的悲剧。封建统治阶级标榜的纲常名教,存在着无法克服的内在矛盾。

赵五娘是高明着意刻画的女主角。作者给这个人物的定位是"有贞有烈"的女性典范,是封建道德的化身。她在丈夫赴京应试,实际上已遭遗弃之后,默默奉养公婆,任劳任怨。灾荒年月,吃糠度日,剪发买葬公婆。她忍受了常人难以忍受的种种不幸,在她身上,集中了中国古代妇女吃苦耐劳、淳朴坚贞的优秀品质。高明的本意,是要将赵五娘写成一个贤妻孝

妇,实现他宣传"子孝妻贤"封建理念的创作主旨。但《琵琶记》在塑造赵五娘的"贞烈"形象时,也真实地表现了赵五娘的不幸,揭示了造成这种不幸的原因。赵五娘在《糟糠自厌》里唱道:

[孝顺歌]呕得我肝肠痛,珠泪垂,喉咙尚兀自牢嘎住。糠! 遭砻被舂杵,筛你簸扬你,吃尽控持。悄似奴家身狼狈,千辛万苦皆经历。苦人吃着苦味,两苦相逢,可知道欲吞不去。

[前腔]糠和米,本是两倚依。谁人簸扬你作两处飞? 一贱与一贵,好似奴家共夫婿,终无见期。丈夫,你便是米么,米在他方没寻处。奴便是糠么,怎的把糟救得人饥馁? 好似儿夫出去,怎的教奴,供给得公婆甘旨?

赵五娘吃糠,是为了把米省下给公婆,她做出这许多牺牲,只因为"奴须是你孩儿的糟糠妻室"。在剧中她几次强调自己是"媳妇"这个角色。"索性做个孝妇贤妻,也得名书青史,省了些闲凄楚。"她所做的一切,都是为了做个"孝妇贤妻"。剧本让人们看到,在赵五娘这个被封建纲常包裹起来的人物的心灵深处,隐藏着多少痛苦。因此李贽评点[孝顺歌]时说:"一字千哭,一字万哭,可怜! 可怜!"

高明为什么要创作《琵琶记》? 在第一出的"副末开场"中,有一首《水调歌头》,可以说是夫子自道:

秋灯明翠幕,夜案览芸编,今来古往,其间故事几多般。少甚佳人才子,也有神仙幽怪,琐碎不堪观。正是不关风化体,纵好也徒然。

论传奇,乐人易,动人难,知音君子,这般另做眼儿看。休论插科打诨,也不寻宫数调,只看子孝与妻贤。骅骝方独步,万马敢争先?

从前面介绍的内容看,高明是把《琵琶记》当作宣传封建道德的工具,具有它历史局限性的一面。但是《琵琶记》客观上却反映出正是封建统治者、封建制度以及封建伦理,造成了蔡伯喈、赵五娘的巨大痛苦。他们的悲剧,给了读者、观众强烈的震撼,这正是《琵琶记》具有现实主义艺术魅力的一面。

● 二、《琵琶记》的艺术成就

（一）开创了双线结构的明代传奇模式

从蔡伯喈赴京考试开始,剧情就沿着两条线索发展。一边是蔡伯喈在京城登第、为官、入赘;另一边是赵五娘在家乡,侍奉公婆、苦度灾年,糟糠自厌、剪发买葬。两线交叉,苦乐交错。如前一个场景是蔡伯喈"画堂中珠围翠拥",和牛小姐洞房花烛,后一个场景就写赵五娘自食糟糠,侍奉公婆。前者莺歌燕舞,后者哀音绵绵。对比之后,更加凸显赵五娘的悲剧命运,也更引起人们对造成他们夫妻、家庭悲剧的传统伦理道德的思考。这种双线结构,后来成为明代传奇的固定范式。

（二）个性化的语言突出人物性格和戏剧效果

赵五娘在家乡苦守,所用的语言比较质朴,农村生活气息较浓,如《糟糠自厌》中的唱词,前人就评为"志在笔先,片言宛然代舌;情从境转,一段真堪肠断"（吕天成《曲品》）。在《赏月》一出中,蔡伯喈、牛氏同在庭院望月寄怀,但是各自心情不同。如:

〔生上〕[生查子]逢人曾寄书,书去神亦去。今夜好清光,可惜人千里。〔贴〕相公,今夜中秋，月色可爱。我请你赏玩一番，你没事推阻怎的？〔生〕月色有甚好处？〔贴〕相公，怎的不好？〔醉江月〕你看：玉楼金气卷霞绡，云浪空光澄澈。丹桂飘香清思爽，人在瑶台银阙。〔生〕影透凤帏，光窥罗帐，露冷蛩声切。关山今夜，照人几处离别。

真是"同一月也，出于牛氏之口者，言言欢悦；出于伯喈之口者，字字凄凉"（李渔《闲情偶记》卷一）。不同人物，不同心境，作者巧妙地把握着纯熟的语言技巧，使人物性格更加鲜明，突出了戏剧效果。

《琵琶记》在人物形象的塑造、剧情结构的安排以及语言方面的成就，都使它堪为明清戏曲的楷模。因此明代戏剧评论家誉之为传奇中的"神品"，尊之为"南曲之祖"。《琵琶记》在19世纪就已先后被译成英文、法文、德文、拉丁文，所以《琵琶记》还是一部享有世界影响的中国古典戏曲。

元代著名的南戏除《琵琶记》外，还有《荆钗记》《白兔记》《拜月亭》《杀狗记》四种。《荆钗记》写书生王十朋以一荆钗为聘礼，欲娶钱玉莲为妻，钱因看重王十朋是才学之士，拒绝了财主孙汝权的求婚而嫁给王十朋。王十朋因得罪权相，被调至蛮荒之地任职。孙汝权私自将王十朋的家书改为休书，又收买钱之继母，欲娶钱女。钱玉莲不信休书之言，并坚拒继母严命，投江自尽明志，后被人救起，夫妻终于团聚。《白兔记》写五代后汉皇帝刘知远穷困潦倒时为李三娘之父赏识，招为女婿。李父死后，刘知远不堪李家兄弟逼迫，愤而投军，因节使招赘和军功贵显。其妻李三娘在娘家受尽折磨和冷眼，甚至于磨房中产子咬脐郎。最后在一只白兔的带引下，终于夫妻父子相认。《拜月亭》改编自关汉卿的同名杂剧。兵荒马乱之中，书生蒋世隆与兵部尚书王镇之女瑞兰于旷野相逢，患难中结为夫妇。王镇强行拆散恩爱夫妻。瑞兰思念丈夫，幽闺拜月，祷祝夫妻重聚。后蒋世隆考中状元，两人最终破镜重圆。《杀狗记》主要内容写富家子孙华听信狗肉朋友的谗言，驱逐其弟孙荣。其妻杨月真设计将一狗尸扮作人尸置于门首，孙华误以为祸事临门，他的酒肉朋友非但不出手相帮，反而告发孙华。此时孙荣挺身而出，为他埋尸消祸。经此一番曲折，兄弟最终和好如初的故事。这四部戏剧，并称为"四大南戏"。

● **拓展阅读作品篇目**

高明：《琵琶记》

　　《荆钗记》《白兔记》《拜月亭》《杀狗记》

● **思考练习题**

1. 什么叫作南戏？"四大南戏"指哪几部剧作？
2. 为什么说《琵琶记》客观上反映了封建伦理道德的罪恶？
3. 《琵琶记》是怎样运用"苦乐交错"的手法的？

第六节　元代散曲

一、元代散曲产生的原因与体制

散曲,原是指分散的单支曲词,是相对于有故事情节、有角色扮演的剧曲(杂剧)而言的。散曲,也被称作"乐府""今乐府""词"。如《小山乐府》《太平乐府》以及《沈氏今乐府》《词林摘艳》等。

散曲产生在金、元时期,它的产生主要有两方面的原因。一是新音乐的产生,二是通俗文学的兴盛。

宋、金之际,北方少数民族相继在中原地区建立了政权,他们特有的音乐文化也随之进入了中原地区。这种粗犷的胡乐和汉族地区原有的音乐相结合,生成了一种新的音乐。新的乐调需要新的歌词,这种新的长短句歌词,便是"散曲"。散曲为什么兴盛呢? 明代徐渭《南词叙录》解释道:

> 今之北曲,盖辽、金北鄙杀伐之音,壮伟狠戾,武夫马上之歌,流入中原,遂为民间之日用。宋词既不可被弦管,南人亦遂尚此,上下风靡,浅俗可嗤。

明人王世贞《曲藻序》也说:

> 曲者,词之变。自金、元入主中原,所用胡乐,嘈杂凄紧,缓急之间,词不能按,乃更为新声以媚之。

词在渐渐成为文人的案头文学以后,失去了它可供市井传唱的特点。而新传来的胡乐,急需配合歌唱的词,在这种情况下,长短句形式的散曲就应运而生了。在城市经济比较发达,市民阶层逐渐壮大,出现了新的文化和娱乐生活需求的特定背景下,散曲产生并且盛极一时。

散曲的体制主要有小令、套数两种基本形式。小令,又叫"叶儿",是单支的短小曲子。套数,又称套曲或散套。套数是由若干支属于同一宫调的曲牌联缀而成的大篇作品。曲牌间的联系有一定的顺序,曲词须一韵到底,结尾时须有"煞曲""尾曲"。

散曲和诗、词所不同的地方在于,它既继承了诗、词的优秀传统,但又表现出鲜明的艺术个性和独特的表现手法,其中最突出的,就是俚俗化。它不避方言俚语,便于传唱,市井色彩浓郁,传播广泛。散曲和民间文学、民间生活的关系密切。明人王骥德《曲律》说:"渠所谓小令,盖市井所唱小曲也。"进入文人创作领域的散曲,和纯粹的"市井小曲"相比,在艺术上当然有所提升。文人散曲总体上以前后两期分为两种风格。前期的散曲通俗、流畅、质朴、泼辣。后期的散曲追求辞藻的华美、风格的典雅清丽,当然,散曲的"本色"也便渐去渐远。

二、元代散曲的代表作家

近人隋树森编《全元散曲》,收有名姓可考的散曲作者两百多人,作品有小令3853首,套数 457 套。散曲的发展分为前后期。

前期的主要作家有关汉卿、马致远、白朴等,他们的作品比较接近民间文学的风格,质朴、自然,甚至直率,市井生活的色彩也比较浓。如关汉卿的[南吕·四块玉]《别情》:

自送别,心难舍,一点相思几时绝。凭阑袖拂杨花雪。溪又斜,山又遮,人去也。

这首曲子前三句直抒胸臆,这是民歌不避真率坦白、语意本色的特点。后四句成功地使用了设障法来突出人物的思念之情。"凭阑"是为了望远,为了目送恋人,但却被如雪飘落的杨花挡住了她的视线。"袖拂杨花雪"这个动作表现了她内心的烦恼。行人越去越远,前方的"溪"、更远的"山",都是她望中的障碍,一层层设障,把相思之苦推向高潮。

白朴散曲今存小令 37 首,套数 4 套。白朴的散曲题材有男女恋情、写景咏物,不少作品表达淡薄功名之意,向往归隐之趣。如[中吕·阳春曲]《题情》:

从来好事天生俭,自古瓜儿苦后甜。奶娘催逼紧拘钳,甚是严,越间阻越情忺。

散曲以女性的口吻直率地表示追求婚姻自由的愿望和决心。短短几句,运用了生动新颖的比喻,语言朴素无华。

马致远有"曲状元"之称,散曲有《东篱乐府》传世。马致远的散曲多表现旷放的意气,愤世嫉俗或消极避世,艺术上追求雅俗兼备,文采情韵具足。如代表作[双调·夜行船]《秋思》中:

[离亭宴煞]蛩吟罢一觉方宁贴,鸡鸣时万事无休歇,争名利何年是彻? 看密匝匝蚁排兵,乱纷纷蜂酿蜜,急攘攘蝇争血。裴公绿野堂,陶令白莲社。爱秋来时那些:和露摘黄花,带霜烹紫蟹,煮酒烧红叶。想人生有限杯,浑几个重阳节。嘱咐你个顽童记者:"便北海探吾来,道东篱醉了也!"

这支曲抒写了隐逸生活的情趣,嘲讽追名逐利者的行径,感叹人生的短促,流露出作者与世无争、隐遁林下的人生理想。这是马致远长期饱受压抑、屈辱之后对现实秩序的认识和反抗。马致远的[越调·天净沙]《秋思》,是脍炙人口的"秋思之祖":

枯藤老树昏鸦,小桥流水人家,古道西风瘦马。夕阳西下,断肠人在天涯。

小令描绘了一幅绝妙的深秋晚景图,真切地表现出天涯沦落人的孤寂愁苦之情,情调低沉。小令选择了深秋时节的枯藤、老树,夕阳中的点点寒鸦,写出了一片萧飒悲凉的秋景,造成一种凄清衰颓的氛围,烘托出作者内心的悲戚。暮色渐临,路边的小桥,桥下的流水,还有袅袅升起炊烟的小院以及可能响起的温馨的人声笑语,这种幽静而甜蜜,安逸而闲致的生活情景,对于漂泊天涯的游子,不能不是极大的刺激。在这里,以乐景写哀情,令人备感凄凉,而游子还得继续他寂寞的旅途。在黄沙漫天的古道上,一匹疲惫的瘦马,带着"断肠人"在夕阳秋风里踽踽而行……一支简短的小曲,内蕴如此丰富,形象如此生动,既以哀景写哀情,又以乐景衬哀情。情景交融,色彩鲜明,无怪王国维称它"纯是天籁,仿佛唐人绝句"(《宋元戏曲考》)。

前期散曲作家队伍中,还有一类仕途比较通达者,作品多表现士大夫的情趣,总体成就虽比不上关汉卿、白朴、马致远,但艺术上也不乏或精工或质朴之妙。如卢挚、姚燧等。

卢挚(1242?—1315?),字处道,一字莘老,号疏斋,涿州(今河北涿州)人,官至翰林学士承旨。其散曲或咏史怀古,或写田园山水之趣。如[双调·沉醉东风]《闲居》(三首之一):

雨过分畦种瓜,旱时引水浇麻。共几个田舍翁,说几句庄家话。瓦盆边浊酒生涯,醉里乾坤大,任他高柳清风睡煞。

姚燧(1238—1313),字端甫,号牧庵,洛阳(今属河南)人,官至翰林学士承旨。他有〔越调·凭阑人〕《寄征衣》:

> 欲寄君衣君不还,不寄君衣君又寒。寄与不寄间,妾身千万难。

曲子不正面写妻子思君,而是通过对寄不寄征衣的犹豫,揭示妻子对丈夫的思念,构思比较巧妙。

元代后期散曲的作家多是南方人或是长期居住在南方的北方人,散曲在题材上较前期广泛,也更注意艺术形式的提高,风格方面,以清丽为主。最著名的代表作家有张可久、乔吉、张养浩、睢景臣等人。

张可久,生卒年不详,字小山,一说字仲远,号小山。浙江庆元(今宁波一带)人。一生沉沦下僚,抑郁不得志。有《小山乐府》等,是元人中存世散曲最多者。《太和正音谱》称他的散曲"词清而且丽,华而不艳"。因他婉约雅丽的风格,被推为"词林之宗匠"。如〔越调·小桃红〕《淮安道中》:

> 一篙新水绿于蓝,柳岸渔灯暗,桥畔寻诗驻时暂。散晴岚,依微半幅云烟淡。杨花乱糁,扁舟初缆,风景似江南。

散曲将淮安道上犹似江南的景色,写得一片诗情画意,又以唐人诗意入曲,更显出典雅工丽。

乔吉(?—1345),字梦符,号笙鹤翁,又号惺惺道人。散曲与张可久齐名,有"曲中李杜"之称。他的散曲写得清新、自然、飘逸,是清丽一派的代表。如〔双调·水仙子〕《寻梅》:

> 冬前冬后几村庄,溪北溪南两履霜,树头树底孤山上。冷风来何处香? 忽相逢缟袂绡裳。酒醒寒惊梦,笛凄春断肠。淡月昏黄。

曲子前五句写寻梅的过程,六七句倒折,流露乐而实悲的心情,最后四句化用宋人林逋《山园小梅》中"暗香浮动月黄昏"句,意境全出,且工整中见自然流畅。

张可久和乔吉的散曲创作,显示了散曲由前期的俚俗向后期的典雅演进的趋势。

张养浩(1270—1329),字希孟,号云庄,济南历城(今山东济南)人。有《云庄休居自适小乐府》传世。张养浩的散曲多作于辞官退隐期间,因此内容多写林泉之趣。他的咏史怀古之作〔中吕·山坡羊〕《潼关怀古》可谓别开生面之佳作:

> 峰峦如聚,波涛如怒,山河表里潼关路。望西都,意踟蹰,伤心秦汉经行处,宫阙万间都做了土。兴,百姓苦;亡,百姓苦!

张养浩于天历二年(1329)以陕西行台中丞身份赈济灾民,途经潼关,看到"峰峦如聚,波涛如怒"的景象,写下此曲。潼关在重重山峦包围之中,关外黄河之水奔腾澎湃,一"聚"字让读者眼前呈现出华山飞奔而来之势、群山攒立之状;一"怒"字让读者耳边回响起千古不绝的滔滔黄河之声。作家身处潼关,西望旧都长安,遥想当年,集天下之财力,大兴土木,建立了秦之阿房,汉之未央,而如今寸瓦尺砖荡然无存,前代风流,烟消云灭。于是不由感叹"宫阙万间都做了土"。但作者并不停留在怀古伤今或者借古鉴今,此曲超过一般怀古之作在于,作者进一步想到,政权的旋兴旋灭,对百姓而言,只有连年的战争和无穷无尽的赋税徭役!"兴,百姓苦;亡,百姓苦"这八个字,鞭辟入里,发人深思。这首散曲立意新颖深刻,风格豪放,气势沉雄。

睢景臣,字景贤,生卒年不详,扬州人。其散曲代表作〔般涉调·哨遍〕《高祖还乡》闻名于世。他采用反讽的手法,从一个农民的立场、视角,对汉高祖刘邦衣锦还乡的场面,进行了

丑化,又在诙谐风趣中对至高无上的皇权表现出大胆的蔑视。如乡民认出还乡的汉高祖就是当年的"刘三"时,骂道:

[一煞]春采了桑,冬借了俺粟,零支了米麦无重数。换田契强称了麻三秤,还酒债偷量了豆几斛。有甚胡突处? 明标着册历,现放着文书。

[尾声]少我的钱,差发内旋拨还,欠我的粟,税粮中私准除。只道刘三,谁肯把你揪捽住? 白甚么改了姓、更了名,唤做汉高祖!

这两支曲子揭了刘邦的老底,指责刘邦为了赖债而改名换姓。看似乡民可笑无知,实际是作者指桑骂槐,对最高统治者进行辛辣的嘲讽和无情的鞭挞。套曲构思精巧,新奇,实在难得。

● 拓展阅读作品篇目

关汉卿:[南吕·一枝花]《不伏老》

马致远:[双调·夜行船]《秋思》

王和卿:[醉中天·咏大蝴蝶]

张养浩:[朝天曲·无题]

乔吉:[折桂令·风雨登虎丘]

张可久:[南吕·金字经]《春晚》

睢景臣:[般涉调·哨遍]《高祖还乡》

贯云石:[双调·清江引]《惜别》

● 思考练习题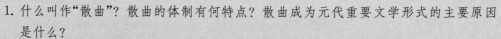

1. 什么叫作"散曲"? 散曲的体制有何特点? 散曲成为元代重要文学形式的主要原因是什么?

2. 散曲的语言风格和词有何不同?

3. 前、后期散曲的总体风格有何不同?

第七章　明代文学

明朝建立,结束了元朝末年长期的战乱。为了恢复农业生产、发展经济,统治者采取了一些必要的政治措施,使明初的社会经济有了长足的进步。明代中叶以后,上层以皇帝为中心的统治集团腐化堕落,政治混乱伴随城市商业经济的繁荣,社会思想控制松动,市民阶层壮大,社会生活和观念风俗的变化直接反映在各体文学之中。一方面,在庞大的市民队伍中,商人的地位最引人注目,商人财富大幅度增长的客观现实,对"重农抑商""重儒轻商"的传统观念显然是有力的冲击,于是文人士子开始不满足皓首穷经的枯淡生涯,而走出书斋与商贾为伍,和市井小人物接触。同时,日益壮大的市民阶层,也表现出对文化娱乐的需求,文人的世俗化,恰好迎合了他们的审美情趣。另一方面,明代中后期,在资本主义萌芽出现、城市经济繁荣、市民阶层崛起壮大的历史背景下,人文主义思潮泛滥,人的价值、人的欲望,得到前所未有的重视,传承阳明心学的泰州学派提出"百姓日用即道"(王艮《王心斋先生集》)的著名命题,得到思想界普遍的认可,于是,文坛尚俗成风,许多戏曲、小说作品都直接反映了当时的市民生活和他们的思想感情。

明代文坛的特点,突出表现为小说、戏曲以及民歌等通俗文学之兴盛。明代文学创作的主要情况,表现在以下几个方面:

长篇小说方面,元明之际的罗贯中和施耐庵,在元末农民起义的浪潮中,丰富了生活知识和斗争经验,在"三国""水浒"故事广泛流传以及有关的说话、戏曲长期传播的基础上,写成了《三国志演义》《水浒传》,在社会上产生了巨大而深远的影响。《三国志演义》是我国第一部长篇历史小说,也是我国章回小说的开山之作,它在思想和艺术上都成为我国历史小说的楷模。《水浒传》是一部英雄传奇小说,它也是在史实的基础上,结合民间传说、民间通俗文学,再经过作者的加工、敷衍而成。明代后期出现的《西游记》,是一部杰出的神魔小说,它既是对历来西游故事的总结,也是写定者天才的创作,在它神幻奇异的外表下,蕴含着作者对当时黑暗社会的讽刺批判,歌颂了人类争取自由、向往美好境界而勇敢探索的精神。与《三国志演义》《水浒传》《西游记》合称"明代四大奇书"的《金瓶梅》是著名的"世情小说"(《中国小说史略》),它通过一个家庭的盛衰史,集中反映了社会的黑暗和腐朽,揭示了人性被扭曲的过程,是封建末世的巨幅世俗人情画。

短篇小说方面，出现了冯梦龙的"三言"（《喻世明言》《警世通言》《醒世恒言》）和凌濛初的"二拍"（《初刻拍案惊奇》《二刻拍案惊奇》），代表了明代短篇小说的最高成就。

戏曲方面，出现了以沈璟为代表的吴江派和受汤显祖影响的临川派。这两大剧派的相互竞争、争奇斗艳，正是明代戏剧繁荣的标志。

诗文方面，弘治年间（1488—1505）以李梦阳、何景明为代表的前七子，嘉靖（1522—1566）中期以王世贞、李攀龙为首的后七子，以"复古"相号召，提倡"文必秦汉，诗必盛唐"，虽主张表现真性情，却陷入一味模拟古人的形式主义之中。嘉靖年间唐宋派提倡唐宋文风，其中归有光成就较高。晚明公安派"三袁"等起而反对拟古，主张独抒性灵，但他们的创作成就不很突出。

第一节　《三国志演义》

《三国志演义》是中国文学史上第一部长篇章回小说，是历史演义小说中成就最高、影响最大的典范性作品。

● 一、《三国志演义》的成书、作者和版本

《三国志演义》是一部在史传的基础上，经过民间传说与民间艺人的创作，最后由文人写定的"世代累积型"长篇小说。它一方面利用陈寿《三国志》和裴松之注、《资治通鉴》等史书所提供的丰富史料，另一方面大量吸收了民间创作的成果。三国故事在隋唐时期已在民间广泛流传，到宋元时代，"说三分"成了说书人喜爱的题材，出现了专门说三国故事的说书艺人，元代刊刻的《三国志平话》和《三分事略》，就是宋元时期说书人的讲史话本，已具备了《三国志演义》的基本框架。金元时期出现了大量的三国戏，这些戏多以蜀汉人物为中心，体现了鲜明的歌颂蜀汉的倾向。

丰富的史料和民间文学的积累，为《三国志演义》的创作提供了坚实的基础，但它的成功却有赖于天才作家的再创作。一般认为，《三国志演义》的作者是生活在元末明初大动乱时代的罗贯中。罗贯中选择汉末三国的大动乱作为自己创作的素材绝非偶然。他在再创作时，倾注了强烈的时代精神，用自己的心灵照亮了那些堆积如山的史料，从中选择、改造、组织，使之成为一部不朽的杰作。

但关于罗贯中的生平资料很少，对于罗贯中的籍贯，学术界有太原、东原、钱塘等不同说法。罗贯中的生卒年不详，学术界根据贾仲明《录鬼簿续编》的记载推断，罗贯中大约生活于1315 年至 1385 年之间。根据现有资料可以肯定，他经历过元末"英雄乘时务割据，几度战血流寒潮"的大动乱年代，同时又是一个"有志图王者"，有着远大的政治抱负。他虽然在政治上没有建立起足以彪炳史册的业绩，但却"传神稗史"，通过编写历史小说《三国志演义》和杂剧《赵太祖龙虎风云会》等，寄寓圣君贤臣的政治理想，表现对图王霸业的历史人物的仰慕之情。另外，《水浒传》《隋唐志传》《残唐五代史演义》《平妖传》等小说也都署罗贯中之名，其中

有些作品的著作权尚存争议，但可见罗贯中的影响之大。

《三国志演义》版本繁多。现存最早的刊本为明代嘉靖壬午（1522）序本《三国志通俗演义》，二十四卷二百四十则，每则有七言单目。至《李卓吾先生批评三国志》本，将回目由单句变为双句，120回。明代嘉靖至天启年间，又有书名为《三国志传》的一类版本，学术界称为志传系统的本子，与"演义"系统版本的主要不同在于，志传系统的版本中穿插了关羽次子关索（或花关索）的故事。现在常见的《三国志演义》是清初毛纶、毛崇岗父子在《李卓吾先生批评三国志》基础上的修订本，120回。毛氏父子辨证史事，增删文字，更换论赞，作了详细评点，从此，毛氏父子的评改本成为最流行的本子。近人常简化其书名为《三国演义》。

二、《三国志演义》的思想内容

《三国志演义》以史家犀利的政治眼光和严肃态度，探索汉末三国盛衰隆替的历史，总结经验教训，表现在封建时代各个政治集团的争夺中，究竟什么样的人物才能图王霸业、统一天下，采取什么样的策略方能在群雄逐鹿的时代里取得胜利，如何才能巩固政权，长治久安。作者通过对图王霸业者成败的探索，试图思考封建时代的政治哲学，同时也寄托自己的政治理想，客观上反映了人民要求统一、反对分裂与战争的和平愿望。所以说，《三国》是一曲乱世英雄的颂歌，也是"有志图王者"的启示录。

《三国志演义》描写了汉灵帝中平元年（184）至晋武帝太康元年（280）共九十七年的历史。全文可分为三大部分。以常见的毛宗岗批评修订本来说，第一部分从第一回至三十三回，主要写汉末的动乱和各个政治集团的群雄并峙，曹操集团的崛起和壮大；第二部分从三十四回至八十五回，写刘备集团的崛起与壮大，三国鼎立，互相争雄的局面；第三部分从八十六回至一百二十回，写三国的衰落，最终为司马氏所统一，建立西晋王朝。

小说表现皇帝昏庸、奸臣作乱是导致汉末大动乱的原因，人心和人才，战略和策略，是"有志图王者"成功的决定因素。小说第一部分深刻揭示了造成东汉衰亡和人民的灾难的原因，并形象描写了各军阀集团的失败与灭亡。如凭借武力而篡夺大权的董卓，暴戾凶残，人心丧尽，自取灭亡。有着非凡武艺、打遍天下无敌手的吕布，武艺虽好，却没有政治远见，只是自恃勇力，一味杀伐，见利忘义，反复无常，最终在白门楼殒命。出身高贵、实力雄厚的军阀袁绍，因为优柔寡断、不善用人而错失良机，惨败于势力微弱的曹操。在东汉末年的乱世中，曹操、刘备、孙权等人脱颖而出，成为领一代风骚的人物。"青梅煮酒论英雄"一回，作者借曹操之口，讲出了他品评英雄的标准：只有"胸怀大志，腹有良谋，有包藏宇宙之机，吞吐天地之志者"才是大英雄。

表现图王争霸历史的《三国志演义》也是一部战争小说，奇谋胜算写得非常精彩，但是《三国志演义》之所以高于其他历史小说，主要在于对战略策略的分析。《三国志演义》总是从宏观的角度写战争，把政治决策和战略决策结合起来写。如曹操的战略是"挟天子以令诸侯"，以此取得政治上的主动权，吞并割据武装势力，终于成为中原霸主。刘备和孙权方面则是"联合抗曹"，当他们违背这一方针时，即使得到暂时的、局部的胜利，但破坏了战略全局的利益，最终"唇亡齿寒"，被逐个消灭。这样的历史分析和历史思考，至今引人深思。

罗贯中是一位伟大的小说艺术家，他对三国历史的书写，有其政治、历史的标准，同时也有伦理道德的标准。"天下者，非一人之天下，乃天下人之天下，唯有德者居之。"正是从政治伦理标准出发,小说表现了较为明确的"拥刘贬曹"的叙事倾向。

拥刘贬曹,有时代思潮的原因。历史学家历来有尊魏尊蜀之分,尊魏如陈寿、司马光,尊蜀如习凿齿、朱熹,皆时势所然。南宋朱子以来尊蜀为正统的思想兴盛,罗贯中生活的时代又正逢"人心思汉"的元代末年,其所创作的小说《三国志演义》以蜀汉为正统是不可避免的。但是,从全书来看,作者的正统思想并不强烈,拥刘贬曹,主要还是根据历史事实作出的道德评价,历史文献中关于刘备几乎没有多少反面的材料,而关于曹操奸诈恶德的记载俯拾皆是。因此,罗贯中主要是根据历史材料,按照自己的道德观作了选择和评价,歌颂刘备的仁义,贬斥曹操的奸诈,寄托自己"仁君贤相"的政治理想。

罗贯中虽然拥刘贬曹,但是,他尊重历史,尊重事实,"不掩恶,不虚美"。写刘备仁义,但也不避讳某些有违仁义的行为和作风。塑造曹操"奸雄"形象,但是,如实写出曹操很多优点,表现曹操恢宏阔大的王霸之气,并引用陈寿的评论,对曹操给予很高的评价。正是这样尊重历史的态度,使《三国志演义》的人物形象塑造达到很高的艺术成就,如毛宗岗所称赞的"三绝"(诸葛亮智绝,关羽义绝,曹操奸绝),其中的曹操,就因为真实地保留了曹操的历史面貌,从而生动地塑造了一个既因行霸道而典型体现封建统治者本质特征的艺术生命,同时又区别于文学史上所有奸臣而具独特个性的奸雄形象,展现出独特的风采神韵,成为类型化与个性化统一的不朽典型。

罗贯中在客观展现历史图景的同时,满怀深情地表现了自己的道德理想和政治理想,并将道德判断与历史精神、哲学思辨相结合,从而深沉地表现了三国历史所蕴含的道德悲剧性质。罗贯中把刘备集团作为仁义之师来寄托自己的道德理想,把曹操集团作为恶德的渊薮加以批判。儒家思想以仁为道德核心,以仁治天下是儒家的政治理想。刘备集团中刘备是仁君的典范,诸葛亮是贤臣的典范,关羽是义的理想人格的化身,仁君、贤臣、义友,体现了封建社会人们所向往的人格理想、政治理想、道德理想。(参考齐裕焜《乱世英雄的颂歌》)小说所展现的道德原则,包括仁义思想,"鞠躬尽瘁,死而后已","富贵不能淫,威武不能屈"等,是中华民族的道德风范,《三国志演义》因而成为中国文学史上传承民族精神最为重要的一部经典。

然而,刘曹争霸的结局是,有着美好品格而又有雄才大略的刘备一方失败了,而虽有雄才大略却充满恶德的曹操一方却胜利了。这个历史大悲剧的原因何在?作者无法回答这个问题,只能归之于天命,发出"谋事在人,成事在天"的感叹。刘备、诸葛亮、关羽等形象的道德悲剧具有震撼人心的艺术力量,这就使《三国志演义》成为我国最早的一部具有悲剧色彩的长篇章回小说。

● 三、《三国志演义》的艺术特点

作为中国文学史上第一部章回小说,也是第一部成熟的历史演义小说,《三国志演义》的创作成功,使章回小说成为中国古代长篇小说的唯一形式,奠定了长篇小说在文学史上不可动摇的地位。它为后代的小说创作提供了丰富的经验,产生了巨大的影响。

在《三国志演义》的影响下,明清时期编撰的历史演义有一二百种之多,但在艺术成就上很难与《三国志演义》相比肩。究其原因,很重要的原因在于未能辩证处理历史素材和艺术虚构之间的关系。对于《三国志演义》,前人有"七分实事,三分虚构"之说(章学诚《章氏遗书外编·丙辰杂记》)。七实三虚,这是《三国志演义》叙述历史的成功密码。既在历史背景、重大事件、主要人物上尊重历史,又在情节展开、细节描写上不拘泥于史实,而进行大胆的艺术虚构;既尊重历史,对历史进行总体的审美把握,又不照搬史实、图解历史,而在历史真实中熔铸作者的理想、感情,表现严肃认真的历史判断和鲜活生动的现实体验,把历史素材建构成有血有肉的历史图景。

《三国志演义》以宏大视野叙事,放眼三国时期波澜起伏的军事战争和错综复杂的政治全景,巧妙设计了以官渡之战、赤壁之战、夷陵之战三大战役为主的叙事单元,围绕三大战役组织一系列政治军事活动,组构成前后呼应、血脉贯通的叙事结构,曲折变化地表现历史风云,气势磅礴、宏伟壮阔地展现三国时期历史画卷。

对于《三国志演义》塑造的人物形象,前人往往称之为"类型化",近年学术界或称之为"特征化性格的艺术典型",这是从说话艺术发展而来的中国古代小说特有的艺术特征。《三国志演义》的人物形象以其"单纯的崇高",在中国文学史上留下了一系列性格鲜明、不可磨灭的光辉典范。小说涉笔人物将近1 200个,这些人物或智或勇,或善或恶,或忠义或奸邪,大都如见其人,如闻其声。其中如刘备、诸葛亮、关羽、张飞、赵云、曹操、吕布、周瑜等,在中国家喻户晓。一些人物形象也呈现出性格不同层面的复杂多样,如曹操的谋略和奸诈,关羽的忠义、英勇与刚愎自用等。也有一些人物形象被认为夸张而失真,如鲁迅《中国小说史略》所说:"欲显刘备之长厚而似伪,状诸葛之多智而近妖。"

《三国志演义》将历史著作深奥难懂的语言,改变成"文不甚深,言不甚俗"(蒋大器《三国志通俗演义序》)的浅近文言,并吸收生动活泼的民间语言,形成历史演义所特有的通俗而不失典雅的语体,雅俗共赏,使之拥有更为广泛的读者。

《三国志演义》是中国传统政治智慧的结晶,其卓越的史识,深刻的哲理,使之具有巨大而永恒的思想价值和艺术魅力,被认为是中国政治、军事、外交的"百科全书","有志图王者"的启示录,至今仍吸引着广大读者。

● 拓展阅读作品篇目

罗贯中:《三国演义》

● 思考练习题

1. 简述《三国志演义》的成书过程。
2. 以关羽形象为例,谈谈《三国志演义》塑造人物的技巧。
3. 谈谈你对《三国志演义》中曹操形象的看法。
4. 分析《三国志演义》战争描写的艺术特色。

第二节 《水浒传》

《水浒传》是中国最早的长篇章回小说之一,在中国文学史上具有崇高的地位,产生了深远影响。《水浒传》是一部以反抗精神和理想主义、英雄主义为基调,以歌颂理想英雄为主要内容的小说,几百年来深受读者欢迎。明清以来,水浒故事还以戏剧、曲艺、绘画等多种文艺形式广泛传播,现代也出现了不少水浒题材的影视作品,可见《水浒传》永恒的魅力。

一、《水浒传》的成书、作者与版本

《水浒传》讲述宋江等一百零八位好汉反抗朝廷、造反起义的故事。宋江起义是真实的历史事件,发生于北宋宣和年间,史籍和文人笔记中有些零星记载,但这次起义规模不大,人数不多,时间不长。从南宋起,水浒好汉故事就在民间广泛流传,并被说话和戏曲艺术演绎成一系列生动的故事。龚开《三十六人画赞》初次完整地记录了宋江等三十六人的姓名和绰号。罗烨《醉翁谈录》记载了以水浒故事为题材的说话名目,如"青面兽""花和尚""武行者""石头孙立"等,它们是各自独立的英雄故事,属"小说"的范畴。宋末元初的《宣和遗事》为我们展现了《水浒传》的原始面貌,主要描写了杨志卖刀、智取生辰纲和宋江杀阎婆惜三件事,末尾还提到张叔夜招安、征方腊、宋江封节度使,这表明"水浒"故事开始从独立的短篇联缀成一体,从"小说"进入"讲史"的领域。杂剧中出现了大量"水浒戏",包括元明之际作品在内存目三十三种,现存六种。在康进之《李逵负荆》和高文秀《双献功》等作品中,水浒英雄从三十六人发展到七十二人,又发展到一百零八人,起义军根据地梁山泊规模也越来越大。义军从《宣和遗事》中"杀人放火"的草寇,演进为杏黄旗上大书"替天行道救生民"的正义之师,宋江、李逵等人的形象也得到了比较集中的描写。《水浒传》就是在宋元以来广泛流传的民间故事、话本、戏曲的基础上,经作家再创作而成书。

关于《水浒传》的作者,众说纷纭,但大抵不出施耐庵、罗贯中二人。明代嘉靖年间最早著录《水浒传》的高儒《百川书志》题为"施耐庵的本,罗贯中编次",田汝成《西湖游览志馀》等认为罗贯中作,万历年间胡应麟说是施耐庵作,金圣叹提出"施作罗续"说。关于这二位作者的生平资料甚少。施耐庵,可能并非真名,明人记载多称之钱塘人,其生活年代则有南宋、宋末元初、元等多种说法。

在中国古代小说名著中,《水浒传》版本最为复杂,可分为繁本(文繁事简本)和简本(文简事繁本)两个系统。

繁本又可以分为一百回本、一百二十回本和七十回本三种。容与堂本是现存最完整的百回繁本。百廿回本有袁无涯刊本,百廿回本是在百回本基础上,增加了据简本改写的征田虎、王庆故事而成。七十回繁本是金圣叹用百回繁本作底本的修改删节本,仅取前七十回,并将"梁山泊英雄排座次"改写为"梁山泊英雄惊恶梦"结束全书,题为《第五才子书施耐庵水浒传》,是清代三百年间最流行的本子。

简本回目不一,有一百二十回、一百十五回、一百二十四回等,均有征田虎、王庆故事。简本文字较为简陋,现在一般只作为研究资料使用。

长期以来,关于简本、繁本的关系,学术界一直存在着三种不同意见,一是简先繁后,认为繁本是在简本的基础上加工而成的。二是繁先简后,认为简本是繁本的删节本。三是简本和繁本是两个系统,二者同时发展而并存。

水浒故事从流传到《水浒传》成书,再到各种版本的出现,前后经历了四百多年的时间。在这漫长的岁月里,很多民间艺人、文人作家参与了创作,各种社会思潮、文艺思潮都在《水浒传》成书过程中留下了印记。《水浒传》是民间文学与作家创作相结合的产物,它的思想与艺术水平有一个逐步提高的过程。《水浒传》中的一些人物和故事有深厚的民间文学基础,像宋江、李逵、鲁智深、武松等人物,"智取生辰纲""武松打虎"等故事,都是早就在民间流传,它们正是《水浒传》中最精彩、最成功的部分。施耐庵是一位伟大的作家,他对水浒故事的加工创作作出了巨大的贡献。他不仅选择和保留了许多优秀的民间故事,而且对民间故事作了加工、提高,使英雄人物更加光彩夺目。

二、《水浒传》的思想主题

由于《水浒传》在漫长的成书过程中融合了多种艺术内容、丰富的来源题材、无数文人艺人的思想观念,因此,世代累积型小说《水浒传》在题材类型、情节结构、思想内涵等各方面都具有多元融合的特征。

关于《水浒传》的创作主旨,历来有忠义说、发愤说、诲盗说等。其中"忠义说"代表了明清时代知识阶层阐释《水浒传》的主流观念。《水浒传》最早的书名为《忠义水浒传》,甚至就称《忠义传》。明代的杨定见《忠义水浒全书小引》说:"《水浒》而忠义也,忠义而《水浒》也。"作者以忠义为指导思想,广泛而深刻地描写了社会的黑暗腐败,愤懑不平地谱写了一曲忠义悲歌。《水浒传》的故事背景是朝政混乱的北宋末年,因为奸逼民反,鲁达、武松、林冲等一批英雄好汉被逼上梁山,揭竿而起,在晁盖、宋江的领导下组织义军反抗朝廷,替天行道,劫富济贫。由于宋江忠义思想的主导,梁山泊义军只反贪官不反皇帝,接受朝廷招安,奉命征战中英雄好汉死去大半,宋江等凯旋后朝廷委以官职,但由于朝廷奸臣当道,宋江等人被奸臣毒害致死。受封建正统思想的影响,小说作者并没有把梁山泊起义理解为统治者和被统治者之间的斗争,而是看作"善与恶""义与不义""忠与奸"的斗争。因此,小说以"忠奸斗争"为线索把一个个水浒故事串联起来,竭力歌颂忠义思想。最后,作者把"奸臣误国"作为许多水浒英雄被陷害的原因,作者一方面清醒地看到奸臣未除,忠臣义士仍然没有前途,写了悲剧结局,另一方面,又不违背忠君思想,宋江明知被毒害,却视死如归,忠心不改,皇帝也为他封侯建祠。

关于《水浒传》的主题思想,20世纪有"农民起义说""市民说""游民说"等,其实正从不同侧面反映了小说丰富复杂的思想内容。

关于《水浒传》的主题最为常见的是"农民起义说",认为《水浒传》是中国文学史上第一部描写农民起义的小说,完整地展示了一次农民起义发生、发展的过程和最终结局,在封建专制社会具有普遍意义。作者把历史上并不出色的一次农民起义写得波澜壮阔,高潮迭起,使它成为中国历史上影响最大、家喻户晓的农民起义。小说塑造了一批农民革命英雄的形象,并且深刻地揭示了农民革命的社会根源,反映了农民革命的强烈愿望和理想,表现了农民起义者对推翻统治王朝、夺取政权的向往。小说甚至反映了农民革命"星火燎原"的历史进程,揭示了古代农民革命的基本形式和规律。梁山英雄受招安,被利用去征方腊,最后遭到残酷镇压的命运,反映了农民起义的局限性和失败的悲剧。

但《水浒传》描写的主要不是广大农村而是市井社会,所以 20 世纪 80 年代以来的一些学者提出"市民说",认为水浒故事长期在城市流传,市民群众和艺人是水浒故事的主要创作者,他们并不熟悉农村生活,因此主要描写的是市民生活,主要从市井细民的角度来观察农民起义,以侠义为核心的道德观也主要是市民观念的体现。

还有的学者提出了"游民说"。游民指的是在农村失去生存可能,而游荡于城市乡镇之间,没有正常和固定的谋生手段,不安全感和焦虑感时时可以引发破坏能力的人群。他们被抛出了社会正常秩序之外,脱离了社会常轨,少受社会公共道德规范的约束,以不正当的手段谋取利益,是一股反社会的破坏性力量。他们见多识广,富于阅历,种种欺诈之术得心应手。"游民说"认为《水浒传》描写的就是这个游民阶层的生存状况,表现他们的性格、道德观念和社会理想。因此,水浒英雄以破坏为宗旨,反对传统观念和社会存在中既定的规范,具有强烈的帮派意识,在帮派中讲求行侠仗义,义气是最高的伦理观念。在帮派之外,则野蛮残暴,嗜杀嗜血。他们不事生产,家庭观念淡漠,厌恶妇女儿童,以禁欲为最高道德标准。但追求物欲,多因财货金银而缔结恩义。(参考王学泰《论〈水浒传〉中的主导意识——游民意识》,《文学遗产》1994 年第 5 期)

关于《水浒传》主题的多种观点,都从某个侧面反映了小说的思想内容,体现了《水浒传》主题思想的多元融合特征。

● 三、《水浒传》的艺术成就

《水浒传》表现的社会生活极为广阔,在《水浒传》的人物画廊中,上至帝王将相,下至渔夫屠户,和尚道士,商贾小贩,市井无赖,妓女虔婆等,无所不包,对社会各阶层人物的全面刻画,对社会生活方方面面的细致描摹,真如一幅精彩的社会风俗长卷。跟《三国志演义》相比,《水浒传》写人最大的特点是平民化和世俗化。它虽然也是歌颂英雄,叙写重大的政治军事斗争,但即使涉及帝王将相,也是世俗化的描写,如风流天子宋徽宗、无赖帮闲高俅等。而小说最为引人注目的是对下层民众的描写,那些出身农民、渔民、市井细民,乃至游民的英雄好汉,他们也有忠义的情怀,但最切实的理想却是穿衣吃饭日用平常之道,"大碗喝酒,大块吃肉","论秤分金,论套穿衣"。《水浒传》用鲜活生动的白话叙事,通俗易懂,形象传神,民间生活的气息浓郁,富有表现力。小说的人物语言达到了个性化的高度,不同阶层、不同修养的人,说话的语气、用词等,都各有其性格特色。正如金圣叹所说:"叙一百八人,人有其性情,人有其气质,人有其形状,人有其声口。"《水浒传》的艺术成就,最重要的也正体现在人物形象的塑造上,《水浒传》人物形象的塑造已从类型化典型向个性化典型过渡,对此后《金瓶梅》等世情小说中人物形象的塑造作了必要的艺术准备。

《水浒传》中第一个正式登场的人物是高俅,他因为善于踢球而得到皇帝的宠信,从一个市井无赖遽升为殿帅府太尉,一朝发迹,倚势逞强,作恶多端,而成为国家之祸端。整部小说以高俅故事为开端,有着"乱自上作"的意味,寄寓了作者对于国家衰亡的思考。以高俅为典型代表,《水浒传》描写了朝廷上下诸多贪官污吏、恶霸流氓,全面展示了北宋末年朝廷腐败、官府昏庸、官吏贪酷、恶棍横行的社会乱象。乾坤颠倒,社会黑暗,民不聊生,于是,一批好汉忍无可忍,揭竿而起,逼上梁山。《水浒传》深刻揭示了农民起义的社会根源。

《水浒传》第一个着力描写的好汉是鲁提辖(鲁智深),与高俅开篇揭示"乱自上作"的主题相似,《水浒传》在一百零八将中首推鲁提辖也是有其深意的,鲁提辖是侠义的典范,是水浒精神的化身。鲁提辖是个武官,因为武艺高强,受到关西武将经略相公的器重,本来有其身份和地位,但是,因为同情弱小,帮助金氏父女摆脱镇关西郑屠的欺压,在惩治郑屠时失手打死了他,犯下命案而被通缉,最终走投无路成了绿林好汉。鲁提辖拳打镇关西毫无自己的目的,只是伸张正义、锄强扶弱,完全置自己的利益于不顾,正如金圣叹所说:"写鲁达为人处,一片热血直喷出来,令人读之,深愧虚生世上,不曾为人出力。"以鲁提辖为典范,《水浒传》描写了一批侠义英雄的群像,宣扬了以侠义为核心的市民道德观,表现了市井阶层见义勇为、扶困济危、刚强义烈、恩怨分明、受恩必报等道德原则。

林冲是作者为表现官逼民反主题而塑造的典型人物。林冲是东京八十万禁军教头,虽然职位不高,但受人尊敬,也是个小小前程,林冲相当珍惜,因此安分守己,小心翼翼,以致亲眼见到高衙内调戏自己的娘子,他也忍气吞声,委曲求全。即使被高俅陷害,发配沧州,他也仍然幻想有一天回到京城做一个顺民,因此临行前他休了自己的妻子,想摆脱祸根。发配途中面对押送公人的欺负,沧州牢营面对差拨的辱骂,他都是逆来顺受。一直到陆谦等人火烧草料场、欲置之于死地,林冲再也找不到活路了,才被迫杀了陆谦等人,夜奔梁山。"逼上梁山"如今成为一个成语,用来比喻走投无路,被迫反抗,并表明这样的选择是迫不得已,铤而走险。

阮氏三雄是被逼上梁山的另一类典型。这三位兄弟义胆包身,武艺出众,本以打鱼为生,却因为梁山泊被强人抢占,官府不作为,百姓无活路,衣食无着,愤懑不平,因此铤而走险参与抢劫生辰纲,最终上了梁山。小说借阮小五之口说出小民的理想:"不怕天,不怕地,不怕官司,论秤分金银,异样穿绸锦,成瓮吃酒,大块吃肉。"民不聊生的乱世,小百姓的理想其实并不高远,他们渴望的只是天下公平,衣食无忧。一百零八位英雄,大部分都有逼上梁山不得已的理由,通过对英雄故事的描写,小说展示了北宋末年广阔的乱世图景。"梁山泊"因此成为受压迫者向往的理想国,"逼上梁山"成为小民反抗不公、表达愤怒的特有方式,水浒英雄故事反映了民众追求理想、向往天下太平的强烈愿望。

由于文人对英雄题材的改造,《水浒传》通过宋江形象表达了"忠义"主题。宋江是"义"的化身,宋江形象"义"的内涵由三个层次构成:一是对父母家庭的孝义。他被称为"孝义黑三郎",因为孝顺父母,珍惜自己的清白家声,他宁愿吃官司遭牢狱也不愿意上梁山,他一次又一次拒绝了梁山英雄的邀请。二是对天下之人的侠义。他被称为"及时雨宋公明",救助阎婆惜,就因于他同情弱小的善良心地与豪侠性格。他对英雄好汉惺惺相惜,豪爽之名远播江湖,他的豪侠表现了儒家"四海之内皆兄弟"的理想。三是对国家对朝廷君主的忠义。他虽然被逼上梁山,带领一帮兄弟冲州撞府、劫富济贫,但是由于忠义思想的主导,梁山义军只反贪官不反皇帝。宋江把梁山"聚义厅"改为"忠义堂",表达的就是对朝廷的忠义,他上梁山的最终目的是等待招安,一身文武艺,货与帝王家,报国安民,博得封妻荫子、光宗耀祖、青史留名。

由于水浒好汉故事在漫长的流传过程中融合了多种艺术形式、丰富的题材来源、无数艺人和文人的思想观念,因此,世代累积型小说《水浒传》思想内涵复杂多元,结构上则有短篇连缀、小本合成的特点。《水浒传》以第一回"张天师祈禳瘟疫　洪太尉误走妖魔"作为开端，第二回之后为故事主体，写一百零八条好汉经历各自不同的人生道路后"百川入海"，汇聚到梁山泊的过程。其中三十二回之前主要叙述鲁智深、林冲、武松等侠义英雄被逼上梁山的传奇故事，三十二回之后，到四十回"梁山泊好汉劫法场　白龙庙英雄小聚义"，以宋江被发配和上梁山的过程为线索，串联起各路好汉故事。四十一回至七十一回，叙述宋江上梁山之后领导的几次战役，以及晁盖去世后，宋江成为梁山泊首领，一百零八条好汉齐聚忠义堂，梁山泊英雄排座次。主体部分七十回英雄传奇多为相对独立和完整的短篇故事，叙事方式是由一个英雄引出另一个英雄的故事，故事之间前后勾连，环环相扣，可称为串珠式线性结构。由于宋元时期说话、戏曲艺术的积累，《水浒传》写人叙事的艺术技巧非常娴熟，采用了"夹叙法""草蛇灰线法""大落墨法""弄引法""獭尾法""欲合故纵法""横云断山法""鸾胶续弦法"等叙事方法，这些英雄传奇和精彩故事历来为人们所喜闻乐道。由于对前半部小说艺术的高度赞赏，金圣叹"腰斩"《水浒》，截取前七十一回称为"古本"。金圣叹的选择自具小说艺术鉴赏之法眼，但是，从思想认识的角度看，完整的一百回有其深刻的结构意义，七十二回之后描写梁山义军接受招安走向失败，对现实的悲剧性认识具有超越时代的启蒙和先驱意味，其怀疑和反思精神尤为可贵。

《水浒传》是英雄传奇小说，在《水浒传》的影响下，明清时期产生过大量英雄传奇小说，如杨家将系列小说和说唐、说岳（岳飞），以及《飞龙全传》《英烈传》等。

● 拓展阅读作品篇目

施耐庵：《水浒传》

● 思考练习题

1. 分析《水浒传》中武松的性格形象。
2. 分析《水浒传》人物描写的艺术成就。
3. 比较《三国志演义》与《水浒传》的结构特点。
4. 分析《水浒传》对待女性的态度及原因。

第三节　明代诗歌

● 一、文学复古的准备期

在弘治到隆庆（1488—1572）近一百年内，文坛上汹涌着一股强大的诗文复古思潮。这股思潮的酝酿、高涨，经历了很长的时间，也有着各种复杂的原因。

明代洪武、永乐年间（1368—1424），朝廷为了整肃政治，排除异己，对知识分子基本采取打压的政策，文网密布，动辄得罪，特别是公然颁布"士大夫不为君用者罪该抄杀"的诏令，态度之蛮横，令人不寒而栗。为了端正士习，钳制人心，朝廷还再三诚谕"一宗朱子之书，令学者非五经孔孟之书不读，非濂洛关闽之学不讲"（陈鼎《东林列传》卷二），希图跻身仕途的士子们，碍于"功令严密"，自然是"匪程朱之言弗遵"（顾炎武《日知录》卷一八《举业》）。其中有一些个性鲜明的优秀诗人，就因为不甘屈服强权而付出了惨重的代价。以高启为代表的"吴中四杰"（高启、杨基、张羽、徐贲）入明后都死于非命，其中以高启死得最为惨烈。高启（1336—1374），字季迪，今苏州人，是明初最杰出的诗人之一，他的代表作《登金陵雨花台望大江》云：

> 大江来从万山中，山势尽与江流东。钟山如龙独西上，欲破巨浪乘长风。江山相雄不相让，形胜争夸天下壮。秦皇空此瘗黄金，佳气葱葱至今王。我怀郁塞何由开？酒酣走上城南台。坐觉苍茫万古意，远自荒烟落日之中来。石头城下涛声怒，武骑千群谁敢渡？黄旗入洛竟何祥，铁锁横江未为固。前三国，后六朝，草生宫阙何萧萧！英雄乘时务割据，几度战血流寒潮。我生幸逢圣人起南国，祸乱初平事休息。从今四海永为家，不用长江限南北。

全诗气势横放，舒卷自如，而且音韵铿锵，雄浑中寓着苍凉，堪称明初诗坛奇葩，因此《四库全书总目》评高启："天才高逸，实据明一代诗人之上。"但他特立独行，不愿随波逐流，不但辞去明朝的官职，并且在诗文中抒发心中的真切感受，如《步至东皋》，表达了自己在新朝彷徨无依的心情，结果被朱元璋找个借口给杀了。当时的情景，使人有"避席畏闻文字狱"（龚自珍《咏史》）之惶恐。

明代前期约百年文坛以程朱理学为圭臬，推崇明道宗经。一向为朱元璋所赏识、被称为开国文臣第一人的宋濂说："明道之谓文，立教之为文，可以辅俗化民之为文。"（《文宪集·文说》）"文之至者，文外无道，道外无文……道积于厥躬，文不期工而自工。"（《文宪集·徐教授文集序》）宋濂的弟子方孝孺说："苟出乎道，有益于教而不失其法，则可以为诗矣。"（《逊志斋集》卷一二《刘氏诗序》）著名诗人陈献章（白沙）在不少诗中表达对前朝理学家邵雍的敬慕之情："敢为尧夫添注脚，自从删后更无诗。"正是在这样的理论指导下，在明朝的成化、永乐年间，驰骋诗坛的是"三杨"的"馆阁体"，也叫"台阁体"。

所谓"馆阁体"，是指以"三杨"为代表的馆阁重臣所创作的诗歌。"三杨"指杨士奇（1365—1444，初名寓，以字行，江西泰和人）、杨荣（1371—1440，字勉仁，福建建瓯人）、杨溥（1372—1446，字弘济，湖北石首人）。这些作家大都对明初统治者残酷迫害知识分子的事实心有余悸，本身又都身居高位，因此在学术思想和文学观念方面比较保守，比如在诗歌方面就极力推崇理学家邵雍，他们认为诗人的任务就是："以其和平易直之心，发而为治世之音。"（杨士奇《东里集·文集》卷五《玉雪斋诗集序》）内容上要"歌颂圣德，施之诏诰典册以申命行事"（王直《文敏集·序》），在表达一己感情时，要"适性情之正"，抒写"爱亲忠君之念，咎己自悼之怀"（杨荣《省愆集序》）。所以他们的大部分诗歌只能是体现了"太平宰相之风度"（《列朝诗集小传乙集·杨士奇传》），歌功颂德，粉饰太平，内容空泛，缺乏真性情。但馆阁体典正和平的文学特质契合了明初盛世气象的需要，因此成为诗坛主流。杨士奇的诗如《送胡元节广西宪使》：

骢马赤茸鞦,临歧嘶未休。朝廷用儒雅,风纪得才猷。

天远三湘外,霜含八桂秋。贪渔嗟薄俗,表率在名流。

杨荣的诗如《元夕赐观灯》三首之一:

海宇升平日,元宵令节时。彩云飘凤阙,瑞霭绕龙旗。

歌管春声动,星河夜色迟。万方同燕喜,千载际昌期。

从以上两首诗来看,前者是送人赴任的,其中多说教之词;后者是应制的,多歌功颂德之语。当然,"三杨"并非都写这样的作品,只是应制、应酬、粉饰盛世的作品比较多。这些被自诩为"出于性情之正"的作品,其中的"性情",只是理学家鼓吹的"性理",诗人的真情,却"千呼万唤难出来"。沈德潜《明诗别裁集》卷三说:"永乐以还,尚台阁体,诸大老倡之,众人靡然和之,相习成风,而真诗渐亡矣。"所以"三杨"的"馆阁体"最终遭受到有识之士的批评、排斥,进而被逐步取代。这就是"茶陵派"诗人以复古来反对"馆阁体"的原因。

所谓"茶陵派",是指以李东阳(1447—1516,字宾之,号西涯,湖南茶陵人)为代表的诗派。它的主要成员还有谢铎、张泰等人。茶陵派的形成,和当时的政治背景有一定的关系。一方面,明英宗正统十四年(1449)发生的"土木堡之变",皇帝被俘,数十万大军死伤过半。这次大败影响深远,成为明王朝由盛入衰的转折点,所谓"永宣盛世"一去不回。严酷的现实使人们不能不重新审视、批评以"雍容典雅"为主要特色的"馆阁体"诗歌。另一方面,明王朝严酷的文网,这时相对放松,对文人的防范、贬抑,这时也相对和缓,于是文坛上长期凝滞的空气开始有些流动,反对"馆阁体"的声音开始出现。其中影响最大的就是"茶陵派"。

"茶陵派"是对"馆阁体"缺乏真性情、新创意诗风的冲击,他们力图把文学从程朱理学思想中分离出来,提倡尊汉魏、盛唐诗文为师的复古思想。李东阳不满当时:"今之为诗者,能轶宋窥唐,已为极致,两汉之体,已不复讲。"(《镜川先生诗集序》)他希望重新恢复古典诗歌的审美特质。他对于诗歌本质的认识是:"诗兼比兴,协音律,言志励俗。"(《镜川先生诗集序》)包括了对诗歌从内容到艺术的要求,指出古典诗歌的审美特征、言情特征,这是和此前理学家的诗论完全不同的,和"馆阁体"也有泾渭之别。李东阳极力推崇汉魏古乐府,曾作《拟古乐府》100首,均为模拟汉乐府之作。如《筑城怨》:

筑城苦,筑城苦,城上丁夫死城下,长号一声天为怒,长城忽崩复为土!

此诗语言质朴而情感激切,确有古乐府之风。他盛赞李白、杜甫、孟浩然、王维等盛唐的大诗人,说:"唐诗,李杜之外,孟浩然、王摩诘足称大家。"(《怀麓堂集》卷六三《春雨堂稿序》)但他同时也接受其他诗人的长处,《明史·文苑传》称他"出入宋元,溯流唐宋"。他的一些诗也写得情韵深切,如《夜窗听雨》:

潇潇残雨入深更,半洒疏窗半拂楹。芳草池塘应有梦,落花庭院不胜情。

听疑野寺昏钟远,望忆江船火独明。明日晓晴须出郭,葛衣藜杖一时轻。

诗歌抒发的是诗人在某个夜晚听雨的感受,它和明道宗经毫无关系,其中颔联和颈联在意象、用典、用语方面显然带着学习唐人诗的痕迹。李东阳的《茶陵竹枝歌十首》也颇能表现出他对流行的"馆阁体"的排斥:

溪南溪北树萦回,洞口桃花几度开。枫子鬼来天作雨,云阳仙去水鸣雷。(其一)

杨柳深深桑叶新,田家儿女乐芳春。刲羊击豕禳瘟鬼,击鼓焚香赛土神。(其二)

这是他回家乡茶陵时所见所闻农村风土人情的真实写照,它们完全摆脱了富贵却封闭的馆阁生活题材,也改变了雕琢却雷同的馆阁风格。诗中盎然的意趣、流荡的音律,更非馆阁体作家所能想象。所以在明代前期的文学复古大潮中,"茶陵派"是重要的一个环节,前七子的诗文复古理论和创作,在很大程度上得益于"茶陵派"的影响。但是"茶陵派"的作者基本也和"馆阁体"作家一样,属于高级官僚阶层,他们的生活阅历和所处的文化环境,使他们对社会现实关注不够,在理论上对理学的批评还不够彻底。他们的诗歌或为酬赠、应制而作,或为有闲生活中的某些情趣而作,感情还比较浮滑肤浅。

到明中叶时,诗歌的创作已经到了极其卑靡不振的地步。如胡应麟所说:"成化以还,诗道旁落,唐人风致,几于尽隳。"(《诗薮续编》卷一)恢复传统的古典诗歌的审美理想和范式,成了振兴古典诗歌的首要任务。李梦阳、何景明为代表的前七子的诗文复古派便应运而生。

● 二、前后七子的诗歌理论及创作

明代弘治、正德之交到隆庆、万历的近百年间,占据诗坛主流地位的是复古文艺思潮,他们的代表人物,就是前后七子。前七子指弘治、正德年间的李梦阳、何景明、徐祯卿、边贡、康海、王九思、王廷相七人。后七子指嘉靖、万历年间的李攀龙、王世贞、谢榛、吴国伦、宗臣、徐中行、梁有誉等七人。前后七子倡导文艺复古,是适应了当时整个社会的复古思潮,也适应了文学特别是诗歌发展的需要。

李梦阳(1473—1530),字献吉,号空同子,庆阳(今甘肃庆阳)人。弘治七年(1494)进士,由于连丧父母,在家守制,直至弘治十一年(1498)才出任户部主事。此后宦海浮沉十七年,其间免职四年,下狱四次,官终江西按察司提学副使。《明史·李梦阳传》说:"梦阳才思雄鸷,卓然以复古自命。弘治时宰相李东阳主文柄,天下翕然宗之,梦阳独讥其萎弱,倡言文必秦汉,诗必盛唐,非是者弗道。"

何景明(1483—1521),字仲默,号大复,河南信阳人。《明史·文苑传序》云:"李梦阳、何景明倡言复古,文自西京、诗自中唐而下一切吐弃。操觚谈艺之士翕然宗之。明之诗文,于此一变。"

以李梦阳、何景明为代表的复古思潮,意图"反世俗而变流靡"(康海《渼陂先生集序》),也就是要借秦汉、盛唐的文学标准,彻底改变明初以来文学的现状,达到振兴明代诗文的目的。

李梦阳主张古体学习汉魏,近体学习盛唐。李梦阳和何景明都比较排斥宋诗的以理易情,认为这是违背诗歌应有的艺术特征。李梦阳说:"宋人主理不主调,于是唐调亦亡。黄、陈师法杜甫,号大家,今其词艰涩,不香色流动……夫诗比兴错杂……感触突发,流动情思,故其气柔厚,其声悠扬,其言切而不迫。故歌之心畅,而闻之者动也……诗何尝无理,若专作理语,何不作文而诗为耶?"(《缶音集序》)指出宋诗之不如唐诗以及唐以前古诗的原因,根本症结在于以理代情。何景明也说:"宋诗谈理。"(《汉魏诗集序》)这些提法虽然有失全面,但分析还是深刻的。反对诗歌谈理,不但是反对理学家以及馆阁体把诗作为宣扬性理、明道的工具,而且是对诗歌艺术特征的重新认识。李梦阳主张"以我之情,述今之事"(《驳何氏论文书》),强调"诗者,吟之章而情之自鸣也"(《鸣春集序》)。何景明观点与他相近,何景明在《海叟集序》中说:"景明学歌行近体,有取于二家(李白、杜甫),旁及唐初、盛唐诸人,而古作必从汉魏求之。"学汉魏古体和学习盛唐近体,是为了取法乎上,这是前七子一致的复古主张。如李梦阳的《秋望》:

> 黄河水绕汉边墙,河上秋风雁几行。客子过濠追野马,将军韬箭射天狼。
> 黄尘古渡迷飞挽,白月横空冷战场。闻道朔方多勇略,只今谁道郭汾阳。

诗写黄河秋天的景象,苍凉悲壮,境界开阔。尾联用郭子仪平定安史之乱、立下赫赫战功的典故,暗示现在已经没有像郭子仪这样能够镇守北方的大将了。诗表达了作者对时局的关心,艺术上则是对杜甫沉郁顿挫风格的模拟。李梦阳还重视民谣民歌,说"真诗在民间",因为"夫诗者,天地自然之音也"(《诗集自序》)。他的拟乐府诗,在明代诗人中也很有个性,其中不少堪称佳作。如《朝饮马送陈子出塞》:

> 朝饮马,夕饮马,水咸草枯马不食,行人痛哭长城下。城边白骨借问谁,云是今年筑城者。但道辞家别六亲,宁知九死无还身。不惜身为城下土,所恨功成赏别人。去年贼掠开山县,黑山血迸单于箭。万里黄尘哭震天,城门昼闭无人战。今年下令修筑边,丁夫半死长城前。城南城北秋草白,愁云日暮鸣胡鞭。

但李梦阳的缺陷在于学古而拘泥于古人法度,独守所谓"尺寸之法"。遵照古人法度,要求诗歌"格古、调逸、气舒、句浑、音圆、思冲、情以发之,七者备而后诗昌也"(《驳何氏论文书》)。文学创作的经验,是在继承中不断积累、突破、丰富的,如果墨守前人古法,亦步亦趋,就不免堕入由模拟而剽窃之途。何景明在如何学古方面,比李梦阳要开通些。他说:"仆则欲富于材积,领会神情,临景构结,不仿形迹。"并主张"舍筏登岸"(《与李空同论诗书》),即学古的目的,在于能自出己意、能独创一格。何景明的诗歌风格较之李梦阳,更具有清俊秀丽的特点。如《秋日杂兴(四首)》中:

> 雨花风叶总堪怜,海燕江鸿各渺然。莫向高楼空怅望,暮蝉多在夕阳边。

他关注现实的代表作如《鲥鱼》:

> 五月鲥鱼已至燕,荔枝卢橘未能先。赐鲜遍及中珰第,荐熟应开寝庙筵。
>
> 白日风尘驰驿骑,炎天冰雪护江船。银鳞细骨堪怜汝,玉箸金盘敢望传。

这首诗是讽刺朝廷无能,纵容宦官擅权,极尽奢侈淫逸之乐。"荐熟应开寝庙筵",意思说像鲥鱼这样珍贵、时鲜的食品,论理应该先献祭宗庙,现在皇帝却先赐给宦官品尝!诗中讽刺的意味是很鲜明的。

从以上诗里可以发现,李梦阳、何景明为代表的复古派已经有意识地将创作的视线投向丰富复杂又生气勃勃的民间了,这是"馆阁体""茶陵派"的诗人们所欠缺的精神。《明诗纪事·丁签序》云:"明中叶有李、何,犹唐有李、杜,宋有苏、黄。空同诗如巨灵赑屃,凿石开山,大复诗如美女婵娟,倾城绝代,皆一代作者也。"对他们的诗作出这样的评语,在当时的背景下,是完全可以理解的。不过两人都没有突破学古的藩篱。

明代嘉靖、隆庆年间(1522—1572),以李攀龙、王世贞为代表的七位倡导复古主义的诗人,驰骋文坛,互为呼应,成为前七子复古思潮强大的后续力量,并把明代复古主义文艺思潮推向新的高峰。

李攀龙(1514—1570),字于麟,号沧溟,历城(今山东济南)人。嘉靖二十三年(1544)进士,授陕西提学副使、河南按察使等职,为后七子领袖。《明史·文苑传》称他:"持论谓文自西京,诗自天宝而下,俱无足观,于本朝独推李梦阳。"钱谦益《列朝诗集小传》说他:"高自夸许,诗自天宝以下,文自西京以下,不污我毫素也。"在恢复汉魏、盛唐诗文传统方面,他的态度比李梦阳似乎更要激切,甚至失于偏颇,比如他的《选唐诗序》中批评李白的古诗:"(唐)七言古诗唯杜子美,不失初唐气格,而纵横有之。太白纵横,往往强弩之末,间杂长语,英雄欺人耳。"李攀龙的诗歌有模拟前人之处,但也有佳作传世,特别是近体诗。如《登黄榆马陵诸山是太行绝顶处》:

太行山色倚巉岏,绝顶清秋万里看。地坼黄河趋碣石,天回紫塞抱长安。

悲风大壑飞流折,白日千崖落木寒。向夕振衣来朝雨,关门萧瑟罢凭栏。

登太行绝顶,凌驾于群峰之上,觉天高地迥,秋色无边。作者将望中所及之黄河、紫塞、大壑、千崖组织进画面,也将胸中之磊落不平之气融入其中。苍凉雄浑之秋景中,因为注入了诗人的真情实感,而更加气韵生动,气象高远。他的《塞上曲四首·送元美》云:

白羽如霜出塞寒,胡烽不断接长安。城头一片西山月,多少征人马上看。

其风格也很接近唐人的边塞诗。

但真正在复古派中领袖群伦并产生较大影响的是王世贞。王世贞(1526—1590),字元美,号凤洲,又号弇州山人,太仓(今属江苏)人。嘉靖二十六年(1547)进士,官授刑部主事。王世贞的诗歌理论,主要见于他的《艺苑卮言》。叶向高《黄离草序》说:"夫七子直弇州之雄也。其才情之宏富,笔调之纵横,盖于明无两焉。"他和李攀龙一样,也极力推尊汉魏、盛唐文学,但在学古的同时,他反对模拟蹈袭、墨守成规,比较重视把学古和师心相结合,就是要涵咏吸收前人作品中的精华,使它和自己的艺术积累水乳融合,不使"痕迹宛露",还要自由地抒发自己的真感情、真体会,所谓"师心匠",这样才能达到"气从意畅,神与境合"的艺术境界(《艺苑卮言》卷一)。同时王世贞倡导作诗文要遵循一定的艺术规则,即"法"。比如作诗,"字法有虚有实,有沉有响","句法有直下者,有倒插者"等。"法"的提出,为初学诗者提供了途径。这是王世贞既学古、拟古但又有别于李攀龙等人的地方,也是王世贞能够卓然迥别于后七子其他作家,产生较大影响的主要原因。王世贞拟古之作的代表,如乐府诗《战城南》:

战城南,城南壁。黑云压我城北!伏兵搞我东,游骑抄我西,使我不得休息。黄尘合匝,日为青,天模糊。钲鼓发,乱欢呼。胡骑敛,飙迅驱。树若荠,草为枯。啼者何?父收子,妻问夫。戈甲委积,血淹头颅。家家招魂入,队队自哀呼。告主将,主将若不知。生为边陲士,野葬复何悲!釜中食,午未炊,惜其仓皇遂长诀,焉得一饱为!野风骚屑魂依之,曷不睹主将高牙大纛坐城中。生当封彻侯,死当庙食无穷!

此诗苍凉悲壮,颇有汉乐府的艺术风味。

近体如《戚将军赠宝剑歌》其四:

毋嫌身价抵千金,一寸纯钩一寸心。欲识命轻恩重处,灞陵风雨夜来深。

戚将军,明代著名的抗倭名将戚继光。诗以汉朝名将李广英勇善战、屡立战功,却遭受朝廷冷遇的典故,来影射戚继光战功卓著、反受贬抑的命运,表达了对戚继光深深地同情和对朝廷赏罚不明的批评。诗写得含而不露,最后一句虚景传神,有不尽之余韵。

《登太白楼》一诗气豪调古:

昔闻李供奉,长啸独登楼。此地一垂顾,高名百代留。

白云海色曙,明月天门秋。欲觅重来者,濡渑济水流。

此诗是怀古之作,明写李白,暗指自己,抒发了世无英雄的感慨和傲视碌碌余子的豪情,因此沈德潜《明诗别裁》评云:"天空海阔,有此眼界笔力,才许作登太白楼诗。"

王世贞主张"师心",肯定"言为心声",诗歌要传达"性情之真",这种文学理论,和前后七子的文学观已经有了很大的差异,不过从本质上来看,王世贞还是属于明代中期复古思潮的代表人物。

前后七子为了振兴文学,改变当时重儒崇道、重经学轻文学以及粉饰太平、用性理代替性情的文坛陋习,高擎复古的大纛,以学习汉魏、盛唐的诗文,来强调文学的本质,来恢复古典诗文审美的传统,力图给文学一定的地位。其倡导学汉魏、盛唐的诗文,也为了取法乎上,将后学引上规范的创作道路,这些都是复古派所发挥的积极意义。但是复古派也陷入用模拟甚至蹈袭来代替创作的泥沼。

● 拓展阅读作品篇目

李梦阳:《石将军战场歌》
何景明:《津市打鱼歌》《岁晏行》
李攀龙:《杪秋登太华山绝顶》(其一)
王世贞:《戚将军赠宝剑歌》《书庚戌旧事》

● 思考练习题

1. 解释"馆阁体""茶陵派"。
2. 简述前后七子提倡诗歌复古的主要社会背景和文学背景。
3. 简单评述前后七子诗歌复古理论和创作的得失。

第四节 汤显祖与《牡丹亭》

明代中叶以后,由于东南沿海一带城市经济的繁荣,新兴的市民阶层和腐朽的明王朝之间的矛盾越来越尖锐;北方的俺答、东南的倭寇不断入侵,内外危机四伏;而思想界王学左派的影响,也打破了程朱理学长期的统治地位,为一些具有进步思想倾向的剧作的产生、上演创造了条件。当时士大夫也以观赏戏曲为风尚,吕天成《曲品》说:"博观传奇,近时为盛。大江南北,骚雅沸腾;吴浙之间,风流掩映。"不少富贵人家还蓄养戏班,教习曲目。这种风气,必然刺激戏曲家写作剧本的兴趣。受到新时代气息鼓舞的戏剧作家,如康海、王九思、李开先、梁辰鱼、汤显祖等,纷纷以他们优秀的作品打破了当时沉寂的局面。梁辰鱼的《浣纱记》、无名氏的《鸣凤记》以及汤显祖的《牡丹亭》等,都是这个时期的佳作。它们的出现,表明明代的戏曲创作进入了繁荣昌盛的时期。汤显祖是明代成就最高、影响最大的剧作家,其"临川四梦"达到了同时代戏剧创作的高峰。

● 一、汤显祖的生平与思想

汤显祖(1550—1616),字义仍,号海若,别号若士,晚年自号茧翁,自署清远道人,临川

（今属江西）人。汤显祖出生在书香世家，承袭了世代习文的家风。他自幼博览群书，工诗能文，早有名声，但汤显祖在进士科考中却屡考屡败，直到万历十一年（1583）才中了进士。汤显祖正直敢言，不阿谀附会当朝大臣。万历十九年（1591），他在南京太常寺博士任上向皇帝上《论辅臣科臣疏》，揭露官员贪渎，抨击当时执掌朝政的申时行等大员，引起君臣愤恨，所以被贬往遥远的广东徐闻县任小吏，后调任偏僻贫穷的浙江遂昌任知县。但他为官清廉，"以情施政"，大得民心，成为两浙县令中政声极佳的官员。汤显祖生活在嘉靖、隆庆、万历三个时代，那正是朝廷腐败、社会动荡的明代中晚期，他有感于官场的腐败和地方恶霸的横行无忌，还因为爱女、大弟和小儿的先后夭亡深受刺激，于是在万历二十六年（1598）辞去官职，归隐于临川玉茗堂。归隐以后的汤显祖，专心写作，先后创作了《牡丹亭》（1598）、《南柯记》（1600）、《邯郸记》（1601），连同以前所写的《紫钗记》传奇，世称"玉茗堂四梦"，也叫"临川四梦"。

汤显祖的思想，受泰州学派的代表人物罗汝芳和泰州学派的后期代表、好友李贽的影响较深。罗汝芳是汤显祖的老师，他是泰州学派代表人物王艮的三传弟子。泰州学派主张"百姓日用即道"（王艮《王心斋先生遗集》卷一《语录》），"平时只是率性而行，纯任自然，便谓之道……凡先儒见闻，道理格式，皆足以障道"（黄宗羲《明儒学案·泰州学案》）。因此，他们肯定人欲的合理性，主张人与人之间的平等，鼓吹个性的自由发展。汤显祖从罗汝芳、李贽那里直接吸纳了泰州学派的思想，同时又掺杂了佛道的学说，所以汤显祖的思想形成是多方面的。这些影响，对汤显祖叛逆人格和反抗封建礼教的精神以及以"至情论"为主导的文学思想的产生，无疑具有重要的作用。汤显祖认为世界是有情世界，人生是有情人生。"世总为情"（《耳伯麻姑游诗序》）、"人生而有情"（《宜黄县戏神清源师庙记》），而且"万物之情，各有其志"（《董解元西厢记题词》）。《牡丹亭》便是他"至情论"的演绎。

● 二、《牡丹亭》的思想意义及艺术成就

在汤显祖的四部剧作中，《牡丹亭》（全名《牡丹亭还魂记》，又简称《还魂记》），是他用力最深也最能体现他"至情论"思想和艺术才能的杰作。他自己说："一生四梦，得意处唯在'牡丹'。"（王思任《牡丹亭叙》引）

在汤显祖创作《牡丹亭》之前，已有文言小说《杜丽娘记》敷演杜丽娘为情而死，又死而复生的故事情节，汤显祖以此为基础进行改编，并以生花妙笔，赋予这个故事以不朽的艺术生命。

试将话本与传奇作一简单比较：话本写的是南宋光宗时，南雄太守杜宝的女儿杜丽娘因游园感梦而亡，她自画的小照为后任太守的儿子柳梦梅所得，柳因而日夜思慕，致使丽娘鬼魂前来幽会。柳梦梅在告知父母之后，为杜丽娘发冢，使之死而复生，和柳成就婚姻，得偕连理。这是一个大团圆的喜剧故事。而《牡丹亭》剧本却是写南宋时江西南安府太守杜宝之女杜丽娘，因游园，梦中与书生柳梦梅幽会，醒后幽思难忘，抑郁而死。杜宝迁官离开此地，将杜丽娘葬于官衙后花园。柳梦梅上京赴试，借住杜家原址，无意中拾到杜丽娘自画小照，他看画思人，终于感动杜丽娘的鬼魂，与他相会。在柳梦梅的帮助下，杜丽娘起死回生，和柳生结为夫妻。但此时杜宝却把杜丽娘看成妖孽，不但不承认柳梦梅是女婿，还请皇帝着人擒拿"妖女"。一直到柳生考中状元，杜丽娘上朝申诉，皇帝出面干预后，才勉强承认了这对夫妻。汤显祖的改造，显然提升了原有题材的认识意义与审美价值，使之具备了强烈

的时代气息。

杜丽娘是《牡丹亭》中最为光辉灿烂的人物，也是我国古典戏曲中，继《西厢记》崔莺莺之后最动人的女性形象之一。《牡丹亭》对杜丽娘的个性特征以及性格的发展，作了合乎情理的描写。

杜丽娘出身名门大家，父母对她进行的是传统的封建礼教教育，使她具有许多为封建家长所要求的美德，如孝敬父母、尊敬师长、谨守闺训、淑静端庄等。在父母的管束下，杜丽娘在太守衙门住了三年，居然没去过自家的后花园。但杜丽娘毕竟是一个正当青春年华的少女，有对美与爱的强烈追求，精神上的被压抑、行动上的被拘管，使她产生了深深的苦闷，同时也萌生了反抗的意识。师父陈最良为她讲解《诗经·关雎》中"有风有化，宜室宜家"的道理，杜丽娘的问题却令师父大感意外："关关的雎鸠，尚然有洲渚之兴，何以人而不如鸟乎？"（《肃苑》）。当她步入春光烂漫的花园，少女的情怀受到深深的震撼，长期的忧郁哀怨和对幸福人生的憧憬，一时鼓荡在她的心头。她感叹道："吾生于宦族，长在名门，年已及笄，不得早成佳配，诚为虚度青春，光阴如过隙耳！可惜妾身颜色如花，岂料命如一叶乎！"在《牡丹亭》全剧最动人的《游园·惊梦》中，汤显祖以几支精美的曲词，唱出杜丽娘被封建礼教拘禁的内心对生命的渴望，对被禁锢的不自由生活的不满：

〔步步娇〕袅晴丝吹来闲庭院，摇漾春如线。停半晌、整花钿。没揣菱花，偷人半面，迤逗的彩云偏。（行介）步香闺怎便把全身现！（贴）今日穿插的好。

〔醉扶归〕你道翠生生出落的裙衫儿茜，艳晶晶花簪八宝填；可知我常一生儿爱好是天然，恰三春好处无人见。不提防沉鱼落雁鸟惊喧，只怕的羞花闭月花愁颤。

〔皂罗袍〕原来姹紫嫣红开遍，似这般都付与断井颓垣。良辰美景奈何天，赏心乐事谁家院！（白）恁般景致，我老爷和奶奶再不提起。（合）朝飞暮卷，云霞翠轩；雨丝风片，烟波画船。——锦屏人忒看的这韶光贱。

杜丽娘带着剪不断、理还乱的万斛春愁，进入了梦乡，她把爱情的理想寄托于一个出现在梦幻中的书生柳梦梅身上，只有在那里，她才能得到现实中得不到的幸福，她那番"这般花花草草有人恋，生生死死随人愿，便酸酸楚楚无人怨"的感喟，正是对恋爱自由的强烈呼唤。但是梦醒之后的杜丽娘依然无法冲决封建礼教的牢笼，所以她含恨而死，为情殉身。她的死，揭露了封建礼教重压下年轻女性被无情摧残的社会现实。但杜丽娘形象的积极意义还在于，她不甘心就此灰飞烟灭，成为礼教的殉葬品，她死后依然咬住不放松，逼迫判官将她鬼魂放出和梦中情人相会，又为自己争得还魂再生的权利，和柳梦梅立下"生同室，死同穴，永作夫妻"的盟约。杜丽娘起死回生后，便坚持不懈地为自己的婚姻得到家庭和社会的承认进行了艰苦卓绝的斗争，她也终于成为挣脱封建思想束缚、争取个人婚姻幸福的斗士形象。

汤显祖通过杜丽娘的艺术形象，高度凝练地反映了封建社会的男女青年争取自由幸福的艰辛，对他们不屈不挠的斗争精神给予衷心的赞美，并且表现了作家建构美好婚姻模式的进步思想。

《牡丹亭》是奇幻与现实紧密结合的精品，在艺术上最突出的特点是浓郁的浪漫主义风格。杜丽娘为情而死，柳梦梅与鬼魂幽会以及杜丽娘死而复生的情节，无不是借助浪漫的手法来表现的。《牡丹亭》对虚实正奇的安排，可以说正如汤显祖本人的《题词》所云："梦中之情，何必非真？天下岂少梦中之人耶？必因荐枕而成亲，待挂冠而为密者，皆形骸之论也。"可以说，没有调动这些匪夷所思的幻想手段，杜丽娘的故事绝无演绎下去的可能，只有在梦

《牡丹亭》的
艺术成就

游、魂游的境界里，杜丽娘才能摆脱现实世界对她从精神到身体的种种束缚，还她一个真"我"。也只有借助浪漫虚构的手法，才能体现汤显祖在该剧《题辞》中所说的"情不知所起，一往而深。生者可以死，死可以生。生而不可与死，死而不可复生者，皆非情之至也"的精神。这种贯通于生死虚实之间、如影随形的"至情"，正是汤显祖要顶礼膜拜，予以最高赞赏的。因此，汤显祖所追求的并不是情节的离奇，而是要通过这些情节表现人对自由、幸福具有怎样强烈的渴望。

其次，《牡丹亭》全剧充满浓郁的抒情色彩，洋溢着诗情画意。例如《惊梦》这场戏，就集中地体现了这种特色。这里有杜丽娘的第一次赏春游园，有杜丽娘第一次和柳梦梅的相会，有姹紫嫣红的百花，有袅晴丝、闲庭院、云霞翠轩，华美的文辞，幽雅的环境，缠绵的情思，构成了古典戏剧中精美的典范之作。

《牡丹亭》作为"至情论"的代表作，在社会上产生了极大的影响，它所表现出来的那种激情四射、离奇虚幻以及辞采富丽的浪漫主义风格，当时就使不少青年男女为之陶醉、为之倾倒。但是，《牡丹亭》毕竟是产生在明代的古典戏曲，它不可避免地带着那个时代的印记。它无法从根本上跳出"发乎情，止乎礼义"的封建礼教的藩篱。剧中的杜丽娘，当她是鬼魂的时候，充满了反抗束缚、争取婚姻自由的热情，而当她还魂以后，却俨然是恪守闺训、端庄守礼的大家闺秀。如《婚走》中，柳梦梅急于和她成婚配，她却说："前夕鬼也，今日人也。鬼可虚情，人须实礼。"拒绝了柳梦梅的要求。在个性解放方面，她还受着现实的制约。但汤显祖在同时代的作家中，已经是一个了不起的先行者，他的《牡丹亭》谱写了一曲至真、至纯、至美的爱情颂歌，是中国戏剧史上最为动人的经典曲目之一。无论在思想性还是艺术性上，《牡丹亭》都是古代戏剧中光辉夺目、永不褪色的伟大作品。

● 三、汤显祖的其他剧作

汤显祖除《牡丹亭》外，还有《紫钗记》《南柯记》《邯郸记》。《紫钗记》借唐人传奇《霍小玉传》加以敷衍，写李益以霍小玉遗落的紫玉钗为聘礼，娶小玉为妻。婚后，李益考中状元，并在军中立功。卢太尉笼络、逼迫李益弃小玉别娶卢女。霍小玉忧思成疾，黄衫客拔刀相助，终于使李、霍两人破镜重圆。作者虽然不能从社会制度的根源追究霍小玉悲惨命运的原因，但剧作着力表现卢太尉的专横，李益的软弱，反映了作者对现实认识的高度。结尾大团圆的安排，改变了原作悲剧的结局，表现了汤显祖作为人文主义精神的倡导者，对"有情人终成眷属"的期盼。剧作高度赞扬"霍小玉能作有情痴，黄衫客能作无名豪"，剧本中黄衫客的形象比原作更加丰满，他大概是作者对现实失望之后心造的一个幻影，希望通过它，给弱小者带去一些安慰。这部剧作是汤显祖早期的作品，在结构、唱词、说白等方面都还不是很成熟。

《南柯记》取材于唐代传奇《南柯太守传》，情节和小说大体相近，这部剧作叙述的是蚂蚁国里官场的争权夺利、尔虞我诈，十分形象，寓意也颇深刻，它是汤显祖本人从政生涯中对官场现实的真实体认。当然，作家在《南柯记》中也寄托了他的政治理想，他幻想中的大槐安国是："均无贫，和无寡，安无倾；一年成聚，二年成邑，三年而成都。"他描写的南柯郡人民是安居乐业的："但有人家所在，园池整洁，檐宇森齐。何止苟美苟完且是兴人兴让。"剧本体现了汤显祖的儒家仁政理想。

《邯郸记》这部传奇剧本，虽然脱胎于唐传奇《枕中记》，但却表现出明代社会的特征。如卢生的妻子崔氏,是全剧的重要人物之一。卢生之所以平步青云,是因为崔氏既有政治上的关系,又肯四处花钱:"奴家所有金钱,尽你前途贿赂。"这正是明代社会权钱交易的真实写照。卢生一进入仕途,便想法讨好皇帝,施展阿谀奉承的手段,皇帝也偏偏听信了他的话,他还徇私枉法,恣意享受,结果断送了自己的性命。在剧本中,皇帝好色昏庸,大臣贪婪奸诈,举目朝中,竟见不到一个正人君子。汤显祖在剧中对当时的黑暗政治给予了辛辣的揭露、无情的批判,反映了汤显祖大无畏的斗争精神。

"临川四梦"是汤显祖戏剧创作的结晶,当然,其中最为光辉夺目的还是《牡丹亭》。沈德符《万历野获编》说:"汤义仍《牡丹亭梦》一出,家传户诵,几令《西厢》减价。"当时改编、续作《牡丹亭》的大有人在。如沈璟的《同梦记》、臧懋循的《牡丹亭》、冯梦龙的《风流梦》、徐日曦的《牡丹亭》、徐肃颖的《丹青记》等,都是《牡丹亭》的改编之作。

明代后期,以沈璟为代表的吴江派和以汤显祖为代表的临川派的形成以及所谓的沈、汤之争,是戏剧繁荣的一大标志。沈璟(1553—1610),字伯英,号宁庵、词隐,吴江(今属江苏)人,著名的传奇作家和曲学名家。著有《南九宫十三调曲谱》和《词隐先生论曲》等。他的主要戏曲理论是严格要求作曲合律,语言本色。在他周围团结了一大批志同道合者,形成了吴江派。因为沈璟虽也喜爱《牡丹亭》,但又认为汤显祖所用的是其家乡江西盛行的宜黄腔,不合他所推崇的昆腔的音律标准,而把《牡丹亭》改编为《同梦记》,这一举动引起汤显祖的强烈不满。汤显祖认为"凡文以意趣神色为主",也就是以内容为主,而"丽词俊音",也即文采与音律,是要为前者服务的(见《答吕姜山》)。吴江派和临川派的论争,表明明代戏曲的地位得到了尊重,士大夫、文人对戏曲包括戏曲理论的探讨、钻研,对提高戏曲的艺术性、推动晚明戏曲的进一步发展繁荣,无疑是有积极意义的。但论争归论争,吴江派的大多数作家对汤显祖都是敬重有加。在汤显祖同时或之后的剧作家,有许多也受到汤显祖创作的濡染。清初颇负盛名的剧作《长生殿》作者洪昇在《长生殿例言》中说:"予自唯文采不逮临川,而恪守韵调,罔敢稍有逾越。"宋荦《题桃花扇传奇》也曾经推誉《桃花扇》是"新词不让《长生殿》,幽韵全分玉茗堂"。这些作者自道或是评者之言,都说明汤显祖的戏剧滋养中国戏剧家之多且深。

● **拓展阅读作品篇目**

　　汤显祖:《牡丹亭》《紫钗记》《邯郸记》《南柯记》

● **思考练习题**

　　1. "玉茗堂四梦"各有何特色?
　　2. 明代后期的戏剧界有哪两个流派? 主要分歧是什么?
　　3. 简述杜丽娘这个艺术形象的思想意义。
　　4. 简述《牡丹亭》最主要的艺术成就。

第五节 《西游记》与《金瓶梅》

　　明代嘉靖、万历年间，通俗小说发展繁盛，《三国志演义》《水浒传》大量传播，由《三国志演义》《水浒传》影响而产生了大量讲史类小说，神魔小说和世情小说也勃兴，出现了神魔小说的典范之作《西游记》、世情小说的典范之作《金瓶梅》。《西游记》《金瓶梅》和《三国志演义》《水浒传》一起被称为"明代四大奇书"，在中国家喻户晓，产生了深刻、广泛的影响。

● 一、《西游记》

　　杰出的神魔小说《西游记》不直接抒写现实生活，但在神幻奇异的外表下蕴含着作者对世态的讽刺批判，对人类争取自由、向往美好境界而勇敢探索精神的歌颂，其深厚的意蕴、生动活泼的人物形象和妙趣横生的故事几百年来吸引了无数读者。《西游记》或许是中国古典文学中拥有最广大读者、最深入人心的一部传世经典。

　　《西游记》被认为是中国小说史上由世代累积型小说向文人独立创作小说过渡的作品。从世代累积的角度说，《西游记》与《水浒传》等相似，演述故事有其历史依据，且经历了漫长的民间传说和艺人创作的过程。唐代僧人玄奘西天取经实有其事，玄奘口述、门徒辨机辑录的《大唐西域记》记载此西行程途，后来玄奘弟子慧立、彦悰撰写了《大唐大慈恩寺三藏法师传》。此后关于唐僧取经的故事在民间流传，大约北宋时期成书的《大唐三藏取经诗话》已初具《西游记》之轮廓，书中出现了猴行者的形象，为孙悟空之雏形。宋元时期出现了许多与取经故事有关的戏剧。元末明初出现了杨景贤的杂剧《西游记》，在此前后，还出现了《西游记平话》，在主要人物、情节和结构上为《西游记》小说的写定打下了坚实的基础。《西游记》小说是写定者对历来西游故事的总结，更是文人天才的创作。《西游记》以其统一的艺术风格、神魔故事蕴含的现世关怀，体现了文人创作的个性色彩。

　　关于《西游记》写定者是谁，学术界至今存在争议。自从清代乾隆年间吴玉搢《山阳志遗》提出《西游记》作者为吴承恩之后，这种说法得到不少学者的认可，但也有不少学者质疑。目前常见的文学史一般把吴承恩暂定为《西游记》的作者。

　　吴承恩（约1500—约1582），字汝忠，号射阳山人，山阳（今江苏淮安）人。吴承恩少年即有才名，但文场不利，嘉靖二十三年（1544）才得补岁贡。曾任长兴县丞、荆府纪善等职，但时间都不长。晚年归居家乡，闭门著述。有《射阳先生存稿》四卷。按吴承恩《禹鼎记》序所述，吴承恩"幼年即好奇闻，在童子社学时，每探野史稗言……私求隐处读之。比长，好益甚，闻益奇"。好学好奇，丰富的知识，幽默诙谐的性格，颠沛坎坷的人生经历，使他对现实生活有着深刻的体认，这些为《西游记》作者为吴承恩之说提供了一定的事实依据。

　　由于《西游记》神魔小说的特征，以幻境的形式反映现实，学术界对《西游记》的创作主旨和主题思想的认识历来歧见并出。因为取经故事先天所具的宗教色彩，争议首先集中在《西游记》对儒释道三教的立场上。道士说，这部书是一部金丹妙诀。和尚说，这部书是禅门心法。秀才说,这部书是一部真心诚意的理学书。明清时期的文人还多从三教合一、从心学的立场出发论述《西游记》的象征主旨。小说中的确多有禅论,道家术语也不时可见,但佛道之论有时也杂糅在一起,同时,小说既明显地抨击了道教,对佛教的态度也多有否定和揶揄,故事叙述中还常有佛、道的常识错误,所以作者的佛道修养其实不多。小说写定之时正是三教合一思想盛行的时代,也是王阳明心学盛行的时代,小说确实兼容了儒释道三家的心性修养理论,而小说高扬人的价值,求取真经的过程可看作心学"知行合一"思想的体现。但是,所有这些,都只是作者根据取经故事情节的需要顺手拈来,既不成体系,作者主观上也显然没有通过小说宣扬某种教义的意图。因此,20世纪初鲁迅的观点是值得关注的。有学者说:"这部《西游记》至多不过是一部很有趣味的滑稽小说,神话小说,它并没有什么微妙的意思,它至多不过有点爱骂人的玩世主义。这点玩世主义也是很明白的,它并不隐藏,我们也不用深求。"鲁迅的《中国小说史略》则说:"作者虽儒生,此书则实出于游戏,亦非语道,故全书仅偶见五行生克之常谈,尤未学佛,故末回至有荒唐无稽之经目,特缘混同之教,流行已久,故其著作,乃亦释家与老君同流,真性与元神杂出,使三教之徒皆得随宜附会而已。""游戏""玩世""滑稽",实际上触及了《西游记》作为小说的娱乐性和思想性特征,或者,鲁迅至少认识到小说主旨的复杂状态,而不急于为它定性。

《西游记》是由文人写定的,体现了写定者的现实体验和现实关怀,但写定者的信仰和思想未必单一,而取经题材又经历了世代累积的过程,文人的写定积淀了很长时间内广大民众的生活体验、观念意识和精神心理,融合了大众文化的智慧和诙谐。层积的历史、现实的折射、讽刺与幽默,借助取经故事的框架,以富于想象的神话形式,恢宏壮丽、谐趣横生地表现出来。小说原型中取经故事的宗教性质已经淡化,在相当程度上产生了"童话"和"寓言"的性质,因此《西游记》成为一部"成人童话""跨时代寓言"。内容纷纭复杂,没有单一的主旨,是这部小说的特点之一;而神魔幻想的故事形式可承载不同时代读者的多元解读,则是这部小说的又一重要特点。

《西游记》由三部分构成:前七回为第一部分,写孙悟空的来历,包括猴王出世、求道学艺、闯龙宫地府、大闹天宫等内容。第八至第十二回为第二部分,写唐僧取经的缘起,包括如来说法、观音访僧、魏徵斩龙、太宗入冥、刘全进瓜、玄奘奉诏取经等内容。第十三至第一百回为第三部分,写唐僧师徒四人历经千难万险,到西天取经,终成"正果"。

《西游记》对此前取经故事的超越,首先在于确立了孙悟空在小说艺术结构中的中心地位,以神佛或圣僧为中心的宗教故事,变成了一部孙悟空的英雄史。小说描写了孙悟空的人生历程,从他的出生、成长、奋斗,到"功德圆满",成为"斗战胜佛",走完人生之路而达到超凡入圣的最高境界。

《西游记》设置了取经四众,以唐僧师徒的活动贯穿全书始终,采用单线发展的串珠式线性结构形式,以人物为中心依次展开情节,人物的行动和奇遇构成小说的主体,因此,情节的展开又具有游戏性,可称之为"奇遇小说"。小说最为精彩的是那些贯穿在取经主线上相对独立的故事,写得曲折巧妙,跌宕起伏,引人入胜。例如"三调芭蕉扇",在孙悟空要借扇与铁扇公主不肯借扇的主要矛盾中,夹入牛魔王妻妾的矛盾,使故事既尖锐紧张,又富有人情味。作者又顺手拈来地建构了牛魔王的神魔家族,牛魔王、铁扇公主、玉面公主、红孩儿、如意真仙,以其亲属关系而使相对独立的情节前后勾连,成为《西游记》结构故事的一种巧妙方式。

亦真亦幻、寓庄于谐是《西游记》的重要艺术特征。作为神魔小说，它的故事大多是虚构的，形式是幻想的，笔墨是游戏的，但在客观上却切中了时弊，反映了明中叶以后的社会现实，抒发了作者郁郁不平之气。无论是孙悟空大闹天宫，还是师徒四人西行取经，一路上经历的千难万险，都既是活泼有趣的神异故事，又是现实生活的艺术变形，对社会生活有着鲜明的针对性，揭露、讽刺、劝惩，具有深刻的现实生活寓意。作者通过神异故事，寄托了他对现实生活的愤激之情，把取经故事的宗教主题改造为社会主题，将生动有趣的神话描写与严肃深刻的现实批判相结合，表现了讽喻现实的创作意图。

《西游记》高度的艺术成就表现在它构筑了一个变幻奇诡而又真实生动的神话世界。小说对奇幻世界的描写真实可信。比如蜘蛛精的盘丝洞，被一片"如雪又亮如雪，似银又光似银"的丝网笼着，"看见那丝绳缠了有千百层厚，穿穿道道，却似经纬之势；又用手按了一按，有些粘软沾人"。这些描写虽然是虚幻的，但因结合了蜘蛛的特征，因而使人感到真实可信。

亦真亦幻和寓庄于谐的艺术特征也表现在对神魔形象的塑造上。《西游记》中神魔形象的奇幻特点，主要表现为奇特的形貌，奇特的武器，变幻莫测的神通，超越自然的生命，同时，又都各具人性特征。《西游记》中很多神魔形象都塑造得非常成功，其中最令人喜爱的是孙悟空和猪八戒这两个艺术形象。孙悟空有上天入地、腾云驾雾的本领，一个筋斗能翻十万八千里，拔一根毫毛能有七十二番变化，使的武器是顶天立地的定海神针。猪八戒是天蓬元帅下凡，也能腾云驾雾，使一把钉耙，本领虽不如孙悟空，但也颇能变化。作者夸张地描写孙悟空、猪八戒神奇特征的同时，常常抓住他们的动物性开着善意的玩笑，如孙悟空的生性好动、雷公脸、藏不起来的猴子尾巴，猪八戒的莲蓬嘴和蒲扇耳，让读者时时记着那是一只天真活泼的猴子和一只憨态可掬的猪。孙悟空是高度理想化的形象，顽强、勇敢、机智，成为中华民族英雄品格的象征，但这一形象也是立足于现实的，他也有不少缺点，如心高气傲、争强好胜、喜欢奉承等。猪八戒则是取经队伍中缺点最多又最讨人喜欢的角色。他吃苦耐劳，浑厚憨直，但人类的许多生物本能和人性弱点都相当集中地反映在他的身上，如自私、贪吃、好色、懒惰、缺乏理想与抱负等。小说诙谐幽默地表现这些缺点，使孙悟空、猪八戒的形象更具人情味和生活气息，也更真实可爱，谐趣横生。

《西游记》虽是神魔小说，但形象塑造的艺术取得了很高的成就，对取经四众的形象塑造已经超越了类型化的限制，而具有个性化的特征。唐僧是取经队伍的领导者，一个虔诚的圣僧，为了"普救大众"，在取经途中不论遇到什么困难，从来没有动摇过取经的决心，他严守佛教戒律，金钱、美色都不能动摇他的信念，不能破坏他的操守。但是，唐僧又有着凡人的弱点。他胆小怕事，懦弱无能，不通情理，迂腐固执，是非不分，喜听谗言。作者没有把他写成法术高超的神仙、十全十美的圣人，而是把他塑造成一个有较多缺点的凡人，这样的唐僧形象真实可信。

《西游记》的语言艺术也取得了很高的成就，形成了通俗、风趣、诙谐的语言风格。叙述语言明快诙谐。唐僧师徒四人的语言，则个性分明又生动有趣。即使非主要人物的语言，也是诙谐有趣的。如：

> 孙悟空学道归来，对众猴精道："小的们，又喜我这一门皆有姓氏。"众猴道："大王姓甚？"悟空道："我今姓孙，法号悟空。"众猴闻说，鼓掌欣然道："大王是老孙，我们是二孙、三孙、细孙、小孙——一家孙，一国孙，一窝孙矣！"

《西游记》融合了许多方言、土语、格言和古话，如"美不美山中水，亲不亲故乡人"，"曾着卖糖君子哄，到今不信口甜人"等，这些语言都是从生活经验中提炼出来的群众语言，内涵丰富，富有哲理，生动活泼，幽默风趣。

二、《金瓶梅》

《金瓶梅》往往被看作中国世情小说的开山之作，也是标志性的巨作。鲁迅《中国小说史略》谓：

> 当神魔小说盛行时，记人事者亦突起，其取材犹宋人小说之"银字儿"，大率为离合悲欢及发迹变泰之事，间杂因果报应，而不甚言灵怪，又缘描摹世态，见其炎凉，故或亦谓之"世情书"也。诸"世情书"中，《金瓶梅》最有名。

前人如清代的刘廷玑，在比较了《水浒传》《西游记》《三国志演义》《金瓶梅》这"四大奇书"之后，也曾说过："若深切人情世务，无如《金瓶梅》，真称奇书……其中家常日用，应酬世务，奸诈贪狡，诸恶皆作，果报昭然。"（《在园杂志》卷二）

《金瓶梅》成书的年代，大约是在万历初年到万历二十年间。关于它的作者"兰陵笑笑生"为谁，至今众说纷纭，没有定论。《金瓶梅》的故事，正如明人袁中道所指出的，"模写儿女情态俱备，乃从《水浒传》潘金莲演出一支"。作者运用"借宋喻明"的手法，明写北宋徽宗政和二年（1112）到南宋建炎元年（1127）十六年间的事件，但反映的却是晚明的社会现实，这一点早已为人们所认识。

《金瓶梅》以土豪恶霸奸商西门庆发迹变态至纵欲暴亡为中心，描绘了上自封建最高统治者，下至市井无赖所构成的污浊黑暗的世界，它通过西门庆家庭这个窗口，使人们窥见了一个道德沦丧、世风日下、危机四伏的大社会，形象地揭露了封建社会走向没落时期的腐败和罪恶。《金瓶梅》还是中国历史上第一部由文人独立创作的长篇小说，是中国历史上第一部以商人和市井生活为题材的鸿篇巨制，它在小说史上的意义是不可忽视的。

《金瓶梅》的主要人物西门庆，原是山东清河县一个破落户地主，一家生药铺的老板，但是他善于巧取豪夺、坑蒙拐骗、夤缘钻营、巴结权贵，所以八面逢源，一帆风顺，成了巨富，还获得官职。西门庆身上最突出的特点是贪财和好色。他先后纳娶名妓李娇儿、富孀孟月楼，勾引李瓶儿，从这些女人身上，他掠取了天大的产业。到他纵欲暴亡时，他的财产（不包括不动产），已有白银十万两左右。

西门庆深知单纯地依靠商业利润的积累和传统的勤俭持家、广置田产的做法是不够的，他交结官府，以官府作为进一步发财牟利的渠道和维护财富的保护伞。一个地痞无赖，摇身一变，成了朝廷命官。他还从蔡御史那里得到了掣取"淮盐三万引（一引可运盐二百斤）"的保证。朝廷和恶霸劣绅狼狈为奸、上下其手，这就是晚明社会的现实。

《金瓶梅》以西门庆的活动为中心，展示了晚明官场社会和市井社会的众生相。"西门庆家庭不是孤立的家庭，其升沉荣枯无时不关联着东京的政治与扬州的经济。"（田秉锷《统治思想趋于崩溃及旧伦理的沦丧》）西门庆所生活的环境，的确是晚明社会的缩影，西门庆及其周围的人物，都是在不同的情欲和恶习驱使下活动着的。用张竹坡的眼光来看：

> 西门是混帐恶人，吴月娘是奸险妇人，玉楼是乖人，金莲不是人，瓶儿是痴人，春梅是狂人，敬济是游浪小人，娇儿是死人，雪娥是蠢人，宋惠莲是不识高低的人，如意儿是

顶缺之人。若王六儿与林太太等，直与李桂姐辈一流，总是不得叫作人。而伯爵、希大辈，皆是没良心的人，兼之蔡太师、蔡状元、宋御史，皆是枉为人也。

西门庆及这些人物的塑造，使我们看到晚明社会已经堕落到多么腐朽不可救药的地步，这正是《金瓶梅》一书的价值所在以及西门庆这个人物的典型意义。《金瓶梅》书名隐含着三个女性的名字，即潘金莲、李瓶儿、庞春梅，她们都是西门庆生活中的重要人物。在这三个人当中，潘金莲无疑又是最主要的，因为全书前八十回，是以潘金莲为主，辐射许多人物关系，展现西门庆家庭内部的矛盾，从而折射出社会的本质。《金瓶梅》通过潘金莲的一生证明了人的性格是在一定的社会条件和历史环境形成的，是由特定的社会制度和文化观念孕育出来的。潘金莲由一个受侮辱、受压迫的青年女子，堕落为自私自利、工于心计、心狠手辣、纵欲放荡的坏女人。她的一生，既是被压抑、被逼迫的一生，同时也是被扭曲、被异化的一生，森严的社会等级制度如夫权、妻权和礼制文化，制造了人间的不幸和痛苦，扭曲了她的行为和心态。《金瓶梅》为中国小说史贡献了一个被扭曲了的市民妇女的形象，潘金莲人性被扭曲的过程，形象地反映了那个堕落社会的极大悲哀。

《金瓶梅》开创了通过一个家庭的荣枯兴衰，一个人物的升沉穷通来反映社会现实的写法。由于题材的改变，《金瓶梅》十分注意对日常生活细节、场景作细腻描绘，这使得作品反映的世态相当广泛，也更具有现实的针对性，表现了人情小说写实的特点。在《金瓶梅》里，作者淋漓尽致地表现了金钱与势力角逐中的血淋淋的关系，市井与上层的道德沦丧、精神堕落的景象。可谓把当时的世态人情，"做了一次毛发毕现的展览"。

《金瓶梅》的结构具有独创性。张竹坡用了一个形象的比喻来表达他对《金瓶梅》总体艺术结构的看法："盖其书之细如牛毛，乃千万根共具一体，血脉贯通。"（《竹坡闲话》）这就是后人所说的"网状结构"，它打破了传统小说为适应讲故事所用的线性结构。在这个大结构系统中，各个网结互相制约，互相烘托，草蛇灰线，伏脉千里。"《金瓶》内，即一小谈，一小曲，皆因时致宜；或直出本回之意，或足前回，或透下回"（《读法》），文心实谓细密。

《金瓶梅》的作者敏锐地觉察到资本主义萌芽的发展给晚明社会造成的冲击，旧的社会体制和意识形态正在土崩瓦解，但是作者并不理解这是历史的必然趋势，他忽视明末新经济因素引起的思想变化的诸多内容，特别是具有历史进步意义的精神风貌，忽视新市民阶层那种活泼的生气。他痛心疾首于"礼崩乐坏"的社会现象，并把一切归之于人性之恶，特别是色欲，所以小说的主观意旨是戒淫欲。这体现了作者思想认识的局限性。

《金瓶梅》中自然主义的描写，一方面固然是当时社会风气的反映，另一方面也反映了作者思想中庸俗低级的一面，以及不能认识到自然主义地照搬生活违背了艺术美的原则。《金瓶梅》"津津乐道的是堕落的人生、畸形的情恋、变态的纵欲、道德的沉沦。这种非道德化倾向，充分显示了明代中后期资本主义因素以及与之相系的新道德观念发展的不成熟性"（冯天瑜、何晓明《中华文化史》）。

● 拓展阅读作品篇目

吴承恩:《西游记》

●▎**思考练习题**▎

1.《西游记》是一部什么样的小说？其主要的艺术特点有哪些？
2.谈谈《西游记》人物形象塑造的特点。
3.思考《西游记》中孙悟空个性自由精神的来源。
4.谈谈《金瓶梅》主要的艺术成就和局限性。

第六节　明代拟话本小说

"拟话本"是指明代中后期，一些文人模拟宋元小说话本的体制所作的、供案头阅读的小说，鲁迅先生将之称为"拟话本"。拟话本是在说话、话本小说长期发展，积累了丰富的创作经验的基础上，在当时有利的社会条件下出现的。拟话本小说的产生以至繁荣，标志着中国古代短篇白话小说的创作进入了新的历史时期。据欧阳代发《话本小说史》统计，从 1620 年左右冯梦龙刊行《喻世明言》（即《古今小说》）到晚明政权覆灭，二十余年间，不算被统治者禁毁以及佚失的，流布于世的拟话本小说集，就有《石点头》《西湖二集》《型世言》《欢喜冤家》《贪欣误》《天凑巧》《醉醒石》《一片情》和"三言""二拍"等二十多种，计有拟话本小说数百篇。由此可见其繁荣情况。

●▎一、"三言""二拍"思想上的突破

在明代所有的拟话本作家中，成就最高的，无疑是冯梦龙和凌濛初。

冯梦龙（1574—1646），字犹龙，又字子犹，别号龙子犹、墨憨斋主人等，长洲（今江苏苏州）人。《苏州府志》卷八十一《人物》中对他有一段简单的记载："冯梦龙，字犹龙，才情跌宕，诗文丽藻，尤明经学。崇祯时，以贡选寿宁知县。"冯梦龙曾经受到系统的儒家教育，而且兴趣广泛，博览群书，"上下数千年，澜翻廿一史"（王挺《挽冯梦龙》）。冯梦龙年轻时致力于经学的研究，也曾热心于科场文战，但终未能博取一第。科举上的失意，使他转而寄情青楼酒馆，"逍遥艳冶场，游戏烟花里"，这种放浪形骸的生活，使他有机会接触到民间的通俗文艺和艺人，了解到社会下层的生活状况，这为冯梦龙收集民间的山歌俚曲、编撰通俗小说，提供了良好的条件。

冯梦龙在哲学思想上，深受晚明人文思潮的熏染，高扬"情"的旋律，将"情"提到万物根本的高度。"天地若无情，不生一切物。一切物无情，不能环相生。"（《情史序》）他甚至公然倡导"情教"，以与"儒教"和宋明理学抗衡：

> "六经"皆以情教也。《易》尊夫妇，《诗》首《关雎》，《书》序嫔虞之文，《礼》谨聘奔之别，《春秋》于姬姜之际详然言之，岂非以情始于男女？

冯梦龙把儒家奉为经典的《诗》《书》《礼》《乐》《易》《春秋》等"六经"都解释成以宣扬情为目的,而批评"世儒但知理为情范,孰知情为理之维乎"(《情史·情贞类》卷末总评)。对"情"的高度肯定和张扬,对人性的歌颂和赞美,无疑是"三言"中最为炫人眼目、咄咄逼人的光芒。冯梦龙认为小说必须使"怯者勇,淫者贞,薄者敦,顽钝者汗下,虽日诵《孝经》《论语》,其感人未必如是之捷且深"(《古今小说·序》)。他给"三言"所取的书名,也表明了他的编写意图:"明者,取其可以导愚也;通者,取其可以适俗也;恒则习之而不厌,传之而可久。三刻殊名,其义一耳。"(《醒世恒言·序》)

"三言"即《喻世明言》《警世通言》《醒世恒言》,是冯梦龙编撰的通俗文学的代表作。"三言"并非都是冯梦龙的创作,其中包含宋元明三代的话本,这些作品大多经过冯梦龙的润色、加工,还有相当多篇目应该是冯梦龙根据文言小说、戏曲、历史故事、社会传闻等为基础的创作或再创作,模仿了宋元话本的形式。学术界一般把"三言"以后话本形式的小说称为"拟话本"。

凌濛初(1580—1644),字玄房,号初成,别署即空观主人,乌程(今浙江湖州)人。凌濛初出身于官僚家庭,年轻时屡试不第,40岁前后决定归隐,后被赣州抚军聘为幕僚。55岁以优贡授上海县丞,63岁升徐州通判,分署房村。1644年,李自成农民起义军的队伍打到房村,他坚持抵抗,呕血而死。凌濛初一生著述十分丰富,但最主要的成就是在小说方面。他的拟话本小说集《初刻拍案惊奇》和《二刻拍案惊奇》,向来和冯梦龙的"三言"并称为"三言二拍",他也因此成为冯梦龙之后重要的拟话本小说家。"二拍"共有80篇小说,但《初刻拍案惊奇》的第二十三卷和《二刻》的第二十三卷重复,《二刻》最后一篇是杂剧,所以,"二拍"实有拟话本78篇。

"三言""二拍"的内容十分丰富,包括了对官员形象的抑扬,对商人生活的描写,对友谊的歌颂,对妇女争取婚姻自主、人身自由的礼赞,其中有一些题材,是以前的小说家所不曾关注过的,如商人形象的正面描写、官员形象的重新塑造以及在妇女问题上表现的新观念。和过去的小说、话本一样,拟话本中写得最多、最好的,是爱情类故事。因此,我们先介绍这一类作品。

《卖油郎独占花魁》见于《醒世恒言》第三卷。卖油郎秦重爱慕名妓莘瑶琴,用一年多的时间,积攒了十两银子,又费了许多周折,才得到一次亲近莘瑶琴的机会。偏偏莘瑶琴酒醉心烦,倒头便睡,不但不理睬秦重,还吐了秦重一身。但秦重毫不介意,百般照料,体贴入微,使莘瑶琴不由感慨:"难得这好人,又忠厚又老实,又且知情识趣,隐恶扬善,千百中难遇此一人。"在受了吴八公子的百般凌辱,又一次得到秦重的细心呵护时,莘瑶琴真正体会到所谓的衣冠子弟,都是"豪华之辈,酒色之徒。但知买笑追欢的乐意,哪有怜玉惜香的真心",下决心嫁给秦重。莘瑶琴虽是烟花女子,因为鸨儿要把她当摇钱树,故而"锦绣中养成,珍宝般供养","往来的都是王孙公子,富室豪家",并不曾想到要委身于秦重。她最后主动提出嫁与秦重,是秦重的忠厚、体贴、平等待人的态度一再感动了她。因此,秦重婚姻的胜利,是市民阶层人与人之间平等相处、互相尊重的人性要求的胜利,是男女之间以"情重(秦重)"为基础而结合的胜利。作者以小商人秦重的高尚品质和爱情的美满,歌颂了新兴市民阶层的精神力量。

《杜十娘怒沉百宝箱》是"三言"中的名篇,见于《警世通言》第三十二卷。这篇小说的情节、人物来自宋懋澄的《负情侬传》,但冯梦龙作了较大的改造,使作品的时代色彩更浓郁,人物更具个性化,作品的思想深度和艺术感染力也有新的突破。杜十娘是个红极一时的名妓,但渴望爱情和自由,她经过种种试探和考察,决定把终身托付给贵公子李甲。当她瞒过鸨儿和李甲,携巨资与李甲同归,憧憬着未来幸福的生活时,李甲却以千金之价将她卖于孙富。杜十娘捧出百宝箱,当着李甲和孙富的面,把价值连城的宝物一件件抛进江心,在痛斥了轻薄子弟孙富和薄情郎李甲之后,奋身跳入江涛之中,用生命换得了人格的尊严。杜十娘怀抱百宝箱而死,是对金钱万能社会的讥讽,又是对孙、李两人的嘲弄。壮烈的悲剧,把她的人格精神升华到顶点,表现出觉醒的人性决不甘心任人摆布的精神力量。这个故事所揭示的社会意义是十分深刻的。杜十娘所要求的真情,在残酷的封建礼教和金钱面前,是那么不堪一击。冯梦龙虽然未必意识到悲剧的根源在于封建制度,但是作品的客观效果,却让读者去思考封建礼教的虚伪和残忍。

在"三言"中,提出婚姻新观念、标榜尊重人性、高张男女真情旗帜的小说还有很多。从冯梦龙的作品中,我们看到了晚明进步思想家人性解放思想的具体体现。冯梦龙用优秀的作品,参与了人性与"天理"争权利、争自由的斗争。

和冯梦龙相比,凌濛初更强调文学要表现普通人的感情,描写普通人的日常生活,所谓"耳目之内,日用起居",这从本质上反映了市民阶层对文学的要求。从"二拍"中的爱情题材来看,作者首先肯定青年男女的自由择偶。《同窗友认假作真》写闻蜚娥女扮男装,结识了两个意气相投的同窗好友,有意在两人中选一个作为托付终身的人,但又委决不下,于是射箭占卜,最后她选中杜子中。对她来说,婚姻大事,完全取决于自己,"老父面前,只消小弟一声,无有不依"。而这样结合的婚姻,在作者看来,没有不美满之理。

"二拍"中对于封建贞洁观念,给予了较多的关注,这是以往小说中较少出现的现象。如《张溜儿熟布迷魂局》中,骗子张溜儿逼妻子陆蕙娘施美人计骗人钱财。陆蕙娘发现被骗的沈灿若心地善良,可以托付终身,毅然抛弃行止不端的丈夫,和沈灿若双双逃离虎口。对陆蕙娘的私奔行为,作者称赞道:"女侠堪夸陆蕙娘,能从萍水识檀郎。"突出了市民阶层对真情的尊重,以及夫妻之间互相宽容、谅解的思想境界。

"二拍"尖锐地批判和否定了封建社会男女之间极端不平等的现象,为深受族权、夫权压迫的妇女发出了不平之鸣。这比以往的小说只停留在谴责男性的见利忘义、攀高枝、趋富贵、甘当负心郎来,思想意义显然更高一筹。生活在晚明封建社会的凌濛初能够有上述那样鞭辟入里的议论,诚属难能可贵。

在"三言""二拍"中,商人形象令人瞩目。明代中叶以后,由于商品经济的大发展,都市繁荣,市民人数大幅度增加,传统的轻商意识渐渐转变为重商意识,商人作为一种社会势力,越来越使人刮目相看。富商巨贾、小贩小卖、作坊主人、手工艺人等,纷纷成为通俗文学的主角,在这种社会背景下,"三言""二拍"中大量出现了以商人作为正面主人公的作品。这是"三言""二拍"作为市民文学代表的重要特点之一,也是在中国小说发展史上一个值得注意的现象。《施润泽滩阙遇友》中的施润泽,是一个心地善良的商人,当他拾到六两多银子时,"心中甚喜",暗自打算道:"有了这银子,再添上一张机,一月得出多少绸,有许多利息。"甚至盘算十年后能翻出多少。但他又替那失银的人想,他也许是个跟我一样的小经纪人,这两锭银,就是他的养命之根。善良的本性战胜了贪欲,于是守着这银子,苦苦等待失主来认领。小说真实地写出了施润泽作为一个商人善于计算的特点,又以此反衬他品质的高尚、心地的仁厚。施润泽的形象,改变了人们对传统商人重利、言利不言义的印象。

在"二拍"中，尊崇商人的态度更加鲜明。作者借《赠芝麻识破原形》中马少卿的口说："经商亦是善业，不是贱流。""二拍"比较注重对商人经商活动的描写，肯定他们的冒险精神、对高额利润的追求。最有代表性的是《转运汉遇巧洞庭红》。文若虚跟随张大等人泛海去外国做生意，因为"这边中国货物，拿到那边，一倍就有三倍价。换了这边货物，带到中国，也是如此。一往一回，却不便有八九倍利息？所以人都拼死走这条路"。只要有利可图，冒险是可以接受的。小说中写文若虚的经历，就富有诱惑力和刺激性。他本是个一文不名的"倒运"汉，由于贩运一种叫"洞庭红"的橘子，在海上某国大获其利，又因为带回的龟壳卖了天大的价钱，而成了暴发户。比起儒生的孜孜矻矻以求功名和传统的农耕经济来，商人致富的速度不知快出多少倍。此外，在《叠居奇程客得助》和《钱多处白丁横带》中，都对商人的投机取巧、经营有方、敢于冒险的手段和精神表示了肯定的态度。这恰恰是为传统道德观所反对、摒弃的。也正因为这样，"三言""二拍"具有比较浓郁的时代气息。

● 二、"三言""二拍"艺术上的创新

"三言""二拍"是明代拟话本中的精品。它脱胎于宋元话本，难免带着宋元白话小说的某些痕迹。但是明代拟话本毕竟是文人的创作，可供案头阅读之用，所以它在艺术上又有新的发展和变化。如《蒋兴哥重会珍珠衫》，篇幅长达两万多字，略似今天的中篇小说。比起宋元话本，它的结构更为严谨，人物形象更为鲜明、饱满。下面就以爱情小说为例，略作分析。

首先，明代拟话本小说在一定程度上打破了才子佳人小说中"金榜题名时，洞房花烛夜"的陈腐框架，更加生活化、平民化。有的小说虽然也安排了进士及第、洞房花烛的结局，但那是出于对社会现实的清醒认识，出于舒泄平民百姓内心积郁的要求，这是富有积极意义的。如《张廷秀逃生救父》中，张廷秀兄弟受赵昂陷害，几无生路。一个被迫"操了贱业"，去当戏子，一个成了别人的养子。如果不是兄弟俩发愤读书，金榜题名，那么在官官相护的社会现实面前，要救父亲张权出狱，张廷秀要和未婚妻王氏团圆，恐怕是难以想象的事情。《玉堂春落难逢夫》也是如此。妓女玉堂春和书生王景隆相爱，矢志不渝。玉堂春倾囊相助落拓的王景隆，使他得以返乡。王景隆为救玉堂春出苦海，励志读书，终于官授山西巡按。而玉堂春被鸨儿骗卖山西，又遭人暗算，蒙受不白之冤，若不是当了官的王景隆救助，何时才得掀翻覆盆重见天日？从这些小说多把平反冤狱和进士及第联系起来的处理方法，我们还可以认识到封建社会吏治的腐败。贪官污吏，上下其手。平民百姓，命如草芥。

但"三言""二拍"中大部分爱情小说的主人公，多是普通家庭的子女，其中以商人居多。如《蒋兴哥重会珍珠衫》中，蒋兴哥是个走熟广东做买卖的商人，陈大郎也是个商人；《卖油郎独占花魁》中的秦重，是个走街串巷的卖油小贩；《宋小官团圆破毡笠》中的男女主人公，都是做撑船生意的小百姓；《姚滴珠避羞惹羞》中，姚滴珠的丈夫潘甲早已弃儒经商。这些普普通通的青年男女，并不注重身外的功名、出处，他们更重视日常生活中夫妻感情的和谐与人的自身价值。如宋小官后来也不曾做官，发了一笔意外之财，把岳父、岳母接到南京同住，"合家欢喜，安享富贵"。秦重娶了花魁娘子，又得与父母团圆，家道渐兴，人生之愿足矣。这些作品打破了"金榜题名时，洞房花烛夜"的俗套，割断了婚姻与仕宦的必然联系，突破了夫荣

妻贵、门当户对的封建婚姻观、门第观,既体现了市民阶层鲜明的主体意识,在艺术上,也是对传统模式的挑战,具有一定的创新意义。

其次,"三言""二拍"在情节上更趋曲折,波澜起伏,跌宕有致。在此之前的话本小说,为了吸引听众,也力求情节的复杂、生动,但往往呈单线结构,比较单一、少变化。而拟话本小说是供阅读之用,所以出现了并驾齐驱、各呈风姿的双线结构。《玉堂春落难逢夫》中,先写玉堂春与王景隆相识相爱,情节呈单线推进。尔后一面写玉堂春在北京和鸨母抗争,被鸨母骗卖与沈洪;一面写王景隆回乡,父子相认,中举授官。两处落笔,双线发展。最后,玉堂春和王景隆在北京相会,两条线索并在一处。分分合合之间,展示了丰富的生活画面,人物的形象也得到更好的展现。

"三言""二拍"就是在单线发展的情节中,也有千回百转的小波澜。如《杜十娘怒沉百宝箱》中,杜十娘赎身以后,和李甲同舟赴苏杭胜地,当她听到李甲薄幸,欲将她卖于孙富时,杜十娘先是"冷笑一声",吩咐李甲"快快应承了孙富,不可错过机会"。接着"挑灯梳洗,脂粉香泽,用意修饰,花钿绣袄,极其华艳"。盛妆之后,"微窥公子",见他毫无留恋难舍之意,此时杜十娘才真正死了心,于是催他快去孙富处回话,及早兑足银子。接着怒斥孙、李两人,最后毅然抱宝箱沉江。这一系列兔起鹘落、跌宕无端的小环节的出现,真实地刻画了杜十娘对李甲由希望到彻底失望的悲愤交加的心理活动以及宁为玉碎、不为瓦全的个性,也更突出了悲剧震撼人心的力量。

最后,"三言""二拍"的作者令人信服地塑造了典型环境中的典型性格。《王娇鸾百年长恨》和《杜十娘怒沉百宝箱》中的女主人公都是悲剧人物,但两人的性格却很不一样。王娇鸾多情,长期的深闺生活,使她对世事人情一无所知,所以轻易地将终身托付给周廷章。她在绝望之后采取的报复手段,也取决于她出身于官家,才有如此的胆识和自信。而对杜十娘,则重点突出她久经风尘,沉稳老练。她对李甲虽然"海誓山盟""朝欢暮乐",却从不吐露百宝箱的消息,连她的自沉,也不露丝毫痕迹,最后让人大感意外。杜十娘的个性,是她饱经人世沧桑、饱尝世态炎凉的经历所造成的。

"三言""二拍"对人物心理活动的刻画曲尽其微。在这方面,《蒋兴哥重会珍珠衫》是很有代表性的。蒋兴哥了解到妻子有外遇,心中是"说不得,话不得,死不得,活不得""急急地赶到家乡"。等他回到家乡,"望见了自家门首,不觉堕下泪来。想起'当初夫妻何等恩爱,只我贪着蝇头微利,撇她少年守寡,弄出这场丑来,如今悔之何及!'在路上性急,巴不得赶回,及至到了,心中又苦又恨,行一步,做一步……"这一段心理描写把蒋兴哥这个年轻商人的善良忠厚、富于感情表现得淋漓尽致、生动感人。在话本小说中,心理描写一向是比较薄弱的,因为话本是说话艺人的底本,它要求动作神情的醒目、语言的出色,以适应听觉艺术的需要。所以"三言""二拍"中心理描写艺术特别难得。

冯梦龙、凌濛初在人文主义思潮的冲击下,创作出的大量具有重要思想价值的作品,成为市民文学的代表作。但是人的认识毕竟是社会、时代、教养等的综合产物,冯梦龙和凌濛初的小说也存在不少前后抵牾之处,甚至存在着不健康的杂质。如《蒋兴哥重会珍珠衫》中,蒋兴哥虽然宽容了妻子的失贞,突破了封建的贞操观念,但依然留下一条"恩爱夫妻虽到头,妻还作妾亦堪羞"的"果报"尾巴;在《白娘子永镇雷峰塔》中,虽然颂扬了白娘子对许仙坚执的爱情,但也不免"奉劝世人休爱色,爱色之人被色迷"。在"二拍"中,还有为人訾议的"色情"描写问题。

● 拓展阅读作品篇目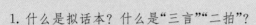

《蒋兴哥重会珍珠衫》《金玉奴棒打无情郎》《杜十娘怒沉百宝箱》
《玉堂春落难逢夫》《卖油郎独占花魁》

● 思考练习题

1. 什么是拟话本？什么是"三言""二拍"？
2. "三言""二拍"在题材上有何新的开拓？
3. 简述"三言""二拍"在艺术上的成就。
4. 谈谈"三言""二拍"在思想认识方面的价值和不足之处。

第八章　清代文学

　　清朝统治中国历时 260 多年。清初经过 40 年征战,至康熙中期版图辽阔,国势强大,社会繁荣,康熙、雍正、乾隆三朝号称百年康乾盛世。但由于统治阶层的腐败,乾隆末年之政局已危机四伏,嘉庆朝力图维新,整肃纲纪,但未能从根本上扭转朝政颓势,社会矛盾激烈。至道光年间,外国列强的坚船利炮震醒了朝野君臣和士大夫"衣冠上国"的梦幻,内忧外患之中,中国历史进入近代,社会形态和思想文化皆发生巨大变化。

　　清王朝十分重视思想领域的专制统治。清朝初年,为了巩固政权,统治者提倡儒学,特别尊崇"程朱理学",利用理学思想建立绝对的思想权威。清王朝控制思想文化领域的方式之一是编书。康熙乾隆时期编纂了《古今图书集成》《全唐诗》《康熙字典》《四库全书》等,吸收民间大批学者编书。这种大规模的图书收集、编纂工作对于文化的保存有积极影响,但是编纂过程中对图书进行过滤,不少图书遭到禁毁,也造成了文化的破坏。同时,清王朝强化文化专制制度,严禁文人结社,大兴文字狱,以压制思想上的反抗。对于有反清思想倾向的文人,给予了残酷的镇压。

　　清朝的思想文化受到国家政治、民族命运明显的影响。清初思想家黄宗羲、顾炎武、王夫之等感于前明亡国之痛,批判宋明理学,主张务实精神,重视文学的社会功用。清乾嘉时,文人慑于文字狱,不关心世务,埋头于古典文献的校勘、整理,形成乾嘉学派。乾嘉汉学,在中国学术史上占有一定的历史地位,但总体而言,作了学术研究的基础工作,缺乏思想理论的建树。晚清以改良主义思想影响最大。改良思想的源头是龚自珍的启蒙思想。龚自珍主张改革旧的社会制度,消灭贫富不均,主张不拘一格选拔人才,主张抵抗外敌侵略,禁鸦片。他的思想后来为魏源所继承。魏源比龚自珍小三岁,其卒年晚于龚自珍十六年,晚年大力发扬龚自珍的观点,对晚清思想界产生很大的影响。改良思想的代表人物是康有为、梁启超,他们发扬资产阶级启蒙思想,并且加以实践。人们甚至说,若没有康、梁的维新变法,就没有孙中山的国民革命。

　　清代前后期社会政治背景和思想文化的变化对文学产生很大影响,前后期文学也呈现出不同的面貌。但总体而言,清代对中国古代传统文学形式作了总结,同时又孕育了 20 世纪新文学的萌芽。诗、文、词、小说、戏剧、说唱文学等在清代都有所发展,取得了相当可观的成就。郭绍虞《中国文学批评史绪论》说清代"没有一种比较特殊的足以称为清代的文学，却也没有一种不成为清代的文学。盖由清代文学而言，也是包罗万象而兼有以前各代的特点的"。

清朝前期成就最大的诗人是吴伟业和王士禛。他们重视真感情的抒发，同时也比较注重诗歌的艺术性，如吴伟业以明清之际兴亡变灭为题材，创作了《圆圆曲》《鸳湖曲》等一批优秀的叙事长诗。王士禛强调神韵说，将古典诗歌含蓄蕴藉的特点推向了极致。乾隆朝沈德潜以"格调说"倡导"温柔敦厚"的传统诗教，翁方纲以"肌理说"修正王士禛、沈德潜的诗学理论，将"理"作为诗歌创作之本。之后袁枚标举"性灵说"，和沈、翁两家抗衡，提倡诗歌抒发真性情，所谓"诗言志，言诗之必本乎性情也"(《随园诗话》卷三)。这一理论的提出，为清诗的发展，开创了新的局面。

在元明一度衰落的词，到清代却受到普遍的重视。它是政治重压下，文人可以委婉曲折地倾诉心声的工具。有清一代影响较大的词派有以陈维崧为代表的阳羡词派、朱彝尊为领袖的浙西词派，他们都将词体提高到可与诗相提并论的地位，促进了词的发展。被誉为"北宋以来，一人而已"的纳兰性德，更使清词有了突出的建树。嘉庆以后，常州派兴起，代表作家张惠言、周济等人倡导意内言外，比兴寄托，要词"与诗赋之流同类而讽诵"，对扭转词风起了积极的作用。

清代的散文以桐城派最有影响。代表作家是康熙朝的方苞、刘大櫆，乾隆时的姚鼐，他们都是安徽桐城人。桐城派讲究义理和文法、考据，为古文建立了更加严格的具有束缚性的规范。这种规范，既迎合当时统治者"清真古雅"的散文标准，又维护了理学道统的利益，并且适应制举之文的需要，所以产生了很大的影响，成为清代影响最大的散文派别。桐城派虽然以程朱理学为核心，形式上更加程式化，但是不少作家都留下了一些可观之作，如《左忠毅公逸事》《狱中杂记》《游晋祠记》《登泰山记》等。

清代的小说、戏剧创作成就较高。白话小说的改编和创作，在清初受到作家们的重视。著名者如陈忱的《水浒后传》，借续书抒发亡国之恨。小说描写梁山英雄们在黑暗的封建统治下再度起义，突出了南宋时期的民族矛盾，具有强烈的现实意义。署名"西周生"的《醒世姻缘传》，展示鲜活的人间世俗生活，试图揭示夫妻之间关系恶劣的造因，是《金瓶梅》之后又一部长篇世情小说。短篇小说有李渔的拟话本《无声戏》和《十二楼》，共计30篇小说。这些小说虽不免有说教的成分，但娱乐性明显较强。才子佳人小说的大量出现，是清初小说苑中的特色。代表作有《玉娇梨》《平山冷燕》《定情人》等。这些爱情小说写洞房花烛必定和功名遇合相联系，言男女关系必发乎情而止于礼。小说成了境遇落拓的作者抒发平生愿望的载体和谋取"稻粱"的手段。文言短篇小说的创作，最突出的是蒲松龄的《聊斋志异》。他继承了魏晋志怪小说、唐宋传奇的传统，并加以发展创造，形成了独特的艺术风格，同时寄托了作者的"孤愤"，揭露了封建统治阶级的罪恶，展示了封建科举制度带给人们精神上的毒害，歌颂了真挚的爱情和青年男女反封建礼教的精神。

清朝长篇章回小说的成绩斐然可观。乾隆时期产生的《儒林外史》，是第一部长篇讽刺小说，作者以犀利的笔锋批判了科举制度的罪恶，讽刺了受科举制度和封建纲常伦理毒害的儒林中人的种种虚伪、丑恶，寄托了作者的理想。《红楼梦》的出现，标志着中国古典小说艺术发展的高峰。它以贾宝玉、林黛玉、薛宝钗之间的恋爱、婚姻悲剧为中心，写出了以贾府为代表的四大家族由盛而衰的过程，揭示了封建制度必然灭亡的历史趋势。到了嘉庆、道光时期,小说创作也深受考据学的影响,如鲁迅所批评的"以小说为庋学问文章之具"(《中国小说史略·清之以小说见才学者》),像《镜花缘》,虽然表现了一定的民主思想,对封建社会进行了一定的批判,但也反映了这种考据炫才的风气。

戏曲方面,清初剧作家李玉,作有传奇30多种,为当时数量最多的作家,其代表作有《一捧雪》《人兽关》等。他和几位文人合作的《清忠谱》,对明末政治的批判较为深刻,反映了明末市民阶层已经成为一种社会政治力量的现实。小说家而兼戏剧家的李渔,重视戏剧结构和舞台演出效果,他的《闲情偶寄》集中体现了他的编剧和表演理论,他联系舞台实际,并总结了前人的成就,取得了较好的成绩。康熙时期洪昇的《长生殿》、孔尚任的《桃花扇》,继承了明代传奇的优秀传统,同时又抒写了国家"兴亡之感",代表了当时戏曲创作的最高成就。因此当时有人题诗道:"两家乐府盛康熙,进御均叨天子知。纵使元人多院本,勾栏争唱孔洪词。"(金埴《题桃花扇传奇》)蒋士铨是清中叶值得注意的传奇作家,他的剧作以《桂林霜》《冬青树》《临川梦》三种最为有名。剧作不但反映了作者的经世济民之志,而且"吐属清婉,自是诗人本色",优美而富有文采。

从明代发展起来的弹词、鼓词在清代中叶普遍流行,不但作家多,而且出现了一些优秀女作家的弹词作品。如《再生缘》《天雨花》《笔生花》《榴花梦》等。特别是陈端生的《再生缘》和李桂玉的《榴花梦》,两部作品都寄托了作者的人生追求,歌颂了封建社会妇女力图挣脱封建牢笼、实现人生价值的精神,热情赞美了被视为"第二性"的妇女的聪明才智。《榴花梦》是一部规模更加庞大、篇幅更长的弹词小说,有360回,400多万字。

至于晚清,西方科技与学术思想的输入和传播,给中国社会和中国文学带来很大的冲击,文学的内容和形式都得到不小的改变。揭露社会弊病的谴责小说应运而生,文人力图通过小说揭露社会问题,从而达到改进的目的。梁启超、黄遵宪的"诗界革命"把西方文明带入诗中,为五四以后的新诗打下了基础。

第一节　清代诗文

● 一、"江左三大家"及王士禛

所谓"江左三大家",是指明末清初诗人钱谦益、吴伟业、龚鼎孳。三人皆由明仕清,籍贯都属旧江左地区,诗名并著,故时人称"江左三大家"。这里主要介绍钱谦益和吴伟业两人。

钱谦益(1582—1664),字受之,号牧斋,晚号蒙叟,又号东涧遗老等。常熟(今属江苏)人,万历进士。崇祯时官至礼部侍郎,南明福王朝升任礼部尚书。清兵陷南京,钱谦益因迎降有功,仍任礼部侍郎,告病南归后,从事著述,并曾秘密支持抗清斗争。

钱谦益于诗,反对明代前后七子文必秦汉、诗必盛唐的观点,并给以尖锐的批判。他说:"诗者,志之所之也。陶冶性情,流连景物,各言其所欲言者而已……今也生乎百世之下,欲以其蝇声蛙噪追配古人,俨然以李杜相命……斯可为一笑已矣。"(《范玺卿诗集序》)他作诗自盛、中、晚唐,两宋以至元好问,无所不学,出入各家,博采众长,不拘一格,"以杜、韩为宗,而出入于香山、樊川、松陵以迨东坡、放翁、遗山诸家"(《黄子羽诗序》),所以能自铸伟辞,自成一家,卓然傲立于清初诗坛上。

钱谦益思想和性格都很复杂,在明清易代之际这种特点表现得特别鲜明。他标榜"清流",却又失节事清,降清后又想做抗清义士,政治上的这种反复无常,既为人所鄙视,自己也陷入进退维谷的尴尬境地。他早年的诗多为酬唱和流连风月之作,感情相对浮泛;入清之后的诗歌中,既有对故国沦亡的追思,又有对屈节事清的忏悔,还有作为汉族知识分子恢复故国的道义感,如《观闽林初文孝廉画像读徐兴公传书断句诗二首示其子遗民古度》:

> 抗疏捐躯世所瞻,裳衣戊削貌清严。可知酌古陈同甫,应有承家郑所南。
>
> 文甫为人陈亮是,兴公作传水心同。永康不死临安在,千古江潮恨朔风。

诗中列举陈亮、郑所南等前代具有强烈民族意识的志士仁人,歌颂他们为"世所瞻"的精神,表现了钱谦益恢复故国的志向。因为生平经历复杂,诗歌的感情丰富而深沉,艺术上也形成了情真体婉,力厚思沉,音雅节和,味浓色丽的风貌。如《丙申春就医秦淮,寓丁家水阁浃两月,临行作绝句三十首》之四:

> 苑外杨花待暮潮,隔溪桃叶限红桥。夕阳凝望春如水,丁字帘前是六朝。

丁字帘,是丁字形的卷帘,意为隔着卷帘看秦淮河,风物一如既往,杨花桃叶,红桥碧水,夕阳含情,春色无边。但是"人世几回伤往事",繁华的六朝早已烟消云灭,徒令人触目伤怀。诗思深笔曲,韵味无穷,写景如画。

钱谦益曾仿杜甫《秋兴八首》并步其韵作《金陵秋兴八首次草堂韵》(简称《后秋兴》),共104首。这些诗的内容多和反清有关,寄托作者的故国之思。如其第十三:

> 海角崖山一线斜,从今也不属中华。更无鱼腹捐躯地,况有龙涎泛海槎。
>
> 望断关河非汉帜,吹残日月是胡笳。嫦娥老大无归处,独倚银轮哭桂花。

此诗自注曰:"自壬寅(1662)七月至癸卯(1663)五月,讹言繁兴,鼠忧泣血,感恸而作,犹冀其言之或诬也。"这里的"讹言",是指明桂王朱由榔被杀的消息传来以后,钱谦益希望这是误传。他用南宋亡国的典故来表达心中深深的哀痛和无处归依的茫然失落、悲愤交集的感情。这些诗都笔力雄厚,寄托遥深,且语言精丽。但钱谦益诗"数典过多,又好谈禅理,不免蹉驳之病"(陈祥耀《清诗选前言》)。

钱谦益编有《列朝诗集》,广泛收集明代各家诗歌,并在所附《小传》中,对所选各家诗歌进行评论,阐明自己的论诗主张。钱谦益在转益多师的基础上创新出奇,故能笼罩百家,肇开风气。他又能奖掖新进,汲引后生,当时受其亲炙者如施闰章、宋琬、王士禛等,日后都各成名家。他在理论和实践上的建树,使他成为有清一代诗坛"导夫先路"的人物。

吴伟业(1609—1672),字骏公,号梅村,太仓(今属江苏)人。崇祯进士,官左庶子。明亡后辞官归隐。顺治十年(1653),因迫于清廷压力,出任秘书院侍讲,迁国子监祭酒。顺治十三年(1656)丁母忧归家,从此再不出仕。但仕清失节的这一段经历,是他一生中难以忘却的愧疚。

吴伟业的诗歌风格以明代灭亡为界,分成前后两种风貌,如《四库全书总目》所说:"其少作大抵才华艳发,吐纳风流,有藻思绮合、清丽纤眠之致。及乎遭逢丧乱,阅历兴亡,激楚苍凉,风骨弥为遒上。"他最为脍炙人口的,是以明末清初的社会动乱为背景的七言歌行,如《圆圆曲》《鸳湖曲》《萧史青门曲》等。《四库全书总目》评其歌行道:"其中歌行一体,尤所擅长,格律本乎四杰,而情韵为深;叙述类乎香山,而风华为胜。韵协宫商,感均顽艳,一时尤称绝

调。"其中《圆圆曲》更为精妙。诗借写明末吴三桂和苏州名妓陈圆圆分而复合的故事,曲折地表达了作者的故国之思、兴亡之感:

> 鼎湖当日弃人间,破敌收京下玉关。恸哭六军俱缟素,冲冠一怒为红颜。红颜流落非吾恋,逆贼天亡自荒宴。电扫黄巾定黑山,哭罢君亲再相见……若非壮士全师胜,争得蛾眉匹马还?蛾眉马上传呼进,云鬟不整惊魂定。蜡炬迎来在战场,啼妆满面残红印。专征箫鼓向秦川,金牛道上车千乘。斜谷云深起画楼,散关月落开妆镜……妻子岂应关大计,英雄无奈是多情。全家白骨成灰土,一代红妆照汗青。君不见,馆娃初起鸳鸯宿,越女如花看不足。香径尘生鸟自啼,屧廊人去苔空绿。换羽移宫万里愁,珠歌翠舞古梁州。为君别唱吴宫曲,汉水东南日夜流!

诗中有对吴三桂的批判——作为手握重兵的封疆大吏,竟然"冲冠一怒为红颜",叛国投敌,也有深沉的盛衰兴亡之叹,诗歌采取双线交叉的叙述手法,将当时重大的政治军事事件通过吴陈两人的关系串联起来,语言流畅,富有音律美,词采华丽,情韵幽深,一时传布四方。吴伟业的这一类歌行被称为"梅村体"。后来学习"梅村体"的人很多,如王闿运的《圆明园词》、樊增祥的前后《彩云曲》等。

风情旖旎、清词丽句是吴伟业诗歌的突出特点,不但歌行如此,近体诗歌也可见此种风貌。如七律《无题四首》其一:

> 系艇垂杨映绿浔,玉人湘管画帘深。千丝碧藕玲珑腕,一卷芭蕉展转心。
> 题罢红窗歌缓缓,听来青鸟信沉沉。天边恰有黄姑恨,吹入萧郎此夜吟。

《民国诗话丛编》刘衍文《雕虫诗话》卷二云:"梅村有《无题》四首,当为集中艳诗之冠。"并且认为"吴梅村与黄仲则之艳诗,皆胎息玉溪"。黄景仁,字仲则,清代乾隆年间著名诗人;玉溪,即唐代诗人李商隐。《无题》是否艳诗,可且不论,但说此诗得李商隐诗风神,却是有道理的。诗可能写男女之间一段有情无缘的故事,首联写优美的环境、风雅的人物。颔联上句写女子之美丽,"碧藕"状其手臂,用语不落俗套,下句写女子无限之深情。"芭蕉"虽是熟语,但和"碧藕"相对,又十分恰当。颈联以己之心,揣度女子因被婉拒而怅惘失落的心情。末联写诗人虽知其怨恨,却无可奈何,只能深夜于诗中表示遗憾而已。其中意象的美丽、意旨的朦胧、情感的深沉,都有李商隐之余韵。

吴伟业诗中常常流露因名节有玷而痛悔的心情,如《过淮阴有感其一》中:"浮生所欠止一死,尘世无由识九还。我本淮王旧鸡犬,不随仙去落人间。"后悔自己当年没有追随崇祯皇帝赴死。"误尽平生是一官,弃家容易变名难。"(《自叹》)其惭恨之情溢于言表。

钱谦益赞誉吴伟业诗歌的风华绮丽,是"以锦绣为肝肠,以珠玉为咳唾"(钱谦益《梅村诗集》序),而两人的诗歌理论却不尽相同。吴伟业对待七子和公安派,持论比较客观、公允,他主张吸纳七子"气格高华"、公安派"发抒性灵"的优点,而剔除其中"浮泛"和"俚易"的弊病。因此,吴伟业诗歌在清代诗坛上的地位,显是不容忽视的。

王士禛(1634—1711),字子真,一字贻上,号阮亭,中年又自号渔洋山人,山东济南新城(今山东桓台)人。王士禛受家庭浓厚的文学氛围的濡染,年少即有诗名。顺治十五年(1658)中进士,此后四十多年为官,因其为人平和,谨慎处事,且"读书博学善诗",上下赏识,仕途通达,官至刑部尚书。王士禛虽长年为官,却以其诗论、诗作闻名于世。康熙年间,王士禛以全国诗歌领袖之尊,领导诗坛达半个世纪之久。《四库全书总目》称:"当康熙中,其声望奔走天下,凡刻诗集者无不称渔洋山人评点者,无不冠以渔洋山人序者。"(《四库全书总目》

卷 173 集部别集类《精华录》)赵翼甚至称:"其名位声望为一时山斗者,莫如阮亭。"(《瓯北诗话》卷十)

王士禛一生著作等身,《四库全书总目》著录其著作计有 31 种。在诸多著述中,影响最深远的,是他的"神韵说"及诗作。

关于"神韵说"的内涵,王士禛并不曾作过专门的论述,但从他对《诗品》《沧浪诗话》的评价以及其他关于诗文的片段评语中,可以看出他的态度。王士禛曾说:"余于古人论诗,最喜钟嵘《诗品》、严羽《诗话》、徐祯卿《谈艺录》。"(《带经堂诗话》)又说"表圣论诗,有二十四品。予最喜'不著一字,尽得风流'八字。"又云"'采采流水,蓬蓬远春'二语,形容诗景亦绝妙,正与戴容州'蓝田日暖,良玉生烟'八字同旨"(《带经堂诗话》)。他直接引用严羽《沧浪诗话》中评论盛唐诗人的话:"盛唐诸人,唯在兴趣,羚羊挂角,无迹可求,透彻玲珑,不可凑泊,如空中之音,相中之色,水中之月,镜中之像,言有尽而意无穷。"(《唐贤三昧集序》)以此表达"神韵"的含义。可见王士禛的"神韵说"乃是在钟嵘、司空图、严羽等人的基础上,进一步提倡在诗歌创作中追求一种空寂超逸、不着形迹、含蓄隽永、意在言外的境界。不过王士禛认为对诗歌境界的领悟也很重要。他曾编选唐人诗集为《神韵集》,其自序云:"家世习三百之言,束发以来,不欲循塾师章句,辄思其正变,通其比兴,思其悲愉哀乐之旨,以求夫一唱三叹之遗音。四氏诗笺,又最嗜韩婴之书,为其像外环中,淡然而合,有当于触类引身之义。十年以来,旁及汉魏六朝,初盛中晚,亦唯持斯义以进退之。"(《蚕尾续文集》卷三《丙申诗旧序》)广泛地阅读、深刻地领悟古诗特别是唐人中王维、孟浩然、韦应物、柳宗元的诗歌,使他感受到诗歌的特性,应该具有一唱三叹、含蓄蕴藉之妙。从这样的宗旨出发,王士禛特别强调冲淡、超逸、蕴藉的艺术风格。他推崇的是那种清幽淡远、风神独绝的诗歌。他在严羽的基础上,把诗的审美特质比喻为佛家的"妙谛微言,与世尊拈花、迦叶微笑等无差别"(《蚕尾续文集》卷二《画溪西堂诗序》)。

王士禛传世的诗歌近 5 000 首,其弟子陈炎《蚕尾续诗集序》中说:"先生兼总众有,不名一家,而撮其大凡,则要在神韵。"王士禛的成名作是他 24 岁游历山东济南时即景所赋的《秋柳四首》,这一组诗风致清新,抒情曲折,深情绵邈,已经向世人初露其主"神韵"的风采了。如其一:

> 秋来何处最销魂?残照西风白下门。他日差池春燕影,祗今憔悴晚烟痕。
> 愁生陌上黄骢曲,梦远江南乌夜村。莫听临风三弄笛,玉关哀怨总难论。

诗从眼前大明湖畔的秋柳,联想到古都南京(白下)西风残照中的衰飒景象。作为清朝盛期的年轻诗人,既有对前朝旧日风华的追慕,又有意通过优美的意象、流畅的音韵以及"黄骢曲""乌夜村"等典故的使用,将这种感情色彩稀释,使人只隐隐然感觉到诗中交织着人生伤逝、时代盛衰的悲感,诗歌也因此显得意在言外,情韵悠远。此四首诗传开之后,大江南北和作者甚多,王士禛从此闻名天下。

最能代表王士禛清远风格的作品当推他的七绝,如《秦淮杂诗》二十首,其一云:

> 年来肠断秣陵舟,梦绕秦淮水上楼。十日雨丝风片里,浓春烟景似残秋。

诗的感情和《秋柳》相似。诗面极为简淡,而包孕性却很强,真是"不著一字,尽得风流"。再如《再过露筋祠》:

> 翠羽明珰尚俨然,湖云祠树碧于烟。行人系缆月初堕,门外野风开白莲。

据王象之《舆地纪胜》载:"露筋庙去高邮三十里。旧传有女子夜过此,天阴蚊盛,有耕夫田舍在焉，其嫂止宿，姑曰：'吾宁死不肯失节。'遂以蚊死，其筋见焉。"这首诗是王士禛第二次经过此地所作。诗的主旨是对这个传说中贞女品格的赞美，但不对故事的主体作更多的评价，只着意渲染一种凄清、幽远的情韵，重神韵而轻形迹。《寄陈伯玑金陵》：

> 东风作意吹杨柳，绿到芜城第几桥？欲折一枝寄相思，隔江残笛雨潇潇。

诗写对朋友的怀念，却并不直言，而是借对"杨柳""残笛""潇潇"细雨的刻画来传达。无论写景抒情都淡远清幽，含蓄不露。

随着年岁的增长和阅历的丰富，王士禛的诗歌风格也发生了一定的变化。如在他的《蜀道集》《南海集》中，就多用五七言古体来摹写登临奇山险水、凭吊前代遗迹的经历和感受，这些诗或厚重或奔放，已非前此风韵悠然、冲和平淡之风貌了。如《采石太白楼观萧尺木画壁歌》，由对李白的仰慕，抒发心中豪情："太白游踪遍四海，晚爱青山采石独淹留。丈夫当为黄鹄举，下视燕雀徒啁啾。"当时著名诗人施闰章评论王士禛诗风的变化说："往日篇章清如水，年来才力重于山。"（《施愚山全集》卷39）这也是王士禛能够在诗坛上产生持久而深远影响的原因。

对王士禛的"神韵说"，历来褒贬之声皆有。贬抑者多认为其标举神韵，以致丧失真情实感。但王士禛提倡"神韵说"，其初衷是为了矫正明代前后七子和公安派之弊病，前后七子言必秦汉、盛唐，公安派反对前后七子的一味复古，却又使诗歌流于浅率。他的"神韵说"，符合抒情诗的特质，这是无可厚非的。当然过分强调神韵，不免排斥诗歌创作的其他理论，必然会与现实产生隔膜。

● 二、桐城派古文

桐城派是清中叶最著名、影响也最深远的一个散文流派。该流派的代表人物方苞、刘大櫆、姚鼐三位古文家都是安徽桐城人。他们团结了一批志同道合的古文作家，鼓吹程朱理学，提倡学习唐宋八大家的古文，从而形成了这一很有影响的流派，人们称之为"桐城派"。

方苞（1668—1749），字灵皋，号望溪，康熙朝进士，年轻时就以文名噪于一时。44岁时，因曾为戴名世《南山集》作序，被卷入戴名世案中，幸其文名颇为时重，又有李光地等人极力为之解脱，清廷总算刀下留人。因康熙慕其名，曾让他"以白衣入值南书房"，从此仕途通达，官至内阁学士、礼部侍郎。

方苞作文，力倡"义法"："《春秋》之制义法，自太史公发之，而后之深于文者亦具焉。义即《易》所谓'言有物'也，法即《易》之所谓'言有序'也。义以为经而法纬之，然后为成体之文。"（《又书〈货殖列传〉后》）"言有物"指思想内容，"言有序"指艺术形式，"义以为经而法纬之"，就是提出思想内容和艺术形式并重。从他的《书〈史记〉十表后》《书〈汉书·霍光传〉后》等文章来看，他的"义"，其实和韩愈、柳宗元所说的"道"是相近的，即儒家的思想、程朱理学的内容和褒贬美刺的精神。而他的"法"，主要指文章形式上的布局、结构。在写作上，强调向先秦、两汉、唐宋八大家学习古文作法，如说《左传》《史记》记事"各有义法，一篇之中，脉相灌输，而不可增损"（《书〈五代史·安重诲传〉后》）。说《汉书·霍光传》："详略虚实措注，各有义法。"因此，他的"义法"说，不过是韩、柳"文道"说的另一种表达方式。但是方苞对写作古文的要求却十分严苛，他认为古文与其他文体不同，因此在章法上主张"明于体要，而所载之事不杂"（《书〈萧相国世家〉后》）。在用语方面，"语录中语、魏晋六朝人藻丽俳语、汉赋中板重字句、诗歌中隽语、南北史佻巧语",都应该避免,使之达到"澄清无滓,澄清之极,自然而发其光精"的"雅洁"境地(《古文约选·凡例》)。

方苞在清代古文家中具有较高的地位,他关于"义法"的理论,客观上把具有悠久历史的古文创作系统化、规范化,这是符合历史要求的,但是他过于泥古,不顾文学自身的特质,强行设置各种清规戒律,却妨碍了古文的发展。方苞的文统,一传为刘大櫆,再传至姚鼐,在刘大櫆、姚鼐或直接或间接的影响下,又衍生了桐城派的支流阳湖派,其余波直至清朝末年。

方苞的文章,以纪事散文以及山水游记最好。如《狱中杂记》,这是方苞早年因受戴名世《南山集》案件的牵连,被投入监狱时写的纪事散文。文章记述自己亲历之狱中种种黑暗情状,真切而深刻,触目惊心,令人读之难忘。《石斋黄公逸事》记黄道周临终前事:

> 及明亡,公絷于金陵,在狱日诵《尚书》《周易》,数月貌加丰。正命之前夕,有老仆持针线向公而泣,曰:"是我侍主之终事也。"公曰:"吾正而毙,是为考终,汝何哀?"故人持酒肉与诀,饮啖如平时。酣寝达旦,起盥漱更衣,谓仆某曰:"囊某以卷索书,吾既许之,言不可旷也。"和墨伸纸作小楷,次行书,幅甚长,乃以大字竟之,加印章,始出就刑。

黄道周是明末著名学者、民族英雄,因募兵北上抗清,兵败被俘,被处死刑。这一段文字记述了黄道周就义前的言行,他和老仆的对话,朴实无华,形神毕现,而写他从容作书的细节,又表现了黄道周视死如归的精神。

《左忠毅公逸事》则通过东林党人左光斗生前的几个片段,突出了他刚毅正直、舍生取义的高尚品格。其中一段记史可法到狱中探望左光斗:

> 史前跪,抱公膝而呜咽。公辨其声,而目不可开,乃奋臂以指拨眦,目光如炬,怒曰:"庸奴! 此何地也,而汝来前! 国家之事糜烂至此,老夫已矣,汝复轻身而昧大义,天下事谁可支拄者? 不速去,无俟奸人构陷,吾今即扑杀汝!"因摸地上刑械作投击势。史噤不敢发声,趋而出。

史可法的痛不可抑,左光斗的凛凛正气,只是通过几个动作、一段话语来表现。这些散文有真感情而少迂腐气,文字既准确又精练有力,章法严密,条理分明。

刘大櫆(1698—1779),字才甫,一字耕南,号海峰。他科举不顺,一生教书为业,但因文章受到同乡前辈方苞的赏识而知名,并成为桐城派三巨头之一。刘大櫆的文章在当时就已有名声,他在方苞的基础上进一步提出文章的艺术形式问题。如《清史·文苑传》所说:"苞盖择取义理于经,所得于文者义法。大櫆并古人神气音节得之。兼及《庄》《骚》《左》《史》、韩、柳、欧、苏之长,其气肆,其才雄,其波澜壮阔。"他认为"神气者,文之最精处也",而神气是要通过音节的抑扬高下、字句的上下贯通来体现的:"神气不可见,于音节见之;音节无可准,以字句准之。音节高则神气必高,音节下则神气必下,故音节为神气之迹。"(《论文偶记》)

刘大櫆的文论虽然没有完全跳出方苞的藩篱,但是他对文章神气、音节、字句的重视,表现了对文章美感的倾向性,对作文之法的有意识探讨。这对散文的发展,无疑是有所裨益的。刘大櫆的代表作有《送张闲中序》《章大家行略》《游晋祠记》等。其《游晋祠记》:

> 有泉自圣母神座之下东出,分左右二道。居人就泉凿二井,井上为亭,槛以覆之。今左井已淹,泉伏流地中,自井又东,沮洳隐见,可十余步乃出流为溪。浸水洄洑绕祠南,初甚微,既远乃益大,溉田殆千顷。水碧色,清冷见底,其下小石罗布,视之如碧玉,游鱼依石蟠往来甚适。水上有石桥,好事者夹溪流曲折为室如舟。左右乔木交荫,老柏数十株,大皆十围,其中厕以亭台佛屋,彩色相辉映。月出照水尤可爱。溪中石大者如

马、如羊、如棋局，可坐。予与二三子摄衣而登，有童子数人咏而至，不知其姓名，与并坐久之。山之半有寺，凿土为室，缭曲宏丽，累石级而上，望之墟烟远树，映带田塍如画。

读这一段文字，似乎有柳宗元游记的风味。其写泉、井、亭等方位条理井然，清晰在目。而描写泉水之色、水中游鱼、月下溪中之石，皆描摹生动，绘形绘色，如诗如画。而《章大家行略》则是一篇回忆性质的小文，其中一段为：

大家自大父卒，遂丧明。目虽无见，而操作不辍。枞七岁，与伯兄、仲兄从塾师在外庭读书。每隆冬，阴风积雪，或夜分始归。僮仆皆睡去，独大家煨炉火以待。闻叩门，即应声策杖扶壁行启门，且执手问曰："若书熟否？先生曾扑责否？"即应以书熟，未曾扑责，乃喜。

散文用白描的手法，寥寥数语，把一个失明老人无微不至关怀儿孙的声情描绘得栩栩如生。

乾隆、嘉庆年间，方苞"义法"中程朱理学的内容，引起处于社会变革时期的知识分子的反感，但是后起之秀姚鼐却对桐城派的理论做了整合，成为桐城派古文理论的集大成者和实践者，因此使桐城派古文在新的历史时期能够进一步开疆拓土。

姚鼐（1732—1815），字姬传，号惜抱，乾隆进士，官至刑部郎中，曾任四库馆修撰。姚鼐在方苞"义法"的基础上，主张将义理、考据、辞章三者结合起来，避免了过分突出"阐道翼教"的倾向。他提出文章的八要之法："所以为文者八，曰神、理、气、味、格、律、声、色。神、理、气、味者，文之精也；格、律、声、色者，文之粗也。然苟舍其粗，则精者亦胡以寓焉？学者之于古人，必始而遇其粗，中而遇其精，终则御其精者而遗其粗者。"（《古文辞类纂·序目》）他给学习古文的人指出先从形式（格律声色）学起，然后达到文章的尽善尽美境界的途径。这个主张虽然不离方苞、刘大櫆的程式，但比起方苞等人拘囿于程朱理学，在写作方法上多泛泛而谈，要切实可行，学者可以循序渐进，不至于茫无头绪。姚鼐还总结了散文阳刚和阴柔两种主要的审美风貌，认为阳刚和阴柔是因作家的性情而定，但不可偏于一端："有其一端而绝亡其一，刚者至于偾强而拂戾，柔者至于颓废而阉幽，则必无与于文者矣。"（《海愚诗钞序》）这些论述都使桐城派散文在理论建树上更为完整严密。

姚鼐还编撰了《古文辞类纂》，选录上自战国、秦汉，下迄桐城派方苞、刘大櫆的古文，给后代古文学习者提供了很好的范本，也更加壮大了桐城派的声势，产生了更大影响。

姚鼐的散文名篇如《登泰山记》《游媚笔泉记》以及《袁随园君墓志铭》等，都是传世佳作。如《登泰山记》中登山观日出的一段文字：

泰山正南面有三谷。中谷绕泰安城下，郦道元所谓环水也。余始循以入，道少半，越中岭，复循西谷，遂至其巅。古时登山，循东谷入，道有天门。东谷者，古谓之天门溪水，余所不至也。今所经中岭及山巅，崖限当道者，世皆谓之天门云。道中迷雾冰滑，磴几不可登。及既上，苍山负雪，明烛天南；望晚日照城郭，汶水、徂徕如画，而半山居雾若带然。

这一篇散文的语言，简明达意，清顺通畅，文采斐然，刻画形象而生动，向来被称为名篇，代表了桐城派古文的特点。

正如桐城派的弟子恽敬所说："姚姬传之学，出于刘海峰；刘海峰之学，出于方望溪。"（《上曹俪笙侍郎书》）桐城派源远流长，姚鼐在其中起了很好的上承下传的作用，他的古文理论产生的影响更超过方苞、刘大櫆两位。

当桐城派在姚鼐的努力下重振雄风的时候,出现了以恽敬(1757—1817)、张惠言(1761—1802)为代表的阳湖派。恽敬,字子居,号简堂,有《大云山房文稿》8卷。张惠言,字皋文,少为辞赋,后来成为常州词派创始人。阳湖和桐城,虽分两派,关系却很密切。阳湖派的代表人物都间接地接受过刘、姚等人的教诲,可称桐城派的嫡传弟子,所以被认为是桐城派的支流,但他们对桐城派的理论也有所批评,如评刘大櫆文章"字句极洁而意不免芜近"(《大云山房言事》)。他们崇奉唐宋古文,但同时也兼法六经史汉、诸子百家,合骈、散两体的长处。恽敬的古文就写得豪放,有气势,语言有词采,行文灵活,散句中往往间以骈语,改变了桐城派循规蹈矩的文风。张惠言曾向刘大櫆的弟子王明甫学古文,他的成就虽然主要在词上,但散文也很有特色,有韩愈、欧阳修古文之风。

清朝统治者为了维护其统治,大力倡行程朱理学,桐城派对"道"的重视,适应了这种需要。桐城派的所谓"义法",有利于科场上的制举之文,在矫正明末清初"辞繁而芜,句佻且稚"(方苞《书柳文后》)的文风方面,也起了一定的作用,所以桐城派既能得到统治者的认可,又有大量的追随者、习学者,互相揄扬,推波助澜,故能长盛不衰,成为清代影响最为广泛持久的散文流派。

● **拓展阅读作品篇目**

钱谦益:《金陵秋兴八首次草堂韵》(其第十三)

吴伟业:《无题四首》(其一)、《圆圆曲》

王士禛:《秋柳》(其一)、《秦淮杂诗》(其一)、《江上》

方苞:《狱中杂记》《左忠毅公逸事》

刘大櫆:《游晋祠记》

姚鼐:《登泰山记》

● **思考练习题**

1. 什么叫"梅村体"? 谈谈《圆圆曲》的内容及艺术上的主要特点。

2. 王士禛"神韵说"的主要内涵是什么? 其"神韵说"对诗歌创作有怎样的影响?

3. 什么叫"桐城派"? 桐城派主要的代表作家有哪些?

4. 桐城派能够在清代文坛盛行的主要原因是什么?

第二节 《长生殿》与《桃花扇》

康熙年间,戏剧创作方面产生了两部影响巨大的作品——洪昇的《长生殿》和孔尚任的

《桃花扇》。它们代表了清代戏剧的最高成就，两位作家也因之获得了"南洪北孔"的美称。

一、洪昇的《长生殿》

洪昇（1645—1704），字昉思，号稗畦，浙江钱塘（今杭州）人。他出生于家道中落的世宦名族，有才而不遇于世，赋性高傲，不肯苟从流俗、逢迎权贵，因此"朝贵亦轻之，鲜于往还"（赵执信《怀旧诗序》），他不以为然，反而"狂言骂五侯"（吴雯《怀昉思》），"白眼踞坐，指古摘今"（徐麟《长生殿序》），所以他在仕途上历尽坎坷。作了二十多年的太学生，其间十几年旅食京华，却未获一官半职，生活十分贫窘，他曾在诗中感叹道："大地春回日，羁人泪尽时。七年身泛梗，八口命如丝。"（《己未元日》）康熙二十七年（1688），历经十余年，三易其稿的《长生殿》终于在京城登台演出。翌年，洪昇因为和友人在佟皇后丧期内观看该剧演出，为人告发下狱，被革去学籍。后来漫游江南各地，在吴兴落水而死。

洪昇能诗文，与当时名士如王士禛、朱彝尊、陈维崧等都有较密切的交往，但以戏曲创作最为著名。他曾作有杂剧《四婵娟》、传奇《长生殿》《天涯泪》等，其中《长生殿》倾注了他毕生的心血，其友人徐材说，洪昇"自谓一生精力在《长生殿》"（《天籁集跋》）。《长生殿》写的是唐明皇和杨贵妃的故事。洪昇在《例言》中曾说，此剧最早是"偶感李白之遇，作《沉香亭》传奇"。后又"去李白，入李泌辅肃宗中兴，更名《舞霓裳》"，"后又念情之所钟，在帝王家罕有，马嵬之变，已违凤誓，而唐人有玉妃归蓬莱旧院、明皇游月宫之说，因合用之，专写钗盒情缘，以《长生殿》题名……"《长生殿》一经上演，即风靡京师，反响强烈："一时朱门绮席，酒社歌楼，非此曲不奏，缠头为之增值。"（徐麟序）"爱文者喜其词，知音者赏其律，以是传闻益远，蓄家乐者，攒笔竞写，转相教习，优伶能是，升价什佰。"（吴人序）

叙写唐明皇与杨贵妃的故事，在唐有白居易的长篇叙事诗《长恨歌》、陈鸿的传奇《长恨歌传》；在元有白朴的杂剧《梧桐雨》；明代有传奇《惊鸿记》等，而且，在正史、野史、民间传说中，都记载有两人的故事。洪昇在十几年的时间里，对这些材料进行了反复的斟酌、修改，进行合理的取舍、剪裁，又融进了自己对历史、政治、社会、人生的深刻思考，重新敷演成一部表现了自己审美理想的李、杨悲欢离合的故事。

《长生殿》的创作宗旨包含两方面的内容，作者在《自序》中表示，他要"借天宝遗事，缀成此剧……然而乐极哀来，垂戒来世，意即寓焉"。这表明他的讽世之意。但是在开场的《满江红》曲子中，他又感慨："今古情场，问谁个真心到底？但果有精诚不散，终成连理。万里何愁南共北，两心哪论生和死。笑人间儿女怅缘悭，无情耳。感金石，回天地，昭白日，垂青史。看臣忠子孝，总由情至。先圣不曾删《郑》《卫》，吾侪取义翻宫徵。借太真外传谱新词，情而已。"这一支开场白，又张扬了"愿天下有情的终成眷属"的重情思想。因此这部戏，必定要改变《长恨歌》《梧桐雨》以来的悲剧结局，而成为一部"热闹的《牡丹亭》"（《长生殿例言》引言）。

《长生殿》共 50 出，根据剧情，可分为上、下两部。上部主要写实，将天宝时期的朝政、有关人物都作为取材的对象，包括君主昏庸、权臣当道、后宫争宠等，表现了作者尊重史实的精神，寄寓了"垂戒来世"的意思。在这一部分，《长生殿》写了杨国忠专权乱政，老百姓苦不堪言，表现了浓郁的忧伤念乱之情。这就使《长生殿》的规模和内容比同题材作品更为宏大和丰富，思想也远为深刻。如《贿权》《禊游》《进果》等出，都富有现实意义。下部主要写幻，马嵬兵变，贵妃缢死，李、杨两人忏悔思念，最后因"败而能悔"，在"死生仙鬼都经遍"后，终于

"直做天宫并蒂莲",体现了作者"重情"的思想。因为两部分内容和创作方法的不同,所以上部写两人自酿爱情苦酒,乐极生悲,以悲剧为主;而下部则是宣扬"精诚不散,终成连理",所以最后以喜剧收场。

《长生殿》对杨贵妃形象的塑造是值得肯定的。封建社会有一种根深蒂固的观念,即"女色祸水论"。一旦政权旁落,不去追究统治者和文武百官的责任,而让女人承担亡国的罪名。杨贵妃在以往的文学作品和民间传说中,经常是以蛊惑君心,以色邀宠,甚至淫乱宫闱的女人形象出现的。而《长生殿》的处理却不同:"凡史家秽语,概削不书"(《自序》),集中描写李、杨之间的感情纠葛,其中也不乏杨贵妃和梅妃等人的争宠风波,因为她深知"只怕我容了你,你就容不得我也"(《夜怨》),这反映了杨贵妃的邀宠,也有不得已的原因。《补恨》一出中,织女责备唐明皇在马嵬事变时,违背了盟誓,辜负了杨贵妃,杨贵妃却为之辩护,说"那日遭磨劫,兵刃纵横,社稷阽危,蒙难君王怎护臣妾! 妾甘就死,死而无怨,与君何涉"(《倾杯序》),而且表示"位纵在神仙列,梦不离唐宫阙,千回万转情难灭"(《小桃红》)。因此,剧中的杨贵妃既是一个骄纵的宠妃,又是一个深于情的艺术形象。

《长生殿》是一部借男女之情抒发兴亡之感的作品,所以在作品中还穿插了乐工雷海青骂贼而死的壮烈场面,对安史之乱时期政治黑暗、官吏腐败、人民深受剥削的现象也作了深刻的揭露。如《进果》中:

> [十棒鼓]田家耕种多辛苦,愁旱又愁雨。一年靠这几茎苗,收来半要偿官赋,可怜能得几粒到肚! 每日盼成熟,求天拜神助。

《疑谶》中:

> [醋葫芦]怪私家恁僭窃,竞豪奢夸土木。一班儿公卿甘作折腰趋,争向权门如市附……可知他朱甍碧瓦,总是血膏涂。

在同题材的作品中,《长生殿》的思想显然更深刻,反映的社会现实显然更广阔。

《长生殿》曲词清丽流畅,写景如画,叙事简洁,而且根据不同人物的身份、性情,采用不同的曲调、词语,如《闻铃》:

> 淅淅零零,一片凄然心暗惊。遥听隔山隔树,战合风雨,高响低鸣。一点一滴又一声,一点一滴又一声,和愁人血泪交相迸。对这伤情处,转自忆荒茔。白杨萧瑟雨纵横,此际孤魂凄冷。鬼火光寒,草间湿乱萤。只悔仓皇负了卿,负了卿! ……语娉婷,相将早晚伴幽冥。一恸空山寂,铃声相应,阁道峻嶒,似我回肠恨怎平!

这一段唱词,情景交融,声情并茂,表达了唐明皇在杨贵妃死后,孤单、凄凉、伤痛的心情。《弹词》中老乐工李龟年的《南吕·一枝花》声情激越,悲凉慷慨:

> 不提防余年值乱离,逼拶得歧路遭穷败。受奔波风尘颜面黑,叹衰残霜雪鬓须白。今日个流落天涯,只留得琵琶在。揣羞脸,上长街又过短街。那里是高渐离击筑悲歌,倒做了伍子胥吹箫也那乞丐。

李龟年是经历了天宝盛世和安史衰乱的著名乐师,他的乱离之感、今昔之叹,在曲中得到淋漓尽致的倾诉。

● 二、孔尚任的《桃花扇》

孔尚任(1648—1718),字聘之、季重,号东塘、岸堂,自署云亭山人,山东曲阜人,是孔子的第六十四代孙。他青年时努力读书,却未能由科举进入仕途。康熙二十三年(1684),康熙南巡经过曲阜,孔尚任被推荐在御前讲经,他的才干得到康熙的赏识,因此成为国子监博士,后来官至户部员外郎,这期间曾参加过疏浚淮河的工作,也游历了扬州、南京一带,仕途上没有什么作为:"十年南北似浮家,名姓何人记齿牙。"(《长留集·晚庭》)但在淮扬、南京的游历以及和当时名士的来往,却为他积累了不少南明政权的史料,促成了《桃花扇》的写作。

《桃花扇》的写作和《长生殿》一样,也经历了十几年的时间,三易其稿,到康熙三十八年(1699)始成本剧。这是一部以明末复社文人侯方域与秦淮名妓李香君的悲欢离合为主线,真实地反映南明政权崩溃瓦解过程的作品。作者在《桃花扇本末》中说:"南朝兴亡,遂系之桃花扇底。"他是要通过史事的实录和艺术的加工,反映南明兴亡的真相,警诫后来者:"场上歌舞,局外指点,知三百年之基业,隳于何人?败于何事?消于何年?歇于何地?不独令观者感慨零涕,亦可惩创人心,为末世之一救。"(《桃花扇小引》)《桃花扇》甫上演,即轰动朝野,但同时也可能因为剧本是以明末清初的社会政治为背景,犯了统治者的禁忌,第二年,孔尚任就被以莫名其妙的罪名解职归里,康熙五十七年(1718),于曲阜去世。

《桃花扇》虽然是一部以绮艳风流的才子佳人遇合为主线的戏剧,但因为它的背景是清兵压境、国事危急之时,所以始终交织着忠奸、正邪、是非的矛盾,人物的性格,就在这些矛盾的冲突、交锋中得到凸现。剧中主要人物李香君的形象最为光彩夺目。

李香君是秦淮名妓,色艺非凡,尤为难得的是,她气节凛然,品格高尚。《却奁》这出戏集中体现了她过人的胆识和正直不阿的品性。她毅然拒绝了阉党阮大铖为拉拢复社文人而送来的妆奁,并且责备侯方域说:"阮大铖趋附权奸,廉耻丧尽,妇人女子,无不唾骂,他人攻之,官人救之,官人自处于何等也!"这一番义正词严的责备,使侯方域不由汗颜,更将香君视为畏友。在同误国君臣、强暴黑暗势力不断斗争的过程中,李香君始终不屈不挠,表现了她坚强的意志、过人的聪明才智,也展示了她多情忠贞的精神境界。剧中不少唱词都突出了这个人物的光辉形象。在《骂筵》中,她讽刺南明小王朝的奸佞们在败亡之际,依然醉生梦死,选声征色:"堂堂列公,半边南朝,望你峥嵘。出身希贵宠,创业选声容,后庭花又添几种。"她对爱情又十分坚贞,如《寄扇》中:

　　[碧玉箫]挥洒银毫,旧句他知道;点染红么,新画你收着。便面小,血心肠一万条。手帕儿包,头绳儿绕,抵过锦字书多少!

她甚至不惜以死反抗恶势力,用淋漓鲜血表明心志,在扇上留下了永远鲜丽的桃花,也给中国文学史贡献了一个有胆有识、豪气柔情、忠贞义烈的女性形象。

《桃花扇》出场的人物很多,作者都能够给予生动的刻画,使每一个人物的性格都具有丰富性、多面性。如杨龙友,这是一个八面玲珑、两方讨好、没有原则的滥好人、骑墙派。他一开始就周旋于复社文人和阮大铖之间,在两种政治力量中讨生活。他既帮助阮大铖拉拢复社文人,还带人来抓李香君,另一方面,又在权奸准备抓捕侯方域之时通风报信,救了侯方域;他既在阮大铖等人面前逢迎拍马,又保护李香君,使之免遭迫害,正如《桃花扇·媚座》的批语所说:"作好作恶者,皆龙友也。"这个人物的出现,使剧情摇曳生姿,灵活多变,促进了剧情的发展。

《桃花扇》艺术上的造诣是很高的,除了前面所说对人物形象的塑造,在结构上,也很有特色。在《桃花扇》以前的戏剧作品中,将男女之情和历史事件结合来写的,并不少见,《长生殿》就是一个例子。但是将爱情主角的悲欢离合和一个政权兴亡交替的全过程紧紧结合在一起的,唯有《桃花扇》。《桃花扇》全剧 40 出,一开始就写侯、李两人相互爱慕的风流韵事,引入了一把具有象征意味的扇子,以此作为两人离散聚合的线索。中间经过《却奁》《寄扇》《骂筵》等出戏,把以阮大铖为代表的阉党余孽和复社文人之间的斗争串联起来,把男女之情和南明小王朝所处的政治局势联系起来,其中穿插了社会上各种各样的人物关系、各种各样的矛盾冲突。主线突出,脉络连贯。戏剧的最后,是弘光小朝廷覆灭,侯、李两人相聚。本以为历尽颠沛流离之苦的一对爱侣终于可以破镜重圆了,不料张道士一声断喝:"呵呸!两个痴虫!你看国在哪里?家在哪里?君在哪里?父在哪里?偏是这点花月情恨,割他不断么!"于是侯方域和李香君如醍醐灌顶,各自入道去了。这种结局安排,虽然有堕入虚幻之感,但是它突破了大团圆的老套子,将个人的命运和国家的兴亡相联系,表现了作者思想的深刻和眼光的犀利。

《桃花扇》的曲词十分优美、高雅,不但真实地传达出人物的心情,并且渲染了气氛。如苏昆生在《余韵》中所唱的《哀江南》套曲共有七支曲子,分为三部分:第一支曲子是引子,写苏昆生重到南京所见战后郊外的凄凉景象。第二支曲子至第六支曲子,写苏昆生凭吊昔日国都的各处地方,抒发亡国之痛。第七支曲子是尾声,写苏昆生总吊南京,慨叹南京今昔景象的变化,痛悼南明的灭亡。如:

〔北新水令〕山松野草带花挑,猛抬头,秣陵重到。残军留废垒,瘦马卧空壕。村郭萧条,城对着夕阳道。

〔沉醉东风〕横白玉八根柱倒,堕红泥半堵墙高。碎琉璃瓦片多,烂翡翠窗棂少。舞丹墀燕雀常朝,直入宫门一路蒿,住几个乞儿饿殍。

〔离亭宴带歇拍煞〕俺曾见金陵玉殿莺啼晓,秦淮水榭花开早,谁知道容易冰消。眼看他起朱楼,眼看他宴宾客,眼看他楼塌了。这青苔碧瓦堆,俺曾睡风流觉,将五十年兴亡看饱。那乌衣巷不姓王,莫愁湖鬼夜哭,凤凰台栖枭鸟。残山梦最真,旧境丢难掉,不信这舆图换稿。诌一套《哀江南》,放悲声,唱到老。

曲子所描绘的山河残破的衰飒荒凉景象,表达了人们沉重的国破家亡、抚今追昔的悲凉之感,也加强了浓郁的悲剧气氛。

● 拓展阅读作品篇目

洪昇:《长生殿》

孔尚任:《桃花扇》

● 思考练习题

1.《长生殿》的思想为什么比同类题材作品要深刻?

2.《长生殿》在戏剧结构上有何特点?

3. 请你谈谈李香君的形象。

4.《桃花扇》在戏剧结构上有什么特点?

第三节 蒲松龄与《聊斋志异》

一、作者生平与著述

蒲松龄(1640—1715),字留仙,一字剑臣,别号柳泉居士,世称聊斋先生。山东淄川(今山东淄博)蒲家庄人。蒲松龄一生困顿,直到年近古稀,才援例取得岁贡生的科名。由于没有功名,只好长年在官宦人家"设帐授徒",其中曾当过一小段时间的幕僚。70岁后回到老家安度晚年,直至去世。

蒲松龄一生怀才不遇、坎坷蹉跎,理想的幻灭,令蒲松龄孤愤难平。在《与韩刺史樾依书》中,他愤而表示:"仕途黑暗,公道不彰,非袖金输璧,不能自达于圣明,真令人愤气填胸,欲望望然哭向南山而去!"蒲松龄推崇楚骚的创作精神,他在《聊斋自志》中说:"披萝带荔,三闾氏感而为骚;牛鬼蛇神,长爪郎吟而成癖。"司马迁"意有所郁结"而发愤创作的思想对他产生了很深的影响,他也要借鬼神狐魅表达自己的思想情志,抒发郁愤。他的《聊斋志异》写作,就是"浮白载笔,仅成孤愤之书"(《聊斋自志》)。

由于一生与官场无缘,对下层劳动人民遭受的沉重压迫感同身受,又因为长期坐馆,当过幕僚,对封建官场的腐败黑暗有比较深刻的了解。这样的生活经历无疑影响了蒲松龄的思想倾向和文学题材的选择。他能诗善文,又长期生活在农村,耳濡目染民间通俗文学,所以他的文学创作必然雅俗兼容,这也造成了《聊斋志异》艺术上迥异于其他文言小说的特点。

蒲松龄一生著作丰富,有文400余篇,诗900余首,词100余首,俚曲14种,杂著8种,戏曲3出,而影响最大、最脍炙人口的是文言短篇小说集《聊斋志异》。

二、《聊斋志异》的思想内容

《聊斋志异》共16卷,400余篇作品,题材涉及面广,可谓包罗万象,囊括众生。其中最重要的内容之一,就是对腐朽的科举制度的揭露和抨击。

蒲松龄一生受尽科举八股之苦,对科场的腐败,考官的昏聩,感受特别深切,因而对科举弊端的揭露入木三分,对考场里外人物的刻画穷形尽相。如《司文郎》中的瞎和尚,能够以鼻代目,从焚稿的气味中嗅出文章的优劣来,他闻了王平子的文章说:"君初法大家,虽未逼真,亦近似矣。"闻了余杭生的文章,立即大嚷:"勿再投矣,格格而不能下,强受之以鬲,再焚之则作恶矣。"可是考试的结果是王生落第,余生高中。瞎和尚叹曰:"仆虽盲于目,而不盲于鼻,帘中人并鼻盲矣!"以嬉笑怒骂之笔,辛辣讽刺科举取士"陋劣幸进,英雄失志"的现象。又如《贾奉雉》中的贾奉雉也是一位"才名冠一时"的读书人,屡试不中,惶惑无主,后听人劝告,将"不得见人之句"连缀成文拿去应试,"竟中经魁"。于是"又阅旧稿,一读一汗;读竟,重衣尽湿"!这是一个廉耻犹存的读书人,自己深感羞愧,抛弃已到手的功名,"遁迹丘山"去了。

蒲松龄以切肤之痛,深入揭示了科举制度给知识分子带来的巨大的精神折磨以及种种悲剧。《王子安》写名士王子安久困场屋，一次大醉后，梦见自己中了举人，中了进士，点了翰林，大呼给报子赏钱，"欲出耀乡里"，因"长班"稍来迟，便捶床顿足，大骂"钝奴焉往"。其他如《叶生》中郁闷而死的叶生、《于去恶》中的陶圣俞和于去恶、《素秋》中的俞慎和俞士忱等怀才不遇、困顿名场的文士既有值得同情的一面，又有可笑可鄙的一面。当然，我们应该注意到，蒲松龄对科举制度的批判，不是批判制度本身，而是批判那些不学无术、滥竽充数甚至徇私舞弊的考官，这反映了蒲松龄思想的局限性。

《聊斋志异》的另一重要内容，是讴歌男女之间真挚的爱情，而且是大量地描写神仙鬼怪、花妖狐魅与人的恋爱。《青凤》写生性狂放的耿去病与美丽的狐女青凤相恋，他明知青凤为狐女，却不以"非类见憎"，青凤也冲破礼教闺训，爱慕耿生，两人终获得幸福的婚姻。

揭露现实社会政治的黑暗和统治阶层对人民的压迫，也是《聊斋志异》鲜明的主题之一。《促织》写皇帝每年向民间征收蟋蟀以备玩乐，各级官吏纷纷"假此科敛丁口，每责一头，辄倾数家之产"。成名因买不起应征的蟋蟀，惨遭杖责，好不容易捕得一只，却被儿子不小心弄死，儿子负疚自杀，魂魄化为善斗的蟋蟀，才得以献纳交差。这个故事生动地揭露了统治阶级对百姓的残酷压榨与摧残。《席方平》中席方平为父伸冤，魂游地府，领教了从城隍、郡司到冥王各级衙门的贪渎暴虐，以虚拟的阴间世界影射现实："阴曹之暗昧尤胜于阳间"。其他如《窦氏》《石清虚》《红玉》等小说，都揭露了贪官污吏、土豪恶霸的斑斑劣迹，深刻地揭示了封建社会"强梁世界"的本质。

《聊斋志异》热情歌颂人类高尚美好的道德情操，批判丑恶的行为和不良的思想意识。如歌颂了《乔女》中报答孟生的知己之恩，扶养其子乌头直至成人的乔女；《娇娜》中建立了纯洁友情的孔生和娇娜；《瑞云》中"不以妍媸易念"的贺生。对反面人物及其丑陋的行为则给予严厉地批判，如《云翠仙》中薄情寡义的梁有才，最后病死在监狱中；《窦氏》中始乱终弃、反复无常的南三复，最后的下场是"论死"，表明了作者爱憎分明的思想感情。

当然，《聊斋志异》篇目繁多，内容复杂，其中不免混杂着一些消极落后的东西，如因果报应、宿命论思想，宣扬封建伦理道德，赞美男子纳妾，嘲讽寡妇再嫁等。

● 三、《聊斋志异》的艺术成就

《聊斋志异》把中国文言短篇小说推向了一个艺术高峰，前人称其为"空前绝后之作"（陈廷玑《聊斋志异拾遗序》）。《聊斋志异》借鉴了魏晋志怪和唐人小说的创作技巧和创作经验，在此基础上进一步创新，形成独特的创作风格。鲁迅曾评价说："描写委曲，叙次井然，用传奇法，而以志怪，变幻之状，如在目前；又或易调改弦，别叙畸人异行，出于幻域，顿入人间；偶述所闻，亦多简洁，故读者耳目，为之一新。"（《中国小说史略·清之拟晋唐小说及其支流》）《聊斋志异》的艺术成就主要表现在以下几个方面。

（一）造奇设幻，寄托孤愤

《聊斋志异》善于打通幻异世界与现实生活的隔阂，以寄托作者对生活对社会的态度，因而作品不但充满光怪陆离的浪漫色彩，而且蕴含着深刻的思考。比如《席方平》中阴司的昏天黑地，冥王、郡司、城隍等贪污受贿，草菅人命的描写，正是现实官场的写照。《梦狼》中的贪官白甲，被杀后续头复活，但反接其首，因而只能"自顾其背，不齿于人"。情节荒诞离奇，却寄寓着作者对昏官庸吏的痛恨与批判。《公孙九娘》写的是莱阳生和鬼女公孙九娘子虚乌有的婚恋故事,寄托的是对清初于七案中受牵连冤死之人的同情和悲悯。

（二）写人摹物,形象生动

《聊斋志异》塑造的人物情感丰满,性格鲜明,特别注重突出人物作为"这一个"的鲜明的性格特征。如同为年轻女性,婴宁天真烂漫,走到哪儿,笑声跟到哪儿(《婴宁》);青凤克制拘谨,却又情意缠绵(《青凤》)。即使同为妓女,鸦头桀骜执拗(《鸦头》),瑞云蕴藉斯文(《瑞云》),性格迥然不同。同是男性,《曾友于》中恭谨谦让的曾友于,《青凤》中狂放不羁的耿去病,《阿宝》中为人迂讷的孙子楚,都是"人各面目",很少有雷同的地方。

（三）花妖狐魅,多具人情

《聊斋志异》在塑造人物时,善于把现实中人的特点与狐魅精怪的属性结合起来,做到二者共存一身,不分彼此。如绿衣女是一只绿蜂精灵,她"绿衣长裙,婉妙无比","腰细殆不盈掬","声细如蝇"。当她被于生搭救后,"徐登砚池,自以身投墨汁,出伏几上,走作'谢'字。频展双翼,已乃穿窗而去。自此遂绝"(《绿衣女》)。这些描写既吻合蜂的特征,更洋溢着浓浓的人情味。正如但明伦所评:"写色写声,写形写神,俱从蜂曲曲绘出……短篇中具赋物之妙。"《花姑子》中的花姑子是香獐精,"气息肌肤,无处不香"。在安幼舆生病之时,她前来探望,"乃登榻,坐安股上,以两手为按太阳穴,安觉脑麝奇香,穿鼻沁骨。按数刻,忽觉汗满天庭,渐达肢体"。这些刻画、描写,都是将人性和物性相结合,把狐鬼人格化,将神鬼世界世俗化,给人亦真亦幻、扑朔迷离的感觉。如鲁迅所说:"使花妖狐魅,多具人情,和易可亲,忘为异类。"(《中国小说史略·清之拟晋唐小说及其支流》)。

（四）语言简约,雅致传神

《聊斋志异》用的是古朴简雅的文言文,在展开情节、描摹人情物态之时,总能抓住其主要特点,笔墨凝练典雅,而内涵丰富,生动传神,极富表现力。《王者》写瞽者带领官府寻找饷银,过程仅用"瞽曰:'东。'东之。瞽曰:'北。'北之"这样简练的几个字交代。《胡四娘》中写胡四娘受尽兄嫂、姐姐的歧视与嘲讽,而当她的丈夫中举后,情况就立即改变了:"申贺者,捉坐者,寒暄者,喧杂满屋。耳有听,听四娘;目有视,视四娘;口有道,道四娘也。"寥寥几笔就勾勒出一幅人情浅薄、趋炎附势的画面,笔锋独特简约,不落俗套。作品中的人物语言虽然是以文言为主,但巧妙地融入一些生动的口语成分和当时的方言俗语,雅俗结合,生动活泼,在一定程度上改变了通常文言小说的对话难以摹写人物神情声口的毛病。如《翩翩》写花城娘子来探望翩翩:

> 一日,有少妇笑入,曰:"翩翩小鬼头快活死! 薛姑子好梦,几时做得?"女迎笑曰:"花城娘子,贵趾久弗涉,今日西南风紧,吹送来也! 小哥子抱得未?"曰:"又一小婢子。"女笑曰:"花娘子瓦窑哉! 那弗将来?"曰:"方鸣之,睡却矣。"

"小鬼头""小哥子""快活死""西南风吹送来""瓦窑"等方言俚语融入文言之中,灵动逼真,别有韵致,书中还有很多口语词汇,如"长舌妇""恶作剧""胭脂虎""醋葫芦"等,都很鲜活。

（五）结构缜密,情节曲折

《聊斋志异》继承了唐传奇单线结构的特点,而且还使用了多线和曲线发展的写作手法,文笔夭矫,富于变化。如《促织》紧紧围绕蟋蟀的得失来展开故事,主人公成名因蟋蟀由悲而喜,喜极生悲,在悲喜交替间,逶迤推进情节,扣人心弦。《宦娘》中温生、宦娘、良工三人的爱情纠葛,纡徐萦回,曲折有致。《王桂庵》写王生和芸娘乍相逢又离别,王生沿江寻访不得,竟不意于江村偶遇,又因一句戏言而至芸娘投江,王生既已心如死灰,却又在还乡途中邂逅芸娘!情节波翻云卷,引人入胜。

《聊斋志异》具有深刻的思想性和精湛的艺术技巧,是中国短篇文言小说的集大成之作,对清中叶以后文言短篇小说的创作影响巨大。在《聊斋志异》问世后的乾隆末年,就有不少效仿之作,如纪昀的《阅微草堂笔记》就是突出的一例。它的影响,还远播日、英、法、德、俄等国家。

● **拓展阅读作品篇目**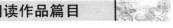

蒲松龄:《青凤》《画皮》《阿宝》《席方平》《婴宁》《司文郎》

● **思考练习题**

1. 为什么说《聊斋志异》是蒲松龄抒发"孤愤"之作?
2. 阐述《聊斋志异》"使花妖狐魅,多具人情,和易可亲,忘为异类"的艺术特点。
3.《聊斋志异》的主要内容涉及哪几个方面?

第四节 吴敬梓与《儒林外史》

《儒林外史》被称为"思想家小说",是明清时期文人生存状况的真实写照,展现了被科举影响的社会众生相,表达了对统治阶级选拔人才的方式和科举考试制度的怀疑和思考,对中国传统文化有着深刻的反思和批判,具有很高的思想价值、文学价值和历史价值,是中国文学史上不可多得的一部讽刺小说杰作。

● 一、作者生平与著述

吴敬梓(1701—1754),字敏轩,号粒民,移家南京后自号秦淮寓客,晚年自称文木老人。安徽全椒人。

全椒吴氏自明代以来"累世科甲""俨然王谢"。吴敬梓的曾祖一辈,兄弟五人,四人中进士,而且曾祖父吴国对是顺治十五年(1658)殿试第三名,俗称"探花",官至翰林院侍读,提督顺天学政。祖父辈中吴晟是康熙三十年(1691)殿试第二名,俗称"榜眼"。但其父辈功名不振。吴敬梓自小就显示出聪颖的天赋,因此承载着父辈复兴家业的希望。但是,吴敬梓以弱冠之年考取秀才之后,始终不能博得一第。36岁曾被荐参加博学鸿词科的考试,他参加了地方一级的考试,但称病辞却了赴京参加廷试的举荐。从此,他再没参加科举考试,而是闭门种菜、卖文为生,以素约贫困的生活终老。

吴敬梓的人生颇多变故,少年丧母,二十岁前后失去父亲,亲友豪奴争相侵夺祖遗财产,不久,妻子不堪重负病倒弃世。封建家族伦常道德的虚伪和家族衰败、科名蹭蹬的多重打击,使他的性格变得愤激狂狷、放诞不羁,沉湎于声色之中。由于他不治生产、挥霍放荡并乐于助人,逐渐荡尽家产而落入贫困。"田庐尽卖,乡里传为子弟戒"(吴敬梓《减字木兰花》(庚戌除夕客中))。全椒人把吴敬梓看作败家子,讥笑和鄙视令吴敬梓认为家乡风俗浇薄,不愿再居住于此,因此,33岁时变卖祖产,移家南京。

在南京,他结识了许多文人学者以及普通市民,其中不少人留心于经学、考古、绘画、算学、天文仪器等,学有专长而未必在意功名。这些交往使吴敬梓扩大了眼界,增长了见识,也激发他思考。特别是他接触了代表当时进步思潮的颜(元)李(塨)学派的学者,他们倡导务实的学风,重视自然科学,重视教育与生产的关系,要求以礼乐兵农强国富民,这些思想对吴敬梓产生了很大影响。

颜李学派对于吴敬梓的影响,在《儒林外史》中表现得很明显。颜元曾说:"如天不废予,将以七字富天下:垦荒、均田、兴水利;以九字安天下:举人材、正大经、兴礼乐。"(李塨《颜习斋先生年谱》卷下)《儒林外史》对理想人才、理想政治的探索,几乎可视为这十六字的演绎。

吴敬梓以其所有的人生体验,文人交往、科举挣扎、学术修养、礼乐理想,以及世态炎凉、人情冷暖,乃至"大度乃滑稽"、狂狷豁达的性格,全部熔铸为这部深沉厚重的讽刺小说《儒林外史》。

《儒林外史》的版本历来有五十回、五十五回、五十六回等歧说。现存最早的刻本是嘉庆八年(1803)卧闲草堂的巾箱本,五十六回。此本成为后来许多刻本的祖本,如嘉庆二十一年(1816)清江浦注礼阁刊本、艺古堂刊本以及同治八年(1869)苏州群玉斋活字本,都是卧本的覆印本。

除《儒林外史》外,吴敬梓还有《文木山房集》十二卷,已佚,今仅存乾隆年间刊行的四卷本,收录了吴敬梓40岁以前的赋、诗、词等作品。

● 二、《儒林外史》的内容与结构

《儒林外史》假托明代故事,其实,小说展示的是吴敬梓生活的那个时代即清代中叶18世纪的社会风俗画。以文人生活和精神状态为主要题材,对封建制度下文人的生存和命运以及相关的社会问题进行了深刻的思考和探索。

全书三十余万字,由楔子、主体、尾声、后缀四部分组成。楔子、尾声、后缀各一回,主体部分五十三回。

第一回楔子和第五十五回尾声的人物与故事,与主体部分没有情节上的联系,而是由作者的思想认识和创作主旨,把它们统一起来。

第一回写元明易代之时王冕的故事,塑造王冕这个出身寒微但品德高尚的士人楷模,以此"敷陈大义""隐括全文"。王冕勤奋好学而不慕虚荣,不攀附权贵,自食其力,特立独行,不受功名富贵的束缚,保持士人正直独立的人格。通过王冕之口,小说把批判矛头指向诸多社会问题的祸端——八股取士制度,痛斥八股科举制度导致文人一味追逐功名富贵,从而"把文行出处都看轻了",使"一代文人有厄"。楔子部分以形象化的手法,提纲挈领概括出作者的创作意图和全书的主旨,突出主题,引导读者思考,开启下文。

尾声通过对"四大奇人"的描写,不仅同楔子中的王冕形象相呼应,而且也同全书思想紧密联系。第五十四回结尾云:"风流云散,贤豪才色总成空;薪尽火传,工匠市廛都有韵。"第五十五回开头曰:"南京的名士已渐渐消磨尽了……那知市井中间又出了几个奇人。"儒林丑恶,世风日下,真儒们的努力无法改变社会的没落,礼失而求诸野,市井间的几个闲人,表现出几许希望之光。

主体部分可分为三部分。第一部分,自第二回至三十回,主要描写科举制度下的文人图谱。这些文人大概可以分成四种。

第一种以二进(周进、范进)为代表,他们在科举途中蹭蹬不进,以至于失去了健康的人格、正常的心态。

第二种以严贡生、王惠等为代表,借助功名,倚仗势力,上则巴结攀附,下则瞒骗欺凌。

第三种是像娄府两位公子那样的人,科举不第,激成一肚子牢骚不平;又由于出身高贵,妄想附庸古代贤人,半生豪举,只落得一场没趣。

第四种是不学无术、庸俗浅陋的名士。这些人想要功名富贵,但无力科场扬名,故意做出一副不屑功名的样子,但实际比八股士子更浅薄无知;而且在不屑的背后,最孜孜以求功名,以攀附权贵、故作清高、假冒风流等种种丑态谋求功名。

第二部分,自三十一回至四十六回,是理想文士的探求。这里以杜少卿为首,牵出了迟衡山、庄绍光、虞育德、萧云仙等一批真儒名贤。首先写了杜少卿轻财好义,荡尽了家产,落得"杜家第一个败家子"的"美名",以至于离开家乡,移居南京,卖文为生。接着写杜少卿与庄绍光被朝廷征辟,但他们清楚地认识到朝政腐败,"我道不行",辞征不就。辞征之后,杜少卿与迟衡山、庄绍光等制礼作乐,倡议并集资修复泰伯祠,并请"上上之人"虞育德主祭,组织南京的诸多文士,祭祀泰伯,弘扬泰伯的"让德",希图助一助政教。(杜少卿的主要行迹与作者吴敬梓显然非常相似。)然后,写了文武兼备的萧云仙保卫边疆,奏凯青枫城,并劝农兴教,以礼乐兵农的理想建设青枫城。最后,风流云散,真儒名贤的种种努力都失败,作者表达了他深沉的悲哀。

第三部分,自四十七回至五十四回,描写真儒名贤的理想在现实生活中的彻底破灭,社会风气更加恶劣。五河士子势利熏心,趋炎附势而忘祖背宗。真秀才无以为生,假中书骗吃骗喝,当权者卖爵图利。社会污浊无所不有,文士们一代不如一代,儒林之薪火已尽。这一段表现了作者对儒林的绝望,但对于人性之真、之美,他仍然抱着美好的理想,仍然在探索,因此,在儒林故事结束之后,作者在第五十五回的尾声中写了"四大奇人",用文人化的自食其力者来展示他对未来的呼唤,更表现了他超越时代的超前思想。

第五十六回"幽榜",回映全书从第二回以后出现的诸多文士,以一甲、二甲、三甲排次,朝廷下诏旌表,尚书奉旨承祭。这种形式与《水浒传》英雄排座次相似,似乎回应全书而蕴含讽刺意义。杜少卿等真儒名贤之道不行,贤人报国无门,当此之时龙目不开;如今风流云散,却下诏旌表已故之贤。幽榜中不论贤愚,忝列其上,真儒名贤身边,假名士假风流搔首弄姿,令人啼笑皆非;而且"幽榜"旌贤,却不见皇帝开今日贤路,龙目紧闭。

《儒林外史》的作者根据自己的亲身经历和生活经验,大体按照时间的顺序,把几代读书士子放在长达百年的历史背景中去描写,全书并无贯穿始终的中心人物和情节主线,但"功名富贵"把荣辱贵贱的不同人物和自成段落的长短故事串联起来,构成了一幅在思想内容上有着内在关联的士林百态图、社会众生相,反映了作者以八股科举为中心对社会生活的深刻认识和痛切鞭挞。《儒林外史》的人物出场和情节设计完全服务于创作主旨,因而是典型的文人独立创作小说,即不以情节曲折完整迎合读者,而以抒发自己的主观感情、发表自己的社会批评为第一要务。其结构,用鲁迅先生的话来说,"全书无主干,仅驱使各种人物,行列而来,事与其来俱起,亦与其去俱讫,虽云长篇,颇同短制"(《中国小说史略》)。

这一独特的艺术结构向来引人注目,但对这一结构的评价却至今未取得比较一致的看法。金和为《儒林外史》题写的跋评价此书体例精严,"观其全书过渡皆鳞次而下,无阁东话西之病,以便读者记忆"。而冥飞《古今小说评林》却认为此书布局松懈,"盖作者初未决定写几何人几何事而止也,故其书处处可住,亦处处不可住",并认为它的弊病在于"有枝而无干"。也有学者说它"虽开一种新体,但仍是没有结构",它的"坏处在于体裁结构太不严紧,全篇是杂凑起来的"。

但是,应该认识到,艺术形式不能脱离它所承载的生活内容而独立存在,脱离艺术内容空谈形式,或者以已取得成功的小说模式来要求另一部小说,都是不合适的。而《儒林外史》采取它独特的形式,当然也是受到了中国传统艺术的影响,但更重要的是由作者所要表现的生活所决定的。《儒林外史》是对文人生存状况、封建社会选拔人才的制度、传统文化与民族精神进行反思和探索的小说,假如它仍然像一般的通俗小说那样,以一个家庭或几个主要人物构成首尾连贯的故事,就只能把科举制度下文人的种种行为集中在几个人身上,造成某种箭垛式的笑料集锦,如此就不能完成作者的审美命题。吴敬梓按照自己思想表达的需要,按照生活的原貌描绘生活,写出生活本身的自然形态,写出随处可见的日常生活,与传统通俗小说靠紧张的情节相互勾连表现生活流与人物线的方式不同,他创造了适合于讽刺小说表达思想的新形式。

● 三、《儒林外史》中的人物形象与讽刺艺术

《儒林外史》着意士林,非常生动地描绘了儒林中人的生存状态和精神面貌。

比如小说的第二回,集中刻画了周进和范进这两个人物形象。小说描写周进的出场:

> 众人看周进时,头戴一顶旧毡帽,身穿元色绸旧直裰,那右边袖子同后边坐处都破了,脚下一双旧大红绸靴。黑瘦面皮,花白胡子。

如此简洁地描写人物外貌,传神表现人物的身份、修养。这是一个落魄的老童生。他的穿戴从上到下都是破旧的,可见其生活的潦倒贫困;右边的袖子和后边的坐处磨破了,这是他寒窗苦读留下的痕迹;花白的胡子,是他为功名困踬一生的标签。而对范进,作者描写了他考中之前的贫困潦倒和中举后的发疯癫狂,可笑中令人悲悯;描写他考中之前受到的欺侮,和中举之后亲戚邻居对他的奉承巴结,"不是亲的也来认亲,不相与的也来认相与",可鄙中令人反思。周进和范进是深受科举戕害的典型人物,虽然他们在迟暮之年侥幸获得科举成功,但是,他们已为科举耗尽青春和心血,受尽了世情冷淡、人情菲薄,他们的心灵遍体鳞伤,他们的聪明和智慧已消失殆尽,麻木迟钝。

《儒林外史》写出了人物的独特性和性格的丰富性,创造了符合生活真实的艺术真实。比如马二先生,一辈子未能获得功名,却仍然满腔热情地迷信科举:"'举业'二字,是从古及

今，人人必要作的。""到本朝，用文章取士，这是极好的法则。就是夫子在而今，也要念文章，作举业，断不讲那'言寡尤，行寡悔'的话。何也？就日日讲究'言寡尤，行寡悔'，那个给你官做？"他以编选时文谋生，经济并不宽裕，但是却古道热肠，救助流落他乡的匡超人，知道被洪憨仙骗了还为他料理后事。又如严监生，性格铿吝，临死不肯闭眼睛，直到掐掉多点的一根灯芯才咽气。但是，这并非严监生性格的全部，小说还写他怀念亡妻经常落泪，他担心小妾生的儿子继承不了遗产，花了大把银子把小妾扶正，表现了这个吝啬鬼为人夫为人父的人情味，如此而写出了一个有血有肉的完整的人。

《儒林外史》全书写了二百七十多人，除士林中各色人物外，还广泛涉及高人隐士、医卜星相、娼妓狎客、吏役里胥等三教九流，全面而广阔地展示了明清时期社会生活的风俗画。出场人物多，没有中心人物，但是，《儒林外史》写人，自有其追魂摄魄之功力，即使是过场人物，几笔刻画，依然栩栩如生，入木三分，令人过目难忘。

为什么能如此呢？一方面在于作者的生活积累，艺术的生命来源于生活。作者描绘的是自己亲身经历和有着切身体验、并长期深切思考的生活。另一方面则在于作者思想家的素质，他有着犀利的眼光，知人论世，对人物思想性格能有理性分析和深刻洞见，在此基础上以文学笔法准确表达。吴敬梓之笔完全忠实于生活，他采用精细的白描真实再现生活，塑造人物。他写出人物内心世界的复杂性，使人物性格摆脱了类型化特征，而具有丰富的个性。因此，《儒林外史》没有惊心动魄的传奇色彩，也没有情意绵绵的动人故事，它表现的只是当时随处可见的日常生活和人的精神世界，但它对社会生活的本质特征作了高度概括，对民族文化进行了深刻反省和剖析，它完成了中国古代小说从夸张叙述传奇故事到真实表现现实生活的转型。

前人对《儒林外史》写人艺术评价极高，闲斋老人序曰："其书以功名富贵为一篇之骨：有心艳功名而媚人下人者；有倚仗功名富贵而骄人傲人者；有假托无意功名富贵自以为高，被人看破耻笑者；终乃以辞却功名富贵，品地最上一层，为中流砥柱。篇中所载之人不可枚举，而其人之性情心术，一一活现纸上。读之者，无论是何人品，无不可取以自镜。"卧闲草堂本第三回回评："轻轻点出一胡屠户，其人其事之妙一至于此，真令阅者叹赏叫绝。余友云：慎毋读《儒林外史》，读竟乃觉日用酬酢之间无往而非《儒林外史》。此如铸鼎象物，魑魅魍魉，毛发毕现。"惺园退士序曰："其写君子也，如睹道貌，如闻格言；其写小人也，窥其肺肝，描其声态，画图所不能到者，笔乃足以达之。"（齐省堂增订《儒林外史》卷首）

《儒林外史》是中国讽刺小说的典范之作。鲁迅《中国小说史略·清之讽刺小说》述及中国讽刺小说的渊源和发展，对《儒林外史》评价最高："寓讥弹于稗史者，晋唐已有，而明为盛，尤在人情小说中。然此类小说，大抵设一庸人，极形其陋劣之态，借以衬托俊士，显其才华，故往往大不近情，其用才比于'打诨'。若较胜之作，描写时亦刻深，讥刺之切，或逾锋刃，而《西游补》之外，每似集中于一人或一家，则又疑私怀怨毒，乃逞恶言，非于世事有不平，因抽毫而抨击矣。其近于呵斥全群者，则有《钟馗捉鬼传》十回，疑尚是明人作，取诸色人，比之群鬼，一一抉剔，发其隐情，然词意浅露，已同嫚骂，所谓'婉曲'，实非所知。迨吴敬梓《儒林外史》出，乃秉持公心，指摘时弊，机锋所向，尤在士林；其文又戚而能谐，婉而多讽。于是说部中乃始有足称讽刺之书。"

正因为秉持公心，所以吴敬梓对他笔下的讽刺对象的态度是有所区分的，大概可以分为他所痛恨的人和他所怜悯的人。对于他所痛恨的人，他用白描的手法描摹他们的言行，让他们自己表演,或让他们互相攻讦,从滑稽的情节中淋漓尽致地表现出他们或卑鄙无耻或恶毒下流的嘴脸。这些人主要是取得功名之后以势欺人的如严贡生之流,和一些假名士如匡超人、牛浦郎等,以及那些趋炎附势之徒,如五河县人,作者有时竟忍不住失声痛骂。而对于被八股科举毒害而浪费了生命、变得心灵迂腐的儒生,他往往抱着怜悯之心,如马二先生,对八股一往情深,迂腐迟钝,作者对他们进行讽刺的同时,仍然肯定他们的善良厚道,对他们的处境充满同情。《儒林外史》作为讽刺小说的现实主义杰作,同时也是抒情之作;吴敬梓作为一个有思想家气质的小说家,同时更具有诗人气质。《儒林外史》所传人物,大都实有其人。吴敬梓取材于现实士林,人物多为周围的亲友、相识相知者,如杜慎卿、马纯上、虞育德、庄绍光、迟衡山、牛布衣等,前人已作考证。尤其杜少卿是作者自况,他的主要事迹与吴敬梓基本相同,而且是按照生活中原有的时间顺序安排的。作者在生活原型的基础上撷取适当的素材,通过想象虚构,加以典型化,取得了很大成功。《儒林外史》是饱含着作者的血泪、熔铸着作者感情和体验,带有强烈的作者个性的作品。在封建文化的熏染下成长的吴敬梓,对于封建末世行将崩溃的政治文化秩序,有着无限的痛惜和沉重的责任心,怀着对这一文化母体深沉的眷恋,以恨铁不成钢的"爱之深,恨之切",对千疮百孔的封建文化进行了无情的抨击,欲以震醒沉睡的世人,以"善者感发人之善心,恶者惩创人之逸志"。

《儒林外史》以其"秉持公心,指擿时弊"的批判精神,以"烛幽索隐,物无遁形"的描写功力,以"戚而能谐,婉而多讽"的美学风格,奠定了讽刺小说在中国小说史上独立而崇高的地位,对后代的讽刺小说创作产生了深远的影响。在其影响下,晚清产生了一大批谴责小说,如李伯元的《官场现形记》、吴趼人的《二十年目睹之怪现状》等。20世纪三四十年代鲁迅、老舍、钱锺书的小说创作都受到《儒林外史》的影响,钱锺书《围城》被认为是《儒林外史》之续篇。

《儒林外史》已有英、法、德、俄、越、日、捷克、匈牙利等多种语言的译本在海外各国发行。亨利·W.韦尔斯在《论〈儒林外史〉》一文中评价:"全书充满浓郁的人情味,足堪跻身世界文学史杰作之林。它可与意大利薄伽丘、西班牙塞万提斯、法国巴尔扎克或英国狄更斯等人作品相抗衡。"《儒林外史》已成为世界各国人民共同的精神财富,以它独特的光彩闪耀于世界文学之林。

● 拓展阅读作品篇目

吴敬梓:《儒林外史》

● 思考练习题

1. 谈谈《儒林外史》的结构特点。
2. 略述《儒林外史》的讽刺艺术。

第五节　曹雪芹与《红楼梦》

在清代长篇小说中,最为后人称道的莫过于《红楼梦》。鲁迅曾说:"自有《红楼梦》出来以后,传统的思想和写法都打破了。"(《中国小说的历史的变迁》)该书问世不久,即以手抄本的形式广为流布,"可谓不胫而走者矣"(程伟元《红楼梦序》)。

一、作者生平及版本

曹雪芹(约1715—约1763),名霑,字梦阮,号雪芹,又号芹圃、芹溪。祖籍辽宁辽阳(一说河北唐山丰润区)。先世原是汉人,明末入满洲籍,属满洲正白旗,原是"包衣下贱"的身份。后其祖先随清兵入关,得到宠信,成为地位显赫的世家。曹雪芹的曾祖父曹玺之妻曾作过康熙的奶妈,其子曹寅(曹雪芹的祖父)便因此成为康熙的伴读,所以曹家和康熙的关系十分密切。在康熙朝,曹家的地位、声望以及财富都达到了极盛。但随着康熙的去世,曹家也开始走向没落。雍正五年(1727),曹家被抄,"钟鸣鼎食"之家一夜之间土崩瓦解,油尽灯灭。曹雪芹生长在南京,少年时代曾经历过一段富贵繁华的贵族生活。13岁时,被迫随全家迁回北京。此后境遇潦倒,生活艰难。晚年移居北京西郊,"满径蓬蒿","举家食粥"。生活的巨大变化,使他深切地体验到人生的无常和世道的冷暖,对封建贵族家庭的没落命运有了更加全面而深刻的认识,同时也产生了幻灭感伤的情绪。他把这一切体认和悲哀,都宣泄在《红楼梦》里。他以坚韧的毅力,专心致志地从事《红楼梦》的写作与修订。乾隆二十七年(1762),幼子的夭亡,使他深陷于巨大的忧伤和悲痛之中而无法自拔,他终于卧床不起。这年除夕,陷于贫病交加境地的旷世奇才曹雪芹离开了人世,留下来的只有一部未完成的《石头记》(后称《红楼梦》)。

现通行本《红楼梦》一百二十回,后四十回由高鹗续完。高鹗(约1738—约1815),字兰墅,号红楼外史。祖籍辽东铁岭,属汉军镶黄旗。他在曹雪芹《红楼梦》佚稿和传抄本的基础上修辑、编撰成后四十回:"书中后四十回,系就历年所得,集腋成裘,更无他本可考。唯按其前后关照者,略为修辑,使其有应接而无矛盾。至其原文,未敢臆改。"因为高鹗的续写,使这部旷观古今的小说成了一部结构完整、首尾齐全的世界名著,尽管续书有这样那样不尽如人意之处,但高鹗的续作之功自不可没。

《红楼梦》的版本,一般可分为两个系统,一是附有脂砚斋评语的八十回本系统,它包括甲戌本、己卯本、庚辰本及甲辰本、己酉本和戚蓼生序本;二是乾隆五十六年(1791),程伟元和高鹗《红楼梦》合并前八十回与后四十回,以木活字排印的《新镌全部绣像红楼梦》,通称"程甲本"。第二年,又出经过"补遗订讹""略为修辑",重新排印的"程乙本"。这是一百二十回本系统,也叫"程高本"。

《红楼梦》自问世以后,盛传不衰。清代京师就流传着"开谈不说《红楼梦》,纵读诗书也枉然"的《竹枝词》。对《红楼梦》进行专门研究和探讨的"红学",是从和曹雪芹同时代的脂砚斋开始的,迄今已经历了两个世纪的风雨,依然方兴未艾。《红楼梦》以它超前的思想和艺术光辉,在国际上也产生了广泛、深远的影响,它被译成英、法、俄、日、德、意、越南、荷兰等国语言,在世界上享有很高的声誉。

● 二、《红楼梦》的主要思想内容

《红楼梦》本名《石头记》,写一块无才补天的顽石幻化为贾宝玉,在人间经历了种种的故事,亲身经历一个大家族由烈火烹油般的鼎盛,到"白茫茫大地真干净"的衰落过程,从而感悟到人生的无常。鲁迅说:"悲凉之雾,遍被华林,然呼吸而领会之者,独宝玉而已。"(《中国小说史略·清之人情小说》)小说正是通过贾宝玉独特的视角来感悟盛衰巨变的人生悲哀,表现了作者深邃的思考和悲悯之情。

(一)《红楼梦》对"儿女真情"的摹写

"儿女之真情",指的是男女之间真挚的爱情。曹雪芹曾经批评明末清初充斥文坛的才子佳人小说是"大半风月故事,不过偷香窃玉,暗约私奔而已,不曾将儿女之真情发泄一二"。在《红楼梦》中,它不仅指宝玉和黛玉生死不渝的爱情,同时也包括了司棋和潘又安、尤三姐和柳湘莲、薛宝钗和宝玉、晴雯和宝玉、小红和贾蔷等小儿女之情。作者以或浓或淡的笔墨,或显或隐的手法,来摹写这种自有人类以来就存在的感情。我们应该承认,全书最具魅力的,是绚烂多彩的情的世界的展示。曹雪芹对这种儿女真情的描写,铺洒在小说的各个情节中,就像千姿百态的大观园,各处都点缀着奇花妙石,自然贴切,真实细致,且和整体不可分割。下面简析几对青年的"儿女真情"。

贾宝玉和林黛玉的爱情悲剧,是曹雪芹倾尽大量心血凝注而成的一曲悲歌。出身于"清贵之家"、又因双亲去世寄居外祖母家的林黛玉,在"花柳繁华地,温柔富贵乡"的贾府中,唯一能够慰她寂寞、成为她精神支柱的,便是宝玉的爱情。她和宝玉之间自小耳鬓厮磨,互相关怀、体贴,而且两人之间又有着超越了一般男女私情的对高尚志趣的共同追求,对封建主义的叛逆意识。黑格尔说过:"爱情要达到完美境界,就必须联系到全部意识,联系到全部见解和旨趣的高贵性。"(转引自蒋和森《红楼梦论稿》)贾宝玉鄙夷薛宝钗和史湘云的"仕途经济"说,认为黛玉"要是他也说过这些混账话,我早和他生分了"。林黛玉不但是贾宝玉的情人,也是他反抗封建主义的同志。如果说贾宝玉在这个人情张张如纸薄的贾府中,给了林黛玉以温暖和爱意,那么,林黛玉则是在被封建主义思想禁锢起来的围城中,给了贾宝玉以理解和支持。

在中国封建社会里,爱情甚至比淫乱更让统治者害怕,他们可以允许贾珍、贾琏之徒嫖娼聚赌,却决不能容忍宝、黛这一对封建叛逆者的爱情。日暮途穷的荣国府,把"重整祖裘,克振家声"的重任赋予宝玉。薛宝钗的出身、背景以及她所具备的"德、言、工、貌",样样都符合封建家族的利益,然而宝玉却把"心"交给了体弱多病、秉性孤傲,又"从不劝他去立身扬名"的林黛玉。这种以个人的爱情为基础的婚姻,必然与以封建家庭利害为前提的婚姻产生不可调和的矛盾。

曹雪芹以如椽巨笔揭示了这个悲剧产生的时代、社会原因,而且以犀利的思考揭示了造成宝、黛爱情悲剧的个人原因,这就是几千年正统文化的积淀,造成了林黛玉性格上的缺陷,她自卑又自尊,敏感而孤僻。她的死,是封建家长直接造成的,但她自己的悲剧性格也难辞其咎。

　　生活在荣国府这个封建王国里的贾宝玉，纵使勇敢地对封建主义的精神道德产生怀疑、进行否定，但要求他和旧的传统观念作彻底的决裂，还不是一件容易的事。这就如恩格斯所论断的：传统是巨大的力量，是历史的惰力。贾宝玉所处的时代，旧的思想基础已开始动摇，但新的思想体系还远未产生，在宝玉的身上，挤压着几千年的封建文化积淀，使他无法自由腾跃，无法自由发展叛逆的个性。他在贾政、王夫人面前，唯唯诺诺，毕恭毕敬。抄检大观园事件以后，司棋被逐出园子，宝玉不能为之说情；王夫人亲自搜捡怡红院，赶走了晴雯、四儿、芳官，宝玉"虽心下恨不能一死"，但"不敢多言"；他经过贾政的书房，明知屋子里没有人，也要下马……宝玉总是自觉或不自觉地遵循着封建的家礼，对那一层虚伪的但却是"温情脉脉的面纱"，他心中还有着依恋和希冀。因此他始终不敢正面向长辈透露和黛玉的爱情，以致王夫人们都以为"林姑娘是个有心计儿的。至于宝玉，呆头呆脑，不避嫌疑是有的"。因此在宝、黛爱情悲剧中，宝玉不能彻底和封建观念决裂，也是原因之一。

　　曹雪芹在对宝、黛爱情的描写中，融入了他对时代、人性、文化的深刻思考，遵循着人物性格的逻辑，这是在《红楼梦》之前的爱情小说作家所无法达到的高度。

　　宝玉对宝钗并非全无好感，他羡慕宝钗的丰腴、妩媚、鲜艳，甚至希望宝钗的臂腕长在黛玉的身上，但是外表的美丽引起的愉悦，并不能代替心灵的相契产生的幸福。这个人生经验远比林黛玉丰富的皇商的女儿，从小受着重实利、又尊崇礼教的贵族和商人相结合的家庭教育，不可能和宝玉产生精神上的默契、志趣的相投、理想的协调。宝钗何尝不知道宝玉爱的是黛玉？有一次，她往潇湘馆去，看见宝玉先去了，便抽身而回，因为"此刻自己也跟进去，一则宝玉不便，二则黛玉嫌疑，倒是回来的妙"。那么宝钗为什么又要嫁给宝玉，落了个独守空门的结果呢？薛宝钗刚入贾府时，是以选入宫中，"以学陪侍，充为才人赞善之职"为最高目的，所以她对宝玉并不在意，况且宝玉那种"富贵闲人"的生活作风，也并不符合她的功利标准。但在长期的相处中，在表面花红柳绿、莺歌燕舞，实际是禁锢式的大观园里，她很自然地对风流潇洒、多情多才的宝玉产生爱慕之心。在宝玉挨打之后，宝钗去看望他，那一种软怯娇羞、轻怜痛惜之情的流露，在薛宝钗是难得的。应该承认，宝钗对宝玉的爱情，也是出于儿女真性，但是宝钗嫁给宝玉，并不完全是爱情的胜利，因为她并未得到真正的爱情和幸福。封建统治者之所以选中宝钗做"宝二奶奶"，既出于对她"德、言、工、貌"的欣赏，更因为她和宝玉的"金玉良缘"，希冀借她的金锁的神秘力量，辅助贾宝玉克绍箕业，重振雄风。而薛家这时正在失势，需要贾府的帮衬：王子腾死了，薛蟠陷入人命案。宝钗临出嫁之前说了一句心里话："底下我们还有多少仰仗那边爷们的地方。"家族的利益，把宝玉和金锁扭结了起来，而封建礼教的熏染，也进一步把宝钗推向冰冷无爱的婚姻墓穴。薛姨妈曾经征求过她对婚事的看法，她却一本正经地反问母亲："妈妈这话说错了，女孩儿的事情是父母做主的。如今我父亲没了，妈妈应该做主的。再不然由哥哥，怎么由起我来？"归根结底，薛宝钗是家族利益和封建礼教尊严的殉道者。

　　在《红楼梦》的诸多悲剧中，尤三姐和柳湘莲的爱情悲剧最为惨烈，最为惊心动魄。尤三姐原非出身诗礼簪缨之族，不过是寻常巷陌中的小家碧玉。只因和这豪门贵族有一点瓜葛之亲，所以住进了宁国府。贾府的爷们垂涎她的美色，却不知道她也有人的尊严和对美好生活的向往；人们欣赏她的泼辣、风韵，不知道她内蕴的刚烈品格和严肃的婚姻态度。她冷眼旁观，对纨绔子弟的德行了如指掌。她对心慈耳软的尤二姐说："姐姐糊涂！咱们金子一样的人，白叫这两个现世宝玷污了，也算无能！"（第六十五回）她大闹贾琏、贾珍那一段文字，写得"龙腾虎跃、狮吼雷鸣"，令人回肠荡气，但她的心难道不在流泪？她对终身大事早有打算："终身大事，一生至一死，非同儿戏……不是我女孩儿家没羞耻，必得我拣个素日可心如意的人才跟他。要凭你们拣择，虽是有钱有势的，我心里进不去，白过了一世了。"

这句掷地作响的话体现了青年男女摒弃门第、金钱的陈腐观念，突出"情"在夫妻生活中的重要地位的新的婚姻观。柳湘莲是个破落家庭的子弟，落拓江湖，但人品出众，是尤三姐"心里进得去的人"。她表示"这人一年不来，他等一年，十年不来，等十年。若这人死了，再不来了，他情愿剃了头当姑子去。吃常斋，念佛，再不嫁人"（第六十六回）。这样飞光溢彩、让人精神振起的人物，柳湘莲却因为对"东府里除了那两个石狮干净"的认识，不愿做那"剩王八"而悔婚。尤三姐这个至美至洁、比大丈夫还刚烈的女子，刹那间被柳湘莲的话点醒，她只有怀着对可望而不可即的爱情的憧憬，怀着对黑暗社会、淡薄人情的诅咒，怀着对柳湘莲既爱又恨的复杂心情，横锋当颈，把如花似玉的容貌和生命，献在爱的祭坛上。尤三姐饮剑而亡，"冷面郎君"柳湘莲悔恨交加，"掣出那柄雄剑来，将万根烦恼丝，一挥而尽"，抛却红尘中种种悲欣，遁入空门之中。

司棋和潘又安青梅竹马，情意深重，打小就"订下将来不娶不嫁的戏言"。长大以后更是互相爱慕。"海誓山盟，私传表记，已有无限风情"（第七十二回）。在"绣春囊事件"而掀起的查抄大观园的风波中，司棋被送上了封建道德的审判台。但是司棋始终不露"畏惧惭愧之意"。她忍辱负重，等待潘又安。听说潘又安惧祸逃走了，倒是"气了个倒仰，因思道：'纵是闹了出来，也该死在一处。他自以为是男人，先就走了，可见是个没情意的。'"。母亲不让她嫁给潘又安，她向母亲表示："就是他一辈子不来，我也一辈子不嫁人的。……要是他不改心，我在妈跟前磕了头，只当是我死了，他到哪里，我跟到哪里，就是讨饭吃，也是愿意的。"因为封建家长的拒绝，她"一头撞在墙上，把脑袋撞破，鲜血直流，竟碰死了"！司棋和潘又安之间，有着长期的感情积淀，她对潘又安的爱情，执着且专一。她的抗争、她的恋爱、她的死，都是那么光彩照人，可歌可泣。潘又安的形象并不鲜明，他性格中最光辉的一笔，是在他殉情时完成的。"他忙着把司棋收拾了，也不啼哭，眼错不见，把带的小刀子往脖子里一抹，也就抹死了。"司棋和潘又安的故事，在花光柳影、诗意绵绵的大观园里，似乎是一个不谐和音。如果说贾宝玉和林黛玉、尤三姐和柳湘莲的爱情故事，还折射着才子佳人小说的色彩，那么司棋和潘又安的恋爱故事则表现了更浓郁的市民意识。

潘又安在事发之后出逃，并不是害怕或逃避责任，而是想在经商发财之后回来娶司棋，司棋却认为他"胆小"，因而生气、绝望。潘又安的悲剧在于他把"水性杨花"这个所谓的女子的共性，安在爱着他的司棋身上，他不敢相信司棋对他的感情。他说："我外头原发了财，因想着他才回来了。我要说有钱，他就是贪图钱了。"两个如此相爱的情人，在即将破镜重圆之时，却因彼此的猜疑、误会，双双殉情而死，怎不叫人感叹惋惜！

曹雪芹在《红楼梦》中，细腻而逼真地描绘了一对对痴男怨女的真情、至性。他满腔热忱地赞美了这些"绝假纯真"的儿女真情，并在美好事物被毁灭的过程中，冷峻地揭开了封建家庭身上温情脉脉的轻纱，向世人展示了它们摧残人性、压抑人情的本来面目，也严肃地批评了小儿女对待爱情的草率态度，以致造成不必要的牺牲。《红楼梦》对儿女真情的描写之所以动人心弦，之所以能产生永久的魅力，还在于它弃绝了从《金瓶梅》以来社会人情小说对"欲"的过分、有意的渲染，而从感情境界表现男女青年青春意识的觉醒，人的主体意识的萌动,使人的灵魂得以净化和升华,得到灵智的启迪,这是同时期或以往的通俗小说所无法企及的审美高度。

（二）《红楼梦》对社会现实的揭露

《红楼梦》曾被誉为"封建末世的百科全书",因为它全面、深刻地反映了封建社会后期的种种黑暗和罪恶以及不可调和的内在矛盾,揭露所谓贵族阶层的种种虚伪、贪婪、欺诈以及道德和心灵的堕落,对封建统治阶级、封建制度的腐朽本质和即将灭亡的前景作了尖锐的讽刺和批判。在小说第三回,由贾雨村问案引出一份民间流传的"护官符":"贾不假,白玉为堂金作马;阿房宫,三百里,住不下金陵一个史;东海缺少白玉床,龙王来请金陵王;丰年好大雪(薛),珍珠如土金如铁。"这份护官符,集中地反映了四大家族对政治、财富的垄断地位,揭示了封建统治集团极端腐朽的本质。

《红楼梦》里的荣宁两府,凭借先世的功勋、皇家的恩宠,曾经花团锦簇、烈火烹油,小说以这个具有典型意义的大家族为代表,旁牵与它一荣俱荣、一损俱损的王、史、薛三大家族,形象地描绘了广阔的社会生活,深刻地揭露了封建制度的反动、腐朽,预示了封建社会和贾府一样,必然走向"白茫茫大地真干净"的趋势。

贾府是靠权势巧取豪夺和奴役维持其腐朽、奢侈、极度糜烂的生活的。贾府的经济来源,有的是从公款中支用,如第十六回赵嬷嬷说:"也不过是拿着皇帝的银子往皇帝身上使罢了!"还有便是压榨佃户和高利贷所得。第五十三回写黑山村庄头乌进孝纳租,看到账单上名目繁多的项目,贾珍还大不满意,显示了这个大家族靠剥夺农民的血汗赖以生存的经济基础。在这样的基础上,他们过着极度奢靡的生活。贾元春省亲、秦可卿出丧等极尽奢华的场面铺排;大观园中亭台楼阁、各处摆设、众人服玩、美食的精细描写,都在表现这个钟鸣鼎食之家的富贵荣华。如第四十一回,令初入贾府的刘姥姥瞠目结舌的是贾府的一碟小菜:

> 凤姐儿笑道:"这也不难,你把才下来的茄子把皮刨了,只要净肉,切成碎丁子,用鸡油炸了,再用鸡肉脯子合香菌、新笋、蘑菇、五香腐干子、各色干菜子,都切成丁儿,拿鸡油煨干了,将香油一收,外加糟油一拌,盛在瓷罐子里封严了,要吃的时候拿出来,用炒的鸡瓜子一拌,就是了。"

这对贾府来说,只是再寻常不过的一道小菜,可见其平日为了满足封建家庭的私欲,要耗费多少民膏民脂!而可笑可恨的是,在这样行将灭亡的府邸里,还顽固地、自以为是地坚持着主奴名分、嫡庶名分、长幼次序、尊卑等级等封建礼教。父母之命、媒妁之言是男女婚配的依据;男主子可以淫乱,而少女们不容有私情。主子可以呼奴呵婢,而奴婢不许冒犯顶撞。由此制造的悲剧有黛玉之死、宝玉之出走、金钏之投井、鸳鸯之自缢⋯⋯而作为贾府的封建主子们,则有贾敬安求长生,贾赦沉迷酒色,贾珍、贾琏无耻之尤,贾环、贾蔷萎靡不振。荣宁两府散发着令人窒息的封建霉烂气味,这座封建大厦的崩溃瓦解,只是个时日早晚的问题。因为作者全方位的描写,使小说展示的社会背景十分广阔,因而也拓展了小说的思想深度。

三、《红楼梦》在艺术上的继承和超越

鲁迅在《中国小说的历史的变迁》中,对《红楼梦》有过这样的评论:

> 至于说到《红楼梦》的价值,可是在中国底小说中实在是不可多得的。其要点在敢于如实描写,并无讳饰,和从前的小说叙好人完全是好的,坏人完全是坏的,大不相同,

所以其中所叙的人物,都是真的人物,总之自有《红楼梦》出来以后,传统的思想和写法都打破了。——它那文章的旖旎和缠绵,倒是还在其次的事。

《红楼梦》打破传统的思想和写法,作者是经过了艰苦的探索,付出了巨大牺牲的,正如他自己所说:"披阅十载,增删五次","字字看来都是血,十年辛苦不寻常"。它借鉴了《金瓶梅》等小说的艺术经验,而又从总体上超越了类似《金瓶梅》那样对世俗生活真实细腻、"毛发毕现"的自然主义的描写,表现了新的审美情趣和审美理想,展现了更高的艺术境界,成就为一部彪炳日月的煌煌巨著。清人裕联在《红楼评梦》中说:"书本脱胎于《金瓶梅》,而亵慢之词,淘汰至尽。中间写情写景,无些黠牙后慧。非特青出于蓝,直是蝉蜕于秽。"俞平伯说:"《金瓶梅》跟《红楼梦》的关联尤甚密切。它给本书以直接的影响。"(《读〈红楼梦〉随笔》)

《金瓶梅》给《红楼梦》重要启迪,一是将人情描写同批判社会高度结合起来。《红楼梦》中的恋爱婚姻和家庭生活紧紧相联,在贾府这个浓缩的封建社会中,几对青年男女的挣扎、抗争,终至被毁灭的悲剧,表明现实固然是残酷的,但新的思想毕竟已经萌芽,以贾府为代表的封建统治阶级必然走向死亡的结局。二是它"一线两描写"之法。曹雪芹一笔写贾府中青年男女的恋爱、婚姻,一笔写贾府的衰亡、败落过程。这种描写方法,是《金瓶梅》奠定的人情小说的写实方法。它在《红楼梦》中被发挥到了极致。

艺术的影响是潜移默化的。曹雪芹在写作《红楼梦》之前或同时,曾经借鉴过明末清初的才子佳人小说。它着意表现对女性的尊崇,对理想爱情的选择,"万两黄金容易得,知心一个也难求"(第七十五回)的择偶观念,都是由才子佳人小说发唱先声而来。从具体人物形象描写、细节设计等方面来看,也颇有承袭的蛛丝马迹在。但曹雪芹的伟大之处,在于他能在批判地继承才子佳人小说的基础上,大胆创新,从而"驾一切人情小说而远上之"。《红楼梦》所写的爱情故事,特别是宝、黛爱情,是作为封建主义的叛逆出现的,虽然是男女之情,却表现了思想性、社会性的内容,这在中国古代文学史上是前所未闻的,所以这个爱情故事也具有新鲜、独特的境界。才子佳人小说中的矛盾都不属于爱情性质本身,而《红楼梦》中宝、黛的爱情障碍,来自他们的叛逆精神和封建社会整个外部世界的对立状态,这是他们的爱情与贾母、王夫人等封建家长、亲属所代表的封建伦理、封建礼教的不可调和的矛盾。只要封建制度存在,这个爱情就始终是悲剧。这是多么深刻的认识!

《红楼梦》打破了才子佳人小说"私订终身后花园,落难公子中状元"的陈腐俗套。它把宝、黛以及其他小儿女的真情描写,融入贾府这个行将崩溃的贵族家庭的兴衰际遇之中,在感情和环境的尖锐冲突中,凸现作者人文主义的光辉思想。

《红楼梦》的写实手法是令人赞叹的,但《红楼梦》的写实决不同于《金瓶梅》对世俗生活不作任何提炼的写实,又不同于才子佳人小说公式化、概念化的简单处理。比如写宝、黛之间的缠绵之情,既无"皮肤淫滥"之处,又深婉动人,表现了新鲜细致、诗意浓郁的新境界。

据清人裕联《红楼评梦》统计,《红楼梦》写的人物有400多个,但作者塑造的人物,却没有给人雷同之感,而是高度个性化的。《红楼梦》写人物,写出了人物性格的丰富性、复杂性、独特性。因此大观园中的人物,都是活生生的"这一个"。如林黛玉,容貌才华,堪称群芳之冠,用情之专,又堪称红楼第一,但因身世不幸,自小寄人篱下,又兼体弱多病,不免养成多疑、狭隘的性格。如贾宝玉,毕竟是生长于富贵温柔乡中的贵公子,风流倜傥中掺杂"痴""呆"的毛病:明明是封建家庭的叛逆者,又剔除不掉纨绔子弟的胎记,对封建家长藕断丝连。又如贾母,不过是《红楼梦》中的次要人物,在她的身上,同样体现了个性和共性的完美统一,展现了"一切人性的胚胎"。她一方面是慈祥可亲的老祖母,另一方面是专断独行的统治者;她出于对孙儿、孙女的溺爱,无意中保护了宝、黛的爱情幼苗,她又为了维护封建家族的利益,有意砍杀了这一对同命鸳鸯。这样刻画出来的人物,一个个都是鲜活的、可信的。脂砚斋对《红楼梦》刻画人物迥绝于当时流行的"佳话"和坊间小说之处,有很生动的批评:

> 浑写一笔更妙,必个个写去则板矣。可笑近之小说中,有一百个女子,皆是如花似玉,一副脸面。

《红楼梦》的叙事艺术和语言十分精彩,可圈可点之处,在在可见。如凤姐第一次在书中出场,是林黛玉初至贾府时,这是一段著名的文字:

> 一语未休,只听后院中有笑声,说:"我来迟了,不曾迎接远客。"黛玉思忖道:"这些人个个皆是屏气如此,这来者是谁,这样放诞无礼?"心下想时,只见一群媳妇丫鬟,拥着一个丽人,从后房进来。

通过林黛玉的所闻所见所思忖以及未见其人先闻其声的写法,把凤姐与众不同的身份、性格凸显了出来,给人留下很深刻的印象。

《红楼梦》的作者生活在所谓的康乾盛世,这是清帝国最鼎盛的时期,同时也是逐渐走向没落的时期,曹雪芹这个人情小说的大家以他敏锐的洞察力、深刻的思考,结合自己一生的经历,深厚的学识,纯熟的技巧和语言,写出了这部具有历史深度和社会批判意义的旷世奇作,小说的思想和描写技法都令人叹为观止。因此可以说《红楼梦》以更高级的姿态出现在中国小说史上、出现在人情小说的巅峰上。因为《红楼梦》的巨大影响,所以在它之后,出现了大批演绎《红楼梦》的戏剧和仿《红楼梦》的小说,对这部伟大的人情小说的研究,更是代不乏人,并逐渐形成了一种专门之学,即"红学"。

● 拓展阅读作品篇目

曹雪芹:《红楼梦》

● 思考练习题

1.《红楼梦》如何批判地继承并超越了在它之前的《金瓶梅》以及才子佳人等人情小说的创作艺术?

2. 略述《红楼梦》的伟大成就。

参考文献

[1] 李零.郭店楚简校读记[M].北京:北京大学出版社,2002.

[2] 陈桐生.《孔子诗论》研究[M].北京:中华书局,2004.

[3] 沈颂金.二十世纪简帛学研究[M].北京:学苑出版社,2003.

[4] 郭丹,程小青,李彬源.左传:全本全注全译[M].北京:中华书局,2012.

[5] 阮元.十三经注疏·毛诗正义[M].北京:中华书局,1980.

[6] 朱熹.诗集传[M].上海:上海古籍出版社,1980.

[7] 程俊英,蒋见元.诗经注析[M].北京:中华书局,2018.

[8] 方玉润.诗经原始[M].北京:中华书局,1986.

[9] 余冠英.诗经选[M].上海:上海文艺出版社,1982.

[10] 阮元.十三经注疏·春秋左传正义[M].北京:中华书局,1980.

[11] 杨伯峻.春秋左传注[M].北京:中华书局,1981.

[12] 郭丹.春秋左传直解[M].南昌:江西人民出版社,1993.

[13] 郭丹.左传国策研究[M].北京:人民文学出版社,2004.

[14] 邬国义,胡果文,李晓路.国语译注[M].上海:上海古籍出版社,2017.

[15] 何建章.战国策注释[M].北京:中华书局,2019.

[16] 缪文远.战国策新校注[M].成都:巴蜀书社,1998.

[17] 阮元.十三经注疏·论语注疏[M].北京:中华书局,1980.

[18] 杨伯峻.论语译注[M].北京:中华书局,2009.

[19] 阮元.十三经注疏·孟子注疏[M].北京:中华书局,1980.

[20] 杨伯峻.孟子译注[M].北京:中华书局,2019.

[21] 郭庆藩.庄子集释[M].北京:中华书局,2018.

[22] 王先谦.庄子集解[M].北京:中华书局,1978.

[23] 曹础基.庄子浅注[M].北京:中华书局,2014.

[24] 陈鼓应.庄子今注今译[M].北京:中华书局,2016.

[25] 陈奇猷.韩非子新校注[M].上海:上海古籍出版社,2000.

［26］洪兴祖.楚辞补注［M］.北京：中华书局，2006.

［27］朱熹.楚辞集注［M］.上海：上海古籍出版社，1979.

［28］马茂元.楚辞选［M］.北京：人民文学出版社，2020.

［29］蒋骥.山带阁注楚辞［M］.上海：上海古籍出版社，1984.

［30］北京大学中国文学史教研室.先秦文学史参考资料［M］.北京：中华书局，1990.

［31］北京大学中国文学史教研室.两汉文学史参考资料［M］.北京：中华书局，1990.

［32］费振刚，仇仲谦，刘南平.全汉赋校注［M］.广州：广东教育出版社，2005.

［33］瞿蜕园.汉魏六朝赋选［M］.上海：上海古籍出版社，2019.

［34］毕万忱.中国历代赋选：先秦两汉卷［M］.南京：江苏教育出版社，1990.

［35］龚克昌.汉赋研究［M］.济南：山东文艺出版社，1990.

［36］马积高.赋史［M］.上海：上海古籍出版社，1998.

［37］司马迁.史记［M］.北京：中华书局，2014.

［38］王伯祥.史记选［M］.北京：人民文学出版社，1982.

［39］韩兆琦.史记通论［M］.北京：北京师范大学出版社，1990.

［40］郭丹.史传文学：文与史交融的时代画卷［M］.桂林：广西师范大学出版社，1999.

［41］郭茂倩.乐府诗集［M］.北京：中华书局，2019.

［42］余冠英.乐府诗选［M］.北京：人民文学出版社，1997.

［43］王运熙.乐府诗论丛［M］.北京：中华书局，1962.

［44］张永鑫.汉乐府研究［M］.南京：江苏古籍出版社，1992.

［45］余冠英.汉魏六朝诗选［M］.北京：人民文学出版社，1997.

［46］马茂元.古诗十九首初探［M］.西安：陕西人民出版社，1981.

［47］曹操集［M］.北京：中华书局，1974.

［48］赵幼文.曹植集校注［M］.北京：中华书局，2016.

［49］余冠英.三曹诗选［M］.北京：人民文学出版社，1997.

［50］黄节.阮步兵咏怀诗注［M］.北京：人民文学出版社，1984.

［51］刘师培.中国中古文学史论文杂记［M］.北京：人民文学出版社，1959.

［52］王瑶.中古文学史论［M］.北京：北京大学出版社，1986.

［53］北京大学中国文学史教研室.魏晋南北朝文学史参考资料［M］.北京：中华书局，2014.

［54］龚斌.陶渊明集校笺［M］.上海：上海古籍出版社，2018.

［55］王瑶.陶渊明集［M］.北京：人民文学出版社，1983.

［56］袁行霈.陶渊明集笺注［M］.北京：中华书局，2018.

［57］吴云.陶渊明论稿［M］.西安：陕西人民出版社，1981.

［58］钟优民.陶渊明论集［M］.长沙：湖南人民出版社，1981.

［59］李运富.谢灵运集［M］.长沙：岳麓书社，1999.

［60］曹融南.谢宣城集校注［M］.上海：上海古籍出版社，1991.

［61］郦道元.水经注［M］.上海：上海古籍出版社，1990.

［62］范祥雍.洛阳伽蓝记校注［M］.上海：上海古籍出版社，2011.

［63］干宝.搜神记［M］.北京：中华书局，1979.

［64］徐震堮.世说新语校笺［M］.北京：中华书局，1984.

[65] 王能宪.世说新语研究[M].南京:江苏古籍出版社,1992.

[66] 郭丹.先秦两汉文论全编[M].南京:江苏教育出版社,2001.

[67] 穆克宏,郭丹.魏晋南北朝文论全编[M].2版.南京:江苏教育出版社,2004.

[68] 张少康.文赋集释[M].上海:上海古籍出版社,1984.

[69] 周振甫.文心雕龙今译[M].北京:中华书局,2013.

[70] 张文勋,杜东枝.文心雕龙简论[M].北京:人民文学出版社,1980.

[71] 曹旭.诗品集注[M].上海:上海古籍出版社,1994.

[72] 萧统.文选[M].北京:中华书局,1977.

[73] 褚斌杰,谭家健.先秦文学史[M].北京:人民文学出版社,1998.

[74] 赵明.先秦大文学史[M].长春:吉林大学出版社,1993.

[75] 赵明,等.两汉大文学史[M].长春:吉林大学出版社,1998.

[76] 徐公持.魏晋文学史[M].北京:人民文学出版社,1999.

[77] 萧涤非.汉魏六朝乐府文学史[M].北京:人民文学出版社,1998.

[78] 杨生枝.乐府诗史[M].西宁:青海人民出版社,1985.

[79] 胡国瑞.魏晋南北朝文学史[M].上海:上海文艺出版社,2004.

[80] 沈玉成,曹道衡.南北朝文学史[M].北京:人民文学出版社,1991.

[81] 鲁迅.中国小说史略[M].北京:人民文学出版社,1959.

[82] 逯钦立.先秦汉魏晋南北朝诗[M].北京:中华书局,2017.

[83] 王运熙,杨明.魏晋南北朝文学批评史[M].上海:上海古籍出版社,1989.

[84] 沈德潜.唐诗别裁集[M].北京:中华书局,1975.

[85] 中国社会科学院文学研究所.唐诗选[M].北京:人民文学出版社,2009.

[86] 高步瀛.唐宋诗举要[M].上海:上海古籍出版社,1978.

[87] 闻一多.唐诗杂论:诗与批评[M].北京:生活·读书·新知三联书店,2021.

[88] 高步瀛.唐宋文举要[M].北京:中华书局,1963.

[89] 刘昫.旧唐书[M].北京:中华书局,1975.

[90] 欧阳修,宋祁.新唐书[M].北京:中华书局,1975.

[91] 赵殿成.王右丞集笺注[M].北京:中华书局,1961.

[92] 陈铁民,侯忠义.岑参集校注[M].上海:上海古籍出版社,1981.

[93] 孙钦善.高适集校注[M].上海:上海古籍出版社,2014.

[94] 王琦.李太白全集[M].北京:中华书局,2015.

[95] 仇兆鳌.杜少陵集详注[M].北京:北京图书馆出版社,1999.

[96] 顾肇仓,周汝昌.白居易诗选[M].北京:作家出版社,1962.

[97] 陈迩冬.韩愈诗集[M].北京:人民文学出版社,1984.

[98] 王国安.柳宗元诗笺释[M].上海:上海古籍出版社,1993.

[99] 王琦,等.李贺诗歌集注[M].上海:上海古籍出版社,1977.

[100] 冯浩.玉谿生诗集笺注[M].上海:上海古籍出版社,1979.

[101] 冯集梧.樊川诗集注[M].上海:上海古籍出版社,1998.

[102] 华钟彦.花间集注[M].郑州:中州书画社,1983.

[103] 王仲闻.南唐二主词校订[M].北京:中华书局,2007.

［104］鲁迅.唐宋传奇集［M］.北京：人民文学出版社，1954.

［105］程毅中.唐代小说史话［M］.北京：文化艺术出版社，1990.

［106］杨海明.唐宋词史［M］.南京：江苏古籍出版社，1987.

［107］胡云翼.宋词选［M］.上海：上海古籍出版社，1997.

［108］薛瑞生.乐章集校注［M］.北京：中华书局，2012.

［109］陈迩冬.苏轼词选［M］.北京：人民文学出版社，1991.

［110］王学初.李清照集校注［M］.北京：人民文学出版社，1979.

［111］邓广铭.稼轩词编年笺注［M］.上海：上海古籍出版社，2018.

［112］王国维，滕咸惠.人间词话新注［M］.济南：齐鲁书社，1986.

［113］钱锺书.宋诗选注［M］.北京：人民文学出版社，2013.

［114］孔凡礼.苏轼诗集［M］.北京：中华书局，1982.

［115］刘尚荣.黄庭坚诗集注［M］.北京：中华书局，2003.

［116］朱东润.陆游选集［M］.北京：中华书局，1962.

［117］吴晓铃，范宁，周妙中.话本选［M］.北京：人民文学出版社，1959.

［118］脱脱，等.宋史［M］.北京：中华书局，1977.

［119］臧懋循.元曲选［M］.北京：中华书局，1958.

［120］王季思，等.元杂剧选注［M］.北京：北京出版社，1985.

［121］王季思，等.元人散曲选注［M］.2版.北京：北京出版社，1985.

［122］吴晓铃，等.关汉卿戏曲集［M］.北京：中国戏剧出版社，1958.

［123］董解元.西厢记诸宫调［M］.北京：人民文学出版社，1960.

［124］王实甫.西厢记［M］.上海：上海古籍出版社，2016.

［125］钱南扬.元本琵琶记校注［M］.上海：上海古籍出版社，1980.

［126］杜贵晨.明诗选［M］.北京：人民文学出版社，2022.

［127］罗贯中.三国演义［M］.北京：人民文学出版社，1973.

［128］吴承恩.西游记［M］.北京：人民文学出版社，1973.

［129］施耐庵，罗贯中.水浒传［M］.北京：人民文学出版社，1975.

［130］兰陵笑笑生.金瓶梅词话［M］.北京：人民文学出版社，1985.

［131］古代白话小说选［M］.上海：上海古籍出版社，1983.

［132］汤显祖.牡丹亭［M］.北京：人民文学出版社，1994.

［133］蒲松龄.聊斋志异［M］.上海：上海古籍出版社，2010.

［134］吴敬梓.儒林外史［M］.北京：人民文学出版社，1975.

［135］曹雪芹，高鹗.红楼梦［M］.北京：人民文学出版社，1981.

［136］洪昇.长生殿［M］.北京：人民文学出版社，1983.

［137］孔尚任.桃花扇［M］.北京：人民文学出版社，1997.

［138］福建师范大学中文系古典文学教研室.清诗选［M］.北京：人民文学出版社，2009.

［139］游国恩，等.中国文学史［M］.北京：人民文学出版社，1987.

［140］袁行霈.中国文学史［M］.3版.北京：高等教育出版社，2014.

［141］郑振铎.插图本中国文学史［M］.北京：人民文学出版社，1982.

［142］章培恒，骆玉明.中国文学史［M］.上海：复旦大学出版社，1996.

[143] 赵义山,李修生.中国分体文学史:诗歌卷[M].上海:上海古籍出版社,2007.

[144] 郭预衡.中国古代文学史长编[M].上海:上海古籍出版社,2007.

[145] 郭预衡.中国古代文学史长编:先秦卷[M].北京:首都师范大学出版社,2000.

[146] 郭预衡.中国古代文学史长编:秦汉魏晋南北朝卷[M].北京:首都师范大学出版社,2000.

[147] 郭预衡.中国散文史[M].上海:上海古籍出版社,2011.

[148] 齐裕焜.中国古代小说演变史[M].兰州:敦煌文艺出版社,2002.

[149] 李泽厚,刘纲纪.中国美学史[M].北京:中国社会科学出版社,1984.

[150] 叶朗.中国美学史大纲[M].上海:上海人民出版社,2014.

[151] 朱东润.中国历代文学作品选[M].上海:上海古籍出版社,2018.

[152] 袁世硕.中国古代文学作品选[M].北京:人民文学出版社,2002.

教学资源服务指南

扫描下方二维码，关注微信公众号"高教社极简通识"，学生可学习名校通识课，教师可学习教师培训课程、免费申请课件和样书、观看直播回放等。

名校通识课

点击导航栏中的"名校通识"，点击子菜单中的"课程专栏"，即可选择相应课程进行学习。

教师培训

点击导航栏中的"教师培训"，点击子菜单中的"培训课程"，即可选择相应课程进行学习。

教学资源服务指南

 课件申请

点击导航栏中的"教学服务",点击子菜单中的"资源下载",注册并填写相关信息即可申请课件。

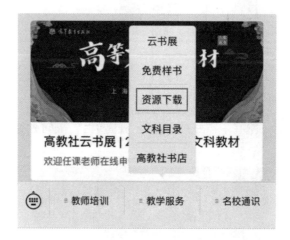

 样书申请

点击导航栏中的"教学服务",点击子菜单中的"免费样书",填写相关信息即可免费申请样书。

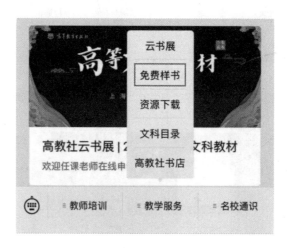